KB034606

'한국적 서정'이라는 환(幻)을 좇아서

‘한국적 서정’이라는 환(幻)을 좇아서
—내가 사랑한 시인들 · 세번째

펴낸날 2020년 3월 31일

지은이 정과리
펴낸이 이광호
주간 이근혜
편집 조은혜 최지인 이민희 박선우
펴낸곳 ㈜문학과지성사
등록번호 제1993-000098호
주소 04034 서울 마포구 잔다리로7길 18(서교동 377-20)
전화 02)338-7224
팩스 02)323-4180(편집) 02)338-7221(영업)
전자우편 moonji@moonji.com
홈페이지 www.moonji.com

ISBN 978-89-320-3619-9 93800

이 도서의 국립중앙도서관 출판예정도서목록(CIP)은 서지정보유통지원시스템 홈페이지
(http://seoji.nl.go.kr)와 국가자료공동목록시스템(http://www.nl.go.kr/kolisnet)
에서 이용하실 수 있습니다. (CIP제어번호: CIP2020012376)

'한국적 서정'이라는 환(幻)을 좇아서

—내가 사랑한 시인들·세번째

정과리 지음

문학과지성사

진정한 기적은 하늘을 날거나 물 위를 걸어가는 게 아니라, 땅 위를 걷는 것이라네.

—임제(臨濟)〔장 제르네Jean Gernet, 『중국과 기독교*Chine et Christianisme*』(Gallimard, 1982)에서 인용된, 폴 드미에빌Paul Demiéville이 번역한 『임제록*Entretiens de Lin-tsi*』을 재인용〕

그러나 모든 영혼들 중에서 가장 뛰어난 이는 영원한 진리를 들을 줄 아는 이, 그저 산만하게 우주를 재현하는 수준을 넘어 진리를 듣고 지고한 실체의 아름다움과 위대함을 가려낼 줄 아는 감각을 가진 이이다.

—라이프니츠, 「단자론 낙수」, 『형이상학 담론, 단자론, 기타』, Gallimard, 2004, pp. 334~35

국어국문학과로 적을 옮기고 나서

여기서는 오늘날의 입법자가 아닌 미래의 입법자에게 진상을 알리는 것이 중요합니다.

—오노레 드 발자크Honoré de Balzac, 『농민들』, 배영달 옮김, 이론과실천사, 1990, p. 13

나는 2000년 가을에 충남대학교 불어불문학과로부터 연세대학교 국어국문학과로 적을 옮겼다. 그해 여름에 『문학과사회』 술자리에 해당 과의 교수 한 분이 나를 찾아온 게 발단이 되었다. 나는 전화로 방문 의사를 들었을 때 술 한잔하고 싶었거니 했다. 그런데 느닷없이 내게 연세대 국문과에 와서 시를 가르쳐달라는 것이었다. 나의 '역사의 페이지'는 그렇게 장을 바꾸게 되었다. 이는 한국문학 연구사의 페이지에도 '잉크칠을 할' 계기가 될 수 있을 것인가?

국문학과 교수가 되면서 나는 평소에 게을리 대했던 식민지 시기의 작품들을 열심히 읽게 되었고, 그에 대한 연구들도 들여다보게 되었다. 그러면서 한국문학의 뿌리에 대해 많이 배울 수가 있었다. 그러나 공부의 시간이 길어질수록 나는 차츰 한국문학 연구 상태가 아주 부실하다는 점에 놀라 안타까운 마음이 커지고 있었다. 게다가 이 상태는 연구의 내용에만 국한된 것이 아니라 연구 범위, 대상, 주제는 물론 연구 태도, 방법론, 마음의 이론, 시각을 망라하는 총괄적인 '연구 체제'를 아우르는 한국식 연구 풍토를 넘어, 우수 논문을 선별하는 기준을 비롯한 다양한 제도적 문제들 및 한국 교수진 및 연구 집단의 구성에 이르기까지 한국 지식·문화·문학장의 거의 모든 장소에서 현상되어, 차라리 하나의 종족적 관습을 이루고 있다고까지 할 만하였다. 내가 더욱 놀란 것은 나 자신이 한국문학의 과거에 무심했던 만큼이나, 한국판 '스콜라스티크scolastique'로부터 형성된 고정관념들에 깊숙이 침윤되어 이러한 상황을 반성적으로 살피지 못하고 추수하는 자세를 스스로 방임하고 있었다는 사실이었다.

국문과(이 명칭부터가 기이한 것이다. 세계의 거의 모든 문학은 자국 문학에 대해서도 그 변별성을 명확하게 가리키고 있다. '영문학' '일문학' '중문학' 이런 식으로 말이다. 그것은 문학의 보편성과 특수성 사이의 긴장 관계를 그 명칭들이 적절히 반영하고 있기 때문이다. 그런데 한국만이 여전히 하나의 고립된 우물을 파서 스스로 그 안에 갇히는 걸 즐긴다. '한국어문학과'를 가지고 있는 대학은 아주 극소수에 불과하다)에 이름을 등록한 지 20년 가까이 되어가는 지금까지 나는 문제들을 하나하나 깨달아가고 있었으나, 그걸 해결하기에는 역부족인 채로 '미제 사건cold cases'으로 분류된 목록들만 마음의 창고 안에 그득히 쌓아두고 있었다. 그렇다고 해서 그에 대한 나의 사색을 바깥에 알리는 일은 결코 쉽지가 않아서 '우이독경'의 냉투명(冷透明) 유리에 머리를 부딪고 시퍼렇게 멍들거나 제도의 방패 뒤에서 꾸며진 '클록 앤 대거cloak-and-dagger' 유의 떫은 맛을 보기 일쑤였으니, '유목무주(有目無珠)'한 세상에서 살아남는 일만으로도 벅찬 일이었다. 이런 상황에 대해서 나보다 일찍 걱정하고 경계한 분들이 없지 않았으니, 김구 선생의 다음 말씀은 실로 무서운 진실을 꿰뚫어 보았다고 할 것이다.

> 모든 계급 독재 중에도 가장 무서운 것은 철학을 기초로 한 계급 독재다. 수백 년 동안 이조 조선에 행하여온 계급 독재는 유교, 그중에도 주자학파의 철학을 기초로 한 것이어서, 다만 정치에 있어서만 독재가 아니라 사상·학문·사회생활·가정생활·개인생활까지도 규정하는 독재였다. 이 독재정치 밑에서 우리 민족의 문화는 소멸되고 원기는 마멸된 것이다. 주자학 이외의 학문은 발달하지 못하니 이 영향은 예술·경제·산업에까지 미치었다. 우리나라가 망하고 민력이 쇠잔하게 된 가장 큰 원인이 실로 여기 있었다. 왜 그런고 하면 국민의 머릿속에 아무리 좋은 사상과 경륜이 생기더라도 그가 집권 계급의 사람이 아닌 이상, 또 그것이 사문난적(斯文亂賊)이라는 범주 밖에 나지 않는 이상 세상에 발표되지 못하기 때문이었다.[1)]

눈 밝은 사람은 내가 왜 이 글을 인용하고, 오늘날의 한국문학(차라리 한국학) 연구 풍토와 조선시대의 주자학적 정신환경을 연결하는지 알아차릴 수 있으리라. 어쨌든 김구 선생도 걱정하신 문제이니, 정말 고쳐야 하지 않겠는가? 그래서 장문의 백서를 쓸까 요량하기도 하였다. 그러나 보시다시피 겨우 운만 띄운 형편에서도 살벌한 바람이 폭풍의 전조처럼 몰아치는 게 확연히 느껴지는 것이니, 정말 그랬다가는 세상의 개선을 위해서 한 일이 거꾸로 땅 꺼짐이 다중 폭발을 일으킬 재앙을

---

1) 김구, 『백범일지』(1929~1947), 도진순 주해, 돌베개, 개정판, 2004(초판: 1997), pp. 427~28.

초래할 수도 있음을 깨달아야 했다.

다만 겨우 한 걸음이라도 이 울타리를 벗어나는 시늉을 하는 것만으로 새로운 한국문학 연구를 위한 실마리에 한 올을 보태는 일이 될 수 있지 않을까? 이런 마음으로 나는 근대 초엽의 문학들을 다시 들여다보았고, 그에 대한 연구들을 가능한 한 꼼꼼히 되살피고, 좀더 온당한 해석을 만들어내고자 하였다. 그러면서 간신히 문제들을 간추려 분명한 윤곽 안에 배치할 수 있는 지경에까지는 이르렀으니, 문학 이해의 차원에 국한해서 그걸 간단히 나열하면 다음과 같다.

첫째, 한국문학을 단일체로 이해하는 폐쇄주의와 그 정반대의 방향에서 세계문학과의 상관성을 탐구하는 대신, 세계에 진출하기를 꿈꾸는 욕망의 팽대.

둘째, 세계 이론에 대한 절대적인 의존과 그에 반비례하는 외국어 해독 능력.

셋째, 전통에 대한 잘못된 이해. '전통의 계승과 극복'이라는 오래된 요구는 통상 '전통의 온존과 확산'으로 현상되기 일쑤이다.

넷째, 그 결과로서 근대 초엽 문학들에 대한 이상한 곡해들을 넘어 기이한 해석틀 속으로의 침닉.

다섯째, 문학적 감응 능력의 결여로 인한 문화사적 탐구로의 급경사.

이 문제들은 그 아래에 훨씬 많은 작은 문제들을 포함하고 있고, 그것들은 또한 종횡으로 얽혀 있으며, 그뿐만 아니라 문학 환경 전체에 영향을 미치고 있다. 나는 이런 문제들을 지적하는 것으로 해결이 요원하다는 것을 알고 있다. 무엇보다도 나 자신을 교정하는 마음으로 연구 대상의 실체에 진지하게 접근하여 쇄신의 방식으로 재해석하는 일에서 출발하는 것만이 우선이라고 생각한다. 이번 책에 실린 많은 글들은 그런 생각을 동반하고 씌어진 것들이다. 그것들이 얼마나 기존의 오류를 수정하고 새로운 해석의 지평을 여는가에 대한 판단 여부는 이제 독자들에게 넘겨졌다고 할 수 있다. 질정을 바란다.

2020년 3월

정과리

차례

5부 한평생의 불길

1부

시의 그루터기로 모이는 잔가지들

제이콥은 죽은 소나무 그루터기에 앉았다. 캐런이 그 옆에 조용히 앉으며 그의 손을 잡았다. [……] 제이콥 눈에 여러 명의 조선 이민자들이 모닥불 주위에 둘러앉아 술을 마시고 웃고 떠드는 모습이 보였다.

—마이클 리, 『선구자』 상, 이상현·이정수 옮김, 한국학술정보, 2010, p. 38

톱날이 쓸고 간 그루터기 위로 [……] 마침내 붉은 꽃 한 송이 피었다 [……] 굵고 선명한 눈물

—곽효환, 「벌목장에서」, 『지도에 없는 집』, 문학과지성사, 2000, p. 7

군데군데 조금씩 검은 세상이 생명 펄펄 살아 뛰는 세상이라는 이야기. [……] 죽은 그루터기에서 자라는 검은큰비늘버섯도, 바닷가 바위에 다닥다닥 붙어사는 검은큰따개비도.

—김정환, 『ㄱ 자 수놓은 이야기』, 문학동네, 2012, p. 148

한국 현대시에서 서정성의 확대가 일어나기까지

1. 머리말: 제목을 위한 변명

이 글은 본래 1930년대 서정성의 확대를 본주제로 삼아 그것이 일어나기까지의 전말을 살피고 그것이 일어난 양태를 분석하여 한국시에서 서정성의 의미와 존재 양식 그리고 기능을 살피는 것을 목적으로 했다. 초점이 맞추어진 시인들로 보자면 한용운, 김소월을 거쳐서 정지용으로 나아가고자 했다. 그런데 서정성의 확대가 일어나기 전 서정성이 한국의 언어문화의 무대에 유입되어 정착하게 되는 과정에 대한 조사를 하던 중, 시간과 분량에서 많은 지체가 일어나고 말았다. 그래서 우선 이 자리에서는 서정성의 확대가 일어나기 전의 1920년대의 시에서 서정성이 유의미한 언어문화 요소로 쓰이게 되는 내력과 양상을 살피기로 한다. 따라서 원목표였던 서정성의 확대는 이 글에서 기미조차 없다. 그럼에도 불구하고 서정성의 확대라는 제목을 그대로 사용하기로 한 것은, 여기에서 '확대'라는 개념이 갖는 의미의 중요성 때문이다.

원래 이 글의 의도에서 보자면 확대는 열림을 뜻했다. 1930년대에 서정성이 확대되었다면 서정성이 1930년대에 가서 마침내 한국인의 언어문화로서 개화되었다는 뜻이다. 그러나 이 열림은 그 이전에 개념이 유입되어 오래도록 한국 언어문화의 수용체를 두드린 끝에 일어난 사건이었다. 즉 한국 언어문화의 수용체가 이질적인 개념을 자기화할 수 있는 자원과 방법을 발견하고 그것을 받아들이기 위해 몸을 벌린 사건이었던 것이다. 이 수용체의 '벌어짐'에 의해서만 수용이 가능했기 때문에 열림은 곧 확대를 뜻하는 것인데, 동시에 이러한 사건의 현상학은 몸이 열리기 위한 길거나 짧은 맞춤 기간을 요구한다. 1920년대는 바로 1930년대의 서정성이 열리기 전 한국의 토속적 언어문화와 서정성이 서로를 맞추기 위해 조율하는 기간이었다고 할 수 있다. 그 기간 중에 서정과 겨룰 만한 다른 시적 태도가 있을 수 있으며, 또한 근대문화의 유입력이 강했기 때문에 유입된 서정성이 한국 언어문화, 특히 한국시를 바깥에서 조형하는 작업이 진행될 수도 있다. 후자의 경우, 이것이 결국 1930년대의 서정성의 열림을 낳기 위한 필연적인 과정이었다면, 1920년대의 서정성을 인정해야 할 것이고 그것과 1930년대의 서정 사이에는 확대라는 용어가 적절할 어떤 변모가 일어난 것으로 보아야 할 것이다. 확대라는 용어를 버리지 않은 두번째 이유이다. 덧붙이자면 조사를 하면서 나는 전자의 경우도 있었고 후자의 사건도 있었다고 판단하였다. 만해의 시는 전자의 경우에 해당하는데, 이 비서정적인 시가 어디에서 발원했고 그 이후 어떤 계보를 갖게 되었는지에 대해서는 아직 확실치 않다. 다른 한편 후자의 사건의 핵심에 놓여 있는 시인은 김소월인데, 김소월과 정지용 사이에는 그런 의미에서 분명한 연속성이 있다. 그러나 그 연속성은 패러다임의 교체를 전제한 연속성이다. 김소월의 서정과 정지용의 서정은 근본적으로 다르다는 것이다.

2. 서정의 개념

'서정(抒情; 敍情)'이라는 개념의 의미를 근대의 한국인들이 어떻게 이해해왔는지 나는 확실히 알지 못한다. 이러한 용어를 근대 이전의 한국인들이, 아니 동양인들이 사용했는지의 여부도 나는 알지 못한다. 그러나 오늘날 우리가 이해하고 있는 서정시의 '서정'이라는 개념은 분명 낯설은 것이었을 게다. 고모리 요이치는 모리 오가이가 안데르센의 『즉흥시인』을 번역하고는(1892~1901) "『즉흥시인』은 한 편의 서정시의 모습을 띠고 있다"고 광고한 것을 두고,

> 왜 모리 오가이가 『즉흥시인』을 선택했던 것일까. 그것은 이 작품이 '서정시'이기도 하고 '풍토기'이기도 하며, 더욱이 '희곡'으로 볼 수도 있었기 때문이다. 이들 세 장르는 지금 막 일본에 등장한 영역이었으나, 각각의 영역에서 일정한 '문체'는 확립되어 있지 않았다.
>
> 그런데 모리 오가이의 말에 따르면, 독일어 역 『즉흥시인』의 '번역'은 "전적으로 일종의 문체의 발전을 꾀한 것이며, 여기에서 한 걸음 더 나아가 욕심을 부리자면, 일대 변화를 발견하지 않을 수 없다는 것을 증명하〔기에〕 충분한" 수준에 도달해 있〔음을 보여주고자 하는 것이다〕.[1]

---

1) 고모리 요이치, 『일본어의 근대 근대 국민국가와 '국어'의 발견』, 정선태 옮김, 소명출판,

라고 진술하고 있는데, 이 진술은 한편으로 '서정시'가 전혀 새로운 언어문화 형식이었음을 가리키며, 다른 한편으로 이 문화의 수입상이 단순히 공급책의 역할을 한 것이 아니라, 일본의 언어문화로의 착근을 위해 원품에 응용과 변용을 가하는 지난한 노력을 했다는 것을 '충분히' 가리킨다.[2)] 물론 이 '서정시'는 영어 lyric poetry의 역어로 선택된 것이었을 텐데, 그것은 신조어라기보다는 동양 지식인에게 비교적 익숙한 시 창작 개념을 적절히 변용하여 만든 것일 가능성이 크다. 가령, '선경후정(先景後情)'은 한시의 가장 중요한 창작방법론 중의 하나이다. 따라서 서정이라는 개념의 의미에는 서양의 리리시즘lyricism이 내포하고 있는 정의 외에, 동양인이 그런 용어에 대해 무의식적으로 가정하는 의미가 뒤섞였을 가능성이 크다. 다시 말해, 문화적 식민지에서의 개념의 잡종성을 어떤 어사보다도 강하게 띠고 있었을 것이다. 아마도 '서정'의 한자어로 동북아시아 세 나라에서 공히 두 개의 단어가 혼용되는 것은 그런 사정과 관련이 있지 않을까 한다. 영어 lyricism의 정의에 충실하자면, 서정의 한자어는 '抒情'이 적절하다. 그러나 '선경후정'에서처럼 경치를 그린 후 마음을 그린다고 생각한다면, '敍景'에 대응시켜 '敍情'이라고 쓰는 게 적절하다고 생각할 수도 있다.[3)]

2003(원본: 2000), pp. 225~26. 의미를 명료하게 하기 위해 인용자가 번역의 일부를 수정하였으며, 수정하거나 추가한 부분을 〔 〕로 묶었다.

2) 그 지난한 노력에도 불구하고 정작 자기 자신의 몫을 가리킬 부분에 와서는 "일대 변화를 발견하지 않을 수 없다"는 매우 모호하기 짝이 없는 표현으로 가리고 있다는 게 흥미롭다. 아무리 심혈을 기울였어도 끝끝내 '제 것'이라고 말할 수 없는 것에 대한 복잡한 심경이 거기에 비치는 것이다.

3) 다음과 같은 진술들은 '한시'에서 '정'을, 표출할 감정으로서가 아니라 서술의 대상으로 바라보고 있음을 짐작게 한다: "구체적인 경물을 묘사한 것은 '실'이고, 추상적인 '정사(情思)'를

물론 서정의 뜻이 '정서의 표현'이라는 단순한 정의에 머무른다면 이런 분별이 별 쓸데가 없을 것이다. 문제는 오늘날 우리가 사용하고 있는 서정이라는 개념은 나름의 역사를 통해 형성된 아주 특별한 의미를 담고 있는 개념이라는 것이다. 다시 말해 그것은 서양에서 18~19세기 낭만주의 시기에 결정적으로 굳어진 개념이며, 세계의 모든 정신적 활동이 서양적인 것으로 재편된 이후 세계문학을 규정하는 근본 원리의 하나로 정착하게 된 개념이다. 이러한 진술은 서양에서도 '서정'의 개념이 매우 최근의 개념이라는 것을 가리킨다. 그 어원이 가리키듯이 '서정lyricism'은 원래 악기를 동반한 노래를 가리켰다. "기원전 650년에서 450년 사이에 소아시아, 제도들, 원-그리스, 그리고 그리스 연합제국에서 대체로 짧은 시들이 만들어졌는데, 그것들의 부드럽고도 직설적인 언어는 서사적 스타일의 장엄함과 완벽히 다른 것이었다. 그 시들은 통상 리라lyre 혹은 플루트라는 악기의 반주에 따라 노래로 불리거나 낭송되었다./그리스 서정시의 특징을 이루는 것은 정서를 유발하는 고유한 내적

서술한 것은 '허'이다."; "〔율시에서〕 '정'과 '경'을 어떻게 짜 넣는가 하는 것이 전체 시의 골격에 중대한 영향을 미친다. 만일 함련은 경치를 묘사하고 경련은 정사를 서술한다면 '전실후허'이고, 함련은 정사를 서술하고 경련은 경치를 묘사한다면 '전허후실'이다"(심경호, 『한시의 세계』, 문학동네, 2006, p. 56).

'抒情'을 서양 쪽에, '敍情'을 동양 쪽에 가깝게 둔 것은 '개인주의'가 발달하지 못한 동양에서 순수한 개인감정의 표출을 짐작하기가 어렵다는 비교적 상식적인 판단에 근거하고 있다. 그러나 이 점은 좀더 자세한 고찰을 요구할 것이다. 『문심조룡』 중 "저 옛날 시인들의 시편은 정서를 표현하기 위해 창작된 것이지만, 사부가들의 사부는 창작을 위해 정서를 꾸며낸 것들이다"(유협, 『문심조룡』, 최동호 역편, 민음사, 1994, p. 380)에서의 '爲情以造文'이라는 단어의, 혹은 뒤이어 나오는 '吟詠情性'의 함의가 서양 시학의 '순수한 개인감정의 표출'과 유사하다고 해석할 수도 있다. 그러나 이 정직한 정서의 표현은 늘 보편적 지식에 의해 제어되고 있는 것 같다. 가령, "말을 조직하고 아름다운 표현을 결집시키는 것은 도리에 맞는 말로 진지한 감정을 나타내기 위해서다"(같은 책, p. 381)에서 '진지한 감정'은 '도리에 맞는 말'이라는 전제를 통해서만 성립한다. 그렇다면 그 진지한 감정을 '오직 그 개인만의 감정'이라고 말할 수는 없는 것이다.

감정의 표현이 아니라 음악적 차원이었다."[4]

그러던 것이 개인의 내적 감정의 표출이라는 의미로 바뀌게 된 것은 18~19세기의, 특히 독일 낭만주의 시인들에 의해서였다. 그들은 '서정적/서사적/극적'이라는 삼원체제를 만들고 '주관성의 표현'이라고 할 만한 것에 '서정적'이라는 호칭을 부여하였던 것이다. 그리고 이 삼원적 분할을 통해서 각각의 영역을 극단적으로 변별화하여, 완전히 독립된 세 개의 장르가 엄연한 실재로서 존재하는 것처럼 알게 모르게 주장하게 되었다. 그러나 플라톤적인 이런 개념관이 실제와 얼마나 어긋나는지를 오늘날 새삼 따질 필요는 없을 것이다. 오늘날에도 일반적인 장르 구분에 지침으로 작용하고 있는 이 삼원체제에 대한 정의가 얼마나 다양하고 혼란스러웠던지에 대해서는 주네트의 비판적인 조사가 이미 있었으나[5] 그럼에도 불구하고 '서정적'인 것에 관해서만은 공통된 합의가 이루어진 부분이 항존하고 있었다. 그리고 그것은 여전히 창작을 하는 순간이나 예술 작품을 감상하는 순간에 중요한 참조점으로 작용하였고, 또한 작용하고 있다. 그것은 그러한 인공적 개념 규정이 문화심리학적인 차원에서 유용한 효과를 가지고 있기 때문일 것이다.

> 암묵적이건 또는 드러낸 것이건 간에 전통적 서정시-이론의 근본적인 전제는 서정시란 본질적으로 '자기 발언Selbstaus-sparche'이라는 관념이다. 이것으로 두 가지 사실이 의미되는데, 그 하나는 서정시가 본질적으

---

4) 『고대 사전*Dictionnaire de l'Antiquité*』(sous la direction de Jean Leclant, Paris: PUF, 2005)의 '그리스 고대 서정Lyrique Archaïque Grecque' 항목, p. 1286.

5) Genette, *Introduction à l'architexte*, Paris: Seuil, 1979; 주네트, 「原텍스트 序說」, 최애리 옮김, 김현 엮음, 『장르의 이론』, 문학과지성사, 1987 참조.

로 개인적 발화라는 것, 즉 시인의 발화라는 것이고, 다른 하나는 서정시란 주관적 혹은 더 정확하게 말하자면 표현적expressive 발화, 그것도 시인의 표현적 발화라는 점이다.[6)]

이러한 '자기 발언'이 플라톤(『공화국』 제3권)이 정의한, 현재 멸실된 것으로 알려진 '디티람보스'에 표현된 '디에게시스diégèsis'에 해당하며, 이것은 재현mimèsis의 장르인 '문학'과 근본적으로 다르다는 오늘날의 문제 제기에 대해서는 접어두기로 하자. 이 급진적인 주장 역시 독일낭만주의에 연원을 두고 있는 만큼, 즉 오늘날의 서정 개념의 핵심과 연관되어 있는 만큼, 충분히 검토될 만한 것이지만, 거기까지 나아가는 게 오히려 서정시에 대한 고전적인 이해에 대한 이해를 방해할 수도 있다. 또한 이 '자기'가 '허구적' 자기인가, '실제의' 자기인가, '보편적' 자기인가, 하는 논란도 여기에서는 유보하기로 하자. 다만, 그 자기가 어떤 '자기'이든 모두 순수한 개별성을 가리킨다는 것만은 짚고 넘어가기로 하자. 보편적인 자기일 때조차 '유일성'의 자격으로 그러하다는 것이다. 지금 이 자리에서 우리가 확인해야 할 것은 '서정'을 주관성의 표현이라고 이해하는 순간, 거기에는 시와 세계 사이의 관계 혹은 시적 태도에 대한 결정적인 관점이 포함된다는 것이다. 그 관점은, 낭만주의가 근대 개인주의의 산물이면서 동시에 근대에 대한 가장 독한 부정이라는 점에 상응하게, '반-세계적'—'개인'의 입장에 서서 세계를 바라보는 관점을 가리킨다. 그 '반-세계적'—'개인'에서 두 항목, '반-세계성'과 '개인'은

6) 디터 람핑, 『서정시: 이론과 역사—현대 독일시를 중심으로』, 장영태 옮김, 문학과지성사, 1994, p. 98.

완벽하게 동등한 무게를 갖는다. 그것은 주관성의 표현으로서의 서정을 지리멸렬한 세계의 부정과 참된 세상에 대한 동경으로만 해석할 수는 없다는 것을 가리킨다. 참된 세상에 대한 동경은 참된 세상을 꿈꾸는 주체의 강력한 실존성을 전제로 하기 때문이다. 그 존재만이 그 동경을 실행의 차원에서 표현할 수 있는 것이다. 독일 낭만주의에 대한 다음과 같은 진술은 참조할 만하다: "〔낭만주의〕 운동은 칸트의 극복—또한 전복—으로 체계화된다. 그것은 무엇보다도, 그리고 자명하게도, 칸트적 주체(도덕적 주체) 개념을 절대적으로 자유로운 주체, 그리고 그것 자체에 의해서 자기의식적인 주체의 개념으로 변환하는 것을 전제로 한다."[7] 이 '자기의식적 주체'는 자연스럽게 '절대적 자아Moi absolu'[8]로서 이해된다. 따라서 이러한 주체와 세계의 관계는 다음과 같은 세 개의 순차적 명제로 표현할 수 있다.

(1) 주관적 자아의 독립: 세계의 요소로 환원되지 않는 절대적 자아의 설정

(2) 자아와 세계의 근본적인 불화 혹은 단절

(3) 문학을 초월적 세계의 표현으로 이해하는 것: '문학적 절대'라는 관념의 수립

우리는 다시 이런 주체와 세계의 관계를,

---

7) Ph. Lacoue-Labarthe/J.-L. Nancy, 『문학적 절대—독일 낭만주의의 문학이론*L'absolu littéraire, Théorie de la littérature du romantisme allemand*』, Paris: Seuil, 1978, p. 48.

8) *loc. cit.*

W(−I)

라는 도식으로도 표현할 수 있다. W는 세계를, I는 주체가 스스로를 '나'로 지칭할 때의 존재를 가리킨다. 마이너스 부호('−'), 그리고 괄호는 주체와 세계의 불화, 즉 주체가 세계 안에 포함되지 않고 따로 놓여 있다는 것을 가리킨다. 이것은 너무나 간단해서 무용한 듯이 보이는 도식이지만 잠시 후 쓰일 데가 있을 것이다.

오늘날 사용되는 서정시가 유럽에서 성립한 사정에 비추어볼 때, 한국에 서정시가 착근한다는 것은 어딘가 까다로운 부분이 있다. 방금 살핀 이야기들은 서정시가 한국에서 전혀 새로운 언어문화 형식일 뿐만 아니라, 한국인의 정신적 토양에 매우 부적합할 수도 있었음을 암시하고 있는 것이다. 왜냐하면 근대의 서정시가 전제하고 있는 '초월' 혹은 '절대'의 개념 혹은 단절의 의식이 한국인들에게는 매우 낯선 것일 수가 있기 때문이다. 한국인의 정신사 속에 초월의 관념이 없었다는 것은 흔히 얘기된 바이지만, 그러한 진술을 근대 인접기에 한하여 검증해줄 두 가지 사례를 들어보자.

『대한제국멸망사』[9]를 쓴 헐버트는 이방인의 눈에 비친 조선인을 "사회적으로는 유교도이고 철학적으로는 불교도이며 고난을 당할 때는 영혼숭배자sprit-worshipper"라고 기술한 적이 있다. 그리고 "여기에서 원시적인 영혼숭배라 함은 애니미즘, 샤머니즘, 물신주의 그리고 자연숭배

9) Hulbert, *The Passing of Korea*, New York: Doubleday, Page & Company, 1906, p. 404; H.B. 헐버트, 『대한제국멸망사』, 신복룡 역주, '한말외국인기록' 총서 1, 집문당, 2005, p. 469.

사상을 일반적으로 포함"한다고 덧붙이고 있다. 조선에 대한 지극한 애정을 품고 있었다고 기억되는 이 서양인이 '영혼숭배'라고 지칭한 조선인의 종교적 실천은 무속신앙을 가리키는 것이었을 터이고, 그것을 영혼숭배라고 규정한 그의 판단에는 그 무속신앙이 그의 눈에 영과 육, 정신과 물질, 우주와 자연의 유추적인 방식을 통한 동일화로서 파악되었음을 가리킬 것이다. 이 유추적인 방식을 통한 동일화는 지상과 천상 사이의 직접적인 연속성을 전제로 할 때만 가능한 것이고, 그런 연속성의 가정 위에서는 단절 혹은 초월의 개념이 설 수가 없는 것이다. 다른 한편으로 근대 인접기에, 조선의 내재적 모순을 혁파하기 위한 집단적 노력의 소산으로 일어난 동학운동 및 사상도 매우 상징적인 사례이다. 그동안의 연구 혹은 이해가 동학의 핵심적 세계관이자 서양의 어느 사상과도 구별되는 독자적인 사상으로 내세운 것은 '시천주(侍天主)', 사인여천(事人如天), '인내천(人乃天)' 사상이었다. 한국인의 인간존엄사상 혹은 만민평등주의를 축약하고 있는 것으로 이해되어온 이 세 개의 용어는, 중심점은 다르지만 모두 인간과 하늘의 내재적 연관을 함의한다. 신의 아들이든, 신의 배우자이든, 신 자신이든, 인간은 두루 신의 종족이라는 것이기 때문이다. 그리고 이런 내재적 연관의 구조 위에선 인간과 신 사이에 단절의 의식이나 초월의 개념이 들어설 자리가 없다.

그리고 초월과 절대 혹은 근본적 단절의 의식 위에 서지 않을 때 '서정'은 한갓 변덕스럽고 의심스러운 주관적 감정의 현시에 지나지 않게 된다. 왜냐하면 이미 하늘을 모시고 있는 자에게서 나올 것은, 그것이 입에서 나온 것이든, 손에서 나온 것이든, 아니면 어떤 다른 구멍에서 나온 것이든 간에 두루 보편타당한 것일 수밖에 없기 때문이다. 그러니 주관적인 감성이란 일시적인 여흥 같은 것이어서 책임을 지지 않는다는 조건으로 공적인 권리도 가지지 않는 변덕스러운 감정에 불과할 수밖에 없는 것이다.

3. 만해의 절대적 자아

아마도 만해가 다음과 같이 노래한 것은 그런 사정을 그가 직관적으로 간파했기 때문이었을 것이다.

> 나는 서정시인이 되기에는 너무도 소질이 없나 봐요.
> '즐거움'이니 '슬픔'이니 '사랑'이니 그런 것은 쓰기 싫어요.
> 당신의 얼굴과 소리와 걸음걸이와를 그대로 쓰고 싶습니다.
> 그리고 당신의 집과 침대와 꽃밭에 있는 작은 돌도 쓰겠습니다.
>
> —한용운, 「예술가」[10] 부분

만해가 보기에 마음을 표현하는 것은 감정의 과장된 노출이자 거짓된 분식이다. 그렇기 때문에 만해는 정서에 앞서는 사실의 전개를 그대로 적겠다고 말하고 있는 것이다. "당신의 얼굴과 소리와 걸음걸이" "당신의 집과 침대와 꽃밭에 있는 작은 돌"을. 그걸 "그대로" 쓰고 싶다는 시인의 말 속에는, 사실의 전개는 진실하고 정서적 표현은 그렇지 못하다는 관점이 단호히 심어져 있다. 그런데 우리가 더 주목해야 할 것은

10) 「님의 침묵」, 『한용운전집 1: 님의 침묵, 조선독립의 서 외』, 신구문화사, 1973, p. 46. 현대어로 고침.

그가 '즐거움'이나 '슬픔'이나 '사랑' 대신 '분노'나 '박탈'이나 '독립'을 노래하겠다고 하지 않고, 당신의 '얼굴'과 '소리'와 '걸음걸이'를 '그대로' 쓰겠다고 했다는 점이다. '즐거움·슬픔·사랑'의 감정의 집합과 '분노·박탈·독립'의 의지의 집합이 주체의 사건에 대한, 주체 자신에 의한 사후적 인지와 판단이자 그 인지와 판단의 결과로 주체가 준비할 다음 사건의 촉매로서 기능한다면, 당신의 '얼굴·소리·걸음걸이'는 주체가 만난 사건(당신) 그 자체이다. 결국 이것은 만해가 개인적 감정 대신에 사회적 분노를 택한 것이 아니라는 것을 보여준다. 서정시인이 되기에 소질이 없다는 그의 발언은 사적인 감정만을 노래하여 사회적인 책임을 망각하는 개인주의적인 시인에 대한 거부가 아닌 것이다. 오히려 만해는 개인적 차원과 사회적 차원을 동렬에 올려놓고 있었다. 그것은 시집 『님의 침묵』 전체가 통째로 증거하는 것이다. 연애와 광복을 하나로 파악한 것, 그것이 『님의 침묵』 아니던가?

그가 거부한 것은, 사적 차원이 아니라 상징적 차원이다. 즉 사건에 대한 정서적 반응이나 윤리적 판단이다. 정서적 반응이나 윤리적 판단은 개별적인 사건들을 일반적이거나 보편적인 가치 안에 집어넣는 작업이다. 그것은 사실을 '규정'하여 사실을 '의미'로 치환하는 작업이다. 상징의 기본적인 기능이 그것이다. 물론 그때의 규정과 의미는 일반성·보편성의 규정이고 의미이다. 그가 상징화의 차원을 거부한다는 것은 주체의 사건을 있는 그대로 진실로 받아들인다는 것을 뜻한다. 그리고 그것은 논리의 연속 위에서, 주체를 스스로 존재할 근거와 능력과 실체를 가진 존재로서, 다시 말해, 일종의 '절대적' 자아로서 인정하고 있다는 것을 가리킨다.

이것은 놀라운 일이다. 그러나 『님의 침묵』에 익숙한 사람에게는 놀랍지 않은 일이다. 왜냐하면 그는 이미 「님의 침묵」에서 자아의 단단한 심줄을 선언하였기 때문이다. 님은 "〔나를〕 차마 떨치고 갔"고 "황금의 꽃같이 굳고 빛나던 옛 맹세는/차디찬 티끌이 되어서 한숨의 미풍에 날아갔"는데, '나'는 절망에 빠지지 않고, "걷잡을 수 없는 슬픔의 힘을 옮겨서/새 희망의 정수박이에 들이부었"던 것이다. 어떻게 그것이 가능한가? '나'의 어디에 그런 힘이 숨어 있었단 말인가? 시에서는 "이별을 쓸데없는 눈물의 원천으로 만들고 마는 것은/스스로 사랑을 깨치는 것인 줄 아는 까닭에"라고 그 이유를 적시하고 있다. 그러나 이것은 자아의 신비를 더 강화할 뿐이다. 어떻게 '나'는 그걸 '안단' 말인가? 이 자아는 실천적 자아일 뿐만 아니라 '아는' 자아이기도 한 것이다. 지와 행을 겸비한 이 자아는 완벽히 독립적이다. 즉 사회 혹은 세계의 요소로 환원되지 않는다. 그래서 「복종」 같은 시가 나올 수 있는 것이다. 「복종」을 간단히 요약하면

(1) 나는 당신에게 복종한다.

(2) 따라서(혹은 왜냐하면) 나는 복종에 복종하지 않는다(혹은 않기 때문이다).

라는 두 문장으로 압축된다. 시의 문면에는 "그러나 당신이 나더러/다른 사람을 복종하라면,/그것만은 복종할 수가 없습니다"라고 되어 있으니 복종에 복종하지 않는 게 아니라 다른 사람에게 복종하지 않는 게 아니냐는 반문이 있을 수 있으니, 좀더 풀이해보기로 하자(그래서 시는 요약해서는 안 되는 것이다). 나는 왜 당신에게 복종하는가? "복종하고 싶은데 복종하는 것은/아름다운 자유보다 더 달콤합니다"라고 말

하고 있다. 즉 내가 복종하고 싶을 때 복종하는 것이다. 복종은 나의 선택이지 내 바깥의 사회적이거나 도덕적 기준(국가의 수호라는 의무에 복종해야 한다, 혹은 부모님에게 효도하는 것은 인간의 도리다 등등)에 근거하지 않는다는 것이다. 여기서 '나'의 비환원성이 선언되었다. 그렇기 때문에,

그러나 당신이 나더러
다른 사람을 복종하라면,
그것만은 복종할 수가 없습니다.
다른 사람에게 복종하려면
당신에게 복종할 수가 없는 까닭입니다.

의 2연에서 초점은, "다른 사람에게 복종"하는 사태가 아니라 "당신이 나더러 다른 사람을 복종하라"고 명하는 사태에 있다. 왜냐하면 다른 사람에게 복종하는 일반적인 사태는 이미 '나'에 의해 거부되었기 때문이다. 문제는 내가 복종하는 당신이 내게 그것을 명했을 때이다. 이것은 주체로 하여금 일종의 논리적 궁지에 직면케 한다. 당신에게 복종하는 까닭은 달콤하기 때문인데, 당신의 명에 따라 다른 사람에게 복종하면 나는 달콤함을 잃을 수밖에 없기 때문이다. 달콤함을 추구하면 달콤함을 상실하고 마는 역설에 마주치게 되는 것이다.

이 궁지를 주체가 어떻게 벗어나는지를 보자. 이 궁지를 해결하기 위해서 주체는 복종의 실행 과정에 시간의 굴곡을 부여한다. 순차적으로 읽으면 이렇다.

(1) 당신은 내게 다른 사람에게 복종하라고 명한다.

(2) 당신의 명령에 복종하는 것은 내게 달콤하다.

(3) 한데, 당신의 명령이 실행의 차원으로 옮겨가면, 당신은 사라지고 나는 다른 사람에게 복종하는 상태에 이를 것이다. → 그 순간, 나는 달콤함을 상실할 것이다.

(4) 나는 따라서 당신의 이 명령만은 복종할 수가 없다.

이 순차적 과정을 통해 시인은 두 가지 행동을 최종적인 결과로 만든다.

(1) 당신의 명령마저도 나의 복종하고자 하는 의지 속에 귀속시킨다.

(2) 당신의 명령을 순수명령의 차원에 유예시켜, 실행의 차원을 '나'의 선택으로 남긴다.

(1)은 말을 바꾸면 복종을 나에게 주어진 내용으로서가 아니라 나의 행위로서 취한다는 뜻이다. 따라서 나는 복종에 복종하지 않는다. 오히려 내가 복종을 규정한다. 그 규정의 원형은 '나는 당신에게 복종한다'이다. (2)는 (1)의 부수적 결과로서 주어지는데, 복종의 실제적인 실행권, 다시 말해 현실 응용의 권한을 '나'에게로 집중시킨다는 뜻이다. 따라서 이것은 자아를 결코 어떤 무엇에도, 그것이 세계이든, 윤리이든, 진리이든, 행복이든, 그 무엇에로도 환원시키지 않는다는 것이다. 물론 그가 회복시킬 것은 님과의 사랑이고 그가 얻어낼 것은 민족의 독립이며, 그가 마침내 구할 것은 삶의 진리이겠으나, 그 회복과 획득과 갈구의 처음과 끝이 모두 '나'의 몸의 사건이 되고야 마는 것이다.

그러니 이 자아를 절대적 자아라고 어찌 말하지 않을 수 있겠는가? 놀라운 것은 바로 이것이다. 왜냐하면 그런 절대적 자아는 '개인주의'가 삶의 원리로, 법으로서는 아니더라도 어쨌든 최소한 행동강령으로서 정착한 후에 가능할 것처럼 보이기 때문이다. 실로, 한국보다 모더니티를 훨씬 앞서 적극적으로 수용했던 일본의 경우에, 자아 형성의 과제는 아주 어려웠다고 미요시 유키오는 말하고 있다.

시라카바파의 작가가 '자아'에 관하여 말할 때 그들의 자아는 사실상 자아를 형성하도록 한 환경을 불가분의 조건으로 삼고서야 비로소 존립할 수 있었다. 그런 까닭에 그들의 철학이 사상으로서의 보편성이나 자율성을 획득하기란 처음부터 불가능했다고도 말할 수 있다. 그러한 구심성 혹은 원심력의 결여가 한편으로는 순수한 시민의식의 성립을 초래했지만, 다른 한편으로는 사상을 끊임없이 육체로 환원하는 고유의 사고 형태를 낳음으로써, 문학적인 허구의 가능성을 차단해버렸다는 것은 자명하다. 유일하게 아리시마 다케오를 제외하고 거의 모든 작가들이 사소설로의 경사를 피할 수 없었던 것도 바로 이 때문이다.[11]

매우 까다로운 진술이지만, 이렇게 정리할 수 있겠다.

(1) 일본문학에 개성의 문학이 출현했을 때 사회적 환경은 아직 구비되지 않았다.

---

11) 미요시 유키오, 『일본문학의 근대와 반근대』, 정선태 옮김, 소명출판, 2쇄, 2005(원본: 1972), pp. 22~23.

(2) 따라서 그들의 개성 추구는 순수이상화하였다.

(3) 다른 한편 그들의 개성 추구는 공유 가능한 허구로 발전하지 못하고, 그들 자신들만의 사건으로 국한되게 되었다; 이것이 많은 작가들이 사소설로 경사된 원인이다.

만해의 자아와 공유하고 있는 것이 있다. 일본문학에서도 자아의 사건은 사회 혹은 세계의 다른 무엇으로 환원되지 않는 자아로 발전해갔다는 것이다. 그러나 일본문학의 이 자아, 순수개별적인 자아는 공적인 차원에서는 아무 의미도, 영향력도 갖지 못하는 자아였다. 그 자아는 완벽하게 고립적인 자아이다. 그에 비해 만해의 환원 불가능한 자아는 공적 현실을 극복하는 자아이다. "걷잡을 수 없는 슬픔의 힘을 옮겨서/새 희망의 정수박이에 들이부"을 수 있는 자아였던 것이다. 이런 자아는 일본문학으로부터 오지 않았다. 한국 근대문학이 일본의 모방으로부터 시작했다는 것을 인정할 때 이것은 이상한 일에 속한다. 게다가 미요시 유키오는 일본에서 자아상(自我像)의 편류(偏流)의 가장 중요한 원인으로 사회적 환경의 부재를 들었다. 1920년대 조선의 사회적 환경은 1910년대 일본의 사회적 환경보다 못하면 못했지 더 좋지는 않았을 것이다. 그런데 어떻게 저런 힘센 자아가 나올 수 있었을까?

이 질문이 서정과 직접 관련을 갖고 있지는 않기 때문에, 그리고 나 스스로 이에 대해 명확한 해답을 갖고 있지 못하기 때문에, 간단한 추정만 하고 지나가겠다. 만해의 이 절대적 자아가 가능했던 것은 적어도 세 가지 요인, 즉 우선, 한국이 문화적 차원에서 식민지의 식민지였다는 것, 다음, 생활철학 혹은 수신(修身)철학으로서의 불교의 존재, 그리고 마지막으로, 동학사상에서 보이는 근대 인접기 한국인의 세계관이 특이성이라는 세 요인의 중층결정surdétermination의 산물이었으리라는 것이다.

이러한 추정은 만해의 '절대적 자아'가 모더니티의 산물로서의 서정적 자아와 관련이 없다는 암시를 담고 있다. 얼핏 보면, 이 자아는 19세기의 낭만주의자들이 요구했던 서정시의 한 요건을 충족시키고 있다. 그러나 결정적으로 다른 점이 있다. 바로 단절의 의식이 없다는 것. 희한하게도 만해의 '나'는 님이 떠나간 상황에서도 현실 속에 당당히 존재하고 있는 것이다. 이 점에 대해서는 정명환의 날카로운 관찰을 참고하는 게 좋겠다. 정명환 교수는 앙드레 말로의 『인간 조건』에서 카토브가 "극한상황에 처했기 때문에 도리어 죽음을 넘어서는 가치를 발견하"여 "죽음의 순간에 역설적인 구원을 얻는" 데 비해, 『님의 침묵』의 '나'는 "처음부터 이미 깨달은 자로 나타난다"는 점을 짚어내었던 것이다. "달리 말하면 카토브의 경우에는 생명을 내건 구원의 궤적이 그려져 있는 반면에, 『님의 침묵』의 '나'의 경우에는 그런 고행은 시적 언어가 태어나기 전에 이미 끝났고, 이제 '나'는 님으로 표상된 타자를 위해서 구원의 길을 밝히려 하는 계도적 존재"[12]로서 산다는 것이다. 물론 정명환 교수는 이러한 '나'의 존재가 『님의 침묵』의 문학적 의의를 훼손하는 것은 아님을 분명히 밝히고 있다. "초월적 가치에 입각해서 상황에 적극적으로 대처하려는 문학의 한 본보기"라는 것이다.

나 역시 그 점에 대해서는 이견이 있을 수 없다. 다만 지금의 자리에서 말할 수 있는 것은 이러한 자아는 서정적 자아와는 관련이 없다는 것이다. 이 자아는 스스로 초자아의 자리에 위치함으로써 존재의 활력

12) 정명환, 『젊은이를 위한 문학이야기』, 현대문학사, 2005, pp. 207~08.

과 방법을 갖는 자아이다. 이 자아가 상징화를 거부한다는 점을 앞에서 말했다. 그런데 그 거부는 바로 스스로 상징이 되는 고행을 선택하기 위해서였던 것이다. 이 자리에서 앞에서 잠시 비쳤던 도식을 상기해보기로 하자. 서정적 자아의 도식을 W(−I)라고 했다. 이 도식은 원래 골드만의 세계관의 유형학[13]으로부터 착안한 것이다. 골드만은 낭만적 세계관을 세계와의 근본적인 불일치라는 말로 정의했다. 그 점에서 골드만이 비극적 세계관을 '전부 아니면/그리고 무All OR/AND Nothing'로 정의한 것에 비추어, 낭만적 세계관을 '무Nothing'라고 말할 수 있다. 그런데 이런 정의가 포착하지 못하는 것은, 세계에 대한 전면적인 부정이 주체가 세계 속에 놓일 자리를 완전히 무화시키는데도 불구하고 그 불일치를 표지하는 순간에 주체는 이 세계 안에 남아 있다는 것이다. 그 점을 고려하면, 낭만적 세계관은 '무 그리고 하나Nothing and One'라고 할 수 있다. 그런데 이 '하나'는 세계 긍정의 방식으로가 아니라 세계 부정의 방식으로 세계 안에 존재한다. 세계 부정의 방식으로 존재하는 주체는 그 존재의 양태 자체가 음성적으로, 음모적으로, 범죄적으로, 광태적으로 존재할 수밖에 없다.

독일 낭만주의 운동을 통해 확립된 서정적 자아의 본질적 성격을 '반-세계적'—'개인'으로 정의한다면 이 서정적 자아는 낭만적 세계관의 주체에 상응한다. 이 서정적 자아의 존재 형식을 W(−I)로 표현한 것은 그 때문이다. 그런데 만해의 자아는 그렇게 존재하지 않는다. 그 존재는 세계 부정의 방식으로가 아니라 세계 계도의 방식으로 세계 안에

13) 골드만의 세계관의 유형학에 대해서는, L. Goldmann, *Le Dieu Caché*, Paris: Gallimard, 1959; 골드만, 『숨은 신』, 송기형·정과리 옮김, 연구사, 1986 참고.

세계와 동등한 무게를 가지고 공존한다. 따라서 그의 존재 형식은 W+I 라고 말할 수 있다. 그런데 이런 방식으로 존재하는 자아, 자아가 세계와 동등한 무게를 가지고 세계의 표면과 겹쳐지는 자아는 스스로 세계의 상징이 되는 경우에만 가능하다. 그 자아는 정명환 교수가 암시하듯이, 헌신하는 종교적 자아이고 초월적 자아이다. 반면, 서양문학의 경우 서정적 자아의 입장에 설 때, 초월은 그에게 있는 사건이 아니다. 초월적 존재는 자아 바깥에 절대적 타자로 저기 저편에 있다. 몰푸아Maulpoix의 관찰에 의하면, 보들레르는 낭만주의가 문학운동으로서는 소멸한 19세기 중엽에 이렇게 쓴다: "낭만주의는 성스러운—혹은 악마적인—축복이다. 우리는 그 덕택에 신성에 데인 자국을 영원히 간직하게 되었다." 그런데 그때 이미 신성은 저만치 숨어버린 뒤이다. "그러나 나는 숨은 신을 좇지만 헛되구나Mais je poursuis en vain le Dieu qui se retire."[14] 이것이 보들레르의 탄식이다. 몰푸아는 이로부터 보들레르적 우울spleen이 태어나며, 이 우울은 "예전의〔낭만주의 시대의—인용자〕 정념의 파도보다 더 깊고 더 근대적인 상처를 우리의 정신 안에 파놓는다"[15]고 말한다.

4. 김소월과 감정교육

그렇다면 일제하 조선인의 상황에서 서정은 아예 없었다는 말인가?

---

14) Charles Baudelaire, 「낭만적 태양의 몰락Le Coucher du Soleil Romantique」.

15) Jean-Michel Maulpoix, 『서정에 관해서*Du Lyrisme*』, Paris: José Corti, 2000, p. 81.

그렇지는 않을 것이다. 없었더라면 지금 숱하게 씌어지고 있는 서정시들은 뿌리를 찾을 길이 없을 것이다. 무엇보다도 서정성이 이식되기 위한 심리적 근거는 충분히 확보되고 있었다. 적어도 겉으로 보아서는 상반되는 두 가지 심리적 근거가 상호추동적으로 서정성의 발아를 달구고 있었다고 볼 수 있다. 한편으로, 이상화가 "빼앗긴 들에도 봄은 오는가"라고 절규했듯이 조선인들에게 박탈감 혹은 상실감은 매우 중요한 감정의 하나였으며, 그리고 그것은 3·1운동의 분기와 더불어 공적 감정으로 자리 잡았고, 또한 그 실패와 더불어 일반적 감정으로 확산되었다는 것이다. 박탈감의 전반적 확산은 세계에 대한 근본적인 부정의 태도 수립에 풀무 역할을 한다. 유럽 내에서의 지체아였던 독일에서 낭만주의 운동이 급격히 확산된 것도 그러한 사정에 기인한다. 다른 한편으로, 근대, 즉 모더니티에 대한 조선인들의 동경이 매우 강력했다는 것. 이 동경을 불타오르게 한 요인에도 두 가지가 있다. 첫째, 당시의 조선인들이 사실상 해체 상태에 있었고 일제강점에 완벽히 무기력했던 조선 사회의 물리적·정신적 말기 체계에 대한 환멸이 컸기 때문에 그들이 참조할 대상은 바깥으로 향하기가 용이했다는 것이다. 둘째, 강점을 한 것이 일본이었고 일본은 근대 자체라기보다 근대의 '모방태'로 인식될 수 있었기 때문에 근대에 대한 부정적 감정이 일본에 집중되는 대신, 근대 자체에는 긍정적 감정이 그만큼 더 부여되었다는 것이다. 조선인은 끊임없이 일본을 시늉하면서도 자신들이 배우는 것은 근대의 원형이며 침략자 일본의 문물과는 상관이 없다는 심리적 정당성을 확보할 수 있었던 것이다. 이러한 이중적 조건은 근대와 근대의 신문물에 대한 적극적인 영접의 의욕을 조선인들에게 불러일으키는 데 효과적으로 기능했을 것이다.

따라서 조선인은 모더니티를 받아들일 심리적 근거를 충분히 가지고 있었고 또 그것을 대부분의 제3세계가 그러했듯이, 혹은 여타 국가들보다 더 강력하게, 박탈과 보상의 방향에서 받아들이게 되었을 것이다. 서정성은 모더니티의 문화적 원료들 중에서도 특히 박탈의 테마 속에 포함된 항목 중의 하나라고 할 수 있으니, 어떤 다른 문화적 요소들보다도 서정성이 유입될 가능성은 더 컸다고 할 수 있을 것이다. 그러나 한국인에게 초월에 대한 감각이 부재했다는 것은, 서정성이 서양적 양태로 고스란히 유입되는 것을 방해하고 있었을 것이다. 달리 말하면, 근대에 대해 '애'는 달았지만, 그것을 받아들일 '몸'의 수용기관은 전혀 열릴 생각을 하지 않고 있었던 것이다.

우리는 여기에서 김소월의 딜레마와 그의 언어의 놀라운 곡예의 원천을 발견한다. 그 역시 다른 시인들과 마찬가지로 상실의 측면을 통해 근대문학의 창작에 다가간다. 그런데 그는 다른 시인들과 비교해 특별히 다른 점이 있었는데, 그것은 그가 그 상실을 이승과 피안 사이의 절대적 거리의 문제틀로 이해했다는 것이다. 그래서 김동리는 「산유화」를 두고 직관적으로 "청산과의 거리"를 짚어내었던 것이다. 이러한 사실은 김소월이 민요시인이라는 표찰에 관계없이 근대성의 핵심(숨은 신의 세계)을 간취하고 있었음을 암시한다. 본질의 세계는 저만치 떨어져 있다는 것, 그 단절의 의식이 그 핵심일 터인데, 「초혼」은 그 단절의 의식이 극대화된 상태에서의 절규라고 읽을 수 있을 것이다. "부르는 소리는 비껴가지만/하늘과 땅 사이가 너무 넓구나"와 같은 시구는 그 단절을 어떤 것으로도 메꿀 수 없다는 단절의 불가역성을 명확히 표현하고 있다.

그런데 「초혼」은 동시에 시인이 그 단절의 의식이 깃들 자리를, 자신에게서든 외적 사물에게서든 또는 시공간적인 어디에서든, 찾지 못하고 있음을 보여준다. 다시 말해 단절의 의식이 객관화될 여지가 보이지 않는다. 「초혼」은 거의 직설로만 이루어져 있다. 정인의 죽음이라는 사실의 되풀이되는 확인, 그리고 감정적으로 격화되어가는 부름, 이것만으로 이루어진 시다. 단 한 번, "붉은 해는 서산마루에 걸리었다./사슴의 무리도 슬피 운다"는 구절 속에 '나'와 '정인' 외의 다른 존재가 나타나는데, 이 '사슴의 무리'는 문면 그대로 읽으면, '나'의 정인의 죽음에 대해 '나'와는 별도로, 그러나 나와 마찬가지의 강도로 슬퍼하는 존재다. 따라서 '사슴의 무리'는 '나'의 슬픔을 대신 덜어줄 존재는 아니다. 물론 문면 그대로 읽어야 한다는 원칙은 없다. '나'의 슬픔을, 아니 정확하게 말해, 슬픔의 의미를 증폭시키기 위해 동원된 비유로 볼 수도 있다. 그런데 이 비유는 단절의 의식을 격화하는 방향으로 기능한다. 그래서 이어서 "설움에 겹도록 부르노라"가 되풀이되어 나온다. 부를수록 설움은 더욱 참기 어려워지는 것이다. 현재의 감정을 더 격화시키는 것, 그것이 한국인 특유의 감정 처리 방식이라는 짐작을 할 수 있을 것이다. 그렇게 하는 이유는 물론 감정의 수탁자인 자신의 가치를, 타인에게든 자신에게든, 부각시키기 위해서이다. 그것이 한국인 특유의 감정 처리 방식인지 아닌지는 여기에서 길게 논할 문제가 아니다. 문제는 이 시에서 동원된 언어들은 비유조차도, 감정의 표상 불가능성 쪽을 향해 간다는 것이다. 이 방향으로는 감정이 더 표현을 얻을 수가 없고, 당연히 그것이 느낌의 대상이 될 수도 없다. 독자는 마냥 어떤 막막한 감정의 무게에 질식할 것 같은 기분에 사로잡힐 뿐이다.

이 같은 사태는 「초혼」에서 김소월의 서정적 자아가 현실 안에, 좀더 정확히 표현하면 조선의 현실 속에서 조선인 독자에게 읽힐 시의 구조인에 깃들 적절한 모양을 찾아내지 못하고 있다는 것을 가리킨다. 요컨대 정서의 '객관적 상관물'을 얻지 못하고 있다는 것이다. 우리는 여기에서 서정에 대한 또 다른 정의로 넘어간다.

지금까지 서정성을 주관성의 표현이라는 의미에서 논의를 해왔다. 만일 순수한 주관성의 표현이 문제라면 그것에 정서의 객관적 상관물이 놓인다는 게 중요한 일이 아닐 것이다. 그런데 이 서정성은 세계와의 근본적인 단절을 통해서 성립한 것이다. 서정적 자아는 자신의 전부를 초월적 세계에 귀속시켰다. 대신 현실은 그에게 '무' 그 자체이다. 그렇기 때문에 서정적 자아는 세계 안에 놓일 자리가 없다. 그러나 그렇게 되면 서정적 자아는 존재 이유를 상실한다. 이 위기에서 벗어나려면 서정적 주체는 서정적 자아의 실제적 존재 근거를 마련해야 한다. 다시 말해 세계와 관계하는 자로서 드러내야 한다. 그러나 겉으로 드러난 현실은 서정적 자아와 '관계'할 수가 없다. 그때 그가 할 수 있는 일은 현실 속에 존재하는 다른 현실을 발견하는 것이다. 다음의 진술은 그런 사정을 적절히 설명하고 있다.

> 어떤 낭만적 시인도 정신 나간 놈처럼 "내가 하나님이다je suis tout"라고 선언한 적은 없다. 대신, 거의 모든 시인은 서정시인의 자격으로, 우주와, 혹은 그들이 '자연', 무한, 미지, '하나님'이라고 부르기 좋아하는 것과 아주 특별한 관계를 맺고 있는 것처럼 기술하는 태도를 보여왔다. 이 관계는 무엇보다도 말paroles로 이루어지는 관계이며, 특별한 대화 양식 속에서 형체를 이룬다. 많은 경우, 서정시인은, 마치 형제나 동네 사람들에게 말한다고 여겨지게끔 하는 방식으로, 우주에게—그리고 숲에게, 해에게, 우주의 신성에게—말을 건넨다. 가장 간단한 형식은 『시적 명상*Méditations poétiques*』에서 라마르틴Lamartine이 좋아한, '인사'의

형식이다. [……] 이런 텍스트들에서, 서정적 주체는 우주와 동일 평면에 위치하며, 우주와 마주 본 상태에서 명상에 잠긴다. 이것은 사실 루소Rousseau나 세낭쿠르Sénancour와 같은 산문가가 이미 그 모범을 보였다고 할 수 있는 태도가 시에서 나타난 것이라고 할 수 있다. 그러나 시인은, 우주와 마주 보고 말을 나누는 데에 만족하지 않고, 침묵하는 우주, 그러나 성스럽다고 긍정된 우주의 목소리[를 대변하는 존재]로 자처한다.[16)]

그런데 이 우주들 중에서 현실 속에 존재하는 것은 바로 '자연'이라고 지칭된 아직 개발되지 않았거나 개발과는 무관한 것으로 간주된 현실이다. 왜 자연인가? 자연이어야 하는가? 자연은 비현실적 현실, 즉 현실에 있으나 현실의 주인들에게 훼손당하거나 혹은 거꾸로 현실 너머의 신에 가장 가까운 세계이기 때문이다. 그런데 근대란 인간이 신을 버렸거나 신이 숨어버렸거나 한 시대인 것이다. 자연은, 신으로부터 인격적 독립을 시도한 르네상스인들이 더 이상 신에게서 모범을 구하지 못하게 되었을 때 곧바로 의지하게 된 참조틀이다. 신으로부터 의미를 받는 일인 '알레고리'를 더 이상 쓸 수 없게 된(혹은 쓰지 않게 된) 르네상스인들의 모토는 "자연의 사실들에 따라selon des faits de nature"[17)]였던 것이다. 또한 르네상스 휴머니스트의 문체에 가장 중요한 교과서로 쓰인 에라스무스의 『단어와 사상들의 풍요에 관하여*De Duplici Copia Verborum ac*

16) Yves Vadé, 「낭만주의 시대에서의 서정적 주체의 출현L'émergence du sujet lyrique à l'époque romantique」, 『서정적 주체의 형상들*Figures du sujet lyrique*』, sous la direction de Dominique Rabaté, PUF, 2e édition, 2005, p. 25.

17) Michel Thévoz, 「'시녀들' 뒤의 줌Zoom arrière sur les *Ménines*」, *Critique N° 563*, avril 1994, p. 227

Rerum』(1512)에서 '풍요'라고 번역된 'Copia'는 무엇보다도 "자연 그 자체의 다양성·가변성과 경쟁하려고 하는 문체에 대한 은유로 쓰"[18]였던 것이다.

이제 서정시는 주관성의 표현일 뿐만 아니라 자연을 노래하는 시이기도 한 것이 된다. "낭만주의 세대에게 서정의 본질은 자아의 개화, 그리고 그 자아의 자연과의 감응 속에 있었다"[19]라는 식의 이중적 정의가 빈번히 등장하는 것은 이런 사연 때문이다. 이제 서정시는 내면의 언어일 뿐만 아니라 자연시, 산수시, 생태시이기도 한 것이다. 그 점에서 한국에서도 최초의 근대 시인들이 제 마음의 설움을 노래하다가 자연을 노래하다가 하는 식으로 시작한 것은 당연한 일이었다고 할 수 있다. 김소월은 제 마음의 설움보다 자연을 더 노래한 첫번째 시인에 속할 것이다.

그런데 「초혼」에서 보았듯이, 자연은 전혀 서정적 자아의 객관적 상관물로서 시의 무대에 입장하지 못하고 있는 것이다. 이것이 한 편의 시에만 해당하는 것일까? 김소월의 시가 거의 대부분 자연을 노래한 것은 사실이다. 그러나 그의 시에서 자연은 상당 부분 '대상' 혹은 '목표'로 설정된다. 가령, 「산유화」의 '자연'은 그 자체로서 대상이다. 우리는 '산유화'가 시인이 그리는 어떤 연인의 은유라고 확언할 수는 없다. "엄마야 누나야 강변 살자"라는 유명한 시구에서도 '강변'은 그 자체로서

18) Terence Cave, 「글쓰기의 자원들Des réserves d'écriture」, 『프랑스 문학에 대하여*De la littérature française*』, sous la direction de D. Hollier, Paris: Bordas, 1993(1989), p. 130.

19) Gérard Dessons, 『시 분석 입문*Introduction à l'analyse du poème*』, Paris: Armand Colin, 2005, p. 23.

목표로 우선 읽힌다. 그다음에 그 강변이 어떤 이상향에 대한 은유인지는 확실치가 않다. "설다 해도/웬만한,/봄이 아니어,/나무도 가지마다 눈을 텄어라!"(「樹芽」 전문)의 '봄'도 마찬가지다. 그렇다고 은유로 기능하는 자연들이 없는 건 아니다.

> 시새움에 몸이 죽은 우리 누나는
> 죽어서 접동새가 되었습니다.
>
> —「접동새」 부분

에서 '접동새'는 '누나의 혼'을 은유한다. 그러나 그 은유가 성립하기 위해 '접동새가-되는' 과정이 개입해 있다. 이 '되다'의 과정 때문에 '접동새'를 '누나'와 통째로 동일시하기가 어렵다. '접동새'를 '누나의 혼'으로 받아들이기 위해서는 늘 '누나'와 '접동새'를 따로 분리시켜서 머릿속에 떠올린 다음이어야 하고, '접동새'가 '누나의 혼'을 은유하고 있는 도중에도 그 분리는 여전히 작동해서 "夜三更 남 다 자는 밤이 깊으면/이 산 저 산 옮아가며 슬피 웁니다"를 읽는 독자는 우선 '죽은 누나의 혼'을 '접동새'로 변신시키는 절차를 거친 후에야, 누나의 울음에 대한 공감으로 나아가게 된다. 이것은 마치 쪽수가 매겨지지 않은 채 철이 끊어진 책을 읽는 것과 같다. 종이를 바꿀 때마다 매번 쪽수를 확인하는 절차 때문에 방금 전에 읽은 쪽의 내용과 새로 읽을 쪽의 내용은 우선 서로를 맞추는 시간을 가진 다음에 연속으로 읽힐 수가 있는 것이다. 그리고 그걸 맞추는 동안, 연속적 읽기의 열기, 다시 말해 책에 동화되고자 하는 의지는 싸늘히 식어버리는 것이다. 이것은 가령, 라마르틴의 시구,

이렇듯 영원의 밤 속에 돌아올 길 없이 휩쓸려
언제나 새로운 강안 쪽으로 밀려가면서도
우리는 어느 날에나
세월의 대양에 닻을 내릴 수 있을 것인가?

오 호수여! 한 해는 이제 막 제 일을 마감하였구나
그 아이가 다시 만났을 물결들 근처에서,
보게나! 그 아이가 앉는 걸 네가 보았던
이 돌 위에 나 홀로 와 앉는 것을.

너는 이렇게 저 뿌리 깊은 바위들 아래에서 식식거리고 있었지;
지금처럼 너는 저들의 잘린 허리 위를 스치고 있었지,
지금처럼 바람은 제 황금빛 발 위에
네 물결 거품을 쏟아붓고 있었지.

—「호수」 부분

에서 보이는 자연의 존재 양식과 뚜렷이 다르다. 「호수」에서 '호수'는 가장 친숙한 대화 상대자이자 동시에 시인-화자와 시인의 잃은 딸을 모두 잘 알고 있는 증인이며, 또한 시인-화자와 딸 사이의 만남에 깊은 색조를 부여하는 주변의 풍광, 즉 그렇게 시인에 의해서 비유적으로 쓰이는 물상이다. 그렇게 해서 '호수'는 시인의 과거(딸과 함께 행복하게 지냈던)와 현재(딸을 잃고 상심하는) 사이를 한꺼번에 펼치며 그 관계의 추이를 실연하는 가상의 무대가 되어 시인과 정서를 공유함으로써 한편으로 그 정서를 보태고, 다른 한편으로 그 정서를 나누어 갖는다. 그것은 '호수'가 이 시에서 인공적인 흔적을 감춘 채로, 실물이자 비유로 동시에 쓰였기 때문이다.

김소월의 시에서 자연은 비유로 쓰이기보다 대상(큰 타자)으로 설정되거나, 비유로 쓰일 때에도 그 인공성의 자취를 남기기 일쑤다. 비유는 정신분석적으로 말하면, '작은 대상 a'와 같은 것이다. 그것은 진정한 현실을 잃었거나 빼앗겼다고 생각하는 주체가 부정적 현실을 극복하기 위해 스스로에게 제공한 진정한 현실의 편린 같은 것이다. 그것 때문에 주체는 불모의 사막에서 풍요의 땅을 꿈꾸는 일을 포기하지 않는다. 따라서 그것은 주체의 욕망의 원인으로 작용한다. 김소월에게 자연이 그런 자연스런 비유로 존재하지 않는다면, 그것은 자연이 시인에게 현실 극복의 편린을 제공하거나 혹은 욕망의 원인이 되어주는 데 힘들어하고 있다는 것을 가리키고, 그 까닭은 앞에서 말했듯, 한국의 자연이 서정적 주체의 요구에 몸을 열 수 있는 형상 혹은 구조를 갖추고 있지 않기 때문이다.

그러나 여기에서 그치고 말았다면 한국의 서정시 역시 발아할 기회를 김소월에게서 갖지 못하였으리라. 그런데 김소월은 이 자리에서 아주 놀라운 도약을 하는 듯이 보인다. 그것이 도약인 것은 그것이 일종의 발상의 전환으로 수확된 결과이기 때문이다.

무슨 말인가 하면, 그는, 무의식 속에서, 자신과 자연을 맞추어보는 작업에서 자연이 몸을 열지 않는다면, 자연을 자신에게 맞출 것이 아니라 자신을 자연에 맞출 것을 생각한 것으로 보인다는 것이다. 그 발상의 전환의 결과가 민요조의 채택이고 방언의 사용이다.

소월과 동향인 이기문 교수는 "언어의 직조에 섬세한 감각을 지녔던" 소월이 "중앙문단에 시를 발표할 것을 염두에 두고 詩作을 했으므로 될 수 있으면 당시의 문학어로 시를 쓰려고 노력했을 것"이라고 추정하고, "이런 노력의 자취가 『진달래꽃』 전편에 역력"하다고 증언한 후, "그러나 소월은 궁극적으로는 그의 방언에 의존할 수밖에 없었다. 이리하여 소월 시는 고향 방언을 토대로 하고 그 위를 문학어로 윤색하는 결과가 되었다"[20]고 말하고 있다. 게다가 그의 "표기는 실제 발음을 충실하게 반영한 것이다".[21] 왜 그랬을까? 물론 언어학자는 그 현상을 분석할 뿐 그 까닭을 말해주지는 않는다. 지금까지의 논의의 맥락에서 보자면, 그것이 주체가 스스로를 자연에게 맞추는 행위이다. 왜냐하면 방언은 가장 자연에 가까운, 그렇게 형성된 혹은 그렇게 이해되는 언어이기 때문이다. 그러니까 소월은 자연을 자신에 맞추기보다 자신을 자연에 맞추는 방법을 택한 것이다. 그러나 그저 맞추려고만 한 것이 아니다. 그는 '맞춘 후' 그다음에 자신이 배운 문학어로 여러 가지 '조작'을 가하였다. 그 조작은, 이기문 교수에 의하면, 일차적으로는 방언인 척 보이지 않으려는 '위장'이지만 그 이상으로 더 '자연스런' 시행을 얻기 위해 방언과 문학어의 다양한 배합을, 그 어휘적 측면뿐만 아니라 운율과 문법의 측면에서 시도하였다.[22] 그것은 그가 자연에 자신의 시어를 맞추는 법을 경유하여 근대시의 어휘적, 문법적 자원을 개발하는 방향으로 나아갔다는 것을 뜻한다.

민요조 역시 그와 같은 맥락에서 시행된 무의식적 선택이었을 것이다. 그는 새로운 리듬으로 당시 조선인 독자 대중을 충격하거나 계몽하

20) 이기문, 「소월 시의 언어에 대하여」, 김학동 편, 『김소월』, '한국문학의 현대적 해석' 총서 2, 서강대학교출판부, 재판, 1998, p. 181.

21) 같은 글, p. 172.

22) 그 사정이, 같은 글, pp. 185~92에 풍부히 제시되어 있다.

기보다 그들에게 가장 익숙한 리듬 위에 새로운 리듬을 세우려고 했을 것이다. 「산유화」의 3음보 리듬 혹은 3.4/3.3/4.4조 리듬의 분할구성은 그 결과로 나온 것이 틀림없다. 결국 소월은 한국문화의 자연 혹은 토속문화를 재현하거나 거기로 회귀한 것이 아니라, 토속문화 속으로 들어갔다가 토속문화를 통째로 들고 근대 쪽으로 나아갔다고 볼 수 있을 것이다.

다시 서정성의 표현의 문제로 돌아가 위의 얘기를 치환하면, 소월은 자연을 자신의 비유로 쓰는 대신 자신을 자연의 비유로 쓰는 방법을 택했다고 할 수 있다. 물론 최종적인 목표는 자신을 드러내기 위한 가장 적절한 비유의 형상을 찾기 위해서이고, 그것을 하려니 자신과 자연이 두루 변모하지 않을 수 없었던 것이다. 그렇다면 그의 주관적 감성 역시 표현을 얻고자 애쓰다가 그것을 얻지 못하고 있는 상황에서 감성의 변주를 기도했다고 볼 수 없을까? 그 점에서 「진달래꽃」에 대한 유종호 교수의 분석은 매우 시사적이다. 그는 「진달래꽃」이 "우리의 시 전통 속에서 아주 새로운 헤어짐에의 반응을 보여"준다고 말한다. 왜냐하면, 그것은 「가시리」나 「아리랑」에 나타나는 바와 같은 "순치된 저주"를 괴상한 '환송'의 자세로 변용하고 있기 때문이다. 이 언급에 이어 유종호 교수는 이 괴상한 환송의 자세에 대한 가능한 독해로 무려 다섯 개의 경우를 제시해 보이고 있다.[23] 그런데 비평가가 시의 해석에서의 다양성의 보기를 들기 위해서 그렇게 한 것은 아니다. 그는 다양한 해석의 가능성을 제시한 후에, 이런 다양한 해석들을 일단 떠나면서 그 다양한 해석을 가능케 한 장면 그 자체에 주목한다. 그 장면은 "일변 작위적이

23) 유종호, 「임과 집과 길」, 『동시대의 시와 진실』, 민음사, 1982, pp. 49~50.

고 부자연스러우면서 동시에 낭만적인 동작"이라는 것이다. 그리고 그 낭만성의 어원인 '로맨스'에 기대어,

> 그러니까 「진달래꽃」에서 가정된 헤어짐의 상황이나 꽃뿌림의 동작이 낭만적이라고 할 때, 그것은 아름따다 뿌려진 꽃잎 위에서 거행되는 樣式化된 헤어짐 속에 담긴 멋있음과 비현실성과 사랑의 미화를 뜻한다.[24)]

라고 풀이하고 있다. 이 대목에서 핵심적인 어사는 '양식화'이다. 그것의 원뜻은 산만히 흩어져 있는 삶의 양상들을 일반화하고 모형화하는 작업이겠지만, 여기에서 그것은 존재하기 어려운 삶의 국면들을 존재 가능한 것으로 변화시키는 일종의 맞추기 작업이라는 뜻을 더 강하게 가지고 있다. 그리고 이러한 양식화는 유종호 교수가 직접 언급하고 있지 않지만, 로맨스의 기원인 '궁정풍 사랑amour courtois'의 발생 과정과 정확하게 일치한다. '궁정풍 사랑'은 로마 제국의 몰락 이후 이민족의 침입으로부터 자기 땅을 마침내 수호하고 그리스·로마 제국에 버금가는 나라를 세우려고 했던 9세기 이후의 유럽인들이, 자신들의 이상에 걸맞은 문화를 만들고자 하는 의지와 실제적인 문화적 불모 상태의 모순 속에서, 12세기에 가서 만들어낸 최초의 문화 형식이었다. 그것은 일종의 문화 연습의 결과이자 문화 연습 그 자체였던 것이다. 유종호 교수의 진단을 연장한다면, 「진달래꽃」은 시의 페르소나가 자신의 비통한 상황을 예전처럼 약한 저주의 방식을 통해 해결하려고 하지 않고, 그러나 그렇다고 해서 내면 속에 가두어 변용해 보존하는 서양인의 방법도 적용할

24) 유종호, 같은 글, p. 51.

수 없어서, 예전의 방법을 우선 택하되 새로운 감정의 창출을 위해 옛 방법의 변용을 실험한 일종의 감정연습, 혹은 감정교육에 해당한다고 볼 수 있다.

5. 잠시 닫힘

서양문학에서 '서정적 취향'의 궁극적인 종착역은 '내면'이다. 즉 내면의 깊이를 획득함으로써 서정적 주체는 단절의 의식을 다스리고, 상상적으로 조형된 초월적 세계를 자신의 내면에 구축하게 된다는 것이다. 그 점에서 근대인은 서정적 주체에 와서 세계와 평면적으로 대치하고 있는 2차원적 존재로부터 세계, 외면, 내면을 가진 3차원적 존재로 변신하게 된다고 말할 수 있다. 물론 이 서정적 주체가 서정시인에게만 있는 것이 아니라 근대인 모두에게, 잠정적이거나 국소적인 방식으로 깃든다는 말을 새삼 덧붙일 필요는 없을 것이다. 여하튼 그것이 세계에 비해 턱없이 모자란 자, 세계로부터 거세당한 자, 혹은 세계에 살아남기 위해 자발적으로 거세한 자가, 그 미약한 힘으로 자신의 운명을 극복하기 위해 할 수 있는 최선의 길이었던 것이다. 그 완벽히 무기력한 자가 모든 무기력을 끌어모아 만든 내면의 성채는 그 노력만으로도 하나의 상징이 되어서, 여전히, 모든 내면이 사라지고 있는 오늘날 포스트모더니티의 세상에서도 여전히 그 '기능'을 유지한다는 것 역시 새삼 덧붙일 필요가 없을 것이다.

한국의 제도와 문화가 서양적인 것으로 완벽히 재편되는 과정에서, 한국인의, '시'라는 이름으로 지칭된 언어문화 역시 그러한 서정성을 향하여 나아가지 않을 수 없었을 것이다. 그러나 그 서정성은 토박이 한국 문화와 적절히 조화될 수 없었기 때문에 곧바로 내면의 형성으로 나아가지 못했을 것이다. 1920년대는 바로 서양적인 문학 형식의 강력한 유입과 토박이 문화의 저항 사이의 갈등을 조율하면서 적절한 문학 형식을 찾으려 모색하는 시기였으며, 한용운과 김소월의 시는 그 모색의 아주 대조적인 두 결실이라 할 수 있을 것이다.

지금까지의 검토에 의하면, 한용운의 시는 서양의 서정시와는 무관한 방향에서 태어나 형성되었다. '절대적 자아'라는 표면적인 동일성은 그러나 근본적인 차이를 두고 있는데, 그것은 서정시에 있어서 그 절대적 자아가 비현실 혹은 반현실의 자리에 위치하는 데 비해 한용운의 시에서는 정확히 현실에 위치한다는 점에 있다. 이것은 한용운의 시가 서양적인 문학 개념으로부터 '자아'라는 아이디어만을 빌려 왔으며, 자아의 실질적인 속성은 아주 다른 근원으로부터 취했다는 것을 가리킨다. 그 근원에 대해 앞에서 세 가지 원천을 추정의 방식으로 제시한 바 있지만, 구체적인 분석을 통해 검증되어야 할 것이다. 그러나 중요한 문제는 그 근원이 무엇이든, 한용운의 시가 서양의 시 개념과 무관한 방향에서 형성되었다는 것은 한국시가 일반적인 시와는 다른 '형태'를 이루었을 가능성에 대한 암시를 준다는 것이다. 그것을 실제로 확인하기 위해서는 한용운의 시가 후대의 시인들에게 어떻게 영향을 주었고 그 영향은 어떻게 변주되어나갔는가를 살피는 계보학적 탐색이 필수적인데, 이야말로 매우 어려운 숙제가 될 것이다. 왜냐하면 만해의 시와 후배 시인들 사이의 계보 관계에 대해 단서를 찾기 힘들기 때문이다. 소월은 말할 것도 없고 지용이나 심지어 이상에 대해서조차 '후배'를 말할 수 있는 데 비해, 만해에 대해서는 그렇지가 못한 것이다. 따라서 계보의 탐색은 인물의 차원에서가 아니라 보다 심층적인 차원, 즉 한국시의 저변에 체질화된 기법적 차원에서 행해져야 할지도 모른다.

반면, 김소월의 감정교육은 한편으로 세계와의 단절이라는 서정시의 근본적인 태도를 정확하게 간파하면서도, 다른 한편으로 그것의 적용을 토박이 문화의 저항을 수용하는 방식으로 꾀하는 과정 속에서 나타났다. 이 역시 문화 이식의 상황에 직면한 공동체의 시인만이 취할 수 있는 태도라고 할 수 있는데, 그중에서도 가장 범례적인 태도였다고 할 수 있다. 범례적이라는 것은 윤리적이면서 동시에 창조적이라는 이중적인 의미에서 쓰인 것이다. 그의 태도가 윤리적이라는 것은 서정시의 정신적 태도를 정확히 간파한 그의 인식적 능력이 "빼앗긴 들에 봄은 오지 않는다"는 당시 한국인의 역사적 정황에 대한 정직한 반응이라는 사실에 덧붙여, 바깥으로부터 들어온 언어문화 개념을 억지로 '이식'하려 들기보다는 그것을 한국인의 토착적 언어문화에 맞추어 변용하였다는 그의 유연하고도 복합적인 문화적 태도를 가리킨다.[25] 그의 태도가 창조적이라는 것은 그러한 윤리적 태도의 결과로서 그의 시가 한국의 전통적인 언어문화에도 표현된 바가 없고 서양의 서정시에서도 전례를 찾기 어려운 특별한 정서적 자세를 보여주었다는 것을 가리킨다. 정서의 표출이라기보다 정서의 '담보(擔保)'라고 말할 수 있을(문자 그대로의 뜻으로서), 이 "즈려밟고 가"라는 감정교육적 태도가 특별히 어떤 시적 형

25) 학회 발표 시, 이러한 태도가 자연과의 합일을 '귀의' 혹은 '순응'의 방식으로 행하는 한국인의 고유한 자연관에 상응하는 것일 수 있다는 이숭원 교수의 논평이 있었다. 그런데 우리가 일반적으로 알고 있는 자연 귀의, 자연 순응의 태도에는 귀의 주체의 '주관성'이 배제된다. 반면, 김소월의 태도에서는 주관성이 포기되는 것이 아니다. 토착문화에의 순응은 그것을 포기하지 않기 '때문에' 시도된 것이다. 따라서 그 둘 사이의 유사성과 차이에 대해서는 좀 더 깊은 분석을 요한다고 할 수 있을 것이다.

식과 연관되어 있는지는 아직 확실히 밝혀진 바가 없다. 다만 이 또한 한국시가 이루었을 특별한 '형태'에 대한 암시를 담고 있는 것만은 분명한데, 그것은 결국 1930년대에 일어난 것으로 이 글이 가정한 서정시의 확대에 결정적인 영향을 미쳤을 것이다. 그렇다는 것은 1930년대의 서정 역시 일방적으로 서양의 그것을 빼닮은 서정이 될 수는 없을 것임을 암시한다. 이제 필요한 것은 그 구체적인 실태를 조사하는 것이다.

「진달래꽃」이 근대시인 까닭 혹은 몰이해의 늪에서 꺼낸 한국시의 특이점[1)]

이 글은 한국 근대시의 출발과 더불어 한국인의 세계관에 하나의 특이점이 발생한 사건을 다루고자 한다. 여기서 한국 근대시라 함은 근대적인modern 의미에서의 미학적인 성취를 이룬 시를 가리킨다. 대부분의 제3세계의 문학이 그러하지만 한국의 문학 역시 서양의 모더니티가 도래한 이래 서양적인 방식으로 언어문화가 재편되는 과정 속에서 형성되었다. 그 과정은 아주 다양한 경로를 거친 긴 시간 동안 진행되었다. 그런데 그 과정 중 근대의 원소를 이루는 사건과 문화 요소들이 숱하게

1) 이 글은 앞글로부터 업그레이드된 내용을 포함한다. 앞글을 발표한 게 2006년이었는데, 이 글은 2012년에 초고가 작성되었다. 이때에 와서 나는 비로소 한국시의 역사적 이해에 대한 나의 그림이 분명해졌음을 느낄 수 있었다. 물론 이 명석화는 2000년대 이후 공시적 시각으로부터 통시적 시각으로의 전환(국어국문학과로 적을 옮기면서) 이후, 그 첫 결실로서의 앞글을 비롯, 후속된 탐구들이 초석들을 구성한 덕분이었다. 그럼에도 불구하고 이런 깨달음에 다다르기까지 무려 6년 가까이 걸렸다는 것은 오로지 필자의 아둔함 탓이라고밖에는 달리 말할 길이 없다.

출현하면서 근대의 묘상을 이루었을 것이고, 어느 순간 그 전체적인 모습으로서 근대적이라고 판정할 수 있는 문화적 사건 혹은 실물들이 나타나기 시작했을 것이다.

필자의 입장은 근대문학은 이 순간에 시작되었다고 보는 것이다. 이 순간이 오기까지의 긴 과정은 선-근대pre-modern라는 이름으로, 전-근대와 근대 사이의 과도기로 보고자 한다. 그런 시각에서 보면 한국의 근대시는 1925년에 출현하였다. 그해 김소월은 매문사에서 『진달래꽃』이라는 시집을 출간하였으며, 그 안에 수록된 시들이 바로 근대적인 의미에서의 '시'에 어울릴 만하였다. 그중 표제시인 「진달래꽃」은 최대치의 정서적 밀도를 이룬 것이어서, 아주 오랫동안 대표적인 한국시로 애송되었다. 이 시의 전문은 다음과 같다.

> 나 보기가 역겨워
> 가실 때에는
> 말없이 고이 보내 드리우리다
>
> 영변(寧邊)에 약산(藥山)
> 진달래꽃
> 아름따다 가실 길에 뿌리우리다
>
> 가시는 걸음걸음
> 놓인 그 꽃을
> 사뿐히 즈려밟고 가시옵소서

나 보기가 역겨워

가실 때에는

죽어도 아니 눈물 흘리우리다[2)]

그런데 이 시는 그동안 심각한 오독 속에 방치되어 있었다. 이 시는 마치 한국의 전통적인 여인상을 보여준 것처럼 해석되었는데, 그것은 이 시의 여성(이라고 가정된) 화자가 연인에 의해 버림받는 사태에 직면하여 취하는 인절(忍節)의 자세, 즉 "죽어도 아니 눈물 흘리우리"라는 단호한 결의의 태도는 한편으로 한국의 순종적 여인상을 보존하면서 다른 한편으론 세상의 역경을 온몸으로 견디어내는 근세사에서의 한국 여인에 대한 집단적 이미지를 보탬으로써, 선명히 부각되는 듯이 보였기 때문이다.

이러한 독법은 김소월을 한국의 전통적 시 형식의 계승자로서 간주하는 태도와 긴밀히 연결된다. 이미 그가 조선문학의 장에 모습을 드러냈을 때부터 그의 스승인 김억에 의해 '민요시인'(「시단의 1년」, 『개벽』 42호, 1923. 12. 1.)이라고 명명되었던 것은 주지의 사실이다. 이 전통보존자로서의 이미지는 사방으로 퍼져나가 1970년대에 한국 현대시의 리듬을 전통적 율격의 계승과 변형으로 보려는 '주체론'의 물결 속에서 소월의 시는 가장 모범적인 사례로서 가정되고 분석되곤 했던 사정으로까지 이어졌다.

그런데 소월 자신이 '민요시인'이라는 호칭에 불만을 표시했다는 것

2) 김소월, 『진달래꽃』, 매문사, 1925. 현대어로 수정: 『진달래꽃』, 최하림 편, 지식산업사, 1980, pp. 16~17.

은 김억의 회상(「요절한 박행(薄倖) 시인」)에 뚜렷이 새겨져 있는 말이다. 그러나 그 말을 진지하게 받아들인 해석자는 없었다. 시인의 불만은 일종의 가십에 지나지 않는 것으로 취급되었다. 그러나 실로 지금 이 자리에서 말할 수 있는 게 있다면 그 안에 진실이 있었다는 것이다. 어떤 진실이? 김소월은 전통시의 계승자라기보다는 오히려 전통적인 주제를 '활용'하여 근대적인 시를 한반도의 언어문화의 장 안에서 개발하려고 했다는 것, 바로 그것이다.

이 진술은, 한데, 김소월의 전통적 시 형식을 창의적으로 변용하였다는, 김억 이래 자주 언급되었던 이야기와는 다른 이야기이다. 더욱이나, 그러한 사실에 기대어, 김소월이 전통적 시 형식을 근대적인 시 형식으로 바꾸어 정착시키는 데 성공하였다는 저 주체론의 시대에 회자되었던 강변과는 하나도 닮은 데가 없다. 우리의 진술은 김소월이 전통적인 것을 활용하였으나, 전통을 계승하는 방식으로가 아니라 전통과 단절하는 방식으로 활용함으로써, 전통적인 것으로부터 근대적인 것으로의 이행을 수행하였다는 뜻이다.

그러한 이해를 위해서 독자는 무엇보다도 먼저 이 시에서 마지막 부분을 떼내어 그에 맞추어 시의 주제를 파악했던 종래의 악습에서 벗어날 필요가 있다. 시 한 편 한 편은 시의 최소 단위이다. 따라서 그것은 통째로 읽혀야 한다. 부분을 떼내는 것은 방법적으로만 가능하며, 그 방법은 오로지 시를 전체적으로 이해하는 데 봉사할 때만 유효하다. 그렇게 전체적인 맥락을 통째로 바라볼 때, 우리는 지금까지의 해석이 결여하고 있는 것이 무엇인가를 파악할 수 있다. 그리고 그 파악을 통해서 우리는 새로운 해석으로 나아갈 수 있다.

앞에서 말했듯 「진달래꽃」에서 재래의 해석이 집중한 것은 시적 화자의 태도였다. "죽어도 눈물 흘리지 않겠다"는 태도가 그것이었다. 물론 해석자는 그런 단호한 태도의 표명 안에 매우 끈덕진 망설임이 있다는 느낌의 압력을 지속적으로 받는다. 그래서 해석이 추가된다. 저 운명의 단호한 수락 안에 무언가 다른 게 있다고. 그 다른 건 이러이러하다고. 그런데 놀라운 것은 대부분의 해석들이 저 지독한 참음 속에 '미련과 원망'이 있다고 본다는 것이다. 겉으로는 참지만 속으로는 끓고 있다는 것이다. 겉을 강조하면 '인절'의 태도가 '초인적인' 양태로 부각되는데, 속을 강조하면, 저 '초인' 속에 '인간'이 들어 있음을 본다. 그러나 이런 해석은 복합적 해석이 아니다. 연인이 떠나는 사태에 대해 어떤 상황의 진전을 열어 보여주지 못하기 때문이다. 우리가 '복합적'이라는 수식을 붙일 때는 그게 그저 '표리부동'해서 붙이는 게 아니다. 상태의 단면성을 넘어서 모순된 두 면이 겹쳐져 있는 구조를 파악하고, 이어서 그 모순된 두 면이, 자발적으로든 인공적으로든 충돌하여 새로운 사건을 열어 보이는 걸 발견할 수 있을 때 붙이는 것이다. 저 인내 속에 고통이 들끓는다는 식의 해석은 전자를 가장(假裝)으로 만들거나 후자를 '치유할 수 없는 감정'으로 만든다. 그렇게 해서 변하는 건 아무것도 없게 된다. 시 쓰기(읽기) 이전과 시 쓰기(읽기) 이후가 차이가 없는 것이다.

무엇보다도 이런 해석의 단순성은 이 시에서 화자의 '태도'만을 보려고 하기 때문이고, 그러한 집착이 사실상 시의 특정 부분으로 시 전체를 판단케 하는 제유적 오류 속에 빠지게 하기 때문이다. 이 시에는 '태도'가 있는 게 아니라 행위가 있다. 우선, '태도'가 아니라 '태도의 표명'이라는 점이 주목되어야 한다. 태도 자체가 사실로서 제시되는 게 아니라 '밝힘'이라는 수행(遂行)적 행위로서 제시되고 있다. 이 태도 표명은 두 개의 버전으로 나뉜다. 처음에는 "말없이 고이 보내드리겠다"는 자신의 '행동 포기'에 대한 표명이다. 다음에는 "죽어도 아니 눈물 흘리우리"라는 특별히 '집중된 행동'으로서의 자세에 대한 표명이다. 그러니까 같은 내용이지만 양태적으로는 무시무시한 차이가 있다. 이 차이의 의미는 무엇일까? 그것을 이해하려면 이 두 태도 표명 사이에 무슨 일이 일어났는가를 보아야 한다. 그 사이엔 다른 행동들이 있다. 하나는 '행동의 예고'이다. "영변에 약산/진달래꽃〔을〕/아름따다 가실 길에 뿌리우리"겠다는 것이다. 다음은 상대방에게 '행동을 요구'하는 것이다. "가시는 걸음걸음〔마다〕/놓인 그 꽃을/사뿐히 즈려밟고 가시"라는 것이다.

이 예고와 요구에서 독자가 주의해야 할 것은 이것이 사실의 진행이 아니라는 것이다. 지금까지의 해석들은 마치 그렇게 사태가 일어난 듯이 해석하고 그에 근거해 분석하였다. 그래서 화자인 '나'는 이미 진달래꽃을 뿌렸고, 연인은 이어서 그 꽃들을 "사뿐히 즈려밟고" 가버렸다. 그러나 실제로 이 시에서는 아직 사건이 일어나지 않았다. 사건의 가능성이 열렸을 뿐이다. 그리고 다시 한번 주의를 하자. 말과 뜻 사이에는 불일치가 있을 수 있다는 것을. 특히 문학의 언어는, 롤랑 바르트가 일찍이 못 박았듯이, 근본적으로 '부인denegation'이라는 행위를 실천하는 것이다. 문학이 거짓말이라는 건 그것을 가리킨다. 이 시에서 화자는 진달래꽃을 뿌리겠다고 말했을 뿐, 실제로 뿌리지는 않고 있는 상태에 있다. 따라서 이 예고는 말 그대로 실행을 고지하는 것일 수도 있지만, 정반대로 공갈일 수도 있다. 어찌 됐든 화자는 이 예고를 통해서, 연인이 떠나는 길에 자신이 진달래꽃을 뿌리는 가정적 상황을 조성하고 있는 것이다. 왜 이런 가정적 상황이 필요한가? 바로 상대방의 반응을 이끌어내기 위해서이다. 따라서 이어지는 '행동의 요구'는 이 '예고'와 긴밀히 연결되어 있다.

이 가정적 상황을 살펴보기로 하자. 아마도 둘은 영변의 약산에서 진달래꽃을 따면서 즐겁게 놀았던 기억이 있을 것이다. 그러니까 진달래 꽃잎 하나하나는 과거의 행복했던 추억의 편린들일 것이다. '나'는 연인이 떠나는 걸 막을 수가 없다는 걸 절감한다. 그런데 그렇다고 가만히 있을 수는 없다. 추억의 비늘들에게 '나'의 심장을 후비는 일 말고 뭔가 다른 역할을 맡겨야 한다. 이 추억의 속성을 행복이라고 한다면, 그것은 '나'에게만 그런 것이 아니라 연인에게도 그럴 것이다. 그것을 떠나는 임의 발 앞에 뿌려놓고 밟고 가라고 말해보자. '나'에게서 모든 정을 접은 그는 "사뿐히" 그것들을 밟고 갈 수도 있을 것이다. 그러나 이 꽃잎들은 바로 '나'와 연인의 한때가 담겨 있는 꽃잎들이다. 그것들을 전혀 개의치 않고 밟고 지나가는 행위는, 한때 사랑했던 사람이, 자신의 전체를 투영해놓음으로써 그의 인격과 다름없이 된 것을 "즈려밟는"〔시인과 동향인 이기문 교수에 의하면 '즈려밟다'는 "발밑에 있는 것을 힘을 주어 밟는 동작"으로서의 '지레밟다' 또는 '지리밟다'의 변용이다(「소월시의 언어에 대하여」)〕 행위일 뿐만 아니라 자신의 행복의 재산을 짓밟는 일이 될 것이다. 연인이 서둘러 사라지려 할수록 그는 '나'와 자신을 동시에 망가뜨리는 행위를 하는 꼴이 된다.

물론 이건 '나'의 생각이다. 그러나 '나'는 바로 이런 생각을 근거로 연인을 도발한다. 한번 밟고 가보시라고. 독자는 '연인'의 생각은 알 길이 없다. 그러나 그가 한때 '나'와 사랑을 나누었던 사람이라면, '나'에 합당한 자야만 하리라. '나'에 합당한 이가 된다는 것은 저 '나'의 생각을 인정하고 그 사태 앞에서 다시 한번 자신의 떠남을 돌이켜 생각해볼 수밖에 없는 이여야 한다는 것을 가리킨다.

그렇게 하여 '나'와 '연인' 사이에 밀고 당기는 심리전이 개시된 것이다.「진달래꽃」의 2연과 3연의 광경은 바로 이 심리전의 마당이 열리는 광경이다. 4연의 '집중된 행동'으로서의 태도는 이 심리전을 '나'에게 유리한 쪽으로 돌리기 위해 고안해낸 또 하나의 전술로서 해석하는 게 더 타당하리라. '나'는 말한다. 한번 밟고 가보시라고. "사뿐히." 그러니까, "즈려밟고". 이 상황에서는 그 두 단어가 동의어이므로. '나'는 이어서 더 힘주어 말한다. "아니 눈물 흘릴" 테니까 한번 밟아보시라고. 내가 흘려야 할 눈물을 참는 만큼, 그 슬픔의 양은 해소되지 않고 '나'의 가슴에 고스란히 쌓일 것이고, 당신의 행복의 재산으로서의 진달래 꽃잎들을 짓무르게 할 것이라, 눈물 흘리지 않을 테니 밟고 가보시라고. 죽어도. 죽어도 아니 눈물을.

떠나는 '연인'이 진정 '나'에 합당한 자라면, 선택의 궁지에 빠지지 않을 수 없을 것이다. 그리고 독자는 이 한 편의 시에 엄청난 심정의 격랑이 난바다에서처럼 예측 불가능하게 몰아치고 있음을 느낄 것이다. 그러니까 이 시는 '나'와 연인 사이의 교묘한 전쟁으로서의 대화이자 동시에 그 전쟁에 독자를 참여케 하는 호소의 울림통이라고 할 수 있다. 독자는 20세기 벽두에 한 조선의 시인이 개발한 놀라운 근대적 광경에 빨려든다.

이 광경이 지극히 근대적인 광경이라는 것을 굳이 설명해야만 할까? 불행하게도 그래야만 할 것 같다. 축약해서 말하자. 모더니티란 인간이 세계의 주체가 된 시공간의 존재 양식이며(그것은 특정한 역사상의 시대가 아니다. 아니 시대였지만, 시간이 흐르면서 시간성을 초월해버렸다), 그때 인간의 실체적 단위는 개인이다. 개인이란 개체 단위의 지적 생명체라는 것을 뜻한다. 그리고 개인이 인간 시대의 실체적 단위라는 것은 공동체와의 단절이 개인의 성립에 전제가 된다는 것을 가리킨다.

이 축약된 청사진 위에 「진달래꽃」을 투사해보면, 무엇보다도 이 시의 드라마를 끌고 가는 주체가 '나'라는 것이 눈에 띌 것이다. 이 시의 주체는 한국인의 집단적 여인상도 아니고, 운명의 수락이라는 보편적 이념도 아니다. 그러한 일반적 단위는 이렇게 복잡한 내기를 걸 수가 없다. 다음, '나'의 이 내기를 읽으면서 독자는 자연스럽게 한국의 언어문화에서의 상호텍스트적 상관성을 운산하게 될 것이다. 왜냐하면 떠나는 임에 대한 정한의 표현이라는 주제는 우리에게 아주 흔하기 때문이다. 저 고려시대(서기 928~1392)의 「가시리」와 19세기 중엽부터 왕성하게 가창된 「아리랑」을 비롯하여 오늘날의 이런저런 가요까지 비슷한 이야기는 너무나 많다. 그런데 이야기하는 태도가 다르다. 그것을 「가시리」 「경기아리랑」과 「진달래꽃」을 비교해서 이해해보자.

「가시리」의 전문은 다음과 같다.

> 가시리 가시리잇고, 바리고 가시리잇고
> 날러는 엇디 살라하고 바리고 가시리잇고
> 잡사와 두어리마나는 선하면 아니 올셰라
> 셜온님 보내옵나니, 가시는 듯 도셔오쇼셔.[3]

「가시리」의 핵심 주제가 "가시는 듯 도셔오쇼셔"에 있다는 것은 잘 알려져 있다. 이 시는 사랑의 신비한 마술을 펼쳐 보여준다. "가시는 듯"의 순간에 이별의 아픔이 발생하고, 가시는 동안에 그 아픔은 증폭된

3) 김명준 편저, 『고려 속요 집성』, 다운샘, 개정판, 2008(초판: 2002), p. 195. 리듬감을 살리기 위해 고어 표현을 그대로 둠. 후렴구(조흥구) 제거.

다. 그런데 "도셔오소셔"의 순간, 아픔은 환희로 바뀐다. 게다가 "가시는 듯 돌아오시"는 사건은 아픔을 증대시킨 만큼 환희를 증폭시킨다. 이별 사건은 사랑을 강화하기 위한 촉매이다. 마치 매운 고추장의 통증이 쾌락전달물질을 분비하여 우리로 하여금 고추장을 맛나게 먹게 하듯이. 그러나 이 이별의 방법적 기제는 연인이 결국 떠나지 않을 거라는 믿음에 근거하고 있다. 즉 이 시는 단절을 모른다. 그리고 그렇다는 것은 이 시가 근대성의 저편에 놓여 있다는 것을 가리킨다. 근대성은 '단절'로부터 시작되는 것이기 때문이다. 왜? 그 단절이 있어야만 '나'가 성립할 수 있는 것이기에. 근대의 핵 단위인 '개인'으로서의 '나'를.

시·공간을 막론하고 근대의 초입에 낭만주의의 물결이 넘실댄 것은 그 때문이다. 골드만에 의하면 낭만적 세계관은 세계와의 근본적인 불화이다. 그것을 그는 '무rien'라고 간단히 말했다. 이 '무'는 믿고 의지해야 할 전체성의 세계의 부재를 가리킨다. 루카치가 『소설의 이론』 첫 문장에서 언급했던 그 세계, 밤하늘의 별이 우리의 갈 길을 인도하던 세계. 그 세계가 사라져버린 것이다. 그래서 '무'이다. 그런데 골드만은 한 가지를 빠뜨렸다. 그 전체성의 세계가 붕괴하기만 한 것이 아니기 때문이다. 그것이 붕괴하면서 어떤 새로운 존재가 전자처럼 튀어나왔는데, 바로 '개인'이 그것이었다. 그것을 염두에 둔다면, 낭만적 세계관은 그냥 '무'가 아니라 '무&나Nothing & I'라 해야 할 것이다(보다 자세한 내용은 앞의 글, 「한국 현대시에서 서정성의 확대가 일어나기까지」 참조).

한반도에서도 모더니티의 문물이 쇄도하면서 사람들은 단절을 경험하기 시작한다. "19세기 중후반에 서울·경기 지역으로 진출하여 통속민요로"[4] 불린 것으로 알려진 '아리랑'의 가사들은 그러한 단절감을 다양한 방식으로 표현한다. 그중에서도 한국인이 가장 널리 부르는 「경기

아리랑」은 그 단절에 대한 반응을 다음과 같이 드러내고 있다.

> 아리랑 아리랑 아라리요
> 아리랑 고개로 넘어간다
> 나를 버리고 가시는 님은
> 십 리도 못 가서 발병 난다

이 가사가 「가시리」와 결정적으로 다른 점은, 떠나는 님이 틀림없이 돌아오리라는 믿음이 제거되었다는 것이다. 그런 믿음이 없다는 것은, 나와 연인 사이의 정신적 교류의 통로가 닫혔다는 것을 뜻한다. 즉 '나'와 연인은 더 이상 같은 정신적 지주, 같은 물질적 근거를 갖고 있지 않게 된 것이다. 이제 사르트르의 말을 빌려, "타인은 지옥"(『닫힌 방*Huis Clos*』)이 되기 시작한다. 그러한 단절의 사실을 체념하면서 「경기아리랑」의 화자는 연인을 억지로라도 돌아오도록 하려는 충동에 내몰려 저주를 퍼붓는다. 이것은 매우 거친 감정적 반응이다. 즉 즉각적이고 말초적이고 단순하다. 이것은 누구나 원하지 않는 이별의 시초에 겪을 수 있는 감정이다. 그러나 여기에는 '나'의 역할이 빠져 있다. '나'는 연인과의 단절을 통해서 '독립자'가 되었는데, 그러나 아직 주체적인 행위자가 되지 못한 상태다. 나는 질병이라는 타자를 빌려, 연인을 징벌하려고 한다. 그 징벌을 통해 연인이 속죄를 위해 돌아올 수 있다는 듯이.

이 두 작품과 비교하면, 「진달래꽃」의 화자가 누구인가를 금세 확인할 수 있을 것이다. 바로 단절을 자신의 상황으로 받아들이는 사람이자

---

4) 정우택, 「현대시와 아리랑」, '아리랑 페스티벌', 2012. 6. 15.

동시에 그 단절을 극복하기 위해 자신의 행동을 개입시키는 사람인 것이다. 다시 말해, '나'의 단독성과 나의 '행위성'을 갖춘 이가 그이다. 바로 그 존재가 진정한 의미에서의 '근대인'이다. 단독자로서의 '나'는 주변의 다른 존재들, 자신이 속한 공동체로부터 자신이 떨어져 있음을 확인한다. 반면 '행위자'로서의 '나'는 그 단절을 극복해 함께 어울려 사는 '사회'를 만들기 위해 자신의 정신과 노동을 투여한다. 그런데 '단독성'과 '행위'의 양면성을 정확히 인식하고 있는 근대인이라면, 그의 행위가 단숨에 단절을 이길 수 없다는 것을 잘 알고 있다. 그것은 매우 지난한 싸움이 될 수밖에 없다. 머리를 짜고 가슴을 열어야 한다. 속이고 호소해야 한다. 「진달래꽃」의 화자가 떠나는 임 앞에 가상의 무대를 설치할 것을 예고하고, 그것에 의지해 연인과 심리전을 벌이는 것은 그 때문이다. 시인은 분명, 한국인이 그러한 이별 상황에 대해 아주 익숙하다는 사실[5]을 잘 알고 있었다. 또한 그 상황에 대한 한국인의 반응의 진화 과정을 그의 무의식 속에서 직관적으로 파악하고 있었을 것이다. 그는 이 전통적인 상황을 재도입함으로써, 독자와의 정서적 친화성을 충족한 후에, 그다음엔 거꾸로 전통적인 반응을 폐기하고 새로운 반응을 창출하는 작업을 해나갔다. 그 결과가 바로 「진달래꽃」이라는 완미한 시 한 편이다.

이렇게 「진달래꽃」은 오늘날의 한국인도 빈번히 빠져들고 마는 미련의 정서를 절묘한 내기의 창출을 통해 극복함으로써 이별의 상황을 스스로 주도할 주체적인 개인의 자세를 빚어내었다. 이는 바로 한국인이

5) '이별'에 감정을 집중적으로 투자하는 이러한 상황은 매우 한국적인 정서의 상황이다. 서양 문학의 경우, 사랑의 문제는 통상 '불륜'의 형식으로 나타났다(Alexandre Micha, *De la Chanson de geste au roman* 참조).

최초로 '세계의 창조자이자 모험가로서'의 근대인으로 태어나는 순간이었다.

'서정'을 규정하는 이 땅의 희극에 대해서: '한국적 문학 장르' 규정 재고
—'세계의 자아화'라는 허구 혹은 '보편적 자아'의 끈질김

한국문학의 장르에 대해 아주 강력한 영향력을 끼친 입장이 있다. 그것은 전통적인 서양의 3분법에 배당된 '서정' '서사' '극(희곡)'에 '교술'이라는 장르를 추가한 것이다. 이 4분법을 가능케 한 발상은 문학을 '자아/세계의 대립'이라는 기준에 근거해 그 둘 사이의 관계의 양상을 분류한 데서 비롯되었다.

> 서정: 작품 외적 세계의 개입이 없는, **세계의 자아화**
> 교술: 작품 외적 세계의 개입에 의한, **자아의 세계화**
> 서사: 작품 외적 자아의 개입에 의한, 자아와 세계의 대결
> 희곡: 작품 외적 자아의 개입이 없는, 자아와 세계의 대결[1)]
>
> (강조—필자)

1) 조동일, 『한국문학의 갈래이론』, 집문당, 1992, p. 281.

언뜻 보아서 이러한 분류는 아주 깔끔한 논리를 구축하고 있다. 게다가 이 4분할 구성은 고전문학에서 흔히 보이는 교술 장르까지 포함한다고 주장함으로써, 시대를 초월한 보편적 장르이론을 달성한 듯이 보이기까지 한다. 그 때문에 이 장르이론의 주창자는 이러한 자신의 업적이 스스로 대견해서 "이로써 천고의 의문이 풀렸다"[2]고 자부하고, "필자의 갈래이론이 세계문학사 재건의 기초작업이 될 수 있기를 기대한다"[3]는 진술을 서슴지 않았으며, 자신의 저서 여러 곳에서 이 장르 분할 구성을 수없이 반복해서 재인용하였다.

이 장르이론은 후배 연구자들에 의해 무비판적으로 수용되었다. 그런데 이 주장 및 현상은 다음과 같은 점에서 재고될 필요가 있다.

첫째, 이 장르 분할 구성에는 '자아'에 대한 모호한 정의로부터 비롯된 혼동이 있다고 생각한다. 자아/세계의 이분법은 문학의 주체를 '자아'에 두고 있다는 것을 가리킨다. 그리고 '자아'를 인간 주체의 자기 자신에 대한 이미지라고 볼 때, 이 자아는 얼핏 보아서는 세계로부터 독립된 개인으로서의 자기에 대한 이미지를 가리킨다는 인상을 제공한다. 즉 '근대Modernity'에 와서 광범위하게 통용된 개인주의적 규정 내에서의 순수한 개성적 존재로서, 세계 일반과 대립하는 존재로서의 '자아'로 비쳐지는 것이다. 그러나 그런 자아가 근대적 개인의 이미지라면, 이러한 자아/세계의 이분법을 고전문학에까지 적용할 수 있을까?

실로 서양 장르이론이 통상적인 3분 체계 안에, 조동일이 '자아의 세

---

2) 조동일, 『한국소설의 이론』, 지식산업사, 1977, p. 104.
3) 조동일, 『한국문학의 갈래이론』, p. 24.

계화'라고 풀이한 갈래가 보이지 않는 것은, 무엇보다도 그런 언어문화는 근대적인 자아의 입장에서는 가능하지 않은 존재 양식이었기 때문이다. 무엇에도 의존하지 않은 독립된 개인의 이미지로서의 자아가 어떻게 세계에 동일화될 수 있단 말인가? 현대에서도 그런 언어문화가 존재할 수는 있을 것이다. 집단적 동원(가령 '국민 총동원' 같은)을 촉구하는 권력자나 정치적 데마고그들의 글이나 발언에서 그런 '자아의 세계화'를 볼 수는 있을 것이다. 그러나 무엇보다도 인간의 자유에 기초하고 그 자유의 최량의 상태를 지향하는 자리라고 가정된 문학에 그런 언어문화가 들어설 자리가 없는 것이다.

만일 '자아의 세계화'라는 정의에 걸맞은 '자아'가 있다면 그 자아는 순수한 단독자로서의 자아가 아니라 일종의 보편적 인간관을 대리하는 자아일 것이다. 가령 유교적 덕목인 '사군이충' '부자유친' 등의 충효의 윤리를 대행하는 자아, 모든 유교적 선비들이 스스로 담당하고자 하는 자아일 것이다. 이런 자아는 그런데 개성적 인간으로서의 자아와는 아주 다른 자아이다. 따라서 위의 4분할 구성에서 '교술' 장르의 자아와 다른 장르들의 자아는 전혀 이질적인 존재이다. 그런 존재들을 '자아'라는 하나의 개념 안에 뒤섞어버리는 것은 저 구성 자체가 일관성을 상실하고 있다는 것을 가리킨다.

이러한 혼동은 어쩌면 근대적 자아에 입각한 근대문학의 존재론적 의의에 대한 저자의 무지 혹은 무시를 가리키는 것일 수 있다. 그런데 문제는 저런 장르이론이 거의 무비판적으로 수용되었다는 점에서 더욱 심각하다. 그리고 그런 현상 뒤에는 각 장르에 대한 한국적 이해에 특이한 편향이 잠복해 있다는 것을 암시한다. 이는 우리를 이 장르이론에 대한 두번째 문제틀로 이끌고 간다.

우리는 그런 편향을 '서정 장르'에 대한 정의에서 명료하게 알아볼 수 있다. 조동일의 장르이론은 서정 장르를 "작품 외적 세계의 개입이 없는, 세계의 자아화"라고 정의하였다. 이 정의는 통상 '세계의 자아화'라는 용어로 축약되어 널리 인용되어왔다. 이 정의 역시 언뜻 보아서는 무리가 없어 보인다. '서정시'라는 개념은 통상적으로 화자의 순수한 느낌을 언어로 표현하는 것으로 받아들여져 왔다. 따라서 외적 대상을 자신의 감각으로 수용해 자신의 정서로 변용하여 언어로 표현하는 것을 서정시라고 지칭한다면, '세계의 자아화'라는 정의가 무리 없이 수용될 수 있을 것 같다.

그러나 세계의 자아화라는 말은 외부 세계 전체를 자기의 주관성 속에 가둔다는 뜻으로 흔히 쓰이게 되었다. 이것은 서정 장르에 있어서 주관성에 중점을 둔다 하더라도 매우 무리가 많은 관점인데, 왜냐하면 자아가 아무리 크다 하더라도 세계를 다 집어삼키는 건 불가능하기 때문이다. 그런데 이런 생각의 편향을 가능하게 한 풍토가 조성되어 있었으니, 그것은 한국에서의 서정시 개념이 특이한 방식으로 왜곡되었기 때문이라는 정황이다. 즉 본래 서양에서 발달한 문학 개념들이 한반도에 들어오는 과정 중에 토착적인 재래문화와 습합이 발생해서 본래의 개념과 다른 개념으로 정착했던 것이다. 그것은 특히 '서정시'에 대한 개념 정의에서 그렇게 되었다. 그 사정을 요약하면 다음과 같다.

독일 낭만주의자들에 의해 집중적으로 탐구된 서정적 자아의 존재 양태는 다음과 같이 정리될 수 있다.

(1) 현실과의 불화

(2) 절대적 자아의 형성과 고립

(3) 회억이라는 사유 형식

눈 밝은 사람은 금세 눈치챘겠지만 이 세 항목 중 하나는 한국 서정시를 거론하는 자리에서 통상적으로 누락되고 있다. 대신 다른 하나의 항목이 추가된다. 배제되는 것은 '현실과의 불화'이고 그것을 대체하는 다른 규정은 '자연과의 동화'[4]이다. 언뜻 보아 이 둘 사이에는 논리적인 연결선이 있다. 현실이란 통상 인간 현실을 가리키는 것이고 인간 현실로부터의 소외 혹은 그에 대한 환멸이 자연과의 친화를 낳을 수 있기 때문이다. 그리고 이러한 생각은 한국시에만 특별한 것이 아니고 서양의 서정시에도 익숙한 것이다. 가령 콜리지와 워즈워스가 『서정담시집*Lyrical Ballads*』을 기획했을 때 그들이 "그 당시의 박학 중심의 신고전주의적 스타일에 대항"해 "일상어로 된 운문으로 작성된 모든 사람에게 다가갈 수 있는 작품을 쓰기"로 하면서 "고대 문헌들의 관념세계보다는 자연세계에 특별히 초점을 맞추"[5]었다는 것은 잘 알려져 있는 사실이다.

그러니까 서정시의 '모형'을 제공한 서양의 문학에서도 자연은 다른 현실을 향해 나아가는 매개체였다. 그러나 한 가지 결정적인 차이가 있는 듯하다. 그것은 한국시에서 자연과의 동화는 말 그대로 자연에 대한 귀의, 자연 안으로의 자아의 완전한 침닉을 가정한다는 것이다(가정한다는 것은 실제로 그것이 이루어지지 않는다 하더라도, 그러한 상태를 갈망

4) 너무나 많은 사람들이 이런 용어의 상용 혹은 이런 유의 해석을 스스럼없이 해왔기 때문에, 특정한 연구자들을 거론하는 게 바람직하지 않을 정도이다.
5) Samuel Taylor Coleridge, *Complete Works*, Delphi Classics, Kindle edition, 2013 중 편자 해설, 「서정담시집 그리고 다른 시들」.

한다는 뜻으로 쓰였다). 가령 다음과 같은 시,

마른 산에 봄비 나리니
금시에 청산 되는 것을,

청산이 따로 있던가
비마저 숨〔어〕살면 청산 되는 것을

우리도 언제
저 청산같이 푸르청청하여보나

—김동환, 「봄비」[6]

또는

돌담에 속삭이는 햇발같이
풀 아래 웃음 짓는 샘물같이
내 마음 고요히 고운 봄 길 위에
오늘 하루 하늘을 우러르고 싶다

—김영랑, 「돌담에 속삭이는 햇발」[7] 부분

에서 보이는 태도가 뚜렷이 가리키는 것이다. 이 시구들에서 '자연'은

6) 이광수·주요한·김동환, 『삼인시가집』, 삼천리사, 1929, p. 135.
7) 이숭원, 『영랑을 만나다—김영랑 시 전편 해설』, 태학사, 2009, p. 20.

다른 무엇의 비유나 촉매가 아니다. 그 자체로서 실체이고 그 자체로서 목적이다. 이 시구들에서의 자연 안으로 침잠하고자 하는 의지는 훗날 서정주의 『신라초』에 와서 절대이념으로 진화하게 될 것이다. 그러나 아직은 거기까지 가려면 꽤 꾸불꾸불한 굴곡을 거쳐야 하리라. 우선 독자가 확인하는 것은 이러한 태도가 상당 부분 전통시가의 잔류물로서 이해될 수 있다는 것이다. 즉 이런 태도는 도연명의 「귀거래사」나 혹은

> 타관살이 꿈길이 고향산을 맴돌다가
> 비바람치는 낡은 집에 처자 함께 왔습니다.
>
> 벼슬 일찍 버린 것 애석할 것 없어요.
> 내 재주 원래가 모자란 건데
> 한 세상 건너기가 어려운 줄 알았어요
> 내 본성 원래가 옹졸한 탓에
>
> 마을에 벌인 잔치 백안(白眼)이 없고
> 고깃배에 술 취하여 모두가 붉은 얼굴
>
> 선인들 남긴 글 차례로 읽어가며
> 남은 생애 이 속에 의탁하려오

—정약용, 「고향에 돌아와」[8](1800)

8) 정약용, 『다산시선』, 송재소 역주, 창작과비평사, 개정판, 2013, p. 238.

와 같은 시가 그대로 보여주듯, 세속의 분규에서 밀려난 사람이 고향에 돌아와 자연에 의지하고자 하는 태도("고향산"이라는 표현은 옛 친지들로 둘러싸인 고향이라 하더라도 그 바탕이 자연이라는 것을 함의한다)와 깊은 친연성을 가지고 있다고 할 수 있다. 그렇다면 여기에 '자아'가 있는가?

당연히 있다. 우리는 이러한 귀향의 시가들과 더불어, 아니 논리적인 시간에 근거해 정확히 말하자면, 귀향에 이어 「장진주사」나 「어부사시사」의 세계가 펼쳐진다는 것을 익숙히 보아왔다. 그렇다는 것은 자연에의 귀의는 자연 그 자체가 되는 게 아니라 자연을 잘 즐긴다는 뜻임을 가리킨다. 그리고 그 안에서 노는 이는 바로 '자아', 즉 주체의 자기에 대한 이미지이다. 그러니 여기에 자아가 떡두꺼비처럼 들어앉은 게 틀림없다. 신명 난 자아가 자연 속을 유영하는 것이다. 환한 미소와 함께. 아마도 다음 시구는 그 광경을 여실하게 보여주는 하나의 예다.

술통에 술이 가득 차 있네.
술병과 술잔을 끌어당겨 혼자서 술 따라 마시고
뜰의 나무 바라보며 얼굴에 기쁜 표정을 짓는다.
남쪽 창에 기대어 거리낌 없이 마음을 푸니
좁은 방이지만 참으로 편안함을 느끼겠네.

—도연명, 「돌아가자(歸去來兮辭)」[9]

이 시에 빠진 게 있다면 "술통을 끌어안고"라는 표현이리라. 고향에

9) 도연명, 『도연명 전집』, 이치수 역주, 대산세계문학총서 38, 문학과지성사, 2005, p. 298.

돌아가 "혼자서 술 따라 마시고", 즉 자족하며, "뜰의 나무 바라보며 얼굴에 기쁜 표정" 지으며, 다시 말해 자연을 동무 삼아, "남쪽 창에 기대어", 곧 자연은 나의 든든한 배경이 되어주어, "거리낌 없이 마음을 풀"고 "참으로 편안함을 느끼"는 이 자아는 자연과 소위 혼연일체된 자아다. 그가 처한 "좁은 방"은 실은 꽉 찬 방이다. 자아는 세계와 하나가 되어 있다. 그러나 이 자아는 자신의 유일무이성을 실감하지 못하는 자아, 다시 말해 보편적 자아다. 가령 이런 자아는 황동규의 시구를 빌려 "어느 누구도/옆놈 모습 닮으려 애쓴 흔적 보이지 않는"(「제비꽃」[10]) 존재가 아니다. 다시 말해 자신의 단독성을 생래적으로 알아차리고 있는 자아가 아니다. 우리는 후자로서의 자아가 근대, 즉 모더니티 이후에 출현했다는 것을 잘 알고 있다. 누누이 말하는 것이지만, 모더니티란 개인을 핵자로 하는 인간이 신을 물리치고 세계의 주도권을 쥔 시대, 아니 차라리 그런 존재 양식을 근본적인 삶의 원리로 갖고 있는 사회이다. 그런 사회에선 저 「귀거래혜사」에서 드러나는 바와 같은 보편적 자아란 없다. 왜냐하면 그 사회의 가장 근본적인 운용 원칙은 '자유'이고, 자유란 모든 존재의 유일무이성을 가정하기 때문이다. 보편적 자아에게는 이런 '자유'의 흔적이, 하물며 주름은 더욱더 없다. 안분지족을 자유라고 착각하면 안 된다. 그것은 현실을 자연으로 대체하고 현실에 합류하는 대신 자연에 의탁하는 일에 만족하는 태도에 불과하다. 이 '현실을 대신하는' 자연은 현실의 의미세계로부터 완벽히 배제된 그런 순수한 자연이 아니다. 그것은 말 그대로 현실을 대신하는 것, 즉 대리 현실에 불과하다. 또한 그런 의미에서 자연에의 귀의는 결코 자연주의가 아

10) 황동규, 『외계인』, 문학과지성사, 1997, p. 11.

니다. 자연 예찬의 의미에서의 자연주의도, 자연 그대로, 즉 있는 그대로 현실을 묘사한다는 의미에서의 자연주의도 아니다. 내가 고시조와 현대시조를 분별하는 데에서도 이미 언급했듯이,[11] 그것은 아주 완강한 인간주의이다. 다만 그 인간은 섭리의 수탁자로서의 인간, 즉 보편적 인간이다. 그 인간에게 자유는 없다. 대신 인간=세계의 선험적 합치, 훗날 무너졌더라도 곧 회복되리라는 믿음에 의해서 영원히 보존되는 합치만이 있을 뿐이다.

우리가 최종적으로 주목하는 것은 다음의 사실이다. 고전 시가, 혹은 한국적 서정시에서 광범위하게 나타나는 자연에의 귀의를 세계의 자아화와 등치시키게 된다면, 우리는 세계의 자아화가 결국 자아의 세계화와 다를 바 없다는 것을 알아차릴 수 있다. 그것은 세계와 자아의 근본적인 단절에 대한 감각이나 이해가 없는 채로, 둘 사이의 일시적 불일치의 상태를 어느 한쪽으로의 수렴을 통해서 해소하는 같은 방정식을 사용한다. 여기에서 '둘'은 세계와 자아가 아니다. 왜냐하면 자아는 현재 세계로부터 떨어져 나왔으되 그걸 빌미로 다른 세계의 에이전트로 살고 있기 때문이다. 심지어 그 다른 세계는 사실, 돌아가 다시 만날 본래의 현재 세계, 즉 자신에게 토라지지 않은 현재 세계에 지나지 않는 경우가 허다하다. 정철 가사가 선명하게 보여주듯이 말이다. 이런 보편성 놀음에서 자아는 단지 매개자에 지나지 않는다. 그러나 자아와 세계 사이의 분리에 대한 감각이 없기 때문에 자아냐, 세계냐라는 분별의 의식은 언제나 정신의 지구 곳곳에서 스멀거리고 있는 몽롱한 안개

11) 「자유의 모험으로서의 현대시조」(윤금초·박시교·이우걸·유재영, 『네 사람의 노래』, 문학과지성사, 2012). 이 책의 5부에 수록.

구역을 헤맬 뿐이다. 그런 혼동 때문에 '세계의 자아화'라는 엉뚱한 관념이 태어나는 것이다.

이 엉뚱한 관념을 만드는 데 사용된 방법론은, 서양의 서정시에서 자연이 '나'의 은유였던 데 비해, 한국 서정시에서는 이중적 절차를 통해 '나'가 자연의 은유가 되었다는 데에 있다. 그 이중적 절차는 다음과 같다.

(1) 자연은 자아가 귀의하고 침닉할 장소로 제공된다.

(2) 자연에 귀의한 자는 다시 자연 그 자체와 동일시된다.

이 절차를 통해 자아는 자연의 대리인이 되어, 외부 현실만큼 커져서 통째로 세계를 집어삼켜도 되었던 것이다. 그런데 이 자아는 자연의 대리인이라는 자격으로 우쭐대는 자아이다. 그 자아는 개성적 자아, 단독적 자아가 아니라 보편적 자아이다. 앞에서 보았듯 이런 보편적 자아는 한국 혹은 동양의 옛 시가에 흔히 나타난 자아이다. 결국 한국에서의 서정시가 '세계의 자아화'로서 이해되어온 까닭은 서양의 근대적 문학 개념이 유입되는 가운데 동양적 인간관이 끼어듦으로써 변형이 일어난 것이라 할 수 있다.

조동일의 4분할 구성은 이런 한국적 양상을 직접적으로 반영하고 또 적극적으로 조장하였다고 할 수 있다. 그의 장르이론이 후학들에 의해 무비판적으로 수용된 소이이다. 여하튼 그의 '자아의 세계화'로서의 교술 장르의 도입과 서정시의 정의로서의 '세계의 자아화'는 긴밀히 연관된 것이라 할 수 있다. 좀더 과감하게 말하면 둘은 사실상 동일한 것에 대한 규정이다. 왜냐하면 자아의 세계화를 통해 드러난 자아가 보편적 자아라면, 세계의 자아화를 실행하는 자아 역시 보편적 자아이기 때문이다. 이는 이 장르이론이 모더니티의 의미, 즉 개인을 핵자로 하는 인간 주도 사회의 출현의 의미와 그 존재론과 무관한 자리에서 제작되었다는 것을 가리킨다.

덧붙이는 두 마디:

(1) 원래의 장르이론에서 '서정 장르'는 시 일반을 가리키는 것이다. 그런데 한국에서의 규정의 변형은 한국의 서정시를 '자연 서정시'라는 특성을 가진 것들에 한해 지칭하게 하였다. 그러나 이 시 일반이라는 원 규정과 '자연 서정시'라는 양상 사이에 혼동이 일어나 '자연 서정시'가 한국시를 대표하는 현상이 아주 오랫동안 일어나게 되었다. 그 결과와 여파는 오늘날 사방에 산재하고 있다. 그것을 가장 명료하게 보여주는 장소가 청소년 교육의 장이다. 중고등 교과서의 대종을 차지하고 있는 시들은 한동안 '자연 서정시'들이었다. 그러다가 '민중 서정시'가 점점 동등한 비율로 교과서 안으로 들어오게 되었는데, 필자가 다른 자리에서도 수차례 말했지만 '민중 서정시' 역시 '자연 서정시'의 변용으로서 그 역시 보편적 자아의 심성을 표현하는 것이다. 그 와중에 '나만의 고유한 심사'를 표현함으로써 세계에 대한 새로운 느낌을 피력하고, 보편적 관념에 저항함으로써 집단 인식의 쇄신과 창조적 사유의 창발을 꾀하는 시들은 일반 교육의 장에서 거의 배제되다시피 한 상태다. 실제로 시를 사서 읽는 독자들은 점점, 즉 시를 배울수록, 후자 쪽에서 시를 느끼게 되는데 말이다.

(2) 그러한 인식의 쇄신은 서정시가 세계와의 근본적인 단절에서 출발하는 데서 솟아난다. 그 단절을 통해서만이 단독자로서의 '자기'가

태어날 뿐만 아니라 진정한 세계 창조, 즉 다른 세계의 창발을 항구적인 운동으로 만드는 길이 열린다. 한국의 언어문화에서 그러한 운동 속으로 뛰어드는 일은 단순히 서양 문물에 매혹되는 것만으로는 불가능했다. 김소월에 와서 근본적인 단절의 감각이 체화된 이후에도 단독자로서의 개인이 출현하기까지는 적지 않은 시간이 흘렀고, 또한 그런 개인에 대한 발견 이후에도 여전히 자아와 세계의 혼동은 아주 두꺼운 생각의 지류를 형성하였다. 황석우의 다음과 같은 기이한 시구는 그런 혼동의 산물이다.

태양은
혼의 덩어리이다
생물의 혼의 덩어리다
안이 씨뻘겋게 타는 노동자의 혼의 덩어리다

—「태양」[12]

이 시에는 세계 내 존재의 육체성에 대한 강렬한 감각이 있다. 그런데 이 감각은 태양 안으로 흡수된다. "지구는/태양이 끄는 유모차/생물들은 태양의 애기들"(「지구, 생물」)에 불과한 것이다. 생물의 존재 이유는 간극의 봉합일 뿐이다.

대지가 끊임없이
생물을 낳는 것은

12) 황석우, 『자연송』, 조선시단사, 1929, p. 11.

하늘과

땅 사이의 큰 허공을 메꾸려는 장원한 계획이랍니다.

—「허공을 메꾸는 계획」

요컨대 황석우의 시에서 개인은 태어났다가 곧바로 보편 속으로 빨려 들어간다. 그 보편은 옛 시대의 관념 체계에서 온전히 벗어나지 못한 지식인 자신도 모르게 가정하였으며, 그 실속에 대해서는 전혀 아는 바가 없어서 막막한 허공으로 식자의 눈을 압도하는 그 보편이다.

당시의 상당수 지식인들의 사정이 그러했다는 점을 감안한다면(김억, 최남선, 주요한이 간 길이 그와 다를 바 없었다), 김소월과 한용운의 위대함과 중요성의 정도가 새삼 애틋이 도드라진다. 그리고 그들의 가슴 밑바닥에서 쓰리게 관류했을 외로움의 강도도.

그러니까 세계와의 근본적인 단절 위에서 개인의 상상세계의 창조의 모험이 개시되기 위해서는 아주 의식적인 자각이 필요했다. 우리는 그런 의식적인 자각을 보여준 시인들의 수를 적잖이 확보하게 된다. 그럼에도 불구하고 그들의 시가 여전히 거의 이해되지 못하는 것은 한국인의 감수성의 두께를 안타까이 되뇌게 하는 요인이다. 그들의 시를 음미하는 것이야말로 신생을 재체험하는 기쁨에 다름 아니니, 부디 눈길을 그윽이 사릴 분들이 급증해 이 한심한 풍토를 찜쪄먹기를 바랄 뿐이다.[13)]

---

13) 각주로서 추가할 수밖에 없는 또 한마디: 이 글은 원래 어느 '학제간 세미나'에서 발표된 것이다. 발표에 대해 지정 토론자가 배정되어 있었는데, 일종의 국제학부에 해당하는 곳에 재직하는 한국계 미국인 교수가 맡으셨다. 아마 '문학 전공'이었기 때문에 동원되지 않았나 싶다. 한데, 이분의 토론이라는 게 뜬금없이 푸코에서부터 아감벤에 이르기까지 유행하는 담론들을 동원하면서, 그것들 사이의 양립 불가능성은 전혀 고려하지 않은 채, 칡덩굴로 임시

광주리 엮듯이 이리저리 엮어서 이상한 '연설'을 하는 것이었다. 정작 문학 장르에 대해서는 아무런 언급이 없었으니, 이분이 한국말을 잘 모르나 하는 의혹이 잠시 들기도 했다. 그러나 무엇보다도 이런 자리에서 유명 철학자들의 개념들을 엇대는 게 자신의 지식의 폭과 깊이를 보여주는 것이라 생각하는 지식장의 추세를 충실히 재현한 것이 아닌가 싶다. 그러고 보니 이 지식장이란 게, 한국에만 국한되는 게 아니라 미국-한국-중국으로 이어지는 기이한 '연구 인력띠'를 형성하고 있다는 짐작이 들고, 이 띠에서 탈출하는 것이 연구자들의 급선무가 아닐까 생각한다.

이른바 '순수 서정시'가 출현한 사태의 문화사적 의미

1. 1930년대의 출발의 의미

1930년대가 한국문학의 중요한 전환기라는 점은 많은 사람들이 공통적으로 지적해왔다. 그런데 이 '전환점'에 대해 또한 많은 사람들이 '출발'의 의미를 부여하고 있다는 것은 특기할 만하다. 도대체 무엇이 '출발'했다는 것인가? 이미 근대적인 모습을 갖춘 한국문학이 시작된 지 오래인데, 무엇이 또 출발한다는 것인가?

이 질문에 대한 가장 모범적인 대답은 이태준의 『문장강화』로 보인다. 그는 "새로운 문장작법"을 제시하면서, 한글이 조선인의 공공어가 된 이래(1894년, 갑오개혁) 식자들에 의해 노정된 한글 사용의 목적, 즉 '언문일치'를 근본적으로 뒤집는다. 그는 "'글 곧 말'이라는 글에 입각한 문장관은 구식이다. '말 곧 마음'이라는 말에 입각해 최단거리에서 표현을 계획해야 한다"[1]고 주장하였다. 이 '말짓기'로서의 문장이라는 주장에 이어서 그는 "자신만의 문장"과 "새로운 문장"이라는 두 가지 원칙을 추가로 제시한다.

'언문일치'를 넘어서는 자기만의 새로운 문장, 이런 문장에 대한 인식을 언어의 자율성에 대한 인식이라고 해석할 수 있을 것이다. 그런데 이 자율성에 대한 인식을 표하는 자리에서 그는 '말짓기'로서의 문장이라는 이색적인 원칙을 제출하였다. 왜 말짓기인가? "글 곧 말"이라는 구식 문장관에 대항하여, "말 곧 마음"이라는 새로운 관점을 주장하는 데 그 뜻이 있었다. 자기감정의 표현이어야 하기 때문이었다. 이 주장은 이광수가 1916년에 쓴「문학이란 하오」를 연상시킨다. 그는 그 글에서 문학을 "특정한 형식하에 인의 사상과 감정을 발표한 자를 위한"다고 전제한 다음, 이어서 그 정의를 더욱 좁혀, "문학은 정(情)의 기초상(基礎上)에 입"하며, "정의 만족을 목적 삼는다"[2]고 하였다. 이로부터 문학을 '정'의 표현으로 간주하는 특유의 관점이 폭넓게 유포된 것은 그동안 많은 연구자들이 공통적으로 언급해온 사항이다. 즉 이광수는 논지를 좁혀가는 과정에서 부지불식간에 '사상'을 문학의 영역에서 배제했다고까지 할 수는 없지만, 여하튼 부차적인 것 혹은 차후적인 것으로 밀어내었던 것인데, 이러한 관점은 기본 개념을 제공했던 서양의 문학 정의 중에서도 아주 특수한 관점에 해당하는 것이었다.

한데 이광수의 주장과 이태준의 주장 사이에는 미묘한 차이가 있다. 이광수와 이태준의 정의에서 문학은 모두 다른 방식의 글쓰기와 변별된다. 하지만 이광수에게 문학의 변별성은 일종의 '범주상의 변별성'이다.

1)「文章講話」,『文章』 창간호, 1939년 1월, p. 196.
2)『이광수 전집』 제1권, 삼중당, 중판, 1964, pp. 507~08.

그는 인간의 마음을 "지·정·의"로 나눈 다음, '지'에 자연과학을, '정'에 문학·예술을, '의'에 도덕과 종교를 대입한다. 이 범주적 구별 속에는 공평하게 각 영역을 분할시키고 행복하게 공존시키려는 의지가 은근히 작용하고 있다. 옛날에 불행이 있었다면 그건 공평한 분할이 이루어지지 않고, '의'가 일방적으로 전횡을 휘둘렀기 때문일 뿐이다.

반면 이태준의 문학의 변별성은 범주상의 차이가 아니라 가치적 차이에 근거한다. 그가 보기에 새로운 문장은 무엇보다도 "자신만의 문장"이어야 한다. 그렇다는 것은 이제 새롭게 써야 할 문장은 무엇보다도 '나'에게 의미 있는 문장이어야 한다는 것을 가리킨다. 그리고 '만인'에게 의미 있는 문장은 그 새로운 문장과 관련이 없는 것이다. "자기 신경은 딱 봉해두고 작문이란 말 그대로 문장의 조작"에 지나지 않는다. 이 가치적 변별성이 범주상의 변별성과 어떻게 다른가? 범주상의 변별성이 공평한 분할을 요구한다면, 가치상의 변별성은 분할이 되지 않는다. '자신만의' 것이 의미 있을 때, '만인'을 위한 것은 무시되거나 하찮게 취급되어야 한다. 그렇다면 여기에는 필경 같은 땅에서의 가치들의 충돌이 일어나지 않을 수 없다.

이 점과 관련하여 「문학이란 하오」가 개인의 창작품으로서의 문학의 의미에 대해 함구하고 있다는 점은 특기할 만하다. 반면 이광수는 '문학과 민족성'이라는 절을 따로 두었다. 1916년에 문학은 '민족'의 회생을 위한 하나의 도구였던 것이다. 아니 좀더 정확히 말하면, 민족과 개인이 아직 미분화된 상태로 인지되었던 것이다. 일제에 의해 강점된 상황에서의 조선인이라면 불가피한 일이라고 사람들은 말해왔다. 민족이 절멸의 위기에 처해 있는데, 나 하나만을 위한다는 것이 말이 되는가?

그러나 그렇지 않다. 근대문학의 핵심이 개인이라는 것은, 일치적으로 그 개인이 공동체의 보편적 율법으로부터 해방되어 자신만의 삶을 구가하게 되었다는 것을 의미하지만,[3] 더 나아가 이차적으로는 공동체가 개인을 규정하는 게 아니라 개인이 새로운 공동체를, 즉 사회를 만들어나간다는 것을 뜻한다. 즉 개인은 공동체에 그저 반하는 존재가 아니다. 오히려 개인은 사회의 구성자로서의 존재를 꿈꾸고 그렇게 활동한다. 따라서 개인의 개인성을 혈연과 지연과 언어 공동체로서의 민족과 떼어서 인지하는 것은 공동체와 격리된 상태를 가정하는 게 아니라, 각 개인의 주체적 의지와 지식과 동경과 계획에 의해서 세워질 시시각각으로 변화하는 새로운 공동체의 패러다임을 가정하는 것이다.[4] 이 새로운 공동체는 그의 대리인들로 구성되지 않는다. 오히려 개인들은 대리인agents이 아니라 구성자constituents이다.[5] 개인은 공동체의 부분적 발현이 아니라 핵심 주체이다.

---

3) 서양 중세에서 '개인'이란 "공동체의 울타리 바깥으로 쫓겨난 존재"라는 뜻이었다.

4) 이러한 인식의 초기 모형은 칸트가 연속적인 것으로 제시한 세 가지 금언에서 볼 수 있다. 즉, 그는 『판단력 비판』 제40절에서, "상식(공통감각sens commun)의 관념"을 이루기 위한 세 가지 금언으로 첫째, "스스로 생각한다"; 둘째, "타자의 위치에서 생각한다"; 셋째, "언제나 자신과 일치하도록 생각한다"를 제시하였다(Emmanuel Kant, *Critique de la faculté de juger*, traduit par Alain Renaut, Paris: Aubier, 1995). 상식, 즉 공통감각을 이루는 것은 바로 개인으로부터 출발해 공동체로 가는 최초의 행위로 이해할 수 있다. 칸트에 의하면, 이 행위에서 스스로에게 입각하는 것과 타자에 근거하는 것은 지향적으로(금언으로서) 하나가 되어야 한다.

5) 다음과 같은 발언이 참조될 수 있을 것이다. "근대는 개인들과 공동체가 그들 자신과 그들의 행동에 대한 역사적 인식을 발전시킨 시대이다. 즉, 역사 속에서 자신들이 차지하는 위치와 역사를 변화시킬 수 있는 능력에 대한 자각을. 모든 근대적 주체는 '자신의 시대'에 사로잡히는 과제, 즉 자신의 시대에 대해 의미를 부여하는 일을 비판적인 방식으로 제것화하는 과제를 떠맡는다"(Giovanna Borradori, "La reconstruction du concept de terrorisme selon Habermas", in Jacques Derrida & Jurgen Habermas, *Le ≪concept≫ du 11 septembre — Dialogues à New York (octobre-décembre 2001) avec Giovanna Borradori*, Paris: Galilée, 2003, p. 125).

『문장강화』의 저자가 '자신만의' 문장을 쓰라고 요구했을 때, 그것이 무정부주의자나 코즈모폴리턴의 문장을 염두에 두었다고 가정하는 건 어불성설일 것이다. 그가 생각한 것은, 스스로의 판단과 의지와 마음의 움직임에 따라서 개성적인 문장을 작성하는 자였을 것이다. 그리고 그 말을 확대하자면, 그런 판단과 의지와 의도로 삶을 꾸려가며 더 나아가 세상을 만드는 자의 존재태였을 것이다. 바로 세계의 구성적 주체로서의 개인의 그것 말이다.

이러한 개인에 대한 인식은 근대적 사유를 체화하는 과정 속에서 필연적으로 내재화되는 것이다. 왜냐하면 그것이야말로 근대의 핵심 요소이자 동력이기 때문이다. 그러나 한반도의 경우, 지난 밀레니엄의 후반기에 계속적인 외세의 침입에 시달렸고, 게다가 그 침입자의 모습을 한 그 외세가 바로 근대적 문물의 제공자였다는 점에서, 근대적인 것에 대한 강력한 이끌림에도 불구하고 그 체화의 과정이 복잡한 착종을 품을 수밖에 없었다. 그중에서 가장 대표적인 혼성물은 바로 근대적 해방의 주체를 개인이 아니라 민족에게 할당하는 민족주의적 관념이다. 한국인들도 그 관념에서 자유로울 수가 없어서 아주 오랫동안 그것이 근대로 지향케 하는 정신적인 지침으로 작용하였으니, 오늘날까지도 여전히 한국인의 상당수는 이 관념을 일용할 양식으로 살고 있는 게 사실이다.

반면 근대적 사유의 핵심 원소인 개인에 대한 인식이 생활 수준에서 뿌리내릴 수 있게 된 것은 1987년 6월항쟁을 통한 민주화 이후이다. 그 이전까지 한국인은 지배권력의 시선에서든 대항세력의 관점에서든 누구나 민족의 이름으로 자신을 실행하였다. 다만 근대적 사유와 존재 방식의 도래가 필연적인 것이라면, 그것의 관념적 선취는 근대에 홀린 직후부터 전개된 사건이라고 할 수 있다. 그리고 관념과 체험의 격차 속에서 그 관념은 짧은 주기 속에 명멸하는 일을 되풀이하게 된다. 하지만 그 명멸은 덧없는 것이 아니다. 그것은 오히려 체험의 수준에 도달하기 위해 차곡차곡 계단을 쌓아가는 일이다. 그 계단은 실제적인 차원에서의 개인을 구현하지 못하는 대신, 그것을 가상적인 방식으로 체험케 함으로써, 도래할 사건으로서의 개인을 비실제적 영역에서 실습케 하는 역할을 한다.[6)]

그런 의미에서 1930년대는 개인성에 대한 인식이 언어문화적 사건으로 나타난 시대, 즉 언어문화적 차원에서 근대가 '출발'한 시대라고 말할 수 있을 것이다. 실로, 『문장강화』의 그 명시적 언급만이 아니라 그에 걸맞은 빼어난 수필들, 『무서록』(이태준)과 『근원수필』(김용준)에 실릴 글들과 더불어, "최초의 모더니스트"(임종국)라고 지칭될 정지용의 시, 그리고 타인과의 의미론적 공유를 거부하고 오로지 '자신만의 시'로서 출현하여 그 소통 불가능성에 의해 해독의 열망을 증폭시킨 이상(李箱)의 시, 또한 가장 세련된 한국어의 실험장이 되었던 황순원의 『골동품』, 더 나아가 진정 근대적인 의미에서의 방황인인 '소설가 구보씨'(박태원) 등, 개인의 진정한 문체와 형상들이 언어 영역의 사방에서 동시다발적으로 출현한 시대가 1930년대였던 것이다.[7)]

---

6) 코젤렉식으로 풀이하면, 이 계단은 "역사의 가능성을 정초하도록 도와줄 수 있는 인식 범주들"의 단계적 항목들이 될 것이다. 그것은 "체험공간의 범주와 기대지평의 범주 사이의 내적 긴장" 안에 놓이는 사건들이다[코젤렉Reinhart Koselleck, 『지나간 미래』, 한철 옮김, 문학동네, 1998(원본: 1979) 참조]. 또한 François Dosse, *Renaissance de l'événement— Un défi pour l'historien: entre sphinx et phenix*, Paris: P.U.F, 2010, p. 176.

7) 1933년 '한글 맞춤법 통일안'의 제정을 우리는 함께 기억해야 할 것이다. 이 통일안의 제정과 더불어, '언문일치'를 향한 근대 초기의 목표는 일단락을 맺었다고 할 수 있다. 그리고 이제, 이태준이 말한 대로 언문분리의 시대, 즉 언어의 가치적 자율성의 시대가 시작되는 것이다.

그리고 바로 이러한 언어문화적 개인성이 출현한 사건을 가장 철저하게 관철하려 한 '시문학파'가 나타난 시대 또한 바로 1930년대였다. '순수 서정시'의 관념, 즉 이념과 지식에 근거하지 않고 오로지 내면의 체험에만 근거하는 시를 꿈꾸는 사건이 터졌던 것이다. 그리고 잘 알다시피 그러한 꿈은 아주 오랫동안 한국시의 기층을 지배하게 된다. 박용철이 그 논리의 골격을 제공하고 김영랑이 시적 표본을 예시한 시의 한 유형이 한편으론 신석정, 청록파 등으로 퍼져 나가고 다른 한편으론 서정주의 장엄한 완성으로 범례가 세워짐으로써 1950년대 이후 한국의 대부분의 시인 지망생들이 언어의 습자지를 대고 반복해서 연습하게 될 한국시의 밑그림으로 발전했던 것이다.

2. 순수 서정시의 문화사적 의미

1930년대의 사건을 현상적으로 말하자면, 언어문화의 심미성에 대한 발견이라고 말할 수 있을 것이다. 즉 언어로 이루어진 정신적 산물에 세상의 문젯거리나 도덕, 이념에 근거하지 않는 고유한 무엇이 있다는 것, 그리고 그것은 그 언어를 다루는 사람만의 것이라는 데 대한 새로운 인식이 시작된 것이다.[8] 앞에서 그러한 인식을 우선은 언어문화의 '자율

8) 여기에서 '심미성'에 대한 복잡한 논의는 피하기로 하자. 소크라테스가 소피스트의 견해를 빌려, "귀와 눈이 제공하는 쾌락"(Platon, *Hippias majeur*, 298a, *Œuvres Complètes*, Tome 2, Société d'édition ≪Les Belles Lettres≫, 1972, p. 33)이라고 정의한 것의 기본적인 의미, 즉 윤리적인 요구나 논리적 추론에 근거하지 않고 향유자의 몸의 체험에 근거하고, 그 체험이 쾌의 감정을 제공할 때의 문화적(즉 비현실적, 단 현실을 모의하는) 현상 및 그 의미 정도로서 이해하는 것만으로도 그것의 자율적 가치를 특정할 수가 있을 것이다.

성'에 대한 인식으로 보았고, 이어서 자율성에 대한 인식 이상이라고 말했다. 그 '이상'을 '독립성' 혹은 독립에 근거한 '길항성'이라고 정의할 수 있을 것이다. 즉 심미적 언어문화가 범주적으로 자율적이지 않고 가치적으로 자율적이려 한다면 필경 다른 정신 체제들, 즉 일반 도덕관념이나 보편적 지식들과 그냥 공존할 수가 없어 가치적 우위를 두고 경쟁을 하게 된다는 것이다. 그리고 이로부터 심미적 언어문화의 현실 비판 혹은 기성의 고정관념에 대한 비판의 근거가 세워지는 것이다.

여기에서 우리는 근대적 삶의 일반적인 경향성과 정반대의 방향에 놓인 태도의 모형을 본다. 근대적 삶의 일반적 경향이란, '자율성'을 '생산성'의 컨베이어벨트 위에 올리는 것이다. 즉 자율성이 '자기 확대 재생산'의 양태로 자유경쟁의 무대에 올려짐으로써 승리와 패배를 통해 자율성이 통합되는 사태, 즉 독점과 예속의 무한연쇄로 치닫는 과정을 근대적 삶의 일반적인 경향이라고 할 수 있을 것이다.[9] 이러한 근대가 스스로를 배반하게 되는 사태, 그 배반으로써 근대 자체가 증식되어가는 사태에 대해서, 사람들은 흔히 자율성으로의 회귀를 대항의 지침으로 내세우곤 한다. 그러나 그것만으로는 생산성이 자율성에 근거하는 현상 자체를 논리적으로 극복할 수가 없다.[10] 오히려 자율성이라는 토대 위에 두 가지 상반된 방향이 있다는 쪽으로 이해의 방향을 바꾸는 게 타당할 것이다. 즉 생산성의 방향이 있고, 독립성의 방향이 있다고. 그 두 방향은 근본적으로 서로에 대해 양립 불가능한 것이라고. 이어서 우

9) 두루 알다시피, 이 과정은 역사적으로는 1789년의 프랑스혁명을 통한 제3신분의 출현과 1948년의 노동자 봉기와 진압을 통해 인지된 자본과 노동의 분리라는 사태로 현상되었다.

10) 한국문학 비평의 장에서 '근대'의 사회적 의미를 자율성과 생산성으로 파악한 비평가는 김현이었다. 그러나 그는 또한 자율성과 생산성의 동시성이 야기하는 모순에 고뇌했던 비평가였다. 이에 대해서는 정과리, 「김현문학의 현재성」, 『문학과사회』 2000년 여름호 참조.

리는 자율성→생산성의 방향은 사용가치가 교환가치로 확산되는 방향이며, 자율성→독립성의 방향은 사용가치가 노동가치로 집약되는 방향이라고 말할 수 있을 것이다. 노동가치는 오로지 주체의 운동에만 집중함으로써 어떤 교환의 대가도 원치 않을 뿐만 아니라, 더 나아가 교환 체제 자체를 근본적인 차원에서 부정하는 것이다.[11] 이 독립성, 즉 순수 노동가치를 명시함으로써 우리는 주체의 활동을 자기재생산이 아니라 자기희생을 통한 타자(예술품) 생산의 형식으로 규정하고, 이를 교환가치가 지배하는 근대적 삶의 일반적 경향, 즉 타인의 희생을 통한 자기증식의 체계를 통해, "인간과 인간의 관계가 상품과 상품의 관계로 전락하는"(마르크스) 경향에 대한 대항 지표를 설정할 수 있을 것이다.[12]

---

11) 김현은 자율성과 생산성의 연결 속에서 방황했으나, 그가 제창한 문학론 자체는 그 미궁을 훌쩍 탈출하는 것이었다. 즉 "문학은 억압하지 않는다"는 그의 문학론이 문학의 '써먹을 수 없음'에 근거한다는 것은, 사용가치를 노동가치로 치환하는 태도와 그의 문학론이 친연성이 있다는 것을 바로 가리킨다.

12) 실은 이것은 플로베르 이래 초현실주의를 거쳐, 오늘의 모든 전위적 예술가들에 이르기까지, 근대적 현실에 절망한 문학예술인들이 항상적으로 실천하고 있는 태도이자 행위이다. 그런데 이러한 태도는 흔히 비현실적인 것으로 간주되어 정치경제학적 논의에서 무시되어왔다. 잘 알다시피 가치의 문제를 사용가치와 교환가치의 이분법으로 설정한 것은 마르크스였다. 마르크스는 교환가치의 체제를 사용가치의 삶으로 돌리려는 소박한 꿈을 드러낸 바가 있는데, 그것은 이분법에 기초하는 한 불가피한 일이었을 것이다. 그러나 이 이분법이 가진 함정, 즉 교환가치가 사용가치를 알리바이로 삼아서 팽창한다는 것은, 보드리야르 Baudrillard에 의해 날카롭게 해부된 바가 있다(장 보드리야르, 『기호의 정치경제학 비판』, 이규현 옮김, 문학과지성사, 1998 참조). 이 함정의 존재는 비현실적이라고 규정되는 '노동가치' 추구 행위가 오히려 매우 현실적일 수 있다는 것을 충분히 암시하고도 남는다. 물론 그 '현실성'의 의미는 이중적일 수 있다. 즉 교환가치 체제에 대한 강력한 부정이 될 수도 있지만, '사용가치'의 경우처럼 그 체제에 편입될 수도 있다는 말이다. 롤랑 바르트는 『글쓰기의 영도』에서, 문학의 '형식'에 대한 탐구를 '탈사회적'인 스캔들(사회의 일반적 정신체계를 교란시키는 비판적 행동이라는 뜻이다—인용자)로 이해하고, 그것이 플로베르에 와서 '노동가치'에 대한 의미 부여로 발전했고 다시 말라르메의 '문학-대상'으로 이어져서 언어의 일반적 기능, 즉 소통으로서의 언어를 철저히 거부하는 태도로 나아갔다고 풀이하면서, 그 과정을 현실 부정의 지속적 진화 과정으로서 기술하였다〔Roland Barthes, *Le degré zéro de*

'시문학파'의 등장은 흔히 "시의 미학만을 추구하겠다는 순수한 예술적 심미적 태도를 지닌 시인들이 탄생"[13]했다는 것으로 이해되어왔다. 이러한 이해는 사실을 그대로 전달하고 있다고 할 수 있을 것이다. 그러나 여기에서 한 걸음 더 나아가지 않으면 안 된다. 저 "순수한 심미적 태도" 혹은 "순수 서정시"의 입장이 말 그대로 현실과 무관하게 살겠다는 폐쇄적 모임의 주장으로 이해되어서는 안 되며 그럴 수도 없기 때문이다. 우리는 지금까지 이러한 순수 서정시적 지향 또한 하나의 사회적 담론이라는 걸 전제로 해왔다. 그리고 시문학파에 대해서 어떤 해석을 내리든 대부분의 연구 역시 그러한 전제를 대체적으로 수용하고 있는 것 역시 사실이다. 그러나 그런 전제를 수용한다고 해서, 이번에는 "순수한 예술적 심미적 태도"를 현실 도피로 규정하거나, 혹은 시문학파의 시가 조선어를 정련했다는 사실에 비추어, 그리고 "文學의 成立은 그 민족의 言語를 完成시키는 길"이라는 박용철의 진술에 기대어, 그러한 태도를 민족주의 이념의 한 실행으로 보는 관점 역시 경계해야 할 것이다.

순수한 심미적 태도라는 것을 개인성에 대한 극단적 추구로 치환해서 이해하면, 그 태도가 근대성의 핵심에 다가서려는 지향적 태도임을 알 수가 있고, 또한 근대성의 핵심에 다가서려는 노력은 기본적으로 사회의 구성적 개인으로서의 주체의 지위를 요구하는 것이기 때문에, 그

---

l'écriture(1953), in *Œuvres complètes*, T.1(1942~1965), Paris: Seuil, 1993, p. 140]. 이러한 논지 속에서 노동가치는 사용가치와 명백히 다르다는 것을 바르트는 명시하였다. 그에 의하면, 고전적 글쓰기의 장식적 기술에 대해 책임을 느낀 일군의 문인들은 1850년경부터, "그 책임을 철저히 감당하고자 하는 데에 몰두하면서, 글쓰기의 사용가치를 노동가치로 바꾸게 된다. 이제 글쓰기는 그것에 대한 독자의 반향에 의해서가 아니라 그가 치를 노동 덕택에 구원될 것이다"(*ibid*., p. 172).

13) 김훈, 「박용철의 순수시론과 기교」, 『한국 현대시사 연구』, 일지사, 1996(초판: 1983), p. 243.

것을 현실 도피로 이해해야 할 이유가 전혀 없다. 또한 '민족어의 완성'이라는 명제는, 민족 단위로 인구가 분할되고 있는 세상에서는 특정한 '민족주의' 이념과 무관하게 흔히 쓰일 수 있는 것이다. 그런 진술이 가리키는 일차적인 뜻은 "현재 상용어의 최대의 정련을 통해 자신이 몸담고 있는 언어공동체의 언어 전체를 미적인 차원으로 승격시키겠다"는 의지의 표명 이상이 아니다. 그것이 세계를 민족 단위로 이해해야 '한다'는 당위론이나 당위적 민족주의, 더 나아가 세계를 민족들 간의 "아와 비아의 투쟁"으로 이해하는 입장과는 다르다는 것은 상식적으로 알 수 있는 일이다.

물론 의도와 결과가 그대로 일치하리라는 법은 없다. 실제로 모든 문학적 성취는 의식적 기도에 의해서가 아니라 무의식적 실천을 통해서 이루어지기 때문이다. 따라서 우리가 해야 할 일은 저 '순수한 심미적 태도'가 품고 있는 실제적인 지향과 효과를 논리적 구조와 텍스트의 성취를 통해서 밝혀야 할 것이다.

박용철은 『시문학』 창간호 후기(1930. 3.), 『조선일보』에 발표한 「『시문학』 창간에 대하야」(『조선일보』, 1934. 3. 2.), 하우스먼의 글 「시의 명칭과 성질」(『문학』 2호, 1934. 2.)의 번역, 그리고 「시적 변용에 대해서」(『삼천리문학』 창간호, 1938. 1.)를 통해 새로운 시의 존재를 제시하는데, 그것은 특히 다음 세 명제로 정리될 수 있다.

첫째, 시는 "한낱 고처(高處)"[14]라는 시의 위상에 대한 규정

둘째, 시작은 매우 고된 노동을 요구한다는 시의 생산 과정에 대한

14) 박용철, 「『시문학』 창간에 대하야」, 『박용철 전집 2: 평론집』, 깊은샘, 2004, p. 143.

규정

셋째, 시의 궁극적 성취는, 인간의 한계로는 알 수 없다는 시의 결과에 대한 규정[15)]

첫번째 명제는 박용철(그리고 그의 길을 인도한 것으로 알려진 김영랑)이 시에 변별적 위상을 설정하고 거기에 가치적 우위를 부여하고 있음을 그대로 가리킨다. 그는 시가 "한낱 고처"임을 밝히고는, "시의 심경은 우리 일상생활의 수평정서보다 더 고상하거나 더 우아하거나 더 섬세하거나 더 장대하거나 더 격월하거나 어떻든 '더'를 요구한다. 거기서 우리에게까지 '무엇'이 흘러 '나려와'야만 한다"고 주장하였다. 그는 따옴표까지 동원해 시가 일상생활의 정서보다 훨씬 높은 차원의 것임을 강조하고 있다. 이 가치적 우위를 우리는 시의 자율성과 독립성에 대한 첨예한 인식이라고 이해할 수 있는데, 그 인식은 그로 하여금, 시적 표현에 대한 관점을 도약시키는 발판으로 작용한다. 왜냐하면 이러한 입장은, 시를 "수평정서"와는 다른 것으로 만들어, 그동안 시를 '정의 만족'으로서 이해해오던 관점에 섬세한 수정을 하게끔 하기 때문이다. 그는 「을해시단총평」에서 임화의 시를 평하는 가운데, 그의 시가 "가슴속의 정열과 감회의 엉터리"를 "시적 언어로 반영 표현하는 데 얼마나 성공하였는가"라고 반문하면서, "응축을 이해치 못하는 이 산만한 표현 가운데서 그 시의 모티프를 찰지(察知)할 수 있을 뿐이요 이것이 그 배경에서 솟아올라 체험 그 자체로서 부조와 같이 솟아오르는 힘을 갖추지는 못하였다"[16)]고 비판한다. 그러니까 이제 시는 단순히 '정의 표현

15) 뒤의 두 명제는 「시적 변용에 대해서」, 같은 책에서 상세히 풀이된다.

혹은 만족'이 아닌 것이다. 그것은 응축되어야 한다. 응축되어서 "특이한 체험의 절정에 달한 순간"[17]에 다다르는 "언어 최고의 기능을 발휘"해야 하는 것이다. 시는 응축되어야 한다. 이것이 언어에 대한 각고의 정련을 뜻하는 것임은 누구나 알 수 있는 일이다. 이 태도는 곧바로 두번째 명제로 이어진다.

두번째 명제는, "절정에 달한 순간"이라고 지칭된 시의 경지를 일구는 데 필요한 행동을 가리킨다. 그 행동에 대해 그는 "시를 살로 새기고 피로 쓰듯 쓰고야 만다. 우리의 시는 우리 살과 피의 맺힘이다"[18]라고 비장하게 선언한 바 있으며, 시를 "비상한 고심과 노력이 아니고는 그 생활의 정을 모아 표현의 꽃을 피게 하지 못하는 비극을 가진 식물"[19]이라고 규정하기도 하였다. 이러한 규정들은 결국, 언어문화의 자율성과 독립성에 대한 인식은 노동가치를 지향케 된다는 우리의 앞서의 추론을 확인시켜준다.

세번째 명제는, 그러나, 두번째 명제와 미묘한 모순을 야기하고 있다. 노동가치에 대한 의미 부여는 본래 '장인성'을 강조하게 마련이다. 그래서 롤랑 바르트는 "이 노동-가치는 천재-가치를 얼마간 대체한다"[20]고 말한 바 있다. 그런데 박용철의 세번째 명제는 노동-가치와 천재-가치를 뒤섞어놓고 있는 듯한 인상을 준다. 그러나 자세히 읽으면 그가 뒤섞어놓고 있는 것은 노동-가치와 천재-가치가 아니라 은총으로서의 가치이다. 그것을 명확히 보여주는 부분은 수태고지에 대한 비유이며, 또

16) 같은 책, p. 86.
17) 같은 책, p. 87.
18) 『시문학』 창간호 후기.
19) 「시적 변용에 대해서」, 같은 책.
20) Barthes, *op. cit.*, p. 209.

한 제목에서 사용된 '변용'이라는 단어의 의미이다. 수태고지에 대한 비유에서 핵심적인 사항은, (1) 영감이 내부에서 자라는 게 아니라 바깥에서 온다는 것; (2) 그에 맞추어 온갖 노력을 다해 영감을 받들어 길러야 하는데; (3) "많이는 다시 영감의 도움의 손을 기다려서야 이 장구한 진통에 끝을 맺는다"는 것이다. (2)는 두번째 명제와 일치하나, (1)과 (3)은 낯선 것이다. 그것은 시작의 최종적인 성과는 시인에게 있지 않고, '영감'에게 혹은 '영감'의 시원인 어떤 보편적 존재에게 달려 있다는 것을 가리킨다. 시의 제목은 이러한 태도 때문에 쓰인 것이다.

왜 '시적 변용'인가? 박용철은 이 글에서 절차와 탁마를 특별히 강조하고 있다. 그러나 결론은 '변용'이다. 박용철에게 '변용'은 특별한 뜻을 갖는다. 그것을 그는 "변종 발생의 쵠스"라는 말로 명시하였다. 변종 발생의 기회는 절차와 탁마를 다하여도 시가 완성되지 않는다는 것을 뜻한다. 그 노력 다음에 우연한 변화가 있어야 한다. 우연하지만 숭고한. 그래서 그는 그 순간의 획득을 "염화시중의 미소요, 이심전심의 비법"이라고 신비화했고, 또 "이 무명화 시인에 있어서 이 불기운은 그의 시에 앞서는 것으로 선시적인 문제"라고도 했다. 그러니 변용은 인간 너머에 위치해 있는 것이다. 이 점을 가장 정확히 지적한 사람은 안삼환이다. 그는 이상의 진술들을 일별한 다음, 변용의 뜻이 예수의 '현신'과 같은 뜻임을 밝혀낸다.

> 원래 '變容(Verklärung)'이라는 단어는 당시 일본의 독문학자들에게는 널리 알려져 있음직한 역어 개념으로서, '훤히 참모습을 드러내는 것', '미화(美化)' 또는 '정화(淨化)'라는 일반적 의미와 '신의 빛나는 현현(顯現)'이라는 특수의 미를 아울러 지니고 있다.[21)]

'변용'이라는 단어가 예수의 현신Verklärung; transfiguration에서 온 것이라면, 박용철의 글에서 그것은 인간의 몫과 신(영감)의 몫이 엄연히 다르다는 것을 가리킨다. 영감은 계시하고, 인간은 노력한다. 그런데 그 노력의 성공 여부는 인간에게 달려 있지 않다.

이것을 어떻게 이해할 것인가? 안삼환은 이 변용이 릴케에서 온 게 아니라 하우스먼에게서 왔다는 것을 밝혀낸 바 있다.[22] 하지만 그러한 원천이 정확히 박용철의 시적 태도에 어떤 의미를 갖는가는 말하지 않았다. 박용철의 시인관이 개인의 노력을 요구함에도 불구하고 개성의 드러냄, 즉 세계에 대한 개인의 주체적 재구성이 아니었다는 것을 가리키는 것인가? 그렇다면 이것은 앞에서 살폈던 1930년대적 '출발'의 의미에서 아주 벗어난 것이 된다. 혹은 그 출발의 방향을 다시 다른 쪽으로 전회시키고 있는 것으로 읽어야 한다. 그러나 서양의 기독교가 근대적 사유에 작용할 때, 그것이 보편적 절대자의 엄연한 존재를 지시하기보다는, 오히려 구원의 확실성과 동시에 구원의 지난함을 강조한다는 점을 상기해보자. 그때 신은 있되, 숨은 신Hidden God으로서만 존재한다. 그 신의 숨음에 의미를 채우는 것은 인간의 노력이다. 그 노력의 궁극적인 성취는 신에게 달려 있는 것이기에 인간의 구원은 지난하기만 하다. 그러나 지난하기 때문에 인간의 노력은 더욱 북돋아져야 한다. 그것이, 근대를 적극적으로 받아들인 기독교인들이 근대적인 것(인간 주체의 확신)과 보편적인 것(신의 뜻의 확실성)을 결합하는 방식이었다.

---

21) 안삼환, 「박용철 시인의 독문학 수용」, 『비교문학』, 2006, p. 137.

22) 같은 글, p. 139.

박용철의 시적 '변용'이라는 단어가 갖는 기능도, 시의 가치적 우위의 확실성과 그 성취의 지난함을 동시에 강조하는 것이 아니었을까? 그렇다면 지난함의 강조는 오히려 시인의 개성적 표현과 노력을 부추기기 위한 일종의 자극적 수단으로 이해될 수도 있을 것이다. 시적 성취가 어렵다는 것을 알지만, 그 성취의 지평은 확실하게 열려 있기 때문에 그 길에 뛰어들어야 하는데, 그 지난함은 결국 그 길에의 뛰어듦이 결국 시인의 전 존재의 투신만큼의 정열과 밀도를 가져야 한다고 말하고 있는 것으로 말이다. 그렇기 때문에 박용철은 시작 최후의 결실을 시인 자신으로부터 '영감'에게로 넘기는 바로 그 태도로서, 동시에, 시를 쓰는 일을 무엇보다도 "생리적 필연"[23]으로 이해하고, 그 생리적 필연을 이행하는 작업을 "영혼의 가장 깊은 속에서 체험하는" 일이라고 상정하게 되었을 것이다. 그는 단순한 '수평정서'의 표현을 넘어서서 시적 경지에 다다르는 방법론을 한편으론 '응축'이라 규정하고 다른 한편으론 '체험'[24]이라 보았다. 즉 그의 논리 안에서는 기법의 단련과 체험의 깊이는 하나였던 것이다. 그가 시는 "이성적인 것이 아니라 육체적인 것이다"[25]라는 하우스먼의 진술을 즐거이 번역하였다면, 그것은 그가 낭만주의적 성향을 가진 사람이라서라기보다 시적 성취가 전 존재의 투사의 결실이라는 깨달음을 그가 가지고 있었기 때문일 것이다.

그러나 이러한 깨달음은, 이렇게 해서 의도적으로 상정된 간극, 즉 진정한 시의 이상과 현재의 시적 노력의 상황 사이의 간극을 메꾸기 위한

23) 김기림의 지성주의에 반대할 때, 그가 내세운 게 "생리적 필연"이었다(박용철, 「을해시단총평」, 같은 책, p. 84).

24) "단순히 애정이 아닌 것이다. 시는 체험인 것이다"(「시적 변용에 대해서」, 같은 책).

25) 하우스먼, 「시의 명칭과 성질」, 같은 책, p. 71.

방법론의 탐구로 이어져야만 한다. 박용철은 분명 본능적으로 그 문제를 알고 있었던 것으로 보인다. 그는 한 편지에서 이렇게 말한 적이 있다. 그것을 그는 이런 말로도 표현한 바가 있다. "그전에는 시를 짓는 기교만 있으면 거저 지을 셈 잡았단 말이야. 그것을 이새 와서야 속에 덩어리가 있어야 나오는 것을 깨달었으니." 여기에서는 '기교=체험'이 아니라, 체험은 기교 이상의 것이라는 점이 명시되고 있다. 체험은 모든 기교를 넘어서는 어떤 다른 행동 혹은 절차를 요구하는 것이다. 그런데 그는 그것을 "속에 덩어리가 있어야 나오는 것"이라고 생각하였다. 그 덩어리는 그 원천이 설혹 바깥이더라도, 자신의 속에서 키워야 하는 것이다. 다시 말해 자신의 체험이 그저 전 존재의 투사로서 규정되는 것만으로는 충분치가 않은 것이다. 그 투사의 구조와 알고리즘이 해명되어야 하는 것이다. 그러나 불행하게도 박용철은 그 이상의 논지를 전개하지 않았다. 아마도 그럴 시간적 여유가 없었기 때문일 것이다. 「시적 변용에 대해서」에서는 주체의 개인적 노력이 영감의 보편성에 흡인되는 상태로만 기술되어 있다.

서양의 경우, 노동가치에 집중한 문학은 궁극적으로 일상언어에 대한 전면적인 부정으로 전개되었다. 그 부정은 궁극적으로 커뮤니케이션, 즉 기호의 교환 체제에 대한 거부로 나타난다. 그렇게 해서 서양의 전위문학은 소통을 전면적으로 거부하는 그 자세로, 소통으로 충만한 사회에 대해, 소통의 의미에 대해, 그것의 이데올로기에 대해, 그것이 행사하는 권력과 그 결과로 나타나는 독점과 예속에 대해, 반성을 촉구하고 소통의 완전한 해방을 요구하는 전복적인 장치로 기능하였다. 반면 시문학파로부터 비로소 미적 자율성의 차원을 획득한 한국의 서정시는 소통의 거부가 아니라 아주 특별한 소통의 방식을 만들어냈다. 가연에의 동화로 현실에의 참여를 대체해내는 게 그 소통 방식의 기본 구조라고 할 수 있을 것이다.

하지만 그 소통 방식을 박용철이 만들어낸 것이라고 말하기는 어렵다. 그것은 후대의 시인들이 스스로 길을 찾아서 이루었다고 보는 게 타당할 것이다. 또한 신석정이 보여준 세계와 서정주가 보여준 세계가 함께 자연과의 동화를 보여준다고 하더라도 그 방법뿐만 아니라 그 정신적 태도도 아주 다르다는 것을 우리는 유념해야 할 것이다. 신석정에게 그 특별한 소통이 궁극적으로 '은둔'의 의미를 지니고 있었다면, 서정주에게 그것은 '귀의'의 의미를 지니고 있었다. 그렇다는 것은 박용철과 김영랑이 제시한 시의 지평이 꽤 열려 있었다는 것을 가리킨다. 그 열린 자리를 후대의 시인들이 제 의지대로 스스로 선택한 내용으로 채워 넣은 것이다.

한국적 서정시를 태동시킨 김영랑의 시와 박용철의 시론[1)]

1. 한국적 서정시의 특색

서양에서 발원하여 전 세계에 퍼진 삶의 양식, 즉 개인이 행동의 주체가 되어 세계를 구성해나가는 것을 하나의 원리로 삼은 존재 양식을 '모더니티' 혹은 '근대'라고 부른다. 이 존재 양식은 서양의 아주 강력한 정신적 에너지로 작용하였고 더 나아가 그들이 식민지로 경영한 대부분의 제3세계에 영향을 미쳤다. 그리고 서양의 제국주의가 전 세계적으로 뻗쳐 나갔던 만큼, 지구상의 대부분의 문화는 '근대'적인 것으로 재편되었다. 제3세계의 서정시lyric poetry 역시 같은 과정을 거쳐 형성되었다. 그런데 제3세계의 '근대문화'는 전통적인 것의 저항을 통해 서양의 근대

1) 이 글은 이미 발표된 필자의 「한국적 서정성이 시작되다」 1, 2(『현대시』 2016년 5~6월) 그리고 「릴케는 어떻게 왔던가?」(『현대시』 2017년 5월)를 모아 재구성한 것이다.

문화와는 다른 양태로 나타나게 된다. 한국의 서정시 역시 그러한 전통적인 것과의 습합을 통해서 형성되었다. 그래서 일반적인 서정시의 정의를 "개인의 마음(정서)의 순수한 토로"라고 한다면, 한국적 서정시는 그러한 마음을 자연에 귀의시키는 일을 추가한다. 즉 전통적인 한시의 '선경후정'의 문화적 관습이 개입해 들어가 개인의 마음을 자연적 현상에 투영하고 다시 자연적 형상을 통해 개인의 심정을 보편화하여 집단적 공유의 정서로 끌고 간다.

이 변모의 양태와 그 정치·사회·문화적 의미를 '비교문화학적'으로 분석하는 것은 무척 흥미로운 일이 될 것이다. 그러나 그에 앞서 한국적 서정시가 형성된 과정을 살펴, 그 실체를 확보하는 일이 우선적인 과제가 되어야 할 것이다. 이 글에서는 오늘날 한국의 시인들이 가장 일반적으로 보여주는 한국적 서정시의 양태가 김영랑과 박용철로부터 비롯되었다고 보고, 그 근원의 기본 태도를 살펴보고자 한다.

2. 김영랑이 만든 '기다림'의 시학

김영랑의 「모란이 피기까지는」을 읽어보자.

> 모란이 피기까지는
> 나는 아즉 나의봄을 기둘리고 있을테요
> 모란이 뚝뚝 떠러져버린날
> 나는 비로소 봄을여흰 서름에 잠길테요
> 五月어느날 그하로 무덥든 날

떠러져 누은 꽃닢마져 시드러버리고는
천지에 모란은 자최도 없어지고
뻐처오르든 내보람 서운케 문허졌느니
모란이 지고말면 그뿐 내 한해는 다 가고말아
三百예순날 하냥 섭섭해 우옵내다
모란이 피기까지는
나는 아즉 기둘리고있을테요 찰란한슬픔의 봄을[2] (1934. 4.)

이 시는 언뜻 읽으면 '아직 피지 않은 모란'을 기다리는 마음을 읊은 듯하지만, 꼼꼼히 들여다보면 이상하게도 여러 뜻으로 읽힌다.

나는 처음엔 봄을 기다리는 마음의 표현으로 읽었고, 소년 시절 국어 시간에 배운 대로 '모란'을 조선 독립 혹은 광복의 시적 형상화라고 보았다. 그런데 나는 금세 그런 해석이 잘못되었다는 걸 깨달았다. 세번째 행에서 화자는 "모란이 뚝뚝 떠러져버린날/나는 비로소 봄을여흰 서름에 잠길테요"라고 말하고 있다. 모란은 이미 피었던 것이다. "五月어느날 그하로 무덥든 날/떠러져 누은 꽃닢마져 시드러버"렸다,라고 말하고 있지 아니한가? 게다가 "잠길테요"라는 미래형 어법을 생각해보자. 그건 모란이 다시 필 것이라는 걸 가리키고 있고, 또 떨어지길 기다린다는 것을 의미한다.

그러니까 이 시는 빼앗긴 조국을 되찾고자 하는 염원의 표현이 아니다. 그렇게 읽으면 이 시는 다시 조국을 빼앗기기를 기대하는 이야기를

2) 김영랑, 「모란이 피기까지는」(이숭원, 『영랑을 만나다—김영랑 시 전편 해설』, 태학사, 2009, p. 175). 리듬감을 위해 원표기법 유지.

담게 되기 때문이다. 물론 여기에도 상실이 있긴 하다. 그러나 이 상실은 자연적 과정 속에서 언제나 돌아왔다가 떠나가는 것이다. 되찾으려고 애쓰지 않아도 기다리지 않아도 모란은 핀다. 그렇다면 도대체 첫 연의 저 간절한 마음은 무엇인가? 때가 되면 피고야 말 텐데 왜 그렇게도 애타게 기다리는가?

시에 제시된 단서는 다음과 같다: "뻐쳐오르든 내보람 서운케 문허졌느니." 모란이 피었을 때 문제가 있었다는 것이다. 그때 핀 모란에 부응해서 내 기운은 뻗쳐 올랐다. 그런데 내 기운이 어떤 보람을 얻기 전에 모란은 지고 말았다. 그 보람이 무엇인지는 제시되어 있지 않다. 단 모란이 피어 있을 때만 뻗쳐 오를 수 있다는 것만은 엄연한 사실이다. 그렇다면 내가 다음번 모란이 피기를 기다리는 건, 내 보람이 온전히 뻗쳐 오를 수 있게 될 날이 오기를 기다린다는 것인가? 그게 바로 화자가 두번째 행에서 "나의봄"이라고 지칭했던 것인가?

이렇게 읽으면 모란이 피기를 기다린다는 것은 내가 내 보람을 가장 완벽히 구현하기 위해 기운을 낼 때를 기다린다는 말이 된다. 그게 설혹 실패로 끝날 것이라 할지라도 나는 매일 모란이 피기를, 즉 그럴 기회가 오기를 기다리리라. 이건 꽤 그럴듯한 해석이다. 그 보람의 실체가 무언지 알 수 없어도 말이다. 여기에서 기다림의 대상은 어떤 상태가 아니다. 동작이다. 내가 세상을 조금이나마 바꾸기 위해 행할 움직임이다. 즉 내가 바라는 것은 핀 모란이 아니다. '모란이 피다'라는 동사이다.

그러나 이 해석도 완벽하질 않다. 왜냐하면 마지막 행이 실패를 운명화하고 있기 때문이다. 화자는 "찰란한슬픔의 봄"이라고 말했다. 그것은 내가 보람 있게 행할 일의 장려함과 동시에 그 장렬한 실패를 예정한다. 독자는 고개를 갸우뚱한다. 결국 실패할 거라면 그 모습이 아무리

찬란하다 하더라도 무슨 소용이 있는가, 보람이 없는 걸?

하지만 특유의 시적 결단으로 해석하면 느낌이 달라질 수 있다. 이것은 내 움직임을 극대화하기 위한 방법적 좌절이라고. 만일 정말 보람이 성취된다면 나는 기쁨에 잠길 것이되, 그 대가로 움직일 명분도 사라진다. 시는 이제 날개를 접고 영원한 안식에 들어갈 것이다. 그러나 이것은 유한자 인간의 삶에 적절치 못하다. 인간의 삶은 늘 한계의 노출과 그 극복의 영원한 도정에 있을 뿐이기 때문이다. 따라서 세상을 바꾸고자 하는 인간의 움직임은 지속되어야 한다. 그 지속을 위해서 성취는 때마다 유보되어야 한다. 그 유보를 극적으로 표현하는 것은 동작의 좌절이다. 한편으로 성취를 위한 동작을 극대화하고, 다른 한편으로 그 실패를 운명화한다. 그럼으로써 움직임이 항구화된다. 이 항구성에의 요구가 독자의 심금을 파고들 것이다.

여기까지 오면 이 시가 단순한 시가 아니라는 것을 알 수 있다. 이 시는 의미의 다층성이라는 뜻에서 모호성으로 가득 찬 시다. 무엇보다도 최종적 도달점으로 지시되었으며, 따라서 가장 구체적인 형상으로 상상된 '모란'은 실은 도달점이 아니라 출발점이라는 것이 그 모호성의 진정한 의미이다. 모란이 필 때, '나는 완성의 경지에 도달한다'가 아니라 '나는 완성을 향한 운동을 개시한다'.

이러한 해석은 이 시가 이토록 오랫동안 사람들에게 기억된 소이를 알려준다. 시간의 풍화를 견뎌낼 만한 힘이 이 시의 모호성 속에 저장된 것이다. 그러면서 동시에 네 가지 생각을 불러일으킨다.

첫째, 조국의 광복을 꿈꾸는 시가 아니라는 것. 이 시는 그보다 더 근본적인 차원에 놓인 '인간의 태도'에 관한 시이다. 그것은 지금까지의 교과서적 해석을 근본적으로 수정해야 할 필요에 직면케 한다. 그런데 그보다 더 의미심장한 문제들이 있다. 이런 시가 왜, 어떻게 씌어질 수 있었던가,라는 문제이다. 이 의문은 독자로 하여금 한국 근대시의 시초를 돌아보게 한다. 즉 김소월과 만해의 연장선상에서 김영랑을 파악하는 문제이다. 이것이 두번째 생각의 단초이다.

언뜻 보아서 김영랑의 이 슬픔의 시는 김소월의 시와 많이 닮아 있다. 주제상으로 그렇다. 김소월의 대부분의 시가 그러하듯이 이 시도 '그리움'의 시다.

그리운 우리 님의 맑은 노래는
언제나 제 가슴에 젖어 있어요

—김소월, 「님의 노래」 부분

에 적시되어 있는 '그리움' 말이다. 그러나 어딘가 근본적인 차이가 있다. 소월은 그리움을 말할 때 그리워하는 주체의 움직임을 빠뜨리지 않는다. 가령 방금 따온 시에서도 "제 가슴에 젖어 있어요"라고 말하고 있지 않은가? 빠뜨리지 않는다는 것은 자신의 행동을 의식한다는 것이다. 이 '의식'을 통해 다음과 같은 절창이 태어난다.

먼 훗날 당신이 찾으시면
그때에 내 말이 "잊었노라"

당신이 속으로 나무리면
"무척 그리다가 잊었노라"

그래도 당신이 나무리면
"믿기지 않아서 잊었노라"

오늘도 어제도 아니 잊고
먼 훗날 그때에 "잊었노라"

—김소월, 「먼 후일」

떠나간 연인에 대한 원망을 담고 있는 이 시의 매력은 "잊었노라"는 말이 떠난 님을 교묘히 자극한다는 데에 있다. 말의 내용은 연인의 떠남을 스스로 접수하지만, 말의 형식은 떠난 연인을 꼬집고 있다. 이로써 시의 화자는 이중적으로 자신의 주체성을 획득한다. 한편으로는 연인이 떠난 일을 자신이 주도하는 사건으로 만들고, 다른 한편으로는 떠난 연인으로 하여금 떠난 일을 반성케 하는 존재로서 연인에게 개입한다. 이 개입을 통해 화자는 연인에게 떠난 일을 원점으로 돌릴 것을 쏘삭인다. 이는 김소월식 화자의 특유의 태도이다. 필자는 「진달래꽃」의 화자에게서 같은 태도를 발견하고, 그 시에 대한 종래의 해석을 완전히 뒤집을 수 있었다.[3]

「모란이 피기까지는」에서 나타난 결정적 변화는 이 주체의 운동 궤적이 사라졌다는 것이다. 주체는 더 이상 사건에 개입하지 않는다. 다만 그는 '기다리는' 존재로서 나타날 뿐이다. 그리고 기다리는 존재에게 다가오는 것은 오로지 대상이다. 「모란이 피기까지는」에서 그 대상은 '모

3) 앞의 글, 「「진달래꽃」이 민요시가 아니라 근대시인 까닭 혹은 몰이해의 늪에서 꺼낸 한국시의 특이점」 참조.

란'이다. 중요한 것은 이 시에서 오직 움직이는 것은 모란뿐이라는 것이다. 이미 말했듯 이미 모란은 피었고 그리고 졌다. 그리고 화자는 운다. "모란이 지고말면 그뿐 내 한해는 다 가고말아/삼백예순날 하냥 섭섭해 우옵내다." 그리고 화자가 인물로서 할 수 있는 일은 오직 기다리는 일뿐이다. "모란이 피기까지는/나는 아즉 기둘리고있을테요 찰란한슬픔의 봄을."

우리는 김영랑 시의 거의 대부분에서 이런 대상의 전적인 움직임을 확인할 수 있다.

돌담에 소색이는 햇발같이
풀아래 웃음짓는 샘물같이
내마음 고요히 고흔봄 길우에
오날하로 하날을 우러르고싶다

—「돌담에 소색이는 햇발」[4]

앞에 김소월을 읽으면서 '쏘삭이는' 존재가 '나'임을 보았다. 김영랑의 시에서는 정확히 "햇발"이 "소색이"고 있다. 대상은 단순히 운동 주체인 것만이 아니다. 그는 돌담에까지 내려오고 풀 아래까지 비추어 들어 화자의 외적 환경을 장악하고 있다. 그 안에 갇힌 채로 '나'는 겨우 "하늘을 우러르고 싶다"는 소망만을 피력한다.

---

4) 이하 인용은 다음 책에서 한다. 이숭원, 『영랑을 만나다—김영랑 시 전편 해설』, 태학사, 2009.

어덕에 바로 누어
아슬한 푸른하늘 뜻없이 바래다가
나는 이젔읍네 눈물 도는 노래를
그하늘 아슬하야 너무도 아슬하야

—「어덕에 바로 누어」 부분

김소월에게 "잊었노라"는 진술이 대상을 자극하기 위한 전략적 진술이라면, 김영랑에게 "이젔읍네"는 순수한 자기 진술이다. 하늘이 "너무도 아슬"해서 대상과 만날 길이 막막해서 잊었다는 것이다. 그러나 독자가 간과하지 말아야 할 것은 이러한 사태가 주체를 완전한 존재 망실로 몰아가지 않는다는 것이다. 만일 그렇게 된다면 시가 씌어질 까닭도 없었을 것이다. 실은 오히려 거꾸로이다. 이 사태는 주체에게 무언가를 보장해준다.

뉘 눈결에 쏘이었오
왼통 수집어진 저 하늘빛
담안에 복숭아꽃이 붉고
박게 봄은 벌서 재앙스럽소

꾀꼬리 단두리 단두리로다
뷘 골ㅅ작도 부끄러워
홀란스런 노래로 힌구름 피여올리나
그속에 든 꿈이 더 재앙스럽소

—「뉘 눈결에 쏘이었오」

이숭원은 "재앙스럽소"를 "짓궂은 아이"의 태도로 풀이하고 있다(p. 25). 그 풀이가 적절하다고 생각한다. 그것은 대상이 주체를 간질이는 양태를 정확하게 짚어내고 있다. 앞에서 대상만이 운동하고 주체는 보기만 한다는 것을 충분히 말했다. 보는 주체는 그러나 운동력을 아예 상실한 존재가 아니다. 그게 아니라 저 대상의 '찬란함' 혹은 '홀란스러움'이 주체에게 끊임없는 운동의 시작을 자극한다. 그 덕분에 주체는 운동을 개시하고자 하는 몸짓을 한 후 운동을 이어나가지 못한 채로 다시 되돌아와 첫 운동을 다시 시작한다. 마치 맨 가장자리에 흠이 생겨 끊임없이 첫 곡조를 되풀이하는 LP판과 같다. 그 흠 덕분에, 즉 운동 가능성의 부재 때문에 운동의 몸짓은 언제나 '신생'의 동작을 되풀이한다.

그것이 김영랑 시의 매력이다. 앞에서 "모란이 도달점이 아니라 출발점"이라고 한 진술의 정확한 뜻이 여기에 있다. 여기에서 모란을 잃어버린 비극은 '비극의 향락'으로 바뀐다. 비극은 기쁨이 탄생할 조건이다. 그러나 좀더 정확히 말하자. 영원한 비극은 기쁨을 영원히 탄생 속에서 재생되게끔 한다. 만일 비극이 그친다면 기쁨은 얼마 후 지리해질 것이다. 그러니 비극이여, 영원하라! "수집어진 저 하늘빛"은 바로 그 향락적 비극을 수일하게 형상화하고 있다. 또한 그 '수줍음'을 태어나게 한 내 "눈결"의 음험한 죄악을!

나는 여기에서 한국적 서정시가 태어났다고 본다. 앞으로 이어서 보겠지만 미당 서정주의 시가 한국적 서정시의 완성형이라면〔내가 그렇게 보는 이유는 미당 이후 한국 서정시의 '장(場)'은 미당을 시늉하는 언어-동작들로 번잡해졌기 때문이다〕, 그 뿌리는 분명 김영랑에 있다고 판단되기 때문이다. 이 서정시는 김소월이나 한용운의 그것과는 무관한 것이다. 아니 한국 근대시의 최초의 보기를 제공한 그들의 시로부터 어떤 '편차'가 발생하였고, 그로부터 김영랑적인 것이 우세해졌다고 보는 게 더 정확한 진술일 것이다.

왜 그랬을까? 이 점에 대해서 묻기 전에 김영랑의 시가 만해의 시로부터는 어떤 편차를 발생시켰는가를 마저 보기로 하자.

김영랑이 김소월로부터 '그리움'을 물려받았다면, 만해로부터는 그의 비극적 세계관을 물려받았다. '비극적 세계관vision tragique'이란 단순히 좌절과 절망의 세계관이 아니다. 그것은 김우창이 골드만Lucien Goldmann[5]으로부터 그 용어를 빌려 와 만해 시를 해명하는 데 썼듯이,[6] 의미의 무와 충만의 동시성을 가리킨다. 그것을 예전에는 역설이라고 말했다. "아아 님은 갔지만은 나는 님을 보내지 아니하였습니다"에서 시작해, "걷잡을 수 없는 슬픔의 힘을 옮겨서 새 희망의 정수배기에 들어부었습니다"로 이어지는 시구들이 함축하고 있는 세계관이다. 이 세계관을 일상의 차원으로 옮기면 아주 우스꽝스러운 억지가 된다고 나는 이미 말했다. 그 점을 들어 나는 이 세계관을 "질 수 없는 자의 신비주의"라고 명명하기도 했다.[7]

그러나 만해는 그가 감당할 신비주의를, 주체를 대상화함으로써 혹은 대상을 주체화함으로써 해결해냈다. 다시 말해, '그가 기리는 님'을 '그가 "기루는" 민중'과 호환시켰던 것이다. 그가 불쌍히 여긴 자들과

---

5) 골드만, 『숨은 신』, 송기형·정과리 옮김, 연구사, 1986(Lucien Goldmann, *Le Dieu Caché*, Paris: Gallimard, 1959), pp. 29~124.

6) 김우창, 「궁핍한 시대의 시인」, 『궁핍한 시대의 시인—현대문학과 사회에 관한 에세이』, 민음사, 1977, pp. 126~47.

7) 정과리, 「위기가 아닌 적이 없었다. 그러나 때마다 위기는 달랐다」, 『뫼비우스 분면을 떠도는 한국문학을 위한 안내서』, 문학과지성사, 2016, pp. 44~46.

그가 그리워한 님 사이에 원환이 형성되어 순환하는 구조를 구축했던 것이다. 그 점을 나는 한 글에서 분석하였다.[8] 그것은 행동의 원리를 끝까지 끌고 나간 데서 비롯되었다. 김영랑에게는 당연히 그런 순환구조가 없다. 그의 시에는 행동과 관조가 엄격히 분리되기 때문이다. 그럼으로써 그는 그의 신비주의가 '억지'로 치닫는 걸 차단하였다. 떠난 님을 쫓아가 패악을 부리지는 않게 되었다. 그 대신 그는 신비를 관조 속에 내장하였다. 그것이 기다림의 향락이라고 말한 것이다.

3. 김영랑 시와 박용철 시론 사이의 유기적 일관성

따라서 김영랑이 보여준 한국적 서정시의 근본적인 태도, 즉 '기다림의 향락'은 철저히 논리적인 운산의 결과였다. 그렇기 때문에 그 시적 태도는 정교한 이론을 짝으로 두고 그 후원을 받을 수 있었다. 한국적 서정시에 이론을 제공한 것은 바로 김영랑과 함께 문학 활동을 한 박용철이었다. 그의 이론은 한국 시인들이 이후 빈번히 참고하게 되는 릴케적 태도에 근거하고 있는데, 그 세목은 다음과 같다.

박용철은 자신의 시론, 「시적 변용에 대해서」[9]에서 릴케의 「젊은 시인에게 보내는 편지」와 『말테 브리게의 수기』의 구절들을 섞어서 자기 시론의 가장 큰 보루로 삼았다. 그 시론은 세 가지 명제로 이루어져 있다. 하나는 "시는 한낱 고처"라는 관점. 둘은 시를 획득하려면 절차탁마

8) 「님의 자기 증명」, 『현대시』 제305호, 2015. 5., pp. 228~39.
9) 이하 인용은 다음 책에서 한다. 『박용철 전집 2: 평론집』, 깊은샘, 2004.

해야 한다는 것. 셋은 절차탁마는 동시에 시의 정수가 도래하기를 기다리며 끊임없이 "의미와 감미를 모으는" 행위라는 것.

이 세 명제는 긴밀히 논리적으로 연결되어 있다. 거리를 두고 보면 이 논리적 연결은 시와 사람 사이에 근본적인 단절의 도랑을 전제하고 있어서 정신적 전율을 발생시킨다. 즉 시는 '고처'라는 생각. 이 생각에 의해 인간은 시에 다다르기 위해 부단히 노력해야 하나, 그 결실에 대한 확증은 시가 내리는 것이지 인간의 몫이 아니라는 결론이 나온다.

> 교묘한 배합. 고안(考案). 기술. 그러나 그 위에 다시 참을성 있게 기다려야 되는 변종 발생의 쵠스.

시의 정수는 인간의 노력의 총화로써 획득되지 않는다. 그 이상이다. 인간은 제가 할 수 있는 노력을 모두 들이되, 그다음에 '변종'이 발생해야 하는 것이다. 그 변종이 발생하지 않으면, 그가 그렇게 공들인 시는 다만 가짜에 지나지 않게 된다.

> 손을 펼 때마다 꽃이 나오는 확실한 경지에 다다르려면 무한한 고난과 수련의 길을 밟아야 한다. 그러나 그가 한번 밤에 흙을 씻고 꾸며논 무대 위에 흥행하는 기술사로 올라설 때에 그의 손에서는 다만 가화(假花) 조각이 펄펄 날릴 뿐이다.

바로 이 때문에 시인은 특별한 몸짓을 새로 준비해야 한다. 그 몸짓은 '나무'의 형상으로 서 있는 것이다.

> 그가 뿌리를 땅에 박고 광야에 서서 대기를 호흡하는 나무로 서 있을 때만 그의 가지에서는 생명의 꽃이 핀다.

왜 나무인가? "뿌리를 땅에 박고" "광야에 서서" "대기를 호흡하는", 세 가지 동작을 한꺼번에 취할 수 있는 유일한 존재 형상이기 때문이다. 우리는 이 비유적 언어를 쉽게 유추 해석할 수 있다. "뿌리를 땅에 박고", 즉 지구상의 모든 존재들의 역사적 경험 속에 근거하여. "광야에 서서", 즉 현실을 이겨내고자 하는 동작으로 현실에 응대하면서 현실 너머의 지평을 넘어보며. "대기를 호흡하는", 즉 지속적인 생을 제공하는 생명의 기운을 흡입하여 신생을 향해 나아가는.

그런데 앞의 두 개 동작은 인간이 스스로 채울 수 있는 것이지만, 마지막 동작은 어떤 조건하에서만 가능하다. 그 조건은 '대기'의 존재이다. 대기가 없으면 나무의 고아(高雅)한 동작도 쓸모가 없어진다. 그 대기는 인간에게서 발생하는 것이 아니라 다른 데서 온다. 박용철의 '나무' 비유의 궁극은 이 대기의 도래에 대한 기다림으로 귀착한다.

> 시인의 심혈에는 외계에 감응해서 혹은 스사로 넘쳐서 때때로 밀려드는 호수가 온다. 이 영감을 기다리지 않고 재조보이기로 자조 손을 버리는 기술사는 드디여 빈손을 버리게 된다.
> 영감이 우리에게 와서 시를 잉태시키고는 수태를 고지하고 떠난다.

대기는 영감이고, 그 영감은 신성한 것이 강림하되, 인간 내부에 심겨져야 하리라는 '고지', 즉 수태고지이다. 영감은 그에게 가브리엘 천사처럼 도래하는 것이다.

우리는 릴케가 바로 그 영감이었다는 것을 직감할 수 있다. 릴케는 시의 도래를 고지하기 위해 도래한다. 이 도래의 도래에 한국시의 한 비밀이 숨어 있다. 왜 그냥 도래하지 도래를 고지할 존재가 도래하는가? 이 물음에 대한 대답을 떠올릴 때 우리는 비로소 한국시(서정시라 불리는)의 존재 이유를 깨닫게 된다.

저 물음, 즉 그냥 시가 도래하지 왜 영감이 도래해서 시의 수태를 고지하는가,라는 물음은 왜 예수가 그냥 '터미네이터'나 기타 등등처럼 온-알몸으로 지상에 내려오시지, 천사를 보내 고지한 다음 마리아의 몸 안에 깃드시는가,라는 물음과 정확히 맥락이 같다. 예수는 왜 그랬나? 사람의 아들로 태어나기 위해서라는 게 유일무이한 대답이다. 사람의 아들로 태어난다는 게 무슨 뜻인가? 바깥에서 도래했으되 사람의 일로서 이룩되어야 하기 때문이다,라는 것이 역시 유일무이한 대답이다. 바로 그것이다. 신성한 것이 인간의 역사로 이루어지기 위해서는 신성한 것은 그냥 도래해서는 안 되었다. 도래가 도래하고 그다음 도래할 것이 인간의 몸에서 발생generate해야만 했던 것이다.

박용철에게 릴케는 말 그대로 시론의 결정적인 영감으로 작용하였다. 그 영감은 릴케의 시구 그대로 "번쩍이는 기쁨이 하늘에서 내려와/커다란 날개를 접고/내 꽃 핀 영혼에 걸리"듯이 그렇게 내려왔을 것이다. 하나의 결정적 진화의 단계에 한국시가 접어들 계기를 잡았으니까 말이다. 우리는 이 시론이 김영랑 시의 이론적 지주였다는 것을 주시해야 할 것이다. 왜냐하면 이로부터 바로 '기다림'의 시학이 처음 문을, 아니 몸을 열기 시작했기 때문이다. 바로 「모란이 피기까지는」에서 공표된 그 기다림의 시학이. 우리는 썩 오래전에 이 시를 두고 물어보았었다. 이미 모란은 피었었다. 그런데 왜 모란이 피기까지를 또 기다려야 하는가?

이제는 확실히 대답할 수 있다. 이미 핀 모란이 내 바깥에서 핀 모란이라면 내가 기다리는 모란은 내 몸 안에서 피어날 모란이라고. 그리고 그것이 인간의 일인 한, 그 모란은 내 몸 안에서 피었다가 바깥으로 나타날 것이고, 그 순간 모란은 얼마간 '모자란' 모란일 것이며, 그래서 사람은 모란이 다시 피기를 기다릴 것이라고. 모란은 그렇게 영구회귀적으로 피어나야만 할 것이다.

기다림의 시학은 또한 잉태와 분만의 시학이다. 그냥 오시는 걸 기다리면 안 오신다. 오시리라는 약조가 오고 그 약조가 내 몸 안에서 익어야 한다. 이러한 태도가 한국시의 역사에서, 아니 더 넓혀, 한국인의 정신사에서 무엇을 가리키는가?

4. 3·1 독립선언의 좌절 이후 한국시의 재정향

나는 이 모든 일이 3·1운동의 좌절과 연관이 있다고 생각한다. 즉 일제강점기하에서 조선인의 행동 능력이 망실된 데서 비롯하는 것이다. 「독립선언서」에 나와 있듯이 '독립국'과 '자주민'을 당당히 요구하는 근대적 지식은 가득 찼다. 그러나 3·1운동은 처참히 좌절되었다. 조선인들은 한반도 내에서의 행동의 완벽한 불가능성을 본 것이다. 그것은 존재 양식으로서의 '모더니티'의 자연스런 획득이 불가능하다는 것을 일깨워주었다. 그때부터 한반도의 피식민자들은 다른 생각을 품기 시작한다. 그 다른 생각의 가장 직접적인 양태는 다른 이상향에 대한 상상적 발명을 통해서 그것을 우리 것으로 만들고 그것의 회복을 위해 투자를 하는 일이다. 바로 조선심, 조선적인 것, 우리 고유의 것에 대한 가정과 끊임없는 갈망이 그것이다.

박용철과 김영랑의 새로운 전망도 얼마간 거기에 맥락이 닿아 있었다. 조선적인 것을 '자연'으로 대체해보면 쉽사리 알 수 있을 것이다. 그들이 이제 구축할 새로운 시는, 후에 '서정시'라고 불리게 될 특이한 자연 서정시였던 것이다. 그것이 내가 '한국적 서정시'라고 줄곧 명명해왔던 것이다. 이 한국적 서정시의 구축을 통해 한국의 시인들은, 더 나아가 한반도의 조선인들은 소월과 만해에게 닥쳤던 근본적인 격절감을 해소할 수 있었던 것이다. "불러도 대답 없는 이름이여"라고 「초혼」의 화자가 부르짖었던 그 막막한 상실감으로부터 탈출할 수 있었던 것이다. 간단히 말해 앞뒤가 꽉 막힌 '비극적 세계관'을 넘어서 시간 여행을 할 수가 있게 되었던 것이다.

그런데 이 '한국적 서정시'는 '우리 고유의 것'에 대한 환몽적 가정과는 근본적으로 다른 무엇이 있었다. 만일 우리 고유의 것의 '있음'을 절대적으로 확신하고 그것의 복원 사업을 벌이기로 결심했다면, 바로 그것을 끌어올리는 일만 하면 될 것이었다. 실제로 많은 지식인들이 그 일에 투신하였고, 또 여전히 한국인의 중요한 집단 무의식을 차지하며 한국인을 준동시키고 있는 것이 그 환몽이다. 반면 '한국적 서정시'는 우리 고유의 것에 대한 맹신을 피하는 데 성공했다. 어떻게? 바로 '도래의 도래'라는 방법론을 통해. 도래할 것이 내 몸 안에서 자라나야 한다는 구성술의 발명을 통해. 내 몸 안에서 자라날 것이기 때문에 그것은 '이미 있는 고유의 것'이 아니라 끊임없이 새롭게 태어날 '다른 무엇'이 되었던 것이다.

그것은 얼마간 '고유의 것'이라는 가정의 외피를 둘러쓰고 있는 게 사실이라고 해야 할 것이다. 그러나 어쨌든 그것은 '유동'한다. 그것은 그냥 이미 있는 것, 고착된 것이 아니라는 것이다. 그 유동 속에서 고유한 것은 변화를 겪고 자기도 모르게 고유하지 않은 것이 된다.

요컨대 김영랑과 박용철의 시적 태도는 바로 근대에 대해 개안한 사람들이 근대적인 것을 성취할 가능성을 잃어버렸을 때 그 성취에 대한 갈망을 유일한 낙으로 삼음으로써 배태되는 태도이다. 그것은 정확히 '정치적 준비론'에 조응한다. 김영랑이 출범시킨 한국적 서정시 안에 향락이 있었다면, 정치적 준비론에도 당연히 향락이 흐르고 있었다고 봐야 할 것이다. 그게 없었다면 어떻게 사람들이 그걸 견뎌냈겠는가? 그러니까 나는 이 '향락'이라는 어휘를 결코 '비난'의 뜻으로 사용하는 게 아니다. 그건 생존의 원천이다.[10)]

---

10) 그러나 그럼에도 우리가 직시해야만 하는 엄혹한 사실은 정치적 준비론이 지배적인 것이 된 한반도의 미래는 1945년에 준비가 전혀 안 된 채로 해방을 맞이해야만 했다는 것이다. 물론 좁은 의미에서의 정치적 준비론 쪽에서는 항변할 수도 있을 것이다. 우리는 결코 한반도의 지배적 사조가 아니었다고. 그렇다면 사회적 준비론이라고 바꿔 말해보자. 그건 분명 지배적인 분위기이자 태도였다. 친일까지 포함해서 그렇다. 친일의 상당 부분은 개인적 영달의 측면도 있었겠지만, 공적으로는 이광수의 "민족을 위해 친일했다"는 변명이 가리키듯, 어떤 미래를 위한 준비의 의미를 띠고 있었다. 그 의미 때문에 그 행위에 죄의식보다 합리화가 강하게 작용할 수 있었던 것이다. 여하튼 사회적 준비론의 결과가 준비 없이 해방을 맞이한 사태라는 점은 돌이킬 수가 없는 것이다.

한국적 서정의 정신적 작업
—박재삼의 시 한 편을 예로 들어

마음도 한자리 못 앉아 있는 마음일 때,
친구의 서러운 사랑 이야기를
가을 햇볕으로나 동무 삼아 따라가면,
어느새 등성이에 이르러 눈물나고나.

제삿날 큰집에 모이는 불빛도 불빛이지만,
해질녘 울음이 타는 가을 강을 보겠네.

저것 봐, 저것 봐,
네보담도 내보담도
그 기쁜 첫사랑 산골 물소리가 사라지고
그 다음 사랑 끝에 생긴 울음까지 녹아나고
이제는 미칠 일 하나로 바다에 다 와 가는

소리 죽은 가을 강을 처음 보겠네

—박재삼, 「울음이 타는 가을 강」

이 시는 박재삼 시인의 명편 중 하나이다. 고등학교 교과서에 실려 있을 정도로 널리 알려져 있는 시이기도 하다. 이 시의 기본 윤곽은 그리 어렵지 않다. 두 개의 풍경이 있다. 사랑의 실패와 삶의 신산함에 괴로워하는 마음의 풍경과 저녁노을을 받아 붉게 빛나는 강의 장관이 있다. 얼핏 읽기에 이 두 풍경은 배경과 전경으로 나누어질 수 있다. 마음이 아파 산에 올랐더니 산 아래로 펼쳐진 저녁노을에 물든 강이 너무나 아름다워서 마음의 고통을 다 잊었다,라는 전언이 배경에서 전경으로 이동하는 도중에 자연스럽게 도출된다. 바깥의 광경으로 내면을 싸기. 풍광은 일종의 붕대이다. 그것은 상처 난 마음을 싸매 그것이 곪는 것을 막을 뿐만 아니라, 고통을 줄여 생을 순행시킨다. 물론 조금 주의 깊은 독자라면 그것만을 읽지는 않을 것이다. 무엇보다도 시의 제목이 "울음이 타는 가을 강"이다. 가을 강 자신이 울음이 타고 있다. 배경에 놓인 마음의 울음이 전경화된 것, 그것이 강이다. 전경화됨으로써 무슨 일이 일어났는가? 안에 갇혔던 울음이 바깥으로 투영되었고 그럼으로써 갇혀 있는 슬픔이 해소될 기회를 만나게 되었다. 강은 그러니까 상처를 감싸는 붕대가 아니라 오히려 상처 자체의 변용이다. 마음의 슬픔이 숭고한 광경으로 변용되었다는 것은 극복될 수 없는 마음의 사실이 미적 대상으로 바뀌었다는 것을 가리킨다. 미적 대상, 즉 아름다운 것이 되었다는 것은 슬픔의 액체가 황홀의 주형틀에 부어져서 기쁨의 향유물이 되었다는 것을 가리킨다.

그러나 여기까지 읽으면 독자는 일종의 마술을 본 셈이 된다. 상처가 어떻게 해서 붉게 타는 강으로 바뀔 수 있었을까? 그 비밀은 감추어져 있다. 아니 좀더 정확하게 말해 자의적 혹은 작위적이다. 이것은 일종의 속임수다. 왜냐하면 그렇다고 해서 친구의 사랑이 다시 회복될 리도, 나의 마음을 불편하게 했던 문제가 해결될 리도 없기 때문이다. 더 나아가, 이 변용은 주체의 교묘한 자기보존의 욕망을 실행한다. 그것은 다음과 같은 절차를 통해 이루어진다.

(1) 마음의 상처는 외재화되었다.

(2) 외재화된 사건은 타자의 사건이다. (나는 몫을 상실한다. 혹은 나는 몫을 떠넘긴다. 나는 해방된다.)

(3) 이 타자는 자연이다.

(4) 자연은 보편적 존재이며, 그 넉넉한 힘으로 슬픔을 승화시킨다.

(5) 자연은 존재의 총칭이며, 따라서 나도 자연의 일부이다.

(6) 나는 하나의 자연으로서 내가 떠났던 사건에 다시 참여한다.

(7) 나의 마음에는 이제 슬픔 대신 기쁨이 차오른다.

이 논리의 연쇄를 따라 시의 주체는 슬픔으로부터 해방되는 한편, 타자의 힘을 빌려 기쁨마저도 얻게 되었다. 인간이 '쾌락을 좇는다'는 것은 정신분석이 우리에게 가르쳐준 공리이다. 쾌락은 죽음 충동까지 포함한 생의 상시적 표적이다. 위의 논리 연쇄는 쾌락을 얻어내기 위한 인간의 정신적 작업이 보여주는 특별한 알고리즘의 일단을 보여준다. 나는 이 알고리즘이 한국인에게 꽤 보편적인 것이라고 생각한다. 단, 이 논리 연쇄에서 '자연'이라는 항목은 '역사' '팔자' '세상' '우리' 등 보편성을 가지면서 동시에 주체 '나'가 그것의 부분집합을 이룰 수 있는 개념들과 대체 가능한 계열체를 이룬다(서양의 '보편적' 항목은 근본적으로 주체 바깥에 있다. 이것이 서양적 정서와 한국적 정서의 핵심적인 차이를 이루는 듯하다. 그 차이에 따라서 논리의 연쇄도 적잖이 다르다고 생각해야 할 것이다). 그리고 여기에 다음과 같은 부가적 알고리즘이 보충되면 이른바 '한국적 서정'이라고 불리는 것이 형성된다.

(8) 보편자로서의 자연은 적대적 존재를, 심지어 대립적 존재마저 갖지 않는다.
(9) 자연은 슬픔/기쁨의 대립이 무화되는 자리, 그 대립이 순수한 기쁨으로 지양(止揚)되는 자리이다. 왜냐하면 기쁨은, 자연이 준 것인 한, 대타 정서를 갖지 않기 때문이다.
(10) 미적 쾌락이 도덕적 정당성(혹은 무색무취함)의 용기에 담긴다. 순수 기쁨은 그것을 대가로 〔타인들에게〕 다른 슬픔을 유발하지 않기 때문이다. 또한 나는 그럼으로써 거리낌을 가질 필요가 없기 때문이다.

보편적 타자에 의지해서 주체의 고뇌 혹은 갈등을 무해한 만족으로 바꾸는 것, 그것이 한국적 서정의 기본 알고리즘이다. 단 기본 논리 연쇄에서 변수였던 자연은, 이 보충 논리에 와서 상수로 바뀐다. 역시 단서가 있는데, 이 상수인 자연이 다른 계열체들을 내장하여 다양한 서정시의 갈래를 낳는다는 것이 그것이다. 가령, 자연에 한국인의 역사와 서민이라는 계열체를 내장한 것이 80년대 이후 한국시의 일반적 지류의 하나를 형성한 민중적 서정시이다. 상수는 자연이지만, 그 안에 한국, 역사, 서민적 삶이라는 변수를 포함한다. 이것을 자연{한국∩(역사∪서민적 삶)}이라는 연산식으로 표현할 수 있을 것이다.

「울음이 타는 가을 강」으로 돌아가보자. 위와 같이 읽는다면, 이 시는 삶의 고통을 형상의 아름다움으로 뒤바꾸었다. 환언해, 존재를 외관으로 바꿨다. 이 뒤바꿈의 과정은 일종의 마술이며, 이 마술의 근본 동력은 주체의 '회피'와 '보상'이다. 자신에게 닥친 문제에 정면으로 맞서기를 피하고 타자에 기대어 다른 것으로 치환한 것이다. 문제를 광경으로 바꿈으로써. 의문부호를 감탄사로 바꿈으로써. 요컨대, 아름다움이 윤리를 살해한 것이다.

그러나 독자에게는 아직도 다른 독법들이 남아 있다. 이 시에서 불현듯 온몸을 휘감는 전율을 느꼈던 독자는 그 전율의 원인을 마술의 대리체험만으로 두고 싶지가 않다. 그가 그 마술의 속임수를 알아차리지 못했다 할지라도, 어딘가 그의 뒤를 자꾸 잡아채는 것들이 있다. 어딘가에서 독자는 미진한 혹은 미심쩍은 감정을 느낀다. 그 어딘가가 어딘가? 그것은 시의 내부에 있을 수밖에 없다. 시의 어떤 내용 혹은 어떤 구절 혹은 어떤 구성이 무언가 독자를 자꾸 꺼림칙하게 만든다.

우선, 하나의 의문. 주제의 대강의 윤곽은 쉽게 이해되지만, 세부적인 내용은 상당히 모호하다. "마음도 한자리 못 앉아 있는 마음"이란 무엇인가? "친구의 서러운 사랑 이야기"는 상투적인 일화인 것이 분명하지만, 구체적인 내용은 빠져 있다. 나는 "친구의 서러운 사랑 이야기"를 "따라간"다고 했는데, 친구와 함께 산등성이를 오르고 있다는 것을 가리키는가? 아니면, 친구가 해준 이야기를 그저 따라간다는 것인가? 그리고 "가을 햇볕(을) 동무 삼"을 이유가 있는가? 햇볕 없이 그냥 오르면 시의 주제에 어떤 훼손이 가나? 두번째 연에 대해서도 의문은 이어진다. "제삿날 큰집에 모이는 불빛"은 왜 뜬금없이 나왔을까? 이 구절이 너무나 뜬금없어서, 시의 사실직 징횡을 두고, 제삿날에 고향에 들른 '나'의 사건으로 읽는 입장과, "제삿날 큰집에 모이는 불빛"이란 불빛의 환함에 대한 일종의 비유에 지나지 않으며(시골에서는 제삿날에 밝히는 불빛이 가장 환한 불빛이라는 것이 이 '비유설'의 근거다), 따라서 시의 화자가 대처에서 고향으로 돌아왔다는 설명은 근거가 없다는 주장이 갈라져 있을 정도다.

이러한 구체적 정황의 모호성은 마치 눈물이 종이를 적셔 글씨를 알아볼 수 없게 번지게 하는 것과 비슷한 효과를 가질 수 있다. 즉, 울음의 정서가 사실을 압도해서 그 구체적 내용을 모호하게 하는 대가로 일종의 일반성을 획득한다. 구체성이 흐려질수록 독자들은 정서에 더 압도당하고 그와 유사한 정황들을 제 나름으로 제멋대로 떠올리며 슬픔의 정황 속으로 침닉한다. 그렇다면 이 의문은 바로 앞의 우리의 해석을 더욱 뒷받침한다. 주체의 사건을 타자에 기대어 회피하고, 이어서, 타자에 기대어 성질을 뒤바꾸어 주체의 사건으로 되돌려받는다는 것 말이다.

두번째 의문. 앞에서 말한 대로 이 시의 큰 윤곽은 풍경의 전환에 있다. 배경에서 전경으로의 그 전환은 위상학적으로는 내면에서 바깥으로의 전환이며, 주제적으로는 슬픔에서 기쁨으로의 전환이다. 그런데 잘 보이지 않지만 시에 관한 한 더 중요한 전환이 있다. 1연의 진술체와 3연의 경탄체의 대립이 그것이다. 왜 갑자기 이런 어조의 변화가 일어났을까? 틀림없이 그 비밀은 1연과 3연 사이의 반전의 축을 담당하고 있는 2연에 있을 것이다. 그런데 단 두 행으로 이루어진 2연은 그 자체로서 의미의 안개로 희뿌옇다. 첫 행의 모호성은 이미 언급한 바 있다. 두번째 행의 의미는 분명하다. 그러나 그 행위의 원인은 명확하지 않다. 왜 '나'는 가을 강을 보는가? 게다가 그 '가을 강'이 "울음이 타는" 것을

'나'는 어떻게 알 수 있었을까? 왜냐하면 수식어 "울음이 타는"은 미래형 동사 "보겠네"보다 시간적으로 앞서 있기 때문이다.

세번째 의문은 아주 사소한 의문이지만 시의 비밀을 틀어쥐고 있는 의문일 수도 있는 것이다. 마지막 행의 "소리 죽은 가을 강"의 '소리 죽은'이란 표현이 그것이다. 왜 이것이 문제가 되는가? 이미 말했듯이 시의 화자 '나'는 자신의 슬픔을 가을 강에 기대어 해소하였다. 그 해소를 위해 '나'는 주체의 자리를 강에게 넘겨주었다. 나는 여전히 말의 주체이긴 하지만 행동의 주체는 자연이다. 당연히 자연의 동작은 능동태가 된다. 그것도 힘 있는 능동태이다. 그의 동작은 시의 정서를 근본적으로 뒤바꾸었으니 말이다. 그렇다면 강의 행동은 '죽는' 일조차 그의 의지의 실천이 되어야 한다. 즉, "소리 죽은"이 아니라 "소리 죽인" 가을 강이 되어야 하는 것이다. 그런데 정반대로 표현되었다. 이 표현에 와서 시는 갑자기 맥이 빠진다. 독자는 황홀의 불꽃이 재의 표면에 그냥 눌어붙어버린 느낌에 사로잡힌다. 모든 운동에너지를 고갈당한 열기, 열기로서 죽음인 것, 열기로서 닫힘인 것.

이러한 의혹들을 누런 소처럼 되새기다 보면, 독자는 적어도 이 시는 세 개의 겹이 포개어져 있는 중층의 직조물이며, 우리가 앞에서 해본 독해는 표면만을 읽은 데 지나지 않고, 시의 참된 울림은 세 겹의 상호작용을 통해 발생한다는 것을 알 수가 있다. 그것을 이제 풀어보기로 하자.

우선 주제의 겹. 축을 형성하고 있는 제2연에 주목하기로 하자. 이 연이 회전축임은 자명한데, 그 의미가 모호하다고 말했다. "제삿날 큰 집에 모이는 불빛"은 무엇인가? 메리 루이스 프래트Mary Louise Pratt의 권유에 따라 우리가 모든 문학 텍스트에 대해 고도의 "통일성에 대한 협약"[1]을 맺고 참여하는 것이 온당한 행위라면, 이 제삿날이 실제의 사실을 가리키는 것으로 읽어야 할 것이다. 만일 비유라면 비유가 한 행을 통째로 차지하고 있는 셈인데, 그건 그리 어울려 보이지 않는다. 좋은 시는 비유로써 사실을 아름답게 치장하는 데서 나오지 않고, 비유로 보이는 모든 것들이 실은 생생한 실존임을 드러낼 때 달성하는 법이다. 그리고 여기에서 '제삿날'은 오로지 시의 이야기의 내용에 통합됨으로써만 실존을 획득할 수 있다. 이 시의 중심 정서는 슬픔인데, 그것이 죽음과 가깝다고 할 수는 있겠지만, 그 정도의 인접성을 가지고 있는 것들은 죽음 말고도 무수히 많다. 요컨대 제사는 그 자체로서는 시의 전체 내용 속에서 엉뚱한 얘기다. 그러니, 그것은 이야기의 내용 속에 통합되는 절차를 통해서만 이해될 수 있는 것이다. 따라서 "제삿날 큰집"은 자연스럽게 첫 행으로 연결된다. '큰집'은 '나'의 큰집일 터이다. 시의 시간적 배경은 큰집에 제사가 있던 날이다. 그날 온 친척이 모였을 것이다. 그렇다고 해서 '나'가 대처에서 고향으로 돌아왔다고 단정할 수는 없다. '나'는 큰집과 같은 마을에 살고 있을 수도 있기 때문이다. 이 시행이 가리키는 것은 오직 제삿날 큰집에 친척들이 모였다는 것뿐이다. 그런데 그날 친척들의 마음이 서로에 대해 불편하다. 그것을 "마음도 한자리 못 앉아 있는 마음"이라고 표현했다. 그 불편함을 야기한 원인이 무엇인지는 알 수가 없다. 무슨 내심의 이유가 그것을 밝히기를 꺼리게 한 것임은 분명하다. 어쨌든 그는 큰집에 있기가 불편하여 밖으로 나와 산을 오른다. 산을 오르는데 "친구의 서러운 사랑 이야기"를 '나'는 계속 생각

---

1) Mary Louise Pratt, "Cooperative principle", *Toward a speech act theory of literary discourse*, Indiana University Press, 1977, p. 125 sq.

한다. 그가 친구와 함께 산을 오르며 그 사랑 이야기를 들은 것인지, 아니면, 혼자 오르면서 그 사랑 이야기를 생각했던 것인지는 분명치 않다. 전자라면 '나'는 오랜만에 고향에 들렀다고 해석해야 할 것이다. 그는 친구를 오랜만에 만났고 그와 함께 산을 오르면서 그의 사랑 이야기를 들은 것이다. 후자라면, 친구의 사랑 이야기는 '나'의 불편한 마음과 분명 관계가 있다. 친척들과 한자리에 못 앉고 밖으로 나와 산을 오르면서 느닷없이 친구의 사랑 이야기를 떠올리는 것은 자연스럽지 못하다. 그것이 자연스러우려면, 친구의 사랑 이야기가 친척들과 '나'의 마음의 갈등을 야기한 원인이어야 한다.

그럼으로써 나의 우울한 마음의 원인에는 두 가지 가능성이 놓인다. 그것은 두 가지 사태로 인한 것일 수도 있고, 한 가지 사태로 인한 것일 수도 있다. 여기에서 어떤 해석이 더 올바른가, 혹은 '나'는 고향에 들른 것인가, 아닌가 등의 질문에 대해 해답을 내리는 것은 시 분석가의 몫이 아니다. 물론 시의 내용 속에서 그 해답에 대한 각종 억측은 무성할 수 있으며, 그것이 시가 노리는 것이다. 다시 말해 시의 독자들에게 그것은 강한 힘을 발휘한다. 전자의 가능성에서 질문은 두 가지로 나뉜다. 무엇이 친척들 사이에 마음의 갈등을 일으켰을까? 친구의 사랑 이야기는 도대체 무엇이었을까? 앞의 질문은 지극히 사사로운 것에 대한 호기심에 뒷받침되어 있으며, 뒤의 질문은 아주 일반적인 사랑의 공식(비련)에 대한 동정과 공감에 뒷받침되어 있다. 시는 개별성과 일반성, 호기심과 동정심의 양극에 대한 독자의 관심을 동시에 노리고 있다. 후자의 가능성에서 질문은 하나로 통합된다. 친구와 '나'의 친척들 사이에 무슨 문제가 있는가? 혹시 '친구'는 우리 친척들 중의 누군가와 비련의 사랑을 한 것일까? 이 질문은 이례적인(정상적이지 못한) 사건에 대한 독자의 호기심을 부추긴다. 그것은 사회적 금기에 대한 위반의 충동을 독자에게 슬며시 누리게 한다. 물론 그 대답들은 완벽히 감추어져 있다. 알 수가 없기 때문에 독자는 더욱 알고 싶어진다. 반면, 시의 화자는 완벽히 알고 있다. 그는 그것 때문에 "눈물"까지 흘린다. 화자가 완벽히 아는 사실을 독자는 완벽히 모르고 있다. 때문에 독자의 궁금증은 더욱 달아오른다. 그것이 시의 전반부가 노리는 효과이다. 사실에 대한 강렬한 궁금증, 즉 사실 효과가 시가 노리는 것이며 그것을 찾아내는 것이 시 분석가의 몫이다.

감추어진 사실, 이것이 이 시의 실재의 차원을 이룬다. 그러나 화자, '나'는 동시에 이 사실의 감추어져 있음을 기정사실로 만든다. "눈물나고나"라고 탄식할 때의 '눈물'은 그 사실이 '나'도 어찌할 수가 없고, 독자가 알아도 소용없는 일이라는 것을 가리킨다. 사실은 덮어지고 덮어짐이 사실화된다. 이것이 이 시의 실재 효과이다.

사실 효과effet du réel가 '이것은 사실이다' '독자는 실제 일어난 일을 읽고 있다, 다시 말해 동참하고 있다' '이 사건은, 그러니까, 독자의 사건이다' 등의 감각(혹은 착각)을 독자에게 불러일으키는 효과라면, 실재 효과effet du réalisé는 '사실은 엄연하다' '사실은 변할 수 없다'는 생각을 보편화하는 효과이다.[2] 그러나 실재 효과는 사실 효과에 뒷받침되

---

2) '사실 효과'는 롤랑 바르트의 용어이다. 그는 정신분석의 현대적 성과를 받아들여 근대인들의 사실에 대한 집착, 그리고 그것에 기댄 근대 리얼리즘소설의 디테일 묘사를 상상적인 것을 실재하는 것으로 착각게 하는 '사실 효과'라는 이름으로 분석하였다. '사실 효과'는 사실의 현전성이 유발하는 효과이다. '실재 효과'는 내가 임의로 만들어 잠정적으로 붙인 이름으로, 그 사실의 실재성(그 사실이 있었다는 것, 그 사실은 불변이라는 것)이 유발하는 효과를 가리킨다. 정신분석적 관점에서 볼 때, 실재le réel는 현전성보다는 실재성에 의해 기능한다. '사실 효과' 즉 사실의 현전성은 그 실재에 대한 상상적 동일시(동참)의 결과이다. 롤랑 바르트가 말하는 '사실 효과'는 실재의 결과라기보다 상상의 결과이다.

어서야만 힘을 발휘할 수 있다. 독자는 앞에서 이 시의 사실 효과가 다양한 방위로 뻗어 있음을 보았다. 그것은 개별성, 일반성, 예외성의 차원을 두루 아우른다. 그것은 호기심, 동정, 위반의 욕망을 두루 포함한다. 이러한 포괄성은 독자를 시의 현장 속에 끌어들이는 유용한 수단이다. 그것을 통해 독자는 은근슬쩍(왜 은근슬쩍이냐 하면, 어쨌든 독자는 영문을 모르기 때문이다) 시적 정경 속에 참여하는데, 이때 독자는 사실 효과의 포괄성이 허용해준 덕분에 자신의 사건까지 동반해서 참여한다(누구에게나 삶의 아픔이 있고 사랑의 상처가 있는 법이다). 즉 독자는 자신이 모르는 화자의 사건 속에 참여하는 게 아니라, 자신의 사건으로 번안된 정서적 공간 속에 참여하는 것이다. 그리고 거기에 실재 효과가 작동한다. 화자의 전언에 따라 독자 역시 자신이 겪은 사건을 어찌할 수 없는 것으로 느끼고, 그것에서 운명적인 슬픔을 느끼는 것이다.

이 슬픔은 감염적이다. 그것은 내용의 감염이 아니라 증상(기능)의 감염이다. 한 개인의 슬픔은 말로써 고리를 이루어 다른 개인의 슬픔의 고리 안에 끼워진다. 이 고리의 연쇄가 무한정 이어져 거대한 슬픔의 쇠사슬이 완성된다. 한 사람의 슬픔, 한 개인의 정서는 집단적 운명으로 커진다. '나'는 자연스럽게 우리가 되고 우리는 자연스럽게 민족이 된다. 개인의 고난은 단박에 민족의 고난이 된다. 이것이 한국적 정서의 일차적 작업이 아닐까? 나는 그렇게 생각한다.

이 과정은 앞에서 순서화한 논리 연쇄의 전 단계에 해당한다. 그러니까 이 과정은 나의 사건을 자연의 광경으로 외재화하는 마술의 방법론적 근거를 제시하고 있다. 이 과정도 다음과 같이 순서화할 수 있다.

(-1) 하나의 개별적 이야기(혹은 사건)가 사실로서 전제된다.

(-2) 사실은 전제되었기 때문에 탐구되지 않고(덮어지고), 대신 기능한다.

(-3) 다른 개별적 이야기들이 기능의 공통분모 아래 참여한다: 똑같은 성격의 다양한 경험들로 확산된다.

(-4) 확산된 경험들은 기능적 공통성에 의해 하나의 사실로서 수렴된다.

(-5) 이 사실은 운명이 된다.

(-6) 운명은 집단적 운명이 된다.

집단적 운명은 보편적 운명이다. 보편적 운명은 일탈을 허용하지 않는다. 다시 말해 그것은 극복될 수 없다. 가능한 길이 있다면, 그것을 다른 것으로 변용하는 것일 뿐이다. 그 '다른 것'은 본래의 '사실'(로서 전제된 것)과 같은 성격을 가지고 있지만, 무해하고 무욕해야 한다. 내면의 번뇌가 자연으로 외재화된 것은 그 때문이다. 이 외재화된 자연이 행하는 기능에 대해서는 앞에서 말한 바와 같다. 그것이 세번째 연에서 개진된 것이라고 추측할 수 있다.

여기에 와서 회전축을 이루는 제2연의 두번째 행에 대한 분석의 길이 열린다. 이제 독자는 제2연의 두 행이 정확히 등을 맞대고 나누어져 있다는 것을 알 수가 있다. 첫번째 행이 1연의 진술과 내용적으로 연결되어 있음은 이미 말한 바가 있다. 내용적으로뿐만 아니라 형상적으로도, 즉 이미지의 차원에서도 연결되어 있다. 제1연에서 화자는 자신의 불편한 마음과 친구의 서러운 사랑 이야기와 그로 인한 '눈물'을 이야기했다. 그것을 화자는 어찌할 수 없는 것으로 받아들이면서도 못 견뎌 한다. 그는 그것을 떨쳐내고 싶다. 그래서 등장한 것이 불빛이다. 왜 불빛인가? 눈물이 물이라고 해서 단김에 물/불의 대립을 읽어낼 수는 없다. 그런 독법은 도식적이다. 사실은 '나'의 고통이 갇힌 고통이기 때문이다. 갇힌 것을 여는 것, 그것이 세상을 밝히는 불빛의 힘이다. "제삿날 큰집에 모이는 불빛도 불빛이지만"의 '불빛이지만'은 '나'가 찾는 것이 바로 그것임을 정확히 가리키고 있다. 사실, 그것을 화자는 이미 1연에서 슬그머니 암시해놓았다. "가을 햇볕으로나 동무 삼아 따라가면"의 '가을 햇볕'이 그것이다. 앞에서 물었듯이, 가을 햇볕이 왜 뜬금없이 끼어들어 있는가? 1연의 과정은 슬픔 속에 더욱 침닉하고 슬픔이 더욱 확산하는 과정이다. 그 과정은 비가역적이다. 어쩔 수가 없다. 그러나 그것에 저항하는 화자의 마음은 '가을 햇볕'이라도 억지로 끌어넣는다. 화자는 그것을 "가을 햇볕으로나"의 '로나'라는 불만족 한정사로 표시하였다. 가을 햇볕은 사실 이 슬픔의 침잠과 확산 과정을 막을 수가 없다. 그러니까 이 시에서 '가을 햇볕'은 거의 무표정하고 무력한(비활성적인) 사물처럼 기능하고 있는 것이다.

그러나 여기에 특이한 징표가 있다. 가을 햇볕도 일종의 자연이다. 앞에서 독자는 자연이 거대한 힘을 가지고 있음을 보았다. 자연은 3연에 나와 있듯이 내면의 변용이며, 내면을 다스리는 힘이다. 그런데 실은 자연이 그럴 수 있기 이전에 아주 무기력한 모습으로 먼저 등장하였다. 이것이 무엇을 말하는가? 잠시 후에 재론하기로 하자.

제2연의 첫번째 행에서 제삿날의 '불빛'이 언급된 것은 답답한 내면을 서둘러 해방시키고 싶은 화자의 마음의 표현이다. 그러나 가을 햇볕은 물론 제삿날 큰집의 불빛도 그 기대를 충족시킬 수 없다. 왜냐하면 제삿날의 불빛은 친척들 사이의 갈등(혹은 친척들과 나 사이의 갈등)을 환히 비추기 때문이며, 따라서 나의 내면은 더욱 답답하게 닫힐 수밖에 없기 때문이다. 그러다가 문득 '나'는 산등성이에 올라 불붙어 오른 가을 강을 보았다. 처음 볼 때는 무심코 보았는데(여기까지는 '가을 햇볕'과 마찬가지로 중성의 자연일 뿐이다), 불현듯 화자는 저 가을 강이 자신이 찾던 불빛임을 알아챈다. 제삿날 큰집의 불빛도 불빛이긴 하지만 그건 무용한 불빛이고 저 강에 진짜 불빛이 있었던 것이다. 그래서 다시 본다. 아니, 그것을 보려고 한다. 그래서 "보겠네"라는 의지형 미래형 동사가 출현한다.

제2연의 두번째 행은 운명의 성질을 바꾸려는 의지의 표명을 그대로 전달한다. 그 의지에는 강의 성격 규정이 미리 주어져 있다. 그 강은 "해질녘 울음이 타는 가을 강"이다. 강에 화자가 부여한 성격은 앞에서의 분석을 정확히 증명하고 있다. 울음 혹은 슬픔은 집단적 운명이라는 것; 따라서 그것을 벗어날 길은 없다는 것; 그렇기 때문에 그것은 극복될 수 있는 게 아니라 변용될 수밖에 없다는 것; 변용된 것은 원래의 것과 달리 무해하며 동시에 무욕(無慾)하다는 것; 그래서 화자가 원래의 번뇌를 잊고 그것을 통해 평정을 얻는다는 것; 그럼으로써 주체는 변용된 것에 기대어 다시 원상 복귀한다는 것; 다시 말해 대상에게 주체의 자리를 넘겨주었다가 그 대상의 한 성원으로서 주체의 자리를 돌려받는다는 것.

그러나 그것뿐일까? 가을 강은 분명 마음의 내면이 외재화된 자연이다. 그런데 이 자연은 무해하긴 하지만 무욕하진 않다. 이 강은 울음이 타는 가을 강이다. 그것은 원래의 정서를 물려받았다. 울음의 강이다. 그러나 동시에 그 정서는 더욱 강화되었다. 울음이 '타니' 말이다. '타다'의 기능은 이중적이다. '애타다' '속이 탄다'라고 말하듯이 이것은 본래의 감정을 더욱 절망적으로 몰고 간다. 다른 한편, 이 '타다'는 화자가 마음의 번뇌를 잊기 위해 갈구하던 '불빛'의 첨가이다. '타다'의 원뜻은 "불이 붙어 벌겋게 되거나 불꽃이 일어나다"[3]이다. 여기에 와서야 물과 불의 상관성을 말할 수 있다. 타다, 즉 불은 슬픔(물)의 심화이며 동시에 그 심화됨의 과정 자체가 슬픔을 다스리는 힘이 되는 것이다. 강은 단순히 내면의 외재화의 결과가 아니다. 그것은 내면화로써 외재화된 것이다. 더욱 내면화되는 과정이 내면을 더욱 부풀려 주체, 즉 내면의 거죽을 더욱 얇은 막으로 만들며 지워버리고, 마침내 내면 자체가 바깥의 사물로 변형된 것이다. 불이 재가 되듯이 말이다. 불에 타던 물건이 모든 형체와 형상과 기능을 잃고 오직 불의 자취 혹은 죽은 불로서만 남듯이 말이다.

이 가을 강, 이 자연은 그러니까 한국적 서정에 버릇처럼 등장하는 안빈낙도의 자연, 함포고복의 자연, 무위의 자연, 해탈의 자연이 아니다. 그것은 주체를 '대체' '대리'할 뿐만 아니라 실로 주체를 살해한다. 보라, 3연을. 1연에서 주체의 감정은 일반화되었다. 그 일반화된 상처의 내력을 강은 단숨에 요약한다. "그 기쁜 첫사랑 산골 물소리가 사라지고/그 다음 사랑 끝에 생긴 울음까지 녹아나고"라는 단 두 행으로 말이다. 그 점에서 강은 분명히 보편화된 화자를 대리한다. 그러나 강은 슬픔을 해소하지 않고 더욱 짙게 한다. 상처와 고통은 운명이며, 그것에서 벗어나려고 발버둥 칠수록 상처와 고통은 더욱 커지기만 할 뿐이다. 강도 그 운명을 어찌할 수가 없다. 강에게 유일하게 남은 것이라곤 "미칠 일"뿐이다.

---

3) 조재수, 『한국어 사전』, The Korean Monolingual Dictionary (c) 1996, Microsoft Corporation. Licensed from Mr. Jae Soo Cho. (CD-ROM 버전)

많은 해석자들이 이 "미칠 일"을 '바다에 미칠 일'로 독해하였다. 아마도 시의 문자적인 의미를 따라가면 그런 해석이 자연스러울 것이다. 그러나 이 독해는 치명적인 약점을 하나 가지고 있다. '바다에 미칠 일'로 해석하면, '미치다'는 '다 와 가다'와 동의어가 되는데, 한 시행 안에서 단순히 말을 바꾸어 하나의 동작을 두 번 되풀이해 표현한 셈이 된다. 그런데 이런 반복은 시적 반복이 통상 하는 것처럼 감정을 강화하는 기능을 하지도 않으며, 더더구나 뛰어난 반복처럼 아이러니를 발생시키지도 않는다. 이러한 반복은 언어의 경제상 낭비적인 것이다. 따라서 그 해석은 문자적으로는 어울릴 수 있겠으나 문학적으로는 적당하지 않다. 시의 문맥으로 보자면, 그것은 '미쳐버릴 일'로 해독되는 게 더 실감이 난다. 아무리 벗어나려 해도 도저히 어찌할 수가 없어서 실성할 것 같다; 실성하지 않으면 이 고통을 참을 수가 없다; 실성해서 숙명의 완강한 울타리에 마구 부딪치고 싶다 등의 격발적 감정의 표현으로 읽어야 한다. 운명을 끝장내고 싶어 하는 마음이 자기 망실의 운동, 자멸적 몸짓으로 나타난 것이다.

때문에 이 가을 강은 '소리 죽인 가을 강'이 될 수 없는 것이다. 강이 죽음(바다)을 향하여, 운명의 끝자락 쪽으로 떠밀려 가는 길은 그 운명에서 벗어나기 위해 끝까지 저항하는 길이기도 하다. 강은 끝끝내 몸부림친다. 그런데 왜 "소리 죽은"일까? 그 몸부림은 소진적인 몸부림이기 때문이다. 운명은 벗어날 수 없으며 몸부림치면 칠수록 그의 에너지는 고갈당하기 때문이다. 강의 붉음은 모든 운동성이 소진당한 붉음, 여전히 불의 기운을 반사하고 있으나 어떤 활동력도 남아 있지 않은 불의 붉음이다. "소리 죽은 가을 강"의 '소리 죽은'은 그래서 나온 표현이다. 하지만 이 한 음절의 정확한 사용이 근본적인 태도의 전환을 낳는다.

이것은 몸은 죽고 정신만이 남는다는 것을 가리킨다. 거꾸로 말하면 몸은 죽었으나 죽은 몸으로써 정신의 살아 있음을 증거하고 있는 것이다. 저 붉은 강의 광채는 차가움으로서 광채이며, 메마름으로서 뜨거움이다. 그리고 무엇보다도 죽음으로서 살아 있음이다. 그렇게 해서 저 붉은 강은 아름답다. 아름다움이란 존재와 존재 너머가 하나로 용해된 상태, 그러나 여전히 존재의 필멸성, 존재의 치명적인 결핍을 뚜렷이 증거하며, 동시에 존재 너머의 지워지지 않는 흔적을 존재의 결핍 속에 각인시킨 상태를 가리키는 것이다.

이제 「울음이 타는 가을 강」은 한국적 서정을 넘어선다. 죽은 이미지로 실존함으로써, 서정을 넘어 숭고로 간다. 숭고미란 존재 자체로서 본질의 현현, 다시 말해 결코 지상적 인간의 힘으로는 닿을 수 없는 거리에 놓인 것의 감각적 출현을 가리킨다. 아마도 한국적 숭고는 본질의 자리에 단지 '존재 너머' 혹은 '존재의 다른 쪽'이라는 이름을 넣어야 할 것이다. 왜냐하면 그것은 초월을 알지 못하기 때문이다. 언제나 대신하는 것들은 원래의 것과 같은 집합 안에 놓일 수 있기 때문이다. 그러나 어찌 됐든 이 존재와 존재 너머, 슬픈 인생과 죽은 정신은 선명히 맞대어진다. 이것이 이 시의 두번째 겹이다.

가만히 보면, 또 하나의 겹이 있는 듯하다.

우선, 우리는 두 겹의 형태를 간단히 다음과 같이 요약할 수 있다.

(가) 가을 강은 주체를 대리한다.

(나) 가을 강은 삶의 고난을 숭고한 비극으로 승화시킨다.

(나)에 와서 이 시는 한국적 서정의 일반형을 벗어난다. 그것은 자연

에 의해 현실을 삭제하는 대신 자연 속에 현실을 투영하고 그것을 끝내 지워지지 않는 색조로 남긴다. 이것은 한국적 서정의 부정적 승화라 일컬을 만하다. 이 부정적 승화는 한국적 서정의 보편적 절차, 즉 동일화의 방식을 받아들이되 그 절차의 기대 지평, 즉 무해·무욕한 상태로의 승화를 배반한다. 그러나 시는 여기에서 멈추지 않는다.

제2연의 마지막과 제3연이자 시 전체의 마지막에 동시에 나오는 '보겄네'라는 단어를 분석하는 것으로 시작하기로 한다. 두 번에 걸쳐 나온 이 단어는 두 장소 모두에서 같은 뜻과 같은 기능을 하고 있는 것일까?

2연 2행의 '보겄네'는 이미 말했듯이 의지의 표명이다. 그러나 3연 마지막 행의 '보겄네'는 다른 것이다. 그것은 "별일 다 보겠네"라고 말할 때와 같은 감탄문이다. 즉, 2연 2행의 "보겄네"가 '보겠다'라는 뜻이라면, 마지막 행의 '보겄네'는 '보겠구나'라는 뜻이다. 얼핏 보아서는 의지가 감탄을 낳는 것은 당연한 듯하다. 그러나 그렇지 않다. 의지는 주체의 사건을 낳는다. 그것이 의지의 목표이고, 실제로 독자가 지금까지 분석해본 것이 그것이다. 주체의 사건이기 때문에 의지는 감탄을 낳지 않는다. 자신에게 감탄하는 자는 나르시시스트 외에는 없기 때문이다. 그리고 이 시의 화자는 자신의 사건을 타자에게 넘긴 자이다('나'는 나르시시스트가 될 수 없는 길을 택했다). 그리고 그 타자의 사건이 '나'에게 경탄을 불러일으켰다. 의지와 경탄 사이에 무슨 일이 일어났는가? 경탄의 대상은 순수한 타자의 사건이다. 주체가 거기에 전혀 끼어들 틈이 없는, 그러나 같이 끼어들고 싶은 욕망을 최대치로 높이는 사건이다. 애당초의 방정식은 자연으로 하여금 자신을 대리하게 한 후 다시 그 자연 속의 일부로서 자신을 회복하는 것이었다. 그런데 저 경탄이 그 '회복'을 영원한 미제로 계류시키는 것이다.

물론 감탄만으로 그것이 실현되는 것은 아니다. 문제는 감탄이 존재하는 방식이다. 바로 그것이 이 시의 세번째 겹을 이루며, 또한 이 시의 백미에 해당한다.

1연과 3연 사이의 어조의 대립에 그 놀라운 비밀의 실마리가 있다. 1연은 문자 그대로 진술이다. 진술은 사태를 대상화하는 말법이다. 그 사태가 화자 자신의 사태일 때 그것은 자신을 대상화한다. 그러나 이 대상화의 목적은 자기의 회복임을 이미 말했다. 제3연의 어조는 진술이 아니다. '나'는 울음이 타는 가을 강의 아름다움에 놀란다. 대뜸 "저것 봐"라는 감탄문이 튀어나온다. '대뜸'이란 시간적·공간적 거리가 없다는 뜻이다. 말하는 주체는 자신의 말과 완벽히 일치한다. 화자는 더 이상 말을 가진 존재가 아니라 말의 존재다. 말 그 자체다. 이 간격의 부재에 의하여 '나'가 보는 광경, 즉 붉은 가을 강의 광경과 '나' 사이의 거리도 급격히 줄어든다. 가을 강은 놀라는 나의 면전에 커다랗게 클로즈업되어 있다. 감탄사의 일차적 기능은 그것이다. 그럼으로써 '나'와 가을 강은 하나의 동일한 상황, 혹은 무대 속에 놓인다. 그 상황 속에 '나'는 '말'의 주체로서 참여한다. 좀더 정확히 말해 '말하는 육체corps parlant'로서 참여한다.

1연의 진술은 3연에 와서 극으로 돌변한 것이다. 극에는 행위자들actants만이 있다. 그리고 극에서 모든 행위는 즉각적이다. 일회적 순간에 현존한다. 옛날의 문학사회학자들이 극에는 "시간이 부재한다"라고 말한 것은 그 때문이다. 여기에서는 '말'도 즉각적 행위이다. 1연에도 3연에도 '말'이 있다. 그러나 1연의 진술로서의 '말'은 사태와 같은 평면에 있지 않다. 그것은 후자에 비해 시간적으로 나중에 있으며, 공간적으로 위에 있다. 반면 3연에서의 '말'은 행위로서의 말이며, 그것은 제시된 사태와 같은 평면에 동시에 바투 놓여 있다. 같은 평면에 있다는 것은 무엇을 뜻하는가? 그것은 화자, 즉 '말하는 육체'가 가을 강과 더불어 하나의 동일한 공간 속에 '인물'로서 참여한다는 것을 가리킨다. 즉 이 무대에는 세 명의 등장인물이 있다. '나' '친구' '가을 강'이 그들이다. 그리하여 이 무대에서 세 등장인물은 서로 경쟁한다. 3연 2행의 "네보담도 내보담도"의 비교 행위가 나온 것은 그 때문이다.

1연의 언어 작용에 의해 '나'의 마음은 자연으로 외재화된다. 그것은 변용의 수식이며 그것이 예정된 순서이다. 그러나 실제 3연에서 벌어진 것은 내 마음의 자연으로의 변용이 아니라 '나'의 순수 외재화이다. 즉 '나'는 변용되지 않은 채 자연에 대한 타자로서 한 무대에 놓이게 되었다. 이 무대에서 '나'와 '가을 강'은 서로에 대해 이질적인 존재다. 장소는 같지만 존재는 다른 것이다. 그럼으로써 1연에서 준비되었던 동일화의 목표는 부정된다. '나'가 자연의 일부로 포함되어 자연의 광경에 주체로서 참여하는 것 말이다. 게다가 이 부정적 동일화는 숙명화된다. '나'는 이 무대에서 하나의 행위자가 되었다. 그런데 '나'는 말로서 행위자가 된 것이지 몸으로서 행위자가 된 것이 아니다. 이 무대에서 '나'도 분명 육체가 있긴 한데, 그 육체는 말하는 육체이다. 기호학자들이 일찌감치 알았던 것처럼, 기호는 '현실을 대신'하는 것이다. 기호가 성립하는 순간 현실은 뒤에 숨는다. 그러니까 말하는 육체는 '가을 강'의 사건에 참여할 수가 없다. 그것은 보고 말할 수 있을 뿐이다. '나'와 가을 강은 영원히 동화되지 않는다. 따라서 자기 회복의 목표도 영원히 배반된다.

이 세번째 겹을 다음의 한 문장으로 요약할 수 있다.

(다) 가을 강은 '나'를 영원히 감동케 하며 배신한다.

가을 강은 '나'에게 지워질 수 없는 낙인이 된다. (나)에서는 '나'의 슬픔이 가을 강의 장관에 지워질 수 없는 낙인이 되었다. 이제는 거꾸로 일이 난 것이다. 그 '거꾸로'는 (나)의 (가)에 대한 작업을 (다)에 와서 다시 한번 뒤집는다는 것을 가리킨다.

(나)는 (가)에서 기대되었던 자기 회복을 부정하고, 대신 그 회복의 열망을 실체로서가 아니라 하나의 선명한 색감으로 인화한다. 몸은 죽고, 죽은 몸 위에 새파랗게 살아 있는 정신이 도료처럼 입혀진다. 반면 (다)는 그 정신을 다시 살아 있는 육체로 되살린다. 그러나 그 살아 있는 육체는 본래 기대되었던 '동일화'에 실패함으로써 개별성으로 남는다. 즉 '나'의 말로서의 살아 있음과 자연의 살아 있음은 영원히 분리된다. 그 분리는 기대를 포기케 하는 대신 열망은 남겨, 지적 성찰의 길을 연다.

지금까지 나는 「울음이 타는 가을 강」을 '한국적 서정'의 한 예로 들어 분석하였다. 교과서적인 방법은 한국시들을 모아 살펴 거기에서 한국적 서정을 추출해내는 것이리라. 그러나 나는 그럴 만한 시간적 여유를 가지지 못했다. 귀납적 방법을 포기하는 대신 나는 예증적 방식을 선택하였다. 즉 한국적 서정을 대표한다고 폭넓게 인정되고 있는 시인의 대표작 한 편을 자세하게 분석함으로써 한국적 서정을 요약하는 대신 구체화하는 방법을 취하였다. 나는 이 방식이 차후에 귀납적 방식에 의해 보완되어야 하겠지만, 그 자체로서 귀납적 방식으로는 할 수 없는 일을 해내는 장점을 가지고 있다고 생각한다. 귀납적 방식이 하는 일이 한국적 서정의 모형을 추출하는 것이라면, 예증적 방식은 다소간 자의성을 포함할 수 있으나(하나의 사례를 통해 시도된 것이기 때문에) 한국적 서정의 폭넓은 스펙트럼을 섬세하게 분별하는 작업을 할 수 있기 때문이다.

이 글에서 내가 시도해본 것이 그것이다. 한국적 서정이란 한국인이 써내는 시의 거의 대부분에서 공통적으로 발견되는 정서적 특성이자 독특한 어법이다. 그것은 고등학생의 노트 뒷면에서부터 대표적 시인들의 뛰어난 시편에 이르기까지 광범위하게 편재하는 것인데, 그러나 그것이 딱히 무엇이라고 분명하게 밝힌 글은 아직 나온 적이 없다. 한편 때로는 상호 모순되기까지 한 단편적인 인상적 규정들이 그 정의를 대신해왔다. 그것은 한국 지식인들의 분석 능력이 아직 미치지 못하기 때문이기도 하겠지만, 무엇보다도 그것이 광범위한 분포를 이루고 있는 만큼 아주 다양한 면모와 복잡한 층위를 가지고 있기 때문이다. 그것이 복잡한 층위를 가지고 있다는 것은 한국적 서정 자체가 갈등과 극복의 기운들로 꿈틀대면서 꾸준히 변모하고 있다는 것을 뜻한다. 우리가 한국적 서정을 분석하는 것은 모든 삶의 양상에 대해서와 마찬가지로, 그것을 그저 확인하기 위해서가 아니라 그것의 구조를 통해서 긍정성과 부정성을 분별하고, 보다 나은 미적 감정 및 형상 그리고 윤리적 태도를 향해 나아가기 위해서이다. 그런 의미에서 모든 분석은 근본적으로 확언적constative인 것이 아니라 수행적performative인 것이다. 분석은 그 자체로서 실천이다.

나의 시도 밑에 놓인 또 하나의 가정은, 뛰어난 시는 한국적 서정의 일반형을 넘어서는데, 그것은 단지 후자를 추월하는 것이 아니라 포함하면서 넘어선다는 것이다. 즉 뛰어난 시편에는 한국적 서정의 일반형과 그것의 극복형을 동시에 포괄하고 있다는 것이다. 그리고 뛰어난 시일수록 그 겹은 더욱 두터워질 것이다. 「울음이 타는 가을 강」에서 나는 적어도 세 개의 겹을 발견하였다. 그 겹의 양상은 앞에서 분석된 대로 꽤 복잡하지만, 모든 삶의 양상들이 지도와 매뉴얼을 필요로 하듯이 다시 한번 요약할 필요가 있을 듯하다. 우선 이 시를 통해 드러난 바에 의하면, 한국적 서정은 삶의 슬픔 혹은 비애에 대한 숙명적 인식(초월의 불가능성)을 바탕으로 하고 있으며, 이 숙명적 인식은 한국적 서정의 전체를 감싸고 있는 보편적 정서라고 할 수 있다. 그러나 한국적 서정은 그 숙명의 토로에서 오는 것이 아니라 그것을 변용하는 데서 나온다. 그 변용의 방식은 다음 세 가지이다.

(가) 긍정적 승화
(나) 부정적 승화
(다) 승화의 배반

(가)가 한국적 서정의 일반형을 이루고 있다면, (나)와 (다)는 그 일반형을 극복하려는 시도가 중층적으로 쌓인 것이다. 이 세 개의 층위를 다시 되풀이해 설명할 필요는 없을 것이다. 다만 시적 행위, 즉 언어와 저 주제들 사이의 관계를 다시 한번 강조할 필요는 있을 것이다. (가)는 언어가 곧바로 현실을 대신할 수 있다는 순진한 믿음을 대변한다. 그것이 내면을 자연으로 외재화하는 용이한 방향을 낳는다. (나)는 언어와 현실의 치환 가능성을 수락하면서도 합치된 언어-현실을 부정적 국면과 긍정적 국면으로 나누어 맞댄다. 그로부터 비극적 숭고가 나온다. (다)는 언어와 현실의 치환 가능성을 부정한다. 언어는 삶을 대리하지만

대신할 수는, 대신 살 수는 없다는 것을 증언한다. 그러면서 언어와 삶을 서로 갈망케 한다. 그것들의 근본적인 분열은 지적 성찰을 낳는다.

시의 정신은 아름다운 형상을 창조하는 상상력이기도 하면서 동시에 세계에 대한 윤리적 태도이기도 하다. 그 둘은 각각 따로이 개진되는 것이 아니라 한꺼번에 통째로 움직인다. 그러나 분석은 그것들을 가능한 한 분별하면서 그것들 사이의 연결망을 설치해야 한다. 통째로 굴러가는 것이 본래 삶의 모습이지만, 그것은 엉킨 실타래와 같은 것이다. 그 엉킨 것들을 섬세히 풀어낼 때에만 개개의 실들이 더욱 아름답고 유용한 천을 짜는 데 소용될 수가 있을 것이다.

2 부

최초의 인간들

나는 『백성들의 책』이 들려주고 있는 세상의 모든 기원들을 보았다. 나는 물을 뚫고 솟아나는 산들을 보았고, 나무로 만든 최초의 인간들을 보았고, 그 인간들의 적으로 변하게 되는 물 항아리들을 보았고, 그 인간들의 얼굴을 짓뭉개버리는 개들을 보았다. 나는 신들의 뒤에 있는 얼굴 없는 신을 보았다.

—호르헤 루이스 보르헤스Jorge Luis Borges, 「신의 글」, 『알렙』, 황병하 옮김, 민음사, 2009, p. 170

그는 바다와 바람과 거리의 놀이 속에서, 짓누르는 여름의 무게에 눌리고 짧은 겨울의 무거운 비를 맞으며, 아버지도 없이, 전해 받은 전통도 없이, 그러나 1년 동안, 꼭 필요했던 바로 그때에 아버지를 얻어 가지며, 어떤 품행과 흡사한 그 무엇을 다듬어 가지기 위해서, 그리고 자신의 고유한 전통을 만들어 가지기 위해서 인간들과 〔 〕의 사물들 사이를 헤치고 그에게 열리는 앎(그 당시 그에게 주어진 상황으로 보아서는 충분했지만 훗날 이 세상의 앎과 맞서기 위해서는 불충분한)을 찾아 그는 그렇게 살아왔었다.

—알베르 카뮈Albert Camus, 『최초의 인간』, 김화영 옮김, 열린책들, 1995, p. 272

독자들이 뜨겁게 태우는 시인, 이상

이상(李箱)은 전혀 이해되지 못했으면서도 수많은 독자들을 매료시킨 시인이다. 그의 시는 해독의 심연, 아니 차라리 영원히 밝혀지지 않을 해독의 실재이다. 그는 "언어예술인 시에서 정상적인 말들을 깡그리 배제"[1)]하였고, 그로 인해 발표 당시부터 '개수작'이라는 거센 비난을 받았으며, 훗날에도 "모국어에 기여한 바가 하나도 없을 뿐 아니라 철 맞지 않게 그 훼손에나 기여한 시인"[2)]이라는 극단적인 비판을 당하기도 하였다. 그러나 당시의 문화적 정황으로 보아서는 도저히 불가능할 것 같은 꾀까닭스런 언어들과 기상(奇想)들은, 낡고 무기력한 재래의 언어도 아니고 제국주의의 죄악에 물든 수입된 모더니티의 언어도 아닌, 한국문학이 갈망하는 전혀 새로운 언어를 위한 최첨단의 실험으로 비쳤

1) 김용직, 「극렬시학의 세계」, 『한국 현대시사 1』, 한국문연, 1996, p. 363.
2) 유종호, 『서정적 진실을 찾아서』, 민음사, 2001, p. 428.

고 그것이 그를 결코 바래지 않는 연모의 대상으로 만들었다. 그를 해독하려는 숱한 시도들이 이어졌고 그를 전범으로 삼는 에콜들이 지속적으로 나타났으며 그를 대상으로 한 작품들이 또한 쉼 없이 생산되었다.

그의 작품을 "조급한 문학선진화의 야망이 설계한 의미의 미로"(유종호)로 보든, 그를 "최후의 모더니스트"(임종국)로 보든, 그 가치평가를 넘어 이상은 한국문학이 끝까지 가보았을 때의 어떤 자리의 상징이 되었다. 바로 그렇기 때문에 그의 문학 전체는 문자 그대로 '미지의 한국문학'으로서 기능하는 것이며, 그 때문에도 그의 문학은 원천적으로 해독이 봉쇄됨으로써만 해독이 갈망되는 방식으로 존재하였다. 특히 그의 '시'는 그러한 존재 양식의 묘상이 되었다. 산문의 경우 그의 전기적 사실과 당시의 문화적 정황에 대한 분석에 근거하여 작품들의 대략적인 주제와 세계 인식에 대해서 많은 것들이 밝혀지고 있는 데 비해, 그의 시는 여전히 '조직적(혹은 조작적) 주관성'들의 경연장이 되어 있다.

이런 상황이기 때문에 그의 어구 하나하나의 의미를 캐내려는 시도보다는, 공통적으로 인정될 수 있는 객관적 지표들을 찾아 그의 시의 내부로 진입하기 위한 이정표들을 세우는 게 바람직해 보인다.

최초의 객관적 지표는, 이어령이 날카로운 직관으로 포착했듯이 그의 시가 "의식과잉 상태"에 놓여 있다는 것이다. 의식과잉 상태란 생각의 크기에 비해 현실이 모자라거나 아니면 생각의 방향과 현실의 상태가 어긋나는데, 생각이 강렬히 실존하고 있어서 일종의 별개의 실재를 구성하고 있을 때 발생한다. 따라서 의식과잉 상태는 좀더 정확하게 말해 자의식self-consciousness의 첨예함을 가리킨다. 이 자의식의 존재는 그가 산 시대에서는 특별하다고 할 수밖에 없는데, 왜냐하면 대부분의 한국인들은 근대적 의식을 자각했을 때조차 공동체 의식과 자기의식이 혼융된 상태를 벗어날 수 없었기 때문이다. 자유와 해방을 민족의 이름으로 생각하고 발언하는 것, 바로 그것이 그런 혼융 상태의 모형이다. 반면, 이상에게 자의식은 가장 순수한 상태로 나아가려는 욕망 속에서 첨예화되고 있었다. 이 순수한 자의식의 진행은 "기성의 강령을 따르지 않고 자아 성찰의 노력을 기울여본"(정명환, 「부정과 생성」) 최초의 작가이자 시인으로서 그를 세운다. 이 자아 성찰이, 이 역시 정명환이 지적했듯이, 적절한 객관적 표현을 얻지 못하고 "관념의 유희"로 끝날 수밖에 없었던 것은 이상의 한계라기보다 시대의 한계라고 함이 마땅할 것이다. 그러나 그 한계 덕분에 인간 이상이 품었던 야심과 시대에 대한 절망 사이에는 영원히 메꿔지지 않을 검은 심연이 놓이게 되었으니, 그 심연 자체가 이상의 자의식으로 작동해 독자의 항상적인 탐구의 자리가 되었다. 그 점에서, 이상의 시가 일반 독자들의 거부에도 불구하고 지적 청년들로부터 '특이한 환영'을 받았던 까닭을 "그들의 과거에의 경멸과 새로운 것에의 조급한 욕구 속에서 발생된 지적 '딜레마'가 이상의 시와 같은 정체를 파악할 길이 없는 일종의 관념의 도본(圖本)에 간신히 자위와 자독(自瀆)을 얻었던 것이다"라고 풀이한 조연현의 논거(「근대 정신의 해체」)는 그럴듯하다. 어쨌든 그의 '관념의 유희'는 합당한 의미 부여를 미래로 밀어낸 미완의 공간으로 모습을 드러내었으며, 독자는 그 결핍을 충족시키고자 그의 작품에, 거듭, 때마다 새롭게, 구성적으로 참여하게 된다. 이야말로 이상 시의 가장 신비한 비밀이라고 할 수 있을 것이다.

'오감도' 연작은 이상이 1934년 7월 24일부터 8월 8일까지 『조선중앙일보(朝鮮中央日報)』에 연재한 시다. 하지만 독자들의 거센 항의로 「시

제15호」까지 연재하다가 중단하였다. 이에 대해 이상이 세계 문화와 한국 독자 사이의 격차를 들추며 강한 불만을 토했다는 것은 잘 알려진 바와 같다.

十三人의兒孩가道路로疾走하오.
(길은막달은골목이適當하오.)

第一의兒孩가무섭다고그리오.
第二의兒孩도무섭다고그리오.
第三의兒孩도무섭다고그리오.
第四의兒孩도무섭다고그리오.
第五의兒孩도무섭다고그리오.
第六의兒孩도무섭다고그리오.
第七의兒孩도무섭다고그리오.
第八의兒孩도무섭다고그리오.
第九의兒孩도무섭다고그리오.
第十의兒孩도무섭다고그리오.
第十一의兒孩가무섭다고그리오.
第十二의兒孩도무섭다고그리오.
第十三의兒孩도무섭다고그리오.
十三人의兒孩는무서운兒孩와무서워하는兒孩와그러케뿐이모혓소. (다른事情은업는것이차라리나앗소)

그中에一人의兒孩가무서운兒孩라도좃소.

그中에二人의兒孩가무서운兒孩라도좋소.

그中에二人의兒孩가무서워하는兒孩라도좋소.

그中에一人의兒孩가무서워하는兒孩라도좋소.

(길은뚫닌골목이라도適當하오.)

十三人의兒孩가道路로疾走하지아니하야도좋소.

「오감도 시 제1호」에 대한 해석은 무수히 이질적인 판본들로 들끓는다. 특히 첫 행, "13인의 아해가 도로로 질주하오"에서의 '13인'에 대해 '예수와 12제자'라는 해석에서부터 당시 조선의 '13도'를 가리키는 것이라는 추정에 이르기까지 기발한 아이디어들이 속출한다. 아마도 이 해석의 행진은 멈추지 않을 것이다. 그렇다는 것은 이 시가 원래 그런 별의별 해석을 유발하는 장치라는 것, 따라서 이 시의 문학성은 13인의 진정한 의미에 있는 것이 아니라, 그러한 다양한 해석들을 낳은 장치의 구조에 있다고 보아야 할 것이다. 이 점에 유의하자면, 이 시의 구조는 다음과 같은 세 개의 단면의 조합으로 이루어져 있다고 할 수 있다.

첫째, 해석이 분분한 요령부득의 세계

둘째, 이 낯선 세계의 전면화(前面化) 및 강조(화자의 설명)

셋째, 이 시의 바깥을 이루고 있는 정상적 세계

그러니까 이 시의 심층 구조는 낯선 세계와 정상적 세계의 등치이며, 표층 구조는 낯선 세계의 전면화와 정상적 세계의 배면화다. 이 구조적 운동을 통해서 낯선 세계가 정상적 세계와 최소한 동등한 비중으로 겨루는 형국이 되었다. 그리고 그럼으로써 그 낯선 세계가 정상적 세계를 위협하는 불가해한 불안의 원인으로 작용한다. 그러나 이 기본 구조만으로 이 시가 다 설명되는 것은 아니다. 이 시의 의미를 증폭시키는 것은 이 기본 구조의 중앙을 차지하고, 실제로 시의 진술 전체를 이루고 있는 화자의 설명이다. 이 설명은 한편으로 해석의 가능성을, 아니 그뿐만 아니라 시적 사건의 가능성 자체를 자유롭게 열어놓는("13인의 아해가 도로로 질주하지 아니하여도 좋소"와 같이 이미 행한 진술의 부정 가능성을 열어놓는 방식을 통해) 방식으로 기술되어 있으며, 다른 한편으로 그 내용의 현실 조응도가 아주 높다(즉, '13'이라는 숫자가 안고 있는 풍부한 역사·사회·문화적 문맥을 활용한다). 따라서 화자의 진술은 독자에게 시에 참여하는 문을 활짝 열어놓으며, 다른 한편으로 독자가 빈손이 아니라 맞춤한 해석 도구를 들고 들어오게 한다. 이 시가 무한한 해석의 대상이 되는 까닭은 바로 여기에 있다. 어쨌든 기본 구조에 의해서 불가해한 불안을 유발하는 낯선 세계에 당혹한 독자는 화자의 진술을 통해 그 세계를 실존적으로, 즉 자신의 삶과 아주 밀접한 관련이 있는 것으로 느끼게 된다. 스스로도 알 수 없는 자신의 삶에 대해 스스로 해독해볼 기회가 독자에게 완벽히 주어지는 것이다. 독자는 현재의 불안과 호기심의 동시성으로부터 공포와 쾌락을 '예감'의 방식으로 겪는다.

때무든빨내조각이한뭉탱이空中으로날너떠러진다. 그것은흰비닭이의떼다. 이손바닥만한한조각하늘저편에戰爭이끗나고平和가왓다는宣傳이다. 한무덕이비닭이의떼가깃에무든때를씻는다. 이손바닥만한하늘이편에방맹이로흰비닭이의떼를따려죽이는不潔한戰爭이始作된다. 空氣에숫검정이가지저분하게무드면흰비닭이의떼는또한번이손바닥만한하늘저편으로날아간다.

「오감도 시 제12호」의 기본 구도는 빨래하는 광경이다. 지극히 일상적인, 따라서 비시적(非詩的)인 사건이다. 이렇게 완벽히 일상성으로 충만한 사건을 시의 주제로 등장시킨 것은, 아마 근대 초기의 시에 관한한, 이상의 시가 거의 유일할 것이다. 이 시의 '문학적 의미'는, 이렇게 지극히 평범한 삶의 사건과 그 사건에 대한 화자의 괴상한 설명 사이의 간극으로부터 솟아난다. 이 간극은 무엇보다도 심리적 불안의 형태로 독자를 삶의 의미에 대한 질문으로 몰아넣는다. 특히 '전쟁'과 '평화'라는 상징적 정치 상태를 지시하는 용어들의 도입, 그리고 이 용어들에 도입된 "때려 죽이는"과 같은 고약한 수식어 또는 일방적으로 지시된 '평화' 상태에 대한 '선전'이라는 규정 등등, 설명의 세목들이 심리적 불안을 증폭시키고, 또한 그만큼 삶의 어쩔 수 없음, 불가해성을 더욱 심화시킨다. 그러나 이러한 괴이한 불안만이 있는 것은 아니다. 다른 한편으로 이 시는 불안의 도가니를 가로질러 퍼지는 날카로운 웃음을 느끼게 하는데, 그것 역시 화자의 진술을 통해서다. 우선, 던져져 날아가는 빨래 조각을 비둘기 떼로 비유한 다음, 비둘기의 상징성을 이용하여 평화의 더럽힘이라는 현실을 암시적으로 풍자하는 솜씨가 그렇다. 다음, 비둘기 '떼'와 빨래의 '때'라는 두 인접음 사이의 교묘한 '연동'이다. 이 연동은 음운적 유희의 즐거움뿐만 아니라, 아니 그 즐거움 속에서 독자에게 힘없는 서민들의 애옥살이 정경을 보는 데서 새나는 비애를 일깨운다. 이 풍자와 비애의 동시성은 이 시에서 현실 비판적 기능을 약화시키고 자기 다스림(불안 극복)의 기능을 도드라지게 하는데, 그 대가로 시를 즐기는 맛은 다양해진다.

1

나는거울업는室內에잇다. 거울속의나는역시外出中이다.나는至今거울속의나를무서워하며떨고잇다.거울속의나는어디가서나를어떠케하랴는陰謀를하는中일가.

2

罪를품고식은寢床에서잣다. 確實한내꿈에나는缺席하얏고義足을담은軍用長靴가내꿈의白紙를더럽혀노앗다.

3

나는거울잇는室內로몰래들어간다. 나를거울에서解放하려고. 그러나거울속의나는沈鬱한얼골로同時에꼭들어온다.거울속의나는내게未安한뜻을傳한다.내가그때문에囹圄되어잇듯키그도나때문에囹圄되여떨고잇다.

4

내가缺席한나의꿈. 내僞造가登場하지안는내거울. 無能이라도조흔나의孤獨의渴望者다. 나는드듸어거울속의나에게自殺을勸誘하기로決心하얏다. 나는그에게視野도업는들窓을가르치엇다. 그들窓은自殺만을爲한들窓이다. 그러나내가自殺하지아니하면그가自殺할수업슴을그는내게가르친다.거울속의나는不死鳥에갓갑다.

5

내왼편가슴心臟의位置를防彈金屬으로掩蔽하고나는거울속의내왼편가슴을견우어拳銃을發射하얏다. 彈丸은그의왼편가슴을貫通하엿스나그의心臟은바른편에잇다.

6

模型心臟에서붉은잉크가엎즐러젓다. 내가遲刻한내꿈에서나는極刑을바닷다. 내꿈을支配하는者는내가아니다. 握手할수조차업는두사람을封鎖한巨大한罪가잇다.

「오감도 시 제15호」는 이상의 시가 다룬 가장 빈번한 제재인 '거울'을 복잡하게 다루고 있다. '거울'의 시는 근본적으로 자기 정체성을 묻는 시이다. 즉, 주체와 자아(자기에 대한 이미지) 사이의 관계를 묻는 시이다. '근대'의 인간학적 의미가 '자기에의 눈뜸'이라면 이상의 '거울의 시'는 정확히 근대의 문턱에 위치한다. '거울의 시'는 반면, 거울 속의 세계 혹은 거울 밖의 세계에 대해서는 '무지'하다. 즉 '거울의 시'는 이 세계에 존재하는 자의 표정과 이 세계에 산다는 것의 의미를 추구하지만, '다른' 세계는 알지 못한다. 그것이 '거울의 시'의 한계다. 이상의 여러 편의 '거울의 시'들은 바로 그 의의와 한계를 가장 극단적인 지점에서 겪어보는 시들이다. 「오감도 시 제15호」는, 「거울」(1933)의 '대칭성'의 주제와 「명경(明鏡)」(1936)의 '차단'의 주제 사이에 놓인다. 양 끝에 놓인 시들이 비교적 명징하다면, 「오감도 시 제15호」의 '거울'은 좀더 복잡하다. '불가피한' '상호 요청'과 '상호 구속'의 주제를 다루고 있다.

꽃이보이지안는다. 꽃이香기롭다. 香氣가滿開한다. 나는거기墓穴을판다. 墓穴도보이지안는다. 보이지안는墓穴속에나는들어안는다. 나는눕는다. 또꽃이香기롭다. 꽃은보이지안는다. 香氣가滿開한다. 나는이저버리고再처거기墓穴을판다. 墓穴은보이지안는다. 보이지안는墓穴로나는꽃을깜빡이저버리고들어간다. 나는정말눕는다. 아아. 꽃이또香기롭다. 보이지도안는꽃이——보이지도안는꽃이.

「절벽」(『조선일보』 1936. 10. 6.)은 제목과 본문이 어긋나 있는 시다. 이 어긋남은 물론 시인이 의도한 것이라고 봐야 할 터인데, 그럴 때 이 시는 '절벽'과 '묘혈' 사이의 기묘한 대위법으로 읽힌다. 묘혈이라는 둥근 오목 자리에 절벽의 수직적인 날카로움의 이미지를 붙였다 뗐다 하는 것, 그것이 이 시의 기본 구조 혹은 운동이라는 것이다. 이 대위법을 받치고 있는 공통 기반은 '세계와의 단절'이라는 의미에서의 '죽음'이고, 이 대위법의 긴장을 최대한 늘리고 있는 것은 '보이지 않는 꽃'이라는 가정적 존재이다. 그리고 '향기'가 죽음과 (보이지 않는) 꽃 사이에 퍼져 있다.

지금까지의 해설은 이상 시가 새로운 담론의 형식을 제공하는데 그 담론은 독자의 구성적 참여에 의해서만 완성되며 그 완성은 끊임없이 변형된다는 주장을 담고 있다. 물론 이 새로운 담론의 형식은, 시인이 추구한 새로운 삶(근대적인 의미에서의)의 형식과 상응한다. 「오감도 시 제4호」는 이상 시의 새로운 언어가 수학적 논리기호로 축약될 수 있으며, 바로 그것 때문에 그의 시가 극단적으로 근대적이면서〔전통적 삶의 점토(粘土)성으로부터의 해방〕 동시에 의미의 살을 요청하는 '골격'의 시가 된다는 것을 보여주는 대표적인 예이다.

한데 그가 이렇게 거푸집의 형식으로 자신의 언어를 짤 수밖에 없었던 까닭은 무엇보다 그가 현대와 봉건 사이에 끼인 존재로서의 자의식에 사로잡혀 있었다는 사실에서 기인한다. 「오감도 시 제4호」와 같은 극단적으로 새로운 시에는 "확대하는 우주를 우려하는 자"〔「선(線)에 관한 각서 5」〕, 즉 세계의 진행을 따라잡으려는 자의 조급함이 치명적으로 스며 있음을 직감할 수 있는데, 그러나 그 조급함 뒤에는 "분총에 계신 백골까지가 내게 혈청의 원가상환을 강청"〔「문벌(門閥)」〕하고, "크리스트에 혹사(酷似)한 한 남루한 사나이가 〔있어〕 그의 종생(終生)과 운명(殞命)까지도 내게 떠맞기"려 해서 "내 신선한 도망이 그 끈적끈적한 청각을 벗어버릴 수가 없다"〔「육친(肉親)」〕는, 봉건성에 발이 묶인 자의 절망이 도사리고 있다. 그렇기 때문에 그 역시 '신선한' 형식을 제공하고 있는 「오감도 시 제5호」에서 시인은 자신을 살찌고 왜소한 신의 눈앞에서 넘어져 다친 자로서 인식하고, 그때 그의 내부〔장부(臟腑)〕는 "침수한 축사"와 다를 바 없는 것으로 제시된다. 이 시에 나오는 "翼殷不逝 目大不覩(익은불서 목대부도)"는 『장자』의 「산목편」에 나오는 말로 "날개는 커도 날지 못하고, 눈은 커도 보지 못한다"는 뜻의 고사성어임이 밝혀진 바 있다. 「무제(無題)」는 이상의 그런 심경이 의미가 차는 방식으로 씌어진, 이상으로서는 비교적 드문 서정시다. 이 시는 유고시로 '故李箱'의 이름으로 1938년 10월 『맥(貘)』에 발표되었다. 편집자가 띄어쓰기를 해놓은 건[3] 이상 시의 관행과 어긋나지만, 그 때문인지 더욱 서정적으로, 즉 애잔하게 읽힌다. 그 시의 전반부로 이 글을 마무리한다.

> 내 마음에 크기는 한개 궐련(卷煙) 기러기만하다고 그렇게보고,
> 처심(處心)은 숫제 성냥을 그어 궐련을 부쳐서는
> 숫제 내게 자살(自殺)을 권유(勸誘)하는도다.
> 내 마음은 과연(果然) 바지작 바지작 타들어가고 타는대로 작아가고,
> 한개 궐련 불이 손가락에 옮겨 붙으렬적에
> 과연 나는 내 마음의 공동(空洞)에 마지막 재가 떨어지는 부드러운 음향(音響)을 들었더니라.

3) 이상, 『정본 이상문학전집 1: 시』, 김주현 주해, 소명출판, 2009, p. 123.

1930년대 황순원 시의 선진성

황순원의 문학에 대해 흔히 서정성이 짙다는 얘기가 회자되고 있다. 아주 오래전부터 내려온 이러한 선입관은 오늘날에도 여전히 되풀이되고 있는 듯이 보인다. 이러한 태도는 더 나아가 황순원 문학에 사회성이 부족하다는 판단으로까지 이어진다.

필자는 이러한 이해의 방식에 깃들어 있는 심각한 오해를 풀고자 한다. 특히 가장 사회성이 부족한 것으로 보이는 '시'를 통해서.

황순원의 문학적 출발점이 '시'에 있었다는 것은 주지의 사실이다. 그이는 1934년 『방가(放歌)』(동경학생예술좌 문예부, 제1집, 한성도서 판매)를, 1936년 『골동품』(220부 한정판, 자가 발행, 한성도서 판매)을 펴냄으로써 본격적인 문인 활동을 시작하였다. 시인으로 데뷔했으므로 출발부터 서정적이라는 관점이 이상할 게 없었다. 이러한 관점은 그의 소설들에도 적용되어 특히 초기 단편이 시와 유사한 성격을 가지고 있다는 진술을 낳는다.

「거리의 副詞」에 내재된 이 같은 소설의 서정적 특성은 감각적 묘사가 많이 나타나는 위의 인용문을 통해서도 분명하게 확인할 수 있다. 작가가 주인공의 동선을 따라가며 감각적으로 묘사한 인용문에는 일단 '이야기'가 없다. 거기에는 끊임없이 미동하는 주인공의 섬세한 '마음의 상태'만 있을 뿐이다. 김현에 의하면 이런 묘사는 소설적 묘사라기보다는 시적 묘사에 가깝다. 왜냐하면 이러한 방식의 묘사에는 정서의 울림이나 함축적 언어의 마술적 조작이 있을 뿐, 서사가 없기 때문이다. 〔……〕 이런 측면에서 이 시기의 황순원이 "단편까지를 시의 연장으로 본 것이 아닐까 하는 의심을 불러일으킨다"라는 김현의 견해는 일견 공감이 간다.[1]

이러한 견해는 충분히 수긍할 만하다. 단 한 가지 점은 오해의 소지가 있다. 마음의 상태에 대한 서정적인 묘사에는 '이야기'가 없는가? 왜냐하면 이 마음의 상태를 불러일으킨 건 틀림없이 화자가 겪었다고 소설가가 가정한 어떤 '사연'일 터이기 때문이다. 우리는 여기에서 이야기가 '있다'/'없다'는 이분법에 문제가 있다는 것을 짐작할 수 있다. 이야기가 없어 보이는 묘사에도 이야기는 숨어 있는 것이다. 따라서 필자는 이야기가 있다/없다 대신에 이야기가 '함축되어 있다'/'외현되어 있다'라는 이분법을 사용하는 것이 타당하다고 생각한다.

굳이 이 말을 하는 이유는 간단하다. 이야기가 없다는 것은 흔히 '삶'에 대한 내용이 없다는 이해로 이어지고, 그 이해는 다시 현실에 대한 비판적 인식이 없다는 판단으로 이어진다. 그리고 그런 식의 차이가 시

---

1) 이성천, 「황순원 초기 소설의 서정적 특성」.

와 소설의 장르적 특성으로 확정적으로 표명되기도 한다.[2] 그러나 이제는 이런 단순주의적 견해를 넘어설 필요가 있다. 우리는 황순원의 시를 통해서 그 점을 확인해보고자 한다.

황순원의 첫 시집 『방가』의 '서문', 「放歌를 내노흐며」에서 그는 "이 시집은 나의 세상을 향한 첫 부르지즘이다"라고 선언하고 있다. 실로 이 시집의 시편들은 젊은이의 격한 의지로 가득 차 있다. 그런데 그 의지가 자신의 울타리 안에서 끊임없이 공전하고 있다는 것 또한 볼 수 있다. 가령 첫 시, 「나의 꿈」에서 화자는 자신의 꿈속에서 "세계를 짓밟아 문질은 후 생명의 꽃을 가득히 심고,/그 속에서 마음껏 노래를 불러 보았다"고 진술하고 있다. 이 화자를 시인의 분신으로 봐도 무리가 없다면, "세계를 짓밟아 문질"렀다는 과격한 표현을 통해 시인은 세계에 대한 도전을 선언하고, "생명의 꽃을 가득히 심고"라는 이어지는 진술을 통해 시인이 만든 세계는 생명이 충만한 세계임을 명시한다. 따라서 이 시는 자신의 꿈의 성격을 보여줌으로써 현실과의 싸움을 적극적으로 표명하고 있다고 할 수 있을 것이다. 다만 이러한 격정적 선언이 지칭하고 있는 '세계'의 구체적인 모습은, 단편들로서나마 보이지 않는다. 세계는 어둠 속에 잠겨 있고 오로지 "다른 모든 것은 세파에 스치어도 나의 동경의 꿈만은 영원히 존재하나니"라는 시인의 포부만이 크게 확대되어 독자의 시야 전부를 채우고 있다.

이러한 현상은 거의 모든 시들에서 똑같이 나타난다. 가령 두번째 시,

2) 잘 알다시피, 이런 식의 구분을 가장 명쾌하게 표명한 것은 사르트르의 『상황 2』(세칭, 『문학이란 무엇인가』, 1947)이다. 이 우스꽝스러운 구별은 놀랍게도 세계적인 반향을 얻은 바 있다. 이에 대해서는, 정명환의 「문학과 정치—사르트르의 문학참여론에 대한 비판」이 중요한 참고 문헌이 될 수 있다(『현대의 위기와 인간』, 민음사, 2007).

「우리의 가슴은 위대하나니」를 보자.

옥순아,
가난과 고생에 싸여 커가던 옥순아!
너는 아직 그때를 잘 기억하고 있겠지?
궂은 비 내리는 밤, 빗방울이 처마 끝을 구울러 떨어지는 소리를 듣고
국경을 넘은 아버지 어머니가 몹시 그립다고,
나의 무릎에 눈물 젖은 얼굴을 파묻고 가슴에 맺힌 몽아리를 풀어보려 하던 때를……
지금 생각하면 까마득한 옛날의 한 이야기와도 같건만.
옥순아!
그러던 네가 또한 이곳을 떠나게 되었을 때,
삶의 사슬에 얽매여 그해 봄 서로 헤어지지 않으면 안 되게 되었을 때
비록 몸은 갈라서도 한뜻을 품고 나아가는 동생이라는 것을 믿자고
젖빛 안개 낀 새벽 촌역에서 외친 목소리,
언제까지나 이 귀에 쟁쟁히 들리는구나.
그때도 너는 마음 약한 처녀애가 아니었다.

사랑하는 누나—옥순아!
요새는 우리에게 더 한층 괴로운 여름철이다.
나는 항상 너의 원대로 튼튼한 몸으로 있다만
여기서도 몸이 약하던 네가 지금껏 고생에 질려
얼마나 더 얼굴이 핼쑥해졌니, 파리해졌니?
그 크던 눈이 더욱 크게 되어 나타나 뵈는구나.

그러나, 옥순아!

우리는 어디까지든지 지금의 고통을 박차고 마음을 살려야 한다, 또 지켜야 한다.

그리고 늘 한때의 감정을 익혀야 한다.

헤친 우리의 가슴은 위대하나니, 위대하나니.

이 시는 첫 시행들에서부터 "가난과 고생에 싸여 커가던 옥순"이를 보여주고 있어서 타자들의 장소인 세계의 구체적인 모습을 볼 수 있으려니, 하는 기대를 독자로 하여금 품게 한다. 그러나 실제 시행이 이어지면서 '옥순'의 삶이 드러나기보다는 그의 삶을 둘러싼 정황과 그 삶으로 인한 옥순의 모습에 대한 가정들만을 읽을 수가 있다. 즉 독자가 '옥순'에 대해 아는 것은

(1) 그녀의 부모가 국경을 넘었다는 것, 그래서 옥순이 혼자 남았다.

(2) 화자 '나'와 옥순인 "한뜻을 품"은 동료로서 누나-동생의 의리를 맺었다.

(3) 삶의 사슬에 얽매여 그녀도 떠나야 했다.

(4) 떠날 때 나에게 크게 외쳐서, 나는 옥순이 약한 여인이 아님을 믿었다.

는 것이다. 이 앎을 토대로 '나'는 옥순에 대해

(5) 나는 원래 몸이 약했던 옥순이를 걱정하면서 그녀가 "핼쑥해졌"는지, "파리해졌"는지 묻는다.

(6) 나는 편지 형식의 이 시에서, 옥순에게 "마음을 살려" 견디어내자고 격려한다.

(7) 세상을 헤쳐나가는 "우리의 가슴은 위대하다"는 것을 스스로 확인하고 옥순에게 다짐을 주고자 한다.

이 정보에서 옥순이 실제로 겪는 고생의 모습은 나타나지 않는다. 심지어 '나'와 '옥순'이 함께 품은 '한뜻'이 무엇인지도 알 수가 없다. 이런 구체적인 정보가 부재하기 때문에 "우리의 가슴은 위대하다"는 확신은 막연한 소망처럼 들린다. 그러니까 이 시는 의도로서는 사람들의 생활에 대해 말하고 있으나 실제로는 화자의 격정밖에 표현하지 않는 것이다. 다음 시와의 비교는 이 점을 좀더 분명하게 보여줄 것이다.

네가 지금 간다면, 어디를 간단 말이냐?
그러면, 내 사랑하는 젊은 동무,
너, 내 사랑하는 오직 하나뿐인 누이동생 順伊,
너의 사랑하는 그 귀중한 사내,
근로하는 모든 女子의 戀人……
그 靑年인 용감한 사내가 어디서 온단 말이냐?

눈바람 찬 불쌍한 都市 鍾路 복판에 順伊야 !
너와 나는 지나간 꽃피는 봄에 사랑하는 한 어머니를
눈물 나는 가난 속에서 여의었지!
그리하여 너는 이 믿지 못할 얼굴 하얀 오빠를 염려하고,
오빠는 가냘핀 너를 근심하는,

서글프고 가난한 그 날 속에서도,

順伊야, 너는 마음을 맡길 믿음성 있는 이곳 靑年을 가졌었고,

내 사랑하는 동무는……

靑年의 戀人 근로하는 女子 너를 가졌었다.

겨울날 찬 눈보라가 유리창에 우는 아픈 그 시절,

기계 소리에 말려 흩어지는 우리들의 참새 너희들의 콧노래와

〔……〕

어머니가 되어 우리를 따듯한 품속에 안아주던 것은

오직 하나 거리에서 만나 거리에서 헤어지며,

골목 뒤에서 중얼대고 일터에서 충성되던

꺼질 줄 모르는 청춘의 정렬 그것이었다.

〔……〕

생각해보아라, 오늘은 네 귀중한 청년인 용감한 사내가

젊은 날을 부지런한 일에 보내던 그 여윈 손가락으로

지금은 굳은 벽돌담에다 달력을 그리겠구나!

또 이거 봐라, 어서.

이 사내도 네 커다란 오빠를……

〔……〕

—「네거리의 順伊」[3] 부분

거의 비슷한 정황과 유사한 격정을 드러내고 있는 임화의 이 시에서

3) 임화, 『현해탄』, 동광당서점, 1938.

는 '순이'에 관한 다음과 같은 꽤 구체적인 정보가 들어 있다.

(1) '순이'와 화자는 남매 사이이고, 둘은 지난봄에 어머니를 잃었다.
(2) 둘은 서울에서 거주하고 있다.
(3) '순이'는 노동자이다.
(4) 오빠인 '나'는 공부하는 사람이다.
(5) '순이'는 기계가 돌아가는 공장에서 일한다.
(6) '순이'는 같은 노동자인 청년을 사랑하고 의지했다.
(7) 청년은 노동운동을 하다 감옥에 가 있다.
(8) 청년과 화자 사이에는 어떤 관계가 있다.

이 구체적인 정보들에 의해서 '순이'와 화자와 '청년'의 사회적 환경이 선명하게 떠오르며, 그 환경 내에서 세 사람 각각의 존재태와 연관성이 표현되거나 암시된다. 이러한 사실 효과에 의해서 이 시는 감상적인 어조에도 불구하고 이지적인 인지 활동을 독자에게 자극한다.

『방가』의 주관적 격정은 그러나 『골동품』[4]에 와서 완전히 사라진다. 이 시집은 아주 섬세한 자연 묘사로 가득 차 있는데, 그 묘사가 아주 독특하다. 첫 시, 「종달새」를 보자.

點은

4) 1936년 판 『골동품』과 문학과지성사 판 『황순원 전집 11: 시선집』에 포함된 『골동품』 사이에는, 정신적 태도는 일관되면서도 현격한 내용상의 차이가 있다. 이는 김현이 증언했듯("황순원 전집의 경우처럼, 전집마다 [……] 그 내용이 조금씩 달라지는 경우"(「비평의 유형학을 위하여」)), 황순원이 끊임없이 작품을 고쳤다는 사실에서 연유하는 것으로 보인다. 이 글에서는 1936년 초판본을 따른다.

넓이와 길이와 소리와 움직임 있다.

이 묘사는 대상에 대한 세목들의 묘사가 아니다. 이 묘사는 대상이 움직여서 대상과 환경 사이에 일어난 상황의 변화에 대한 묘사이다. 생각해보자. 종달새가 저 하늘 높이에서 운다. 그러나 잘 알다시피 종달새는 너무 작아 잘 보이지 않는다. 소리 나는 곳을 올려다보면 보일락 말락 한 점이 하나 있고 소리가 빈 공간을 가득 채운다. 그 점 하나가 공간의 넓이 전체에 자신의 존재를 파동처럼 퍼뜨리고, 그 점이 움직이는 데 따라 그 파동이 다채롭게 일렁인다. 시는 바로 그러한 새와 화자 사이의 빈 공간의 역동적인 변화를 묘사하고 있는 것이다. 저기 보이지 않는데 울려 퍼지고, 텅 비어 있는데 생명의 살아 있는 움직임이 가득 차 있다!

이런 묘사들을 통해 시집 『골동품』은 여전히 신생 중인 한국시의 역사에 중요한 시적 자원을 보태게 된다. 그런데 그 역할이 의외로 웅숭깊다. 필자가 보기에 『골동품』의 시사적 의미는 적어도 세 가지이다.

첫째, 비유에 있어서, 대상의 '지시'라는 일반적인 비유적 기능과는 달리 '암시와 반향'이라는 전혀 새로운 기제를 제시하였다. 비슷한 시기에 씌어진 다른 시들과 비교해보면 이 점은 뚜렷이 보인다. 가령 앞에서 인용한 임화의 시에 동원된 비유는 사실에 대한 정서적 감정을 강화하는 '제유'로서 기능한다.

겨울날 찬 눈보라가 유리창에 우는 아픈 그 시절,
기계 소리에 말려 흩어지는 우리들의 참새 너희들의 콧노래와

"겨울날 찬 눈보라"는 공장노동의 가혹한 노동환경에 대한 은유이자

제유이다. 노동 공간이 "겨울날 찬 눈보라"가 몰아치듯이 춥고 살벌하다,라는 뜻을 전달한다는 점에서 은유이고, 공장 안과 인접하면서 공장 분위기를 확장한다는 점에서 제유이다. 이 은유와 제유는 모두 노동 환경을 가리키는 기능을 갖는다. "우리들의 참새"는 이러한 가혹한 노동 조건을 씩씩하게 이겨내는 노동자들의 정서로서의 '일하는 기쁨'을 가리키는 은유이다. 이 역시 기본 기능은 '지시'이다. 임화의 시의 대척지에 놓인다고 할 수 있는 김기림의 시는 어떠한가?

비눌
돛인
海峽은
배암의 잔등
처럼 살아났고
아롱진 「아라비아」의 衣裳을 둘른 젊은, 山脈들

—「세계의 아침」[5] 부분

이 시에서 비유는 은유의 중첩으로 이루어져 있다. 즉 "비눌/돛인/해협"의 시구에서 큰 물고기가 해협을 은유하고는 다시 해협은 시인의 세상을 씨억씨억 헤쳐 나가고자 하는 의지와 포부를 은유한다. "배암의 잔등" "아라비아의 의상" 등의 다른 표현들도 마찬가지다. 김기림의 비유는 임화의 그것에 비해 복합적이고 쇄신적(임화의 비유는 읽는 순간 직역이 가능하다. 반면 김기림의 비유는 낯선 사물을 끌어들이는 방식이라서

5) 김기림, 『기상도』, 창문사, 1936; 『김기림 전집 1: 시』, 심설당, 1988.

인식의 긴장을 요구한다)이지만, 지시적 기능을 한다는 점에서는 똑같다. 대부분의 한국시에서의 비유는 이러한 지시적 기능을 중심 기제로 쓰고 있다. 반면 『골동품』에서의 비유는 대상을 지시하는 게 아니라 암시한다. 그래서 방금 살펴본 「종달새」의 경우, 제목을 보지 않고 시의 본문만 읽는다면 독자에 따라서는 저 움직임의 정체를 파악하는 데 꽤 많은 시간을 들이리라. 이런 시는 더욱 그렇다.

「이곳입니다,
이곳입니다,
당신의
무덤은」

이 시를 주고 제목 알아맞히기 퀴즈를 내보자. 아마도 거의 맞히지 못할 것이다. 그러나 호기심을 못 이겨 슬그머니 제목을 들춰 본 독자는 너무나 맞춤한 암시 때문에 감탄할 것이다. 가을밤의 귀뚜라미 소리는 귀뚜라미의 형상과 겹쳐지고 그 소리의 처연한 음가가 더해져 영락없이 어디에서 울리든 '무덤'을 넌지시 떠올리게 할 것이다.

지시와 암시 사이의 차이는 무엇인가? 지시에서는 지시되는 대상이 초점이다. 반면 암시에서는 암시하는 자와 암시되는 대상 사이에 일어나는 의미 생성의 움직임이 초점이다. 따라서 암시는 그냥 암시로서 그치는 게 아니라 그에 호응하는 반향을 동반한다. 지시에서의 대상은 확정적인 데 비해, 암시에서의 대상은 이 암시와 반향을 통해 생의 유동성을 부조한다. 실체가 아니라 움직임이 중요한 것이다. 명사가 아니라 동사가. 이것이야말로 모든 삶의 주권이 생명 그 자신에게 귀속되기 시작한 근대 이후의 존재관에서 특별히 선진적인 것이다. 20세기에 격동을 일으키며 전개되었던 생각들의 변화는, 크리스테바가 바흐친을 빌려 말했던 것처럼, '존재'에서 '생성'으로 옮겨가는 데에 핵심이 있었다.

둘째, 존재로부터 생성으로의 초점의 이동은 존재의 움직임 하나하나에 언어를 부여하게 한다. 그러다 보니 동작에 가장 맞춤한 언어들을 물색하고 더 나아가 기존 언어를 세공하게 되는 과정을 통해서 표현이 섬세해진다. 이 섬세해짐의 운동은 어떤 방식으로든 한국어를 조탁시키고 그 세련화에 기여한다. 가령 이런 시를 보자.

나래만
하늑이는 게
꽃에게
수염 붙잡힌
모양야.

—「나비」

이 시에서 꿀을 모으는 나비의 형상이 꽃과 매우 밀접한 육체적 관계를 나누는 것처럼 묘사되었다. 이러한 육체성을 감각적으로 전달하는 데에 결정적으로 공헌하는 표현은 "나래만 하늑이는 게"라고 할 수 있다. '나래'는 『표준국어대사전』에 의하면 "흔히 문학작품 따위에서, '날개'를 이르는 말. '날개'보다 부드러운 어감을 준다"고 되어 있다. 남영신의 『우리말 분류사전(이름씨 편)』(한강문화사, 1987)에도 "시에서 날개를 이르는 말"이라고 되어 있다. 즉 '나래'는 '날개'의 시적 표현이다. 시적 표현이라는 건 일반 언어에 미적 색채 혹은 미감을 더했다는 것을 가리킨다. 유럽의 용어로는 모든 시적 표현은 피규어figure에 해당하는바, figure의 뜻은 언어에 태깔을 입힌다는 것이다.[6] 또한 "하늑이는 게"의 '하늑이다'는 『표준국어대사전』에 의하면, "①나뭇가지나 천 따위의 가늘고 긴 물체가 가볍게 흔들리다; ②팔다리 따위가 힘없이 조금 느리게 움직이다"라는 뜻을 담고 있는 '하느작이다'의 준말이다. 『우리말 분류사전(풀이말 편)』(한강문화사, 1988)에도 비슷한 뜻으로 풀이되어 있으며, 덧붙여 '흐느적거리다'의 '작은말'(양성모음을 가진 말)이라는 표기가 부기되어 있다. 이 말에서의 '줄임'은 동작의 형상을 강화하고자 하는 의지에 의한 것으로 보이며(언어가 약간이라도 길어지면 언어가 가리키는 형상보다 언어 자체의 존재를 느끼게 한다), 양성모음의 사용은 이 형상에 밝은 이미지를 주려고 하는 의지의 소산으로 짐작된다. 결국 이 역시도 언어의 미적 사용에 대한 섬세한 배려가 시인의 무의식 속에서 작동하고 있었음을 보여준다.

그런데 이러한 미적 고려는 한글생장사에 있어서 1930년대의 의의와 맞물려 있다. 잘 알다시피 한반도에 사는 사람들의 구어의 표기로서의 한국어 문자, 세칭 한글은 일찍 발명되었음에도 불구하고 공용어의 역할을 하지 못하다가 1894년 갑오개혁 때 국어로서의 지위에 올랐으나 얼마 후 일제의 식민지 지배에 들어가면서 그 지위를 상실하였다. 그런 위기에 처한 한글을 조선 사람들의 언어로 만들기 위해 초창기의 한글학자들이 얼마나 힘든 노력을 기울였는지는 다들 잘 알고 있다. 처음엔 무엇보다도 일상 구어의 표기이자 생활어 문자가 되어야 했기 때문

6) 제라르 주네트의 유명한 저서 *Figures*(5권이 상재되었다)는 바로 미적 언어를 figure와 동일시하고 있다.

에 한글에 주어진 철학은 '언문일치'였다. 그런데 1930년대에 들어서서 말과 일치하는 문자로서가 아니라 문자 자신의 자율적 존재태에 대한 관심이 부쩍 일었다. 그 관심은 바로 문자의 미적 사용 쪽으로 기울어진 관심이었다. 이 당시 아주 아름다운 산문들을 썼던 이태준은 『문장강화』(1940)에서 문학언어의 입장에서는 '언문일치'를 부정해야 한다는 주장을 편다.

> 언문일치의 문장은 틀림없이 모체문장, 기초문장이다. 민중의 문장이다. 앞으로 어떤 새 문체가 나타나든, 다 이 밭에서 피는 꽃일 것이다.
>
> 거듭 말하지만 언문일치 문장은 민중의 문장이다. 개인의 문장, 즉 스타일은 아니다. 개성의 문장일 수는 없다. 앞으로 언문일치 그대로는 예술가의 문장이기 어려울 것이다. 이것은 언문일치 문장을 헐어 말함도 아니요 또 그것의 불명예도 결코 아니다. 언문일치 문장은 영원히 광대한 권역(圈域)에서 민중과 더불어 생활할 것이다.
>
> 여기에 문장의 '현대'가 탄생되는 것이다. 언문일치 문장의 완성자 춘원으로도 언문일치의 권태를 느낀 지 오래지 않나 생각한다. 이 권태문장에서 해탈하려는 노력, 이상(李箱) 같은 이는 감각 쪽으로, 정지용(鄭芝溶) 같은 이는 내간체(內簡體)에의 향수를 못 이겨 신고전적으로, 박태원(朴泰遠) 같은 이는 어투를 달리해, 이효석(李孝石), 김기림(金起林) 같은 이는 모더니즘 쪽으로 가장 뚜렷하게 자기 문장들을 개척하고 있는 것이다.
>
> 조선의 개인문장, 예술문장의 꽃밭은 아직 내일에 속한다.[7]

7) 이태준, 『문장강화』, 임형택 해제, 창비, 2005, pp. 351~52.

언문일치의 문장이 "민중의 문장"이라는 말은 언문일치에 쓰인 한국어 문자가 순수한 의사소통을 꾀하는 실용적 성격을 갖는다는 것을 뜻한다. 그에 비해서 이태준이 생각한 '현대'의 문장은 오로지 "개인의 문장", 즉 자기만의 스타일로서의 문장이다. 개성의 표현으로서의 문장이며, 그 점에서 실용성과 무관하게 자족적이고 미적인 문장이다. 칸트의 정의 그대로 미의 근본적인 속성이 "이해관계로부터 해방된 것"이고 김현의 주장 그대로 "써먹을 수 없는 것"이라는 점을 우리가 되새긴다면, 개성의 표현이 어떻게 미와 연결되는지를 이해할 수 있을 것이다.

언문일치로부터 벗어남으로써 1930년대의 문인들은 말과 글을 분리시키고, 글을 통해 개인성의 글쓰기의 차원을 열었다. 언문일치에 머무른 상태에서는 공동체의 문장만이 가능했던 것이다. 이 점에서 1930년대는 한글진화사에서 아주 중요한 도약을 이룬 시기이다. 황순원은 이상보다는 5살, 이태준보다는 11살, 정지용보다는 13살 연하이다. 그는 이들과 같은 세대를 이루지 않으며 문학적 교류를 했을 가능성도 없다. 그런데 그들은 이른 나이에 그의 선배들의 자각을 공유하고 있었다. 그가 어떻게 그런 생각을 하게 되었는지에 대해서 필자는 아직 잘 알지 못한다. 여하튼 그는 그것을 해냈다. 물론 그만이 그랬던 것은 아니다. 그와 동갑인 서정주도 그와 같은 조숙성을 보여주고 있었다. 그러나 그를 세상에 알린 『화사집』(1941)의 시들은 황순원의 시와 뿌리가 달랐다. 미당 시의 미적 감각은 상당 부분 그가 구사한 언어의 방언성에 빚지고 있었다. 방언성은 당연히 '말'과 관련되는데, 방언으로서의 말은 '언문일치'에서의 말에 요구되는 의사소통적 성격보다는 그 방언이 통용되는 지역에서의 사람들의 실제적인 삶이 묻어난다는 의미에서의 육체적 성격이 특별히 강조되는 말이다. 그 방언성으로 볼 때 미당은 공동체와 육체적으로 연결되어 있었고, 공동체의 언어의 수액으로 자신의 시적 가지를 키웠다고 할 수 있다. 가령, 『화사집』의 서시 격인 「자화상」에서 "애비는 종이었다. 밤이 깊어도 오지 않았다"라는 격렬한 자조적 토로에서부터 "나는 아무것도 뉘우치지 않을란다"라는 단호한 선언에 이르기까지 이 시의 자신감은 "대추꽃이 한 주"에서의 "한 주", "손톱이 깜한" "그 크다란 눈이" "뉘우치지 않을란다" "이마 우에" 같은 시구들에서 도드라지는 강렬한 구어성-육체성에 뒷받침되어 힘을 얻는다. 그는 "스물세 해 동안 나를 키운 건 팔 할이 바람"이라고 말했지만, 실제 그 바람에 "몇 방울의 피가 언제나 섞여 있"지 않았다면 그를 키울 영양분을 조제하지 못했을 것이다.

그에 비하면 황순원의 언어적 조탁은 철저히 인공적이다. 「오리」라는 제목하에

> 2
> 자를
> 흉내
> 냈다

라고 쓴 것은, 순수한 수수께끼로 보아도 좋을 정도로 오로지 머리의 궁리로만 나온 것이다. 이러한 차이는 서정주 시의 미적 성격이 집단적 자연성에 기대고 있는 데 비해, 황순원 시의 미적 성격은 훨씬 의식적이라는 것을 가리킨다. 그는 언어를 다듬어야 하는 필연적인 이유를 '알고' 있었고, 그 앎을 실행에 옮긴 것이다. 과연 그는 시집 맨 앞자리의

'서문' 역할을 하는 한마디 말을 "나는 다른 하나의 실험관이다"라고 적었다. 그는 실험의 의미를, 다시 말해 언어 조탁의 의미를 알고 있었다고 봐야 할 것이다.

셋째, 그런데 이 유별난 의식성은 황순원의 시를 1930년대의 다른 문인들의 글과 비교해 특별한 변별성을 갖게 한다. 앞에서 보았듯, 이태준은 언문분리가 개성의 표현을 가능케 한다고 믿었다. 그 결과 그는 그만의 아름다운 문장을 이루게 된다. 그것을 가장 선명하게 보여주는 증거가 『무서록』(1941)이다. 그런데 『무서록』의 미적 문장은 대체로 두 가지 방향으로 나뉜다. 하나는 주변의 사물들에 대한 순수한 아름다운 묘사이다. 다른 하나는 대상의 아름다움을 조선 유가(儒家) 특유의 미적 감각에 연결시킨다는 것이다.

> 하늘을 덮은 옹울(蓊鬱)한 원생림 속에서 저희끼리만 뜻있는 새소리도 길손의 마음에는 슬픈 소리요 바위틈에 스며 흘러 한 방울 두 방울 지적거리는 샘물 소리도 혼자 쉬이며 듣기에는 눈물이었다. 더구나 산마루에 올라 천애에 아득한 산갈피들이며 어웅한 벼랑 밑에 시퍼런 강물이 휘돌아가는 것을 볼 때 나는 어리었으나 길손의 슬픔에 몇 번 넘어 보았다. (「샘」[8])

매우 아름다운 문장이다. 그 아름다움은 무엇보다도 소리가 아름다운euphonic 한국어들을 그가 능란하게 사용하고 있다는 데서 연유하며, 그 어휘들을 동원하여 산의 숲과 강물의 굽이, 새소리, 물소리 들을 일

---

8) 이태준, 『무서록』, 깊은샘, 1994, p. 23.

관되게 집중시켜 길손으로서의 화자의 마음에 진한 슬픔의 분위기를 투영하기 때문이다. 흥미로운 것은 이태준의 이 문장에서 슬픈 것은 산이지 '나'가 아니라는 것이다. 나는 산의 슬픔에 감염되어 덩달아 슬퍼진다. 그리고 산이 슬픈 것은 운명과도 같은 것이다. 따라서 여기에는 현실이 끼어들 여지가 없다. 오히려 각박한 현실 바깥으로 모든 생명의 나고 사라짐을 '비애스럽게' '즐기는' 일이 여기에서 일어나는 일이다. 다른 한편 그는 그런 아름다움에 대한 취향의 근원을 한국인들에게 예부터 내려오는 것처럼 생각하기도 하였다.

> 고인과 고락을 같이한 것이 어찌 내 선친의 한 개 문방구뿐이리오. 나는 차츰 모든 옛사람들 물건을 존경하게 되었다. [……] 찻종 하나, 술병 하나라도 그 모서리가 트고, 금 간 데마다 배이고 번진 옛사람들의 생활의 때는 늙은 여인의 주름살보다는 오히려 황혼과 같은 아름다운 색조가 떠오르는 것이다.
>
> [……] 이조의 그릇들은 중국이나 일본 내지 것들처럼 상품으로 발달되지 않은 것이어서 도공들의 손은 숙련되었으나 마음들은 어린아이처럼 천진하였다. 손은 익고 마음은 무심하고 거기서 빚어진 그릇들은 인공이기보다 자연에 가까운 것들이다. (「고완(古翫)」[9])

문득 아름다움은 '황혼'을 매개로 옛 선인들의 제작물들로 옮겨가고 그것은 다시 '자연'으로 환원된다. 여기에서의 자연은 보편적인 것, 당연한 것, 억지스럽지 않은 것, 편한 것 등의 의미망으로 이루어져 있다.

---

9) 같은 책, p. 138.

그리하여 그는 아름다움에 전통을 세우게 되는데, 그는 그 전통이 현대에 살아 있기를 바랐다.

> 고전이라거나, 전통이란 것이 오직 보관되는 것만으로 그친다면 그것은 '주검'이요 '무덤'일 것이다. [……] 미술품으로, 공예품으로 정당한 현대적 해석을 발견해서 고물 그것이 주검의 먼지를 털고 새로운 미와 새로운 생명의 불사조가 되게 해주어야 할 것이다. 거기에 정말 고완의 생활화가 있는 줄 안다. (「고완품과 생활」[10])

지극히 당연한 얘기다. 그러나 너무 당연해서 췌사처럼 여겨질 수밖에 없는 말이다. 전통의 현대화만큼 되풀이되어 강조된 문제도 없다. 그러나 대부분의 주장들은 전통을 어떻게 바꾸어 현대에서 어떻게 살아남을 것인가를 궁리하기보다는 전통 그 자체가 현대에 와서도 여전히 자신의 옛 아름다움을 자랑할 수 있으리라고 믿는다. 방금의 인용문에도 그런 식의 생각이 얼핏 비치고 있다. "미술품으로, 공예품으로"라는 말의 뜻을 되새겨보라.

순수한 개성의 표현으로서의 이태준의 아름다운 문장은 그리하여 전통에 소속됨으로써 항구성을 보장받게 될 것이다. 이러한 태도는 그와 문체를 거의 공유하고 있는 김용준에게서도 똑같이 나타난다[이태준과 그 사이에는 유사한 어휘들이 빈번히 나타난다. 가령 '고담(枯淡)' 같은 어휘를 똑같이 중요하게 사용하는 것도 하나의 예다. 좀더 자세히 살펴봐야겠지만 문체의 기본 구조도 유사한 것 같은 느낌이다]. 그는 "댁에 매

10) 같은 책, p. 143.

화가 구름같이 피었더군요"라는 수일한 비유로 시작하는 「매화」[11]와 같은 글에서처럼 대상을 "좀더 신선하게 사랑하"고자 하는 마음만이 가득 찬 글에 몰두하는 한편, 다른 한편으론 이러한 멋스러운 세계를 조선미의 영역으로 돌리려는 태도를 취하고 있다.

> 고담한 맛, 그렇다. 조선인의 예술에는 무엇보다 먼저 고담한 맛이 숨어 있다. 〔……〕 호방한 기개와 웅장한 화면이 없는 대신에 가장 반도적인, 신비적이라 할 만큼 청아한 맛이 숨어 있는 것이다.
>
> 이 소규모의 깨끗한 맛이 진실로 속이지 못할 조선의 마음이 아닌가 한다. 뜰 앞에 일수화(一樹花)를 조용히 심은 듯한 한적한 작품들이 우리의 귀중한 예술일 것이다.[12]

인용문에서 독자가 주목할 점은 마지막 문장, "뜰 앞에 일수화를 조용히 심"는 듯한 행위가 『새 근원수필』에 수록된 그의 글쓰기와 적절히 상통한다는 것이다. 즉 개성의 표현으로서의 문장은 자신이 속해 있다고 가정된 공동체의 핵심에 소속됨으로써 자신의 가치를 획득한다는 것이다. 상허(尙虛)와 근원(近園)의 '개인적 글쓰기'는 그러니까 오로지 개인만의 세계로 침닉함으로써 공동체의 문제로부터 격절되는가 하면, 하나의 항구적 실체로서의 공동체, 다시 말해 공동체들 사이의 현실적 연관을 배제한 일종의 정신적 준거점으로서의 유리된 공동체에 귀일한다고 할 수 있다. 그리고 그렇게 하는 이유는 바로 그것을 통해 개인성

---

11) 『근원 김용준 전집 1: 새 근원수필』, 열화당, 2001, p. 14.
12) 『근원 김용준 전집 5: 민족미술론』, 열화당, 2001, pp. 132~33.

의 표현으로서의 자신의 문장이 일회적 사건으로 그치지 않고 항구적으로 읽힐 언어의 보고 속에 들어갈 수 있기를 소망하기 때문이다.

황순원의 개인적 글쓰기는 아주 다르다. 일단 우리는 그의 언어적 세공이 순수한 자기 즐김의 세계로 빠져든 게 아닌가 의심할 수 있다. 그러나 다음 시들을 보자.

「연문을 먹구서
왼 몸을 붉히지
않엇소.」(「우편통」)

한 중간에 헤일 적마다
능먹어진 소릴
한나 속여 처 본다 (「시계」)

첫번째 시는 우체통의 붉은 색깔을 두고 쓴 것이다. 즉 우체통이 붉은 이유는 사랑 이야기를 먹고서 몸이 빨갛게 달아올랐다는 얘기다. 그렇다면 이 시는 그저 언어의 조탁이 아니다. 여기에는 인생사에 대한 진한 암시가 있다. 두번째 시는 '괘종시계'가 정시를 알리는 종을 치는 걸 묘사한 시다. 그런데 그냥 묘사가 아니다. 산다는 게 매일 길을 잃고 헷갈리는 것 같은데, 때마다 생활의 지침 같은 것이 종이 울리듯 우리 가슴 속에 파고들어 와 사람들을 속이고 간다,는 뜻을 시계 종소리에 비유한 것이다. 따라서 깨끗이 닦인 언어들은 오로지 언어로만 빛나는 게 아니라 오히려 사람살이의 복잡한 사연을 감추면서 동시에 암시한다고 할 수 있다. 인생사에 대한 암시는 다음과 같은 시구들에서는 구체적인 사회적 현실에 대한 암시로까지 나아간다.

비 맞는
마른 넝쿨에
늙은 마을이
달렸다. (「호박」)

귀가 아프리카 닮은
인연을 당신은
생각해본 적이 계십니까. (「코끼리」)

당적집 소악에
비누물박아지 든
굵은 애가 산다. (「게」)

여기까지 오면 황순원의 시는 조탁된 언어가 맑은 거울로 기능해 인생사를 투영하면서 그 인생사의 암시를 사회 현실에 대한 반성적 성찰에 대한 권유로 확대시키고 있다고 짐작할 수 있다. 황순원의 이러한 글쓰기는 근대사회에서의 '개인'의 의미를 다시 생각게 한다. 개인은 공동체로부터 해방된 존재이지만, 그러나 바로 그 해방을 통해서, 즉 독립에 근거해서 개인들은 각자의 의지와 상호 간의 토론과 협상과 계약을 통해 '사회'를 이루어나간다. 개인적 글쓰기도 마찬가지이다. 글쓰기의 개성은 단독자의 특이함을 표 내는 행위라기보다는, 지배적이 됨으로써 확정적인 것처럼 행사하는 일반적 글쓰기에 저항하여 새로운 글쓰기의 가능성을 제시함으로써 보다 자유롭고 해방된 새로운 보편적 글쓰기를 꾸며나가는 실천인 것이다. 개인적 글쓰기는 엄격한 의미에서 사회에 균열을 냄으로써 사회의 변이를 부추겨 새로운 사회를 만들어나가는 일을 쉼 없이 기도하는 사회적 글쓰기이다.

이상의 검토를 통해서 우리가 내릴 수 있는 결론은 다음과 같다. 황순원의 서정성 혹은 개인 미학은 반사회적이라기보다는 오히려 심층사회학적이다. 그의 암시와 반향이라는 기법적 절차는 당시의 문학적 현상에 비추어보아 가장 전위적인 지점에 가닿아 있었는데, 한편으로 그것은 1930년대에 일어난 한국어의 미적 자각에 대한 문학적 실천들에 참여하는 결과를 낳았으며, 다른 한편으로 그러한 미적 실행을 예술적 고립이 아니라 사회의 문제를 암시하면서 사회의 변화를 꾀하도록 하는 반향을 이끌어내는 사회적 실천에 연계시켰다. 이러한 세 차원의 실행은 황순원의 시가 근대사회에서의 예술의 사회적 존재태를 구성하는 데에서 가장 선진적인 면모를 보여주었다는 점을 증거한다고 할 수 있다. 이런 점들을 고려하면 그의 문학이 지나치게 서정적이어서 비사회적이라는 통념은 어리석기 짝이 없는 생각이라고 할 수 있다. 오히려 우리는 서정적일수록 더욱 사회구성적일 수 있다는 생각의 단서를 황순원에게서 발견한다. 그의 소설들에서도 그 점을 검증해보아야 하지 않을까 생각한다.

조국 건설의 과제 앞에 선
한 해방기 지식인의 특별한 선택과 그 시적 투영
— 설정식 시에 나타난 민족의 형상

1. 민족에 대한 설정식의 고민

이 글에서는 해방기의 대표적 시인 중 하나인 설정식(1912~1953)이 상상한 민족의 형상에 대해 알아보고자 한다. 설정식의 삼남인 설희관이 엮은 『설정식 문학전집』[1]에 의하면 설정식은 유학자 집안에서 태어나 "한문 유교 교육을 받"은 후 청소년 시절을 서울과 중국에서 수학했으며 "1937년 연희전문학교 문과를 최우등으로 졸업"하고, 미국에 유학하여 "뉴욕 컬럼비아 대학교에서 셰익스피어 연구"를 하던 중, "부친이 위독하다는 소식을 듣고 서둘러 귀국"하여 번역과 평론을 발표한다. 그러다가 해방이 되자, 한편으론 "조선 공산당에 입당"하고 다른 한편

1) 설정식, 『설정식 문학전집』, 설희관 엮음, 산처럼, 2012. 앞으로 설정식의 작품 및 진술은 모두 이 책에서 인용하며, 『전집』으로 약칭함.

으론 "미 군정청 여론국장으로 일"하면서, 영자신문 "『서울타임즈』 주필 겸 편집국장에 취임"한다. 무엇보다도 주목할 것은 해방기에 왕성한 문학 활동을 전개했다는 것인데, 복수의 "장편소설을 연재"하고 토마스 만과 셰익스피어를 번역하였으며, 『종』(1947), 『포도』(1948), 『제신의 분노』(1948), 세 권의 시집을 출간한다. 그리고 "한국전쟁이 발발하자 인민군에 자진입대"하였고 "월북"하였다가 1951년 "개성 휴전회담시 인민군 소좌로 조중 대표단 영어 통역관"으로 모습을 드러낸다. 그리고 1953년 "남로당계 숙청 과정"에서 함께 "기소"되었고 "사형이 언도되어 임화 등과 〔함께〕 처형"되었다.[2)]

이러한 이력은 설정식이 해방기를 대표한다고 할 수 있을 만큼[3)] 그 시기에 아주 활발히 활동하였다는 것을 보여준다. 해방기에 그의 활동이 타오른 것은 무엇보다도 그가 학업을 마치고 사회에 발을 들여놓은 연령과 시기상으로 겹쳤기 때문이겠지만, 동년배 어느 누구와 비해서도 그의 활동은 압도적이다. 또한 그는 휴전 후 그가 선택한 체제로부터 숙청당함으로써 지식인의 삶을 더 연장하지 못했으니, 오로지 그의 지식인으로서의 존재는 해방기에만 자국을 남기게 되었다. 그리하여 해방기에 점화되었고 해방기에 산화한 아주 희귀한 인물이 되었다. 그래서 그런지 그의 지식인으로서의 면모에서 무엇보다도 눈에 띄는 것은 행동의 밀도이다. 이 밀도는 단순히 정도가 강했다는 뜻이 아니라 생각의 더듬이가 더 깊은 데를 짚고 중층적·복합적인 골조를 구축했다는 것을 뜻

2) 「설정식 연보」, 『전집』, pp. 840~43 참조.

3) 김영철은 발표된 시의 수량, 약간의 '시론' 등을 근거로 "설정식은 해방기의 대표적 시인으로 규정돼야 할 것"이라고 단언한 바 있다. 김영철, 「설정식의 시 세계」, 『관악어문연구』 14, 1989, p. 40.

한다. 해방기의 한반도 지식인들에게 최우선의 문제였던 '민족'에 대한 설정식의 생각을 살펴봐도 같은 밀도를 확인할 수 있다.

해방기의 지식인들에게 시급하게 닥친 과제가 독립국가의 건설이었다는 것은 굳이 언급할 필요조차 없을 것이다. 설정식에게도 역시 그랬다. 다만 그에게 유별난 점이 있다면 그 과제가 그에게는 민족의 구원이라는 관점에서 지펴졌다는 것이다. 물론 당시의 식자들에게 그것은 새삼스러운 것이 아니었다. 거기에는 아주 복잡한 정신사가 감추어져 있다. 이것은 말 그대로 너무나 복잡해서, 그 복잡성을 해명하거나 최소한 한꺼번에 고려하여 '민족' 개념의 발생과 정착을 추적한 문헌은 아직 보이지 않는다. 여기에는 적어도 다섯 가지 변곡 요인이 개재해 있다.

첫째, 근대 문물에 대한 개안과 그것의 토착화의 실패. 갑신정변과 동학이 그 정점에 위치해 있다. 그런데 이를 통해 근대 수용에 있어서 중요한 변형이 발생한다. '인내천' 사상이 대표적이다. 그것은 서양 사상으로부터 영향을 받았으되 서양의 종교관과는 근본적으로 다른 것이다. 둘째, 일제의 한반도 점령에 의한 '민족적 자각'의 이중성. 일제강점은 조선 왕조와 그 근대적 변형으로서의 대한제국의 소멸을 야기했다. 이 사건은 타자에 의한 굴욕적 피지배라는 사태를 초래했으나 동시에 근대 문물이 빠르게 유입되는 계기가 되기도 했다. 그로 인해 근대적인 의미에서의 민족 관념이 배태되는 길을 열게 된다. 셋째, 3·1운동의 발생과 그 좌절의 여파. 3·1운동은 "朝鮮의 獨立國임과 朝鮮人의 自主民임을 宣言"한 데서 분명히 나타나듯 '근대적 민족' 인식에 대한 최초의 표명이었다. 그러나 3·1운동의 좌절은 '조선심' '조선적인 것'이라는 전근대적 민족 형상에 대한 욕망을 또한 유발하였다. 넷째, 사회주의의 유입으로 인한 민족 개념의 부식(腐蝕). 사회주의가 조선 지식인들의 정신세계를 지배하면서, '계급'이 '민족'을 압도하게 된다. 이로부터 '민족'에는 더욱 전근대적인 의미들이 스며들어간다. 다섯째, 해방으로 인한 '민족' 개념의 재구성. 해방은 여하튼 한반도의 조선인들을 '민족'이라는 이름에 직면케 하였다. 그들이 함께 이뤄야 할 세계는 '민족'을 통해서만 가능할 수 있었던 것이다. 이로부터 '민족'은 1980년대까지의 한국인들에게 제1의 '텅빈 시니피앙'으로 존재하게 된다. 이 복잡한 정신사에서 가장 분명하게 남은 상황이 바로 이것이며, 이 상황으로의 문턱이 바로 1945년 해방이다.

이 정신사의 결과로서 조선 민족의 구원은 해방기의 지식인들에게 '무의식적 차원'에서 당연한 것으로 간주되었다. 그러나 너무 당연하게 여기다 보니 그것은 감각의 자동성 밑으로 은폐되기 일쑤였다. 그래서 '민족'은 그 자체로서 추구되기보다 다른 것의 달성을 통해 자연스럽게 주어질 것으로 여겨졌다. 그것은 가령 몰락한 집안을 살릴 의무에 직면한 장남이 사업가가 될 것인가 상인이 될 것인가를 고민하겠지만, 집안을 되살릴 까닭이 있는가, 집안을 되살린다는 것은 무엇을 의미하는가, 등의 문제를 두고 고민하지는 않는 것과 같은 이치였다.[4]

4) 설정식을 다룬 한 논문은 "해방이란 자연발생적인 민족 감정을 공동체 의식으로 사유하도록 만든 돌연한 사건"이라는 진술을 하고 있다(곽명숙, 「해방 공간 한국시의 미학과 윤리」, 『한국시학연구』 33, 2012). 아마도 이 진술에서 민족 감정이 "자연발생적"이라는 생각은 많은 사람들이 무의식적으로 공유하고 있는 생각일 터이다. 그러나 곰곰이 생각하면 어떤 한 지역에 울타리를 치는 과정 속에 형성된 민족 감정은 결코 자연발생적인 것이 아니라 역사적 경유를 통해 만들어지는 것이다. 다만 역사의 온축이 너무 두꺼워져서 자연스럽게 느끼게 되었던 것이 해방기에서 1980년대까지의 한국인에게 있었던 일이라고 할 수 있다. 그 자연스럽게 느끼게 된 사정이 연구자들에게도 내재화되는 게 대체적인 경우였다. 그런데 이렇게 민족을 당연한 것으로 미리 전제하고 나면, '민족의 형상'에 대한 질문은 제기될 수가 없다. 오직 민족의 과거나 미래, 즉 하나의 민족으로 살아간 사람들의 '결과'에만 관심을 갖게 되는 것이다. 위의 진술에서 "공동체 의식"이라고 지시된 것이 바로 그 '결과'에 해당하는 것이리라. 만일 '민족

따라서 민족을 당연하다고 보는 관점에서 보자면 민족의 구원은 국가 건설의 결과로서 주어질 것이었다. 그런데 설정식에게는 바로 민족 그 자체의 올바른 정립이 국가 건설의 조건이었다.

그는 홍명희와의 대담에서 "글러도 내 민족 옳아도 내 민족이라는 따위 감상적 민족주의"[5]를 비웃었는데, 이는 그가 민족의 올바른 파악을 제1의 조건으로 삼았다는 것을 가리키는 증거라 할 수 있다. 또한 그는 한 시에서 "나라 아! 좋소/또 사랑이란/슬픈 것을 견디는 수고요/그렇기에 나는/민족을 아노라 하오"[6]라는 꽤 혼란스러운 진술을 하고 있는데, 한 가지 분명하게 추정할 수 있는 것은 그가 "민족을 안다"고 말하는 데에는 다른 사람들은 민족을 모른다는 뜻이 함의되어 있다는 것이다. 그리고 그는 토마스 만의 「마(魔)의 민족」이라는 글을 번역했다. 나치의 국가사회주의를 독일의 실패로 보고 그 내용을 조목조목 따지고 있는 그 글에서 토마스 만은 "그들의 죄악은 착취 과정에서 나온 필연적 소산이라기보다 차라리 민족의〔에 대한〕 망상-관념을 즐기는 이론적 독단에 침몰한 한 개의 사치에서 생긴 것이다"[7]라고 말하는데, 그것은 민족에 대한 정확한 인식이 죄악을 범하지 않을 조건이라는 의미를 포함한다. 번역자인 설정식이 바로 이 주제에 착목했기 때문에 이 글을 옮겼다고 추정할 수 있다. 실로 그는 토마스 만의 "〔민족이〕 내적으로 자유를 갖는 동시에"라고 쓴 대목에 괄호를 치고 '옮긴이 주'를 달아 "또한 그것에 대하여 책임을 질 수 있는 민족이 아니고는 외적 자유를 향

감정' 자체의 인공성을 전제했다면 "민족 감정을 공동체 의식으로 사유하"는 게 아니라 "민족 감정을 공동체 의식으로 사유할 수 있는가의 여부"를 궁리했을 것이다.

5) 「홍명희-설정식 대담기」, 『전집』, pp. 774~75.

6) 「그런 뜻이오 사랑이란 등」, 『전집』, p. 104.

7) 「마(魔)의 민족」(토마스 만), 『전집』, p. 568.

유할 수 없다"[8]는 말을 덧붙임으로써 토마스 만을 넘어서 민족에 대한 생각을 더욱 전진시키려는 의지가 강했다는 것을 짐작게 한다.

다른 한편 지배적 세계관이라는 차원에서 보자면, 해방기의 상당수 지식인들에게 민족은 중요한 관심사가 아닐 수도 있었다. 곧 다시 언급되겠지만, 그들이 가장 선진적이라고 선택한 이념에 근거하자면 민족은 거쳐야 할 단계에 불과할 뿐 궁극적인 지향점도, 삶의 근본적인 준거점도 아니었기 때문이다. 대담에서 홍명희는 그 점을 적시하고 있다.

> **홍명희**: "나도 동맹[=문학가동맹]에는 관계도 깊고 또 아는 친구도 많지만 이제 이야기한 홍익인간이나 민족주의에 대하여 너무 반발하는 것 같은 점이 있는 것 아닌가?"
>
> **설정식**: "동맹에서 그런 쓸데없는 반발을 하는 일은 없다고 생각합니다. 우리가 주장하는 것은 그야말로 진정한 민주주의 민족문학인데 이것을 위하여 봉건과 일제 잔재를 소탕하고 파쇼적인 국수주의를 배격하여 민족문학을 건설함으로써 세계문학과 연결을 가지려고 할 따름입니다."[9]

일찍부터 '문학가동맹'에 가입했고 공산주의자를 자처한 설정식은 사실상 '문학가동맹'의 입장을 대변하고 있다고 간주할 수 있는데, 그러나 박헌영과 임화가 이론적으로 공고히 한 '남로당'의 입장은 위의 설정식의 발언과 비슷하면서도 약간 다른 것이었다. 즉 남로당의 테제는 해

---

8) 같은 글, 『전집』, p. 563.
9) 「홍명희-설정식 대담기」, 『전집』, p. 779.

방된 조선 사회에는 아직 봉건적 잔재가 남아 있기 때문에 우선 부르주아 혁명을 통해서 봉건 잔재를 청산한 후 다시 사회주의 혁명을 통해 부르주아 단계를 청산하는 두 단계의 혁명을 거쳐야 한다는 것으로서, 이에 의거하면 부르주아 민주주의 단계에 상응하는 '민족' 개념은 일시적인 방편으로 용인될 뿐 궁극적으로 해소되어야 할 것이었기 때문이다.[10] 이에 비추어본다면 "민족문학을 건설함으로써 세계문학과 연결을 가지려고 할 따름"이라는 설정식의 위 발언은 당시의 겉으로 표명된 의례적 수사를 되풀이한 것이거나 아니면 설정식이 '민족'에 관해 이념적 동지들과 다른 생각을 가지고 있었다고 생각해야 할 것이다.[11] 그의 시에 되풀이되어 출몰하는 '민족'은 그 반복의 빈도만으로도 그의 가장 중요한 강박관념임을 알려주며, 그것은 후자 쪽의 가능성에 더 큰 무게를 두게끔 한다.

2. 분명한 사회와 모호한 민족

여하튼 국가 건설 혹은 올바른 정체(政體)의 수립은 공통의 선결과제

---

10) 이에 대해서는 임화의 「조선 민족 문학 건설의 기본 과제에 관한 일반 보고」(『건설기의 조선문학』, 1946)가 가장 명료한 의견을 보여주고 있다.

11) 신승엽은 「해방 직후의 민족문학론」(『민족문학을 넘어서』, 2000)에서, 민족 개념을 아예 배제하고자 했던 '프로문맹'의 입장과 달리 임화는 '민족문화'를 충실히 구현해내야 근대문학사의 파행성을 극복할 수 있다는 입장을 취했다고 해석하고 있다. 그렇게 본다면 임화에게 민족문학은 자족적 자율성을 확보한다고 볼 수도 있을 것이다. 즉 "식민지 지배로 인해 이식문학사의 경험을 한 민족의 경우 이식을 극복하는 길은 그 민족 내부의 전통을 새롭게 창조하는 데 있다고 본 것"(p. 125)이라는 것이다. 그러나 다음 단계의 문학을 상정한 것은 분명하기 때문에 민족문학이 그 자족적 완미함을 통해서 항구한 전통으로 남을 것이라고 생각했다고 판단하기는 어렵다.

였다. 그런데 그것이 올바르고자 한다면 조건과 방법의 모색이라는 시각에서 접근했어야 할 것이다. 왜냐하면 해방은 한국인들 스스로의 노력을 통해 쟁취한 것이 아니었기 때문이다. 그러나 상당수의 지식인들에게 국가 건설은 역량의 결집이라는 차원에서 이해되었다. 조건과 방법이 충족되었다고 확신했기 때문이 아니었다. 그들은 36년간의 지적 예속에서 자유로울 수 없었으며, 독립을 스스로 쟁취하기 위한 충분한 역량을 갖추지도 못했다. 해방이 온 직후에 그들이 '속죄'의 문제에 부딪혔던 것은 불가피한 일이었다. 그런데 곧이어서 대부분의 지식인들은 '속죄'의 은근한 유보와 더불어 조국 건설에 동참하는 일에 열을 내기 시작하였다. 그러한 사정을 가장 명료하게 보여준 것이 이태준의 「해방 전후」이다.

「해방 전후」의 최종적 메시지는 국가 건설에 관한 온갖 혼란과 지나침에도 불구하고, 그런 혼란들을 방관자의 자세로 비판할 것이 아니라 적극적으로 참여해야 한다는 것이다. "혐의는커녕 위험이라도 무릅쓰고 일해야 될, 민족의 가장 긴박한 시기"[12]라는 것이다. 바로 이러한 태도에 의해서 주인공 '현'은 모든 지나친 사태들을 걱정스럽게 보는 마음으로부터 그 안에 들은 신심을 이해하고 안도하는 쪽으로 바꾸게 된다. 그런데 이 최종적 메시지가 또한 최종적으로 감추고 있는 것이 있으니, 그것은 그렇게 모든 지나침들을 허용하게 한 조국 건설의 염원이 강고한 데 비해, 건설될 조국의 구체적인 형상과 그것을 실현하기 위한 실제적인 조건과 방법론들이 모색되지 않는다는 것이다. 다시 말해 "어떤 국가를 어떻게 건설할 것인가?"의 문제가 배제되어 있다는 것이다.

---

12) 이태준, 「해방 전후」, 『이태준 전집 3: 사상의 월야, 해방 전후』, 소명출판, 2015, p. 304.

이 최종적 메시지와 또한 그 메시지의 최종적 은폐는 작가가 그러한 문제에 대한 모종의 대답을 이미 '기정사실'로 받아들이고 있었다는 것을 가리킨다. 또한 이 작품이 당시의 문인들에게 폭넓은 공감을 얻어냈다는 것은, 해방기 지식인들이 전반적으로 이태준과 생각을 공유하고 있었다는 것을 가리킨다. 그리고 그러한 '기정사실'의 보유는 그들이 새로 건설될 조국의 청사진을 거의 전적으로 수락하고 있었다는 것을 암시한다.[13] 그것은 학습을 통해서 형성된 사회주의의 청사진이었는데, 그것이 1989년 베를린 장벽의 붕괴와 1990년 소련의 해체가 일어나기 전까지 거의 한 세기 동안이나 지구의 절반을 점령했다는 사실은 그 패러다임의 유인력의 범위와 강도를 충분히 짐작게 해준다.

최인훈이 20세기 말에 일어난 현실사회주의 붕괴라는 세계 대변동을 「해방 전후」의 문제로 받아들이고 고심한 것[14]은 그 사정을, 즉 당시에 너무나 당연한 것으로 이해되어 그로부터 50년도 안 되어 붕괴되리라는 것을 전혀 짐작조차 하지 못했던 새로운 사회 패러다임이 한반도의 지식인들에게도 완벽한 영향을 미쳤던 정황을, 작가가 정확하게 간파했기 때문이다. 당시의 사정을 복기하면서 최인훈은 "「해방 전후」에서 이상적 자아에서 현실적 자아로 나가는 과정의 설명은 허술하다"고 말하고 있는데, 정확하게 말한다면, '이상적 자아'(조국 건설의 매진에 적극적으로 나아갈 조건과 능력을 갖춘 자아)를 선택함으로써 '현실적 자아'(해

13) 이 사정에 대해서 필자는 다음의 글에서 이미 논의하였다. 여기에서는 그 최종 결론만 언급한다. 정과리, 「사르트르 실존주의와 앙가주망론의 한국적 반향」, 프랑스학회(주최), 〈앙가주망의 역사와 오늘날의 앙가주망L'engagement, d'hier a aujourd'hui〉, 한국외국어대학교 미네르바 콤플렉스: 한국외국어대 프랑스학과, 2015. 11. 7(*Comparative Korean Studies*, Vol. 23, No. 3, 국제비교한국학회, 2015. 12에 재수록).

14) 『화두 2』(최인훈 전집 15), 문학과지성사, 2008(초판: 민음사, 1994).

방 전 식민지 체제에 오염된 자아)를 망각하였다고 해야 할 것이니, 그것은 그만큼 이상적 자아에로의 도달에 대한 확신이 컸다는 것을 의미할 것이다.

설정식 역시 당시 한반도 지식인들의 지배적 선택에서 벗어나지 않았다. 그것을 가장 뚜렷하게 보여주는 것은 '해방'이라는 사건에 대한 그의 해석이다.

> 이리하여 파쑈와 제국이
> 한 대낮 씨름처럼 넘어간 날
> 이리하여 우월(優越)과 야망(野望)이
> 올빼미 눈깔처럼 얼어붙은 날 이리하여
> 말세(末世) 다시 연장되던 날
> 인도(印度) 섬라(暹羅) 비율빈(比律賓)
> 그리고 조선 민족은
> 앞치마를 찢어 당홍 청홍 날리며
> 장할사 승리군 마처 불역으로 달렸다[15]

그는 해방이라는 사건을 광복, 즉 잃었던 빛이 회복된 일로 보지 않았다. 해방과 더불어 사회주의로 급격히 경사한 김기림에게 2차 세계대전이 민주주의가 파시즘을 이겨낸 사건이 아니라 근대가 "스스로를 처형"[16]한 일로 이해되었듯이, 설정식에게서도 1945년 8월은 "파쑈와 제

15) 「우화」, 『전집』, p. 50.
16) 김기림, 「우리 시의 방향」, '조선문학가동맹'이 개최한 '전국문학자대회'(1946. 2. 18.)에서의 강연문, 『건설기의 조선문학』, 1946. 6., p. 70; 『김기림 전집 2: 시론』, 심설당, 1988, p.

국이/한 대낮 씨름처럼 넘어간 날"로 규정되었다. 그래서 그는 해방의 사건이 "말세 다시 연장"된 것에 불과하다고 판단한다. 그러면서 그는 그것을 무슨 감격할 일이라고 "앞치마를 찢어 당홍 청홍 날리며" "장할사 승리군"을 '맞이하러'("마처") '모래벌판("불역")으로 달'려 나간 "조선 민족"을 안타깝게 여긴다.

이 시구는 주목할 만한 두 가지 의미를 담고 있다. 하나는 그가 대안 패러다임에 거의 절대적인 확신을 가지고 있었다는 것이다. 파시즘 세력이든 그와 전쟁한 연합국이든 그가 보기엔 부정되어야 할 대상이었고, 그 둘의 싸움의 결과는 '말세의 연장'에 지나지 않았다. 그리고 그에 대한 대안은 "우월과 야망"으로 암시되었는데, 그 암시에 대한 우리의 해석이 타당하다면, 대안 세계의 전망이 연합국의 승리라는 결과에 "올빼미 눈깔처럼 얼어붙은" 것이 8월의 의미가 된다. 여기에서 '올빼미'가 미네르바의 올빼미임은 거의 자명해 보인다. 즉 연합국의 승리로 말세가 연장되어 대안 세계의 도래는 지연되었으나 그것을 통해 전망은 더욱 확실해졌다는 것이 저 모호한 표현, "올빼미 눈깔처럼 얼어붙은 날"의 뜻이 될 것이다. 이것은 세상의 변화와 관계없이 그의 대안 세계의 전망은 더욱 확고부동할 뿐이라고 그가 여겼음을 확실하게 보여준다.

이 태도는 최인훈이 '이상적 자아'라고 지칭한 존재의 태도를 그대로 보여준다. 최인훈은 그러한 이상적 자아에 합당했던 인물이 김사량과 이태준뿐이었다고 덧붙이고 있었는데, 그것은 한반도의 다른 지식인들이 친일의 얼룩을 묻히고 있었던 데 비해, 두 사람은 "중국의 연안으로

142.

가서 공산군과 함께 일본군과 싸"웠고, "해방 전후의 시기에는 이 두 사람은 아직 나라 밖에 있었"기 때문이다. 어쩌면 설정식 역시 이 두 사람의 위치 근처에 자신을 두었을 수 있다. 「설정식 연보」에 의하면, 그는 "광주학생운동에 가담했다고 퇴학"당한 전력이 있는 데다 중학생 시절부터 각종 문예 현상공모에 당선되고 "연희전문 문과대학 본과를 최우등으로 졸업"하는 등 일찍부터 우수한 지적·문학적 능력을 발휘하였지만 미국 유학을 떠남으로써 일제강점기 말기에 그의 재능이 '써먹힐 기회'를 차단하였으며, 본격적인 공공 지식인의 역할을 하게 된 것은 해방 이후였기 때문이다.[17)]

그러나 이러한 짐작은 심중한 의문을 제기한다. 왜냐하면 그런 이상적 자아의 지위에 자신을 놓을 수 있었다 하더라도 그와 같은 운명 속에 놓여 있었던 동시대의 다른 지식인들, 그리고 더 나아가 같은 민족이 살아온 삶의 실상을 무시하거나 일방적으로 매도할 수는 없을 것이기 때문이다. 이러한 문제 앞에서 우리는 설정식의 태도를 두 가지로 가정해볼 수 있다. 하나는 실제로 그 자신을 소수의 특별한 이상적 자아군에 포함시킬 수 있다고 확신하는 경우이다. 그럴 때 그는 동시대의 다른 지식인들 및 보통 사람들의 삶과 비교하여 상대적으로 우월한 위치에 놓이게 되고 그러한 위치에 근거해 '계몽'의 역사(役事)를 하려고 했을 것이다. 다른 하나는 그가 사실 동시대의 지식인들이 묻힐 수밖에 없었던 얼룩에서 자신도 자유로울 수 없다고 생각했을 경우이다. 그럴 경우 그는 '이상적 자아'의 위치를 포기하는 대신, 앞의 이태준이나 김기림의 경우와 유사하게, 확고히 신봉한 새로운 사회 패러다임의 완성

17) 「설정식 연보」, 『전집』, pp. 840~42.

에 자신을 투신하는 것에서 '자아의 이상'을 찾으려 했을 것이다.

첫번째 경우는 설정식이 택한 길이 아닌 것으로 보인다. 그는 해방에 '처한' 자민족의 어리석은 행동에 대해 개탄하였다. 그러한 개탄은 같은 시에서 "아! 이날 우리는/쌀값을 발로 차올리면서까지/승리군을 위하여/향연을 베풀지 않았더냐"라는 한탄으로까지 확대된다. 그리고 이런 부정적 인식은 「권력은 아무에게도 아니」[18]의 다음 시행에서는 거의 운명적인 체념으로까지 나아가는 듯하다.

기라일진(騎羅一陣)
말굽 소리보다 요란해
그 사이 그 인민 현란에 눈멀고
요란에 귀 어두워 아만(我慢)은
영웅과 함께 그예 마상(馬上)에 태어나고
폭군 일대기 시작되면서—
우리 생명 권력
한 손아귀에 쥐어졌더라

그러나 우리는 여기에서 시인이 새로운 사회의 플랜을 확실히 자기 손에 쥐고 있었다는 사실을 유념해야 한다. 그러한 확신에 밑받침되는 한 그의 한탄은 단순히 지양되어야 할 단계에 지나지 않게 된다. 과연, 그는

18) 「권력은 아무에게도 아니」, 『전집』, pp. 53~55.

한발(旱魃)이 성홍열보다 심한 때에도
우물이 딱 하나 있는 거 잘 아는데 어찌
우리 생명 권력을
뉘게 함부로 준단 말가

라고 말한다. 인용문의 '우물'을 '조국 건설의 플랜'까지는 아니더라도 그 플랜의 에너지의 원천에 대한 은유로 읽을 수는 있으리라. 이미 갈 길을 아는 자는 최악의 순간에도 오연하기만 하다. 문제는 그런 태도 자체가 아니라, 시인이 그런 태도를 자기만의 특권적 태도로 설정하지 않는다는 것이다. 왜 그 확신의 원천을 '우물'에 비유했을까? 앞에 전개된 시행은 이렇다.

내 비록
대한 삼천리 반만년 무궁화
역사는 그리 아지 못게라도

허울 벗은 부락마다 느티나무 서고
게 반드시 동지(同志) 있을 것과
동지 뜻 느티나무 같을 것과
곯마을 텅 비어 배고픈 것과
한발(旱魃)이 성홍열보다 심한 때에도
우물이 딱 하나 있는 거 잘 아는데 어찌

이 우물은 "삼천리 반만년 무궁화" 속에 숨겨진 우물이었던 것이다.

그것은 “허울 벗은 부락”에도 서 있는 “느티나무”, “반드시” 있을 “동지”, 그리고 느티나무처럼 한결 같은 “동지 뜻”과 같은 계열에 놓인다. 그렇다는 것은 그가 도래할 것으로 그린 진정한 세계가 무엇이든 그것의 힘은 그와 고난을 함께 나눈 사람들의 공동체, 즉 그가 상정한 바에 의하면 ‘민족’으로부터 나온다고 생각했다는 것을 가리킨다. 이러한 생각은 계몽주의자의 그것과는 양립할 수 없는 것이다. 즉 그는 이상적 자아의 특권적 자리를 자신이 차지하고 있다고 자부하지 않았거나, 혹은 적어도 그렇게 자부하면 안 된다고 생각했다는 것을 알 수가 있다.

두번째 태도는 동시대의 다른 지식인들과 처지를 공유하는 태도를 가리킨다. 이들에게 걸린 문제는 일제에 협력했다는 문제가 그들의 행동을 가로막았다는 것이다. 그러나 이미 말했던 것처럼 대안 패러다임에 대한 확신이 그들에게 행동의 포기를 강요하기보다는 오히려 행동에 가속의 불을 당기게 한다. 왜냐하면 그게 속죄의 길, 부채 청산의 길이 될 수 있기 때문이다. 실제로 해방기의 대부분의 지식인들이 선택한 길이었다. 그런데 설정식 역시 그 문제를 공유하고 있었을까?

앞선 시에서 우리는 시인이 ‘동지’의 선한 의지에 대한 믿음을 표한 것을 보았다. 그러나 그것은 잘못된 과거를 공유하는 것과는 다른 일이다. 해방기의 그의 대표작이라고 흔히 거론되는 「제신(諸神)의 분노」[19]는 그가 동지들의 악을 직시하고 있었음을 보여주고 있다.

하늘에

소래 있어

19) 「제신의 분노」, 『전집』, pp. 174~77.

선지자 예레미야로 하여금 써 기록하였으되
유대왕 제데키아 십 년
데브카드레자 자리에 오르자
이방(異邦) 바빌론 군대는 바야흐로
예루살렘을 포위하니
이는 이스라엘의 기둥이 썩고
그 인민이 의롭지 못한 까닭이요
그들이 저희의 지도자를 옥에 가둔 소치라

시의 첫 대목이다. 성서의 사건을 통해 시인이 가리키고 있는 것이 한 민족의 수난의 곡절임은 쉽게 알아차릴 수 있을 것이다. 그 곡절을 두고 시인은 "그 인민이 의롭지 못한 까닭"이라고 단도직입적으로 말하고 있다. 이는 일제하에서의 식민지성을 민족의 죄로 인해 야기된 징벌로 이해한다는 것을 가리킨다. 이때 시인을 대리하는 시의 '화자'는 이 '인민'과 행동을 공유하고 있지 않다. 이 시가 성서로부터 인유하고 성서의 어조를 빌리고 있는 것은 바로 그 공유의 부인과 무의식적으로 연결되어 있는 것으로 보인다. 왜냐하면 이 시는 성서의 사건에 의미를 부여하는 예언자를 내세우는바, 그것을 시 안으로 투영하면, "선지자 예레미야"의 위치는 곧 시의 '화자'에게로 전이되기 때문이다. 시인은 첫 세 행에 굳이 예레미야의 "기록" 사실을 '기록'함으로써, 시인 자신의 위치는 인민의 잘못을 고발하는 자임을 명시하고 있는 것이다. 게다가 그 차이는 기록이 늘어날수록 심화된다. 선지자의 목소리는 거의 절대자의 음성으로 수렴되어 마침내

옳고 또 쉬운 진리를
두려운 사자라 피하여
베델의 제단 뒤에 숨어 도리어
거기서 애비와 자식이
한 처녀의 감초인 살에 손을 대고
또 그 처녀를 이방인에게 제물로 공양한다면

내 하늘에서 다시
모래비를 내리게 할 것이요
내리게 하지 않아도 나보다 더 큰 진리가
모래비가 되리니
그때에
네 손바닥과 발바닥에 창미가 끼고
네 포도원은 백사지(白沙地)가 되리니

화자는 절대자와 거의 동일시된다. 이 목소리가 그저 절대자의 말을 '전음(傳音)'하는 것이 아니라 화자 자신의 목소리라는 것은 "나보다 더 큰 진리가/모래비가 되리니"라는 구절 속에 분명하게 표지되어 있다. 절대자가 그보다 더 큰 진리가 있다고 말하지는 않을 것이기 때문이다.[20] 그

20) 게다가 '모래비'의 비유는 성경의 일반적인 비유와 어긋나 있다. 구약에서 모래는 재앙을 비유하기보다는 대체로 풍요의 상징으로 제시된다. 가령 "셀 수 없는 하늘의 군대와 헤아릴 수 없는 바다의 모래처럼, 나의 종 다윗의 후손과 나의 시종들인 레위인들을 불어나게 하겠다"(「예레미야서」 33:22) 같은 구절이 그런 경우다. 한편 신약에서는 '사상누각'과 비슷한 방식으로 허무함의 비유로 쓰이기도 하고 구약과 마찬가지로 풍요의 상징으로 쓰이기도 한다. 이 점에 비추어보면 '모래비'의 비유는 오로지 시인의 것이라고 할 수 있다. 시인은 화자가 선

러니까 저 목소리는 분명 선지자의 형상을 띤 화자 자신의 말을 전하는 목소리이다. 그 화자가 스스로 절대자의 위치에까지 올라 자기 민족의 죄를 단죄하고 있는 것이다.

그렇다면 설정식은 두번째 경우에도 해당되지 않는다고 해야 할 것이다. 만일 첫번째 경우였다면, 즉 그는 확고한 전망으로 가지고 있던 새로운 국가 플랜, 즉 사회주의적 패러다임의 가장 특권적인 수행자로서 그 패러다임 자체의 교육자이자 계몽자로서 자처했을 것이다. 그리고 그랬을 경우 그는 민족을 폐기하고 계급론으로 가거나 최소한 두 단계 혁명론에 근거해 민족을 일시적인 방편으로 간주해야만 했을 것이다. 두번째 경우였다면 그는 해방 전의 조선 인민의 죄를 융통성 있게 수용하는 입장을 취했을 것이다. 그러나 그의 시는 두 경우 모두 부정한다. 그리고 우리가 주목해야 할 것은 두 경우를 모두 부정케 하는 공통된 원인이다.

첫번째 경우를 부정케 하는 원인은 바로 '민족'이라고 지칭될 수 있는 사람들의 존재이며, 그들에 대한 신뢰이다. 두번째 경우를 부정케 하는 원인은 바로 '민족'의 죄악을 직시하고자 하는 데서 온다. 그런데 이 직시가 '민족'을 부정하는 게 아니라는 점을 주목해야 할 것이다. 무엇보다도 「제신의 분노」의 비유가 민족사에 근거한 비유라는 점이다. 바로 '이스라엘 민족의 수난사'에 근거한 것이다. 그렇기 때문에 처녀를 팔아넘기는 인민의 죄는 "이방인에게 제물로 공양"하는 죄에 해당한다. 민족의 잘한 일과 잘못한 일의 구별을 위해 먼저 자민족과 이방인의 구별을 뚜렷이 한 다음, 이방인에게 봉사하는 것을 잘못으로 보았다는 것이

지자의 입을 빌려 자기의 말을 하는 것처럼, 성경의 형식을 빌려 시를 쓴 것이다.

다. 그리고 이방인에게 봉사하는 존재는 '인민'이다. 즉 민족 자체가 아니라 솎아내고 쇄신할 수 있는 '민족의 구성분'인 것이다. 이런 방식으로 그는 인민을 고발하되 민족을 보전하고 있는 것이다. 그러니까 두번째 경우를 부정케 하는 원인은 '민족'의 죄악을 직시하고자 하는 데서가 아니라, '민족'을 배반한 '인민'의 죄악을 직시하고자 하는 데에 있는 것이다. 그러나 그렇다면 '민족'에서 '인민'을 빼고 나면 누가 민족을 대신할 것인가? 이 논리 자체가 허망한 자가당착에 빠지는 게 아닌가?

우리는 여기에 간편한 해결책이 있다는 것을 잘 알고 있다. 대부분의 지식인들이 흔히 취해온 방법이다. '민족'을 '인민', 즉 민족의 구성분으로 대체하면, 그 내부를 여과시킬 수 있다. 민족은 죄를 범한 자와 그러지 않은 다른 사람들, 좀더 정확하게 말하면 민족을 배반한 자들과 그 배반자들에 의해서 희생당한 진정한 민족의 구성원들로 나뉘게 된다. 설정식 역시 그와 같은 논리를 따른다. '인민'의 죄는 어느새 소수의 '지도자들', "가난한 사람들의 허리를 밟고 지나가는 다마스커스의 무리들"의 죄로 바뀐다.

> 그러므로
> 헛된 수고로 혀를 간사케 하고 또 돈을 모으려 하지 말며
> 이방인이 주는 꿀을 핥지 말고
> 원래의 머리와 가슴으로 돌아가
> 그리로 하여 가난하고 또 의로운 인민의 뒤를 따라
> 사마리아 산에 올라 울고 또 뉘우치라

이 시구에서의 "인민"은 우리가 앞에서 보았던 인민이 아니다. 앞의

인민이 총칭명사였다면 여기에서의 인민은 한정명사이며, 그 한정에 의해서 존재 이유가 보전된다. 이 인민은 인민 중에서 "가난하고 또 의로운 인민", 확대해석하자면 '부유하고 부정한 인민'에 의해서 핍박받는 인민이다. 그리고 이 인민에 의해서 민족은 마침내 구원될 수 있을 것이다.

그리하면
비록 허울 벗기운 너희 조국엘지라도
이스라엘의 처녀는 다시 일어나리니
이는 다 생산의 어머니인 소치라

「제신의 분노」의 마지막 연이다. '인민'의 뒤를 따라 뉘우치면 민족("이스라엘의 처녀")은 헐벗은 상황에서라도("허울 벗기운 너희 조국엘지라도") 회복되게 되어 있다("다시 일어나리니"). 회복될 뿐만 아니라 더 나아가 자발적 회복력까지 가진 것으로 언급된다. 마지막 행에서는 이스라엘의 처녀가 다시 일어나는 까닭은, 가난하고 의로운 인민의 뒤를 따라 뉘우치고 뉘우친 속죄행 때문이 아니라 이스라엘 처녀 스스로가 "생산의 어머니인 소치[까닭]"라고 말하고 있다. 그렇게 해서 인민과 민족은 순환한다. 인민은 민족을 복원하고 민족은 인민을 낳는다.

3. 민족의 자기 구원을 계시하는 시

사회주의적 전망을 확고한 신념으로 내장한 시인은 그러한 신념이 열어줄 수 있는 두 가지 길을 한꺼번에 거부한 셈이 된다. 그렇다면 그는 어떤 길을 갈 수 있을 것인가? 그것을 묻기 전에 우리는 그러한 거부를 한 원인이 두 경우 모두, '민족'에 대한 잠재적 신뢰라는 점에 주목해야 할 것이다. 그리고 질문을 던져야 할 것이다. 이러한 민족은 도대체 어떤 민족인가? 사회주의적 전망의 반려자로서 간택된 민족은 누구인가?

우리가 알 수 있는 건 가난하고 핍박받았으며 의로운 사람들이라는 것뿐이다. 아마도 가난하고 핍박을 받았다는 점에 대해서는 많은 사람들이 동의할 수 있을 것이다. 그러나 그들이 "의로운" 사람이라는 판단은 어떻게 할 수 있는가? 더 나아가 의로운 사람들이 모두 구원의 능력을 가진 것은 아닐진대, 그 의로운 사람들이 어떻게, 그 자신을 구원할 가능성을 어디에서 찾을 것인가? 그들이 어떤 감화력을 가졌기에 부정한 사람들을 '뉘우치게' 하여 세상을 구원케 할 것인가?

시인은 이미 "조선 민족[이] 앞치마를 찢어 당홍 청홍 날리며/장할사 승리군 마처[맞으러—인용자] 불역으로 달렸"던 어리석음을 저질렀던 것에 절망했다. 민족의 실제적인 가능성을 시인이 찾아내기란 쉽지 않을 것이다. 시인은 그렇다면 조금 전에 읽었던 것처럼, 선지자의 외관을 차려입고 다마스커스의 무리들을 질타하고 신칙하는 게 효과가 있으리라고 판단한 것일까? 그리도 예언자적 어투로 해방기 시들의 거의 전부를 채운 걸로 보면? 그러나 그들이 그의 말을 들으리라는 믿음을 어디에서 길어낼 것인가?

아마도 거꾸로 들어가야 할지 모르겠다. 그의 '민족'을 아무리 뒤져도 해답이 구해지지 않으니까 말이다. 다시 되새기자면 설정식은 민족주의자가 아니라 공산주의자로서 새로운 사회의 패러다임을 민족의 틀에 굴절시킨 사람이다. 그러나 그렇다고 해서 계급적 개념이 그의 민족에 투영된 것 같지도 않다. 그의 글에는 가령 초기 마르크스주의자들이 항용 거론했던 생산수단을 소유하지 않은 자로서의 노동계급의 순수성에 관한 얘기도 없고, 루카치 이후의 노동자 계급의 "가능한 의식possible consciousness"에 대한 인식도 없는 것으로 보인다. 계급적 관점이 투영된 게 있다면 그것은 아주 소박한 것이다. 그는 홍명희가

> 8·15 이전에 내가 공산주의자가 못 된 것은 내 양심 문제였고 공산주의가 무엇인지도 모르면서야 공산당원이 될 수가 있나요. 그것은 창피해서 할 수 없는 일이지. 그런데 8·15 이후에는 또 반감이 생겨서 공산당원이 못 돼요. 그래서 우리는 공산당원 되기는 영 틀렸소. [……] 그러나 요컨대 우리의 주의, 주장의 표준은 그가 혁명가적 양심과 민족적 양심을 가졌는가 안 가졌는가 하는 것으로 규정지을 수밖에 없지.

라고 말한 데 대해

> 간단히 말하면 숫자를 따져서 그 양심 소재를 밝혀볼 수도 있지 않을까요? 아닌 말로 칸트가『실천이성비판』에서 "너의 격률(格律)이 동시에 제삼자의 격률이 될 수 있는 것을 가지고 행동을 하라"고 한 그것이 오늘날 와서는 민족적 양심에 해당한다면 설혹 내 개인이 간직한 양심이 있다고 하더라도 절대다수의 양심이 숫자적으로 절대일 때에는 조그마한 내 개인의 양심 같은 것은 버리는 것이 옳지 않을까요.[21]

라고 반문한다. 간단히 이해하면 그는 '다수'의 진리성을 말하고 있는

---

21)「홍명희-설정식 대담기」,『전집』, pp. 785~86.

것이다. 그리고 그 다수의 실체를 '민족'에서 찾은 것이다. 그렇다면 설정식이 생각한 공산주의의 이념적 핵자는 '다수'라는 것에 있었던 것인가?[22] 다수가 진리를 가지고 있다는 논리는 홍명희에게 눈치채일 만큼 소박한 것일 수밖에 없다. 홍명희는 곧바로 "다수자의 양심"이란 것이 "무의식중에 굴종하는 정신적 습관"[23]에 불과할 수도 있음을 지적한다. 그리고 논의는 더 이상 객관적 근거를 파고들지 못하고, 윤리적 자세라는 주관적 태도의 문제로 빠진다. "절대로 문학은 굴종을 하여서는 안 되겠다"는 다짐이랄까, 소망이랄까 하는 것으로. 그렇다면 설정식의 '민족'은 '다수'라는 개념을 매개로 계급을 엉성하게 형상화하는 비유에 지나지 않는 것일까?

그러나 이 대화의 동체에서 다른 논리적 결을 더듬어볼 수는 없을까? 가만히 읽어보면 설정식이 '절대다수'라는 말을 쓰긴 했어도 다수의 진리성을 확언한 건 아니다. 다만 그는 그 '절대다수' 쪽에 개인보다 진리 실현의 가능성이 더 있다고 보고 있을 뿐이다. 가능성을 말하는 것은 현실태를 말하는 것과 아주 다른 것이다. 진리가 이미 있다고 생각하는

22) 그는 다른 시에서 "시의 최소공배수는 그 시대 인민 전체의 의사의 최대공약수로 된 진리에 필적한다"고 주장하며, "내가 제작하는 시가 인민 최대다수의 공유물이 되게 하자"는 다짐을 보인 바 있다(「FRAGMENTS」, 『전집』, p. 198, p. 204). 이러한 '다수'에 의지하는 태도는 오장환이나 김동석에게서도 발견되는 논리이다. 가령, 오장환은 이렇게 말한다: "인간의 의무! 즉 자아만을 버린 인간 전체의 복리를 위하여 문학도 존재하는 것이 옳은 일이라고 생각한다. 그러기에 내가 말하는 신문학이란 과거의 잘못된 근성(지말적인)을 버리고 널리 정상한 인생을 위한 문학이 신문학인 줄로 생각된다"(「文壇의 破壞와 참다운 新文學」, 『조선일보』, 1937. 1. 28.~29.; 최두석 편, 『오장환 전집 2: 산문·번역』, 창작과비평사, 1989, p. 12). 어쩌면 그 당시 한반도의 사회주의적 전망의 경계가 거기까지였는지도 모르겠다. 다만 김동석이 "다수가 주장하는 것이 진리일 때만 그것이 민주주의라는 또 한 가지 요건"을 명시한 바 있다(김동석, 「한자 철폐론」, 『뿌르조아의 인간상』, 탐구당서점, 1949, p. 265)는 점은 그의 생각이 좀더 복합적이었다는 것을 의미할 것이다.

23) 「홍명희-설정식 대담기」, 『전집』, p. 787.

것은 더 이상의 논의를 불요하지만, 진리의 가능성이 있다고 말하는 것은 진리가 도래할 길에 대해서 다시 얘기를 하도록 꾀기 때문이다. 설정식은 다수의 진리성을 말하지 않고 "너의 격률이 동시에 제삼자의 격률이 될 수 있는" 행동에 대해서 말한다. 문자 그대로 읽으면 그것은 타자가 수용할 수 있는 격률이 될 행동을 하라는 것이다.

그런데 격률이란 무엇인가? 그것은 '너'도 이끌어주고 타자도 이끌어줄 원칙, 다시 말해 개인의 행위가 곧 자신도 바꾸어주고 타자들도 바꾸어줄 행동의 원칙을 가리킨다. 이때 중요한 것은 두 가지이다. 하나는 여기서의 타자('제삼자')는 개인('너')의 대립항이기 때문에 가정적으로 무한이라는 것이다. 즉 단독자 대 만인의 문제인 것이다. 다음, 여기서의 행동의 원칙은 부정과 긍정을 한꺼번에 포함한다는 것이다. 왜냐하면 "너의 격률이 동시에 제삼자의 격률이 될 수 있"으려면, '너의 격률'은 '너의 격률' 그 자체를 보존하면서도 '너만의 격률'의 상태에서 벗어나는 자기 긍정과 부정을 동시에 포함할 수밖에 없기 때문이다. '격률'은 그 부정과 긍정의 동시성을 통해서 개인과 만인을 다른 존재로 변신시킬 수 있어야 할 것이다.

그렇다면 여기에서 완전히 새로운 이해가 열릴 수 있다. 이 이해는 네 가지 논리구조로 이루어진다.

첫째, '절대다수'라고 지칭된 타자가 '만인'이라고 한다면 이 타자는 계급도 아니고, 혈연과 지연으로 묶인 공동체로서의 민족도 아니다. 그것은 인류이다. 그것을 민족이라고 지칭했다면 설정식의 의식에서는 물론 그 자신이 속한 조선 민족에 근거한 것이겠으나 그의 무의식에서는 차라리 문자 그대로의 뜻으로서의 민(民)+족(族), 즉 사람 무리, 사람 덩어리를 가리키는 것이 아닐까?

둘째, 이 만인의 문제가 개인과의 관계 속에서 해결의 실마리를 얻는다는 건 무엇을 가리키는가? 우선 다시 문자 그대로 읽으면, 우리는 지금 '문자 그대로'라는 현상학적 환원을 통해서 시인의 무의식을 들여다보고자 하는 것인데, 설정식의 진술은 개인에 대한 만인("절대다수")의 우위성을 말한 것이 아니다. 그가 말하는 것은 "절대다수의 양심"을 위해서는 "개인의 양심"은 버리는 게 옳다는 것이다. 이것은 절대다수의 양심과 개인의 양심은 우열의 관계에 있는 것이 아니라 범주와 차원이 다르다,라고 읽힐 수도 있다. 다만 이 이질적 차원의 두 문제에 어떤 관련이 있는데, 그것은 '개인의 양심을 버리는' 일이 '만인의 양심을 구하는' 일이 된다는 것이다. 그런데 여기에서 '양심'이라는 단어가 매우 모호하게 사용된 점을 유의해야 할 것이다. "개인의 양심"에서의 '양심'은 앞에서 양심이라는 단어가 쓰인 관성에 의해 되풀이된 면이 없지 않다. 문맥에 맞게 읽으려면 그것은 '개인의 구원' '욕망'과 동 계열에 속하므로 그것들의 뜻에 맞추어서 해석해야 한다. 과연, 다음의 진술은 개인의 양심이 일차적으로 개인적 욕망과 같은 뜻으로 사용되었다는 것을 보여준다.

유럽소설에서 가장 많이 문제가 되는 것이 구(舊)윤리에 대한 반동(反動)과 구명(究明)을 작가는 그의 제1의적 임무로 생각한다. 올더스 헉슬리Aldous Huxley가 그의 저서 『가자에서 눈이 멀어*Eyeless in Gaza*!』에서 현대적 성격 파산에 대하여 어떻게 반동했는가를 독자는 잘 알 줄 안다. "자존심은 강간보다 악하다. 하고(何故) 요하면 자존심은 한 사람뿐 아니라 만인을 상(傷)하므로." 헉슬리는 이렇게 말한다. 이러한 종류의 윤리에 대한 성찰은 미국문학에는 거의 없다고 해도 좋다. 미국은 시금 국가 민족 형성에 있어서 그 형식 준비에 바쁘다. 논리의 형식인 '사회'에 대하여 최대 관심을 두는 것은 그 까닭이다. 행동에 대한 태도도 어디까지든지 형식주의로 규정지으려 한다. 이것은 생물적 조건이 정리 안 된 역사에 있어서 불가피한 것이다. '사회적 약속'과 '사회적 양심'이 '개인적 약속'과 '개인적 양심'에 대치되는 것을 본다. 이러한 점에서 나는 유럽의 보수주의가 미구(未久)에 미국으로 건너가서 그곳에서 한동안 성장하지 않을까 하는 추측을 한다.[24]

꽤 혼란스럽게 기술되어 있는 이 대목을 가만히 들여다보면 그 요지를 다음과 같이 정리할 수 있다.

(1) 오늘의 미국은 국가 민족 형성에 있어서 형식 준비에 바쁘다.

(2) 그 때문에 논리의 형식인 '사회'에 최대 관심을 두고 있다.

(3) 그런데 형식주의가 기승한 탓에, '사회적 약속'과 '사회적 양심'이 '개인적 약속'과 '개인적 양심'으로 대체되고 있다.

(4) 이는 유럽 보수주의의 구-윤리적 태도이다. (미국에서는 이 태도가 오랫동안 성할 것이다.)

(5) 개인적 양심의 예를 들자면, '자존심'이 그렇다.

(6) 이것은 위험한 태도이다. 그래서 헉슬리는 말했다. "자존심은 강간보다 악하다. [……] 자존심은 한 사람뿐 아니라 만인을 상[하게 하기 때문이다.]"

24) 「현대 미국소설」, 『전집』, pp. 474~75.

설정식이 '개인적 양심'이라고 지적한 것은 그러니까 '자존심'과 같이 개인의 자기(만)의 당당함에 대한 요구 혹은 욕망과 같은 것을 가리킨다고 볼 수 있을 것이다. 그런데 해방기의 조선 사회 역시 "국가 민족 형성"에 바쁘기가 마찬가지다. 설정식은 여기에서 일종의 유사성을 찾아내고는 이 긴급한 과제를 해결하는 데 있어서 한반도가 미국의 경우에서처럼 개인적 양심이 사회적 양심을 대신할 수도 있을 사태에 우려를 표한다. 본문에 드러나 있지 않지만 그 이유는 비교적 쉽게 추론할 수 있다. 해방기의 조선 사회에 보편적으로 수용된 사회 형식은 세계대전에서 승리한 연합국의 사회 형식, 즉 서구적 민주주의이고, 이 민주주의는 개인을 핵자로 하는 민주주의이기 때문이다. 이런 사회에서 개인의 자존심은 아주 중요한 덕목에 속하게 된다. 그렇기 때문에 자존심은 개인의 욕망이자 동시에 요구가 될 것이다. 그것을 '개인적 양심'의 범주에 넣는 논리적인 근거가 이렇게 구축된다고 할 수 있다.

그런데 설정식이 보기에 '자존심'을 내세우는 일은, 국가 건설이라는 보편적 과제 앞에선 적절하지 않았다. 자존심은 여기에서 개인적 신념의 '고수'를 유발하는 태도인데, 국가 건설은 '만인'을 위한, '만인'에 의한, '만인'의 목표로서 개인적 신념과 왕왕 충돌할 수 있어서, 자존심을 드세게 내세우는 것은 결국 국가 건설의 대의를 훼손하는 일이 될 것이기 때문이다. 바로 거기에서 "민족적 양심", 즉 우리가 분석한 대로 보자면 '만인의 양심'은 '개인의 양심을 버리는' 일을 포함하게 된다. 오로지 개인의 양심이 의미가 있다면, 그것은 '개인의 격률이 동시에 타자의 격률로 될 수 있는 것으로 행동을 하는 일', 즉 개인의 행동 지침이 만인의 행동 지침으로 될 수 있는 것이 되어야 한다는 것이다. 그렇게 해서 만인의 양심의 궁극적인 목표는 만인의 구원이 된다.

셋째, 여기에서 '개인의 양심'과 '만인의 양심'을 단순히 우열의 문제나 선택의 문제가 아니라 범주가 다른 개념으로 이해하자는 제안을 상기해보자. 그 제안에 근거하면 앞에서 일괄적으로 말한 '격률'은 완전히 다른 행동 지침으로 가정해볼 수도 있다. 그러나 그럼에도 불구하고 둘 사이엔 논리적 연결선이 존재해야 한다고 설정식은 가정했다. 다시 말해 "개인의 격률이 동시에 제삼자의 격률로 될 수 있어야" 하는 것이다. 이때 개인의 격률은 '자존심'과 정반대의 격률이 되어야 할 것이다. 자존심은 "만인을 상하게 하"는 것인 데 비해, 올바른 개인의 격률은 만인을 구하는 사업이 되어야 하니까 말이다. 그렇게 본다면 개인의 격률은 '개인의 자존심을 버리는 일', 다시 말해 '개인의 욕망을 버리는 일' 혹은 '개인을 버리는 일'로 가정할 수 있다. 반면 '만인의 양심'에 대해서는 만인 스스로 자신들을 구할 행동 원리로 가정해볼 수 있을 것이다. 이 '만인의 양심'은 그런데 제삼자의 격률이 될 수 있는 개인의 격률에 근거한다. 이어서 얘기하면 개인을 버리는 일이 만인으로 하여금 스스로 자신들을 구할 행동 원리를 찾기 위한 계기로서 작용하도록 하는 것, 즉 만인의 양심을 불 지피는 일이 된다. 여기까지 오면 우리는 이러한 진술들이 무의식적으로 예수의 행동을 가리키고 있다는 것을 눈치챌 수 있을 것이다. 자기를 희생하여 인류로 하여금 재생의 길에 눈뜨게 한 사람이 그이니까 말이다. 과연 그는 어느 시에서 이렇게 말했다.

> 저마다
> 오롯한 예수밖에 될 수 없는 순간이요
> 재 되고 무너진 거리일지라도
> 돌아앉아 눈뜨지 못하는 담 모퉁이를 더듬으사

삐 소리 소리 아닌 말 말 아닌 아—

보다 나은 복음 있거들랑

우리들 구유에 보채는 핏덩이 앞에 오소서[25]

요컨대 "저마다 예수" 되는 일밖에[26]는 '말세'를 구할 수가 없는 것이다. 왜냐하면 그가 '민족'이라고 명명하고 집착했던 것에 대해서 실제적인 전망을 가지지 못했기 때문일 것이다. 그리고 아마도 그는 과학적이라고 주장된 공산주의적 패러다임의 최종적 지점, 즉 '프롤레타리아 독재'라는 것에 대해서도 부지중에 꺼려 했던 것으로 보인다. 그래서 계급적 개념 대신 그는 만인, 즉 인류 전체의 문제를 들고나온 것인데, 그 속사정이 어떠하든, 공산주의의 역사발전 도식과 기독교의 예수의 범례적 사건이 습합되는 일이 일어났고, 그 습합의 매개체로서 '민족'이 동원되었다는 것은 확실해 보인다. 왜냐하면 민족은 앞에서 보았듯, 남로당의 행동 방침에 의해서건 아니면 '다수'라는 기준에 의해서건, 계급의 제유가 될 수 있으면서, 동시에 '이스라엘 민족'이 그러했듯이 예수가 대속할 만인의 제유가 될 수 있기 때문이다. 그리고 우리가 잘 알다시피 모든 습합, 즉 은유는 두 제유의 결합을 통해서(이것이 바로 유사성의 원리이다) 발생하는 것이다.[27]

---

25) 「우일신(又日新)」, 『전집』, p. 165.

26) 시인은 "예수가 될 수밖에"를 "예수밖에"로 바꾸는 '축약'을 통해서 그것의 필연성을 강화한다.

27) 우리는 유사성의 논리 회로의 시작 지점을 바꾸어볼 수도 있다. 설정식이 공산주의를 택한 이유는 그가 그 이념을 확신했기 때문이 아니라, 인류의 구원이라는 문제에 대한 실제적인 통로로서 공산주의를 발견했다고 '착시'했기 때문이라고. 그것이 착시라는 점은, 물론 50년 후가 지나서야 밝혀질 문제였기 때문에, 당시로서는 대부분의 지식인들이 의식할 수 없었던 것이었다. 지드Gide의 환멸, 레몽 아롱Raymond Aron의 통찰, 카뮈Camus의 감성주의가

넷째, 개인과 만인을 동시에 구할 '격률'의 관점은, 만인을 긍정될 존재로서가 아니라 부정될 존재로서 제시한다. 우선 부정되어야 긍정될 수 있으니까 말이다. 그렇다면 개인의 양심을 버리는 일이 사람 덩어리로서의 '민족'(만인)에 균열을 내는 사건이기 위해서는, 민족을 부정함으로써 민족을 갱생시키는 길을 여는 사건이 되어야 할 것이다. 따라서 그 사건은 '부정'의 작업을 잘 이행해야 한다. 예수는 그 작업을 조직적으로 끌고 갔다고 할 수 있는데, 그 방법론은 자신을 사람들의 증오의 대상으로 만드는 것이었다. 다만 사랑을 설파하고 체현하는 조건으로. 그렇게 예수는 사랑과 증오라는 모순의 극적인 융합을 통해 희생하고 부활하였다. 우리는 앞에서 설정식 시의 민족을 꾸짖는 어조에 대해서 의아해했다. 특권적 지위에 오른 자의 계몽적 자세를 취하지 않으면서도 질타의 목소리를 쏟아내는 것에 대해 물음을 던졌다. 여기까지 오면 우리는 시인의 어조가 선지자의 어조를 닮은 까닭을 이해하게 된다. 그는 특권적 지위를 통해서가 아니라 민족(만인)의 일원으로서 민족을 부정함으로써 민족에 의해 부정당하는 걸 대가로 민족 스스로 자기부정을 통한 갱신의 길에 들어서도록 하는 방법을 택해야만 했던 것이다. 그 점에서 그의 소설, 『청춘』의 한 대목은 눈여겨볼 만하다. 주인공 '김철환'은 일제의 끄나풀인 '현영섭'을 암살하려는 계획을 실행하기에 앞서 약간의 번민에 휩싸인다. 사람을 죽이는 일이 "자기중심, 자기만족에서 나오는 것이지 결코 대의가 될 수 없지 않을까"[28] 하는 의구심에 사로잡힌 것이다. 그런데 그 의구심을 그는 바로 '자기부정'의 논리로 떨쳐내게

겨우 그것의 균열 지점을 간신히 더듬었을 뿐이다.

28) 「청춘」, 『전집』, p. 338.

된다.

나 자신을 시비하고 있을 때는 벌써 지나갔다. 그러나 또다시 생각해 보면 나는 벌써 현영섭이를 죽이고 있지 않은가. 원래부터 현영섭이란 것은 내 머릿속에 있던 존재가 아니던가. 그것은 결국 김철환의 속에 들어 있는 '현영섭'을 죽여 없애자는 일종의 자기부정이 아니던가.

현영섭을 죽이는 일은 바로 김철환 안의 현영섭적 요소를 덜어내는 일이 되는 것이다. 앞에서 본 기독교적 비유에 근거해, '현영섭'을 이스라엘 민족 안의 "다마스커스 무리"에 빗댈 수 있다면, 다마스커스 무리를 없애는 일은 바로 민족 스스로의 자기부정을 실행하여 민족을 쇄신하는 일이 되는 것이다.

하지만 여기까지는 자기 내부의 암적 요소를 제거하는 것으로 이해될 수 있다. 이것이 '민족 전체'를 질타하는 선지자적 어조를 다 설명하지는 못한다. 그러나 여기에서 주목할 것은 '현영섭적 요소'='김철환'의 동일시라는 알고리즘이다. 이는 암적 요소를 전체로 확대하는 논리적 근거가 된다. 즉 암적 요소를 볼록거울로 확대해 민족 전체로 동일시하면 민족 전체가 질타의 대상이 된다. 그 질타는 필경 수직적 신칙(申飭)의 어조를 부르지 않을 수 없다. 민족 전체가 암적 요소로 치환되었기 때문이다. 이 치환을 통해서 민족 자체에 대한 부정이 행해지는 것이다. 다만 목소리는 민족 위로 솟아오르지만 몸은 민족 내부에, 수평적 위도에 남아 있어야만 한다. 그래야만 자기부정이 될 수 있는 것이고, 자기부정을 통한 회생이 가능해지는 것이다. 목소리를 통한 몸의 뒤바꿈. 목소리가 몸을 죽이면 목소리가 죽은 몸과 결합하여 새로운 몸이 태어나게 되는 것이다.

결국 시인이 하는 일은, 스스로의 희생을 대가로 민족에게 '돌연변이'를 주는 작업을 하고자 하는 것인데, 이 돌연변이가 일어나는 지점을 '특이점singularity'이라고 명명하는 진화론의 명명을 받아들여, 시를 특이점의 발생으로서의 민족의 사건이라고 말할 수 있을 것이다. 그런데 이를 위해서 자기를 부정하는 자는 자기 위로의 솟아오름과 내부로의 하강을 쉼 없이 반복할 수밖에 없을 것이다. 이 상승과 하강의 쉼 없음, 부정과 긍정의 끝없는 교번(交番)은 교범적 행동 수칙이나 형식논리로는 감당할 수 없다. 오직 '시'만이 그것을 할 수 있을 것이다. 그가 "내 시가 난삽하다는 말을 듣는 것은 지당한 일이다. 내 상처가 아직 다 낫지 못하였기 때문이다"[29]라고 말한 것은 그 때문일 것이다. '자기부정'의 작업이 필경 끼어야 하기 때문에 언어가 스스로의 문법을 파괴하는 언어를 동시에 내장할 수밖에 없다. 난삽하지 않을 수가 없는 것이다. 이어서 그는 말했다.

> 시에 있어서 백합(百合)이 길쌈을 하지 않는 것으로 오인하지 마라. 참새가 떨어질 때 우주가 협력한다고 하지 않았는가.

자세한 풀이는 없지만, 시인은 꽃 백합을 한자로 써서, 문자 그대로의 의미를 유도하고 있다. '百'은 만인의 숫자다. 아름다운 꽃 '백합'은 만인이 합하는 행위 그 자체다. 꽃을 시에 비유한다면 한자 '백합'의 뜻은 만인의 세계, 설정식의 의식 세계 속에서 '민족'으로 표상된 전체의

29) 「FRAGMENTS」, 『전집』, p. 199.

세계이다. 즉 시의 창조는 만인의 은밀한 협력을 통해서 나타난다. 그런데 그것이 바로 창조이기 때문에 만인의 협력은 만인 자신에 의한, 만인 자신의 재창조인 것이다. 그 만인 자신에 의한 만인 자신의 재창조란 말을 개념으로 바꾸면 만인 전체의 자기부정과 자기긍정의 동시적 실행을 통한 자기 쇄신이라고 할 수 있을 것이다. 그것이 시가 하는 일이다. 그가 시를 두고 "한 개의 인간이 창궁(蒼穹) 밑에서/얻을 수 있는 최대의 발견이 시인 것이다"[30]라고 말한 것에는 바로 그러한 근본적 변화의 계기로서 시가 작동한다는 것을 감지했기 때문일 것이다.

4. 모순어법으로서의 시

개인의 행동이 만인의 행동을 촉발하는 행위, 그것이 시라면 그 시가 쉽게 씌어질 수는 없을 것이다. 설정식의 해방기 시에 대한 기왕의 미학적 평가는 곽효환의 논문[31]이 잘 갈무리하고 있는데, 대체적으로 "미숙하다" "투박하다", 심지어 "치졸하다"는 부정적인 평가가 우세한 편이다.[32] 그러나 지금까지의 논리를 충실히 따라온 결과로 보자면, 그의 시의 난삽함은 미숙성의 결과가 아니라 오히려 사유의 복잡성을 가리키는 증거이자 그의 시어 자체가 그러한 복잡성의 실존태가 되려고 노력한 데서 오는 필연적인 현상이다. 무엇보다도 시인이 자신의 시를 단순

30) 「거리에서 들려주는 노래」, 『전집』, p. 35.

31) 곽효환, 「설정식의 초기 시 연구」, 『한국문예비평연구』 37, 2012.

32) 김동석, 김재용, 김기림 등에 의한 긍정적 평가도 있지만 단편성을 벗어나지 못한다. 이 글에서 특별히 참조하지 않는 소이이다.

히 자기 철학의 명제를 제시하는 도구로서 쓰려고 하지 않는 한, 언어 스스로 그러한 행위 자체가 되어야 할 것이다. 그러기 위해서는 무엇보다도 부정과 긍정이 한 언어 안에서 수행되어야 할 것이고, 부정과 긍정의 충돌을 통해서 새로운 어법과 이미지가 창출되어야 할 것이다. 다음과 같은 진술은 부정과 긍정의 복잡한 작업을 시인 스스로 의식하고 있었음을 보여준다. 그는 시 「FRAGMENTS」[33]에서 "시인의 머리는 한 기관(機關)이다"라고 선언하고는,

> 기관은 또한 비단을 짜는 베틀과도 같다. 소재는 올과 날로 부정하고 또 긍정하는 것으로 차위(次位)가 발견되어야 하며 조직되어야 한다.
>
> 좋은 술을 담을 수 있는 그릇은 좋은 것이어야 하며, 시에 있어서 그것은 항상 비어 있어야 한다.

고 규정하고, 이어서 그 기관이 행하는 작업을 두고

> 이율배반의 괴리에서 일어나는 모순의 부정과 부정의 부정이 시인의 유일한 논리학이요, 방법론

이라고 주장했던 것이다. 필자가 보기에 설정식 시에 대한 '미숙성' 등의 부정적인 평가는 바로 이러한 복합성을 체감하지 못한 데에 기인한다. 요컨대 감식안이 더 심각하다고 할 수 있다.

실로 그의 시를 어렵게 하는 가장 중요한 원인은 그가 모순어법을 사

33) 「FRAGMENTS」, 『전집』, pp. 195~204.

방에서 실천하고 있기 때문이다. 가령 다음 시구를 보자.

흑풍(黑風)이 불어와
소리개 자유는
비닭이 해방은 그림자마저
땅 위에서 걷어차고 날아가련다
호열자 엄습이란들
호외 호외 활자마다 눈알에
못을 박듯 하랴 뼈가 휜 한 애비
애비 손자새끼 모두 손 손
아! 깊이 잠겼어도 진주는
먼 바다 밑에 구을렀다
인경은 울려 무얼 하느냐
차라리 입을 다물자

그러나 나는 또 보았다
골목에서 거리로
거리에서 세계로
꾸역꾸역 터져나가는 시커먼 시위를
팔월에 해바라기 만발한대도
다시 곧이 안 듣는
민족은 조수(潮水)같이 밀려 나왔다[34]

34) 「우화」, 『전집』, pp. 51~52.

이 시구에서 두 연은 한반도의 사람들에 대한 명백히 상반되는 두 개의 판단을 연이어 보여주고 있다. 앞 연에서 사람들은 "소리개"가 "비닭이〔비둘기〕"를 낚아채듯 '자유'를 선전하는 우화에 현혹되어 허공으로 끌려가고 있다. 반면 뒷 연에서는 "민족〔이〕 조수같이 밀려 나"오고 있다. 이 모순적 현상이 이렇게 연이어 배치되어 있는 것만이 아니다. "소리개 자유"의 정확한 뜻은 '자유를 선전해대는 음험한 자본주의'이다. 그것을 최소한도로나마 알아차리게 하기 위해서 '자유인 듯 비상하는 소리개'로 늘려 쓸 수도 있었을 것이다. 그러나 시인은 그렇게 하지 않았다. 왜냐하면 그가 보기에 실제 자본주의는 결코 자신의 위장을 들키려 하지 않을 것이기 때문이다. 문자 그대로 자본주의라는 소리개는 자유로 자신을 현시할 것이다. 따라서 "소리개 자유"라고 그냥 쓸 수밖에 없는데 그때 씌어진 것과 침묵하는 것 사이의 모순을 알아차리는 것은 순수한 독자의 몫이 된다. 그러나 아마도 시인은 나름으로는 모순의 표지를 남겨놓으려고 애쓴 것일지도 모른다. "소리개"를 '자유를 방송하는 개'로 읽을 수도 있기 때문이다. 우리는 "땅 위에서 걷어차고 날아가련다" "꾸역꾸역 터져나가는 시커먼 시위를" "팔월에 해바라기 만발한대도" 같은 알쏭달쏭한 시구들도 마찬가지의 방식으로 충분히 이해하고 느낄 수 있다. 이러한 설정식 특유의 모순어법은 앞에서 한 번 본 시구, 즉

> 이리하여 우월(優越)과 야망(野望)이
> 올빼미 눈깔처럼 얼어붙은 날 이리하여
> 말세(末世) 다시 연장되던 날 (「우화」)

에서의 "올빼미 눈깔"처럼 경악과 통찰을 동시에 의미하는 데에 와서, 그 모호성을 꿰뚫어 볼 수 있는 독자에게는 고압전류의 충격을 줄 수도 있을 것이다. 또한

아름다우리라 하던
붉은 등은 도리어
독한 부나비
가슴가슴 달려드는구나 (「단조」)

의 "가슴가슴"은 가슴으로 달려드는 '부나비'의 형상을 그 목표물로 비유하고 있는데, 왜냐하면 그가 가슴으로 달려드는 그 도중에 부나비의 가슴이 그만큼 뛸 것이기 때문이다. 그래서 주체와 목표가 하나로 진동하여 말이 온전히 동작으로 전화한 의태어로서 시 전체가 화하게 되는 것이다.

이러한 모순어법의 실제적인 목표는 앞 절에서 누누이 얘기했던 것처럼 시의 행동이 만인의 행동에 충격을 주는 계시로서 작용하는 것이다. 이때 시의 행동은 '개인의 격률'의 역할을 하는데, 그 개인의 격률은 일단 만인을 부정함으로써 만인을 충격하여 만인의 격률을 발동시킨다. 시의 행동은 만인의 격률을 대신하지 않고 오로지 부정의 방법을 통해 충격을 줄 뿐이다. 그리고 만인의 격률을 실행하기 위한 만인의 모든 깨달음과 변신의 움직임은 만인 그 자신의 몫으로 주어져야 한다. 그래서 시인은 말하는 것이다.

그러나 무거이 드리운 인종(忍從)이여
동혈(洞穴)보다 깊은 네 의지 속에
민족의 감내(堪耐)를 살게 하라
그리고 모든 요란한 법을 거부하라

내 간 뒤에도 민족은 있으리니
스스로 울리는 자유를 기다리라
그러나 내 간 뒤에도 신음은 들리리니
네 파루(罷漏)를 소리 없이 치라 (「종」)

"깊은 네 의지 속에/민족의 감내를 살게 하"는 것. 거기에 바로 개인의 격률로서의 '시'의 근본적 작동 원리가 있다. 그건 개인의 의지와 행동을 통해 민족을 구원하는 것도 아니고 개인의 의지를 거부하고 민족의 의지를 선택하는 것도 아니다. 거기에 바로 개인의 격률이 제삼자의 격률을 거쳐 만인의 격률을 촉발하는 계시로서 작용하는 근본 원리가 있다. 민족의 구원이 아니라 '감내'라고 표현된 것은 바로 그 '촉발'의 기능을 가리킨다. 민족의 구원은 민족 스스로 '감내'해내야만 할 것이다.

5. 결어

이상의 고찰을 통해 다음과 같이 결론을 내릴 수 있다.

첫째, 해방기 지식인의 긴급한 과제로서 주어진 독립국가 건설의 목표를 설정식은 민족의 구원이라는 방향에서 받아들였다.

둘째, 민족의 구원이라는 과제는 해방된 민족이 진정한 형상을 아직 갖추지 못하고 있는 데서 비롯한다.

셋째, 설정식에게 진정한 민족의 형상은 특정 종족의 형상이라기보다 보편적 인류의 형상으로 나타나는 듯하다. 그러나 그 구체적인 모습은 미정으로 있다.

넷째, 민족이 진정한 형상을 획득하기 위해서 민족은 전면적으로 부정당하고 동시에 전면적으로 긍정되어야 했다.

다섯째, 그러한 전면적 긍정과 부정을 수행할 가장 적절한 행동 양식을 그는 '시'라고 생각하였다.

여섯째, 시는 한편으로 민족의 현재를 부정하되, 민족 스스로 자기갱신의 과업에 뛰어들 수 있게끔 계시하는 방식으로 부정한다.

일곱째, 그러한 시의 과업을 이행하기 위해, 시는 '모순어법'의 기교를 가장 근본적인 형식으로 삼았다. 그의 시를 해독하기 어려운 것은 바로 언술과 언술 파괴가 동시에 발화하는 그 모순어법에서 기인한다. 이에 대해서는 훗날 더 정밀하게 살펴 중요한 시적 원리로서 해명해야 할 것이다.

여덟째, 설정식은 예수의 행위에 빗대어 시의 과업이 시(인)의 자기희생을 전제로 하며, 그 희생 자체가 만인의 격률을 불 지피는 항구적 계시가 되기를 바랐다. 다음의 단장은 그러한 설정식의 희망을 선명하게 요약한다고 할 수 있다. "내 머리는 한 개 기관에 불과한 것을 잊지 말자. 그리하여 내가 제작하는 시가 인민 최대다수의 공유물이 되게 하자."[35)]

---

35) 「FRAGMENTS」, 『전집』, p. 204.

윤동주의 시는 어떻게 이해되어왔는가[1)]

필자는 '연세대학교 윤동주기념사업회'가 '윤동주 서거 60주년'을 위한 한 사업으로 제안한 '윤동주 깊이 읽기'에 참여하면서 그동안 윤동주에 관해 씌어진 논문들을 두루 살필 기회를 가졌다. 윤동주에 관한 탐구를 한자리에 모아놓은 책들로는 이선영 편, 『윤동주 시론집』(바른글방, 1989)과 권영민 엮음, 『윤동주 연구』(문학사상사, 1995), 그리고 김학동 편, 『윤동주』(서강대학교출판부, 1997)가 있었다. 이 책들이 윤동주에 대한 고전적인 이해와 인상을 담고 있다면, 필자는 그러한 이해 너머에 윤동주에 대한 새로운 해석의 지평이 존재할 수 있는가를 가늠해보려고 애썼다.

1) 이 글은 2006년에 쓰였다. 따라서 그 후에 폭발적으로 일어난 윤동주에 대한 관심과 연구의 성과를 담고 있지 않다. 윤동주 연구와 수용에 대한 근본적인 진화는 현재진행형이다. 수년 내에 이와 유사한 글이 다시 쓰여야 할 것이다. 아주 수수한 요약이지만 필자의 「윤동주를 느끼는 세 가지 차원」(『문신공방 둘』(역락, 2018)은 공백이 야기하는 허전함을 얼마간 달래줄 것이다.

3백여 편의 논문들을 검토한 결과는 한국문학 연구의 폭과 깊이에 대한 신뢰라고 할 수 있는 비교적 다행스런 감회였다. 그동안의 고전적 이해가 윤동주의 삶과 시의 양면성에 대한 이해를 중심으로 진행되어 왔던 데 비해, 최근의 연구는 그 양면성을 '윤동주'라는 한 사람의 '문학-인' 안에 포괄되는 복합체로 이해하는 데서 출발하여 윤동주 문학의 그러한 복합적인 성격이 발산하는 다채롭고 풍요로운 해석들을 향해 뻗쳐 나가는 모습을 보여주고 있었다. 이것은 한편으로는 윤동주 시가 단정한 외관 밑에 감추어놓고 있는 아주 다양한 미학적 원광들의 존재를 깨닫게 해주면서, 다른 한편으로는 한국시 연구자들의 텍스트 분석의 방향이 잘 열려 있음을 증명하는 것이라고 할 수 있다.

1. 윤동주 문학에 대한 이해의 방향들

윤동주 문학의 새로운 이해는 넓게 보아 네 가지 방향으로 열려 나갔다.

첫째, 윤동주 원고의 실증적 완비
둘째, 윤동주 시의 주제에 대한 다층적·다각적 이해
셋째, 윤동주 시의 복합적 성격의 통합적 이해
넷째, 윤동주 시 각 편에 대한 정밀한 해석

첫번째 방향은 다시 세 가지로 나눌 수 있다. 우선 윤동주의 전기가 송우혜에 의해 매우 치밀하게 복원되었다. 1988년 평전 초판을 상자(열음사)했던 송우혜는 그 이후 두 번에 걸쳐 대폭적인 개정을 하였다〔1998(세계사), 2004(푸른역사)〕. 다른 하나는 윤동주의 생애에서 허술히 남아 있었던 교토 유학 시절의 자취를 파헤치거나(하야시 시게루, 「교토시대의 윤동주—남병헌 씨에게 듣는다」), 수감 기간 중의 흔적을 추적한 것(김윤식, 「윤동주와 당스쉔」)이다. 마지막으로 윤동주가 남긴 원고를 정밀하게 분석하는 원전비평의 작업들이 있다. 이 작업은 특히 "영원한 민족의 청년 시인 윤동주의 시와 산문 전집. 윤동주가 남긴 모든 자료를 육필원고 사진과 함께 수록"한 『윤동주 자필 시고전집—사진판』(민음사, 1999)의 발간과 함께 급격히 활발해졌다. 이 사진판은 정밀한 문헌고증학을 가능케 해서, 우선 정현종·정현기·심원섭·윤인석 편주, 『원본 대조 윤동주 전집』(연세대학교출판부, 2004)과 같은 정본이 나올 수 있는 바탕이 되었으며, 심원섭의 「윤동주 초기 시의 구두점 교열 문제에 대하여」와 같은 지극히 세밀한 연구를 낳기도 했다. 또한 사진판에서 그의 '퇴고' 흔적을 분석해 윤동주의 원고 중에는 시인 자신이 쓴 것과 지인이 가필한 대목이 섞여 있다는 과감한 주장을 낳기도 했다. 이 파격적인 가설을 제창한 홍장학은 자신의 탐구를 『정본 윤동주 전집 원전연구』(문학과지성사, 2004)로 출판하였고, 또한 이 연구에 근거해 『정본 윤동주 전집』(문학과지성사, 2004)을 내놓았다. 다른 한편, 이렇게 실증적 자료를 완비해나가는 중에, 윤동주가 소장했던 서적들을 통해서 그의 미학적 관심을 추적한 왕신영의 「소장자료를 통해서 본 윤동주의 한 단면」과 같은 연구가 나오기도 했다. 원전비평은 세밀한 문체 연구도 가능케 했다. 김정자의 「시의 문체 비교—이육사와 윤동주의 경우」(1979)에서 겨우 기초적인 어휘 조사가 시도되었는데, '사진판' 이후 한글학자 조재수는 「윤동주 시와 언어」(2000)에서 윤동주 시의 거의 대부분의 어휘에 대한 상세한 주석을 달았고, 「윤동주의 수사법」(2002)에서는 그 역시 거의 대부분의 수사들을 분석해내었다. 「윤동주가 자주 쓴 시어와 핵심어」(2003)까지 발표한 조재수는 후에 자신의 연구를 총정리하여 『윤동주 시어사전』(연세대학교출판부, 2005)으로 출판하였다.

두번째 방향은 지금까지의 윤동주 시에 대한 핵심적인 이해틀로 작용해온 '저항시/순수시'의 개념 도식을 넘어서서 다양한 각도에서 다채로운 조명을 쬔 연구들이다. 이 연구들은 아주 스펙트럼이 넓다. 가령, 고형진의 「윤동주의 동시 연구」(1998)처럼 윤동주 시의 특징적 일부에 대한 집중적인 조명이 있는가 하면, 유양선의 「윤동주 시에 나타난 이별의 의미」(2004)처럼 윤동주 시의 특징적 주제에 대한 집중적인 조명도 있고, 정순진의 「윤동주 시에 나타난 세계경험적 자아의 양상」(1984)이나 박민영의 「윤동주 시의 상상력 연구」(1998) 혹은 박태일의 「윤동주 시와 공간의식의 문제」(2002)처럼 일반 미학적·철학적 주제를 선택하여 윤동주 시에서 그것이 구현된 양상을 구체적으로 살핀 연구도 있는데, 더 나아가 예창해의 「윤동주의 시」(1994)는 윤동주의 시를 통상적인 기독교 정신의 측면에서가 아니라 동양적 휴머니즘의 측면에서 접근한 시도이고, 허정의 「저항시 담론과 정치적 무의식」(2002)은 윤동주의 시를 저항시로 이해해온 한국 정신사회의 정치적 무의식을 파헤친 특이한 글이다. 이 다채로운 연구들에 공통점이 있다면 이들은 모두 구체성과 집중성을 띠고 있다는 점이다. 즉 윤동주 시와 인간의 전모를 밝히려 하기보다는 어느 한쪽의 특징적인 국면에 착안하여 그것을 깊이 천착해 들어갔다는 것이다. 따라서 이 방향은, 윤동주 시 연구가 점차로, 윤동주 시의 미학과 세계관의 외관을 반듯하게 꾸미는 일에서부터 그 내면의 결과 조직을 섬세히 밝히는 일로 나아갔다는 것을 가리킨다. 이러한 연구가 풍부하게 이루어질 때 우리는 윤동주의 시 세계를 그것이 산출된 시공간적 경계로부터 해방시켜 보편적인 인류학적 문제의 차원에서 이해할 수 있게 될 것이다. 물론 그 시공간적 경계는 여전히 윤동주 시 이해의 핵자로 남아 있어야 할 것인데, 왜냐하면 윤동주 시의 보편성은 바로 그 특수성으로부터 배태되었기 때문일 것이다.

세번째 방향은 윤동주 시 세계에 대한 고전적 이해를 전면적으로 대체하고자 하는 의도의 산물들이다. 이 의도는 일찍이 홍정선의 「윤동주 시 연구의 현황과 문제점」(1984)에서 표명되었다. 홍정선은 그 글에서 윤동주의 시 세계의 이해를 속박하고 있던 '저항시냐 내면시냐'라는 이분법적 질문에 대해 그동안 제출된 대답들을 일별하면서 그 어느 한 쪽을 택할 게 아니라 "내적 깊이와 외적 넓이"를 동시에 포착하는 것이 중요함을 암시하면서, 그러한 작업을 위해 다음과 같은 방향을 제시한다. 즉, 윤동주의 내면적 성찰이 그의 "일상적·사회적·역사적 삶"과 유기적 연관을 맺고 있는 것이라면, 무엇보다도 윤동주가 살았던 "간도의 정신적 풍토가 윤동주의 시와 인간됨에 어떤 내용을 미쳤는가"를 살피는 일이 중요하다는 것이다. 특히나 그 간도의 정신적 풍토는 "기독교와 민족주의가 튼튼히 결합"하고 있었던 곳으로, 윤동주에게 기독교가 가르치는 내적 자세의 확립과 민족주의라는 외적 현실에 대한 책임감을 "연결" 지을 수 있도록 해주었다. 그 연결의 실제적인 형상은 홍 교수에 의하면 '속죄양 의식'이다. 그의 말을 직접 들어보겠다.

> 기독교의 전체적인 흐름은 구원사에 입각해 있으며 이 구원사의 중요한 한 의식이 바로 속죄양 의식이다. 아벨이 어린양을 야웨에게 바침으

로 말미암아 의인이 되었다는 것에서부터 시작하여 〔……〕 성서는 여러 가지 속죄양 의식을 기록하고 있다. 윤동주 역시 충실한 기독교인으로서 주일학교 교사를 비롯한 여러 가지 교회 일을 하면서 성서를 읽고 또 생각하고 했을 것이다. 구원사에 입각해 있는 속죄양 의식은 타인에 대한 끝없는 사랑과 이해를 기반으로 하는 것이며 동시에 자신의 희생을 요구하고 있다는 점도 그는 깨달았을 것이다. 〔……〕 윤동주는 우리 민족의 수난을 죄의식으로 파악하면서 하나님의 어린양으로서 자신이 걸어야 할 길에 대한 생각도 아마 했을 것이다.

이상과 같은 추론과 함께 홍정선은 "구체적 예증과 검증을 뒤로 미루"었는데, 정현기의 「윤동주 문학, 어떻게 읽을 것인가」(2005)는 '희생양으로서의 윤동주 문학'이라는 문제틀에 의해서 윤동주의 시에 한꺼번에 표출되는 '시대의 어둠에 묶인 불행한 정신'과 '맑고도 정결한 정신'이라는 얼핏 보아 모순된 두 정신 사이의 일관성을 논증하였다.

여하튼 홍정선 교수가 '문제점'을 밝힌 후, 윤동주의 외면과 내면을 하나로 연결해 파악하려는 연구가 다양하게 시도되었다. 그중 주목할 만한 연구는 최동호의 「윤동주 시의 불안과 시대 의식」(『한국 현대시의 의식현상학적 연구』, 1989), 이남호의 「윤동주의 '의도' 연구」(박사학위논문, 1986), 이황직의 「근대 한국의 윤리적 개인주의 사상과 문학에 관한 연구: 정인보, 함석헌, 백석, 윤동주를 중심으로」(박사학위논문, 2002), 박춘덕의 「윤동주 시 연구」(2002) 등이다. 최동호의 논문은 '동심'을 윤동주 시의 출발점으로 삼은 후, 그 동심이 열어놓은 "투명한 물의 내면화된 통로"를 통해서 시인이 "역사적 자아를 발견"해나가는 과정을 상상력의 이동 경로를 통해 섬세하게 추적하고 있다. 이남호의 「윤동주의 '의도' 연구」는 시 쓰기를 현상학적 지향성intentionality으로 파악하여, 그의 시 쓰기가 개인적 체험과 피식민지인이라는 민족적 체험을 어떻게 동시적으로 극복해나갔는가를 밝힌 논문이다. 이황직의 논문은 윤동주의 윤리적 개인의식을 개인의 울타리에 묶어두지 않고 사회적 '가능의식possible consciousness'으로 파악하여, 한편으로 개인적 자기 성찰이 어떻게 사회적 실천으로 변화될 수 있는가를, 다른 한편으론 참된 사회적 실천은 치열한 개인적 자기 성찰 위에서만 가능하다는 점을 조리 있게 논증하였다. 박춘덕의 논문은 윤동주의 시 세계의 전개를 '기독교적 세계관의 형성 과정'으로 파악한 논문이다. 윤동주의 신앙인으로서의 삶과 시 쓰기를 꼼꼼히 대응시킨 논문이라고 할 수 있다.

이 다양한 연구들을 직·간접적으로 참고하고, 윤동주의 간도에서의 삶에서부터 시작하여 그의 생애와 시 세계를 총체적으로 복원하려는 야심만만한 시도의 결과가 2005년에 발표되었는데, 권오만의 「윤동주의 시대인식」(『전농어문연구』 15-16집)이 그것이다. 무려 63쪽에 달하는 장편 논문인 이 글에서 권오만 교수는 『윤동주 자필 시고전집—사진판』의 출간이 열어놓은 지평 위에서 윤동주를 총체적으로 파악하겠다는 야심을 드러낸 후, 윤동주의 문학 세계를 네 단계로 나누고, 한편으론 시인이 유년기부터 소년기를 거쳐 성년기(1940년을 기점으로 둘로 나눔)에 이르는 과정을 '시대인식'이라는 문제틀의 일관된 연속성 위에서 재구성하고, 다른 한편으론 윤동주 시 세계의 습작기에서부터 마지막 시기까지의 전 과정에 대해 주제적 연관, 수사학, 이미지, 실존적 결단, 영향 관계 등 해석의 도구로 쓰일 수 있는 모든 분석방법론을 총동원하여 총체적으로 분석하고 있다.

네번째 방향은 윤동주 시 각 편에 대한 꼼꼼한 텍스트 분석을 보여준

연구들을 가리킨다. 이 방면의 주목할 만한 연구로는 「쉽게 씌어진 시」에 대한 유종호의 분석, 「자화상」에 대한 한계전의 분석, 「참회록」에 대한 이숭원의 분석, 「길」에 대한 유양선의 분석, 「병원」에 대한 이기성의 분석 등이 있다.

2. 윤동주 문학의 창조적 향유를 위하여

지금까지 살펴본 것처럼 윤동주의 시 이해는 한편으로는 심화·확산되어가고 있으며, 다른 한편으로는 종합되고 있다. 심화·확산의 방향은 윤동주의 시 세계에 생명의 공기를 불어넣는다. 심화는 윤동주의 시에 대한 독자의 눈길을 시의 외부로부터 내면의 생생한 살과 결들로 이동시킨다. 시 전체의 대강의 주제로부터 한 편의 구체적인 고백과 결단, 그리고 한 구절의 실존적 감각으로 이동하면서 윤동주의 시는 점점 하나의 생물체로 살아난다. 그럼으로써 독자와 시는 실존적으로, 인격적으로 만난다. 심화의 방향이 미적 감각이 아니라 도덕적 주제라도 마찬가지다. 우리가 윤동주 시의 이해를 종교적 신앙이라는 추상적 주제로부터 희생양의 테마로 옮겨갈 때 이미 우리는 엄숙한 경외감으로부터 희생양의 임무를 감당해야 하는 한 생명의 절박한 심정을 느끼는 데로 옮겨가며, 더 나아가 "괴로웠던 사나이/행복한 예수·그리스도에게/처럼/십자가가 허락된다면//모가지를 드리우고/꽃처럼 피어나는 피를/어두워 가는 하늘밑에/조용히 흘리겠습니다"(「십자가」)와 같은 구절을 읽으면, 바로 종교적 진실은 '모가지'의 자리에 위치한다는 것, 즉 인간의 유한성을 무한으로의 통로를 여는 행동으로 교체하는 행위가 바로 인간 자신에 의한 유한성 그 자체의 바침을 통해 있다는 것을 실감할 수 있을 것이다. 적어도 윤동주에 관한 한 종교적 깊이는 실존적 깊이인 것이다. 한편 '확산'의 방향은 윤동주의 시 세계를 다양하게 나누어 바깥 세계와 제가끔의 방식으로 연결시킨다. 그럼으로써 윤동주의 시는 그 자신의 물리적 한계를 넘어 팽창한다. 그 팽창은 세상의 다른 사람들, 다른 문학들, 다른 활동들과 윤동주의 사람과 문학이 맺는 관련의 가능성, 그 폭과 부피를 현상 그대로 보여줄 것이다. 그 관련 속에서 사람들은 윤동주에 자신을 비추어 더욱 생생히 자신을 인식하고, 또한 윤동주의 시는 세상에 비추어져 글자로서만 남은 자신의 생을 더욱 절박히 밀도 짙게 할 것이다.

그런데 심화·확산의 방향이 윤동주의 시를, 그 각각의 시편들을, 그 하나하나의 구절들을 점차로 살아 있는 생물체로 변모시킨다면, 종합의 방향은 그것들에게 전체적인 이해의 틀을 부여한다. 그것은 점점 자율화되어가는 윤동주 시의 각각의 면모들을 단일한 해석의 틀 속에 가둘 것이다. 심화·확산의 방향이 생물학의 길이라면, 종합의 방향은 역학, 전산학의 길이다. 따라서 그 둘 사이에는 알게 모르게 진행되는 길항이 있을 것이다. 그러나 이 길항이야말로 모든 시 세계가 감당해서 스스로 꽃피기 위한 자원으로 쓸 그런 한계라 할 것이다. 전체는 세목들의 저항에 의해서 열려 있게 되고, 세목들은 전체와의 대화를 통해서만 의미를 쟁취할 것이기 때문이다. 그 점에서 심화·확산의 방향과 종합의 방향은 모순적이지만, 동시에 함께 살아 움직여야 하는 생산적 상호상승적 움직임이라고, 움직임이어야 한다고 말할 수 있다.

그러한 이중적 방향의 동시성이라는 관점에서 보자면, 현금의 윤동주 이해는 좀더 멀리 나가야 한다. 그 과제를 몇 가지 기술하는 것으로

이 발표를 끝맺기로 하자.

첫째, 윤동주 시의 내재적 역동성을 밝히기 위해서는, 내부 요소들의 차이와 관계를 분석하는 기호학적 연구가 필수적인데, 이쪽 방면의 연구로는 송효섭의 「윤동주 시의 기호학적 연구」(1995)가 유일하게 제출되어 있으며, 선편적인 시도답게 그의 연구는 꽤 거시적이다. 좀더 미시적인 기호학, 주제적 차원에서 접근될 뿐 아니라 형태적, 감각적 차원에서 접근되는 기호학이 지원되어야 할 것이다.

둘째, 윤동주 시 세계가 바깥세상으로 열려 나가는 데에는 단순히 도덕적, 인생론적 만남만이 있는 것이 아니라 미학적 교류도 있다. 그 점에서 윤동주의 시 세계와 동시대의 다른 시인들과의 비교연구뿐만이 아니라 전혀 무관해 보이는 다른 시인들, 예술가들과의 비교연구도 활성화되어야 할 것이다. 현재, 이러한 비교연구 중 동시대인들과의 비교연구는 산만하기는 하지만 수적으로는 꽤 축적을 이루고 있는 중이다. 가령 '길'의 테마를 중심으로 김소월·박목월·윤동주를 비교한 김현자의 연구가 대표적이다. 반면, 직접적인 연관이 없는 시인·예술가들과의 비교연구는 결국 보편적 인간성의 이해에 기초할 터인데, 릴케와의 비교연구(김재혁, 왕신영), 종교적 측면에서의 호손과의 비교연구(장인식), 그리고 탈식민주의의 방향에서의 호세 리잘과의 비교연구(최숙인)가 나와 있다. 앞으로 이 방향의 연구는 좀더 활성화될 것으로 보이며, 언젠가는 체계화되어야 할 것이다.

셋째, 지금까지의 윤동주 이해가 말 그대로 '이해'와 '해석'의 지평에 머물러 있었다면, 이제 윤동주의 시 세계는 다른 예술적 창조를 향한 통로로 쓰일 필요가 있을 것이고, 또 실제로 그렇게 될 것이다. 이미 2005년 10월 5~6일에 연세대학교 창립 120주년 기념 윤동주 60주기 추모 연극으로 「하늘과 바람과 별과 시」(표재순 연출)가 공연된 바 있듯이, 이제 윤동주 시는 '읽을 텍스트texte lisible'에서 '다시 쓸 텍스트texte scriptible'로 변모해나갈 것이다. 이에 대한 적극적인 관심과 참여가 예술가들 및 예술 동호인들에게 요청될 것이다. 또한 이 점과 관련하여, 윤동주의 시를 독자가 향유하는 양상과 방식들에 대한 탐구가 필요할 것이다. 지금 윤동주를 사랑하는 독자들은 온라인상에 이런저런 모임들을 만들어낼 정도로 꽤 의미심장한 집합체들을 이루고 있다. 그런데 그 각각의 집합체들이 윤동주 시를 어떻게 읽고 느끼고 전파하고 있는지에 대한 문화사회학적인 분석은 거의 이루어지지 않고 있는 실정이다. 결국은 저 향유의 모임이 새로운 문화 창조로 이어질 것이기에 그에 대한 분석은 시급하지 않다고 말할 수 없다.

윤동주가 우리 마음속에 생생히 살아 있다는 사실의 의미

1. 상징으로서의 윤동주

윤동주에 대해 무슨 말을 더 보탤 것인가? 한국인은 성장기에서부터 줄곧 윤동주에 대해 도처에서 듣는다. 때론 그의 후쿠오카 형무소에서의 순사(殉死)에 대해, 때론 해맑고도 진지한 그의 시들에 대해, 그 시들에 대한 엇갈리는 해석들에 대해, 그를 기리는 모임들에 대해, 시인을 소재로 한 다른 창작물들에 대해…… '윤동주 이야기 공간'이라고 부를 만한 그런 회상과 추념과 해석과 착상의 언어들이 얼키설키한 그런 장소를 우리는 수시로 만나고 드나들게 된다. 때문에 윤동주를 모르는 한국인은 없다고 해도 과언이 아닐 것이다. 게다가 그의 「서시」는 한국인이 가장 애송하는 시이다. "죽는 날까지 하늘을 우러러/한 점 부끄럼이 없기를,/잎새에 이는 바람에도/나는 괴로워했다"(「서시」)를 읽으면서 젊은 학생들은 그이의 순결한 영혼을 추운 날 맑은 유리창을 통해 옛길을 쬐듯이 자신의 내면으로 투영하곤 한다. "괴로웠던 사나이/행복한 예수·그리스도에게/처럼/십자가가 허락된다면//모가지를 드리우고/꽃처럼 피어나는 피를/어두워 가는 하늘밑에/조용히 흘리겠습니다"(「십자가」)를 읽으면서 구원을 갈망하는 사람들은 저 신실한 구도적 자세의 깊이를 다 헤아리지 못해 애태운다. 우리는 「자화상」을 읽고 눈앞의 거울을 지나쳐 일부러 시골의 우물을 찾아다니고, 「쉽게 씌어진 시」를 읽으면서 자신의 삶의 안이함을 자책한다. 그래서 윤동주를 그리는 사람과 윤동주를 사랑하는 모임이 수없이 생겨난다. 윤동주는 개인적으로 연모되고 집단적으로 향유된다.

독자의 편에서 그러하다면, 텍스트의 편에서도 활발한 진화를 이루었다. 시인이 스스로 선해 세 지인에게 남겼던 수고 시집이 정병욱의 보관으로 "가쁜 숨으로 살아남아"(정현기, 「빛과 어둠 넘나듦의 긴 날들」), 1948년 "하늘과 바람과 별과 시"(정음사)라는 제목으로 처음 공간된 윤동주 시집은, 이제 완전한 복원에 대한 지인들과 출판인들의 열망을 통해, "영원한 민족의 청년 시인 윤동주의 시와 산문 전집. 윤동주가 남긴 모든 자료를 육필원고 사진과 함께 수록"한 『윤동주 자필 시고전집—사진판』(민음사, 1999)의 발간으로 이어졌으며, 이 사진판에 근거해, 정현종·정현기·심원섭·윤인석 편주, 『원본 대조 윤동주 전집』(연세대학교출판부, 2004)이 나오게 되었고, 조재수에 의해 윤동주 시의 어휘를 망라한 『윤동주 시어사전』(연세대학교출판부, 2005)도 출판되었다.

시인은 어떠한가? 제국주의의 감옥에서 생체 실험의 대상이 되었을 가능성이 컸다는 사실이 동포에게 호소한 윤동주의 이미지는 '저항'이었고, 그래서 '저항시인'이라는 수식어는 마치 '호(號)'처럼 기능하였다. 그러나 그가 독립운동을 한 흔적보다는 오히려 순수한 구도의 자세를 가다듬는 일에 시종하였고 현실과의 타협에 괴로워한(「참회록」) 순결한 영혼의 자취가 더 크다는 점이 부각되면서, 저항시인/순수시인이라는 대립적 이미지가 그의 이름 둘레를 순환하게 된다. 이러한 택일적 관점이 초래하는 부작용은, 순수로서 저항일 수 있고 저항함으로써 순수를 빛낼 수 있다는 두 태도의 상관과 중첩에 대한 궁리를 차단하고 사람의 한 면만을 보는 단순한 사고를 조장하는 것이다. 그러나 사람은 근본적으로 '복수적 인간'인 것이고, 따라서 시인의 복잡한 모습을 총체적으로 복원하는 작업이 불가피했다. 저항시/순수시의 논쟁이 시들해질 즈음, 송우혜의 『윤동주 평전』〔열음사, 1988; 이후 세계사(1998), 푸른역사(2004), 서정시학(2014)에서 개정판 출간〕은 바로 그 기대에 부응하는 것이었다. 그리고 이러한 인간적 측면의 온전한 복원에 힘입어, 그를 소재로 한 다양한 창작물이 생산될 수 있었다. 윤동주의 일대기를 다룬 조한신 작/표재순 연출의 연극, 「하늘과 바람과 별과 시」(2004)는 시인의 복합적 내면과 역사적 정황을 유기적으로 연결하였으며, 윤동주를 주인공으로 한 여러 편의 소설 중에서 구효서의 『동주』(자음과모음, 2011)는 민족주의자가 아닌 세계주의자로서의 윤동주의 형상을 만들어내는 특이한 시도를 보여주었다.

그러니까 윤동주는 점차 신화가 되어가고 있다고 해도 좋을 것이다. 신화 속에서 인물들은 상징이 되고, 이야기는 보편적 설화가 된다. 보편적 설화가 된다는 것은 특정 문화집단이나 민족 등에서 발원한 집단적 기억과 상상의 구성체가 때와 장소를 초월한 인류 보편의 이야기로 확장된다는 것을 가리킨다. 그와 마찬가지로 상징이 된다는 것은 한 개인의 생애를 그가 넘어서서 인류의 대표적인 모습 하나를 가리키는 표지가 되었다는 것이다. 상징은 더 이상 개인이 아니다. 그는 우리 모두이다.

2. 윤동주의 상상력

그러나 이 신화의 출발점이 되었던 것은 무엇인가? 그의 영혼의 지극히도 실존적인 고뇌와 그 고통스러운 육체의 수난이 아니었더라면 오늘의 윤동주는 없었을 것임은 누구나 수긍할 일이다. 동시에 그의 시가 오래도록 애송되어도 지루하지 않을 근거로서의 미학성이 없었더라면 결코 시인 윤동주는 영생의 문턱을 넘지 못했을 것이다. 무엇보다도 그의 시가 보통 독자들이 금세 느낄 수 있을 만큼 낯익은 언어들과 평이한 이야기로 이루어져 있지만, 자세히 들여다보면 인생에 대한 여러 우여곡절을 생각게 하는 깊이를 가지고 있다는 점이 그의 시집을 독자의 손에서 놓지 못하게 하는 근원이 될 것이다. 한마디로 말해, 그의 시는 쉽고도 미묘하다. 가령 그의 「자화상」을 보자.

산모퉁이를 돌아 논가 외딴 우물을 홀로
찾아가선 가만히 들여다봅니다.

우물 속에는 달이 밝고 구름이 흐르고
하늘이 펼치고 파아란 바람이 불고 가을이 있습니다.

그리고 한 사나이가 있습니다.
어쩐지 그 사나이가 미워져 돌아갑니다.

돌아가다 생각하니 그 사나이가 가엾어집니다.
도로 가 들여다보니 사나이는 그대로 있습니다.

다시 그 사나이가 미워져 돌아갑니다.
돌아가다 생각하니 그 사나이가 그리워집니다

우물 속에는 달이 밝고 구름이 흐르고 하늘이 펼치고 파아란 바람이
불고 가을이 있고 추억처럼 사나이가 있습니다.

이 시의 화자는 우물가에 가서 자신을 비추어보고 있다. 이러한 행위는 인간이 날이면 날마다 아주 자연스럽게 행하는 일 중의 하나이다. 게다가 시에서 묘사된 것과 마찬가지로 사람은 자신을 비추어보는 거울을 앞에 두고 만족과 불만 사이를 왕래하면서, 그것을 들었다 치웠다 하는 행위를 반복한다. 우리는 모두 『백설공주』의 왕비이다. 인간사의 거의 본능에 가까운 행동과 이 시의 인물의 동작은 '동일한 형태의 관계homologie'를 이룬다. 이것이 윤동주 시와 독자 사이의 간격을 최단거리로 좁히는 원천 중의 하나라 할 수 있을 것이다. 그러나 형태는 같지만 내용은 다르다. 우선 우리는 통상 '거울'을 들여다보지만 시의 화자는 '우물'을 들여다본다. 그 차이는 무엇인가? 거울은 자신의 얼굴만을 비추지만, '우물'에는 "달이 밝고 구름이 흐르고 하늘이 펼치고 파아란 바람이 불고 가을이 있고 추억처럼 사나이가 있"기 때문이다. 거울에서 우리는 자신의 이미지가 반사되는 것을 보지만, 우물에서는 자신의 지나온 삶의 궤적("추억처럼"이 지시하듯이)에 대한 반추가 있다. 거울

을 보는 행위는 자기 확인적 행위, 더 나아가 자기도취를 좇는 행위이지만 우물을 보는 행위는 자신의 삶을 돌아보는 자기반성적 행위이다. 게다가 화자가 일부러 걸어서 우물 쪽으로 걸어갔다 돌아 나오곤 한다는 것은, 그 자기반성적 행위가 의도적이면서도 자발적인 방식으로 화자의 신체에 배어드는 체험적 실행의 양태를 가지고 있다는 것을 가리킨다. 다음, 이 자기반성의 내용은 우리의 일상적인 거울 보기가 추구하는 내용과 다르다. 우리의 거울 보기는 일반적으로 만족과 불만족 사이를 왕래한다. 그 거울 보기가 '자기도취'의 코드에 근거하기 때문이다. 그러나 윤동주 시의 화자는 만족/불만족이 아니라 미움과 연민 사이를 왕복한다. 그것은 그의 자기반성적 행위가, 어떤 초자아의 명령과 관련된 자기 처벌 혹은 속죄의 감정 속에 움직이고 있다는 것을 가리킨다. 그 자기 처벌 혹은 속죄의 감정은 그러나 가혹한 단죄의 양태를 띠지 않고 맑은 정화(淨化)에 대한 갈구의 양태로 드러난다. 그것을 그렇게 바꾸는 데 결정적으로 기능하는 것이 우물 속에 사나이와 함께 비친 '밝은 달' '흐르는 구름' '펼쳐진 하늘' '파아란 바람' 들이다. 이것들은 화자의 고뇌를 씻어줄 듯한 이상적인 상황의 담백한 이미지들이다. 이 담백한 이미지 때문에 김현은 이 시의 정황을 두고, "그 정황은, 역동적이라기보다는 정태적이며, 행동적이라기보다는 회상적이다. 우물과 사나이 사이에는 긴장이 없고, 있는 것은 미움/그리움의 순환 감정이다"(김현, 「우물의 시학」, 『젊은 시인들의 상상세계』, 문학과지성사, 1984)라고 해석하지만, 이 해석은 배경의 담백함이 곧바로 화자의 비춘 얼굴의 명백함으로 이어진다고 연상한 데서 오는 것 같다. 실상, 이 시에서 맑은 것은 달, 구름, 하늘, 바람이지 '사나이'가 아니다. 그의 속성은 표명되어 있지 않으며, 어둠 속에 있다. 그리고 이것이 우물에 비추인 모습과 상응한다.

거울 속에서 우리는 너무나 명백한 자신의 모습을 본다. 그러나 우물은 우선은 일렁이는 물의 표면 때문에, 그다음은 우물 자체의 깊이 때문에 얼마간의 어둠 혹은 어지러움을 내포한다. 이 모호성이 바로 거울의 자기도취 성향과는 달리, 자기반성 쪽으로 비추어보는 사람을 유도하는 근거가 된다. 그리고 그것이 윤동주의 정신적 경향과 일치한다. 그는 거울을 볼 때도 그냥 거울이 아니라 "구리거울"을 보았다(「참회록」). 왜? 닦을 일이 있었기 때문이다. 자신의 마음속에 감추어진 어둠이 매개체인 거울에 투사되어 그것 자체가 어두운 것으로 변했기 때문이다. 그래서 그는 그 구리거울을 "나의 거울"이라고 지칭하며, "밤이면 밤마다〔……〕/손바닥으로 발바닥으로 닦아보"는 것에 '참회'의 이름을 부여했던 것이다.

다만 이렇게 이해할 때 한 가지 의문이 당연히 제기된다. 우물에 비친 사나이가 어둡게 드러난다면, 어떻게 달과 구름과 하늘과 바람은 명징하게 나타날 수 있는가? 이 상반된 두 이미지는 분명 모순으로 보인다. 그러나 김현이 같은 글에서 인용하고 있는 김춘수의 시에서도 "우물 속에는 언제 보아도 곱게 개인 계절의 하늘이 떨어져 있었다"(「집(1)」)라고 표현되어 있는 걸 생각해보라. 그의 시에서도 우물 속의 하늘이 맑게("곱게 개인") 나타난다면, 이것은 공유된 경험으로 이해할 여지가 충분히 있다. 실로 훗날의 시인들도 비슷한 인상을 고백한다. "우물에 뜬 달 건지다 우물에 퐁— 소리내고 빠져버려서"(김지하, 『대설, 남』 첫째 판)나, "서산 노송 사이로/걸어 들어온 아가별이/동네 우물에 떴다"(이재무, 「하모니카」), "청춘의 불빛들로 이루어진 은하수를 건지러/자주 우물 밑바닥으로 내려가곤 하였다"(박형준, 「무덤 사이에서」), "깊은 우물 속에서 계수나무가 흘러나오고"(김선우, 「물로 빚어진 사람」) 같은 시구들은 달과 별이 우물 속에 선명하게 떠 있는 걸 보았던 경험에 근거해 있고, "여자의 몸이 하늘 우물 속으로 치솟아"(김혜순, 「월출(月出)」) 같은 시구에서는 아예 하늘이 우물이다. 그러니 우물은 항상 어두컴컴하기만 한 것이 아니다. 송재학이 "정갈한 수면"(「쓸쓸한 우물이다」)이라고 이름 붙인, 어두컴컴한데도 윤곽과 동작이 선연히 비치는 그런 수면을 제 안에 품고 있다가 문득 때가 되면 드러내곤 하는 것이다.

「자화상」이 씌어지던 때와 날씨가 그러했을 것이다. 아마도 신선한 바람이 불어 먼지를 씻어가, 어둠은 파란 입자들로 화학변화해 대기에 청신한 내음을 풍기며 날리던 저녁, 우물 속에 달은 표백된 얼굴을 드러내고 구름이 흐르고 저 어둠이 흩어지는 양태로서의 바람이 불고 있었던 것이리라.

그렇다면 우물 안은 기묘하게 두 차원을 동시에 드러낸다. 한 차원에는 나의 '잘못'과 관련된 어두컴컴한 나의 모습이 있다. 다른 차원에는 '밝은 달' '흐르는 구름' '펼쳐진 하늘' '파아란 바람'이 펼쳐지는 풍경이 있다. 후자의 기능은 자연스럽게 전자의 어둠을 씻어내는 것임을 알아볼 수 있을 것이다, 방금 해석했던 것에 기대어 말하자면, "파아란 바람"이라는 이미지는 바로 그 정화의 운동을 형상으로 드러내고 있는 것이다. 이때 이 담백한 풍경은 사나이와 다른 차원에, 즉 우물 저 너머에 있다. 우물보다 더 깊은 곳에. 그렇다는 것은 저 풍경이 오로지 환기적 이미지로서만 존재한다는 것을 가리킨다. 김현으로 하여금 '정태적'이라는 판단을 하게끔 한 연유가 여기에 있을 터인데, 그러나 이 정경의 두 차원성을 유념한다면, 그것의 정태성에 의해서 오히려 이쪽 차원의 '나'는 더욱 동적이 될 수밖에 없다. 몸의 다가가지 못함이 마음의 긴장을 자극해서 몸을 더욱 움직이게끔 하는 것이다. 화자가 우물에 다가갔다 멀어졌다 하는 동작을 되풀이하는 것은 그 때문이다.

여기까지 오면 독자는 윤동주의 상상력이 내포하는 또 하나의 특이성을 감지하게 될 것이다. '나'를 비추도록 하는 데 쓰이는 거울 혹은 우물이라는 매개체는 순수한 반사의 기능만을 갖는다는 것이 그것이다. 통상적으로 근대인이라 불리는 존재들은, 자신을 우주의 중심에 놓는 대가로 절대적 존재로서의 신을 '숨게' 만들었기 때문에, 그들 삶의 변화에 가장 적극적인 영향을 주는 건 매개자이다. 근대인의 욕망은 언제나 근대인이 자기 스스로에 의한 자발적인 욕망이라고 착각하는 것이지만, 실은 중개자에 의해 그리고 중개자를 통해 중개자와 똑같이 되거나, 그 방식으로 중개자를 추월하고자 하는 욕망으로 나타난다. 르네 지라르René Girard가 근대인의 욕망이 기본적으로 '삼각형'의 형태를 가지고 있다고 한 것(『낭만적 거짓과 소설적 진실*Mensonge romantique et vérité romanesque*』, Grasset, 1961)은 바로 그 사실을 가리킨다. 이 중개자는 나의 경쟁자 혹은 짝패로서, 나를 부추기고 나를 욕망케 하고 나를 도전하게 하고 나를 좌절시키고, 때로는 나를 승리하게끔 하기도 하는데, 그러나 그것의 소멸과 더불어 나의 욕망은 무한한 결핍 속에 처해지니, 승리는 오히려 좌절이 증폭되는 계기이다(물론, 그 좌절은 중개자를 재출현시키고, 나는 다시 욕망으로 달아오른다).

그런데 윤동주에게는 중개자가 그러한 모방의 원천이 아니다. 오히려 중개자는 '나'와 다를 바가 없는 존재, 혹은 이미 보았듯 나와 동일시되는 존재이다. 그것이 가진 유일한 매개적 기능은 반사하는 것인데, 빛은 그 자신에게 있지 않고 다른 곳에 있다. 매개자 저 너머에. 「자화상」에 빗대어 말하자면 그것은 맑은 하늘에 있는 것이다. 그 맑은 하늘이 저편에 있기 때문에 우물 속에도 그것들이 있을 수 있는 것이다. 훗날의 시인들의 표현이긴 하지만 그대로 쓴다면, 맑은 하늘이 없다면 우물에는 "바람도 햇빛도 들어오지 않"(최하림, 「우물길」)게 된다. "우물 밑바닥에서 위염처럼 끓어오르는 부유물 때문에/탁하디 탁"한 우물이라면, "노란 무꽃도 없고 높은산노랑나비도 얼씬 않"(송재학, 「쓸쓸한 우물이다」)게 된다.

빛은 저곳에서 오는 것이다. 저곳에서 오기 때문에 윤동주의 시에서는 뜨거운 갈구가 항상 전면으로 드러난다. 왜냐하면 빛은 그가 소유할 수 있는 것이 아니기 때문이다. 바로 이 사실 때문에 그는 언제나 겸손했으며, 항상 자신의 염결성을 위해 괴로워했고, 저 빛으로부터 오는 말씀을 전면적인 대속의 차원에서 받아들였다. 이렇다는 것은 결국 윤동주의 신앙의 결을 드러내는 것이리라. 윤동주의 신앙인의 상상력은 이렇게 구체적인 표현의 수준에서 현상했던 것이니, "문체는 곧 사람이다"라는 옛사람의 경구에 새삼 고개를 숙이지 않을 수 없다.

3. 실존적 개인 윤동주

하지만 윤동주의 신앙심은 그에게 절대적 타자를 향한 순정한 기도만으로 이루어졌던 것은 아니었다. 그는 신앙의 문제를 확신의 상태에 놓아둔 것이 아니라, 자기 단련의 근거로 삼았다. 그렇게 한 것은 자신의 나약한 마음에 대한 자각과 동시에 절대자의 표지를 명백히 알아챌 수 없다는 사실에 대한 각성이었다. 그는 「무서운 시간」에서 이렇게 말했다.

한 번도 손들어 보지 못한 나를
손들어 표할 하늘도 없는 나를

"손들어 표할 하늘도 없"다는 진술은, 진정 겪어본 사람이라면 지구 전체의 무게로 가슴속에서 떨어진다. 그것은 산다는 것의 의미를 무(無)의 벼랑으로 밀어버릴 듯한 자세로 나를 압박한다. 독자는 그가 「십자가」에서 "괴로웠던 사나이/행복한 예수·그리스도에게/처럼/십자가가 허락된다면"이라는 단서를 단 까닭을 이제는 이해할 수 있다. "모가지를 드리우고/꽃처럼 피어나는 피를" 흘려야 하지만, 만일 그에게 십자가가 허락되지 않는다면 그의 피는 꽃처럼 피어나지 못하고 그냥 더러운 폐수 속으로 쓸려 가버릴 것이다.

그러나 이 황폐한 각성은 그를 절망으로 이끌고 가지 않았다. 그것은 분명 그에게서 행복한 믿음을 앗아갔다. 그러나 행복한 믿음을 갖지 못한 대신에 그는 자기 점검과 단련의 고행을 통해서 자신의 믿음에 한땀 한땀의 실질을 투여하기로 결정한 것이다. 아마도 두 편의 시는 그러한 사실을 알려줄 것이다.

바람이 부는데
내 괴로움에는 이유가 없다

내 괴로움에는 이유가 없을까

〔……〕

바람이 자꾸 부는데

내 발이 반석 위에 섰다

강물이 자꾸 흐르는데

내 발이 언덕 위에 섰다

—「바람이 불어」 부분

인용된 시구의 첫번째 연에서 화자는 "내 괴로움에는 이유가 없다"는 사실에 대해 한탄한다. 그러나 곧바로 그것을 의문문으로 바꾼다. "내 괴로움에는 이유가 없을까?" 이러한 자세 전환이 어떻게 가능했는지는 시에는 드러나지 않는다. 그러나 이것은 어렵지 않게 이해할 수 있다. 왜냐하면 "내 괴로움에는 이유가 없다"는 사실에 대해 한탄한다는 것은 내 괴로움에 이유가 없다는 사실에 대해 괴로워한다는 것과 동의어이기 때문이다. 그렇다면 '괴로움에 이유가 없다는 사실' 자체가 '괴로움'인 것이다. 따라서 괴로움을 벗어나려면 '괴로움에 이유가 있어야 한다'는 당위 명제 말고는 어떤 대답도 존재할 수가 없게 된다. 아마도 그랬기 때문일 터인데, 그는 무의 벼랑에 우뚝 선다. 그는 이중적 형상을 통해 그 절실함과 확고함을 전한다. 하나는 그가 위치한 자리의 형상이다. 바람이 불고 강물이 흐른다. 그는 바람이 세차게 부는 곳에서 강물을 바라보고 있는 것이다. 벼랑 끝자락에 위치한 자의 형상이다. 다음, 그러한 형상을 보여주면서, 그는 그것을 '반석'이라고 명명하고 있다. 벼랑 끝자락이 가장 위태한 장소라면, '반석'은 가장 안정되고 탄탄한 곳이다. 달리 그가 위치할 자리가 없다는 것을 알았기 때문이다. 그렇다면 이 최악의 위치가 최적의 위치가 되는 것이다. 벼랑 끝자락이 반석이 되어야만 하는 까닭이다.

다른 한 편의 시는 「팔복」이다.

슬퍼하는 자는 복이 있나니
슬퍼하는 자는 복이 있나니
슬퍼하는 자는 복이 있나니
슬퍼하는 자는 복이 있나니
슬퍼하는 자는 복이 있나니
슬퍼하는 자는 복이 있나니
슬퍼하는 자는 복이 있나니
슬퍼하는 자는 복이 있나니

저희가 영원히 슬플 것이오.

'마태복음 5장 3~12'을 부제로 달아, 그곳에서 옮겼다는 사실을 명시하고 있는 이 시는 실제 그 복음의 한 구절을 지루할 정도로 되풀이한 다음 이상한 단언으로 마무리를 짓고 있다. 이 작품의 구절구절에 대해 주석을 다는 것은 그렇게 유익해 보이지 않는다. 독자가 주목해야 할 것은 그 시가 「바람이 불어」와 같은 논리적 구조를 갖고 있고, 그 논리적 구조를 통해서 구원의 가능성을 인간 자신에게로 던지고 있다는 것이다. 기본 논리는 간단하다. 우선 그는 성경 복음에 제시된 '복'의 다양한 조건들을 하나로 축약한다. 어떻게 묘사되든 "슬퍼하는" 것이라는 것이다. 그다음 「바람이 불어」에서와 마찬가지로, "슬퍼하는 자는 복이 있"다면, 복이 있기 위해서는 "영원히 슬퍼"야 한다는 논리를 구축한다. 이 형식논리의 놀라운 궤변이 이루는 것은 무엇인가? 바로 성경이 이어서 제시하고 있는 구원의 사실들(가령, 하나님을 보고, 기뻐하고, 배부르고 등등)에 대한 생각을 차단하고 오로지 구원 전의 노동에만 생각을 집중시킨다는 것이다. 구원의 가능성은 '슬퍼하는 일' 속에 있는 것이지, 구원받은 시점에 주어지는 게 아니라는 것이다. 그럼으로써 윤동주는 구원의 몫을 행복한 침잠이나 막연한 기대로부터 꺼내어 인간 그 자신의 나날의 삶에 돌려주었던 것이다.

이제 독자는 시시각각의 '매 순간'과 한 뼘 두 뼘의 최소한의 공간에 대한 그의 빈번한 표현을 실감할 수 있으리라. 그는 "죽는 날까지 하늘을 우러러" "한점" "부끄럼이 없기를" "잎새에 이는 바람에도" 괴로워했다. 또한 자신의 부끄러움을 "밤이면 밤마다" "손바닥으로 발바닥으로 닦아"보겠다고 했다. 잠 못 이루는 밤을 "하나, 둘, 셋, 네/…………/밤은/많기도 하다"(「못 자는 밤」)라고 표현하기도 했다. '한 점' '잎새에 이는' '밤마다' '손바닥으로 발바닥으로' '하나, 둘, 셋, 네'…… 이 모든 때와 장소와 물질의 최소성을 가리키는 표현들은 결국 그의 일상적 삶 하나하나가 '현존'으로 충만할 수 있도록 그가 정성을 다했다는 것을, 최소한 그러기 위해 노력했다는 것을 가리킨다.

그러니까 이렇게 말할 수 있겠다. 오늘날 윤동주와 그의 시가 한국인들에게 보편적 상징으로 자리 잡게 된 원천은 바로 그가 자신의 일상적 삶의 하나하나를 철두철미하게 자신의 세계관과 일치시키려는 노력을 기울였다는 점에 있다,라고. 즉 그의 상징성(보편성)의 원천은 그의 실존성(개인성)에 있었다는 것이다. 분명 앞에서 본 것처럼 보편성은 그에게 의미의 진정한 원천이었다. 그러나 보편성의 실체는 그의 삶에 원천을 두고 있었다. 보편성의 존재나 형상은 환기적 기능 이상으로 그에게 작용하지 않았다. 「자화상」의 저 야릇한 담백함이나, 그의 빈번한 절망적 감정의 토로는 그렇게 이해될 때 시적인 생생함을 띠고 다시 읽힌다.

또한 이러한 철저한 실존적 삶의 구체성이 있었기에, 그의 친지들이 그의 시집을 보존하려고 필사적으로 노력했던 것이 아닐까? 우리는 그동안의 여러 진술과 기록을 통해서 윤동주 시고가 보존되어온 그 각다분했던 과정을 알게 되었다. 정식으로 등단 절차도 밟지 않은 무명 시인의 수고를 이렇게까지 애써 지켰던 사람들의 심사란 무엇인가? 우리는 그의 삶이 그랬기에 그에 합당한 반응을 그의 시집에 대해서 해야만 했을 것이라고 판단할 수밖에 없다. 모든 보편성은, 그것의 절대적 지위를 믿는 사람에게나 그렇지 않은 사람에게나, 가장 싱싱한 구체성의 도관(道管)들을 통해서만 전달된다. 윤동주가 특정 집단이 아니라 한국어를 아는 모든 사람의 아낌을 받는 까닭이 거기에 있는 것이고, 또한 우리 삶이 물들고 싶어 하는 자리가 거기이리라.

일본인들의 윤동주 사랑은 어디에서 오는 것일까

2월 3일 일본 도쿄의 릿쿄 대학에서 '국제비교한국학회'의 국제학술대회가 있었다. 주제는 '윤동주 문학과 동아시아의 미래적 가치'였으며, 한국, 일본, 중국, 프랑스의 한국문학 연구자들이 발표하고 토론하였다. 일본 쪽에서는, 윤동주 문학에 대한 본격적인 연구서를 내셨고 시인의 무덤을 발굴했던 오무라 마스오 선생을 비롯, 윤동주 시를 일본 교과서에 싣는 일을 하신 노가미 다쓰히코 선생, 고등학생들과 대학생들을 대상으로 윤동주 시를 널리 감상케 하는 교육 운동을 펼치고 있는 하기와라 시게루 선생, '윤동주를 기념하는 릿쿄 모임' 대표이신 야나기하라 야스코 선생이 발표를 하셨고, 윤동주 연구를 처음 시작했고 도시샤 대학의 윤동주·정지용 시비 건립에 결정적인 역할을 하셨던 전 도시샤 대학 교수 우지고 쓰요시 선생이 노구를 이끌고 참석하셨다. 이분들의 말씀에는 두루 진솔함과 열정이 진하게 배어 있었다.

나는 이런 운동 및 연구들과 이분들의 자세에 대해 이미 '백문(百聞)'

하였는데, 마침내 현장에서 '일견(一見)'하였으니, 그 자리에서 내 눈에 쏟아진 광채는 무지갯빛으로 영롱하였고 그 분광 사이에 촉촉한 이슬을 줄줄이 맺히게 할 만큼이었다. 그러는 도중에 나는 여전히 해결되지 않는 질문을 다시 떠올렸다.

'일본 양반들의 윤동주 사랑은 어디에서 오는 것일까?'

그날 나는 그 질문에 대한 대답을 들었다. 무엇보다 그것은 '참회'였다. 그들은 윤동주의 옥사를 통해서 자신의 종족들이 벌인 악행을 알았고, 처음엔 경악했다가 이어서 부끄러웠으며 결국엔 속죄를 생각했고 그리고 해야 할 일을 하신 것이었다. 그러한 과정을 간명하게 요약하는 문장이, 일본에 윤동주를 널리 알리는 데 결정적인 역할을 했던 시인 '이바라키 노리코'의 글을 읽은 고등학생들의 토로에 있었다.

> "일본인으로서는 차마 견디기 어려운 감정,이 없이 「서시」를 접하는 것은 무리였다."
>
> "식민지 지배로 고통받고 있는 조선과, 고통을 가하는 일본, 〔……〕 그 분노와 슬픔이 부딪는 대상이 옛날 우리나라라 생각하니 가슴이 아프다."[1)]

이런 문장을 접하는 것은 경이로운 일이었다. 3년 전 나는 교토의 '호국신사'에서 일본의 완강한 얼굴을 보고 경악한 적이 있었다. "이 치욕을 잊지 말자" "전쟁은 아직 끝나지 않았다"라는 구호가 벽을 뛰쳐나올

1) 심원섭, 「이바라키 노리코가 본 윤동주」(당일 발표문)에서 재인용.

듯한 돌격 자세를 한 군인들의 형상과 함께 걸려 있었던 것이다. 오늘의 경이는, 나를 경악게 한 구호들의 대극에서 자신들의 과오를 뼈를 깎는 심정으로 뉘우치고 있는 분들로부터 유발된 것이다.

하지만 나는 좀더 냉정히 복기할 필요가 있다고 생각한다. 그들의 진심을 의심해서가 아니라 이런 감정을 가질 필요가 없다고 생각하는 우리 한국인들을 위해서 말이다.

무릇 지구상의 생명 중에 자기보호와 종족 번식의 본능이 없는 종은 없다. 왜냐하면 그게 없으면 존속할 수가 없으니까. 따라서 그건 말 그대로 본능에 속하고 더 물을 까닭이 없는 것이다. 그 본능에 입각하면 저 고통스러운 일본인들의 자기부정 감정은 말 그대로 "견딜 수 없는" 것이다. 어떤 식으로든 자기보호와 종족 번식을 가능케 하는 장치를 개발해야만 하는 것이다. 물론 속죄의 절차가 그 장치에 해당하는 것이겠지만, 그러나 속죄도 속죄할 수 있는 존재에게만 허용되는 것이다. 만일 자신들의 조상이 벌인 악행이 '절대악'이라고 한다면? 그땐 속죄의 길조차 없다. 때문에 그 행악이 절대악이 아니거나 혹은 그 절대악을 벌인 존재들과 일반 일본인들 사이에 어떤 차이가 있거나 해야, 존속 가능성의 길이 열린다.

전자의 방법, 즉 자신의 행적의 과오를 상대화하는 것은 가장 흔하게 취하는 방법이다. 특히 일본은 히틀러의 독일과 달리 그 스스로 절대성을 가정하지 않았다. 나치는 아리안족과 유대인을 양극에 배치하고 그 사이에 인간 등급론을 설치하였다. 그것이 유대인을 말살하는 근거가 되었다. 나치가 혈통의 배제와 독점의 방법을 취한 데 비해, 일본 제국주의는 혈통의 혼합이라는 방법을 선택하였다. '내선일체' '일선동조' '황국신민' 같은 개념들로 피식민지인을 유혹하였고 수탈의 미끼로 사용하였다. '창씨개명'은 그런 입안들에 근거해 나온 혈통 혼합의 실제적인 방책이었다. 그러나 그런 논리는 오히려 항용 악행을 은폐하는 구실로 동원되곤 했다. 이질적인 것들의 관념적 결합은 불화와 갈등과 내분을 품을 수밖에 없으며, 따라서 실질적 차원에서 차별과 폭력은 관행적으로, 다시 말해, 무의식적으로 자행되었다. 그리고 저 '혼합'의 이데올로기는 차별과 폭력을 자발적으로 망각게 하는, 즉 무의식적 오인을 체질화하는 장치로 빈번히 활용되었다. 나는 이런 망각이 얼마나 침윤적인가를 스스로 겪은 바가 있었다. 그날 '호국선사'의 벽 앞에서 내가 나치와 일제의 차이를 이런 식으로 설명을 달고 있을 때 중국 남경대학교의 서여명 교수가 발끈하며 말하였다. "우리는 30만 명이 학살되었어요." 그 순간 나는 내 잘못을 느꼈고 곧바로 서 교수에게 사과하였다.

두번째 방법, 즉 일본인 내부에 절대악의 수행자들과 그렇지 않은 사람들을 구별하는 방법도 일종의 자기 보호본능을 따르는 또 하나의 방법이다. 이 방향은 앞의 것과 다르게 '악'을 부재화하지 않는다. 잘못의 명시적 인지를 유지시키는 것이다. 하지만 여기에도 '악의 이동'이 작동하고 있는 것이 사실이다. 그것은 구성원의 분할을 통해서 일어난다. 실제로 악을 기획하고 명령한 사람들, 명령을 수행한 사람들과 방관한 사람들, 그리고 자신의 의지와 관계없이 '같은 민족'이라는 명분으로 묶이게 된 사람들, 그 자손들 등등의 구분이 생겨서 차츰 악의 주체를 타자화하고 자신의 무구성을 보존할 수가 있는 것이다. 1995년 한일작가회의차 일본에 갔을 때 나는 그런 구성원 분할의 장관을 직접 목격한 바 있었다. 세계적으로 잘 알려지고 한국에서도 추종자가 꽤 되는 일본 지식인이 본래 목차에 있던 제목과는 전혀 다른 새 글을 발표하였다. 느닷없이 낭독된 그 글은 일본 제국주의의 식민지 지배와 세계대전 발발의 책임이 '천황제'에 있다고 주장하는 내용을 담고 있었다. 나는 한국과 일본의 문학을 서로 얘기하는 자리에서 뜬금없이 저 얘기를 하는 까닭을 작년에도 이 대회에 참여했던 한 문인으로부터 듣고는 납득할 수 있었다. 전년 제주도에서 열린 '한일작가회의'에 그 일본 지식인이 참여했는데, 그 자리에서 한국의 어떤 교수가 일본의 식민지 지배를 꺼내며 분노를 표출했으며, 일본 평론가가 "이런 일이 있을까 봐 오지 않으려고 했는데……"라고 불평했다는 것이었다. 그런 사정을 알고서 글을 들여다보니 논리는 아주 정교했다. 그 대회에 참여한 일본 작가들로부터 "용기 있는 발언"이라는 찬사가 쏟아졌다. '천황제' 비판은 일본에서는 '불온'하게 비칠 수 있었으니, 기습적인 주제 변경도 변명이 되었다. 그러나 내 마음속에는 "천황의 이름으로 국가의 운영을 주도한 게 일본 군부와 지식인인데, 그 지식인 집단이 비록 권력적 지식인이었을 뿐 나머지는 지식의 권력행사에서 배제되어 있었다는 논리가 성립한다 하더라도, 지식 자체가 그 안에 연루되었다는 사실이 어떻게 면제될 수 있겠는가"라는 생각을 지울 수가 없었다.

릿쿄 대학에서의 일본 분들도 비슷한 논리에서 출발하였다고 할 수 있다. 그러나 이분들의 생각이 다른 점은 그러한 분리 작업 속에서도 연루의 선을 결코 지우지 못한다는 것이었다. 그것이 앞에서 인용한 대로 "차마 견디기 어려운 감정"을 들끓게 하고 있었다. 그들이 윤동주의 시를 읽고, 번역하고, 연구하고, 보급하고, 교과서에까지 싣고, 해마다 한국의 어느 단체보다도 더 극진하게 윤동주 시인이 영면한 '2월 17일'을 추념하는 것은 바로 '원하지 않았다 하더라도 운명적으로 가담되었다는 사실'에 대한 고해이자 속죄의 표현이었다. 윤동주의 시를 고등학생에게 교육하고 있는 하기와라 시게루 선생의 강의안은 일본인들의 그러한 자세를 여실하게 입증하고 있었다. 하기와라 선생은 수강생들에게 다음과 같은 질문을 숙제로 내고 있는 것이다.

(1) 통한의 마음 없이는 이 시인을 마주 대할 수 없다,는 것은 왜인가.

(2) 한글로 시를 쓰는 것 자체가 대단한 저항이었다고 할 수 있다,는 것은 무슨 뜻인가, 간단히 설명해보라.[2)]

그러나 다시 생각하면 이 속죄의 방법 또한 자기보존을 위한 처절한 노력으로 봐야 할 것이다. 그렇다는 것은 그 속죄가 '자기부정'에 대한 방지로 기능할 수도 있다는 것을 뜻한다. 속죄가 자신의 계통발생의 줄기에 대한 철저한 부정을 통해서, 새로운 존재 양식의 미래를 낳지 못한다면 그러한 일은 그 진솔함과 고통에도 불구하고 악행을 부정하는 세력들과 어정쩡하게 공존하면서 자기 위안의 약으로 기능할 수도 있다.

이분들의 행동이 '자기보호'의 강력한 욕망 속에서 피어나고 있다는 것은 다음과 같은 대목에서 좀더 분명하게 확인된다.

영화는 특고(特高) 역시도 시대의 피해자라는 시점에서 그려져 있었다. 윤동주의 생애를 오래 마주해온 사람에게는 실제로 이렇지는 않았을 것이라는, 다소의 위화감도 느껴졌다. 그러나 많은 일본인들에게는 처음 접하게 된 충격적인 사실이자, 역사의 진실과 마주하게 되는 계기

2) 하기와라 시게루, 「일본 고등학교에서의 윤동주 교육」.

가 되었던 것이 아닐까 싶다.[3)]

이준익 감독의 영화 「동주」(2015)에 대한 반응이다. 야나기하라 씨는 일본인 역시 '피해자'라는 느낌을 받는다. '특고'와 윤동주 사이의 끈질긴 대화에서 '윤동주의 가정(假定)된 독립운동을 이해하려는' 자세와 그런 자세에도 불구하고 결국 윤동주의 희생을 방임할 수밖에 없었던 무기력을 읽었기 때문일 것이다. 또한 릿쿄대 영화과의 이향진 교수는 영화 「동주」의 시선이 대각선의 그것임을 포착하고 일본인의 일상 속으로 들어가려 했던 윤동주의 노력을 읽어냈다.[4)] 다시 말해 일본 유학생 윤동주는 보통의 일본인들의 생활 속으로 들어가 그들과 어울리려고 했다는 해석을 한 것이다.

이런 해석들은 보통의 일본 사람들의 무고함과 그들 역시 피해자라는 관점으로 서서히 다가간다. 그리고 그 끝 지점에 일본의 패전을 결정한 '원자폭탄'이 있다. 윤동주를 일본인에게 알리는 시발점이 되었던 일본 시인 이바라키 노리코의 애송시, 「내가 제일 예뻤을 때」는 윤동주를 거론할 때마다 일본인들이 함께 읽는 시인데, 이렇게 시작한다.

> 내가 제일 예뻤을 때
> 거리는 폭삭 무너져 내렸고
> 난데없는 곳에서

---

3) 야나기하라 야스코(시인 윤동주를 기념하는 릿쿄 모임 대표), 「후쿠오카·교토·도쿄의 윤동주 관련 시민운동의 역사와 현재」.

4) 이향진, 「상호문화주의에서 본 영화 〈동주〉와 릿쿄생 윤동주—디아스포라와 경계의 재현미학」.

푸른 하늘이 내다보이기도 했다

분명히 지시하고 있지는 않지만 이 구절은 히로시마에 떨어진 원폭을, 적어도 종전 직전에 일본에 쉴 새 없이 퍼부어대던 미 공군의 공습을 암시하고 있다. '원폭' 사건은 '전범 일본'으로부터 '핵의 희생자 일본인'으로 시선을 돌리게 한다. 그리고 그 궁극엔 모두를 위한, 모두의 사랑에 대한 호소가 있다. 시에서는 "난데없는 곳에서/푸른 하늘이 내다보이"는 광경이 그 호소의 문을 연다. 마르그리트 뒤라스Marguerite Duras가 시나리오를 쓴 알랭 레네Alain Resnais의 영화 「히로시마 내 사랑Hiroshima mon amour」(1959)이 표출한 비장하고도 애잔한 영상은 그 호소의 절정에서 출렁인다.

하지만 나는 이러한 생각의 전개 속에서 일본인들의 '자기합리화'를 보자고 하는 것이 아니다. 오히려 거꾸로 나는 이 사람들이 자신의 진화적 본능에 논리적 근거를 부여하려는 얼마나 힘겨운 노력을 벌이고 있는가에 대해 공명하고 있는 것이다. 이분들의 이 행동을 자기합리화로 단정할 수 없게 하는 것은 무엇보다 이 논리적 구축의 뒤에 한결같이 그들의 앞 세대가 저지른 '죄'에 대한 명료한 인식이 엄존하고 있기 때문이다. 이 인지와 논지의 병존을 통해서 그들은 참회와 자기보존을 동시에 구하고자 했으며 더 나아가 인류의 공동 운명에 대한 진지한 숙고에까지 나아가고자 했던 것이라고 추론할 수가 있는 것이다. 그리고 악의 인지가 중단되지 않는 한, 그것의 논리적 재구축을 통한 화해의 과정은 결코 그침이 없이 계속될 것이며, 인류의 정신적 성숙에 한 줌의 토양을 제공할 것이다.

이런 생각이 결국 우리 자신에 대한 거울로 기능하지 않는다면 내가 이 글을 쓴다는 게 무의미해지리라. 윤동주를 기리는 일본 사람들의 이 고투 앞에서, 우리는 윤동주의, 아니 조선사람 일반의 희생에 대해서 어떻게 생각하고 어떻게 대해왔는가? 우리는 피식민지인이었으니, 한반도에서 자행된 폭력의 책임은 물론 일본 제국주의와 총독부의 머슴들과 그 노끈들에게 있을 것이다. 그러나 정말 한국인들은 순수하게 피해자이기만 한 것일까? 일제의 악행에 가담한 사람들의 얘기가 아니라, 또한 그런 식의 집단 분할을 통해서 악의 소재를 지목하는 문제도 중요한 재고 사항이긴 하지만, 그것도 건너뛰어 한반도의 사람들에게 가해진 폭력과 희생을 한국인들은 오로지 순진하게 감수하기만 한 것일까? 그렇다면 우리의 주체적인 몫은 어디에 있는가? 거기까지 생각이 미치면 내 마음과 머리는 아연 복잡해지고 마구 헝클어진 미로 속으로 접어든다. 나는 아리아드네의 실을 잃어버리는 환각과 공포에 사로잡힌다.

3 부

폐허 위의 존재 껍질

그러나 거기에는 또한 존재의 알 수 없는 어떤 몫도 있었다. 마치 땅속 깊이, 바위들의 미로(迷路) 저 안쪽에서 한 번도 대낮의 빛을 본 적이 없지만, 어디서 오는 것인지도 알 길 없는, 어쩌면 땅속의 불그레한 중심으로부터 저 깊이 파묻힌 동굴들의 검은 공기를 향하여 바위 속의 모세혈관을 갖다 대고 빨아들인 것일지도 모르는 은은한 빛을 반사하는 깊은 지하수처럼, 끈적거리고 [압착된] 어떤 식물들이 일체 생명이 부지할 수 없을 것 같아 보이는 곳에서도 살아남기 위하여 여전히 그들의 자양을 빨아들이는 그 깊은 물처럼, 그 오랜 세월 동안 그의 내면에서 꿈틀거리고 있었던 그 무엇이 또한 있는 것이었다.

—알베르 카뮈Albert Camus, 『최초의 인간』, 김화영 옮김, 열린책들, 1995, pp. 272~73

첫번째 소녀는 내면의 목소리
입가에 맴도는 벌거벗은 무희
빈 뱃구레 언저리에서 태어난 무희
—제라르 마세Gérard Macé, 『기억의 소녀들』, Gallimard, 2007, p. 11

존재의 열림을 살다
— 김수영

해방 이후의 한국시에서 김수영만큼 광범위한 영향력을 행사한 시인은 없다. 1968년 죽음과 더불어 시작된 그의 신화는 1980년대 초반에 김현으로 하여금 "그는 지금 영광의 절정에 있다"고 쓰게 했는데, 그 진단은 오늘날까지도 전혀 효력을 상실하지 않았다. 무엇이 오늘의 김수영을 만들었을까? 그 원천은 그가 김춘수·신동엽과 더불어 한국 현대시의 주추를 놓은 시인이라는 점에 있을 것인데, 그것은 김수영에게 있어서 문명과 한국인의 결합이라는 주제로 나타났다. 즉 김수영에 와서 현대문명에 대한 근본적인 시각의 변화가 일어났으니, 그것을 더 이상 저항하거나 수용해야 할 대상으로서가 아니라 주체의 일부로서 받아들이기 시작했다는 것이 그 변화의 핵심적인 의미이다. 그러한 변화는 물론 김수영에게 와서 갑작스럽게 나타난 것이라기보다는 전 세대 문학인들의 문학적 실천 밑으로 복류한 모색에 뒷받침되어 있었다. 즉 멀게는 이상의 자발적 '도착(倒錯)'에서부터 직접적으로는 채만식의 '책임'과 손

창섭의 '자격'에 대한 물음이 김수영의 출현을 준비한 은근한 움직임들이었다. 그리고 이로부터 현대문명에 즉한 한국인의 새로운 존재 양식이 개발되었으니, 현대문명은 이제부터 체험이자 동시에 질문인 형식으로 존재하게 되었다는 것을 뜻한다. 체험의 형식은 현대문명이 대상이 아니라 주체의 일부가 되었기 때문에 당연한 것이었는데, 동시에 그 체험의 원료들이 한국인에게 이미 주어진 것은 아니었고, "방향은 현대"라는 그의 짧은 금언이 가리키듯, 오직 방향만이 명시되었기 때문에 그 체험은 질문과 탐색으로서의 체험일 수밖에 없었다. 이 체험이자 동시에 질문을 하나로 압축하여 '발견술적heuristic 체험'이라고 명명할 수 있으리라. 실로 김수영 시의 가장 순수한 원형은 이러한 발견술적 체험의 장소로서의 개별적 인간, 다시 말해 순수한 열림이 집중된 장소(통로, 물관, 구멍)로서의 개인이었다. 주체가 스스로를 '열림'의 존재로서 느끼게 되었다는 것은 그가 김춘수·신동엽과 공유하는 면이었는데, 김춘수가 그 무정형의 실재로서의 존재를 내면 풍경의 외적·정경적 치환을 통해 구축하려고 했던 데 비해, 그리고 신동엽이 그것을 외재적 간섭물로부터의 탈각을 통해서 보존적인 방식으로 구하려 했던 데 비해, 김수영은 그 열림 자체 속에 몰입하였다. 즉 김춘수와 신동엽이 없는 것을 있는 것으로 바꾸려는 운동을 보여주었다면, 김수영은 없음이 곧 있음이고 빔이 곧 참인 방식으로 그 열린 상태를 살아냈던 것이다. 바로 그것이 앞의 두 시인이 현대라는 문제틀을 '다른 것'으로 치환하려고 한 것과 달리 김수영은 그것을 직접 겪으려 하게 된 근본 원인이 되었고, 또한 다음 세대의 문인들에게 가장 폭넓은 영향을 끼치게 되는 원천이 되었다. 왜냐하면 그는 미리 어떤 것을 선택하지 않음으로써 모든 선택 가능성의 최초의 문턱에 놓이게 되었기 때문이었다. 그러니 이 순수한 열림의 개진은 역설적이게도 가장 잡다한 이물질들로 채워지는 양상으로 나타나게 될 수밖에 없었으니, 그것이 김수영 시의 세번째 특징이라고 할 수 있으며, 이 특징은 구조적인 것이다. 구조적이라는 것은 장 피아제Jean Piaget가 간명하게 지적했듯 '관계적'이라는 뜻인데, 김수영 시의 실제를 이루는 이 잡다한 사물들, 그리고 잡설들이 시를, 세상을 메우는 데 쓰이는 것이 아니라 시 바깥을, 세상 바깥을 환기시킨다는 것이 그의 시의 구조적 특성의 의미이다.

김수영 시의 변모에 대해, 그가 개인과 모더니티의 탐구에 주력하다가 「거대한 뿌리」 이후 민중과 민족을 발견하였다는 재래의 해석은 단순한 사고에는 매력적으로 들릴지 모르겠으나 설득력이 없다. 그에게 개인과 민중이 변별된 적이 없으며 그가 모더니티에 대한 추구를 포기한 적이 없고, '민족'을 찾아 나선 흔적이 보이지 않기 때문이다. 오히려 그는 얼핏 보아 모순되는 열쇠 개념들을 평생 통째로 끌고 나갔다고 보아야 할 것인데, 그 진행이 격렬한 운동을 동반한 게 사실이다. 이 운동의 초기에 시인이 '현대'에 대한 전면적 탐구와 현대성과 한국인의 삶 사이의 시·공간적 어긋남의 양상들, 그리고 그로부터 야기되는 한국인의 아이러니를 표현(이러한 문제들을 농축한 시가 「헬리콥터」이다)했다면 4·19의 좌절 이후 권태의 한복판에서 '존재하는 삶'으로부터 혁명의 힘을 찾게 된 것은 분명해 보인다. 그러나 그 '존재하는 삶'은 전통이나 뿌리라기보다는 오히려 채만식이 그러했듯 장래 세대에 대한 발견(「현대식 교량」)에서 촉발된 것이다. 그러나 그는 장래 세대에게 채만식처럼 막연한 믿음을 두지 않고, 그들과의 만남에서 실천적 대화의 가능성을 발견했다. 그 대화의 함수, 더 나아가 존재하는 삶의 실제적인 구조가 무엇인지는 아직 적절히 해명되지 않았다. 그렇게 많은 김수영론이 씌어졌음에도 불구하고 그의 시의 변모에 대해서는 아직 밝혀져야 할 많은 것들이 남아 있다.

폭포는 곧은 절벽을 무서운 기색도 없이 떨어진다

규정할 수 없는 물결이
무엇을 향하여 떨어진다는 의미도 없이
계절과 주야를 가리지 않고
고매한 정신처럼 쉴 사이 없이 떨어진다

금잔화도 인가도 보이지 않는 밤이 되면
폭포는 곧은 소리를 내며 떨어진다

곧은 소리는 소리이다
곧은 소리는 곧은
소리를 부른다

번개와 같이 떨어지는 물방울은
취할 순간조차 마음에 주지 않고
나타(懶惰)와 안정(安定)을 뒤집어놓은 듯이
높이도 폭도 없이
떨어진다

「폭포」는 이행의 시다. 그 이행의 형식은 '곧음'이며, 그 곧음의 의미는 객관적 환경뿐만 아니라 주체의 의도마저도 초월해 오직 이행의 운동에만 집중한다는 것이다. 그런데 주체의 의도마저 초월하기 때문에 그 이행에는 '목표'가 없으며, 목표가 없으니 실체적으로는 어떤 규정도 거기에 주어질 수가 없다. 이러한 운동의 순수 집중이 그래도 이행이라면 그 이행의 기착지는 어떤 장소가 아니라 그것이 야기할 또 다른 이행의 운동들이다. "곧은 소리는 소리이다"는 그 운동이 오로지 운동이기만 하다는 것을 가리키고 있고 "곧은 소리는 곧은/소리를 부른다"는 그 운동이 운동만을 유발한다는 것을 가리킨다. 그런 순수 집중의 상태를 "懶惰와 安定을 뒤집어놓은 듯"한 상태라고 시인은 말하는데, 그것을 '부단한 운동과 불안정'한 상태라고 해석할 수는 없다. 시구를 문자 그대로 해석하자면, 그것은 오히려 "나타와 안정"의 형식으로 운동과 불안정이 들끓는 상태라고 말해야 할 것이다. 즉 절대 평정의 상태로 절대 요동을 실천하는 것이다. 명제만 보자면 이것은 한국인의 심성에서 그리 낯선 것이 아니다. 우리는 운동의 지고의 경지가 최고도의 무심 속에서 구현된다는 얘기를 심심찮게 나눈다. 이 시의 가치는 그러한 탈속적 지혜(이것은 오직 무인이나 도인들의 경지를 말할 때만 쓰여왔다)를 생의 차원으로 이동시켜 삶 자체의 이상적 경지로 만듦으로써 독자를 놀라게 한다는 점에 우선 있으며(우리는 생활 속에서는 정반대로 살아왔으며 시시각각으로 눈앞의 목표에 갈급해왔던 것이다), 더 나아가 김수영의 다른 시들과의 상호텍스트적 관계 속에서 그것을 한국인이 영원히 뒤쫓아가게끔 운명 지어진 문명을 앞지르는 하나의 방법적 지혜로서 제시한다는 점에 있다. 자기에 대한 집중이 타자를 향해 열리는 방법론의 모체를 보여준다는 점에서 「폭포」가 앞에서 말한 '순수한 열림'의 원형을 이룬다면, 후기에 씌어진 「사랑의 변주곡」은 그 열림의 실제적 양상들이 가장 어지럽게 들끓는 시다. 이런 실제적 양상들의 적극적인 드러냄은 시인이 생활의 힘을 발견한 데서 연유하는데, 그것을 시인은 '욕망의 전개는 사랑의 잉태'라는 명제로 제시한다. 그러나 그 사랑은 '절도' 덕분에 들끓는 사랑이다. 이 절도와 "복사씨와 살구씨가/한 번은 이렇게/사랑에 미쳐 날뛸 날이 올 거다!"의 '날뜀'은 서로 다른 게 아니다. 그리고 그 비밀이 이 들끓는 시를 가장 청명한 명상으로 이끈다. "아버지 같은 잘못된 시간의/그릇된 瞑想이 아닌" 명상으로. 「푸른 하늘은」은 4·19혁명의 핵심적 의미를 짚은 시다. 김수영 시의 통시적 전개로 보자면 이 시는 초기 시의 문명의 추구와 후기 시의 생활의 발견 사이에 일종의 경첩처럼 놓여 있다. 문명의 본의가 규범의 형식으로 현실과 접목됨으로써 태어난 시인 것이다. 김수영의 마지막 시 「풀」은 집중적인 해석을 받은 시인데, 김수영 시 세계의 최종적 완성으로 간주한다는 점에서는 대부분의 해석들이 일치하고 있다. 그러나 이는 삶의 우연한 종결을 도달점으로 과장하는 오류이다.[1)]

---

1) 시 「풀」에 대해서는 필자의 「"발목까지/발밑까지"의 의미」(『네안데르탈인의 귀향』, 문학과지성사, 2008)를 참조해주기 바란다.

김수영의 마지막 회심
— 김수영과 프랑스 문학, 그리고 자코메티적 변모

1. 현대의 명령

김수영이 서양문명 및 문화를, 배우며 극복해야 할 가장 강력한 준거틀로서 이해했던 건 의심할 바 없는 사실이다. "방향은 현대"[1]라는 깔끔한 표명으로 그가 '현대'를 자신의 삶의 목표로 설정하였을 때, 그 현대의 방향에 서양이 앞서 달려가고 있었다. 어쩌면 그 서양은 현대의 최신의 경계에 도달해 있는 것이라고 생각했을 수도 있었다. 그는 "영국에서 돌아온" "T"라는 친구를 두고 "세계의 끝까지 갔다 온 친구"[2]라고 말한 바 있으며, 문명의 책을 암시하는 "가까이할 수 없는 서적"에 대해

---

1) 「네이팜 탄」(1955), 『김수영 전집 1: 시』, 민음사, 개정판 7쇄, 2008(이하, 『전집 1』로 표기), p. 103; 시와 글이 쓰인 연도가 의미 있다고 생각되면 괄호 안에 밝혔다.

2) 「밀물」(1961), 『김수영 전집 2: 산문』, 민음사, 개정판 5쇄, 2007(이하, 『전집 2』로 표기), p. 42.

"캘리포니아라는 곳에서 온 것만은 확실"[3]하다고 말했다. 그가 한국시의 '현황'을 문제 삼을 때에도 '현대의 방향' 쪽으로 한국시를 당기는 것이 문제였고, 따라서 '현대라는 방향' 쪽으로 앞서 나간 서구의 시는 집중해서 들여다봐야 할 모범이었다. 그래서 그는 박태진의 시를 두고 "오늘날 모든 한국시의 카메라의 셔터는 작열하는 선진국을 보기 위해 구멍을 훨씬 오므려야 하지만 그〔=박태진〕의 셔터만은 어두운 한국의 시를 1965년으로 끌어올리기 위해 구멍을 좀더 크게 크게 열어야 할 것이다"[4]라고 말했던 것이다. 또한 그가 김재원의 「입춘에 묶여 온 개나리」를 읽고 충격을 받았을 때, 그 충격을 뚫고서 그로 하여금 "그〔=김재원〕를 비평할 수 있는 차원을 획득"하게끔 해준 시는 「엔카운터지」였다.[5] 그런데 잡지 『엔카운터』는 그가 때마다 뒤지며 참조한 영국의 문학잡지였다(1953년 스티븐 스펜더Stephen Spender가 창간하였다. 스펜더는 1967년까지, 즉 김수영이 타계하기 1년 전까지 그 잡지의 주간이었다. 1990년에 종간하였다). 물론 제목에 그 잡지명을 썼다는 이유만으로 그가 서양을 준거틀로 삼았다고 말할 수는 없을 것이다. 시 「엔카운터지」[6]는 잡지 『엔카운터』에 대해 두 개의 판단을 제시하고 있는데, 첫번째 판단은 그 잡지가 시의 화자에게 "나의 모든 프라이드" "전 재산"의 의미를 지니고 있다는 것이다. 시의 출발은 이로부터이다. 그러나 두번째 판단은 "시간"이 그 "책보다 더 중요하다"는 것이다. 그 첫번째 항목에서 잡지 『엔카운터』는 시적 화자의 절대적 기준인 것처럼 나타난다. 그리고

---

3) 「가까이 할 수 없는 서적」, 『전집 1』, p. 20.
4) 「진정한 현대성의 지향」(1965), 『전집 2』, p. 320.
5) 「제 정신을 갖고 사는 사람은 없는가」(1966), 『전집 2』, pp. 186~87.
6) 「엔카운터지」(1966), 『전집 1』, pp. 326~28.

그 잡지는 곧바로 서양문학(이론)의 은유로 읽힌다.

그렇다고 해서 그가 서양문학, 문명의 숭배자는 아니었다. 시 「엔카운터지」에서의 『엔카운터』에 대한 두번째 판단은 바로 그 점과 관련되어 있다. 그는 '현대'를 명분으로 "배미사상의 눈동자"를 굴리는 사람들을 "거룩한 속물"[7]이라고 불렀고, "'현대가 제출하는 역사적 과제를 해결'하려는 열의가 부족"한 데서 오는 "한국의 현실"에 대한 "시대착오"를 "'현대성'에의 도피"[8]라고 질타했으며, "우리의 현실 위에 선 절대시" "대지에 발을 디딘 초월시"[9]를 꿈꾸었다. 그러나 이러한 김수영의 '요구'는 소박하게 파악되어서는 안 된다. 그는 서양을 숭배하지 않았으나 그렇다고 "우리의 현실 위에 서"야 한다고 해서 소위 '한국적인 것' 혹은 '동양적인 것'을 전범으로 삼으려는 일은 더욱 하지 않았다. 오히려 그는 서양으로부터 배우려고 했는데, 다만 그 서양은 현대라는 방향을 향해 '움직이는 것'으로서 이해되었다. 즉 '현대의 방향'이라는 기준에서 서양문학 자신도 끊임없이 스스로를 배반하는 방식으로 변화시켜나가야만 했다. 그러한 관점을 그는 거의 비슷한 용어로 몇 차례에 걸쳐 발언하였다.

> 우리는 우리들 자신의 문학(문학이라고 해둡시다)을 신용하지 않소. 이것이 현대의 명령이오. 카뮈가 이런 말을 했지. 그 이전에 랭보가 무어라고 했소. 시는 절대적으로 새로워야 한다고 했을 거요. 그러니까 우리들

7) 「이 거룩한 속물들」(1967), 『전집 2』, p. 121.
8) 「'현대성'에의 도피」(1964), 『전집 2』, pp. 530~31.
9) 「새로운 포멀리스트들」(1967), 『전집 2』, p. 592.

은 우리들의 시를 절대적으로 경멸해야 하오.[10)]

현대의 작가들은 자기들의 문학을 불신한다는 카뮈의 선언은, 시는 절대적으로 현대적이어야 한다는 랭보의 말만큼 중요하다. 이것이 오늘의 척도다.[11)]

시인은 영원한 배반자다. 촌초(寸秒)의 배반자다. 그 자신을 배반하고, 그 자신을 배반한 그 자신을 배반하고, 그 자신을 배반한 그 자신을 배반한 그 자신을 배반하고…… 이렇게 무한히 배반하는 배반자. 배반을 배반하는 배반자…… 이렇게 무한히 배반하는 배반자다.[12)]

스스로를 불신하는 것, 그것이 현대의 명령이었다. 서양문학이 참조틀이 된다면, 바로 그것이 '자신에 대한 배반'이라는 현대의 명령을 가장 알차게 보여주었기 때문일 것이다. 그가 비판한 "배미사상의 눈동자"는 바로 그 스스로를 배반하는 서양문학의 운동을 이해하지 못하고, 그것을 하나의 확정된 실체로 고정시키면서 그대로 복제하려 하지만 그러나 서양과 한국의 엄격한 문화적 차이 때문에 그 실체를 통째로 베끼지도 못하고, 그저 포즈만을 취하는 눈동자들이었다. 그가 전봉건을 두고 "퇴색한 앙드레 부르통을 새것이라고 생각"하는 "무리"[13)]를 범하고 있다고 빈정거린 것이나 한국인으로서의 자신의 "골상"과 "생리"

10) 「글씨의 나열이오」(1967), 『전집 2』, p. 115.
11) 「시작노트」(1966), 『전집 2』, p. 459.
12) 「시인의 정신은 미지」(1964), 『전집 2』, p. 255.
13) 「문맥을 모르는 시인들」(1965), 『전집 2』, p. 331.

를 모르고서 서양 배우의 표정을 그대로 흉내 내는 한국의 배우들을 흉보았던 것이나,[14] 박인환을 두고 "전위시인으로 꾸며"졌으며, "시를 얻지 않고 코스츔만 얻었다"[15]고 비난한 것은 그가 '현대'에 입각했기 때문이지 '한국'이나 '민족'에 입각했기 때문이 아니었다. 「엔카운터지」에서 시간이 책보다 중요하고, "시간의 인식만이 빛난다"고 쓴 것은 바로 그 사실을 지시한다고 할 수 있다.

여하튼 현대라는 방향을 위해 그는 끊임없이 서양의 문학적 동향을 찾아다녔다. "은행 뒷담이나 은행 길모퉁이에 벌려놓은 노점 서적상을 배회하여 다니며" 그것을 찾았다. 물론 일차적인 이유는 거기에서 번역하거나 소개할 만한 글, 즉 "돈이 될 만한 재료"를 찾기 위해서였다. 그것은 "고달픈 일이 아닐 수 없"었는데, "그래도 구하려던 책이 나왔을 때는 계 탄 것보다도 더 반갑다"[16]고 그는 적었다.

2. 프랑스 문학·예술에 대한 미묘한 양가감정

그런데 그가 찾아다닌 책들은 대부분 영어로 씌어졌거나 혹은 일어로 씌어진 책이었던 것으로 보인다. 그가 분석을 겸해 인용한 시인이며 비평가들은 대부분 영미권의 시인, 비평가들이었다. 프랑스의 문학인들 역시 자주 인용되었지만 작품이 직접 분석된 예는 조금 후에 언급할 한 시인의 경우를 제외하고는 없다. 무엇보다도 그는 프랑스어로 된 문

14) 「문예영화' 붐에 대해서」(1967), 『전집 2』, p. 211.
15) 「마리서사」(1966), 『전집 2』, pp. 106~07.
16) 「일기초 1」 1954년 12월 30일, 『전집 2』, p. 486.

학작품은 아예 읽을 기회를 갖지 못했던 것 같다. "불어도 배우자. 불란서 잡지를 주문해서 참고로 하자. 오늘뿐만 아니라 내일의 참고로도 하자"[17]고 다짐을 한 적이 있으나, 그가 불어를 배운 흔적은 찾을 수가 없다. 그가 불어를 못했다는 가장 분명한 증거는 프랑스 시에 대한 번역이 들쭉날쭉하다는 사실이다. 가령, 그는 프랑스 시에 대해서 시 본문을 인용한 적이 딱 한 번 있는데, 그것은 쥘 쉬페르비엘Jules Supervielle의 세 편의 시에 대해서이다.[18] 그는 이 세 편을 자신이 '번역'한 것으로 제시하고 있는데, 번역의 수준이 편마다 고르지 않다. 세번째로 인용된 「나는 혼자 바다 위에서Je suis seul sur l'océan」[19]는 비교적 잘된 번역이며, 첫번째로 인용된 「침묵의 전우들Compagnons de silence」[20]은 군데군데 오역이 있는 채로, 그리고 약간 억지스럽기도 한 채로 뜻은 웬만큼 살린 번

17) 「일기초 2」 1960년 9월 13일, 『전집 2』, p. 502.

18) 「새로움의 모색」(1961), 『전집 2』, pp. 229~32.

19) 참조를 위해 시 원문을 적는다: "Je suis seul sur l'océan/Et je monte à une échelle/Toute droite sur les flots,/Me passant parfois les mains/Sur l'inquiète figure/Pour m'assurer que c'est moi/Qui monte, que c'est toujours moi./Des échelons tout nouveaux/Me mettant plus près du ciel,/Autant que faire se peut/S'il ne s'agit que d'un homme./Ah! je commence à sentir/Une très grande fatigue,/Moi qui ne peux pas renâitre/Sur l'échelle renaissante./Tomberai-je avec ces mains/Qui me servent à comprendre/Encore plus qu'à saisir?/Je tombe ah! je suis tombé/Je deviens de l'eau qui bouge/Puis de l'eau qui a bougé,/Ne cherchez plus le poète/Ni même le naufragé"(Jules Supervielle, *Œuvres poétiques complètes*, Édition publié sous la direction de Michel Collot, Paris: Pléiade/Gallimard, 1996, pp. 379~80).

20) "Compagnons de silence, il est temps de partir,/De grands loups familiers attendent à la porte,/La nuit lèche le seuil, la neige est avec nous,/On n'entend point les pas de cette blanche escorte./Tant pis si nous allons toujours dans le désert,/Si notre corps épouse une terre funèbre,/Le soleil n'a plus rien à nous dire de clair,/Il nous faut arracher sa lumière aux ténèbres./Nous serons entourés de profondeurs austères/Qui connaissent nos coeurs pour les avoir portés,/Et nous nous compterons dans l'ombre militaire/Qui nous distribuera ses aciers étoilés"(*ibid*., p. 441).

역이다. 그러나 두번째로 인용된 「대양의 이 부분Ce peu d'océan」[21]은 제목에서부터 시작해(「이 한 줌도 안 되는 대양」이라고 붙이는 게 차라리 낫다) 대부분의 시구가 오역이다. 이러한 들쭉날쭉한 번역의 수준으로 미루어보면 그가 프랑스어 시를 직접 번역한 게 아니라 둘 이상의 지면에서 영역된 시들을 다시 한국어로 번역한 것으로 보는 게 타당하다. 게다가 그가 초기 시라고 생각한 「나는 혼자 바다 위에서」는 1938년 간 『세계의 우화*La Fable du monde*』(Gallimard)에 실려 있는 것이고, 후기 시라고 생각한 먼저 인용된 두 편의 시는 『세계의 우화』 다음에 상자된 시집, 『1939-1945』(Gallimard, 1946)에 수록된 시로서 「침묵의 전우들」은 개별 시편이 아니라 「대양의 이 부분」의 제2절이다. 「대양의 이 부분」으로 번역된 것은 그 1절에 해당한다. 이 시집 이후 쉬페르비엘은 1960년 타계할 때까지 네 권의 시집을 더 낸다. 『세계의 우화』 이전에 출판된 시집은 여덟 권이다.[22] 『세계의 우화』에 바로 앞서는 시집, 『미지의 친구들*Les Amis inconnus*』은 1934년 상자되었다. 따라서 이 세 편의 시에 대해서 초기/후기를 가르는 것은 무리인 것으로 보이는데, 이 역시 쉬페르비엘에 대한 부정확한 영미 쪽 정보를 그가 참조했기 때문일 것이다.

---

21) "Ce peu d'océan, arrivant de loin,/Mais c'est moi, c'est moi qui suis de ce monde,/Ce navire errant, rempli de marins,/Mais c'est moi, glissant sur la mappemonde,/Ce bleu oubliés, cette ardeur connue,/Et ce chuchotis au bord de la nue,/Mais c'est moi, c'est moi qui commence ici,/Ce coeur de silence étouffant ses cris,/Ces ailes d'oiseaux près d'oiseaux sans ailes/Volant, malgré tout, comme à tire d'ailes,/Mais c'est moi, c'est moi dans l'humain souci./Courage partout, il faut vivre encore/Sous un ciel qui n'a plus mémoire de l'aurore!"(*ibid*., p. 440).

22) 그는 1884년에 태어났고 첫 시집 『과거의 안개들*Brumes du passé*』을 1901년에 냈는데, 정확한 출판지와 시기는 불명이다. 그다음 시집, 『범선들처럼*Comme des voiliers*』은 Editions de La poétique에서 1910년에 출판되었다.

그러나 그럼에도 불구하고 그는 영어나 일어를 통해 프랑스 문학을 자주 살폈으며, 그 살핌의 과정은 또한 프랑스 문학에 대한 미묘한 양가감정이 법석을 떠는 과정이기도 했던 것으로 보인다. 그 양가감정의 한 극에서 프랑스 문학은 '현대의 명령'과 거의 동의어이다. 앞에서 살핀 '현대의 명령'을 가르쳐준 이들은 모두 프랑스 사람들이다. 카뮈와 랭보 말고도, 프랑스 국적의 또 다른 소설가에서도 그는 똑같은 '자기 배반'의 문학을 보았다: "프랑스의 뷔토르Michel Butor 같은 작가는, 소설은 본질적으로 리얼리티에 기여하는 것이고, 새로운 소설가의 임무는 구세대의 소설가들이 과(果)한 낡은 리얼리티의 서술을 교정하는 일이며 따라서 모든 훌륭한 소설은 안티노벨이라고 말할 수 있을 것이다."[23] 그렇다면 개념적 차원에서 프랑스 문학은 절대적인 모범이 될 것이다. 그러나 실상 김수영은 프랑스 문학을 무조건적으로 긍정하지 않았다. 방금 인용된 뷔토르가 언급된 자리에서 그는 영국의 소설가들과 프랑스의 소설가들의 차이를 논하던 참이었다. 거기에서 김수영은 뷔토르를 "난삽한 인식론적인 것을 파고드는 프랑스의 전위작가들"의 한 사람으로 보았다. 반면, 영국의 소설가들은 그런 "난삽한 인식론적인 것을 파고드"는 대신, "감지자로서의 자기 자신에게 충실하고 교양 있는 상식의 눈으로써 감지된 사물에 충실하고자" 한다고 그는 설명한다. '난삽'과 '상식'이 포인트를 이루는 이러한 대비는 개념적 차원에서 긍정된 전자에 대한 거부감을 암시한다. 그 거부감은 다음과 같은 대목에서도 보인다.

23) 「새로운 윤리 기질」(1966), 『전집 2』, p. 380.

> 요즘 시론으로는 조르주 바타유의 『문학의 악』과 모리스 블랑쇼의 『불꽃의 문학』을 일본 번역책으로 읽었는데, 너무 마음에 들어서 읽고 나자마자 즉시 팔아버렸다. 너무 좋은 책은 집에 두고 싶지 않다. [……]
>
> 노상 느끼고 있는 일이지만 배우도 그렇고, 불란서 놈들은 멋있는 놈들이다. 영국 사람들은 거기에 비하면 촌뜨기다. 바타유를 보고 새삼스럽게 그것을 느낀다. 그러나 당분간은 영미의 시론을 좀더 연구해보기로 하자.[24)]

좋은 것을 빨리 버리고 멋을 흉내 내기를 일부러 지연시키는 이러한 태도에는, 욕망의 고의적 차단 같은 것이 있다. 르네 지라르가 그 '삼각형'적 기본 구조를 제시[25)]한 현대인의 욕망은 주변 사람들의 욕망을 앞서 나가려는 욕망으로 풀이될 수 있으며, 추월선으로 접어드는 승용차에 비유될 수 있다. 다른 사람의 자동차가 빨리 달리니 내가 더 빨리 달려야 마음이 놓이는 것이다. 그런데 김수영은 고집스럽게 일반 차선을 유지하고 가는 자동차의 태도이다. 이런 고의적인 태도에는 상대방에 대한 부러움과 더불어 비판적 판단이 동시에 개입되어 있는데, 그 비판적 판단이 순전히 선망에서 비롯된 것이라면 더 이상의 논의는 불필요할 것이다. 그러나 김수영에게는 부러움과 비판적 판단이 분화된 상태였던 것으로 보인다. 물론 분화되었다고 해서 전혀 무관한 것이라 할 수는 없지만. 결론을 미리 당겨 말하자면, 김수영은 프랑스 문학에 대한

---

24) 「시작 노트 4」(1965), 『전집 2』, p. 441; "『문학의 악』"이 "『문학과 악*La littérature et le mal*』"의 "오식"이며, "『불꽃의 문학』" 역시 "『불꽃의 몫*La part du feu*』"을 잘못 표기한 것임은 김현에 의해 이미 지적되었다[김현, 「김수영을 찾아서」, 『상상력과 인간/시인을 찾아서』(김현 문학전집 3), 문학과지성사, 1991, p. 393].

25) René Girard, *Mensonge romantique et verite romanesque*, Paris: Grasset, 1961.

부러움을 비판으로 선회시킨 것이 아니라 부러움을 극복하는 자리에서 비판이 아닌 다른 대안을 찾았다고 할 수 있다. 물론 그 결론에 도달하기 위해서는 여러 가지 해명해야 할 문제의 단계들이 놓여 있다.

부러움과 비판적 판단이 분화되어 있었다는 것은 김수영에게 그 양쪽이 개념적 차원과 제시적 차원으로 갈라져 있다는 것을 뜻한다. 전자의 차원에서 그는 분명 프랑스 문인들의 언명으로부터 근본적인 원칙을 배운다. 그러나 그 언명의 제시적 차원에서 그는 프랑스 문학에 반감을 표시한다. 가령 그는 "'나는 모든 사물을 소설 속에 담아보고 싶다'는 지드식의 거만한 태도"[26]를 비판한다. '거만'에 대한 비판은 그 옆에 멋 부리기에 대한 비판을 두고 있다: "불란서에 다녀온, 불란서 소설 번역을 하는 B.K.는 손가락에 커다란 금반지를 끼고 담배는 '진달래'를 피우고 있다. 이런 하이브로우한 멋도 피곤하다."[27] 거만 역시 '거드름 피우기'와 동의어로 볼 수 있으니까, 둘 다 멋 부리기의 범주에 속한다 할 수 있다. 그렇다면 김수영은 멋있음을 부러워하면서 멋 부리는 행위에는 거부감을 가졌다고 할 수 있다. 이런 구절도 비슷하게 이해될 수 있다.

> 「십년 연정」[=김광섭]의 재주는 눈에 띄지 않는 재주이지만 「묘지송」[=고은]의 재주는 눈에 띄는 재주다. 전자를 영국적이라면 후자는 불란서적(시의 소재면을 말하는 게 아니다)이라고도 할 수 있다. 호남 출신의 시인들에게 이런 젊은 재주가 흔히 보이는 것도 재미있는 일이다. 그런데

---

26) 「새로운 윤리 기질」(1966), 『전집 2』, p. 379.
27) 「멋」(1968), 『전집 2』, p. 136.

후자의 재주는 우리나라의 전례를 볼 것 같으면 그 호흡이 길지 못하다. 고은의 재주에도 그런 위험성이 다분히 내포되어 있다.[28)]

그는 "눈에 띄는 재주"를 한편으로 재주 있음으로 받아들이면서 동시에 그것을 재주 부림으로 파악하는 것이 아닐까? 김수영은 본래 김광섭의 시를 "관념의 서술이 너무 많은 게 싫어서 그리 좋아하지 않는 편"[29)]이었다. 그런데 그가 김광섭에 대해 두 번 언급할 때는 그리 좋아하지 않는 시인에게서 문득 섬광을 발견할 때이다. 그리고 이 순간 김광섭의 '재주 없음'이라는 통념은 '숨은 재주'로 바뀐다. 그런데 '숨은 재주'가 등장함과 더불어 같은 찰나에, 고은의 '드러난 재주'도 지위를 슬그머니 바꾼다. "호흡이 길지 못하다"는 위험성이 그 재주에 추가되는 것이다. 그리고 호흡이 길지 못하다는 것은 상식적인 차원에서 능력의 불필요한 낭비에서 기인한다. 재주의 불필요한 낭비란 재주의 무분별한 과시, 즉 재주 부림이라는 용어로 대신할 수 있는 태도이다.

멋과 멋 부림의 이러한 대립은 다른 데에서도 자주 찾아볼 수 있다. 가령 그는 마르셀 카르네Marcel Carné의 「인생유전Les enfants du paradis」(1945)에 대한 세간의 평가와 정반대로 혐오감을 드러내는데, 그 이유는 "예술영화"인 체하면서 "내용도 구태의연"[30)]하기 때문이다("제목부터가 고색창연하다"고 했는데, 번역된 제목을 두고 그렇게 말한 거라면 그것은 번역자를 흉볼 일이지 영화에게 성낼 일은 아닐 것이다. 불어 원제목을 두고 그 말을 했을 것 같지는 않은데, 왜냐하면 그가 '천국의 아이들'이라는 원제

28) 「재주」(1966), 『전집 2』, p. 86.
29) 「생활현실과 시」(1964), 『전집 2』, p. 267.
30) 「일기초 1」 1955년 1월 11일, 『전집 2』, p. 489.

목을 알았다면 그것과 번역 제목의 엄청난 차이를 언급하지 않았을 리 없기 때문이다. 이것은 프랑스적인 것에 대한 그의 조건반사적인 과도한 반발을 은근히 비춘다. 그런데 이 글은 1955년에 씌어졌다. 아마도 이때의 그의 정신세계는 부러움과 비판적 판단 사이의 분화가 아직 이루어지지 않았는지도 모른다). "불란서적 영화 협잡"이라는 판단의 정당성 여부를 떠나서 이것도 멋 부림에 대한 그의 비판적 판단을 보여주는 예로 볼 수 있다.

그렇다면 멋은 어떻게 드러나야 하는가? 앞서의 진술로 보자면 멋은 숨겨진 방식으로 표현되어야 할 것 같다("숨은 재주"). 이러한 주장은 얼핏 형용모순처럼 들린다. 멋은 드러날 때만 멋'있을' 수 있기 때문이다. 아니면 동양적인 은근함을 가리키는 것일까? 그러나 김수영은 동양적인 은근함과는 전혀 무관한 방식으로 그 멋의 숨겨짐이라는 문제를 다룬다. 그것을 비교적 쉽게 이해할 수 있게 해주는 대목이 프랑스의 영화감독 쥘리앵 뒤비비에Julien Duvivier가 만든 영화[31]에 대한 언급이다.

그는 그 영화에서 한 작곡가가 소음 한복판에서도 작곡에 열중하는 장면을 상기하면서 그것을 "멋있는 장면"으로 기억하고, 자신도 소음에 시달릴 때는 그 장면을 떠올리면서 "약으로 삼고 있다"고 고백한다. 그런데 그다음 이어지는 진술이 엉뚱하다:

> 그러나 내가 정말 멋있을 때는 이런 소음의 모델의 장면도 생각이 나지 않고 일에 열중하고 있을 때일 것이다. 정신이 집중될 때가 가장 멋있는 순간이다.[32]

31) 「맨하탄 이야기Tales of Manhattan」(1942)를 가리킨다.
32) 「멋」, 『전집 2』, p. 139.

이 말의 엉뚱함은 평범한 진술에서는 저 장면의 떠올림에서 일에의 몰입으로 이어지는 과정이 자연스럽기 때문이다. 그러나 김수영에게는 그것이 자연스럽지 않다. 내가 멋있을 때, 즉 내가 일에 몰입하는 때는 다음 네 가지 절차를 통해서 나타난다.

(1) 뒤비비에 영화의 작곡가가 소음 속에서 작곡에 몰입하는 건 멋있다.
(2) 내가 소음에 시달릴 때, 그 영화의 장면을 떠올리면서 용기를 얻는다.
(3) 그러나, 내가 그 장면을 떠올리는 동안, 나는 내 일에 몰입하고 있지 않다.
(4) 내가 그 장면을 의식 속에서는 잊고 몸으로 그것을 체현한다면, 나는 일에 몰입하고 있을 것이다.

여기까지 오면 김수영에게 '멋'은 머릿속에 그려지는 게 아니라 실행되는 것이다. 멋은 관조되면 멋이 아니다. 저 '멋'을 현대적인 예술, 현대적인 문학으로 치환해보자. 프랑스 문학을 통해 그가 배운 현대의 예술·문학은 부단한 자기 배반의 예술·문학이다. 그런데 그 자기 배반은 실행되는 것이지 의식되는 것이 아니다. 자기 배반을 의식하고 있는 한 그는 아직 새로운 문학의 창조에 가닿지 못하고 있다. 자기 배반이 실천되려면 현대 예술·문학은 자신의 흔적을 하나도 남겨서는 안 된다. 그가 보기에 헨델의 음악, 피카소의 그림, 그리고 릴케의 시가 그렇다: "헨델은 베토벤처럼 인상에 남는 선율을 하나도 남겨주지 않는다. 그의 음은 음이 음을 잡아먹는 음이다. (……) 나는 그의 평화로운 「메시아」를 들으면서 얼마 전에 뉴스에서 본, 마약을 먹고 적진에 쳐들어와 몰살을 당하는 베트콩의 게릴라의 처절한 모습이 자꾸 머리에 떠오르고는 했다. (……) 보들레르는 자기의 시체는 남겨놓는데 릴케는 자기의 시체마저 미리 잡아먹는다."[33] 또한 그는 『들어라 양키들아』를 쓴 C. 라이트 밀스Wright Mills를 두고서 "우리들의 오늘날의 과제로서의 혁명이 어째서 평범하고 상식적인가를 (……) 입으로서가 아니라 창자로서 보여주고 있다"[34]고 쓴다.

줄여 말하면 이렇다. 현대의 예술·문학, 즉 자기 배반의 예술·문학은 자기 배반의 "강행enforcement"이라는 점에서 자기 배반의 현시가 될 수 없다는 것이다. 배반이 현시가 되면 배반 그 자체의 광경에 사로잡히고, 따라서 배반은 이행되지 않는다. 따라서 배반의 이행은 말없이 치러지는 강행, 즉 "침묵(의) 이행"[35]이다.

이런 언급들은 아마도 1961년부터 나타난 것으로 보이는데, 그 후 서서히 빈도수가 많아지면서 그가 타계한 1968년 무렵에 가면 모든 이야기들이 항상 이 명제로 회귀한다. 궁극적으로 그것은 시의 예술성을 '무의식적' '행동'으로서 정의하는 명제로 나타난다. 그 무의식성은 "시인은 자기가 시인이라는 것을 모른다. 자기가 시의 기교에 정통하고 있다는 것을 모른다. 그리고 그것은 시의 기교라는 것이 그것을 의식할 때는 진정한 기교가 못 되기 때문에 그렇게 되는 것이다"[36]에 진술된 바 그대

33) 「와선」(1968), 『전집 2』, p. 151.
34) 「들어라 양키들아」(1961), 『전집 2』, p. 167.
35) 「시작 노트 7」(1966), 『전집 2』, p. 459.
36) 「시여 침을 뱉어라」(1968), 『전집 2』, p. 399.

로이며, 그것의 행동 역시, "진정한 참여시에 있어서는 초현실주의 시에서 의식이 무의식의 증인이 될 수 없듯이, 참여의식이 정치 이념의 증인이 될 수 없는 것이 원칙이다. 그것은 행동주의자들의 시인 것이다"[37]에서 주장된 바 그대로이다.

3. 언어와 행동: 연극성의 문제

김수영이 생각한 현대문학의 방법적 기제가 '자기 배반의 감행'이라면 이 감행은 우선 말을 전면적으로 행동으로 대체하는 양태를 가리킨다. 이것은 일단 문학에 대한 통념을 시인이 근본적인 차원에서 뒤집고 있다는 것을 보여준다. 왜냐하면 통상적으로 문학은 대상을 말로 대체하는 것이고 "행동의 좌절"이 "말의 구원"(장 뒤비뇨Jean Duvignaud)으로 바뀌는 사태이기 때문이다. 이 "말의 구원"을 김수영은 다시 뒤집어 말 에너지의 행동으로의 부단한 전화(轉化)라는 사태를 연출케 한다.

어찌 됐든 그러나 행동으로 대체한다고 해서, 시가 그 자체로서 행동이 될 수는 없다. 시가 감각적 차원에서 말의 폐기와 행동의 충만화로 나타날 수 있다 하더라도, 표현적 차원에서 시는 언어일 수밖에 없는 것이다. 발신자의 지점에서는 어쨌든 '언어'인 것이고, 김수영의 시적 실천이 제대로 이행되었다면, 수신자의 지점에서 그것은 '행동'으로 돌변해 있어야 할 것이다. 그리고 이 돌변을 위해, 발신 지점과 수신 지점 사이에는 어떤 화학작용이 개입하지 않을 수 없을 것이다. 따라서 저 화학작

37) 「참여시의 정리」(1967), 『전집 2』, p. 389.

용에 대한 생각이 어떻게 다른가에 따라 썩 다양한 시의 양상들이 나타날 수도 있다.

김수영의 산문을 꼼꼼히 훑어보면, 이런 자기 배반이라는 현대예술적 명제는 이미 1961년 이전에도 항상 김수영의 무의식적 주제였음을 알 수 있다. 왜냐하면 1961년에 쓴 글에서 그 이전에 있었던 중요한 한 가지 방법론을 소개하고 있기 때문이다. 그 방법론은 '연극성'인데 그것과 함께 거론된 시인이 쉬페르비엘이다. 우리는 여기에서 프랑스 문학이 어떻게 김수영에게 작용하고 또한 작용함으로써 어떻게 탈락했는가를 이해하는 기본적인 구조를 만난다.

앞에서 보았듯, 현대문학의 근본 명제는 김수영에게 프랑스 문학(카뮈와 랭보)으로부터 왔다. 그런데 그 명제의 실행적 차원에서 그는 프랑스 문학을 말라르메적인 것과 쉬페르비엘적인 것으로 나눈다. 말라르메적인 것은 "보이지 않는 것invisibility"이자 "추상적인 술어의 나열"[38]로서 이해되고 그것은 김수영의 시에서 배제된다(그러나 명제로서는 여전히 말라르메적인 것은 남는다. 그는 1966년에 "말라르메를 논하자"는 주창을 지나가듯이 던진다). 반면 그런 추상적인 술어의 나열이 "일절 자취를 감추고 있는" 것으로 판단된 쉬페르비엘의 시에 그는 매혹당한다. 그 매료의 핵심을 그는 연극성으로 이해한다. 이때 연극성이란 무엇인가? 이 연극성은 우선은 구상성이며, 그다음은 "스토리 자체가 하나의 풍자"인 것이다. 즉 진술이 하나의 생생한 구상성을 띠어서 풍자의 힘을 띠는 것을 가리키는 것으로 볼 수 있다. 그런데 김수영은 여기에 덧붙여 쉬페르비엘의 연극성에 "속취(俗臭)와 아기(雅氣)"가 풍기고 있다는 점에 주

38) 「새로움의 모색」, 『전집 2』, p. 229.

목한다. 그리고 이 속취(혹은 아기까지 포함해서)에 프랑스적이라는 라벨을 붙인다. 그런데 실제로 김수영이 그 속취에 끌리는 이유는, 쉬페르비엘의 속취가 속취에 대한 의식을 동반하여 비애감을 유발하기 때문이다. 가령, 「나는 혼자 바다 위에서」의 마지막 네 행, "나는 움직이는 물이 된다/벌써 움직여버린 물이 된다/이미 시인인 나를 찾지 말아라/난파인조차도 찾지 말아라"[39]가 보여주는 숙명과 비애 같은 것 말이다. 혹은 김수영이 「대양의 이 부분」에서 찾아냈다고 생각한(이 시가 오역투성이라는 건 앞에서 지적했다) "속과 아가 한데 뭉쳐버렸으니 이것은 속도 아니고 아도 아닌 것이 되고 말았다는 데서 느끼는 비명"[40]이다. 반면 이 속취가 의식되지 않고 자기도취에 빠질 때 그것은 연극에서 "쇼"[41]로 돌변하고 더 나아가 "마술을 취재로 한 통속극[의] 연출"로 바뀌고 시인 자신이 그 "극중극에 몸소 출연까지"[42]하게 된다. 이런 경우가 피터 비어렉Peter Viereck의 시이다.

이 야릇한 이야기는 이렇게 정리하는 것이 타당한 듯하다.

(1) 김수영은 연극성에 매료되었다. (아마도 말의 행동으로의 전화라는 명제에 부합하기 때문에.)

(2) 그런데 연극성은 쇼나 통속극으로 빠질 수 있다. (비어렉의 경우.)

(3) 연극성이 그런 함정에 빠지지 않으려면 불가피하게 자신의 연극을 관조하는 의식이 필요하다. (이때 행동으로의 전화는 온전히 이루어지지

---

39) 같은 글, p. 232. 마지막에서 두번째 행은 "이제 시인을 찾지 말아요Ne cherchez plus le poète"로 번역하는 게 타당하다. 오역이 어디에서 비롯된 것인지는 확실치 않다.

40) 같은 글, p. 231.

41) 같은 글, p. 234.

42) 같은 글, p. 237.

않으며 불가피하게 숙명적인 비애를 낳는다. 이것이 쉬페르비엘의 시다.)

그런데 이렇게 되면 애초의 명제, 즉 언어의 행동으로의 전화는 불가능한 것이 된다. 바로 이것이 김수영으로 하여금 연극성을 "미워하기 시작"[43]하게끔 한 요인일 것이다. 바로 이 순간, 그는 연극성을 버리고 다른 방법적 기제를 찾게 된다. 그러나 그 방법적 기제는 사실상 미지의 상태로 남아 있었다. 그것을 김수영은 매우 솔직하게 이렇게 고백하고 있다.

그러나 시는 영원히 낡은 것이라는 의미에서 쉬페르비엘의 시는 낡은 것이고, 이러한 인식이 싹틀 무렵에 나는 쉬페르비엘과 이별하였다. 나에게는 이미 새로움의 모색이 필요 없었기 때문이다. 그러나 사실에 있어서는 나는 '쉬페르비엘의 연극성'만을 면역하고 만 것이 된 것이다.[44]

그리고 다섯 페이지 지나서,

나는 다시 추상을 도입시킨 작품을 실험해보았지만 몇 개의 실패작만을 내놓고 말았다. 그러고 보면 아직도 drama를 포기할 단계는 못 된 것 같으나 되도록이면 자연스럽게 되고 싶다는 것이 요즈음의 나의 심정이다. 현대의 의식의 위기를 극복하는 길은 어디까지나 common sense와 normality이기 때문이다.[45]

---

43) 같은 글, p. 237.
44) 같은 글, pp. 231~32.
45) 같은 글, p. 237.

그러니까 그는 새로운 시의 모습은 미지인 채로, 연극성을 포기함으로써 몇 개의 중요한 지침을 획득한 것으로 이해할 수 있다. 그 지침들은:

(1) 시는 영원히 낡은 것이 아니라 영원히 새로운 것이 되어야 한다.

(2) 그러려면, 시는 관조가 아니라 실천이 되어야 한다. (연극성에 집중하면 관조를 통해서만 시적 품격을 유지할 수 있다. 역설적이게도 연극성을 버림으로써 시가 마침내 행동이 될 가능성이 열리는 것이다.)

(3) 이 행동 속에서 현대의 순교가 탄생하는데, 현대의 순교는 죽어가는 자기를 바라볼 수 있는 자기가 아니라, 죽어가는 자기-그 죽음의 실천이다. (왜 현대의 순교로 비약하는 것일까? 당연히 현대의 예술·문학은 자기 배반을 감행하기 때문이다.)

(4) 새로운 시는 연극성에서가 아니라 '상식common sense'과 '평범성normality'에서 나온다.

4. 자코메티적 변모

프랑스 문학과의 연관을 보자면, 앞의 (4)의 지침에 와서 김수영은 프랑스 문학을 떠나는 듯하다. 왜냐하면 상식과 평범성의 문학은 바로 영국의 그것이기 때문이다. 그러나 이 글이 씌어진 지 5년 후 1966년 「시작 노트 6」[46]에서 프랑스 문학이 김수영에게로 다시 회귀하고 있다

46) 「시작 노트 6」, 『전집 2』, pp. 446~53.

는 사실을 발견한다는 것은 매우 흥미로운 일이다. 그 사정은 이렇다.

김수영은 '연극성 비판'과 동질의 얘기를 시몬 드 보부아르Simone de Beauvoir를 통해 하는데, 『타인의 피』의 '마르셀'이 "참된 창조"를 위해 "생활을 위한, 타인의 눈을 즐겁게 해주는 그런 그림을 그리는 일을 중지해버린" 사건에 먼저 감격한 다음, 저 연극성을 실감케 해주는 "처와 출판업자"를 흉보는 것으로 시작해, 곧 "말라르메, 간조" 그리고 "자코메티"를 떠올리고 마지막에 앨런 테이트Allen Tate의 "텐션Tension의 시론"[47]이 "수동적"임을 밝힌 후, 보들레르의 「고양이」가 "텐션의 시론의 두레박으로 퍼낼 수 있지만 〔……〕 팔이 아프도록 퍼내지 않으면 바닥이 보이지 않는다"고 주장한다.

이 「시작 노트」는 그 복잡성[48] 정도만큼이나 주의 깊게 살펴봐야 할 가치가 있는 것으로 보인다. 특히 지금의 논의에서 주목해야 할 것은, 1961년 이후 본격적으로 탐구되기 시작한 새로운 시에 대한 모색의 결과가 이 시작 노트에 배어 있지 않은가 하는 것이다.

우선, 말미에 제시하고 있는 앨런 테이트의 시론에 대해서 김수영이 "수동적"이라고 판단한다는 것은 그 시론이 해설을 위한 시론임을 가리킨다. 그것은 "검사를 위한 시론"으로서 "진위를 밝히는 도구로서는 우선 편리하지만 위대성의 여부를 자극하는 발동기의 역할은 못 한다". 다

47) 개정판 『전집 2』에는 이 부분이 "Tennyson의 시론"이라고 되어 있는데, 이는 오인의 결과로 보인다. 박수연, 「김수영 전집 텍스트 확정을 위한 사례 보고」(『김수영, 그 후 40년』, 김수영 40주기 추모 학술제, 2008. 6. 13., 프레스센터)에서 이 문제가 처음 제기되었다.

48) 이 글은 아주 복잡한 글이다. 말라르메와 보들레르의 귀환뿐만 아니라, 손탁의 스타일론에 대한 거부감과 마커스의 소설론, '이상과 자신의 일본어로 글쓰기 문제(더 나아가 이 글을 일본어로 쓰고 있다는 것)' '자코메티적 변모' 등이 혼융되어 있다. '일본어 쓰기'의 문제는 이번 논의에서 배제했는데, 이에 대해서는 강계숙의 「김수영은 왜 시작 노트를 일본어로 썼을까?」(『현대시』 2005년 8월호)를 참조할 수 있다.

시 말해, 테이트의 시론은 창조자를 위한 시론이 되지 못한다는 것이다. 또한 그렇기 때문에 검사도 충분치 않을 수 있다. 보들레르의 「고양이」를 그 시론의 두레박으로 "퍼낼 수[는] 있지만" "팔이 아프도록 퍼내"는 노역을 요구한다. 그 시론은 심히 소모적이다. 그렇다면 시의 창조에 "발동기의 역할"을 할 적절한 시론은 없는가?

한데, 테이트의 "텐션의 시론"을 언급하기 직전, 그는 사실 그런 새로운 창조의 경험을 고백하고 있다. 다만, 그 내용이 심히 모호하게 제시되어 독자가 언뜻 그에 당장 착목하더라도 요해의 난관에 부닥쳐 그냥 스쳐 지나가기 십상이게끔 되어 있었던 것이다. 바로 '자코메티적 변모'가 그것이다.

이 변모가 그의 새로운 시적 체험인 것은 분명하게 나타나 있다. 그는 "'폐허에 눈이 내린다'의 여덟 글자로 충분"한 「눈」이 "쓰고 있는 중에 자코메티적 변모를 이루어 6행으로 되었다"고 말한 후, 그 사실에 환호한다: "만세! 만세! 나는 언어에 밀착했다. 언어와 나 사이에는 한 치의 틈서리도 없다."[49]

그렇다면 이 '자코메티적 변모'가 분명 시의 변모에 관련된 것은 분명하다. 다만 「시작 노트 6」의 내용은 그 변모의 의미를 해독하기에 불충분하다. 우리가 이 노트에서 암시받을 수 있는 건 다음 세 가지이다.

(1) 자코메티의 말을 수정해서 해석하기

① hideous를 '보이지 않음'으로 해석하고, "to look away from"을 빼버리자는 제안:

---

49) 「시작 노트 6」, 『전집 2』, p. 452.

② 이 제안에 따라 수정하면 다음과 같다.

자코메티의 말: "실재에 대한 나의 비젼을 표현할 수 있다는 희망이 없다. 게다가, 내가 표현하긴 한다면, 그것은 고개를 돌려버릴 만큼 끔찍한 무엇이리라."[50]

수정된 말: "실재에 대한 나의 비젼을 표현할 수 있다는 희망이 없다. 게다가, 내가 표현하긴 한다면, 그것은 보이지 않는 것이 되리라."

(2) '보이지 않음'을 제안할 수 있는 한 가지 가짜 이유: "나는 말하긴 했으나 보이지 않을 것이다. 보이지 않으니까 나는 진짜야."[51]

(3) 자코메티로의 회귀: ① "나는 또 자코메티로 돌아와 버렸다."[52]; ② 자코메티적 변모를 이루어 탄생한 「눈」은 "낡은 형(型)의 시다. 그러나 낡은 것이라도 좋다. 혼용되어 좋다는 용기를 얻었다."[53]

(1)의 제안은 두 가지다. 단어 하나를 바꾸고 숙어 하나를 없애는 것. 이 두 가지를 함께 고려한다면, 이것은 단어의 해석을 바꾸자는 제안으로 읽기보다는 문장 전체를 의미가 다른 문장으로 바꾸자는 제안으로 읽는 것이 타당하다. 즉 자코메티의 생각은 "비젼을 표현할 수 있다면, 그것은 끔찍한 것이 되리라"인데, 김수영 자신의 생각은 "비젼을 표현할 수 있다면, 그것은 보이지 않는 것이 되리라"라는 것이다. 즉, 시인

---

50) 같은 글, p. 449; "There is no hope of expressing my vision of reality. Besides, if I did, it would be hideous something to look away from"(민음사판 재판본 『전집 2』에는 이 문장이 마치 시처럼 행갈이가 되어 있는데, 자코메티가 쓴 시가 아니라 자코메티가 한 말인 이상, 행갈이를 없애는 것이 타당하다고 생각한다).

51) 같은 글, p. 449.

52) 같은 글, p. 450.

53) 같은 글, p. 452.

은 조각가로부터 아이디어를 빌려 오되, 그 실질을 다른 것으로 바꾸려고 하는 것이다. 충격적인 것에서 은닉된 것으로. 왜 그렇게 하려 하는가? (2)는 그에 대한 이유가 될 수 있는 것 하나를 제시한 다음, 그건 가짜 이유라고 말한다. 즉, 보이지 않는 건 보이는 것(충격적인 것)과 달리 진짜라는 생각이 "말도 되지 않는" 생각이라는 것은 "신문사의 신춘문예 응모작품이라는 엉터리 시를 5백 편쯤 꼼꼼히 읽은 다음에 그대의 시를 읽었을 때와, 헤세나 릴케 혹은 뢰트거의 명시를 읽은 다음에 그대의 시를 읽었을 때"의 두 경우 각각에 대해서 "그대의 작품에 대한 인상·감명"을 생각해보면 알 수 있는 일이라는 것이다. 풀이하자면, 조악한 감정을 남발하는 엉터리 시 5백 편과 대비해 '보이지 않는〔드러냄이 없는〕' 나의 시는 분명 "〔더〕 진짜"이겠지만, 표현할 수 없는 것을 표현한 헤세, 릴케, 뢰트거의 작품에 비하자면, '실재가 보이지 않는〔드러낼 수 없는〕' 나의 시는 그냥 표현할 수 없는 것을 표현할 수 없게 둔 초라하기 짝이 없는 작품일 수밖에 없기 때문이다. (3) 그래서 그는 자코메티로 돌아가는데 그러나 귀환의 장소가 썩 미묘하다. (1)과 (2)에 비추어보면, (3)의 귀환은 '보이지 않음'으로부터 '끔찍함'으로 돌아가는 것이어야 했을 것이다. 그러나 (3)-①의 문장에 이어지는 문장은, "말라르메를 논하자. 독자를 무시하는 시. 말라르메도 독자를 무시하지 않았다"이다. 이 말라르메는 불현듯 1961년 「새로움의 모색」에서 그가 말라르메에 대해 규정한 것을 생각 키운다. 바로 "invisibility", 즉 "보이지 않음"이었다. 이 개념은 지금 가장 치열한 문제가 되고 있는 두 어사 중의 하나인 것이다. 그렇다면 그는 자코메티로 돌아왔되, '보이지 않음' 쪽으로 돌아온 것이 아닐까? 그리고 만일 이것이 자코메티로 돌아간 것이 맞다면, 자코메티의 '가정법'으로 돌아간 것이 아니라 '직설법'

으로 돌아간 것으로 봄이 타당할 것이다. 즉, 표현되었더라면 끔찍했을 것을 표현하지 않았던(/못했던) 사태 자체로 돌아간 것이다. 그러한 추정은 (3)-②를 통하면 좀더 확실해진다. 두 쪽 건너의 그 대목에서 시인은 '자코메티적 변모'라는 이름으로 「눈」을 소개하고 있는데, 그에 대한 설명은 바로 "낡은 것", 그리고 "혼용"이다. "혼용"이 낡은 것과 새로운 것의 혼용임을 직관적으로 알아챌 수 있다면, '자코메티적 변모'는 낡은 것으로 드러내되 새로운 것을 감추고 있는 것을 가리킨다고 할 수 있다. 그리고 '낡은 것'에 '보이지 않는 것'을 대입하고 '새로운 것'에 '끔찍한 것'을 대입해보자. 혹은 '낡은 것'에 '상식과 평범함'을, '새로운 것'에 '멋'을 대입할 수도 있을 것이다. 이와 같은 대입은 '자코메티적 변모'가 바로 '낡음'-'보이지 않음'-'상식과 평범'의 외양을 통해 '새로움'-'끔찍함'-'멋'의 실재를 은닉하는 상태의 달성을 가리킨다는 것을 강력히 암시한다.[54)]

결국 '자코메티적 변모'가 '연극성'으로부터의 탈피 이후에 김수영이 새롭게 획득한 시작의 원리라면, 일단 그것은 '상식과 평범의 외양 속에 멋진 실재를 담는 방식이자 그 결과'라고 말할 수 있을 것이다. 그런데 이러한 잠정적인 정의는 근본적인 질문 두 가지를 해결해주지 못한다. 즉, 도대체 어떻게 해서 시인은 이러한 시작 원리에 '자코메티'라는 조각가의 이름을 끌어오게 되었을까? 그리고 다음 저 상식과 멋 사이의 외

---

54) 이 자리에서 자세히 분석하진 않겠지만, (3)-①과 (3)-② 사이에 놓인 여러 개의 에피소드들은 바로 '자코메티적 변모'라는 혼융의 예비적 양태들을 보여주는 것으로 분석될 수 있다. 손탁, 즉 '스타일=영혼'에 대한 거부감; "나는 침묵을 피한다"는 언명, 또한, "내가 일본어로 글을 쓰는 것은 '망령'을 사용하는 것이다('영혼'이 아니라)"라는 언명. "프티 부르주아는 독창적인 것을 좋아하고, 노동자는 독창성을 문제 삼지 않는다" 등등의 언표들은 그 사실을 너무도 분명하게 환기시킨다.

양과 은닉의 구체적인 알고리즘은 어떤 것일 수 있는가?

한데, 이 「시작 노트 6」이 씌어지던 즈음에 김수영은 자코메티에 관한 글 하나를 번역한다. 칼턴 레이크Carlton Lake의 '자코메티 방문기'인 「자꼬메띠의 지혜」[55]가 바로 그것인데, 그 글을 읽으면 지금까지의 우리의 유추를 확신으로 갖게 되는 한편으로, 그 확신의 배경에 놓인 놀라운 사실을 발견할 수 있다. 바로 다음의 두 언술을 비교해보자.

> (1) 나는 사람 머리를 만들 수가 없어서, 1925년에 인물 조각은 포기했어요. **10년 동안을 추상적인 작품만 했어요. 그러다가 1935년에 다시 인물 조각으로 돌아갔어요**. 그랬더니 여지껏 머리를 한 번도 만들어본 일이 없는 것 같은 기분이 듭니다. 나는 완전한 초상을 만들어보려는 생각조차도 할 수 없었어요. 그것은 너무 힘에 겨운 일이었어요. 그리고 그 일은 조금도 쉬워지지가 않아요.[56]

> (2) 연극…… 구상…… 이런 것을 미워하기 시작하면서부터 **나는 다시 추상을 도입시킨 작품을 실험해보았지만 몇 개의 실패작만을 내놓고 말았다. 그러고 보면 아직도 drama를 포기할 단계는 못 된 것 같으나** 되도록 자연스럽게 되고 싶다는 것이 요즈음의 나의 심정이다. 현대의 의식의 위기를 극복하는 길은 어디까지나 common sense와 normality이기 때문이다.[57]

---

55) 『세대』 1966년 4월; 이 글을 문학평론가 조강석 씨가 구해주었다. 이 자리를 빌려 고마움을 표한다.

56) 「자꼬메띠의 지혜」, 같은 책, p. 293.

57) 「새로움의 모색」(1961), 『전집 2』, p. 237.

(1)은 1965년 칼턴 레이크와의 인터뷰에서 자코메티가 한 말이다.[58] (2)는 1961년 김수영이 「새로움의 모색」에서 쓴 글이다. 고딕체로 강조한 부분들을 중심으로 두 발화를 살펴보면, 이 둘 사이에 동기는 다르겠지만 놀라운 정황상의 일치가 존재함을 보여준다. 둘 다, ① 특정한 이유에 의해서 애초의 작업 방식을 포기하였다; ② 한동안 '추상'적인 작업을 시도했다; ③ 추상 작업에서 만족을 느끼지 못했다,는 전개를 보여주고 있다. 정황상의 일치는 여기에만 있는 것이 아니다. 「자꼬메띠의 지혜」에 의하면, 자코메티는 초현실주의 시대를 거쳐 전통적인 회화로 돌아왔다. 그런데 김수영의 초기 역시, 초현실주의와 무관하달 수 없다.[59] 그리고 지금 그는 "상식과 평범성"으로 돌아가야 할 필요성을 절실히 느끼고 있다.

이러한 정황상의 일치에 비추어보면, 자코메티와 김수영은 거의 동일한 예술적 체험, 동일한 예술적 한계와 시도, 그리고 좌절을 경험하였음을 알 수 있다. 아니, 적어도 시인에게는 그렇게 느껴졌을 가능성

---

58) 문헌을 검색한 결과, 이 인터뷰("The Wisdom of Giacometti")는 『애틀랜틱*The Atlantic*』지 1965년 9월호에 발표된 것이다(아쉽게도 원문을 구하지는 못했다).

59) 이에 대해서 김수영은 "내가 시에 있어서 영향을 받은 것은 불란서의 쉬르라고 남들은 말하고 있는데 내가 동경하고 있는 시인들은 이미지스트의 일군이다"(「무제」, 『전집 2』, p. 30)라고 적은 바 있다. 이 진술은 초현실주의의 영향을 받았는가 여부를 부인도 긍정도 하고 있지 않다. 그런데 이와 관련하여 그는 여러 장소에서 '초현실주의'의 주창자인 앙드레 부르통의 문학을 "낡은 것"이라고 규정하는 가운데, 그가 그에게 깊이 경사되었다가 후에 빠져나왔음을 암시한다(「요즈음 느끼는 일」, 『전집 2』, p. 48; 「마리서사」, 『전집 2』, pp. 106~07; 「문맥을 모르는 시인들」, 『전집 2』, p. 331). 그는 또한 "구라파의 아방가르드의 새 문학에 면역이 되기까지도 [……] 긴 세월이 필요했던 것을 생각하면"[「벽」(1966), 『전집 2』, p. 114]이라고 말한 적이 있는데, 여기에서의 '아방가르드'를 바로 '초현실주의'와 동일시할 수는 없다 하더라도, 후자가 전자의 부분집합일 가능성은 다분하다.

이 크다. 그가 자코메티에게 급격히 빠져든 이유가 여기에 있지 않았을까?[60] 여하튼 이러한 일치와 더불어서 차이도 존재한다. 김수영은 추상 작업에 매달리다 실패한 후, "상식과 평범성"으로 가야 한다고 생각하고 있었지만 그 방법은 모른 채로 있다. 반면, 자코메티는 '인물 조각'으로 돌아가서 힘겹지만 그 작업을 진행하고 있다. 아마도 그 작업의 방법론은 김수영의 '자코메티적 변모'에 결정적인 힌트를 제공하게 될 것이다. 실로 1935년 인물 조각으로 돌아온 후의 그의 작업은 매우 이채롭다. 그 핵심을 간단히 요약하면 다음과 같다.

> (1) 초현실주의 시대 작품들에는 폭력과 파괴의 감정이 들어 있으나, 지금 하는 건 정반대다;
>
> (2) 화폭 위에 혼자 있는 사람만 그리기 때문에 사람들은 내 작업의 주제가 고독이라고 생각한다;
>
> (3) 그러나 나는 '저 머리를 그리는' 일에서 "우정에 뿌리를 박은 인간관계를 구축"하는 것이다;
>
> (4) 한 사람을 그리고 있을 때, 아주 먼 거리의 풍경 속에서 그들[을] 아주 조그맣게 보이[게 하지] 않는 이상, 동시에 두 사람을 그릴 수는 없다—두 사람을 밀착시켜도 마찬가지다. 그렇게 하면 누구도 그릴 수 없다;
>
> (5) (나는 한 사람을 그림으로써 우정에 뿌리박은 인간관계를 구축한다);

60) 사실 '자코메티'에 대한 언급은 그 이전에 거의 보이지 않았다. 그러니까 1966년의 「시작 노트 6」에서 '자코메티적 변모'라는 용어까지 만들어가며 그를 집중적으로 거론한 것은 매우 돌발적인 것이다. 김수영의 사유에 있어서 자코메티의 돌발적 출현은 「자꼬메띠의 지혜」가 단박에 그리고 단김에 유발한 것으로 보는 게 타당하다.

테이블 위의 단 한 개의 유리잔만을 그릴 때, 내가 그리는 것은 그것이 "주위의 공간과 함께 〔있음을〕" 그리는 것이다. "그것이 사물이 존재하는 모습"이다. 여기에서 테이블까지의 공간은, 여기에서 파리의 맞은편 끝까지의 공간이나 여기에서 달까지의 공간만큼 광대한 것이다.

이 핵심을 다시 압축하면, 자코메티는 한 사람을 그림으로써 광대한 인간관계를 그린다는 것이다. 그가 그렇게 할 수밖에 없는 것은 (4)에 암시되어 있다. 그는 '실물', 다시 말해 '실재', 즉 리얼리티를 그리고자 하는 것이다. 실물을 그리고자 한다면, 화폭에 한 사람 이상을 그릴 수는 없는 것이다. 그러나 그는 한 사람만을 그리는 것이 아니다. 그는 한 사람을 그림으로써 그가 관계를 맺고 있는 외부들 전체와 그 관계의 양상들 전체를 그린다는 것이다. 그것이 (5)에 풀이되어 있다.

그러니까 그는 한 사람을 그려서 다양한 인간관계를 형성하는 것이고, 고독을 그려서 우정을 구축하는 것이다. 그게 정확한 의미에서의 자코메티의 '실재'이다. 우리는 여기에 와서, 김수영의 「시작 노트 6」의 '낡음'-'보이지 않음'-'상식과 평범' 대 '새로움'-'끔찍함'-'멋'의 대비가 여기서 촉발되었음을 깨달을 수 있다. 자코메티는 김수영에게 결정적인 깨달음을 제공한 것이다.

우리는 이러한 '자코메티적 변모'를 다음과 같이 정리할 수 있다.

(1) 낡은 '형(型)'을(으로) 표현한다;

(2) 그것은 불가피하다; 왜냐하면 생은 낡은 것이니까;

(3) 또한 동시에 낡은 것과 새로운 것을 그리는 것은 불가능하니까;

(4) 그러나 낡음을 표현하는 것은 낡음만을 그리는 게 아니라, 낡음이

새로움과 맺는 모든 관계의 가능성을 그리는 것이다;

(5) 그것이 표현된 낡음의 실재이다.

이렇게 해서, 김수영은 1961년에 착안하였던 "상식common sense과 평범성normality"이 "현대의 의식의 위기를 극복하는 길"이 될 수 있는 '길'을 찾았던 것이다. 상식을 발화함으로써 혁신을 환기하는 방법을 찾았던 것이다. 그는 이 '자코메티적 변모'를 1968년 타계할 때까지 하나의 예술적 사실로 정착시키기 위해 전력투구했을 것이다. 그러나 그 작업이 자코메티도 이미 고백했듯이 매우 "힘든" 일이라면, 그의 작업은 자주 그를 실패의 피로에 사로잡히게 했을 것이며 동시에 그가 버리고자 했던 '연극성'의 끈질긴 지속을 견딜 수밖에 없었을 것이다. 그가 1961년에 "아직도 drama를 포기할 단계는 못 된 것 같"다고 고백한 것처럼.

5. 두 경향의 공존

연극성과 자코메티적 변모, 우리는 이 두 경향의 공존 혹은 투쟁이 김수영 후반기 2년을 지배하고 있다고 볼 수도 있을 것이다.

우선 연극성의 존속: 그는 그것에 대해 "면역이 생겼다"고 하지만, 그 후의 시와 글에도 연극적인 요소는 자주 출현한다. 가령 산문 「반시론」(1968)과 시 「사랑의 변주곡」 「전화 이야기」 「엔카운터지」 등등은 김수영식 글쓰기의 전형을 보여준다. 그런데 이 산문, 시편들의 특징은 글이 서술적이지 않으며 줄글의 경계를 따르고 있지도 않다는 것이다. 「반시론」에서 두드러진 것은 이 글 전체를 채우고 있는 여러 개의 삽화들이

다. '원고를 수정당한 사건' '창녀를 샀을 때의 정화감' '새벽거리에서 마주친 청소부대' '노모를 모시고 돼지를 기르고 있는 동생들이 있는 농장 가는 일' '몇 개의 시편들에 대한 잡념' '시 「미인」을 둘러싼 세부 에피소드들: 창문, 담배, 연기, 여사……' '하이데거의 「릴케론」' '우주 탐험과 남북통일'. 이렇게 중첩된 자질구레한 삽화들은 저마다 인상적인 미장센mise en scène을 구축하면서 모두(冒頭)에서 암시된 '죽음의 곡예'에 꿰어져 서로에게 반향한다. 사소한 사건들의 중첩이 현대의 거리를 쓸고 지나가는 일방주의의 폭력과 이 폭력 자체를 재생의 계기로 변모시키는 사건들 사이의 죽음과 신생의 교번 혹은 싸움을 '점입가경적으로' 비추고 있다. 이 글은 삽화들의 사소성에 비추어보면 '상식'과 '평범'의 원칙을 따르고 있는 듯이 보이지만, 구성 자체로 보자면 다분히 연극적이다.

이 대표적인 산문만이 그런 게 아니다. 김수영이 자코메티적 변모를 완성했다고 환호한 「눈」이 씌어진 건 1966년 1월이다. 그런데 그 후에 씌어진 「풀의 영상」 「엔카운터지」 「Vogue야」 등 이어지는 일련의 시편들은 「반시론」의 구성과 마찬가지로 사건들의 중첩으로 이루어져 있다. 그의 말년의 절창 중 하나로 알려진 「사랑의 변주곡」 역시 마찬가지다. 어떤 '상식'과 어떤 '평범'이 "욕망이여 입을 열어라 그 속에서/사랑을 발견하겠다"라고 외치면서 시작할 수 있는가? 그리고 그 시의 아름다움은 저 외침의 집중적 형상화가 아니라, 저 외침과 맞부딪치는 다른 소음들의 한없는 교차에서 나온다.

그러나 다른 한편으로, 비연극적이면서 새로운 시, 즉 상식과 평범을 통해 시의 '실재'가 배어 나오는 시 역시 씌어진 듯하다. 지금까지 살펴본 대로 그런 방식의 시작(詩作)을 '자코메티적 변모'라고 말할 수 있다면, 우선 시인이 직접 그런 변모의 실례로서 제시한 「눈」(1966)이 있다. 다만 독자는 이 시를 통해서 시인의 주장을 충분히 이해할 수 있을 것 같지는 않다. 「눈」은 시적 자원의 부족으로 충분히 분석되지 않는 시다. 하지만 이 시만 있는 것이 아니다. 우리는 문득 그의 시적 생애의 결산처럼 이해되고 있는 시가 전혀 연극적이지 않다는 사실을 깨닫고 놀란다. 바로 그의 마지막 시가 되고 만 「풀」(1968)이 그것이다. 한국의 교과서와 김수영 시의 성가대는 거의 이구동성으로 「풀」이 김수영 시 세계의 절정인 것처럼 격찬해왔다. 그러나 이러한 칭송은 이 시가 형식 면에서 그 전의 시와 판이하게 다르다는 사실을 슬그머니 은폐한다. 「풀」은 온전한 묘사시라는 사실 말이다. 여기에는 김수영 시의 특장을 이루는 화자의 쨍쨍한 목청이 완벽히 배제되어 있다. 따라서 표면적 형식으로 보자면 이 시는 분명 "낡은 시"다. 그러나 이 낡은 형식 안에 경쾌하고도 격정적인 투쟁의 운동이 만화경적으로 들끓고 있다. 이 시의 놀라운 특징은 시의 화자가 행위자로 변모해 시의 현장 속에 깊숙이 참여하고 있다는 것이다.[61] 이 참여가 표면의 단정한 형식을 유희와 투쟁으로 교묘히 뒤섞인 감각적 착란들의 항아리, 아니 그 착란들을 비추는 고요한 수면이 되게끔 하고 있다. 그렇다면 이 시는 낡은 것과 새로운 것이 혼융된 시, 보이지 않는-연극적인 것이 서술적인 것 안에 투영되어 환기되는 그런 시라 할 수 있을 것이다. 이것은 우리가 지금까지 살핀 '자코메티적 변모'의 일정한 성취일 가능성이 크다. 이 시에 와서 김수영의 시는 스스로 돌연변이를 일으켜 진화하였는데, 그 진화는 표면적으로는 종래의 평범한 시 형식의 수락을 담보로 이루어진 것이다. 그리고 이

61) 정과리, 「"발목까지/발밑까지"의 의미」, 『네안데르탈인의 귀향』, 문학과지성사, 2008 참조.

제는 충분히 이해하겠으므로, 덧붙일 필요도 없겠지만, 그 평범성의 심층 구조는 비범의 극치들로 짜인 것이다. 많은 사람들이 이 시에서 어떤 '완성'을 본 것은 분명 자의적인 것이 아니다. 다만 감각과는 달리, 해석자들의 논지가 낡았을 뿐이다.

여하튼 스위스 사람인 자코메티가 초현실주의로부터 전통 예술로 복귀한 사연과 뗄 수 없는 연관을 가진 이 변모에 대해, 프랑스적인 명제에서 출발하여 프랑스적인 것으로부터 탈출해 김수영이 만난 신천지가 여기라고 말해야 할지, 아니면 프랑스적인 것으로부터 탈출해 프랑스적인 것으로 귀환한 김수영호 우주선의 착륙 지점이 여기라고 해야 할지 아직은 분명히 알 수가 없다. 왜냐하면 1961년의 명제는 분명 '상식과 평범성'(영국적인 것)이었으나 1966년의 실제는 자코메티와 더불어 말라르메의 '불가시성', 그리고 보들레르의 「고양이」와 더불어 표현되는 세계이기 때문이다. 그것도 아니면 영국적인 것, 프랑스적인 것이 문제가 아니라 말라르메, 릴케, 보들레르, 하이데거, 예이츠, 파스테르나크 등이 문제였는지도 모른다.

교과서에 갇힌 김수영

교육대학원 논문 지도를 하다가 김수영에 관한 교과서의 선택과 그 해석에 놀라서 몇 마디 붙여야만 하겠다는 생각을 하였다. 2009년 개정 고등학교 문학 교과서들이다. 대학원생이 조사한 바에 의하면 국어 교과서는 열한 종이고 이 중 김수영의 시를 텍스트로 선택한 교과서는 일곱 종이었다. 이러한 사실은 김수영의 시가 강력한 교육용 제재로 건재하고 있음을 보여준다.

그러나 우리가 그러한 사실을 확인하고, 김수영을 사랑하는 사람으로서 그대로 만족한다면, 그것은 김수영이 타매한 "나타와 안정"에의 유혹에 빠진 꼴에 다름 아닐 것이다. 오히려 우리는 김수영의 교과서적 정당성을 물어야 한다. 그 점에서 본다면 채택된 작품들이 독자를 의아하게 만든다. 「눈」이 세 종의 교과서에, 「어느 날 고궁을 나오면서」가 두 종의 교과서에, 그리고 「파밭 가에서」 「폭포」가 각각 한 종의 교과서에 실려 있다. 예전의 교과서들에 등장하던 「풀」 「푸른 하늘을」 「구름의 파수병」 등이 빠지고 완전히 새로운 작품들이 들어왔다. 특히 「풀」이 어떤 교과서에서도 선택되지 않았다는 사실은 놀람을 불러일으킨다. 그 작품은 한동안 한국 민중의 생명력을 표출하는 대표적인 시로서 빈번히 거론되어왔다. 너무 오래 되풀이하다 보니 진부해졌나? 그런 건 아닐 것이다. 교육을 받는 학생들은 거듭 교체되어서 대부분의 학생들에게는 교과서에 실린 시들이 언제나 새로운 것일 테니까 말이다.

그보다는 재래의 교과서적 해석에 대한 비판적 재고의 요구가 김현의 문제 제기(「웃음의 체험」[1]) 이래 되풀이해서 제출됨으로써, 민중의 생명력을 대변하는 시로서의 효력을 상실했다고 판단했기 때문일 가능성이 높다. 그러나 그렇다면 이러한 철회 자체도 교과서 구성의 태도에 심각한 문제가 있다는 것을 가리킨다. 왜냐하면 「풀」에 대한 상투적인 해석이 더 이상 유효하지 않다 하더라도, 그러한 문제 제기를 했던 여러 편의 제언들이 그렇다고 해서 그 작품의 미학적 성취를 부인한 것은 아니었기 때문이다.[2] 오히려 그 시는 김수영이 타계하기 2년 전쯤에 겪은 미학적 회심의 실제적인 시적 성취로서 재평가되어야 할 것이었다.[3] 그리고 그의 미학적 회심은 전위와 첨단으로부터 상식과 평범성으로서의 회귀였다. 즉 그 회심은 그의 시의 꼬리에 늘 붙어 있던 '난해성'의 베일을 의식적으로 걷어냄으로써, 독자의 눈앞에 시의 투명한 모습을 드러내게 했던 것이다.

그리고 그것은, 그의 난해성에 대한 이론(異論)들과는 상관없이, 고

1) 김현, 『책읽기의 괴로움/살아 있는 시들』(김현 문학전집 5), 문학과지성사, 1992, pp. 47~53.
2) 가령 필자의 「"발목까지/발밑까지"의 의미」(『네안데르탈인의 귀향』, 문학과지성사, 2008, pp. 15~22)를 참조하기 바란다.
3) 김수영의 말년의 회심에 대해서는, 앞의 글 「김수영의 마지막 회심」을 참조하기 바란다.

등학생 수준의 미적 감수성에 비추어 「풀」이 교재로서 선택되기에 다른 시들에 비해 더욱 적절하다는 뜻을 함의한다. 그럼에도 불구하고 그 시가 교과서에서 배제되었다면 그것은 결국 문학적 감수성과 교육의 방향·범위·기준을 둘러싼 심각한 의문을 자아낼 수밖에 없다.

그런 근심은 선택된 시들 쪽으로 눈길을 돌리면서 더욱 가중된다. 선택된 「눈」「어느 날 고궁을 나오면서」「파밭 가에서」「폭포」는 집필자들의 눈에 특별한 문학적 의미와 교육적 가치가 있다고 판단되었을 것이다. 그러한 판단의 내용이 꼼꼼히 기술된 것은 아니지만, '단원명'으로 미루어보면 어느 정도 짐작할 순 있다. 우선 세 종의 교과서에 실린 「눈」(1957)은 '한국문학의 범위와 역사' 혹은 '한국문학의 갈래와 흐름'이라는 대단원 아래 '한국문학의 역사' '광복 이후의 문학' '해방 이후의 문학'이라는 소단원 속에 실렸다. 이러한 사실은 이 작품이 한국의 역사와 연관이 있기 때문에, 특히 1945년 해방 및 그 이후의 역사적 전개에 근거해서 이 작품을 실은 것이 아닐까 하는 짐작을 하게 한다. 그리고 '학습활동'에 기술된 내용을 보면 이 시는 부정적인 현실에 대한 문학의 저항성, 즉 문학의 사회적 역할을 느끼게 하기 위해 선택된 것으로 보인다.

20세기 초엽의 일제에 의한 식민지 전락과 그 이후 연속된 한국사의 재앙들과 한국인의 비자발적 수난이라는 통상적인 역사 인식에 기대어 보면 그런 선택은 나름대로 일리가 있다고 할 것이다. 그런데 그렇다면 이 시는 고등학생들에게 음미될 만한 미적 특성을 보유하고 있는가?

아마도 세 종의 교과서 집필자들은 이 시가 보여주는 저항성의 감각적 수치가 고등학생의 수준에 조응한다고 판단한 것 같다. 2연과 4연에서 제안된 '기침을 하자'는 요청, 즉,

젊은 시인이여 기침을 하자
눈 위에 대고 기침을 하자
눈더러 보라고 마음 놓고 마음 놓고
기침을 하자[4)]

에서 '기침'의 통각적 느낌이 청소년들에게 쉽게 전달될 수 있으리라고 생각했을 법하다. 그런 판단은 썩 그럴듯해 보인다. 그러나 여기에는 두 가지 문제가 더 고려되어야 한다. 우선 이 기침이 시 안에서 '눈'에 대고 하는 거라면, 첫 연의

눈은 살아 있다
떨어진 눈은 살아 있다
마당 위에 떨어진 눈은 살아 있다

에서 지시되고, 3연에서 다시 강조된 '눈의 살아 있음'에 대한 해명이 첨부되어야 한다는 것이다. 이 '살아 있음'은 이 시 안에서는 분명하게 드러나지 않는다. 그렇기 때문인지 '학습활동'은 저항성을 강조하기 위한 자료를 동원하는 데에만 할애되어 있다.

'눈'의 살아 있음을 이해하기 위해서 같은 제목의 다른 시들을 참조하는 게 유용할 것이다. 김수영은 "눈"이라는 제목으로 세 편의 시를 썼

4) 이하 김수영 시에 대한 모든 인용은 김수영, 『김수영 전집 1: 시』, 이영준 엮음, 민음사, 2018에서 한다.

다. 하나가 교과서에 수록된 1957년의 시라면, 다른 둘은 각각 1961년과 1966년에 씌어졌다. 이 중 1961년의 시는 '눈'의 비유적 정향이 어디인지를 명료하게 보여준다. 시인은 첫머리에서

요 시인
이제 저항시는
방해로소이다
이제 영원히
저항시는
방해로소이다
저 펄펄
내리는
눈송이를 보시오

라고 운을 떼고는 두번째 연에 가서

요 시인
용감한 시인
—소용없소이다
산 너머 민중이라고
산 너머 민중이라고
하여둡시다
민중은 영원히 앞서 있소이다
웃음이 나오더라도

눈 내리는 날에는
손을 묶고 가만히
앉아 계시오

라고 노래함으로써 눈과 '민중'을 동일화하고 있다.[5] 즉 인간 현실의 상황에 아랑곳 않고 인간의 의지와도 무관하게 강림하는 '눈'에 빗대어 '민중'의 절대적인 자율성을 확정하고 그에 근거해 민중의 선진성을 논리적으로 도출해내는 것이다.

4·19의 감격 속에서 씌어졌다는 것을 여실히 보여주는 이 시는 인간의 의지를 앞서는 역사의 필연적인 정향에 대한 확신을 '민중'에 투사하고 다시 그것을 '눈'으로 쪼이고 있다. 이 시를 상호텍스트적으로 참조하면 교과서의 작품에서 '눈'이 왜 살아 있는지가 뚜렷이 이해된다. 그러니 '학습활동'에서 이런저런 다른 시인들의 시들을 맥락도 없이 비교 대상으로 거론하는 건 가히 연목구어라 할 것이다.

그뿐만이 아니다. 1961년의 「눈」을 통해 눈의 살아 있음을 확인하는 순간, 1957년의 시에서의 기침이 단순히 저항이 아니라는 걸 알게 된다. 그것은 살아 있는 민중을 각성시키는 자극의 침〔鋒〕이었던 것이다. 즉 감각적인 독자는 곧바로 '기침'을 공기로 만든 바늘, 기침(氣鍼)으로 확장해 읽으면서 그 자극의 짜릿함을 느끼는 한편, 그 통각으로 인해 살아 있는 눈의 적극적인 호응 역시 느낄 수가 있게 된다.

그 점에서 이 시는 현실을 비판하는 저항시가 아니라 저항을 북돋는

5) 이 시는 환유적으로 출발해 은유적으로 귀착한다. 즉 인접성을 통해 눈과 민중의 변별성을 느끼게 한 후 논리적인 절차를 통해 그 둘을 동일화한다. 이런 절차는 은유의 돌발적인 출현의 경우보다 이해가 쉽다. 은유와 환유 사이의 상호 연관성을 이해하는 데 예거할 만한 시다.

시라고 할 것이며, 그것이 교육적으로도 가치가 있다고 할 수 있다. 교육은 무엇보다 학생의 자발성을 북돋는 것을 목표로 한다. 현실의 부정성을 비판하는 행위는 그 목표에 훨씬 못 미친다. 그것은 거꾸로 현실의 일부인 인간에게 무기력증과 무용한 분노를 유발하기 일쑤이다. 그런 효과를 거꾸로 돌려 저항의 자발성의 뇌관을 열려면 자발성의 실마리를 찾아야 한다. 1961년의 「눈」은 1957년의 김수영이 무의식 속에서 막연히 빚고 있던 게 무엇이었는가를 사후적으로 확인시켜주며, 동시에 그런 막연한 의지의 일렁임에 실체적인 단단함을 제공하는 역할을 한다.

그러나 이 시에서 독자가 지나칠 수 없는 또 다른 대목이 있다. 마지막 연이 그곳이다.

> 기침을 하자
> 젊은 시인이여 기침을 하자
> 눈을 바라보며
> 밤새도록 고인 가슴의 가래라도
> 마음껏 뱉자

시인은 기침을 '가래'로 늘리고 있다. 그럼으로써 기침의 자극제로서의 기능을 변질시키고 있다. 여기에 와서 시인은 살아 있는 눈을 더욱 살아 있도록 부추기기는커녕 욕을 뱉고 있는 것이다. 기침은 더 이상 상호성의 활력을 상실하고 화자의 울분의 배출만을 가리키는 행위로 편협해진다. 이 대목은 그러니 앞 연들에서 일어났던 기운을 맥빠지게 만드는 게 아닌가? 정말 시인은 무의식 속에서 막연하게나마 눈의 살아 있음을 감지하고 있었던 것이긴 한가?

아니면 민중에 대한 각성은 이런 '모욕적'인 강도로까지 압력이 세져야만 가능하다고 생각한 것일까? 혹은 한국인의 '메저키스트적 성향'이 작용한 것일까? 게다가 1957년의 가래 뱉기는 한국인들의 관행적인 행태였으나 21세기 사람들에게 그건 매우 비위생적인 경범죄이다. 시대적 차이를 고려하더라도 오늘날의 어린 소년들에게 불편한 감정을 불러일으킬 이 시를 꼭 가르쳐야 할 이유가 있을까?

어쨌든 이 대목에서 이 시는 지금까지의 해석의 논리에서 이탈한다. 사실 대부분의 시들은 이렇게 논리의 경계를 이탈하는 지점을 가지고 있다. 완벽하게 설명되는 시는 없는 법이다. 문제는 이 이탈이 어떤 방향으로 시를 이끌고 있는가이다. 좋은 시도 논리를 벗어나고 나쁜 시도 논리를 훼손한다. 제4연의 '가래'는 어느 쪽으로 이 시의 방향을 틀고 있는 것인가?

두 종의 교과서에 실린 「어느 날 고궁을 나오면서」는 소시민의 무기력을 자탄하는 시로서 잘 알려져 있다. 특히 마지막 대목은 자주 인용되는 시구이다.

> 모래야 나는 얼마큼 적으냐
> 바람아 먼지야 풀아 나는 얼마큼 적으냐
> 정말 얼마큼 적으냐……

이 시는

한번 정정당당하게

붙잡혀 간 소설가를 위해서
언론의 자유를 요구하고 월남 파병에 반대하는
자유를 이행하지 못하고
20원을 받으러 세 번씩 네 번씩
찾아오는 야경꾼들만 증오하[여]

"작은 일에만 분개"하는 소시민의 모습을 썩 리얼하게 묘사함으로써 시적 공감을 불러일으킨다. 이 시는 두 종의 교과서에서 각각 '한국문학의 범위와 역사' '문학과 삶'이라는 대단원 아래 '한국문학의 흐름과 사회' '문학과 공동체'라는 소단원 속에 수록되었다. 이 소속으로 보거나 '학습활동'에 제공된 정보들로 보아도 이 시는 소시민적 삶에 대한 반성을 유도하고 시민으로의 각성을 간접적으로 환기하고자 하는 의도로 선택된 것으로 보인다. 심지어는 이육사의 「절정」을 비교 대상으로 내, 「절정」의 화자와 「어느 날 고궁을 나오면서」의 화자의 너무나도 선명한 대조를 통해 소시민적 삶에 대한 도덕적 강박증을 자극하기까지 한다.

그런데 여기에도 몇 가지 문제가 있다. 하나는 시가 이렇게 해석된다면 이 시가 오늘날 교육적 가치를 가질 수 있는가 하는 점이다. 우선 소시민적 삶에 대한 반성이 시민적 각성으로 바로 이어지지 않는다는 문제가 있다. 즉 시민으로서의 태도와 행위를 환기코자 했다면, 그런 각성을 담고 있는 시들을 선택하거나 최소한 동반해야 한다. 아마도 교과서에 수록된 다른 시들이 그런 역할을 수행할 수도 있을 것이다. 그러나 여기에도 조건이 있다. 즉 그런 시민적 각성이 피교육자 스스로에 의해 자발적으로 이루어질 수 있도록 배려되어야 한다는 것이다. 내가 보아온 바로는 그런 배려가 오늘의 교과서에는 전혀 작동되지 않고 있다. 오히려 강요와 견인의 방식으로 그런 각성을 제시하고 추종을 요구하고 있는 시들이 선택되고 있다는 것을 교육 현장에 있는 분들은 금세 알아차릴 수 있을 것이다. 그러니까 그건 시민적 각성을 소시민적으로 학습하도록 요구하는 것에 다름 아니다. 교육적 효과를 높이려면 차라리 김수영 시를 하나 덧붙여 김수영 시가 어떻게 내적 진화를 이루는가를 보여주는 게 더 나았을 것이다. 다른 하나의 문제는 저 시의 상황이 오늘날에는 맞지 않는다는 점이다. 오늘의 한국인은 이런 소시민적인 삶을 밑으로부터 청산한 지 꽤 되었고 오늘날 실제로 문제가 되는 것은 자기주장이 범람하여 사적인 정서가 공적인 의견을 대변하는 데까지 이르렀다는 시대적 정황의 변모이다. 이 변모된 사회에서 보면, 억압적 독재정권하에서 소심하게 살아가는 일상인의 모습은 지난 시대의 초상에 지나지 않는다. 단순한 추억거리에 지나지 않고 현대의 반성적 재료로 쓰이지도 않으며, 그런 반성 외에는 미학적 효과를 짐작할 수 없는 작품을 왜 교과서에서 다룬단 말인가?

그러나 정말 심각한 문제는 위의 두 의혹을 아예 추월하는 것이다. 그리고 이 점을 깨달으면 오히려 이 시가 가진 교육적 가치를 알아차릴 수 있을 것이다. 바로 이 시를 소시민적 삶에 대한 반성으로 읽는 이 독법이 아예 오독이라는 것이다. 이 시가 그런 반성의 시라면 독자는 그 언어의 전개와 한탄으로 종결되는 어법으로 보아, 자기 연민과 자책, 더 나아가 자학밖에는 느낄 게 없다. 그러나 정말 이 시는 그런가? 다음 대목을 보라.

> 옹졸한 나의 전통은 유구하고 이제 내 앞에 정서(情緖)로

가로놓여 있다
이를테면 이런 일이 있었다
부산에 포로수용소의 제14야전병원에 있을 때
정보원이 너스들과 스펀지를 만들고 거즈를
개키고 있는 나를 보고 포로경찰이 되지 않는다고
남자가 뭐 이런 일을 하고 있느냐고 놀린 일이 있었다
너스들 옆에서

지금도 내가 반항하고 있는 것은 이 스펀지 만들기와
거즈 접고 있는 일과 조금도 다름없다
개의 울음소리를 듣고 그 비명에 지고
머리에 피도 안 마른 애놈의 투정에 진다
떨어지는 은행나무잎도 내가 밟고 가는 가시밭

앞의 인용문에 이어지는 제3, 4연이다. 2연에서 화자는 자신의 옹졸함을 자책한 다음, 3연에 들어와 이 옹졸함이 하나의 전통, 즉 자신의 행동에 있어서 시간적 맥락을 구성하고 있음을 상기한다. 그 원천은 포로수용소에서 간호사 노릇을 하던 일이다. 그는 간호사 노릇을 한 덕분에 수용소 안의 치열한 이데올로기 싸움에서 피할 수 있었다. 이데올로기의 어느 한편의 입장에 서 있는 사람이 보기에 이는 치사한 회피가 될 것이고, 당사자의 처지에서도 목숨을 보전하기 위해 닥친 상황을 정면으로 대하지 못하는 비겁한 짓이 보일 수도 있을 것이다. 그러나 시의 화자는 '비겁'하다고 말하지 않고 '옹졸'하다고 말하고 '조금 비겁'하다고 말했다. 이 '조금 비겁'한 태도에는 그 '조금'의 나머지 부분에 '조금 다른 무엇'이 있다는 것을 암시한다. 그리고 이어 4연에서 말한다. "지금도 내가 반항하고 있는 것은 이 스펀지 만들기와……" 그러니까 이 또한 하나의 반항이라는 것이다. 그리고 이 반항은 "개의 울음소리를 듣고 그 비명에 지고/머리에 피도 안 마른 애놈의 투정에 지"는 것이며, "떨어지는 은행나무잎"을 밟는 것도 "가시밭"을 밟고 가는 것으로 느끼는 것이다. 요컨대 이데올로기의 집행자들은 이걸 비겁이라고 부를 수도 있으나 옹졸한 사람의 이 태도는 일상의 사소한 구체성들에서 진실과 참된 태도를 찾으려고 고심하는 자세로 바꿔 생각할 수도 있다는 것이다.

그러니까 이 시는 두 개의 겹을 가지고 있는 것이다. 자신의 옹졸함을 자책하는 면과 그 옹졸함 속에서 자신의 진실을 구출하고자 하는 성심의 면을. 이 두 면의 공존의 의의는 무엇인가? 만일 시에 나온 대로 '포로경찰'이 되었다면, 즉 하나의 이데올로기를 선택해 죽자고 상대방을 죽이려는 싸움을 했더라면, 훗날의 깨달음이 알려주듯이 헛된 환상에 빠져 살육 전쟁에 참여한 꼴이 된다. 그러니까 사후적으로 보면 차라리 그 싸움으로부터 달아나 거즈 접는 일이 더 바른 선택이었던 것이다. 그러나 동시에 그러한 도피는 '조금은 비겁'한 짓임을 화자는 고백한다. 왜냐하면 사소한 일상에 전념하는 대가로, 그 일상들을 한꺼번에 쓸어가고 있는 정치적 격변에 무기력하게 방치되고 말기 때문이다. 그러나 일상 속의 진실을 소중하게 여기는 태도를 통해서 화자는 그런 정치적 격변이 궁극적으로 우리 삶의 구체성으로부터 솟아난 대안적 정치성을 통해서 극복될 수 있으리라는 점을 암시하고 있는 것이다. 그 암시가 없다면 옹졸하지 않음은 오히려 재앙을 열어젖히는 헛발질에 불과한 것이다.

사람들에게 회자되는 시의 마지막 연은 그러니까 자조와 자기 연민으로 읽을 게 아니다. 그것은 오히려 사소한 것과 거대한 것, 일상과 정치 사이의 모순과 기이한 상호연관성을 동시에 껴안고 가야만 한다는 걸 깨달은 사람이 내지르는 '체념', 즉 삶의 복잡함을 인정하고 그 어려움을 감내할 운명을 미리 보고 그걸 끔찍해하면서도 그걸 수락해내는 사람이 내지르는 신음으로 읽어야 하는 것이다. 그리고 그렇게 읽을 때 이 시는 일반적인 교육적 장치로서도 훌륭하지만 동시에 오늘날과 같이 사소한 것과 거대한 것이, 일상과 정치가 무차별적으로 혼합되는 시대에 특히 유용한 반성적 참고 자료로 기능할 수 있다는 걸 알 수 있다.

「파밭 가에서」와 「폭포」의 교육적 방침에 대해서도 시비를 가리고 싶지만 지면과 시간 때문에 미루기로 한다.

앞서 얘기했듯이 이 글은 본래 교육대학원 수업을 하다가 수강생들인 현직 교사 및 예비 교사들의 문학적 감수 능력에 충격을 받은 데서 시작하게 되었다. 그때나 지금이나 변함없는 생각은 어릴 때부터 문학적 감수성이 온전히 길러지도록 하는 분위기를 조성해야만 한국문학의 장래를 기약할 수 있다는 것이다. 그런데 선생님들은 바로 학생들의 문학적 감수성을 함양하는 유일한 중개자들이다. 따라서 이분들의 감수 능력이 향상되지 않으면 어린 학생들의 역량이 보장되지 않는 것이고, 학생들의 문학적 능력이 채워지지 않으면 한국문학의 장래는 없는 것이다. 그러니 현재의 문학교육의 사회적 구조를 유념할 때 선생님들의 문학 역량을 키우는 것이야말로 가장 시급한 과제가 아닐 수 없다. 그런데 이런 과제는 개인적인 노력만으로는 결코 달성되지 않는다. 중요한 것은 제도적인 장치인데, 교과서의 문학 '성취 기준'과 선정된 작품들 및 그 작품들에 대한 '학습활동' 정보는 바로 그 제도적 장치의 실질적인 내용을 이루는 것이다. 그 점을 생각할 때 현재의 문학 교과서들의 수준은 너무나 안이한 수위에서 헐렁거리고 있다. 교과서 집필자들과 교육부 관계자들이 이런 문제를 진지하게 고민해주기를 간곡히 바란다.

삶의 상상적 치환
—김춘수

김춘수는 신동엽·김수영과 더불어 한국 현대시의 주추를 놓은 시인이다. 한국 현대시란 일제강점과 해방, 분단과 전쟁이 지나간 후 정신적 폐허 위에서 재출발해 오늘날에 이르는 과정 속에 형성된 한국시를 가리킨다. 김춘수·김수영·신동엽은 시적 형태가 삶에 대한 성찰의 침전물이라는 점을 명료하게 의식하고 그것을 시적 실천 속에서 검증한 최초의 시인들이었다. 그것은 또한 그들이 외적 현실에 응전할 수 있는 내면을 발견한 최초의 시인이라는 것도 뜻한다. 더 나아가, 그들이 처음으로 그것을 발견했다는 것은 외세의 지속적 침탈 속에 한국인의 정신적 삶을 얽매고 있던 '생존 혹은 은둔'의 논리를 뛰어넘어 존재의 성찰을 그들이 해냈다는 것을 가리킨다. 물론 존재의 성찰을 그들 이전에 해낸 시인들이 있었다. 그러나 그것을, 가령 기행(이상)과 파열(정지용)의 형식으로 외화시키지 않고 시의 밑바탕으로 만든 것은 그들이 처음이었다. 존재의 성찰은 처음 그 존재를, 형식을 꿈꾸는 무정형의 실재로 제시한다. 그 점에서 김춘수·김수영·신동엽의 시적 태도는 같았다. 다만, 그 침전물의 구조를 내면 풍경의 외적·정경적 치환을 통해 구축했다는 점에서 김춘수는 후자들과 달랐다. 시인 자신은 그러한 치환의 함수 혹은 그 함수의 몫을 '무의미'라고 명명했으나 그의 시는 문자 그대로 '의미가 없는 시'라기보다는 의미의 껍질이 벗겨진 시이다. 의미의 껍질을 벗기는 것은 물론 시의 운동 그 자체인데, 그 운동을 통해서 시인이 노리는 것은 역사·사회적 의미 너머에 있는 '존재'의 절대적 상태의 포착이다. 김춘수는 이 방법을 통해 인간 내면의 순수한 표정을 찾으려 했던 것이다. 초기 시의 이 강렬한 희구는 그러나 실패하고 마는데, 그것은 그가 역사·사회적 의미의 세계, 즉 생존의 세계를 결코 벗어날 수 없었기 때문이다. 따라서 초기 시의 실패는 차라리 시인의 정직성을 보여준다고 할 수 있지만, 동시에 그것은 생존의 세계와 존재의 세계의 병발적 단순화 혹은 감성화라는 한계를 안고 있었다. 그 단순화의 위험을 시인이 벗어나게 된 것은, 존재의 세계란 순수한 상태로 재현될 수 없고 오히려 존재의 솔직한 형상으로서의 세계는 생존의 논리에 의해 훼손된 형태로 혹은 생존의 방식으로 재구성된 존재의 그림자로 나타날 수밖에 없다는 것을 깨달으면서, 그 훼손 혹은 재구성의 형상들을 탐구하기 시작하면서부터이다. 「샤갈의 마을에 내리는 눈」에서 묘사된 아나키스트들도 그런 형상들에 속하는데, 무엇보다도 시인이 1960년대 후반에 시작해서 1991년에 완성한 장편 연작시 「처용단장」의 "한 번 지워진 얼굴" 다음에 나타난 처용의 형상이야말로 생존의 존재론 혹은 존재론적 생존의 가장 빛나는 이미지다. 눈물을 죽이고 천사를 죽이고 자신과 만물을 괄호 쳐서 태어난 이 이미지가 표출하는 세계관은 "저승에도 이처럼 구원은 없다./없는 것이 차라리 구원이다"라는 것이고 이 태도로부터 나오는 시적 실천은 삶의 온갖 상상적 치환이다. 그 상상적 치환의 자리가 생존의 논리와 존재의 추구가 있을 수 있는 모든 양태로 충돌하고 교섭하면서, 새로운 삶의 무한한 가능성과 상상의 근본적인 한계가 동시에 체험되는 자리이다. 후기에 들어 김춘수는 지나온 자신의 시적 편력을 길게 회상하는데, 그 회상에는 자신의 은폐된 격렬성의 삶을 위무하고자 하는 의지와 그 격렬성의 삶을 기어이 완성해보고 싶다는 충동이 길항한다. 대신 시인은 추억의 형식을 통해 그 길항의 구체성 속으로 침닉한다. 거기서 고통을 맛보는 것은 여기서 향유가 된다.

「꽃을 위한 서시」는 김춘수 초기 시의 핵심을 명료하게 보여주는 작품이다. 우선, 존재의 탐구가 극단적 절망의 차원에서 제시되어 있다. 존재의 세계에 가닿으려면 손을 내밀 수밖에 없는데 그 '손'은, 인간이 역사·사회적 세계에 속하는 한, 역사·사회적 의미망의 대리 표상이다. 따라서 손이 닿으면 존재의 세계는 순식간에 변질되고 모습을 감추게 된다. "미지의 까마득한 어둠이 된다." 다만 그것은 형상 부재의 형식으로 거기에 있을 뿐이다. 하지만 그 부재가 실은 존재의 세계로 진입할 수 있는 역설적인 통로가 된다. 존재 탐구의 실패의 대가로 '나'의 육체의 거죽을 싸고 있는 의미가 부스러짐으로써 눈물로 변질되는 한편, '나'와 존재의 충돌로 생겨난 균열들에 그 눈물이 감싸고 돌아 스며듦으로써 존재의 완강한 어둠은 텅 빈 어둠, 다시 말해 미지의 형상을 예약한 빈자리가 되는 것이다. 그 빈자리가 우선은 그 순수한 표정으로서만 기대되는 것이기 때문에 그것은 바로 "얼굴을 가리운 나의 신부"이다. 조르조 아감벤Giorgio Agamben의 표현을 빌리자면, 얼굴, 즉 '표정visage'은 '열림'이다. 「나의 하나님」은 그 연장선상에 있다. 순수한 표정에 대한 갈망은 그러나 언제나 그 존재의 솔직한 형상을 견딤으로써만 유지된다. 그 실제적인 형상은 "푸줏간에 걸린 커다란 살점"이고 "놋쇠 항아리"다. 그것은 표정의 순수성을 '이미' 상실했기 때문에 "늙은 비애"지만, 또한 그것을 '미리' 예약하기 때문에 "어리디어린 순결"이며, 그 비애로부터 순결로 가는 이행이기 때문에 '마침내' "연둣빛 바람"이다. 「눈물」에서 해독 불가능한 은유를 보는 사람들도 있으나 이 시는 생각보다 어렵지 않다. 이 시의 기본적인 구조는 "아랫도리가 젖"은 자와 "발바닥만 젖"은 자 사이의 대립이다. 전자에 "남자와 여자" "밤에 보는 오갈피나무"가 놓이고 후자에 "맨발로 바다를 밟고 간 사람"이 놓인다. 맨발로 바다를 밟고 간 사람이 '예수'임을 떠올릴 수 있는 독자라면 이 시의 심층 대립이 '지상에 묶인 것들'과 '새가 된 사람' 사이의 대립임을 금세 알 수 있다. 이 심층 구조를 시인은 한편으로 '젖음'의 공통 이미지를 통해 슬며시 감추는 한편, 다른 한편으로 그 공통 이미지에 의해서 대립이 일정한 변주를 거쳐 해소될 가능성을 환기시킨다. 「산보길」은 존재에 대한 갈망이 존재에 의한 후원으로 바뀌는 정경을 연출한다. 그때 존재는 일그러진 고통이면서 동시에 기나긴 명상의 과정이다. 삶의 전 생애가 스스로를 하나의 장면으로 압축하면서 삶의 매 순간을 위무하는 것, 그것이다. 이 아코디언으로부터 독자는 삶에 대한 성스러운 음악을 들을 수 있다.

그는 강변에서 '사의 찬가'를 불렀다
—하길종 시집, 『태를 위한 과거분사』를 읽고

1. 위악이라는 처세론

하길종 시집[1]의 제목과 자서는 세계에 대한 그의 인식과 세계에 도전하고자 하는 그의 자세를 선명히 보여준다. 그는 자서에서 "진리란 왜곡된 채 부상당해 있다. 수술을 해야 한다. 수술을 하라. 여기 칼날을 든 이단아의 활기찬 현실 고발 증언이 있다. 시란 자장가가 아니다"라고 언명함으로써, 세계를 근본적으로 부정하고 새로운 세계의 문을 여는 자로서의 자신의 입장을 밝힌다. 그 입장에 비추어본다면, "태(胎)를 위한 과거분사"라는 시집의 제목은 자연스럽게 읽힌다. 요컨대 이 시집은 신생을 위한 것이다. 그런데 왜 하필이면 '과거분사'인가? 그것은 신생을 준비하되 신생 이전의 상태에서 멈춰 서는 자로서, 혹은 그런 존재의

1) 하길종, 『하길종 전집 1: 태를 위한 과거분사/백마 타고 온 또또』, 한국영상자료원, 2009.

행위로서, 자신의 존재와 행위를 규정하는 것인가? 그러한 짐작은 곧바로 그 행위의 '순교성'을 예감케 한다. 그러나 그 순교성은 순교자의 영웅적 행위를 예감케 하기보다는, 순교할 수밖에 없는 정황의 부정성을 먼저 짐작게 한다. "진리란 왜곡된 채 부상당해 있다"라는 발언 뒤에 도사린 절망의 심연을 읽을 수 있다면, 영웅을 읽기보다는 세상의 부정성과 자신의 몸을 맞바꿀 수밖에 없는 자의 허무를 읽는 것이 타당할 것이다.

하지만 이러한 자세가 단지 하길종만의 것이라면 독자가 여기에서 굳이 영웅과 허무를 헤아릴 이유가 없을 것이다. 그것이 한국인 특유의 집단 무의식적 태도임을 독자가 본능적으로 느끼고 있는 게 아니라면. 다시 말해, 세상의 전면적 부정성이라는 인식의 광선에 장기간 노출된 집단의 심리적 경험이 없었다면.

사실, 허무, 격정, 고독, 울분, 분노, 탄식 등의 부정적 감정들은 꽤 오랫동안 한국인들의 심성을 하나로 엮어주는 어사들이었다고 할 수 있다. 그 부정적 감정의 연원은 아무리 가깝게 잡아도 한 세기를 거슬러 올라가야 할 것이다. 한데 1950년대는 그러한 부정적 감정이 극대화된 시대였다고 말할 수 있을 것이다. 지난 세기의 마음의 추이를 살펴보건대, 저 오랜 '한 서린' 감정 곁에는, 그것들을 제어하는 다른 정서가 늘 있어서 그 부정적 감정이 부식되는 것을 방지해주곤 하였다(다른 지면을 통해 살펴봐야 할 이 두 감정의 공존은 한국인에게 부정적 감정이 순수한 감정이 아니라 오히려 다른 감정을 위한 활성탄의 기능을 가진 논리체계였음을 시사한다. 하지만 한국인 일반은 그 감정을 솔직한 감정이라고 믿어왔고 그 믿음 속에서 의미를 부여했으며, 그리고 그 의미 부여를 통해서 저 기능을 더욱 강화해왔다). 그런데 한국인을 총체적 황폐화의 상태로 몰아넣은 전쟁이 그 다른 정서 발생의 가능성을 말소하였고, 때문에 저 부정적 감정들은 내파의 임계치까지 치달은 상태에 놓여 있었다고 할 수 있는 것이다.

하길종의 세대, 즉 4·19 세대 역시 앞선 사람들과 부정적 감정들을 공유하고 있었다. 다만 전 세대가 갖고 있지 않은 어떤 '정서적 상태state of mind'가 그들의 내부에서 싹텄으니, 그것은 '위악'이라는 어사로 종종 표현된 '나쁜 짓을 천연덕스럽게 행하는 것처럼 보이고자 하는 태도 및 그런 감정'이었다.

전 세대에 없었던 그 특이한 감정의 유전자가 발생한 근원은 매우 복합적인 것으로 보인다. 가령, 어떤 근원은 김승옥이 「건」에서 묘사했듯이 시체를 치우던 어린 학생들의 마음에서 불쑥 솟구친 상쾌한 유린의 충동일 것이며, 또 어떤 근원은 황순원이 묘사했던 것처럼, 경무대 앞에까지 다가갔다고 총소리에 혼비백산해서 달아났는데 며칠 후 대통령이 하야한 소식을 듣는 4·19의 경험 그 자체가 될 수도 있을 것이다.

대신 그 감정의 효과, 즉 그런 정서 상태를 가짐으로써 어떤 행동 양식이 태어났는가에 대해서는 비교적 명료하게 말할 수 있을 듯하다. 우선 모든 정서 상황은 그것이 대항하고자 한 사회적 상황에 대한 일정한 가치판단에 근거한다는 점을 유의하기로 하자. 그 점에서 보면, 이 정서 상황이 보여주는 '작위성'-'천연스러움'의 역설은 4·19 세대가 직면한 사회 상황의 무기력한 정상성에 대한 도전으로 이해할 수 있다. 다시 말해 입헌민주주의 공화국이라는 국가적 형식과 실질적인 부패 및 야만적 상황이라는 모순과 그 모순을 방치하면서 안으로 썩어 들어가고 있는 무두질한 가죽과도 같은 '정상성'의 외피를 뚫을 수 있는 효과적인 방법이 바로 '위악'이라는 역설이었다고 생각할 수 있는 것이다. 김수영이 4·19 이후의 실망을 토로한 「육법전서와 혁명」에서 질타한 상황은 바로 그런 '무기력한 정상성'을 그대로 지시한다. 그 상황은 "기성육법전서를 기준으로 하고/혁명을 바라보는" 위정자들과 "유구한 공서양속정신으로/위정자가 다 잘해줄 줄 알고만 있"는 "순진한 학생들/점잖은 학자님들/체면을 세우는 문인들/너무나 투쟁적인 신문들", 그리고 "그놈들이 배불리 먹고 있을 때도/고생한 것은 그대들이고/그놈들이 망하고 난 후에도 진짜 곯고 있는 것은 그대들인데[도]" 여전히, 하염없이, 순박하게도 "천국이 온다고 바라고 있"는 "불쌍한 백성들"이 함께 이루고 있는 상황이다.

김수영의 이 묘사는 '위악'의 불가피성, 그의 표현을 그대로 빌리자면 "합법적으로 불법을 해도" 시원치 않은 사정을 실감 있게 전하고 있다. 세계의 순행은 낡은 세계의 수렁에서 영원히 벗어나지 못하는 것이다. 김수영의 묘사는 다른 면도 전한다. 낡은 질서의 유령에 사로잡힌 이 무기력한 정상성의 세계는 그 상황 속에 참여한 모든 존재들의 무의식적 협력에 의해서 지탱되고 있다는 것이다. 다시 말해 세계의 주체가 주체성의 환상 속에서 자신을 '수열적 타성태'로 만들고 있다는 것이다. 그리고 그 주체성의 환상은 바로 자신의 '선함', 즉 스스로 착하다고 생각하는 착각으로부터 비롯된 환상이라는 것이다.

여기까지 와서 독자는 김승옥이 「생명연습」에서, 영국으로 유학을 떠나기 위해 애인을 주사를 놓듯 되풀이해 범한 한 교수의 행위를 왜 '자기 세계'로 지칭했는지 이해할 수 있을 것이다. 세계의 무기력의 근원이 '선(善)'의 보유라는 자기 이미지에 있다면, 위악은 행위 주체에게 주체의 에너지를 주입하는 강제적인 행위, 즉 자신의 '죄악'을 통해 스스로의 책임을, 다시 말해 살아서 스스로 해야만 할 일을 확보하는 행위였던 것이다.

루소Jean-Jacque Rousseau가 『에밀*Émile*』에서 쓴 "모든 악은 약하다는 데서 비롯된다"는 말은 널리 알려진 경구이다. 그는 이어서 "어린아이를 강하게 만들어준다면, 그는 선한 사람이 될 것이다"라고 덧붙였다. 전제가 맞다면, 전제와 결론 사이에 논리적인 빈틈은 없는 듯하다. 그러나 전제의 상황이 모호할 수도 있다는 걸 유의할 필요가 있다. 루소의 진술에서 악을 행하는 주체와 약함의 주체를 동일하게 파악하는 게 본능적인 독법일 것이다. 원래의 범칭적 진술을 특정인에게 적용하면, "한 사람의 악은 그가 약하다는 데서 비롯된다"가 된다. 이러한 명제는 인간 본성의 미묘한 면을 꿰뚫는 꽤 날카로운 통찰로 받아들여질 수 있다. 디드로Diderot도 그 비슷하게 "바보는 현자보다 더 자주 나쁜 짓을 하게 된다"(『라모의 조카*Le Neveu de Rameau*』)라고 말한 바가 있다. 그러나 이러한 통찰이, '악'의 전부를 설명한다고는 말할 수 없다. 적어도 그것은 저 4·19 세대의 '위악'을 설명하지 못한다. 후자는 루소의 명제를 수용할 수 있으나, 그러나 그것은 주부의 주어와 술부의 주어를 분리시킨다는 전제하에 그러하다. 즉, 그것은 "어떤 이들의 의도적인 '악'함은 다른 이들의 '약'함으로부터 비롯한다"라는 문장을 통해서만 풀이될 수 있다.

이 진술은 앞의 진술이 제공하는 직관적 깨달음보다는 의아함을 불러일으킬 수 있다. 그것은 그만큼 복잡하다는 뜻이며, 또한 그 복잡성은 앞의 진술이 근거하는 현실적 맥락에 비해, 더 예외적인 맥락에 근거하기 때문에 그렇다고 할 수 있다. 그러나 비교적 예외적인 현상이라고 해서 무조건 특수하다고만 할 수는 없다. 그 맥락의 역사적 관여성에 따라서 그것은 의미심장할 수 있으며, 거기에 합리적 논증이 보태지면

예외적인 현상은 은폐된 보편적 현상으로 이해될 수 있을 것이다.

그에 대한 합리적 논증의 한 사례가 있다. 자크 라캉Jacques Lacan은 세미나 20 『앙코르*Encore*』(1972~1973, Seuil, 1975)에서 '증오haine'와 '사랑amour'을 합쳐 hainamoration이라는 용어를 만드는데, 그것의 대강의 뜻은 "미움으로 사랑을 불태우는 일"이다. 이 신조어가 가리키는 것은 미움은 사랑의 효모라는 것이다. 순수한 공격성aggressivité이 상대방의 불행을 원하고 상대방을 파괴하고자 하는 움직임이라면, 미움 그리고 악의méchanceté는 상대방으로 하여금 자신에게서 선을 원하도록 하지 않는 것이다. 그리고 "진정한 사랑은 이 미움으로부터 열린다". 왜냐하면 상대방이 나를 선한 존재로 간주하고 그걸 즐기면 즐길수록 나는 "더욱 존재하지 않게 되고(왜? '나'에 대한 가상적 이미지가 '나'를 대체해버릴 터이니까), 당연히 더욱 사랑하지 않게 되기" 때문이다. 그러니, "존재에 대한 존재의 접근"이라는 의미로서의 사랑은 "조화의 관계"가 아니라 "〔사랑이라는 말이 주는〕 환몽을 파악하는 일에 얽혀드는 것"이다. 그리하여 그로부터 존재자가 "자신을 망치는 것을 통해서만 삶을 지탱하는 존재"임을 인식게 하는 것이다. 바로 '선'을 둘러싼 온갖 자기망상과 무기력에 대해.

위악의 기능은 그러니까 무기력의 늪에 빠진 존재자에게 발심을 부추기는 것이다. 자신의 무능력을 직시케 함으로써, 그 무기력의 근원에 놓여 있는 스스로 선하다는 환몽이 환몽임을 자각케 함으로써. (훗날, 김현은 그러한 환몽을 '패배주의'와 '허무주의'로 규정하였고, 그것과의 싸움이 '문학과지성' 집단의 강령이 된다. 그 점에서 이 비평가 집단의 행동은 김승옥, 이청준 등의 위악과 같은 궤적을 밟아갔다고 할 수 있다.)

2. 내부로부터의 유전자 변이

김승옥이 '위악'이라는 이름으로 행하고, 이청준이 '거짓말'과 자발적 광태를 통해서 획득고자 한 것, 그것을 하길종도 '이단아'의 이름으로 비슷하게 행한다. 이단아는 분명 세상이 '선'으로 망가졌다고 생각한다. 그가 보기에 신이 한 일은 "부정축재"이고 "주위엔 흩어진 부패한 기도가 꾸물댄다"(「蛇의 정화된 모놀로그 序」). 그러니 그는 "비틀어진 휴머니즘"을 노여워하고, "거짓부렁[의] 역사책/의 오장육부를 씹으며" "작부의 교태가 통곡이 되"(「Symphonie le Monde」)길 도모한다. 기어이 그는 "내 눅눅한 지옥길을 악마의 구조자금으로 포장하마"라고 선언한다.

한데 4·19 세대의 이 행위가 '선'의 파괴와 악의 자행을 통한 자기 세계의 확립이라는 공통된 지향을 가졌다 해도, 그 양태는 저마다 다르며, 그에 따라 그들이 이룬 세계의 내용도 다를 수밖에 없다. 하길종은 우선 그 세계 안에 '수술'의 이미지를 가지고 들어간다. 시집의 문턱이 보여주는 풍경은 '산모' '사아(死兒)'와 '산부인과 병원' '수술대' 등이다. 그 풍경은 시집의 본문에서 거듭 되풀이된다. 마지막 시인 「Symphonie le Monde」도 사산한 태아의 이미지들로 어지럽다. "편편이 흩어진 태아의 핏방울"('제1악장'), "胎줄 잃은 태양"이 "장거리 전화"로 알려주는 "하늘이 청량리 뇌병원에 입원/별들은 논산훈련소에 집단 입원"했다는 소식('제5악장') 속에서 독자와 시인은 모두 사산되고 만 생명 연습에 직면할 것이다. 그런데 여기에서 실은 산부인과의 이미지는 뇌병원의 이미지로 이동하고 있다. 산부인과에서는 사산된 태아가 나오겠지만 뇌병원에서는 뻐꾸기 둥지 위로 날아간 새가 튀어나올지도 모른다.

왜 산부인과가 아니라 뇌병원인가? 그것은 그가 '사산'이라는 산부인과의 재앙에 저항하려고 하기 때문일 것이다. 그것이 그의 두뇌의 변연계를 흥분시켰기 때문일 것이다. 그런데 하길종의 시에서 뇌병원을 탈출하는 동물은 새가 아니라 '뱀'이다. 서시에서부터 뱀은 꿈틀대고 있다. 그 뱀은 어디에서 왔는가?

독자가 그 뱀에서 '남근'의 이미지를 떠올린 후, 한편으로 이 시집에 되풀이해서 나타나는 '사아'의 풍경을 떠올리고, 다른 한편으로 유추적 차원에서 하길종의 뱀을 김승옥의 '꿈틀거림' 혹은 이청준의 '가수(假睡)'와 비교한다면, 하길종이 상대적으로 생산에 대한 욕망을 직접적으로 드러내고 있음을 짐작할 수 있을 것이다(김승옥의 욕망은 상대적으로 위반 쪽으로 기울어지며, 이청준의 욕망은 일탈 혹은 은폐 쪽으로 기울어진다). 이 생산의 욕망은 물론 '제대로 된 존재자'에 대한 욕망이다. 그리고 그 제대로 된 존재자는 순수한 '개인 주체'를 가리킬 것이다. 실로, 하길종은 그의 위악의 시도를 통해 "병렬된 구조와는 예전부터 절교"한다고 선언함으로써 어떤 '집단'에 그 신생의 존재를 의탁하는 걸 거부하였다. 그는 그의 시대에 개인 주체의 욕망과 경쟁 관계에 놓여 있었을 마르크스주의적 비전마저도 거절한다. "인민의 허파에서 꿈을 꾸는 녀석은/지금 소화불량에 걸려 있다"는 언명은 그의 관점을 명료하게 보여준다. 아마도 "적의를 입고 가는 사색은 추잡하다"는 시구 역시 그런 관점에 대한 암시로 읽을 수 있을 것이다. 붉은색이 마르크스주의와 항용 동일시되어온 사정을 유념한다면 말이다. 다음의 시구는 집단주의에 의탁하는 행동과 개인 주체의 행동을, 유사 형식들 사이에 면도날을 대서 진짜와 거짓을 가리듯, '꾸물댐'와 '꿈틀함'이라는 언어적 섬세함을 통해 날카롭게 구별한다.

딴따라 패의 표현 없는 의무가 처절하게 닥아온다
주위엔 흩어진 진부한 기도가 꾸물댄다
아 꿈틀한다
낡아빠진 최후의 매장을 위해 변절한
Cogito여!

낡아빠진 최후를 매장시키기 위해 태어날 주체는 낡은 질서를 배반함으로써만 태어날 수 있다. 낡은 질서 속에 갇혀 있을 때, 그는 그저 "온 우주엔 이송할 수 없는 동요"를 "꾸물"댈 뿐이다. '변절'의 이유는 명백하게 있다. 거꾸로 말하면, 제대로 된 존재자로 신생하기 위해서는 윤리적 방법론을 필요로 한다. 그 윤리적 방법론의 일차적인 형식은 '변절'이다. 다시 말해 '악'의 행함이다.

이것은 이미 말한 바가 있다. 그러나 '위악' 그 자신도 세부적 방법론을 갖는다. 그것이 선언의 차원에 머무르면 그 효과를 확신할 수가 없다. 무엇보다도 그것은 주체의 실행 외에 어떤 프로그램을 가질 수 없기 때문이다. 왜냐고? 생각해보라. 우리는 방금 위악의 의도에 대해 말했었다. 그것은 선의 환각적 무기력 상태에 빠진 한국인에게 가하고자 하는 통증이다. 그런데 그 통증을 가하는 주체는 누구인가? 그는 별난 바깥의 주체가 아니다. 그 역시 무기력 상태에 빠진 한국인 집합의 한 원소일 뿐이다. 한 가지 차이가 있다면 시인-화자는 단지 그것을 자각하고 있을 뿐이다. 그것이 뱀으로의 변신의 의미이다.

시인-화자 자신이 한국인의 내적 존재이기 때문에 '제대로 된 존재자'인 신생아를 새롭게 태어나게 할 주체는 선취된 신생아이다. 미리 분만된 처녀-존재가 한국의 미래를 짊어질 처녀-존재를 잉태하고 분만할 것이다. 또한 그렇기 때문에 이 선취된 신생아는 미래의 신생아가 미정이기 때문에 스스로 미정이다. 다시 말해 이 신생아는 오직 관념적으로만 선취된 것이고, 그 때문에 오직 자신의 미완성을 충족시킬 의지로서만 자율성을 가지는 존재인 것이다.

이 점은 매우 중요한 유의사항인데, 왜냐하면 이를 실질적으로 완성된 존재로서 착각한 데서 한국 현대사의 수많은 파행과 오류가 발생했으며, 지금도 여전히 발생하고 있기 때문이다. 좀더 과감히 말하자면, 이 실질적 완성자로서의 자기 환상은 한국인의 고질병 중의 하나라고 할 수 있다[한데, 거기에는 아이러니컬하게도 관념적으로 선취된 존재의 활동이 발생시킨 효과가 국부적으로, 그러니까 매우 불균형하게, 강력했다는 점(가령, 비약적 경제성장, 선도적 정보화 등의 현상들)이 중요한 원인 중의 하나로 작용하였다. 이 점은 앞으로 한국인의 심성사를 기록하는 데 중요한 문젯거리가 될 것이다]. 실제 이 선취된 존재는 강령과 원리로서가 아니라, 자신의 '수행성the performatif'에 의해서만 자신의 효과를 입증할 수 있는 것이다.

그렇기 때문에 첫번째 세부 방법론은 바깥으로부터 적용되는 완성된 논리 체계가 아니라 내부로부터의 유전자 변이를 통해서 도출된다는 것이다. 앞에서 보았던 '꾸물댐'→'꿈틀함'의 변이의 의미가 사실상 그것이다. 그리고 독자는 뱀의 형상이 바로 저 '꿈틀하다'라는 동사의 실물적 치환임도 깨달을 수 있을 것이다.

그러나 이 언어적 변이를 구체적으로 완성하는 것은 저 수행성의 구성분들과 그것들의 조합이 될 것이다. 그리고 그것이 하길종 시의 실질적인 형상을 이룬다.

이 수행성의 구성분들을 독자는 다음 세 가지로 요약할 수 있다. '냉각', 정상적 (성)관계의 부정, 그리고 "사의 찬가".

하길종의, 더 나아가 4·19 세대의 새로운 존재의 탄생이 바깥의 프로그램에 의해서가 아니라 내부로부터의 유전자 변이를 통해서 이행될 수밖에 없다면 그것은 수행 주체에게 최대한도의 객관성을 요구한다. 즉, 자신의 현재적 상황에 대해 정서적으로 공감하지 말아야 한다는 것이다. 그것을 하길종은 날카롭게 인식하고 있었다. 그는 "냉각하라 냉각해야 한다"는 명령을 삽입하여 그 조건을 충족하려 한다. 이 태도는 앞에서 열거해보았던 근대 이후의 한국인의 정서적 상황에 '반'하는 새로운 태도였다. 분노, 설움, 고난 등의 온난한, 그래서 오래될수록 부패하고야 마는, 정서에 반해 '냉각'하는 것은 바로 "어설픈 과거"에 매이지 않고 동시에 "하늘에 걸린 벽화〔가〕 웃지 않고 있"는 사태에 대응할 수 있기 위한 기본자세일 수밖에 없는 것이다. "차가운 불붙지 않는 장작을 나에게 다오"(「알라하」) 같은 시구도 '냉각'의 자세에 대한 요청을 보여주는 예이다. 시의 주 인물을 "광도(光度)의 냉산(冷山)의 외아들"〔「관일(祼日)의 묘」〕로 지칭하는 것 역시 같은 태도이다.

두번째 성분은 '냉각'으로부터 파생한 또 다른 태도로서, 정상적 관계의 거부이다. 그리고 하길종의 목표가 '신생아'의 분만에 있는 만큼 그 거부는 정상적 성관계의 거부로 나타난다. 그의 시에서 '여성'이 신생아의 산모가 되지 못하는 것은 그 때문이다. 그에 의하면, "여인의 마음엔 바다가 없다. 여인의/여인의 유방은 쥐벼룩의 레슬링 실습장"이다.

이 거부를 통해 "과거분사가 새악시의 배꼽에서/탈출"〔「이면(裏面)」〕하는 게 필수적인 수순이 된다. 시집의 제목은 여기에서 비롯하였다. 따라서 제목이 전하는 시집의 주제는 '진정한 신생을 위한 과거의 수동적 잔여물의 탈출의 기록'임이 분명하다. 이 시구는 또 다른 정보를 전해주는데 그것은 그 탈출의 최초의 장소가 자궁이 아니라 배꼽이라는 것이다. 언뜻 읽으면 그것은 매우 자연스러워 보인다. 왜냐하면 정상적 성관계를 거부했기 때문에 자궁이 아닐 것임을 분명하기 때문이다. 그런데 왜 '배꼽'인가? 그곳이 바로 '탯줄'의 잔여물의 장소임을 직관적으로 느끼는 독자라면, '배꼽'이 '자궁'과 다른 게 아니라 일종의 관념적 치환에 지나지 않는다는 것 역시 느낄 수 있을 것이다.

아마도 이것은 신생의 지난함을 알려주는 것이라 여겨진다. 하길종의 기획은 여전히 '사색'의 테두리를 맴돌고 있다는 것. 실로 그는 "사색이 특기"라서 "철창에 갇힌 고독의 표상"으로 "몸부림친다"(「관일의 묘」)고 절규하기도 하는 것이다.

시집의 상당 부분은 그러니까 신생의 좌절에 대한 정직한 토로에 바쳐져 있다. 그 좌절의 표상으로서 화자의 '남근'은 "앞꽁지"로 퇴화하고, 새로운 존재를 낳는 것은 '나'가 아니라 '신'인데, 신이 정작 낳은 것은 "방귀" "물방귀"일 뿐이고, 신은 신생을 집어낼 갈고리 형상(鉤形)을 잃는다(「구형의 마음」). 그러나 구형(鉤形)이야말로 유산의 도구가 아닌가? 그러니까 애시당초 배꼽으로부터의 탈출은, 배꼽이 자궁의 관념적 치환인 한, 자궁을 거부한 자궁으로부터의 출생이기 때문에 사산일 수밖에 없었던 것이다.

3. 사의 찬가

이 좌절의 진행 속에 무엇이 남는가? 시집의 화자는 "피, 피만이 있었다"고 전한다. 그런데 피만 있었던 건 아닌 것 같다. 분명 신(神)은 화자 '나'를 대신해 "엄마와의 합창" 속에서 "물방귀"만 낳았다. 독자는 이 '신'에 대해, 좌절된 '나'가 좌절되지 않았을 경우를 가정했을 때의 자신을 신으로, 다시 말해 동일시가 결코 불가능한 큰 타자로 밀어냄으로써 생성시킨 존재라고 가정할 수 있다. 그렇기 때문에 신이 물방귀만을 낳는 것은 당연하다. 그는 실존이 불가능한 가정적 존재이니까. 그런데 이 사태를 거꾸로 비추면 물방귀만을 낳는 게 아니다. 신이 좌절된 나의 반물질이라면, 실제적 상황에서 '나'가 한 일은 분만의 실패, 즉 사산이기 때문이다. 그리고 그 사산에는 피만이 있었던 게 아니라 '피'가 있었던 것이다. 좀더 정확하게 말하면, "고름이 묘한 추상화를 무늬논 핏덩이"가 있었던 것이다. 그리고 그 핏덩이 속에서 "신나게 목욕을 한 돌기는 쓴맛에 상을 찌푸리고/다시/효모의 엄마를 나무랜다". '나'의 남근은 퇴화된 채로 다시 낡은 일상을 살아가는 것이다.

그리고 그 낡은 일상을 살아가는 게, 다시 말해, 신생의 좌절을 살아가는 게 예전과 다를 게 없이 진부함의 쳇바퀴를 돌리는 일이지는 않은 것 같다. 우선 화자는 말한다. "그래도 그들은 희얀한 常套를 相鬪한다/수면에 낙하하는 종소리에 베이지 못하는 별빛의 파동/을 일으키며 버드나무 가지를 나부낀다"(「시계」).

상투성을 상투하는 일, 상투성들을 상투성의 이름으로 싸움질시키는 일은, 종소리를 베이지 못하지만 별빛의 파동을 일으킨다. 어쨌든 뭔가 꿈틀하고 있는 것이다. 게다가 더욱더 중요한 사실이 있다. 이제 상투성은 되풀이되는 낡은 일상이 아니다. 왜냐하면 상투(相鬪)를 통해 상투성이 핏덩이로 화했기 때문이다. 따라서 지금, 여기에 있는 건 낡은 일상이 아니라, 삶의 무의미와 무참한 몰락을 증거하는 '사아(死兒)'이다. 그리고 사아는 그냥 죽은 채로 있는 게 아니다. '나'의 돌기가 씻김굿을 하는 곳으로서의 핏덩이가 '사아'라면, "헛간에서 死兒가 배꼽을 잡고 웃고 있다"(「소송 2」)는 것을 알아채야 하는 것이다. 즉, 배꼽의 지위를 자궁의 관념적 치환으로부터 다른 것으로 돌려야 하는 것이다.

그러니까 이제는 낡은 일상을 되풀이할 때가 아니라, "강변에 서서 사의 찬가를 입 모"(「알라하」)을 때다. 독자는 여기에 와서, 한국인의 아주 오래된 저항의 형식이 다시 부활하는 걸 본다. 윤심덕이 「사의 찬미」를 부른 이후, 우리는 그것이 정확히 무엇을 의미하는지 몰랐다. 부른 사람이 사를 찬미하면서 죽음 속으로 뛰어들어가, 찬미가의 끝자락을 실종시켰기 때문이다. 그런데 사의 찬미를 부르려면 죽음 속으로 뛰어들어서는 안 되었다.

'찬미'라는 행위가 죽음을 빛내려고 하면 할수록, 그것은 죽음의 검은 구멍을 멀어지게 하는 일밖에는 달리 할 일이 없었던 것이다. 더욱이 김정동이 지적하듯이, 그때의 '찬미'가 '창가, 음악'(『일본 속의 한국 근대사 현장』, 하늘재, 2003)이라는 뜻이라면, 찬미라는 이름의 저 죽음 지평의 사상면(事象面)이 부단히 죽음의 블랙홀에 맞서서 자신의 파노라마를 펼칠 수밖에 없도록 하는 것만이 그 이름에 어울릴 것이었다. 아마도 문득 출몰하는 충격적인 시구, "봉인된 십자가에 총구를 돌려라"는 바로 그 사정을 표현하는 것이리라. 저 총구는 살해를 시행하는 총구가 아니라, 십자가가 자신의 형상으로 찢어놓은 새 세상의 틈새를 열고 넓히는 총구라는 것이다.

'사의 찬미'는 근대 한국인의 숙명이었을까? '사'가 실패한 사랑, 좌절된 신생의 잔여물이라는 점에서 그것은 그러했을 것이다. 마치 시대의 과제인 듯 강제로 근대인이 되도록 동원된 종족이면서(외국인들의 숱한 조선 방문기에서 봉건사회로부터 조선인을 해방시킨 일본의 공적을 그렇게 자주 기린 데서 볼 수 있는 것처럼), 근대인의 결정적인 자격 요건에서 배제되어버린('일선동조론'이라는 피갈음의 약속에도 불구하고 끊임없이 적용되어온 서열화를 통해 경험한) 주변인으로서의 조선-한국인에게, 일제의 프로그램이 원리가 될 수도, 심지어 그 프로그램의 원형인 서양의 이론도 모델이 될 수가 없으리라는 점을 유의한다면 말이다. 결국 조선-한국인의 근대성(주체성)은 배제된 자의 왜곡된 삶을 원료로 그것 자체의 지속과 갱신 속에서 일궈질 수밖에 없었다. 그것이 '사의 찬미'의 궁극적인 의의라 할 것이다. '다이쇼(大正)' 시대의 막바지에 제시된 그 원칙은 그러나 스스로 언어의 그물에 갇혀 실종되고 만다. 그것이 그 자신의 언어적 모순의 긴장을 견디면서 삶의 동력으로 부활하기 위해서는 방법론과 세대를 기다려야 했다. 1960년의 4·19 세대가 바로 그 주체였고, 그들이 도입한 '위악'이 바로 그 방법론이었다. 그 위악의 자세, 아니 처세로 하길종은 이렇게 노래 부른다.

> 오라
> 춤추는 바람결 따라
>
> 상실한 정복을 입고
> 내 흐르는 세월에 못질을 하고

위장된 부활에 웃음을 하라

오라
춤추는 바람결 따라

—「백골의 노래」

4. 남는 말

독자의 하길종 시 읽기는 여기서 멈춘다. 독자가 이 사의 찬가 다음에 이어지는 구체적인 생의 '개진'을 읽지 못하는 것이 하길종 시가 거기에서 멈춘 때문인지 아니면 독자의 언어 수용기관이 작동 불능 상태에 놓여 있어서인지는 확실치 않다. 시집의 2부 첫머리에 '달 세뇨dal segno'를 찍은 상태에서 독자는 그의 독해 자체가 한 시의 제목처럼 '암초에 걸린 포엠'이 되었음에 직면한다. 훗날 누군가가 독자의 이름으로 다시 읽을 것이다. 아마도 저 사의 찬가가 그다음 펼칠 생은, 혹은 「바보들의 행진」이, 혹은 「한네의 승천」이 될 수도 있을 것이다. 이 행진과 승천은 사를 '찬미'하는가? 이 또한 하길종의 시와 영화를 읽어낼 후대인이 풀어야 할 숙제 중의 하나가 될 것이다.

어느 시인의 매우 오래된 과거의 깜박임

— 최하림 시인의 영전에서

시인 최하림 선생이 돌아가셨다. 그이가 암 선고를 받고 당신의 시적 생애 전체를 한 권의 책, 『최하림 시전집』(문학과지성사, 2010; 이하 『시전집』)으로 정리한 직후였다. 들은 말에 의하면 전집이 출간된 이후 시인의 건강이 회복될 기미를 보였다 한다. 그러나 그것은 실상, 마지막 '존재의 맑게 갬'의 상태, 시인의 고통스러운 운명과 전집의 결실이 서로를 중화시켜 마음의 티끌이 몽땅 가신 평정의 상태에 불과했다. 그 평정에 이어서 말 그대로의 안식, 즉 모든 운동의 정지가 찾아온 것이다. 나는 언젠가 틈을 내어 그이에게 병문안을 가고 싶었으나 다른 사정이 많아 차일피일 미루고 있었다. 지인으로부터 부고를 들으며, 나는 늘 되풀이해 되뇌는 탄식을 토하는 것밖에 할 게 없었다. "또 우물쭈물하다가…… 우물쭈물하더라니……!"

나는 시인과 깊은 인연을 맺은 적은 없다. 공적인 행사 때 우연히 뵌 일들을 제한다면 사실 그이를 만난 건 저 옛날 단 한 차례뿐이다. 그러나 그 단 한 번의 '인사'는 내게 깊은 각인을 남겨 나의 문학 생활을 내내 따라다녔다. 1980년 가을이었던 것 같다. 그이가 주간으로 근무하던 출판사에서 '한국현대시문학대계' 시리즈를 펴내면서 '김수영' 편을 내게 맡기실 생각을 한 게 발단(發端)이었다. 나는 그런 일이 무슨 일인지도 모르는 채로, 또한 그저 시인 김수영에 대한 나의 호기심이 부추기는 대로, 김현 선생님을 따라 종로구 관철동에 소재한 지식산업사에 도착하였고, 문을 열고 들어가서 그이를 만났으며, 차를 한잔 마시는 동안 대충 해야 할 일들을 들었다. 그리고 약속에 따라 며칠 후 시인과 함께 도봉동의 김수영 생가를 방문하였고 거기에서 김수영 시인의 누이인 김수명 선생님이 차려주신 술상 위로 계속 엎어지면서 비몽사몽 속으로 빠져들었었다. 그리고 다음 날, 지난밤의 까만 어둠을 심장 바닥에 돌처럼 얹어놓고 다시 그이를 찾아뵈었을 때, 그이는 내게 아무 말씀 없이 단지 점심을 사주셨을 뿐이다. 아니, '아무 말씀 없이'라는 말은 전날의 일에 대해서이고, 나는 난생처음 먹어보는 복매운탕의 국물만을 홀짝거리면서 시인이 신출내기 평론가에게 건네는 한마디 당부를 듣고 있었다. 그 당부는 사람에 따라서는 평범한 이야기로 들을 수도 있겠지만, 내게는 마침 어찌 먹을 줄을 몰라 쩔쩔대고 있던 탕처럼 무척 생소하고 신기한 말이었다. "최고의 시인만을 읽지 말고, 무명 시인들의 시를 빠짐없이 읽으라"는 당부였고, "그럴 때 비로소 시를 제대로 이해하고 느낄 수 있다"는 충고였다.

내가 시인의 충고를 건성으로 듣지는 않았던 것 같다. 나는 전혀 알지 못하는 시인들이 시집을 보내올 때마다 최하림 선생을 떠올렸고, 그리고 가능한 한 시집에 대한 내 독후감을 적어 엽서로 답장을 보내곤 했다. 당연한 일이겠으나 나이가 들수록 시간 흐름의 파장은 점점 좁아들어서 나는 이제는 답장 보내는 일을 하지 못한다. 그러나 청·장년 시절 적어도 20년간을 나는 독후감을 실은 답장을 보내기 위해 시간을 쪼개는 일을 아끼지 않았다. 그리고 오늘의 내게 시에 대한 감식안이란 게 얼마간 있다면, 그걸 형성하는 데 저 답장질이 크게 작용했으리라고 나는 믿고 있다.

그이의 '말'이 내 마음 한구석을 늘상 차지하고 있었던 반면, 나는 그이의 '시'에는 쉽게 다가가지 못했다. 『우리들을 위하여』(창작과비평사, 1974)는 내가 과외 선생을 해서 번 돈으로 산 드문 시집 중의 한 권이었으나 나는 거기에서 격정에 시달리는 하나의 '민중시'를 읽었을 뿐이다. 그이는 시 평론도 자주 써서 글이 귀하던 시대에 귀담아들을 메시지를 던지곤 했다. 「문법주의자들의 성채」(1979)는 대표적인 글이라고 볼 수 있는데, 그 글은 문학의 사회적 기능에 대한 논란이 끊임없던 시절, '순수/참여'라는 소모적 주장 겨룸을 넘어 반대 입장의 문학 텍스트를 비교적 꼼꼼히 분석했다는 장점은 있었으나, 이미 내정된 일방적 입장의 편견에서 벗어난 것은 아니었다. 내가 '편견'이라고 한 것은 그 시각의 선-규정성, 구도의 거칠음, 분석의 단순성 등을 염두에 둔 것인데, 어쩌면 그것은 시인 최하림의 한계라기보다 70년대 한국 정신공동체의 한계라고 말하는 게 타당할지도 모른다.

그러나, 아니다. 『우리들을 위하여』의 어떤 시들에 나는 강렬한 매혹을 느낀 적이 있었다. 그 매혹이 없었더라면, 내가 표지 등이 다 해어져 나가도록 그 시집을 들고 다니지 않았을 것이다. 그 시들은 『시전집』의 목차를 헤아려보니 대체로 1961~63년에 씌어진, 시인이 '습작시'라고 분류해놓은 시편들에 해당한다. 아마 시인이 1964년 「貧弱한 올페의 回想」으로 조선일보 신춘문예에 당선했다는 사실에 미루어보면, '습작시'

란 등단 전의 작품을 가리키는 것일 게다. 그런데 왜 시인은 등단작조차도 '습작시' 안에 넣었던 것일까? 거기에는 등단 이후, 돌발적인 세계관의 변모가 개입되어 있다고 추정할 수밖에 없다. 어떤 경로를 그가 거쳐 갔는지는 나로서는 알 수가 없으나, 시편들로 미루어보건대 그는 등단 이후, 이른바 '민중적' 세계관이라고 일컬어지는 입장으로 급히 기울어진 것으로 보인다.

> 김수영의 실패는 바로 그러한 깊이와 폭을 가지고 민중을 이해하려 하지 않았던 데에 있으며, 그래서 그의 시어 또한 민중의 언어일 수가 없었다. 역사에의 무관심은 필연적으로 그의 시를 서구적 관념어의 포로가 되게 하였다.[1]

위 구절에서 우리는 1970, 80년대에 상투적으로 되풀이되었던 이분법, '민중=역사=현실=진정성' 대 '지식인=비역사=관념=비진정성'이라는 괴상한 등식을 다시 한번 보게 된다. 이러한 그의 입장은 아마 70년대가 아니라 60년대 말에 이미 시작된 것으로 보인다. 그것을 『우리들을 위하여』에서 하나로 뒤섞어놓고 있는 '가을의 말' 연작을 통해서 확인할 수 있다.

> 聖女들의 천막이 거두어간 나의 주위에는
> 달아볼 수 없는 죽음의 차거운 공기가 누워 있다
> 해가 나무 곁에서 멈칫거리고 있다

1) 최하림, 「60년대 시인의식」, 『시와 부정의 정신』, 문학과지성사, 1984, p. 40.

달력의 부우연 연상이 손에서 떨어져가버린 뒤
바다는 육지를 향하여 부드럽게 부드럽게 팔랑거리고

창백한 돌마다 번쩍거리고 있는 혜지
여기서 이미 얻어진 결론을 내고
나는 기다릴 아무것도 없다
흐르는 밤 속에서 튀어 오르는 슬픔을 가져다주는 것은
가을이라든가 여자는 아니다
그러나 나는 슬픔 속으로 손을 들고 일어서고 있다
몰핀의 침살에서 추억하고 있는 공간의 새들같이

—「가을의 말 1」(1963)

마른 벼잎도 벼잎으로 남아 있지 못하고
베어진 논두렁에서 달빛이 남아 뒤를
따르고 달빛이 남아 뒤를 따르고 달빛이
남아 길 잃은 사나이의 뒤를 따라가고 있다
그렇게 그 사나이가 가고 또 다른 사나이가
올지라도 마찬가지로 달빛은 따라가고 있다
아아 이토록 한없는 달빛과 사나이들의 관계여
개선하고 유지하라 개선하고 유지하라
바람은 점점 멀어가고 그리고 그대 가는 길의
밤도 멀고 기다림이 사나이를 위대하게 할지라도
걸어가라 일정은 끝나간다 가난한 자의
달빛이 이렇게 끝나간다

—「가을의 말 3」[2)](1968)

곁눈질로 훔쳐봐도 두 시의 차이는 명백하다. 1963년의 시는 어떤 정신적 죽음의 상황 속에 갇힌 '나'의 마음을 표현하고 있다면, 1968년의 시에서 '나'는 '사나이'로 대체되고, '사나이' '달빛' '다른 사나이' '논두렁'으로 이루어진 "가난한 자"들의 공동체가 '사나이'를 이끌고 있다. 1968년은 『68문학』이 창간되었다가 종간된 해이다. 즉 『산문시대』로부터 발원된 4·19 세대의 청년기 문학이 한 매듭을 짓고 분화를 시작하던 때이다. 두 계간지, 『문학과지성』과 『창작과비평』으로 대표되는 4·19 세대의 문학적 도전 형식의 분열이 개시될 무렵에 최하림은 그 어느 한 쪽을 택하면서, 『산문시대』 시절의 자신의 시 세계를 마저 부인한 것인가? 자세한 내막은 알 수 없으나, 그가 취한 입장의 까닭은 비교적 명백하다. 이른바 '역사'와 '공동체'를 택했다는 것, 다시 말해, 현실 극복의 실제적인 힘의 원천이 놓여 있다고 판단한 곳에 패를 놓았다는 것이다. 인용된 시들만 봐도, 「가을의 말 1」은 "여기서 이미 얻어진 결론을 내고/나는 기다릴 아무것도 없다"라는 허무주의적인 생각을 실토하고 있지만, 「가을의 말 3」은 "관계여/개선하고 유지하라" "기다림이 사나이를 위대하게 할지라도/걸어가라"고 부단한 전진을 '독려'하고 있지 않은가?

그러나 시편들을 모두 읽으면 그러한 판단의 적실성을 의심하게 만든다. 우선 「가을의 말 3」이 '전진'을 역설하고 있으나 그 역설은 직설과

2) 이 시는 『우리들을 위하여』에서는 "가을의 말 4"라는 제목을 달고 있었다. 그리고 같은 시집에서 "가을의 말 3"이라는 제목으로 실렸던 시편은 『시전집』에 나타나지 않는다. 그 이유는 알 수가 없다.

대조 그리고 반복을 통한 정서적 강조에 의해서 지탱되고 있을 뿐이다. 여기에는 「가을의 말 1」에서 느낄 수 있는 감각적 구체성이 없다. 가령, "달아볼 수 없는 죽음의 차거운 공기"와도 같은 측정될 수 없기 때문에 더욱 불안감을 자극하는 사태에 대한 느낌도, "해가 나무 곁에서 멈칫거리고 있다"와 같은 따스하지 못한 햇살에 대한 매우 실존적인 묘사도, "몰펀의 침살('침실'의 오기가 아닌지……?)에서 추억하고 있는 공간의 새들"에서처럼 여러 감각의 상동성이 자아내는 감각적 전율도 없다. 더욱이 어쨌든 「가을의 말 1」에는 '나'가 있지 아니한가? "슬픔을 가져다 주는 것은/가을이라든가 여자는 아"닌 것이다. 바로 '나'인 것이고 그것을 느끼는 "나는 슬픔 속으로 손을 들고 일어서고 있"는 것이다. 반면, 「가을의 말 3」에서는 '나'는 '사나이'로 대체되어 모양은 좀 멋있어진 듯하지만, 그러나 그 '사나이'는 "그대여"라고 부름받는 존재로서나 실존할 뿐, 그 자신의 삶은 백지로 혹은 암흑으로 지워져 있는 것이다.

감각적 전율이 없다는 것은 일종의 정신무장을 통해서만 절실함을 얻을 수 있다는 것을 뜻한다. 그런데 정신무장은 아무나 하는 게 아니고 또 오래 지속되기도 어려운 것이다. 게다가 그 정신무장의 주체는 사실 남성적 기운을 입히는 방식으로 관념화된 주체가 아닌가? 좀 전에 인용한 그이의 산문에 나온 용어들을 그대로 가져다 쓰자면, 시인은 '관념' 대신 '현실'을 선택한 대가로, 현실(속의 인물)을 '관념화'하고 있는 것이다.

바로 그렇기 때문에 시인은 더 나아가지 못한다. 끊임없이 걸어가지만 그러나 역사의 관념 앞에서 거듭 종종걸음 치고만 있는 것이다. "일의 끝은 보이지 않고/직업의 끝도 없어 보인다"(「교정사」, 이 시는 『시전집』에서 제외되었다)는 진술, 혹은 "아아 비바람에 씻긴 바윗돌 같은 얼굴/모진 불행을 다 삼키고도 표정 없는 얼굴/그러한 얼굴로 서 있는 시대여"(「우리나라의 1975년」)와 같은 탄식이 보여주는 것처럼. 이 종종걸음 치는 의식이 더 나아갈 곳이 어디 있겠는가. 그것은 어둠의 누적일 뿐이고, 그 누적이 어느 날 기적처럼 폭발해주기를 소원하는 것뿐이다. 그래서 한편으로는, "아아 우리들의 어둠은 끝없고 끝이 없어라/〔……〕/아아 암흑 속으로 들어가/이제는 암흑이 된 자/암흑의 빛이 된 자여/한 하루도 한 생명도/새빨갛게 타올라 밤이 되면/암흑 속으로 돌아가/암흑의 부피를 늘리느니"(「어둠의 노래」)에서처럼 암흑의 부피가 늘어나는 사태에 절망하거나 혹은 정반대로 그 암흑이 새로운 삶의 씨앗으로 변화하기를, 가령, "꿈이 결빙하여 얼어터지는 소리/그 소리 위로 내리는 밤눈 소리"(「白雪賦 1」)와 같은 파열의 형식으로나, 혹은 "불꽃 속에는 불이 있고 사랑 속에는 씨앗이 있다"(「불」)는 희망으로 "우리들은 이제 비로소 원한 속에서 뇌수 깊이/어둠의 씨를 심고 키운다 어둠을 지키며 신음한다"(「우리들의 歷史」)에서처럼 내부 형질 변화의 형식으로 새 삶의 기미가 발생하기를 소망하는 일을 번갈아가며 되풀이한다. 그 절망과 소망은 끝없이 반복되면서 서로 겹쳐진다. 그렇게 해서 그 둘은 구별되지 않는다. 다음의 시구는 그런 절망과 소망의 동질화를 보여주는 전형적인 예이다.

> 우리들은 우리의 무뢰배처럼
> 억새풀 속에서 억새가 자라나고
> 주민들 속에서 주민들이 자라나는 것을 보고 있다
>
> —「우리들은 무엇인가」 부분

새 삶이 이렇게 시작할 수도 있으리라. 보일 듯, 보이지 않게. 있으면서 없는 듯. 그러나 여기에 결정적으로 빠진 게 하나 있는데, 그것은 낡은 삶을 새 삶으로 바꾸어줄 알고리즘이다. 이 '억새'는 저 '억새풀'과 어떻게 다르고, 이 '주민들'은 저 '주민들'과 어떻게 다르고 어떤 경로를 거쳐서 달라질 수 있는가? 그것이 없는 한 저 절망과 소망의 동질화는 한없이 지속되면서, 삶의 이유와 삶이 원천과 삶의 실체와 삶의 실천이 될 모든 것들이 지워지게 되는 것이다: "한 방향으로 흐르는 작은 강을 따라/우리들은 입을 다물고 걸어간다/저녁 그림자처럼 걸어간다 마을도/나루터도 사라지고 과거도 현재도/보이지 않는다 날아가는 새들의/불길한 울음만 공중에 떠돌며/얼어붙은 겨울을 슬퍼하고"(「겨울 精緻」).

이 동질화와 마멸의 시간은 꽤 오래 지속된다. 1982년까지는 거의 자동진행적이다. 『겨울 깊은 물소리』(1982~88)에 오면, 변화가 나타나기 시작한다. 흥미롭게도 이 시기는 시인이 『김수영 평전—자유인의 초상』(문학세계사, 1981)을 쓴 직후이다. 이 평전은 비평적 분석이 최소화된 기록물이다. 그러나 기록자의 입장이, "김수영의 실패"를 단언했던 1968년과 비교해 무척 달라졌다는 점은 능히 짐작할 수 있다. 게다가 다음과 같은 진술은 김수영에 대한 시각뿐만 아니라 시에 대한 그의 관점에 중대한 변화가 있었음을 보여준다.

> 나는 그 시집(〈한국현대시문학대계〉 24권, 김수영 편)을 내면서, 김수영으로부터 내가 전혀 모르거나, 안 것 중에서도 막연하였던 것들을 상당히 많이 깨우치게 되었고, 다양한 성찰 방법을 배우게 되었다. 시적 테크닉에서도 나는 교시받은 바가 많았다. 또한 나는, 그가 세계를 '그' 안으로 끌어들여 이해하고 투쟁하고 극복하는 것을 보았다. 이런 많은 가르

침에 대해 나는 보답하고 싶었다. 그러니 어떻게 중단할 수 있었겠는가.[3)]

그러니까 김수영에 대한 시각의 변화는 자신의 시의 변화로 이어진 것이 틀림없다. 무엇이 어떻게 달라졌는가?

> 눈을 뜨니 검푸른 어둠이 이파리들을 밀어 올리고 있었으며, 검푸른 이파리들은 연보라 잎을 정말로 힘껏 푸른 하늘로 밀어 올리고 있었으며, 이파리들은 용수철처럼 튀어오르고 있었으며
>
> —「소리들이 메아리치고」 부분

독자는 절망이 신생으로 변하는 실제적인 과정을 보고 있다. 더 이상 어둠이 어둠을 낳고 어둠이 새 세상의 씨앗이 될 것이고 그래서 어둠은 한없이 누적되고…… 식의 진술이 아닌 것이다. 변화의 핵심은 새 삶이 새 색과 새 꼴을 띤다는 것이다. 그리고 그 변화를 뒷받침하는 것은, 색의 구체적인 묘사, 어둠과 이파리 등 존재의 세목들에 대한 인지, "용수철처럼" 같은 감각적인 비유어, 그리고 "있었으며"라는 동시나열성 진행형 등위접속사들이다. 이 변화는 그런데 매우 형용사적이다. 즉 장식적이다. 우리는 이 변화가 어떤 동적 과정에 밑받침되어 있는지 알 수가 없다. '소리들이 메아리친다'는 방법론이 제시되어 있는데, 메아리치려면 환경이 공명을 가능케 해야 한다. 모이면 그냥 화창과 단합이 이루어진다는 논리는 성립하기가 어렵거니와, 설사 성립한다 하더라도 그 단합의 '성격'에 대한 질문을 다시 남긴다(그것은 강제 동원인가? 집단 최

3) 최하림, 「독자를 위하여」, 『김수영 평전』, 문학세계사, 1981, p. 5.

면인가? 그 자발성은 어디에서 발원하여 어떤 결과를 낳을 것인가?). 따라서 『겨울 깊은 물소리』의 시편들은 환경에 대한 탐구가 보이지 않는 대신 광경에 대한 환희가 성급히 앞서고 있다고 보아야 할 것이다. "이런 날은 아무 죽음도 가지지 못한 저나 제 친구들도 갑니다. 나무들이 언 가지로 서 있고 차고 신선한 공기가 샘물처럼 흘러서 수만 리도 더 멀리 뻗어가고 수만 리도 더 높이 솟아오릅니다. 번쩍번쩍 빛나는 겨울 산으로 끝없이 솟아오릅니다"(「겨울 산」)와 같은 시구도 마찬가지다.

최하림의 시가 결정적인 변모를 보인 것은 『속이 보이는 심연으로』(1988~98)에 와서이다. 그이의 옛 친구인 김현이, 시인이 "시적 성과에 합당한 평가를 아직 받지 못하고 있"다는 점을 의아해하면서, "80년대[에] 씌어진 광주시 중에서도 백미일 뿐 아니라, 최하림의 시 중에서도 뛰어난 시"라고 명시한 「죽은 자들이여, 너희는 어디 있는가」가 수록된 시집이다. 김현의 분석에 의하면, 그 시의 뛰어남은 우선 '척치 enjambement'의 효과로부터 나온다. 첫 두 행, "이 도시의 보이지 않는/눈이 나를 보고 있다"에서 "첫 행의 '보이지 않는'과 2행의 '눈'은 분리되기 힘든 단어들인데, 시인은 과감하게 그것들을 분철한다. 그 결과 '보이지 않는'과 '눈'이 다 같이 강조된다. [……] 그리고 마지막의 /'을/보고 있다'/의 흥미로운 리듬이 나타나, 보임/안 보임의 대립을 극적으로 부조한다".[4)]

김현이 날카롭게 포착한 또 하나의 효과는, 시의 후반부

4) 김현, 「보이는 심연과 안 보이는 역사 전망」, 『분석과 해석/보이는 심연과 안 보이는 역사 전망』(김현 문학전집 7), 문학과지성사, 1992, pp. 296~97.

오오 나를 감시하는 눈들이 보는 저 꽃!
하늘의 상석에 올려진, 아직도
피비린내 나는,
눈부시고 눈부신 꽃
살가죽이 터지고
창자가 기어 나오고
신음 소리도 죽은,
자정과도 같은,
침묵의 검은 줄기가
가슴을 휩쓸면서
발끝에서 심장으로
정수리로
오오 정수리로……

에서, 쉼표의 사용에 의해 "살가죽이 터지고/창자가 기어 나오고/신음 소리도 죽은,/자정과도 같은,"의 술부가 "앞의 꽃에도 걸리고, 뒤의 침묵의 검은 줄기에도 걸리게"(p. 298) 된다는 것이다. 그러니까 김현은 척치에서든, 쉼표에서든, 이중 걸림의 효과를 보고 있다고 할 수 있다. 그 이중 걸림은 물론 상반된 사태, 상반된 이미지들에 이중으로 걸리는 것을 말한다. 봄과 보이지 않음이라는 두 상황에, 검은 줄기와 꽃이라는 두 이미지에. 그런데 김현은 두 개의 상반된 이미지를 결국 같은 것으로 생각한다: "검은 꽃과 시인을 침묵시키는 줄기는 같은 것이다. 그 겹침이 시인을 전율케 하고 불편하게 하여, 시인은 〔……〕 탄식을 토해내며 침묵의 소리로 크게 외친다."

김현은 겹침의 효과를 '윤리적 긴장'으로 보고 있는 것일까? 한 이미지만을 보여줄 때는 모를 수도 있는데, 아주 다른 두 이미지를 동시에 제시함으로써 독자의 의식을 일깨우고 불편하게 한다는 것으로 읽어야 하는 것인가? 하지만 달리 볼 수도 있을 것 같다. 저 상반된 이미지들은 같은 것이 아니라 오히려 극단적으로 다른 상황을 가리키는 것이 아닐까? 그럼으로써 시인은 현재와 미지를, 절망과 희망을 동시에 병치시켜, 현재에 대한 정직한 직면과 미지에 대한 뜨거운 열망이라는 두 개의 동작을 서로를 부추기는 방식으로 병발시키려 한 것이 아닐까? '검은 줄기'와 '꽃'에 같은 술부가 붙는다는 사실 자체는 그러한 해석을 부인한다. 저 꽃은 "살가죽이 터지고/창자가 기어 나오고/신음 소리도 죽은,/자정과도 같은," 꽃인 것이다. 그 꽃에서 어떻게 미래를, 희망을 볼 수 있겠는가? 그러나 저 술부를 '순수한 묘사'가 아니라 '반어적 진술'이라고 본다면?

풀이하면 이렇다. 저 '꽃'은 후반부의 앞부분에 기술된 대로, "하늘의 상석에 올려진" 꽃이자 동시에 "피비린내 나는" 꽃이고, 그래서 "눈부시고 눈부신" 꽃이다. 저 꽃이 "피비린내 나는" 꽃이라는 것은 광주민주화운동의 현장과 실상을 그대로 가리킨다. 그리고 그 꽃이 "하늘의 상석에 올려진" 꽃이라는 것은, 광주민주화운동이 그렇게 피비린내 나는 처절한 과정을 통해 숭고한 희생의 상징이 되었음을 우선 가리킨다. 그런 의미에서 그 꽃은 "눈부신" 꽃이다. 그러나 "하늘의 상석에 올려진"이라는 표현은 그 이상을 말한다. 그것은 광주민주화운동이 숭고한 희생의 상징이 된 그 순간, 피비린내 나는 처절한 현장을 벗어나 우상화되었다는 것을 또한 가리킨다. 생각이 서로 다른 이런저런 사람들이 그 우상화를 통해 동상이몽의 이익을 추구한다. 그렇게 해서 그 꽃은 "눈부시고 눈부신 꽃"이 되었다. 즉, '눈부시고 눈부시다'는 같은 정서의, 반복을 통한 강화로서 읽을 수도 있으나, 그 정서의 변질을 반어적으로 가리키는 것일 수도 있다. 그것은 눈을 들어 보려고 하면 너무나 찬란해 감히 볼 수 없었던 꽃으로부터, 슬그머니 눈부심을 핑계로 상석에 모셔둔 채 보지 않게 된 꽃으로 바뀌었다. 그런데 그러한 변질은 광주민주화운동의 뜻을 배반하는 것이다. 광주민주화운동의 뜻이 온전히 완성되는 것을 가로막는 것이다. 그러니 저 꽃은 "아직도" 피비린내 나야 하는 것이고, 그래서 "아직도" 하늘의 상석에 올려져야 하는 것인데, 그러나 하늘의 상석에 올려진 모습으로 피비린내 나는 지상에서 그 모습을 체현해야 하는데도 불구하고 언제부턴가 하늘의 상석에만 올려지게 되었고, "아직도" 그런 상태로 남아 있는 것이다.

여기까지 오면, "살가죽이 터지고/창자가 기어 나오고/신음 소리도 죽은,/자정과도 같은,"을 순수한 묘사로만 읽을 수는 없게 된다. 저 꽃은 살가죽이 터지고 창자가 기어 나오고 그래서 신음 소리조차도 죽은, 완전한 절멸의 상황에서 피어난 꽃일 뿐만 아니라 그런 처절한 상황의 '의미를 복원하면서 부활해야만 하는' 꽃이다. 그러니 저 술부는 "침묵의 검은 줄기"에 걸릴 때는 순수한 묘사일 수 있으나, '꽃'에 걸릴 때는 "살가죽이 터지고 창자가 기어 나오고 신음 소리도 죽은 자정과도 같"아야만 피어날 수 있는 꽃에 대한 진술, 즉 그 본디 의미의 망각을 적시하고 그것을 추체험적으로 다시 상기할 것을 촉구하는 반어적 진술로 읽힐 수가 있는 것이다. 그 반어적 진술을 통해서 시인은 광주 이후의 삶이 어떻게 되어야 하는가에 대한 질문을 다시 떠오르게 하고, 그 질문에 대답해야 할 사람들의 책임과 의지를 일깨우고 있는 것이다. 그리고 그렇게 읽을 때, 전반부의 의미가 생생하게 되살아날 수 있다. 왜 "이 도시의 보이지 않는/눈이 나를 보고 있"는 것인가? 그것은 사람들이 이제 '보려 하지 않는' 이 도시의 '의미'가 '눈'이 되어 나(시인-독자)의 행동을 신칙하고 있는 것으로 이해할 때에야 실감할 수 있다. 또한 마지막 대목, "침묵의 검은 줄기가/가슴을 훕쓸면서/발끝에서 심장으로/정수리로/오오 정수리로……"라는 상황 자체의 변화의 운동성 역시 그러한 맥락에서 의미를 획득한다. "침묵의 검은 줄기"가 그 본디 모습 그대로 현재의 '망각'으로부터 생생한 기억의 지표면으로 부상하는 이 운동은 저 술부의 이중적 기능이 없었다면 어떻게 가능할 수 있단 말인가?

그렇게 본다면, 김현이 날카롭게 포착한 '척치'와 '쉼표'는 각성과 그것의 강화라는 환기적 기능('낯설게 하기')을 수행한다기보다, 인식과 행동 사이를 더욱 벌림으로써 두 동작을 동시에 자극하는 양극의 변증법으로 작동하고 있다고 볼 수도 있을 것이다. 그리고 그렇다는 것은 『속이 보이는 심연으로』에 와서, 최하림의 시적 생애에 근본적인 전환이 일어났다는 것을 가리킨다. 민중에 대한 각성으로부터 민중적 삶의 고난과 고통을 거쳐 그 '결과들'까지 다 보고 겪고 난 후에, 최하림은 거듭 동질화되면서 누적되었던 감정과 표현의 태도로부터 선회하여, 이질화와 충돌, 그리고 동시 병발 효과라는 매우 복잡한 방법적 세계로 들어간 것이다.

그런데 나는 김현의 글을 읽으면서 깨닫게 된 이 변화의 사태가 아주 낯설지가 않았다. 어디선가 그 비슷한 것을 그이의 시에서 읽었다는 느낌을 가졌던 것이다. 어디에서? 바로 시인이 '습작시'로 분류했던 곳에서.

먼 들판을 횡단하며 온 우리들은 不在의 손을 버리고

쌓인 날들이 비애처럼 젖어드는 쓰디쓴
理解의 속 계단의 광선이 거울을 통과하며
시간을 부르며 바다의 脚線 아래로
빠져나가는 오늘도 외로운
發端인 우리

—「貧弱한 올페의 回想」 부분

이 시구는, 정신적이고 물질적인 빈곤 혹은 황폐화 속으로 빠져 들어가는 '우리들'을 묘사하고 있다. 이 시구의 묘미는, 그런데, 시구의 마지막 행, "오늘도 외로운/發端인 우리"라는 표현을 통해, 마멸의 끝에서 외롭게나마 새 출발을 하는 '우리'를 선언하는 대목이다. 어떻게 사멸이 탄생일 수 있을까? 부재가 현존일 수 있을까? 그 질문에 대답하려면 저 바다 아래로 빨려 들어가는 과정이 그저 속수무책의 수동성만으로 이루어진 게 아님을 살펴보아야 한다. 여기에는 우선 "不在의 손을 버리"는 자발적 상황 수락의 태도가 있다. 그리고 비애를 이해로 바꾸어줄 거울을 반사시키는 행위도 있다. 바로 그런 태도와 행위를 통해, '우리'는 바닷속으로 침몰하는 것이 아니라, "바다의 脚線 아래로" "빠져 들어가는"이 아니라 "빠져나가는" 현상이 연출될 수 있었던 것이며, 그 행위가 곧 "시간을 부르는" 행위가 될 수 있었던 것이다. 이어지는 시구들은 그러한 행위와 그에 대한 좌절의 대위법적인 변주로 이루어져 있다. 그 변주 속에서 '우리'는 "푸른 심연 끝에 사건"을 매달리게 하고, 또한 그 사건의 결과 "휘엉휘엉한 철교에서는 달빛이 상처를 만들며 쏟아지"지만, "때없이 달빛" 역시 거기에 걸려 있게 되는 것이다. 그러니 "기계가 창으로 모든 노래를 유괴해간 지금[에도] 무엇이 남아 눈을 뜰" 것임을 질문법의 형식으로, "下體를 나부끼며" "무심히 선 바닷속"의 "해안의 아이들"에게 던질 수가 있는 것이다.

여기에는 우리가 『속이 보이는 심연으로』에서 보았던 복수적 태도들의 끈질긴 상호작용이 있다. 시의 복잡성을 지탱하고 있는 것은 시의 '인물'이 시 내부와 외부 사이의 연락이라는 자신의 역할을 포기하지 않는 데에 있다. 다시 말해, 시인 자신도 아니고 화자도 아니고 시 안의 페르소나도 아니지만, 동시에 그 셋 모두와 연결될 수 있는 '나'를 포기하지 않는다는 것, 부재를 현존으로, 마멸을 신생으로 바꾸는 동적 주체로서 '나'의 역할을 끝끝내 수행했다는 움직임이다. 시인은 그것을 "내 正體의 知慧를 흔"드는 행위라고 명명하였다.

다만, '습작기'의 시인은 아직 훗날 그가 보여주게 될 언어 자체의 운동성을 알고 있지 못했다. 대신, '不在의 손' '계단' '거울' '바다의 脚線' 등 '인공적 소도구들'을 불러오는 행위를 통해 그것을 충당하려 했다. 그 점에서 '습작기'의 시는 아직 '조작적'이다. 다시 말해 시적 전율이 시적 감동의 껍데기를 겉돌고 있었다고 할 수 있을 것이다. 그러나 이 언어의 기교가 없다면 그 전율이나마 가능했겠는가? 그 전율 속에서 '나'의 창조적 주관을 시험하는 일이 있었겠는가?

그 시험을 치르는 대신 시인은 왜 공동체의 발견으로, 아니 공동체에의 의탁으로 나아가려 했던 것일까? 세계와의 싸움에 대한 미리 예감된 고통이 그를 압박했던 것일까? 즉 "최초의 인간에게서보다도 급속으로 악운이/밀어오는 층계에서 우리는 우리의/희망을 자르고 패배를 자르고, 오래 눈감고/있었던 한때의 소리들을, 침묵들을/자르고 잘라버려라"(「일모가 올 때」)의 시구가 암시하는 것처럼, 불안을 잘라버리려는 초조감이 원인이었을까? 아니면 그 공동체의 발견과 그 경험을 통해서만, '나'의 재발견이 가능했던 것일까? 다시 말해 그의 변신은 불가피했던 것일까? 그렇다면 나는 그의 중반기 시들을 처음부터 몽땅 새로 읽어야 한다. 내가 단일화와 동질화로만 파악했던 그 세계가 보다 격렬한 투쟁으로 점철되어 있을지도 모른다.

『속이 보이는 심연으로』 이후 시인의 시가 나아간 행로를 좇는 일은 훗날로 미뤄야 할 것 같다. 나는 내가 최하림 선생의 시에서 느꼈던 최초의 유혹을 이해하고, 그것을 그이의 만년의 시에 연결시킴으로써 시인 스스로 자신의 시적 생애에서 끊어두었던 선을 회복시키는 것으로 시인의 고된 영혼에 한 자락 세안(洗顔)의 손수건을 바치고자 한다. 그렇게 해서 그이와의 첫 만남이 내게 준 충격의 의미를 되새기고, 또한 내가 그이에게 진 정신적 빚을 조금이나마 갚음으로써 나를 위안하고자 한다. 그러나 그렇게 달래고 다스린다 해도, 내가 그이를 '만났어야만 했다'는 이 거북한 느낌만은 사라지지 않는다. 이 거북한 느낌도 어느 날 침전하리라. 그리고 언젠가 마음의 지진을 만나 다시 떠오르리라.

4 부

내 심장에 점화되는 이미지

우리는 함께 깨어났네,
아침에,
이름도 없이 더러운 얼굴로
벌레들처럼

—에드몽 자베스Edmond Jabès, 「왕관을 쓰고 동트는 해를 위한 노래」, 『문턱, 모래-시 전집 1943~1988』, Gallimard, 1990, p. 68

포푸라는 마을의 지표와도 같이
실바람에도 그 뽑은 듯 헌출한 키를
포물선으로 굽혀 가면서 진공(眞空)과 같이 마알간 대기 속에서
원경(遠景)을 축소하고 있습니다.

몸과 나래도 가벼운 듯이 잠자리가 활동입니다
헌데 그것은 과연 날고 있는 걸까요
흡사 진공 속에서라도 날을 법한데,
혹 누가 눈에 보이지 않는 줄을 이리저리 당기는 것이나 아니겠나요.

—이상, 「청령(蜻蛉)」, 『정본 이상문학전집 1: 시』, 김주현 주해, 소명출판, 2009, p. 138(한자를 한글로 고치고, 띄어쓰기를 조정함).

그의 앞에는 공허와 침묵밖에 없었다. 그러나 그는 포착할 수 없는 현실에 가닿기를 포기하지 않았다.

—장 피에르 리샤르Jean-Pierre Richard, 『시와 깊이』, Seuil, 1955, p. 26

통으로 움직이는 풍경
—김명인 시의 독보적인 우화론

말하지 말게, 그렇다고 침묵하지 말게, 너 한심한 인간아.
쓰게나! 그게 네 직업일세. 늙은 글쟁이야. 노예들, 내시들,
너 같은 중놈들에게나 어울리는 치사하고 비겁한 직업이란 말일세.
—니코스 카잔차키스, 『부처』[1]

이 해설은 아주 더디게 씌어진다. 솔직히 털어놓자면 시집[2] 원고를 받고 몇 차례 읽을 때마다 느낌이 다른 데에 놀랐기 때문이다. 이 시들은 너무나 당연한 이야기들을 담고 있으며 또한 너무나 신기한 이야기들을 담고 있었다. 또한 이 시들은 읽을 때마다 맛을 느끼게 하는 부위(?)가 달랐다. 다르다 보니 뭐가 진짜인지 헷갈리기 시작했다. 편두통을 떨어내고자 넌지시 미루어두었다가 숙제에 대한 의무감에 사로잡혀 다시 끌어당겼다가 다시 편두통의 기미에 불안해지곤 했다.

---

1) Nikos Kazantzakis, *Buddha*, translated by Kimon Friar and Athena Dallas-Damis, San Diego, California: Avant Books, 1983, p. 100.
2) 김명인, 『이 가지에서 저 그늘로』, 문학과지성사, 2018.

1. 보편적 리듬 속의 홍조

처음 읽었을 때는 언어의 유장한 리듬에 사로잡혔다. 그냥 아무런 장애물에도 부딪지 않고 바다까지 흘러간 갯물의 소리를 듣는 느낌이었다. 시종도 없고 언제 새파랗게 솟아나 언제 붉어졌는지도 몰랐다. 당연히 의미는 들어오지 않았고 소리에만 취해 있었다.

소리만이 아니라는 걸 깨달은 건 시집을 덮었을 때였다. 이 소리, 아니 좀더 정확히 말해 이 리듬은 그냥 특정한 소리의 반복, 운의 되풀이, 음보의 동일성, 소위 마디의 등장성에서 오는 것이 아니었기 때문이다. 그것은 바로 생각의 리듬이었다. 그 생각은 어떤 대상이나 풍경을 바라보는 자가 그 대상, 풍경의 움직임을 좇는 생각이다. 가령 이렇다.

부질없어서 민들레는 들판 너머로
씨앗을 날려 보낸다, 멀리 바다로 가서
수평선을 기웃거리다
어떤 섬에도 내려앉지 못해 마침내 수장되겠지만

이른 봄날 민들레꽃 지천인 외딴섬 여 사이로
팽팽한 실랑이 끝에 낚싯줄 끊고 도망치는
물고기가 있다, 해도
미늘에서 멀찍이 벗어나는 것은 아니다
맞물리면 끊어버릴 수 없어
미끼 근처로 되돌아서는 호기심

이 끈적임은 피가 아니라 떨칠 수 없는
유전자라는 것, 일생이 겨워도
한입 적시며 종족들은 이어진다
고집 센 물고기가 당겨대다 기진하는 바닷속에도
느슨하지만 연대가 엄연한 삶,

우리가 죽음이라 불러서 은밀하고 두터운
생식들은 지켜진다, 어둠 속에서
삐져나온 손이 다른 손목을 휘어잡는다
상대는 안 보이는데 끈끈하게 질척거린다면
나를 휘어잡은 것 너의 사랑인가, 눈먼 유전자인가

—「유전자전」 전문

이 시에 기저 주제라는 게 있다면 그건 '부질없는 생'이라 할 것이다. 그런데 시인이 포착한 것은 생의 부질없음 그 자체가 아니라, '생은 부질없다'라고 탄식하는 사람의 마음이 생을 지속시키고 있다는 사실이다. 그래서 "부질없어서" "날려 보낸다"는 진술이 출현한다. 한데 이런 생각은 우리가 별생각 없이 자주 하는 행동이 아닌가? 무심코 종이비행기를 접듯이 우리는 무료한 생에서 새로움을 저절로 기대하며 그걸 이어나가고 있는 것은 아닌가?

다시 말해 김명인의 시가 타고 있는 생각의 리듬은 거의 지각하지 못하는 호흡과도 같은 리듬, 한결같은 되풀이가 신생의 꿈을 희미한 윤활유로 삼아 생의 지속을 가동시키는 리듬이라고 할 수 있다. 시 스스로도 자각하지 못하는 리듬이라면 독자 역시 그러할 것이다. 그러나 그런 신체화된 리듬을 일부러 생산해내는 시인도 그걸 자각하지 못하고 있을 것인가? 그냥 입술 끝에서 나오는 대로 노래를 부르는 것인가?

그렇지 않을 것이다. 시인에게 이 현상은 그가 깊은 모색 끝에 고안한 '무념의 념'이고 '소리 없는 아우성'이며 '단조로운 생동성'일 수도 있을 것이다. 그런 짐작을 하게끔 하는 건 이렇게 침잠한 흐름을 조성하는 것도 특별한 기술이 없이는 안 되기 때문이다. 대부분의 시들이 앞다투어 돋보이고 싶어 하기 일쑤일 때 부러 태깔을 낮추어 자기를 감춘다는 건 쉬운 일이 아니다. 그리고 더 나아가 어쩌면 이건 하나의 전략이 아니라 오히려 시인의 절박한 선택이었을 것이라는 생각까지 드는 것이다. 그런 짐작을 하게끔 해준 건 시집을 뒤적이다가 다시 읽은 권두의 '시인의 말'이었다. 시인은 이렇게 쓰고 있으니,

제 몸이 아니라며
자다가도 벌떡 일어나 앉는다.
서쪽은 없다고 나는 중얼거리지만
이 추궁 견뎌야만 그 땅에 내려선다고?[3)]

3) 초고 상태에서 '시인의 말'엔 "구름 낀 서해 저쪽, 누가 사르는 여홍(餘紅)인지"라는 행이 마지막에 추가되어 있었다. 교정 단계에서 삭제된 것으로 보인다. 앞의 행들이 삭제된 행의 뜻을 이미 포함하고 있다고 시인이 판단했기 때문일 것이다. 나는 이 마지막 행이 있었기 때문에 시인의 심사를 용이하게 짐작할 수 있었다. 하지만 삭제된 현재의 상태에서도 '서쪽은 없다고 중얼거리는 나' '그것을 추궁으로 여기고 추궁을 견디는 나' '벌떡 일어난 후, 사정을 헤아리며 그 땅에 내려서는 나'라는 세 '나'의 자세들의 모순성과 연속성이 이 진술을 저녁노을의 '여홍'으로 물들이고 있음을 느낄 수가 있다.

이야말로 방금 내가 짐작해본 '무념의 념'이자 '소리 없는 아우성'에 대한 시인의 자의식을 고스란히 드러내고 있지 않은가? "서쪽은 없다고"의 '서쪽'은 물론 동양인의 전통적 심상 체계 내에서의 서쪽, 즉 정신의 비원으로서의 '천축(天竺)'을 가리킬 것이다. 시인은 그런 데가 없다고 "중얼거린다". 즉 그는 그 점을 깨닫고 되뇐다. 그에게 그것은 '추궁'으로 들린다. 쓰잘데없는 망상을 품지 말라는 초자아의 신칙이거나 아니면 '정말 없을까?'의 대답을 스스로에게 요구하는 자신의 재촉이다. 그러나 이 추궁은 체념을 강권하는 게 아니다. "그 땅에 내려서"려면 그 "추궁을 견뎌야" 한다는 것은 두번째 깨달음이다. 여기서 '그 땅'은 어디일까? 바로 발설하지 못한 그곳이 아닐까? 없으니 말해선 안 되는 땅, 그러나 그렇다고 되뇌자니, "자다가도 벌떡 일어나" "이건 내 몸이 아니야!"라고 울부짖게 하는 원인이 되는 그곳. 그 때문에 그곳은 갈 곳이 아니라 '내려서'는 곳이 된다. 그 땅은 저기에 있지 않다. 그 땅은 여기에서 내가 어떻게 내려서느냐에 달려 있다. 그것이 세번째 깨달음이 될 것이다. 그 깨달음에서 깨어나면서 시인-화자가 직면하는 마지막 진실은 자신의 지극히 평범한 꼴, "서쪽은 없다고 중얼거리"던 그 몸이 자신을 서해 저쪽으로 이동시키고 있다는 것이다. "여홍"으로 잔뜩 붉힌 표정을 하고.

만일 자연의 비유를 정확히 사용하고 있다고 가정한다면, 저 "서쪽"은 인생의 끝자락에 놓인 자의 모습이다. 다시 말해 이미 지나온 인생이다. 그렇다면 "그 땅에 내려서"겠다는 의지는 새롭게 살아보겠다는 발심과는 관계가 없다. 오히려 저 모습은 지나온 인생의 '재해석'을 부추기는 표정이다. 저 '벌떡 일어나 앉기' '중얼거림' '내려서고자 하는 마음'은 삶의 추동력이었다. 그걸 다시 발견해야 한다는 것이다.

2. 덧칠된 풍경

시집 원고를 다시 읽었을 때 나는 또 한 번의 당혹감에 사로잡힌다. 통상적인 견해에 근거하자면 시 혹은 서정적 장르는 개인 심사의 표현이다. 따라서 우리는 시에 대해 말할 때 '시적 자아' 혹은 '서정적 자아'라는 말을 빈번히 사용한다. 그런데 김명인의 시에서는 이 서정적 자아가 보이지 않는다. 찾을 수 없는 건 아니지만 그는 일반적 주체 안으로 스며들어 있다. 우선 첫번째 시 「멸치처럼」을 읽어보자. 이는 분명 멸치에 대한 이야기다. 그런데 독자는 이 시의 '멸치'가 시 안에서 차지하는 위상을 분명히 인지하지 못한다.

멸치 가게 여자가 박스를 열어
몇 묶음째 상품을 보여준다
몸과 몸을 흩어 한 무리임을 확인시키지만
군집을 모르는 손님에겐 못 가본 바다 같다
멸치는 팔려서라도 돌아갈 물길이 없다
있다 해도 짓뭉개진 뒤에야 놓여날
그물망, 어제까지 안 그랬다고 여자가 말했다
은빛 파도에 떠밀려 파닥거리는 멸치를
채반째 데쳐 비늘이 생생하도록 바람에 널었으니
그물을 싣고 항구를 들락거리는 건 배의 사정,
장마 탓이지만 마침 그때 일이 떠올랐을 뿐
머리를 떼면 흑연 같은 속셈이 딸려 나와

멸치는 곤곤해진다, 그러니 안주로 부른들 뭐 하랴
촘촘하게 엮인 투망을 덮어쓰는 절기에도
물기 다 거둔 멸치는 건건하다
비쩍 마른 여자가 삐꺽거리는 좌판에서 돌아선다
한 번도 제 영역을 지켜낸 적 없는, 멸치
저걸 덮치려고 고래까지 아가릴 활짝 벌린다

첫 두 행에서 멸치는 분명한 객관적 대상이다. 시의 화자는 멸치를 사려고 가게에 들른 참이고 가게 여자가 상품을 보여준다. 그런데 다음 두 행에 가면 상자 속에 가득히 쌓인 멸치 무리를 보고 문득 화자는 바다에 흩뿌리며 헤엄치는 멸치에 자신을 투영하고 싶은 마음이 생긴다. 이어서 바다로 돌아갈 길이 끊겨서 이제는 '안주'로 먹힐 뿐인 멸치의 사정을 '멸치의 입장에서' 전한다. 멸치의 입장이라고 했지만 거기에는 멸치처럼 바다로 나가고 싶지만 멸치 꼴을 보고 멸치에 동화되지 못한 화자의 마음이, 멸치를 멀리 밀어내는 마음이 겹쳐진다. "머리를 떼면 흑연 같은 속셈이 딸려 나와/멸치는 곤곤해진다"에 와서 바다로 돌아가고 싶은 마음은 결정적으로 솎아내진다. 가게 주인 여자도 그 멸치로부터 "돌아선다". 멸치는 완벽한 바깥의 대상으로 저만치 물러난다. 화자도 멸치로부터 돌아설 만하다. 그러나 진술은 이어진다. 멸치는 이렇게 잡혀서 사람들의 먹이가 되었다. 멸치는 바다에서 스스로를 지키기 위해 저항한 적도 없다. 그런 하찮은 걸 먹겠다고 "고래까지 아가릴 활짝 벌린다". "고래까지"의 '까지'는 멸치는 그물에 걸려 육지로 끌려와 먹힐 뿐만 아니라, 바다에서 살아남았어도 거기서 잡아 먹힌다는 뜻을 함의하고 있다. 멸치의 운명은 결국 먹이이고, 그 운명에 멸치 스스로 항거한 적도 없다.

이렇게 대상은 그 가치를 최대한 박탈당한 상태에서 그렇게 묘사된다. 그 안에 마음을 잠시 의탁하려던 화자는 어느새 그랬던 기척을 말끔히 거두고 있다. 거둘 뿐만 아니라 아예 시 안에서 자신을 표 나게 드러내지 않은 것에 안도를 하는 눈치다. 그는 애초부터 '손님'으로 슬쩍 등장했을 뿐이고 멸치의 몰락과 더불어 순전히 보고자의 위치로 돌아섰다.

그렇다면 우리는 이런 불쌍하고 한심한 멸치의 운명을 제삼자의 입장에서 퍽이나 자세히 본 셈이 된다. 상당수의 시편들은 이렇게 객관화된 대상들을 조근조근히 묘사하는 일에 할애되어 있다. 그래서 독자는 김명인의 시편들에서 서정적 자아보다는 어떤 풍경을 보고 있는 듯이 느낀다. 그 풍경은 내 바깥의 물상들의 생애가 어떤 변화를 겪는 과정을 그려 보여주는 풍경이다. 그리고 그 풍경들은 대체로 하찮고 처연하고 안쓰럽고 한심하다. 그렇다면 이 풍경들을 왜 보여주는 것일까? 더욱이 앞에서 보았던 것처럼 이미 '멸치'의 종말을 보았는데 최후의 비참함을 그렇게 경우를 따져가면서까지 꼭 보아야만 했던 것일까?

물론 그것을 보여주는 것은 '화자'다. 즉 화자는 자신을 최대한 감추고 있음에도 불구하고 대상의 생애에 심리적으로 강박되어 있는 것이다. 그렇다면 화자는 멸치의 무가치한 생애에 자신의 삶을 투사하고 있다는 것인가? 그 의심이 드는 순간 독자는 금세 이 시의 제목이 「멸치처럼」이라는 점에 주목하게 된다. '처럼'은 누군가 멸치와 유사하다는 뜻이다. 그 누군가가 누구인가? 따로 지시된 존재가 없으니 그걸 발설한 이가 자신의 생을 그에 빗댄 것이라고 판단하는 게 가장 그럴듯할 것이다. 요컨대 화자는 지금 자신의 인생이 멸치처럼 하찮고 한심하다고 생각하고 그걸 반추하는 것이다. 그런데 그런 한심한 인생에 왜 그렇게 집요하게 매달리는가? 보통 사람이라면 급히 외면했을 것이다. 그런데 왜? 그가 시인이기 때문인가? 어느 평론가가 평론집 제목으로 쓰기도 했던 '한심한 영혼'이기 때문인가? 그러나 글쟁이는 시 밖의 시인이고 시 안의 화자는 자신이 시인이라고 주장한 적이 없다. 그보다 그는 우선은 그냥 사람이다. 그리고 멸치처럼 한심한 인생을 살아온 못난 사람이다. 그러나 못난 사람들은 결코 자신을 못났다고 생각하지 않는다. 그건 존재 이유의 문제다. 그가 그런 인생을 끈질기게 복기하는 건 자신의 삶이 억울해서이다. "아니다!"라고 외치고 싶은 것이다.

그런 화자의 무의식을 시인의 의식은 명백하게 파악하고 있다. 그가 그렇다는 건 이 시에 교묘히 감추어져 있다. 어디에, 어떻게? 몇 개의 부사어에. 독자는 시인이 사용하는 부사어들이 입에 달라붙으면서도 의미가 분명치 않다는 느낌을 갖는다. 그래서 『표준국어대사전』을 뒤진다. "머리를 떼면 흑연 같은 속셈이 딸려 나와/멸치는 곤곤해진다"의 '곤곤'은 처음에 '잠잠'으로 읽혔는데, 사전을 뒤지면, "몹시 곤란하거나 빈곤하다"의 '곤곤(困困)'임을 알게 된다. 그러나 사전엔 다른 뜻도 있다. '곤곤(滾滾)'은 "흐르는 큰 물이 출렁출렁 넘칠 듯하다"는 뜻이다. 두 '곤곤'의 뜻은 극단적으로 다르다. 실제의 뜻은 전자인데, 그러나 시인은 후자를 암시하고자 했던 게 아닌가? 그렇게 보면, 짐작한 뜻까지 포함하여, 세 뜻이 한 단어에 압축되어 '멸치'의 인생에 농밀한 밀도를 부여하고 있다. "물기 다 거둔 멸치는 건건하다"의 '건건'도 유사하다. 그냥 읽으면 "바짝 말랐다"의 뜻으로 읽힌다. 하지만 사전을 뒤지면 그런 뜻이 있긴 한데 강도가 다르다. '건건(乾乾)'은 "말랐다"의 뜻이긴 하지만 '목마름'의 애타는 상태를 포함하고 있다. 고통이 배어 있는 것이다. 다른 뜻들은 더 세다. '건건(蹇蹇)'은 "어려움을 당하여 몹시 괴롭다"와 "매우 충성스럽다"는 이질적인 두 뜻을 포함하고 있다. 순우리말로 등재된 '건건'은 "감칠맛 없이 조금 짜다"라는 뜻이다. 그 뜻을 대입하면 멸치 맛은 "짜기만 하고 맛없다". 다시 말해, 멸치의 생은 "괴롭기만 하고 아무 재미 없었다"는 뜻이다. 한데 또 다른 뜻도 있다. 부사로만 쓰이는 '건건(虔虔)'은 "항상 조심하고 삼가는 모양"을 가리킨다. 이렇게 보면 이 또한 멸치의 세 면을 다 압축해놓고 있는 어휘로 느껴진다.

두 개의 부사어는 한심하기 짝이 없는 멸치의 생이 적어도 세 겹으로 이루어졌으며, 시인은 그 세 겹이 덧칠의 방식으로 섞여 있고, 두 겹은 소극적이고 부정적이지만 한 겹은 항거의 의사를 담고 있다는 것을 절묘하게 암시하고 있다. 한데 이러한 의미 현상은 아주 꼼꼼한 되풀이 읽기를 통해서야 해독할 수 있을 만큼 시 쓰기에 의해 꼼꼼히 감추어져 있다. 그것은 한편으로 시인 김명인의 언어 다루는 솜씨의 수준에 놀라게 하지만(시의 언어만이 시적인 것이 아니다. 시를 다루는 솜씨가 이런 경지일 때 우리는 시적인 전율에 사로잡힌다), 동시에 이렇게 쓰는 까닭을 궁금하게 한다.

이러는 까닭은 그가 시인이기 때문인가? 제사로 인용한 말 그대로 그것이 한심한 시인에게 어울리는 한심한 행위인 것인가? 제사의 필자는 다른 작품에서도 이렇게 썼다.

> 엉터리 시인이며 나약한 폐물인 손자가
> 한가하고 슬픈 촉이나 휘둘러 위대한 종족에게 수치를 가져와
> 그의 왕관들은 이제 흩어졌고 왕국은 폐허가 되었으니
> 왕이 아니라 장이였던 것이다, 이 한심한 필생은![4]

그러나 시인의 저 모호한 '장이'라는 말 속엔 국가의 건설과 유지에 맞서고자 하는 어떤 기운이 있다. 김명인의 세 겹의 말 속에서도 적어도 한 겹은 자신을 감싸고 있는 말에 저항해 그 고치를 뚫으려고 붉게 달아올라 있다. 내가 초고에서 살짝 보았지만 삭제된 서쪽 노을의 '여홍(餘紅)'처럼. 그러니 시인의 이런 '쓰기'에 절박한 전략이 없다 하지 않을 수 없다. 그렇게 쓸 수밖에 없는 이유가. 그냥 세상에 대놓고 삿대질을 하는 대신에 이렇게 자신의 처지를 울타리 건너편 싫은 이웃 행태를 근대며 긁아대듯 할 수밖에 없는 까닭이.

그 까닭을 알려면 아마도 우리는 그의 시의 원점을 둘러보아야 할 듯하다.

3. 김명인 시의 근원

잘 알다시피 김명인의 시적 출발점은 두 개의 근원을 가지고 있다. 하나는 그의 첫 시집이 『동두천』이라는 것이다. 다른 하나는 그가 '반시' 동인으로 자신의 시적 태도를 알리기 시작했다는 것이다. 먼저 나타난 것은 동인지 『반시』였는데, 1973년 신춘문예 당선자들을 중심으로 1976년에 결성되었다. 그들은 『반시』 「창간사」에서 "삶에서 떠난 귀족화된 언어에 반기를 들고, 시와 삶의 동질성을 내세우며 언제나 깨어 있

4) 니코스 카잔차키스, 『오뒷세이아 II』 제10장, 281~85행, 안정효 옮김, 고려원, 1990, p. 133(부분 수정); Nikos Kazantzakis, *The Odyssey: A Modern Sequel*, Translated by Kimon Friar, New York: Touchstone, 1985, epub version.

는 시인" "시야말로 우리네 삶의 유일한 표현 수단임을, 시야말로 시대의 구원을 위한 마지막 기도임을 우리는 확신한다. 우리가 조명하고 있는 감추어진 현장의 혼돈을 다시 그 본래적 질서에로 회복시키려는 끊임없는 노력조차 오로지 시에 의존할 수밖에 없는 것이다"[5]라고 썼다.

그렇게 선언했지만 사실 그들의 시적 변별성은 뚜렷이 보이지 않았다. 무엇보다도 4·19 세대가 이끌어온 두 계간지, 『문학과지성』『창작과비평』에서 이미 표명된 입장이었고, 계간지의 입장은 당시의 문학장 전반을 지배하진 못했지만 공감을 늘려가고 있는 중이었다. 그리고 '시와 삶의 일치'라는 선을 제외하면 '반시' 동인들의 시적 공통성이 분명히 밝혀지지 않았다. '반시' 동인 중 지금까지 공적인 조명을 받고 있는 두 시인은 김명인과 정호승이다. 이 중 김명인과 정호승은 '반시'의 대표성을 띠었는데, 두 시인 사이에도 공통점이 잘 보이지 않는다. 김현은 이 둘의 시집이 준 '감동'을 거론하면서 장영수를 포함해 이들의 시 의식의 출발점을 "혼혈아-고아 의식"에서 보았다.[6] 이것은 이들의 시적 출발점이 반-외세 체험 및 정서에 있다는 것을 가리킨다. 이 정서는 4·19 세대의 '주체의식'을 '상처'의 각도에서 더 극단적으로 첨예화한 것이다. 그러나 막상 김현의 두 시인에 대한 판단은 아주 상이하다. 중립적으로 말하면 김현은 김명인의 혼혈아 의식이 "실존적 체험"에서 솟아난 데 비해, 정호승의 시는 집단주의적 관념에 기대고 있다고 보았다.

내가 보기에 그럼에도 불구하고 '반시' 동인들에게 공통점이 있다면 그들이 생활에 대한 진술을 시에 넣기 시작했다는 것이다. 그리고 그 진

5) 동인지를 잃어버려 막연한 기억으로만 있다. 위 인용문은 '위키피디아'에서 구했다.
6) 김현, 「고아 의식의 시적 변용」, 『문학과지성』 1978년 여름호, pp. 547~56; 『문학과 유토피아』(김현 문학전집 4), 문학과지성사, 1992(초판: 1980)에 수록.

술이 '이야기', 즉 사설의 형태를 띠었다는 것이다. 이것은 종래의 시 관념에서 보자면 새로운 것이었는데, 무엇보다도 시는 비유와 압축이라는 관념이 오랫동안 상식으로 통하고 있었기 때문이다. 그래서 오규원의 "해사적 경향"(김용직의 용어)이 신기하게 주목받고 있던 때였다. 그러나 시적 실제로 보자면 사설로서의 이야기시의 근원은 이미 오래전부터 존재했다. 무엇보다도 임화의 '변설조'(이는 정지용의 표현이다) 시가 효시를 이루었고, 신동엽, 신경림, 이성부로 이어지는 이야기 중심의 시들이 존재했다. 다만 임화의 시는 감상성에 침윤되어 있었고, 신동엽, 신경림의 시는 역사나 주변의 목소리, 즉 현실 저편의 목소리를 취하고 있었다. 생활로서의 이야기, 즉 현실 이편의 목소리가 시의 중앙에 진입한 것은 '반시' 동인들의 시에 와서였다.

문학사적으로 보자면 '반시'는 시적 실제의 차원에서 신동엽·신경림을 계승하며 경신하였고, 시적 이념의 차원에서는 1980년대에 표명된 최두석의 '이야기'시의 전조를 이루었다. 최두석의 '이야기'시의 핵심은 그가 「노래와 이야기」에서 표명한 "노래는 심장에, 이야기는 뇌수에 박힌다"는 진술에서 제시된 '노래와 이야기'의 구별, 그리고 "이야기로 하필 시를 쓰며/뇌수와 심장이 가장 긴밀히 결합되기를 바란다"[7]는 소망이다. 이 주장에서 사람들은 통상 이야기만을 취했고 시인 자신도 그런 경향을 보였는데, 정작 중요한 것은 그 구별과 그 소망의 형식이다. 그 소망의 형식은 이야기로 시를 꿈꾼다는 것으로서, 실제로 그 이후 이른바 '민중시'로 분류되는 대부분의 시들이 그런 형태를 띠었기 때문에 그 점이 중요하다고 말한 것이다. '반시' 동인들은 이런 유형의 시적 생산의

7) 최두석, 「노래와 이야기」, 『대꽃』, 문학과지성사, 1984, p. 11.

첫번째 제작소를 형성했다고 할 것이다. 가령, 정호승의 수작 중 하나인 「슬픔은 누구인가」[8]에서 시인은

> 슬픔을 만나러
> 쥐똥나무숲으로 가자.

고 주문하고 있는데, 그 이유는

> 우리들 생(生)의 슬픔이 당연하다는
> 이 분단된 가을을 버리기 위하여

이다. 눈치 빠른 독자는 시인이 여기에서 "분단된 가을"을 현실에 대한 '이야기'로 놓고 "쥐똥나무숲"을 '노래'의 차원으로 변별시키고 있다는 것을 간파할 수 있을 것이다. 그런데 왜 이런 구별이 필요한가? 마지막 부분에 그 대답이 있다.

> 쓰러지는 군중들을 바라보면
> 슬픔 속에는 분노가
> 분노 속에는 용기가 보이지 않으나
> 이 분단된 가을의 불행을 위하여
> 가자 가자.
> 개벼룩풀에 온몸을 비비며

8) 정호승, 「슬픔은 누구인가」, 『슬픔이 기쁨에게』, 창작과비평사, 1979, pp. 12~13.

슬픔이 비로소 인간의 얼굴을 가지는
쥐똥나무숲으로 가자.

이 마지막 시행이 던지는 전언은 분명하고도 모호하다. 분명한 것은 "슬픔 속에는 분노가/분노 속에는 용기가 보이지 않"는다는 인식이다. 즉 현실 그 자체만을 보자면 희망의 기미는 결코 보이지 않는다는 것이다. 모호한 것은 그럼에도 불구하고 화자가 "가자"고 외치는 도달점이 분명치 않다는 것이다. 시의 언어로는 그 도달점은 "쥐똥나무숲"이지만, 이 비유어의 장소는 명시되지 않는다. 다만 독자가 알 수 있는 것은 쥐똥나무숲은 현실 바깥의 다른 지점이 아니라 "무릎으로 걸어가는 우리들의 생"이 "슬픔에 몸을 섞"는 자리라는 것이다. 인용 부분에서는 "개벼룩풀에 온몸을 비비며"라는 진술에서 그 점을 확인할 수 있다. 그리고 그럴 때 "슬픔이 비로소 인간의 얼굴을 가진"다는 추론을 하고 있으니, 그 추론을 늘리면 슬픔이 인간화되어 비로소 무언가 슬픔을 극복한 다른 정서로 재탄생할 거라는 정도의 뜻이 될 것이다.

여기까지 오면 쥐똥나무숲은 한편으로 '현실'의 심화의 결과이며 동시에 현실과 구별되는 다른 장소이다. 달리 말하면 '노래'의 영역은 '이야기'의 총화이면서 동시에 이야기와 구별되는 지점, 이야기가 제 안에 풀어놓았던 슬픔을 해소하는 자리가 된다. 그 '해소'의 방법론으로는 '몸을 섞는 것' 하나가 제시되어 있는데, 몸을 섞어서 슬픔이 악화되지 않고 해소될 수 있도록 하기 위한 알고리즘은 보이지 않는다. 다만 이 노래의 영역은 모호한 채로, 아니 모호하기 때문에 더욱더, 이야기의 영역을 뛰어넘는 단계로 설정되고, 그 단계로 가기 위해서 조건 없이 이야기의 세계 속을 마구 방황해도 좋다, 혹은 방황해야 한다는 권유가 성립하게 된다.

이야기의 영역이 시 안에 진입한 이후로, 이렇게 이야기와 노래는 쌍둥이처럼 붙으면서도 변별되어 체험과 깨달음의 국면을 담당한다. 그리고 체험의 수열화는 깨달음으로 이어진다는 것이 당연한 과정으로 제시되는 한편, 그 깨달음의 메시지가 실질적인 시의 주제로 세워지게 된다(체험과 깨달음 사이에 연결선이 가정되었을 뿐 부재하기 때문에 결국 체험의 긴 사슬은 무효화된다). 좀더 넓혀보면 이런 유형은 동양 시가의 전통적 형식인 '선경후정'의 다른 버전으로 볼 수도 있다. 특히 '후정'을 통해 지혜의 수수(授受)가 달성되는 데에 '선경'이 기능적인 역할을 한다는 것은 '체험'과 '깨달음'의 관계와 유사하다. 어쩌면 그런 유사성이 한국인들에게 잘 읽히는 근거가 될 수도 있겠는데, 전통 언어문화와 근대 언어문화 사이의 연결에 대해서는 좀더 많은 자료 검토가 필요할 듯하다.

여하튼 이런 형태의 시는 정호승에서뿐만 아니라 1980년대의 많은 시인들에게서 쉽게 확인할 수 있을 정도로 무성한 군집을 이루게 된다. 흥미로운 것은 이야기시를 제창하고 노래와 이야기의 구별을 제시한 최두석은 오히려 노래로 가지 않고 이야기 쪽에 끈질기게 남아서 괴로움과 슬픔을 벗어나지 않았다는 것이다.

그런데 김명인의 『동두천』은 그와는 다른 모습을 보여주고 있었다. 김명인 시의 실질적인 근원을 형성한 그의 첫 시집에서 시들은 이런 식으로 진술하고 있다.

> 되살아나는 무서움 살아나는 적막 사이로
> 먼 듯 가까운 곳 어디 다시 개 짖는 소리 쫓아와

움켜쥐면 손바닥엔 날카로운

얼음 조각이 잡혔다 일어서서 힘껏 내달리면 나보다

항상 한 걸음 앞서도

너 또한 쉽사리 빠져나가지 못한 송천

그 어둠을 휘감고 흐르던 안개

—「안개—송천동 그해 그 모든 것들 속에서」[9] 부분

동두천은 1950년대 이래 한국인의 정신적 흉터로 존재해온 곳이다. 이름만으로 외국군의 주둔과 매춘여성, 그리고 혼혈아를 상기시키고 한국의 분단 현실과 외세 의존적 상황을 표징하는 곳이었다. 그 장소의 청소년들은 그들의 법적 고국인 한국에 사회적으로 소속되지 못했고 그렇다고 한국을 탈출할 수도 없었다. 이 시는 그러한 상황을 '안개'로 상징하고 있다. 시의 화자는 현실을 벗어나기 위해 안간힘을 쓰지만 "쉽사리 빠져나가지 못한"다.

이러한 정황은 우선 이 시가 동두천 현실에 대해 '이야기'하고 있는데, 그 이야기는 '안개'라는 상징을 통해서 흘러나온다는 것을 보여준다. 이 '안개'를 앞서의 '노래'에 대입할 수 있을 터인데, 그러나 이 상징은 현실의 총화에 해당할 수 있겠으나 현실과 구별되는 다른 사물이 아니라 오히려 현실이 뿜어져 나오는 근원이다. 그렇기 때문에 이 상징은 정호승의 '쥐똥나무숲'처럼 현실을 넘어서는 어떤 장소를 암시하지도 못하며 따라서 '깨달음'으로 기능하지도 않는다. 다른 한편 '안개'는 현실을 벗어나고자 하는 충동을 촉발하지만 그러나 동시에 개개의 충동

9) 김명인, 『동두천』, 문학과지성사, 1979, pp. 13~14.

들을 휘감아 하나의 좌절의 풍경을 만들어낸다. 보라. '나'는 "개 짖는 소리"에 쫓기고 "손바닥에 잡"히는 "얼음 조각"에 깨어나 안개를 찢고 달아나려 한다. 그러나 그 시도는 좌절되고 좌절되는 순간 자신보다 더 앞서서 빠져나가려던 "송천"마저도 안개에 휘말리고 마는 광경을 보고야 만다.

여기에서 김명인 특유의 풍경학이 태어난다. 그의 풍경은 동양적 귀의의 장소 혹은 여행의 구경(究竟)으로서의 풍광이 아니다. 그것은 무엇보다도 현실과 불화한 존재들이 현실과 뒤엉켜 한 덩어리로 굴러가는 광경이다. 여기서 주목해야 하는 것은 현실과 불화한 존재들 자신이 그 풍경 속에 휘말려 들어가 있다는 것이다. 풍경과 자아의 분리가 단호히 이루어진 것은 김소월이 처음이었다. 그 이후 한국의 시인들은 그 분리에 근거해서 둘 사이의 관계를 재배치하는 데서 창조의 획을 찾았다. 대부분의 일반적인 시인들은 다시 통합으로 돌아가려 했는데 풍경의 질료가 자연에서 사회로 바뀐 경우에도 그 경향은 지배적인 지위를 차지하고 있었다. 그중 세련된 시들은 무조건 회귀하려고 한 게 아니라 앞에서 보았던 것처럼 분리의 탄력을 이용해 부메랑적 선을 그리면서 통합의 회로를 극화하는 기교를 보여주었다. 그것이 감각의 취향에 더 큰 자극을 줄 수 있었다. 반면 통합을 버리고 분리를 과감히 밀고 간 시인들도 있었다. 그들은 분리를 더욱 밀고 나가 미지의 더 큰 세계를 찾으려 했다. 한용운의 「알 수 없어요」 이래 그 경향도 굵은 흐름을 이루었다.

김명인은 통합으로의 회귀도, 분리의 지평으로도, 분리-통합의 궤적을 긋는 일에도 가담하지 않았다. 그는 근본적인 지점으로 거슬러 올라갔다. 거기에서 그가 만난 것은 분리의 불가능성이었다. 아니 분리가 되었지만 그러나 분리되지 않았다. 그것이 그가 겪은(혹은 본) '동두천' 혼혈아의 인종적 운명이었으며, 고스란히 시에 투영되었다.

> 그해 전쟁도 이미 끝난 겨울에
> 아이들은 더러 먼 친척을 따라 떠나가고 날마다
> 골짜기를 덮으며 눈 내려서
> 추위에 그슬린 주먹들도 깨진
> 유리창에 매달린 얼굴들도
> 그렇게 쉽사리 서로를 용서하지 않았다
>
> —「켄터키의 집 I」 부분

더러 떠난 아이들도 있었다. 그러나 그때 그 아이들은 '나'와 무관한 존재가 된다. 그래서 떠나간 아이들은 거꾸로 나의 묶임의 감정을 강화하는 기능을 한다. "골짜기를 덮으며 눈 내려서"는 남은 자들에게는 이 장소가 눈 덮인 골짜기처럼 '하나로–고립된', 통합적으로 분리된 장소라는 점을 암시한다. 이어서 주목할 것은 묶인 상태이다. 우선 남은 자들은 "쉽사리 서로를 용서하지 않"는다. 즉 그들은 하나로 엉켜서 싸운다. 다음, 그들만이 엉킨 게 아니다. 그들을 그렇게 하나로-고립된 존재들로 만드는 상황, 즉 풍경과도 분리되지 않는다. "추위에 그슬린 주먹들" "깨진 유리창에 매달린 얼굴들"의 '그슬린' '매달린'이라는 연결사가 하는 일이 그것이다. 이곳에서 사람들은 하나로 되고 사람과 정황도 하나로 되고, 그렇게 하나 된 채로 싸운다. 통합이 통째로 격렬한 분리 운동을 하고, 그 격렬성의 정도만큼이나 통합의 점착력은 더욱 강해진다.

4. 분할 없는 분리로서의 풍경

이제 나는 이 시편들을 본격적으로 읽을 수 있는 준비가 되었다고 할 수 있다. 지면도 다 되고 마감일도 훌쩍 지난 지금에 와서! 어쩌랴, 본래 시란 안주머니 속에 넣어두었다가 두고두고 씹어 먹는 환약인 것을! 여하튼 이제 깨닫는 것은, 김명인의 이 독보적인 풍경학이, 이후, 분리로서의 통합, 혹은 통합 속의 분리 운동의 양상과 진화를 파헤치는 데, 아니 자기 진화 과정 자체에 바쳐졌다고 짐작할 수 있다는 것이다.

당연히 이 운동은 생존의 몸부림이다. 생존 활동에 대한 판단은 두 개의 조명 아래 놓인다. 하나는 진화론적으로 생존의 의지는 필수적이라는 것이다. 이것은 물을 필요도 없는 본능에 속하는 것이지만, 동시에 끊임없이 의식해야 하는 문제이다. 왜냐하면 이 의지가 없는 종은 존속할 수가 없기 때문이다. 그러나 한 종 또는 개체의 생존 의지는 다른 개체·종의 생존 의지와 충돌한다. 따라서 두번째 조명에서 그것은 공동선과의 부합이라는 측면에서 재평가된다.

이러한 이중성은 모든 생명 활동에 적용되는 것이고, 인류의 정신사는 바로 그러한 이중성의 조합을 끊임없이 재성찰하고 재구조화하는 작업들로 점철되어 있다. 그 작업들은 다양한 부문들에 다양한 양태로 뻗어나간다. '이야기와 노래', 즉 '체험과 깨달음'의 분리도 그런 작업 중의 하나에 속한다고 할 수 있다.

한데 이 작업들에서 공통적으로 가장 흔히 일어나는 오류는 두 층위의 관계를 정밀하게 탐구하기보다 어느 한쪽에 대한 신앙으로 다른 한쪽을 그에 복속시켜 판단한다는 것이다. 이 오류들은 얼마나 자주 일어나고 끊임없이 되풀이되어왔으며 지금도 반복되고 있는지, 이 오류의 되풀이가 인류의 정신적 발달의 '장애물'이라기보다 거꾸로 인류의 정신적 도약을 위해 쌓이는 물질화한 정신의 태산으로 여겨질 정도다.

그런데 김명인의 시편은 바로 이 위험을 원천적으로 억지한다. 김명인의 시편들이 분리-통합의 필연적인 얽힘을 현상하기, 즉 분리되었지만 분할되지 않아서 통합적으로 분리 운동을 할 수밖에 없는 방식으로 구조화되었기 때문이다. 현실에서 벗어나려는 개체의 움직임은 현실 전체의 이동을 유발한다. 그래서 개체는 현실을 벗어날 수가 없다. 또한 때문에 현실 전체를 개혁하는 방식이 아니면 개체의 탈출은 허용되지 않는다. 아마도 다음의 시구는 그러한 처지에 최량의 정서적 밀도가 부여된 경우에 속할 것이다.

> 생각은 잠시 데워지나 몸엣것 다 빠져나갈수록
> 끝까지 내가 나를 헐어내야 할 이 고단한 외로움도 罪
> 무서워서 더욱 큰 죄 짓고 홀로 흘러야 할 밤은
> 막막하구나 너는
> 어느 물소리 속 몸 다시 웅크렸는지
> 거쳐 온 나날도 남겨진 슬픔 위에
> 저렇게 저문 하늘과 땅끝까지 맞닿아 있다.
>
> —「켄터키의 집 II」 부분

그러나 그렇기 때문에 주체의 움직임은 매 동작마다 현실 전체에 작용한다. 오히려 이러한 숙명은 현실로부터의 관념적 탈출을 허용하지 않는 대신에 현실을 상시적인 요동 상태에 놓을 수 있는 유용한 위상을 확보할 수 있다. 현실에 사로잡힌 주체는 거꾸로 보자면 현실의 멱살을 잡고 가는 주체일 수 있다. 현실에서 벗어날 수 없다는 절망은 현실을 통째로 움직이는 풍경으로 변하게 할 수가 있는 것이다.

다만 그 역전에는 어떤 방법론이 필요할 것이다. 『동두천』에서는 전자의 기운이 압도적인 비중을 차지하고 있었다. 그러나 그때부터 이미 김명인 시는 후자로의 이동을 은근히 이행하고 있었을 것이다. 그로부터 40년이 지난 지금의 시편들은 그 이행에 대한 하나의 물증이 될 수도 있을 것이다(그 사이에 놓인 시집들의 움직임에 대해서는 훗날을 기약하기로 한다).

우선 『동두천』에서 독자는 어떤 시도를 발견한다. 바로 앞의 시구를 다시 읽어보자. 이 시구의 앞 행은 "문득 스스로 와닿는 집 속이 잠깐씩 들여다보인다"이다. 그걸 읽는 순간, 독자는 이 시의 제목이 「켄터키의 집」이라는 점을 상기한다. 집을 잠깐씩 들여다보는 어떤 동작은 '동두천'의 물의 흐름 속에 잠시 지어지는 기포 같은 것이다. 그 기포는 위 시구에서 "어느 물소리 속 몸 다시 웅크렸는지"의 '웅크림'으로 지시된다. 그 웅크림에서 무슨 일이 일어났는가? 바로 "막막하구나 너는"이라는 뒤돌아보는 시선이 생긴 것이다. 즉 그냥 세상의 흐름에 마냥 휩쓸리는 것 같았는데, 거기에서 가끔 이 휩쓸림을 의식화하는 행동이 기포처럼 보글거리고 있는 것이다.

그러니까 이 기포는 김명인 시의 화자가 맞닥뜨릴 수밖에 없는 세상의 전일성에 저항하기 위해 세상 안에 구축된 교두보가 된다. 그것은 빈 공간에 그치지 않고 물의 전체적인 흐름 안에서 다른 방향, 다른 방식으로 흐르는 작은 흐름을 만들어낼 수 있다. 전체는 세부들의 총화로 이루어지며 따라서 아무리 전체의 기운이 막강하다 해도 그 안에서는 세부들의 쉴 새 없는 이탈의 작은 기미들이 생성된다. 이 기미들이 어느 순간엔 전체를 통째로 폭발시키는 시한폭탄을 그 안에 심는 것이다. 그런데 그 기미들이 전체의 흐름과 같은 벡터를 가지면 그것들은 그저 전체에 휩쓸리거나 태어났다가 곧바로 스러지는 미미한 점들로 그칠 뿐이다. 중요한 것은 이 작은 기미들이 다른 운동 양식을 갖추는 것이다. 후기 베토벤에 관한 아도르노의 언급은 시사하는 바가 있을 것이다.

> 바로 이것이 후기 베토벤의 작품들이 주관적이면서도 동시에 객관적이라고 명명되는 것에서 보이는 모순을 해명해준다. 깨진 풍경은 객관적인 모습이며, 그 내부에서 풍경을 작열시키는 유일한 요소인 빛이 바로 주관적인 모습인 것이다. 베토벤은 풍경과 빛의 조화로운 종합을 구현하지는 않는다. 베토벤은, 아마도 풍경과 빛을 영구히 보존하기 위해서인 듯, 해체의 힘으로서, 시간에서 산산조각이 나도록 찢어버린다. 예술의 역사에서, 후기 작품들은 파국들이다.[10]

이 대목의 핵심은 풍경이 풍경과 빛으로 나뉘어서 각각 객관성과 주관성을 담당하게 되고 둘 사이에 영원한 탈구가 일어났다는 것이다. 이어서 아도르노는 아마도 베토벤이 이렇게 한 것은 "풍경과 빛을 영구히 보존하기 위해서"라고 추정한다. 다시 말해 풍경과 빛의 싸움을 음악 안에 집어넣어 협화음으로 이뤄져야 할 음악에 '파국'의 효과를 항구적으로 낳도록 했다는 것이다.

10) 테오도어 W. 아도르노, 『신음악의 철학』, 문병호·김방현 옮김, 세창출판사, 2012, p. 173, 부분 수정; Theodor W. Adorno, *Philosophie de la nouvelle musique*, traduit par Hans Hildenbrand & Alex Lindenberg, Paris: Gallimard, 1962, p. 129.

베토벤의 진짜 의도가 어떠하든 그런 효과를 낸 건 아도르노에 의하면 풍경 안에서 나온 두 움직임이 각각 상대방을 용해하는 가능성이 애초에 배제되는 방식으로 다른 벡터를 가졌다는 데에 있다. 그것은 서로를 삼키지도 않고 상쇄하지도 않는다. 그것이 둘의 영구적인 지속과 영구적인 불화를 가능하게 한다.

5. 풍경으로부터 우화로

『동두천』에서 이미 조짐을 보인 김명인의 작은 기포도 그와 비슷한 일을 하리라는 걸 독자는 추정할 수 있다. 실로 이번 시집에서 단품으로 읽으면 이해가 되지 않는 시편들은 그런 짐작 속에서 돌연 활기를 띤다. 가령 「둠벙 속 붕어」 같은 시가 그렇다.

> 방죽 너머로는
> 누군가 투신해서 푸르다는 바다,
> 그 꿈을 다 펴낼 수 없어 우리는 풍파를 모르는
> 둠벙이나 가끔 살피는데 보기보다 깊지 않은지
> 동네 청년들이 모터를 걸어놓고 바닥째 비워내곤 했다
>
> —「둠벙 속 붕어」 제2연

화자가 간혹 낚시를 하러 가는 '둠벙'은 일단 바다의 작은 모형으로 제시된다. 바다낚시를 못 가는 사람들이 둠벙에서 낚시를 한다. 바다가 우주라면 둠벙은 소우주일 것이고, 바다가 세상이라면 둠벙은 집 정도

가 될 것이며, 바다가 이상향이라면 둠벙은 그것의 모델하우스 정도가 될 것이다. 그런데 세상에 위기가 닥치자 둠벙은 유효한 실험장이 된다. 여자가 실종되었다. 바다로 투신했는지 모르지만 바다는 "누군가 투신해서 푸르다"는 풍문 속에 아스라하다. 바다를 못 퍼내는 사람들은 대신 둠벙을 퍼낸다. 모호한 '누군가'는 바다를 푸르게 하기 위해 바다에 투신했겠지만 실체가 있는 '여자'는 둠벙에 투신했을 거다. 혹은 바다는 다 퍼낼 수 없지만 둠벙은 퍼낼 수 있으니까 그런 믿음이 생긴다. 소방차가 호스를 대고 둠벙 물을 다 퍼낸다. 그러나 "여자는 없었"다. 둠벙은 깨끗했다. 바다가 어둠(모호성)의 지역이라면 둠벙은 밝음(명료성)의 장소인데, 거기에서 살인의 증거는 나오지 않았다. 그렇게 안심하려는데……, 나온 게 있다. "살이 다 털린 사체가 발견되었다." 이 사체는 여자가 아니다. 여자는 엊그제 빠져 죽었을 사람이지만 이 '사체'는 살이 다 털릴 정도로 오래되었다. 차라리 이 사체는 둠벙의 거주자라 할 만하다. 그렇다면 둠벙에 간혹 낚시를 하던 화자, '나'는

> 몇 해 동안 그 둠벙 속 붕어를 졸였으니
> 식인 물고기의 먹이사슬 위에서 생각을 뜯었던 것이다.
>
> —「둠벙 속 붕어」 마지막 두 행

다시 말해 '나'는 세상의 위기를 내 배 속과 내 행동에 그대로 전이시킨 세상의 공범자였던 것이다. 이런 사연은 독자가 이를 '우화'로 읽을 때 길어낼 수 있는 의미다. 다시 말해 이건 리얼리즘적인 내용을 담고 있는 게 아니다. 분명 현실에서 벌어지는 사건들을 질료로 사용하고 있지만, 이 대목을 실제의 사건들의 연속으로 읽을 때 사실의 실감을 얻

기란 어렵다. 반대로 현실의 물질들을 우화의 재료로 변환시켰다고 이해하면 이는 방금 설명한 바와 같은 아주 그럴듯한 주제를 알아차리게 한다.

우화성은 김명인 시의 진화의 한 측면으로 이해할 수 있을 것이다. 『동두천』의 세계는, '반시'의 운동이 그러했듯, 직접적 현실을 시 속에 집어넣는 방식을 취했다. 그 직접적 현실에 다시 비유의 의상을 입히는 게 당시 직접주의자들의 실제적인 방법론이었다. 그때 비유, 즉 노래는 현실, 즉 이야기를 최종적으로 의미화한다. 김명인의 시는 그런 노래에 의한 이야기의 흡수, 비유에 의한 현실의 장식을 거부한 대가로 결코 빠져나갈 수 없는 도주의 풍경학을 만들어냈던 것이다. 그 사정은 앞에서 충분히 풀이하였다.

그 사정을 고려한다면 우화는 풍경학의 진화이다. 그것의 기능은 현실과 주체의 해소되지 않는 불화라는 풍경에 주체의 입장에서 '작용'할 여지를 구축하는 것이다. 왜냐하면 우화는 방금 보았듯이 결코 현실로 '풀어지지' 않기 때문이다. 즉 우화는 현실의 압축인 듯이 여겨져서 만들어지지만 결코 현실을 상징적으로 투영하지 않는다. 오히려 현실과 부조화한다. 우화의 언어는 현실의 언어와 완전히 다른 것이다. 그렇게 해서 이 시는 형식과 주제 두 측면 모두로부터 다음과 같은 메시지를 만들어낸다: 현실의 '일부'에 정착하는 건 말 그대로 현실과 동일화되는 것도 아니고 반대로 현실로부터 일탈하여 숨거나 안식하는 것도 아니다. 오히려 현실 안에 이질적인 부분으로 존재해 현실과 엇박자로 작동하면서 현실의 근원적인 문제를 들추어낸다. "몇 해 동안 〔……〕 식인 물고기의 먹이사슬 위에서 생각을 뜯었던 것"에 비견할 만한 현실의 아주 오래 삭은 위험을.

우리는 새 시편들의 도처에서 이렇게 시 안에 웅크리고 도사려 시의 주제를 위기로 몰아가는 시구들을 빈번히 접한다. 몇 개의 예만 들어 보자.

쏟아져 내리는 여울처럼 시원하던 복근이
어느 날 이마며 두 볼에도 흉물스럽게 옮겨 앉는다

—「주름」 부분

누군가 자꾸만 오리탕 속에서 말복을 건져내는데
평상 아래로 쉬지 않고 물갈퀴가 배달된다

—「물의 윤회」 부분

승조원도 없이 잠수함처럼
제 몸에서 돋아난 잠망경을 두리번거리며
다른 세상으로 건너가려는 딱한 아가미

—「아가미」 부분

어떤 부당으로 상대에게 멱살을 잡히더라도
되도록 공손하게 응대할 작정이다, 나는 표적이니까
사수인 그가 내 팔뚝을 비틀며
이 새끼가! 할 때
뭐만 한 개자식이, 맞받아친다면
그건 섣부른 행동이다

—「표적과 겨냥」 부분

그러나 이런 시구들은 현실의 문제를 부각시키고 위기를 악화시키는 사태를 현상한다. 다음의 시구는, 반면, 악화가 진화로 변위되는 길목에 위치한다.

먹방으로 흥청거리는 게 누대의 허기만 같다
저 음식남녀들 한자리에 모아놓고
밤낮없이 지지고 볶게 한 다음
먹고 마시고 싼 것들 속으로 가라앉힌다면,

물속 바위틈에 노숙을 비껴 넣고
살아내는 기척도 죽이면서
제 힘껏 마련한 식음이 메기 살 되게 한다면,

이 바닥에는 메기만 한 보양식이 없다고
당신은 허겁지겁 다가앉겠지만
누가 설친 끼닐까, 메기도
민물고기임을 잊었을 때
큰 입을 만난다, 아무리 요동을 쳐도
강물은 어김없이 바다에 사무치는 것을

—「메기」 부분

이 우화에서 메기는 이중적인 존재 양태를 가진다. 하나는 인간과 메기의 엽기적인 관계 속의 메기. 메기는 물속에 숨어 물에서 구한 양식으로 연명한다. 인간은 메기를 '보양식'으로 먹는다. '노숙'이라는 단어는 인간–메기 관계를 인간관계로 확장해서 읽을 수 있다는 것을 암시하지만 일단은 암시로 그칠 뿐이다. 그런데 메기가 구한 양식은 실은 메기를 "허겁지겁" 먹은 "저 음식남녀들"이 "먹고 마시고 싼 것들"이다. 그러니까 그들은 메기로 변용된 저의 쓰레기를 먹는 것이다. 그런데 시의 초점은 그 점을 흘리고 슬그머니 비켜난다. 인간의 문제는 제 똥을 먹는 데에 있는 게 아니다. 그게 아니라 저의 쓰레기를 거듭 "가라앉혀" 강 환경을 망가뜨리고 결국 물이 제공할 식량자원을 고갈시키고 그건 결국 인간으로 하여금 항구히 끼니를 "설치"게 한다는 것이다. "누대의 허기"에 허겁지겁 먹이로 달려든 결과는 항구적인 허기이다. 그런데 이러한 해석에 실마리를 제공한 것은 "메기도/민물고기임을 잊었을 때"의 '민물고기'이다. 이것을 '바닷고기가 아니다'로 해석해서는 안 된다. 그 진술은 '물이 깨끗해야 메기도 많아진다'는 뜻이다. 그런데 독자는 자칫 전자로 해석할 뻔했다. 왜냐하면 이어지는 진술이 강과 바다의 관계를 말하고 있기 때문이다. 강이 바다로 흘러간다는 것은 강에서의 자질구레한 사연들은 바다로 흡수되어 잊히거나 달래진다는 뜻인가? 흔한 서정시들이 그래 왔던 것처럼? 게다가 이렇다면, 다시 출발점으로 되돌아간 것일까? 영원히 빠져나올 수 없는 숙명 속에 휘감긴다는? 그러나 아니다. 그렇게 읽으면 갑자기 '메기'를 이탈하게 된다. 지금까지의 메기 이야기는 쓸모가 없게 되는 것이다. 단서는 다른 데에 있다. "이 바닥에는 메기만 한 보양식이 없다고"의 '바닥'이다. 이 대목은 슬그머니 인간을 '메기화'시킨다. 왜냐하면 메기는 물 밑바닥에 사는 물고기이기 때문이다. 여기에서 인간(상층)–메기(바닥)의 관계는 큰 세상(상층)–인간(바닥)의 관계를 암시하고, 다시 그 암시는 슬쩍 바다(큰 세계: 상층)–강

(지엽 세계: 바닥)의 비유의 양태로 바뀐다. 인간이 누대의 허기에 조급해 허겁지겁 자연을 먹어대는 한, 인간은 결국 밑바닥의 삶을 벗어나지 못한다는 것이다.

메기는 처음 인간의 먹이였다가 다음, 인간의 환유, 정확하게는 인간의 처지를 암시하는 매개로 기능한다. 이 두 존재 양태 사이에는 층위 이동이 있으며 이 이동에는 기능의 변화가 있다. 즉 인간의 먹이로서의 메기는 인간의 탐욕을 느끼게 하는 객관적 상관물이다. 하지만 다음 층위로 건너가면서 메기는 인간의 자멸을 암시하는 대대(待對)적 상관물로 기능한다. 메기의 기능은 더 이어진다. '민물고기'로서의 메기는 인간의 자멸의 원인을 가리키는 증거이다. 그런데 '민물'은 '바다'와 대비되면서 인간의 존재론적 미미함을 암시하는 우의적 비유체로 기능한다.

이러한 분석은 김명인 시의 우화가 궁극적으로 풍경을 끝없는 진화 상태로 돌입하게 하며, 그 진화의 알고리즘은 지시→암시(/지시)→암시(/지시)……의 연속으로 이뤄졌다는 것을 알게 해준다. 간단히 말하면 우화는 암시를 흐르게 한다. 흐르게 해서 삶을 끝없는 경신 속에 집어넣고 그 경신 자체가 스스로의 에너지로 기능하게 한다. 그 운동의 기본적 절차를 이루는 지시-암시의 기능 변위의 연속성은, 지시를 통해서 현실에 작용하게 하며 그 암시를 통해서 현실의 지평을 바꾸어나간다는 효과를 산출한다. 또한 그러한 시의 여정은 독자에게는 삶에 대한 보편적 지혜를 항구적으로 학습할 기회를 제공할 것이다.

6. 맺음말

이제 『동두천』에서 시작한 그의 시의 여정이 기본적인 구도를 결코 바꾸지 않은 채로 완전히 다른 전망을 가진 언어체로 진화한 내력을 대충 짐작하게 되었다. 그가 기본 구도를 바꾸지 않은 건 숙명적인 것이었다. 그의 혼혈아 의식은 세계와 자아, 현실과 의식, 전체와 부분이 뚜렷한 차별을 보이면서도 결코 분할되지 않는 정황을 불가피한 것으로 받아들이게 했다. 그 덕분에 그의 시의 주체들은 실존적이면서도 개성적이거나 일탈적일 수가 없었다. 그러나 그것은 거꾸로 주체의 생존 의지를 세계의 동시적 경신에 이어지도록 하는 효과를 낳을 수밖에 없게 했으며, 시인은 그러한 자아-세계의 보편적 자기 경신의 방법론을 거듭 벼리면서 발전시켜왔던 것이다. 그의 "너머로의 출발은 일생을 바치는 여정"(「너머」)이 된 것이다.

그러니 김명인 시야말로 세상의 가장 천한 존재로서 등록된 인간이 가장 숭고한 경지에까지 이르는 여정을 치열하게 보여주었다 하지 않을 수 없다. 그렇게 힘든 등정을 스스로 치른 이가 말한다.

> 늦가을의 슬하여, 광채가 견디므로
> 더 느릿느릿
>
> —「늦가을이면 광채 속에」 부분

여기서 간신히 마무리하려는 마음을 마음 스스로 잡아챈다. 이 매듭은 김명인 시를 본격적으로 다시 읽는 출발선의 발판 다짐에 불과하다고. 왜냐하면 나는 이 해설에서 시초와 지금을 연결했을 뿐, 그 사이의 '중세'를 모른 체했기 때문이다. 더 나아가 나는 이 시집의 시편들을 되풀이 읽긴 했지만 아주 적은 수의 시편들만을 분석하는 데 공력을 바치기도 했기 때문이다. 그러니 주머니 속의 이 시들을 버릴 수가 없다. 그것들은, 되풀이 말하지만, 야금야금 씹어 먹을 환약이 되리라. 그리고 노파심에서 덧붙인다면 여기에서 쓰인 '풍경학' '우화론'의 '학' '론'은 지식의 전개를 가리키는 말이 아니라, 체험이 준 지혜라는 뜻에서 쓰인 것이다. 우리가 '아무개 씨의 인생론'이라 말할 때 아무개 씨가 책 많이 읽었다는 뜻으로 쓰는 것은 아니지 않은가?

한국문학사에서 가장 돌출적인 사건
— 이성복

1980년 『뒹구는 돌은 언제 잠 깨는가』(문학과지성사)의 출간은 한국문학사에서 가장 돌출적인 사건 중의 하나였다. 그 시집을 통해 젊은 시인 이성복은 일찍이 한국시에 나타난 적이 없었을 법한 특이한 이미지들의 만화경을 제공하였다. 가령, "牧丹이 시드는 가운데 地下의 잠, 韓半島가 소심한 물살에 시달리다가 흘러들었다 伐木당한 女子의 반복되는 臨終"(「정든 유곽에서」)이라든가, "石手의 삶은 돌을 깨뜨리고 채소 장수의 삶은 하루 종일 서 있다"(「세월에 대하여」) 같은 시구들에서 괴이하고도 생생한 이미지들과 영문 모를 진술들은 해독해내야 할 비의의 전언을 강렬히 암시하는 살아 있는 물증처럼 보인다. 물론 한 세기를 거의 맞이하는 한국 현대시사에서 비슷한 강도의 충격적 이미지들이 전혀 없었던 것은 아니다. 중요한 것은 이미지들의 존재라기보다 그것들의 운동이라고 할 수 있으며, 그것이야말로 이성복의 진정한 독특함이라고 할 수 있을 것이다. 그 독특함의 가장 두드러진 면모로서 독자는 시인이 비유의 기능을 최대화하는 한편으로 그것을 형상의 창조에 바치지 않고 형상의 전면적인 붕괴에 사용하였다는 데서 발견한다. 가령 "잎이 나기 전에 꽃을 내뱉는 살구나무,/중얼거리며 좁은 뜰을 빠져나가고/노곤한 담벼락을 슬픔이 윽박지르면/꿈도, 방향도 없이 서까래가 넘어지고"(「봄밤」) 같은 시구에서 '살구나무' '슬픔' '담벼락' '서까래' 등의 실사(實辭)들은 그 괴이함, 정서가 동작의 강도 등에 의해 강렬한 형상을 암시하면서도 그 형상의 완성을 오히려 스스로 무너뜨림으로써 독자를 강력한 매혹과 혼란 속에 동시에 빠뜨린다. 그럼으로써 이성복적 이미지들은 완미한 형상을 향한 강렬한 열망과 근본적인 절망을 동시에 체험케 하며, 또한 그 체험을 통해서 형상을 찾아 나서는 모험을 무한의 바다 위에 열어놓는다. 왜냐하면 그 열망과 절망 사이에서 추구될 형상의 수는 잠재적으로 무한이기 때문이다.

한데 이러한 이성복적 특이성은 단순히 시적 형식의 갱신 때문만으로 독자의 관심을 끈 것이 아니었다. 그의 붕괴하는 형상들은 곧바로 1980년대의 한국인의 정치·사회적 정황과 기묘하게 맞물리면서 그것의 부조리한 면모들(한국인의 의식의 성장과 독재의 연장 사이의 모순, 정치와 경제 사이의 모순 등을 위시한 모든 이중성)을 은유하는 가장 충격적인 이미지들로서 기능하였다. 또한 그 부조리함의 근본적인 문제성 때문에, 그것은 세계에 대한 쉬운 해답을 제공하지 않고, 실존의 근본적인 어지러움을 절감케 하는 질문 안에 독자를 휘몰아 넣었다. 시인에 의하면 "우리가 아픔만을 강조하게 되면, 그 아픔을 가져오게 한 것들을 은폐하거나 신비화하게 될지도 모른다"는 것이며, 동시에 그럼에도 불구하고 "아프다"는 것 자체는 "확실한 느낌"이기 때문에 거기에 끈질기게 머무르며 삶의 의미를 길어내야 하는 것이다. 이 정치·사회적 환기와 실존적 불가해성이 이성복의 시에 대한 열광의 참다운 원천이었을 것이다.

『남해 금산』은 그러한 문제틀에 대한 실천적 풀이의 과정에 해당한다. 과연, 시인은 마침내 하나의 형상을 완성하고야 마는데, 그것은 치욕으로부터 인고(忍苦)로 가는 삶의 과정 그 자체의 형상화였다. 그 삶의 내용이 '참음', 다시 말해 머무름의 완성이기 때문에 그 삶의 형상은 하나로 정지하여 차츰 굳어져가지만, 그 정지해가는 형상에는 실상 삶의 현재성을 견디어내고 넘어서기 위해 바쳐진 기나긴 삶 그 자체의 노정이 온전히 배어 있는 것이었다. 따라서 그 형상은 청동의 조형물에서처럼 가장 묵중한 기운이 꿈틀거리는 심줄로 도드라져 배어들어 있는 움직임의 압축이자 총화로서 현시되는 그런 형상이었던 것이다.

이어서 상자된 『그 여름의 끝』은 움직이는 정지 형상의 시간적 풀이라 할 수 있을 것이다. 거기에는 참된 만남을 위해서는 거듭 멀어져야만 한다는 명료한 명제가 제시되어 있는데, 그 명제에 비추어진 시적 형상들은 참된 만남을 향한 움직임 그 자체거나 그 만남의 실패에 직면한 좌절의 몸부림이거나, 그 참된 만남과 상호작용한 모든 움직임들의 가장 빛바랜 자취들, 한 시의 표현을 빌리자면, "종이 위의 물방울이/한참을 마르지 않다가/물방울 사라진 자리에/얼룩이 지고 비틀려/지워지지 않는 흔적"(「느낌」)으로서 출현한다. 독자들은 그 흔적을 하나의 단서로 삼아, 가장 기나긴 만남의 도정을 추적게 된다. 그 추적의 과정 또한 참되게 만나기 위해 가장 멀리 에도는 기나긴 굴곡을 그릴 수밖에 없을 것이다.

그런데 이 헛된 희망과 거듭되는 좌절의 고통, 거듭되는 실패의 과정들 그 자체가 바로 삶의 참다운 기쁨이자 세상에 대한 사랑으로서 피어

나는 꽃이다. 『호랑가시나무의 기억』의 등(燈) 세운 "높은 나무 흰 꽃들"이 보여주는 세계가 바로 그것이다. 그 시편들은 이미 제목에서부터 화려한 빛을 뿜어내는데 실상 그 빛은 가장 통속적인 일상이 발하는 성스러움이다. "지하철 앞자리에 앉은 아가씨의 눈길"이 곧 "조금 젖어 있다 물가를 날으다 솟아오르는 잠자리 날개"로 '현신transfigurer'하는 광경, 바로 그것이다. 그러나 가장 낮은 것이 가장 드높은 것이라는 이러한 인식 및 형상화는 깊은 진실이기는 하지만 또한 많은 사람들에 의해 지적되고 구현된 것이기도 하다. 때문에 그것은 또한 하나의 상투적인 금언으로 전락하여 삿된 담론들을 포장하는 미사여구로 쓰이기도 한다. 이성복의 시는 그러한 진실의 확인에 그치지 않고, 그 밑바닥에서 부글거리는 고통과 몸부림과 눈물과 비명을 직시케 한다. 거기에 그의 시의 근본적인 새로움이자 전면적인 진실이 놓여 있다. 그의 경구에 의하면, "세상은 사랑의 고름 덩어리"인 것이다.

『호랑가시나무의 기억』에서 이 성스런 고름 덩어리의 세상은 빛이었다. 그가 최근에 상자한 『아, 입이 없는 것들』에서 그 세상은 '나'의 근친(近親)들로서 존재한다. 그렇다는 것은 시인이 빛의 한복판으로, 다시 말해 '고름 덩어리' 세상의 한복판으로 들어갔다는 것을 가리킨다. 빛의 한복판에서는 결코 어떤 것도 빛나지 않는 것이다. 빛나지 않을뿐더러 거기는 자신을 표현할 입조차 갖고 있지 못한 것들의 세계이다. 빛은 빛을 말하는 자의 소유가 아니다. 그렇지만 또한 빛은 빛을 품은 이들의 것도 아니다. 그들은 그것이 내 빛이라고 말할 입을 가지고 있지 못하기 때문이다. 빛을 말하는 자는 빛을 이용할 권리를 갖는 것이 아니라 그 소재지를 정직히 가리킬 책임이 있다. 그것이 자본가, 권력자, 수사학자를 제어해야 할 시인의 책무이다. 그러나 그 빛이 똑같이 빛이라고 명명되고 이해되고 공감되는 한(또 그래야만 빛일 수가 있는데), 전자들과 시인은 구별되지 않는다. 빛은, "한 번 점프한 그곳에서/수천 금실을 내려보내는//(몸아, 어떤 거미가/네 신경과 실핏줄을 엮어 짰니?)"(「네 흘린 흰 피는」)에서의 그 어떤 거미가 내려보낸 금실의 샹들리에다. 바로 입이 없는 몸의 몸부림이 그 금실의 샹들리에로 엮어 짜질 때만 그 몸부림이 그 몸부림이 된다. 불빛이 깜박이는 것은 그 때문이다. 그것은 "깜박일 때마다/너를 자르는 칼이/마흔세 살의 십이월을 자른다". 의역하자면, 빛은 깜박일 때마다 빛의 허위와 진실 사이에 놓인 아득한 심연에 직면케 한다. 모든 살아 있는 것들은 그 심연에서 꿈틀거린다.

「그해 가을」은 이성복 초기 시의 '형상 붕괴로서의 형상'이 표출하는 가장 격정적인 측면을 대표하는 시이다. 그것이 격정적인 것은 첫째, 이 붕괴하는 형상이 시인 자신이 속한 당시 청년 세대의 삶을 그대로 투영하고 있기 때문이고, 다음, 그 청년 세대의 삶을 급류처럼 흘러가는 회상의 형식 속에 담아 하나의 파노라마처럼 제시하고 있기 때문이다. 이 파노라마 형식은 당시의 젊은 시인들이 애용한 형식 중의 하나였는데 이성복 시의 특이성은 그것의 급류와도 같은 속도, 즉 쉴 틈을 주지 않고 재빠르게 흘러가는 속도에 있다. 그 역시 파노라마이면서 병풍 형식을 곁들이고 있는 황지우의 「활엽수림에서」와 비교해보면 금세 그 특성을 감지할 수 있는 이성복적 파노라마는 생각할 여지를 주지 않고 자신의 시간대를 통째로 펼쳐 보임으로써, 자신에게 닥친 재앙이 자신 앞에서 속수무책으로 벌어지는 듯한 느낌에 젖게 한다. 그럼으로써 일상적 체험을 경악과 신비로 느끼게 하고 그에 대해서 근본적인 의혹 속에 사로잡히게 한다. 그 와중에 비명처럼 격발된passé à l'acte 욕설은 순간적으로 발화 대상을 아버지로 착각게 하나, 실제로는 화자 자신일 가능성이 다분하다. 시적 효과는, 그런데 진짜 장소의 확정 자체에서 오는 것이 아니라 그 착각과 실제 사이의 차이에서, 다시 말해, 직관으로부터 성찰로의 이행에서 발생한다. 따라서 저 욕설을 일종의 비상제동장치라고 할 수 있는데, 그에 비해 그 역시 초기 시를 대표하고 있는 「세월에 대하여」는 '대하여'라는 제목이 암시하듯 제동(制動) 기제를 내장하고 있다. 그 때문에 똑같이 빠른 파노라마 형식을 취하고 있는데도 그보다는 붕괴하는 형상의 돌발적 이미지들과 그에 대한 성찰의 장면이 병행적으로, 대위법적으로 도드라짐으로써 독자를 세상이라는 신비에 대한 몽상의 심연 속으로 인도한다. 「남해 금산」은 두번째 시집 『남해 금산』을 완성하는 시다. 이 시에는 1980년대의 한국인에게 벌어진 상황을 치욕으로 명명하고 그것을 인고(忍苦)로써 극복 혹은 승화시켜나간 시집 전체의 세월이 한 편의 풍경으로 압축되어 있으면서, 동시에 모든 사건이 끝난 직후의 감회가 저 진한 광경을 바래지는 자취로서 변화시키는 일을 막 시작하고 있다. 「음악」은 이성복 시의 핵심 구조를 이해하기 위한 실마리를 제공하는 시이다.

순수한 자기의 시
—박남철

박남철은 오직 그만의 시, 즉 순수한 자기의 시를 구현한다. 순수한 자기의 시란 그의 시가 원칙적으로 어떤 사회·역사적 문맥으로도 혹은 시사적 계보 속으로도 환원되지 않는다는 것을 가리킨다. 박덕규와의 공동 시집, 『그러나 나는 살아가리라』에 수록한 평론 「어리석은 흑백 논리와 그 절충주의에 대하여」에서 그는, 그 내용이 무엇이든, 어떤 '에콜', 어떤 '이데올로기'에도 속하지 않는 것이 시인의 본분임을 천명한다. 그 이후 그의 시적 작업은 그에 상응하는 일관된 행보를 그린다.

이러한 태도는 그의 시에 매우 독특한 색깔을 부여한다. 그의 시가 묘사의 시가 아니라 발언의 시라는 것, 즉 화자가 시의 무대 전면에 등장하여, 독백이든 방백이든 일인극이든, 오로지 그 자신의 목소리로써만 시의 소리와 형상을 창출한다는 것이 그로부터 기인한다. 이러한 발언의 시는 김수영을 연상케 하나 김수영에게 개인은 현대 문명 속에 한국인이 온전히 정직하기 위해 세우고 정립해야 할 정체성이었지만, 바남철에게 개인은 확신의 방식으로 설정된 자기이기 때문에 그 태도는 사뭇 다르다. 또한 여기에서 김수영의 시대로부터 박남철의 시대에 이르는 개인관의 진화를 보는 일도 아주 불가능한 것은 아니겠지만 매우 힘겨운 일이 될 것이다. 그것은 무엇보다도 박남철의 개인관이 어떤 사조나 계보 속으로 환원되는 것을 거부하기 때문이다.

그런데 환원되지 않는다는 것은 동시에 해석될 수 없다는 것을 뜻한다. 그것은 원칙적으로 보편 약호code에 대한 거부이기 때문이다. 그렇기 때문에 박남철 시의 핵자인 '개인'에서 그 개인의 속성들, 가령 신장, 무게 등의 외재적 특징들로부터 성격, 성향 등의 변별적 특성에 이르는, 그 개인이 고유하게 가져오거나 길러온 속성들을 찾는다는 것은 사실상 불가능하다. 그것이 또한 정체성의 단위로서의 개인 추구와 박남철의 개인 표출이 근본적으로 다름을 보여주는 또 다른 측면이다.

하지만 그렇다고 해서 박남철 시의 개인이 완벽한 어둠이라는 것은 아니다. 그의 '속성'을 캐낼 수는 없으나 독자는 그 개인이 세상에서 작동하는 기능과 구조를 추적할 수 있으며, 또한 그것이 박남철 시의 시적 효과를 계량하는 것이기도 하다. 그것은 가령 그 절대적인 중력으로 인하여 결코 해독할 수 없는 블랙홀의 존재 양상, 즉 효과를 그 가두리를 이루는 지평의 사상면을 통해서 측정하는 것과 같은 이치이다.

다시 말해 독자가 읽는 것은 박남철의 '개인'이 세상과 만나는 지점들에서의 그것의 시적 효과들이다. 따라서 그 개인은 대사회성의 측면에서 나타나는데, 어떤 접면이든 환원의 거부라는 특징을 공유하고 있기 때문에 그의 대사회성은 갈등의 측면에서 파악되며 세부적으로는 다음과 같은 몇 개의 양상으로 나뉘어 나타난다.

첫째, 무사회성. 이때 개인은 사회와 어떠한 교섭이 없는 존재로서 제시된다. 그 개인에게 사회는 무지이다. 그런데 문제는 그 알 수 없는 대상과 어떤 식으로든 접촉해야만 한다는 데에서 발생한다. 그 접촉의 필연성 때문에 '나'는 세상이라는 어둠을 진흙으로 삼아 자신과 친숙한 존재를 빚어 세상과 화해하려고 한다. 그러나 그렇게 해서 세상의 일부가 자신과 교통하는 존재로 바뀌자, 그 존재는 개별화되면서, 지금은 내 편이지만 곧 세상 편이 될 가능성이 있는 별도의 존재가 된다. 그렇게 해서 세상이라는 어둠은 밝은 데가 창출되는 만큼 더욱 확대된다. 이러한 운산은 자신에 대한 불안을 전제로 한다. 자신이 만든 존재가 자신을 배반할 가능성을 갖는다는 것은 자신의 무능력을 가리키기 때문이다. 바로 이로부터 세상과의 접촉면을 창출하려는 욕망과 더불어 그 접촉면을 파괴하려는 욕망이 동시에 기승하게 된다. 나와 세상 사이의 무관계는 나와 '세상의 일부' 사이의 우발적인 적대 관계로 바뀐다.

그러나 이 무사회성의 시적 효과는 자신에 대한 불안에 있는 것이 아니라, 오히려 그 미지의 자신을 강조하는 데에, 다시 말해 자신에 대한 잠재적 확신을 키우는 데에 있다. 무사회적인 존재, 즉 사회적 기능에 대한 방법론을 가지지 못한 존재가 여하튼 실존하고 있다는 것, 그리고 현재의 상태가 제로인 만큼 그 가능성은 무한하다는 것을 지시하는 것이다. 자신에 대한 불안과 확신 사이를, 세상의 어둠에 비추어, 자학과 연민의 형식으로 진동하는 것, 그것이 무사회성 차원에서의 박남철 시의 특징이다.

둘째, 반사회성. 박남철의 무사회성이 '자기'를 보존하고 공고히 하는 방법이라면, 반사회성은 잠재적으로 확신의 방식으로 현존하는 자기에 비추어서 세상을 풍자하는 방법이다. 일반적인 풍자가 풍자되는 대상을 전면에 부정적인 방식으로 부각시키고 풍자하는 자를 '중립성' 혹은 '익명성'의 차원에 격리시키는 데 비해, 박남철의 풍자는 철저히 '자기'에 비추어서 개진된다. 그 때문에 시는 세상과 화자 사이의 감정적 밀고 당김의 양태를 띠는데, 가령, "내가 원하지 않는 데에도/나는 현재 지배당하고 있다/그 무엇에겐가 그 무엇인가에 의하여"(「무엇이 우리 앞에 군림하려 드는가」)라는 시구에서처럼, 그것은 세상을 인간화하는 작용을 일으켜 세상의 형상을 도드라지게 하면서, 세상 일반에 대한 막연한 부정적 감정을 분명한 정서적 분노로 바꾸는 한편, '자기'를 자극시킨다. 즉, '자기'의 존재 이유와 할 일을 부각시킨다.

한데, 이 과정 속에서 일어난 세상의 인간화는 박남철 시를 독특한 상황 속으로 몰아넣는데, 일차적으로 그 효과는 세상이 인간들 밖에 있는 것이 아니라 인간들 내부에 있다는 것, 즉 인간들 자신이 세상의 부정성을 자발적으로 떠안고 있다는 데에 대한 각성을 유발한다는 데에 있다. 그런데 거기에 그치지 않는다. 세상이 인간화되었다는 것은 '자기'의 존재를 위협하는 것이다. 즉, 그 '자기'가 부정적인 의미에서의 세상의 일부가 아닌가,라는 의심에 직면한다는 것이다. 이때 '자기'가 겪는 세상과의 감정적인 밀고 당김은 동참의 밀고 당김의 양태로 변용된다. 그럼으로써 우리 자신이 부정적 세상의 일부가 아닌가,라는 각성을 스스로 동참한 사건으로서 겪게 한다. 이것이 박남철 시의 세번째 차원으로 겹사회성이라고 이름 붙일 만한 것이다. 세상과 겹을 이룬 상태에서 박남철의 '자기'는 세상과의 심리적 거리가 가장 멀 때, 세상은 인간화되었기 때문에 그만큼 명료해지고 왜소해지는 한편, '나'는 당당해지고 세상의 경계를 훌쩍 뛰어넘는 데서 오는 정서적 쾌감을 맛본다. 하지만 세상과의 심리적 거리가 아주 가까워질 수도 있는데, 그때 세상이 왜소해지는 만큼 '나' 역시 왜소해지고 비참해진다. '나'는 그 두 가지 상황 사이에서 진동하며, 이때 '나'는 세상과 대결하는 존재라기보다 세상과 '연기'하는 존재가 된다. 그 연기 속에 작동하는 중요한 감정은 연민과 풍자이나, '나'의 연기는 연민과 풍자 자체를 '연기할 거리'로 만든다. 즉 해볼 만한 일인지 셈해봐야 할 사업으로 만든다. 박남철 시의 고도의 묘미가 여기에 있다. 그것이야말로 개인이 자기를 지키면서 사회 속에서 살아가기 위해 벌이는 최고의 사업이므로.

「첫사랑」은 앞에서 말한 '무사회성'의 원형을 보여주는 시다. 세상과 무관한 존재로서 설정된 '나'는 세상의 존재와 교통할 방법을 알고 있지 못한다. 교통하고 싶을 때도 교통의 통로는 열리지 않는다. 그런데 세상 쪽에서 먼저 교통의 형식을 제시한다. 그것은 한편으로 세상과의 화해 가능성을 열어주지만, 또한 동시에 교통 방법의 무지라는 문제를 실존적인 체험으로 압박한다. 그 압박의 결과가 그 자신도 그 이유를 모르는 폭력적 행동이다. '애초의' 관계가 견딜 수 없는 방식으로 되풀이되려다 보니, 그것을 부수려는 충동이 '관계' 자체를 망가뜨리고 마는 것이다. 그러나 그것이 '첫사랑'이다. 첫사랑은 언제나 우리가 그 곡절을 모르는 양상으로 전개되어 우리의 삶을 통째로 변화시킨다. 많은 사람들은 그때 처음으로 '나'를 묻고, '나'를 파묻고, '나'를 바꾼다. 「겨울 강」의 핵심적인 주체는 '쩡, 쩡'거리는 소리이다. 박남철의 '소리'는, 「고래의 항진」에서도 그렇지만, 세상과 '나'의 접촉이 어떤 단계를 초월할 때 내는 소리이다. 그 초월은 대체로 '대립'적 관계의 초월인데, 그러나 그렇다고 해서 그 초월의 양상들이 엇비슷한 건 결코 아니다. 「겨울 강」의 '소리'는 '나'를 거부하는 완강한 세상이 결국 와해되고 말 것임을 암시하는 징후로서 제시되는데, 그 제시되는 양상은 세상 그 자신으로부터 새어 나오는 것으로서 나타나지만, 그 제시의 주체는 실은 '나'이다. 바로 이 때문에, '쩡, 쩡'거리는 소리는 한편으로 예기된 세상 와해의 양태를 마치 세상의 붕괴를 향해 진군하는 군마의 행진처럼 느끼게 해 그것을 힘차게 독려하면서, 다른 한편으로 그것이 오직 '나'의 주관에 의해서 꾸며진 것에 불과하기 때문에, 붕괴하는 것은 세상이 아니라 나의 의도라는 것을 암시하여, 파국이 다가옴을 느끼는 불안의 소리로서 엄습한다. 이 시의 맛이 그 두 가지 감정을 동시에 겪는 데에 있음은 물론이다. 또한 그 두 가지 양태의 동시적 작용을 사회-세상과 자연-강을 실제/비유의 방식으로 겹쳐놓음으로써 실감케 하고 있다는 것도 재미있게 음미할 만한 대목이다. 「목련에 대하여 III」는 자본주의 사회에서 사는 보통 사람의 삶의 단면을 예리하게 포착하고 있다. 누구라도 이 시를 읽으면, "눈에 눈물이 고일" 것이다. 「고래의 항진」은 '나'와 인간화된 세상 사이의 관계를 '분별'의 인식론이라는 관점에서 조형하고 있는 시이다. 분별과 통합의 문제는 세상 갱신의 주체로서의 '나'와 갱신 수행자로서의 세상 사이에 분별과 통합이 모두 갱신에 작용하면서 동시에 갱신을 제어하기 때문에 발생한다. 시는 소리를 통해 '각성 촉구'의 양태로, 그 분별과 통합의 미묘한 문제를 분별하는 데에 함께 참여할 것을 독자에게 재촉한다.

여성적인 것이 실재한다는 말의 의미
—김혜순

김혜순의 시는, 인종·장애와 더불어 오늘날 가장 핵심적인 문제의 하나를 구성하고 있는 여성성의 첨예한 측면들을 농축하고 있다. 그러나 그는 가장 흔하고 쉬운 방식으로 차별과 불평등의 관점에서 그것을 드러내는 것을 거부해왔다. 그는 처음부터 여성의 세계를 통상적 세계와 다른 또 하나의 세계로 개별화하고 그 세계의 고유한 특징을 형상화하는 일에 주력해왔다. 첫 시집, 『또 다른 별에서』에 수록된 시편들은 일상의 풍경을 있는 그대로 기록하는 듯한 태도를 취하고 있는데 그 태도는 사실 여성의 방식으로 특성화된 관찰과 반응의 태도들이다. 이로부터 하찮으면서도 파괴적이며 따라서 뜻 없이 마멸되어가는 삶의 양상들에 능청스런 수용, 따뜻한 연민, 섬세한 분별을 통해서 의미와 생기를 붓고 그것들을 되살려내는 특유의 세계가 나타난다. 이 장황한 설명에서도 짐작할 수 있듯이, 김혜순이 보여주는 여성성은 눈앞에 빤히 보이고 선연히 감지되는데도 명료하게 규정되지 않는다. 그것은 우리의 언어 자체가 남성적인 방식으로 진화되었기 때문일 터인데, 이 현상 자체는 '다른' 세계의 존재 방식에 대한 의미심장한 암시를 준다. 즉 다른 세계의 존재는 언제나 언어 이전의 형상으로 출현해서 기존 언어의 재구성을 촉구하는 양태로 언어화된다는 것이다. 바로 이 점에서도 김혜순적인 언어는 지배적 언어가 인식적인 것과 달리 참여적이며, 규정적인 것과 달리 내관(內觀)적이고, 비판적인 것과 달리 형성적이다.

이렇다는 것은 김혜순의 여성적 세계가 문자 그대로의 별도의 세계가 아니라는 것을 가리킨다. 그것이 기왕의 여성 시인들의 여성 세계와 결정적으로 다른 점은 그의 여성 세계에는 지배적 남성 세계가 가새표 쳐진 방식으로(데리다적 의미에서) 비추어져 드러난다는 것이다. 바로 그렇기 때문에 김혜순의 여성 세계는 지배적인 남성 세계를 구성적으로 반성케 한다. 이러한 특성은 그의 시작 초기부터 오늘날까지 꾸준히 유지되어온 그만의 특성이다.

시인은 그 특유의 여성 세계를 차츰 확대하여 자율화해나갔다. 그 과정은 김혜순적 언어를 온통 수용체(受容體)일 뿐인 육체로 진화시키는 한편, 그 수용체로서의 형상 언어를, 끝없이 열려나가는 통로의 양태로 구조화하는 과정이었다. 이 이중적 진화 과정은 이중적인 방향에서 상보적이었다. 한편으로 그것은 기존 세계의 대안으로 출현한 새로운 세계가 폐쇄된 고립체로 고착하거나 그 자신 또 하나의 억압적인 실체로 변화하지 않고 다른 세계들과 함께 교류하며 그것들을 함께 살리는 상생적인 삶의 형식이 되어야 한다는 요구에 대한 대답의 실행으로서 형성된 것이었다. 즉 김혜순적 여성 세계의 자율화는 그것을 차츰 거대한 실체로 만들어갈 수도 있을 터인데, '겹이 진 통로의 형식'은 그것의 실체화를 부단한 운동으로 바꾸는 방법론으로서 등장한 것이다. 그러나 다른 한편으로, 저 이중적 진화 과정은 동시에 김혜순적 세계의 실질을 보존하려는 절박한 요구에 부응하는 것이다. 그의 세계가 오로지 방법적으로만 존재한다면 그 삶은 오직 타자에 대해서만 혹은 타자를 위해서만 존재하는 것이 된다. 그럴 때 그 삶 자체는 얼마나 허무한 것인가? 그것은 바로 여성적 삶의 오래된 상투형, 즉 바깥 세계의 안식처로서의 안의 세계 혹은 자식과 남편을 위해 헌신하는 여인의 세계의 허망함을 투영하는 것이다. 김혜순의 시는 이 예정된 허무에 대응하여 실질을 끊임없이 구축하는 방식으로 진화해왔으니, 그의 '온통 수용체일 뿐인 육체'가 바로 그 내용을 이룬다. 독자는 그 육체의 형상을 "전 세계보다 무서운 시체"(『어느 별의 지옥』), "레이스 짜는 여자"(『우리들의 음화』), "내가 모든 등장인물인 그런 소설"(『불쌍한 사랑 기계』), "이다지도 질긴 검은 쓰레기봉투"(『달력공장 공장장님 보세요』), "얼음 아씨"(『한 잔의 붉은 거울』) 등에서 찾아볼 수 있는데, 그 형상들은 점차로 가장 자율적인 의지를 내장하게 된 수용체, 다시 말해 가장 능동적인 수동태로 진화해온 존재들이다. 이 존재들은 삶의 온갖 사건들을 때로는 쉼 없이, 때로는 통째로 받아들이면서도 언제나 그 행위를 자신의 결단을 통해서 한다.

「내가 모든 등장인물인 그런 소설 1」은 김혜순적 육체성의 전형적인 모형을 제공한다. 이 시의 기본 주제는 모든 나이의 '나'를 한자리에 모아놓는 것이다. 그렇게 해서 어쩌자는 것인가? 시인이 의도하는 것은 바로 그 물음이다. 다시 말해 그 물음이 독자의 내면으로부터 제기되어 그러한 사태를 스스로 겪어보게 하는 것이다. 이 시도는 필경 특정한 과거를 주억하거나 어떤 미래를 꿈꾸는 것과는 다른 체험을 제공할 것이다. 다시 말해 이 시의 효과는 회환·동경·미련 등의 어떤 감정에 젖어 들게 하는 것이 아니라 정반대로 그러한 감정들을 차단하는 대신 거기에 이르기까지의 삶의 진행들을 상호 비교의 방식으로 다시 체험케 하는 것이다. 그렇게 해서 우리가 통상적으로 갖게 되는 삶의 느낌들을 반성적으로 성찰케 하는 한편, 동시에 어쨌든 진행되는 것을 막을 수는 없는 삶의 과정들을 내면의 실감과 일치시키는 방향으로 다시 재조정케 하는 것이다. 「또 하나의 타이타닉호」는 환상과 실상의 어긋남이라는 구도 위에서 출범한다. 여성의 결혼 생활에 입혀지는 '행복의 유람선'이라는 환상적 이미지와 결혼 생활의 실제의 가장 적나라한 표징인 '밥솥'을 에이젠슈타인 방식으로 연결시킴으로써 결혼으로 공고화된 사회의 여성적 단면에 대한 충격적인 각성을 제공하는 듯하다. 그러나 독자는 이미 제목을 통해 저 행복의 유람선이 진부한 재앙에 휩싸일 것임을 빤히 알고 있는 터이다. 그러니 독자의 각성 역시 상투화될 수밖에 없지 않은가? 이 시가 노리는 것은, 그러니까, 환상과 실상의 어긋남에 대한 반성적 효과가 아니라 그 반성적 효과의 자동반복이 발생하는 사태에 대한 성찰이다. "과연 이것이 나의 항해인가. 리플레이, 리플레이, 리플레이"라는 시구가 가리키는 것처럼 환상과 실상의 공모는, 끊임없이 환멸을 야기함에도 불구하고 끊임없이 되풀이된다. 그리고 그것은 "뱀처럼 밥 먹고 입을 쓰윽 닦지"라는 시구가 날카롭게 암시하는 것처럼, 항상 첨예하게 제기되었다가도 또한 항상 데면데면해지고야 마는 성적 관계상황의 되풀이와 상통하고 있다. 성적 관계상황이라는 것은 이렇게 전혀 문제 되지 않는 문제투성이들, 아니 문제들로 들끓는 정상인 것이다. 각성의 방식으로가 아니라 의문의 방식으로 그 관계에 참여할 수밖에 없는 까닭이 거기에 있다. 「환한 걸레」는 가장 비천한 양태를 통해 여성의 존엄을, 아니 그보다는 차라리 사는 것의 위엄을 입증하는 시다. 한편, 「그녀 요나」는 모든 소중한 것들의 영원한 미완성, 아니 운동성을 환기하고 있다. "한번도 제 몸으로 햇빛을 반사해본 적 없는 그 여자가/덤불 같은 스케치를 뒤집어쓰고/젖은 머리칼 흔드나 봐요/이파리 하나 없는 숲이 덩달아 울고/어디선가 보고 싶다 보고 싶다 함박눈이 메아리쳐와요"라는 구절을 가만히 되풀이해 음미하면, 녹음의 숲이 은은히 미소 짓고 함박눈이 환한 햇빛처럼 분산하는 기이한 느낌을 체험할 수 있을 것이다.

'겨울나무' 이미지의 변천사

—백석의 「남신의주 유동 박시봉방」에서 김혜순의 「겨울나무」까지

'나무'는 인류의 집단 무의식에서 가장 뿌리 깊은 이미지 중의 하나일 것이다. "뿌리 깊은 나무"라는 말이 있듯이 말이다. 한 사전에 의하면 나무는 "가장 풍요하고 가장 널리 퍼진 상징재 중의 하나"[1]이다. 사전의 집필자는 이어서, 미르체아 엘리아데Mircea Eliade가 '성스러운 것'과 만나려는 인류의 심성은 그것이 지상에 자리 잡을 수 있는 중심의 자리를 요청하여, 그로부터 "우주적 나무"의 이미지가 세워졌다고 주장했다는 얘길 전한다. 이때 나무는 "영원한 재생"이 표현되는 장소이다.

그러나 이 오래된 '나무' 이미지와는 다른 비교적 최근의 것이 있는 듯하다. 크게 보아서 둘인데, 하나는 나무를 꿈꾸는 자가 나무로써 자

1) Jean Chevalier · Alain Gheerbrant, *Dictionnaire des symboles (A-Che)—Mythes, Rêves, Coutumes, Gestes, Formes, Figures, Couleurs, Nombres*, Paris: Seghers, 1973, dixième édition[L'édition originale: 1969], p. 96.

신을 은유하는 경우이며, 다른 하나는 그 은유의 가장 특별한 형태로서의 '겨울나무'의 이미지이다.

저 옛날 나무가 영원한 재생을 보장하는 성스러움이 깃든 장소로서 이해되었다면 그것을 사람이 바로 동일시할 수는 없었을 것이다. 보존된 기록들, 전승된 기억과 잔존하는 몸짓들이 그대로 증거하듯이 옛사람들에게 그곳은 소망을 비난수하는 곳이었다. 그러한 신탁의 장소는 서서히 인간이 세상을 지배해가는 과정에서 인간이 개발할 재료로 탈바꿈한다. 그럼으로써 나무에 전제되었던 성스러움의 속성 역시 제거된다. 가장 오래된 문학작품들로 항용 거론되는 『일리아스』와 『오뒷세이아』는 그에 대한 흥미로운 일화를 보여준다.

『일리아스』에서 '아킬레우스'는 자신의 소유물인 여자를 빼앗아 간 왕 '아가멤논'에게 홀을 들고 저주의 맹세를 퍼부으면서 이렇게 말한다: "보시오! 이 홀은 산속에 있는 나무둥치를 한번 떠나온 이상/잎이나 가지가 돋아나는 일이 없을 것이며, 청동이 잎과 껍질을/벗겨버렸으니 다시 새파랗게 자라나지도 못할 것이오./그리고 지금은 제우스의 위임을 받아 법을 지키는 아카이오이족의/아들들이 판결을 내릴 적에 이 홀을 손에 들지요. 그러니 이것은/그대에게 엄숙한 맹세가 될 것이오."[2)]

신탁과 맹세가 집중된 대상으로서의 '홀'은 나무이되, 자연성으로서의 나무가 아니다. 그것은 오로지 '수직성'의 권능만을 갖는다. 그 권능만을 갖기 위해 신성한 '나무' 대상은 자연성의 부분들을 잃어버린다. "나무를 깎아나가는 도끼"[3)]가 필수적으로 등장하는 것은 그 때문이다.

---

2) 호메로스, 『일리아스』, 천병희 옮김, 숲, 4쇄, 2010, p. 34.
3) 같은 책, p. 89.

반면 『오뒷세이아』에서 '나무'는 무엇보다도 귀향의 뗏목에 쓰일 재목으로서 나타난다. "여신들 중에서도 고귀한 칼륍소는 키 큰 나무들이 자라고 있는 곳을 가리켜주고는 집으로 돌아갔다./오뒷세우스는 나무들을 베기 시작했고 작업은 신속히 진행되었다."[4)]

『일리아스』의 '나무'(홀)는 성스러움을 표지하는 대가로 지상적 속성들을 버린다. 반면 최초의 인간의 모험의 흔적을 포함하고 있다고 일컬어지며, 실제로 '인간' 그 자신의 모험을 기록한 『오뒷세이아』에서 나무는 인간을 실어 나를 뗏목을 만드는 데 쓰일 원료이다. 인간이 자연을 개발하는 뚜렷한 사례로서 보일 법하다. 대신 그것은 지상적 존재로서 성스러운 어떤 것도 갖지 않는다. 그렇게 하늘과 땅 사이는 너무나 멀다.

지상적 존재가 스스로 성스러움을 내장하고자 원하는 사건, 그것은 무엇보다도 인간이 신의 권능을 참칭하기 시작한 시대, 즉 근대 이후일 것이다. 바슐라르는 그러한 사건의 최초의 예증으로 에마누엘 스베덴보리Emanuel Swendenborg(1688~1772)를 꼽는다. 그는 "상승의 심리학psychologie ascensionnelle"의 권화로서 스베덴보리를 가리키고는 그에 심취한 오노레 드 발자크Honoré de Balzac가 『세라피타*Séraphîta*』에서 "인간만이 특별한 신체 기관 안에 위치한 수직성의 감각을 갖고 있다"라고 쓴 데에 주목한다. "이 수직성의 감각은 역동적이다. 그것이 인간을 수직의 방향으로 끊임없이 나아가도록, 드높은 곳으로 자신을 올리도록 추동한다는 점에서 그렇다. 인간은 위대한 자로 나타나고자 하는 욕구, '이마를 높이 쳐들고자' 하는 욕구로 불붙는다."[5)]

4) 호메로스, 『오뒷세이아』, 천병희 옮김, 숲, 2010, p. 126.

그런데 이 수직성의 감각이 발현되기 위해서는, 다시 말해 "스베덴보리적 상승을 살기 위해서는 겨울의 금속성이 필요하다. 즉 산들을 더욱 메마르게 하면서, 더욱 번득이게 하면서, 산들을 위로 밀어올리는 추위가 요구되는 것이다".[6] 이때 수직성의 감각은 단순히 천상 지향적인 것이 아니다. 그것은 지상적인 것과 천상적인 것, 땅과 하늘의 통합을 꿈꾼다. 그는 이어서 말한다. "이렇게 하늘과 지상적인 것의 '조응'이 기운차게 작동한다."

여기서 우리가 주목할 것은 바로 이 '조응'이 지상적 존재의 천상적 솟구침, 다시 말해 그것을 자각하고 있는 지적 생명의 도약을 형상하고 있다는 것이다. 다시 말해 저 산은 인간의 은유이다. 스베덴보리에 의하면, "인간은 자연적인 것과 영적인 것의 통합의 수단이다". "조응의 예지적 호흡을 내적 인간은 저의 수직적 적성 속에 심어놓는다."[7] 그래서 "인간만이 특별한 신체 기관 안에 위치한 수직성의 감각을 갖는" 것이다.

그런데 더 나아가 이 산들을 이루고 있는 것은 흙이 아니라 나무들이라는 점을 알아차려야 한다. 솟구치는 산, 그것은 헐벗은 나무들이다. 바슐라르는 에드거 앨런 포Edgar Allen Poe의 한 구절을 인용한다: "거대한 잿빛의 나무 동체들이, 잎을 다 떨어뜨린 채, 끝없는 행렬처럼 서 있다…… 그들의 뿌리는 거대한 소택지 안에 잠겨 있으니, 그 물은 소름끼치게 시커멓고 음울하고 무시무시한 형상을 하고 멀리까지 뻗쳐 있

5) Gaston Bachelard, *L'air et les songes: Essais sur l'imagination du mouvement*, José Corti, 1990[1943], pp. 70~71.

6) Gaston Bachelard, *Le droit de rêver*, Paris: P.U.F., 1970, p. 109.

7) *ibid*., p. 110.

다." 이를 두고 비평가는 해석한다. "〔포의〕 환상은 소택지 안에서 작동한다. 다시 말해 바다의 내부에서. 그 뿌리들은 파충류처럼 움직이니, 어느 것에도 매달리지 않고 쉼 없이 이동하고 있다. 포에게 나무들은 걷고 기어오른다."[8] 나무는 최대의 무게로 지상적인 것에 붙잡혀 있을 때 가장 기운차게 천상을 향해 오르고 있다. 그래서 "소나무들은 각각의 가시 끝에 창공의 이슬을 담고 있다".[9]

나무는 하늘과 땅을 통합하는 가장 선명한 상징이자, 그러한 '구경(究竟)'을 꿈꾸는 인간의 은유이다. 그리고 인간의 은유로서 나무는 무엇보다도 겨울나무로서 자신을 드러낸다. 왜냐하면 헐벗을수록 수직성의 움직임은 거세게 움직이기 때문이다.

한국의 시에서도 그런 인간화된(좀더 정확히 말해, 자신의 삶에 대해 자각적인) 나무가 등장한 건 비교적 최근의 경우에 속하는 것으로 보인다. 인고를 통한 해방의 기원을 드러내는 은유로서 빈번히 식물의 순환을 동원했던 건 아주 오래전부터이다. 그러나 존재의 상승 의지 그 자체로서 자연과 하늘의, 혹은 적어도 현실과 이상의 통합을 투사한 나무는 옛날의 언어문화에는 잘 보이지 않는다. 최근까지도 그렇다. 가령 김영랑의 「모란이 피기까지는」에서 시인이 오로지 주목한 것은 '꽃'이지 나무가 아니었다. 게다가 화자와 모란은 동떨어져 있다. 마치 소월의 「산유화」에서 "저만치 피어 있"는 꽃처럼. 그 간극을 바라보며 시인은 울고 기다린다.

---

8) *ibid*., p. 117.

9) 단눈치오D'Annunzio의 시구. Gaston Bachelard, *L'air et les songes*, p. 197.

필자의 독서 기억 안에서 최초의 예로서 떠오르는 것은 백석의 「남신의주 유동 박시봉방」(1948)의 '갈매나무'이다. 타향에서 갈 길을 잃고 지인의 허름한 방에 기숙하게 된 화자가 자신의 처지를 우울히 되씹다가 "굳고 정한 갈매나무"를 생각하며 그 불우를 견디어내는 이야기를 담은 시이다. 그 마지막 대목이다.

> 더러 나줏손에 쌀랑쌀랑 싸락눈이 와서 문창을 치기도 하는 때도 있는데,
> 나는 이런 저녁에는 화로를 더욱 다가 끼며, 무릎을 꿇어 보며,
> 아니 먼 산 뒷옆에 바우 섶에 따로 외로이 서서,
> 어두워 오는데 하이야니 눈을 맞을, 그 마른 잎새에는,
> 쌀랑쌀랑 소리도 나며 눈을 맞을,
> 그 드물다는 굳고 정한 갈매나무라는 나무를 생각하는 것이었다.[10]

여기에서 '갈매나무' 이미지의 수일함은 두 방향의 감각적 고양으로부터 온다. 하나는 그 갈매나무가 함께 견디는 존재 하나 없이 외로이 서서 찬 눈발을 맞는 가운데 주위는 더욱 어두워져 존재의 삶에 암담의 색채를 칠하고 그 암담의 잔매들이 눈이 되어 저를 치는데, 그것을 "굳고 정"하게 고요히 견디어낼 뿐만 아니라 더 나아가 눈발의 매를 견딤의 호흡으로 바꾸어내는 생명적 활동이다. "쌀랑쌀랑 소리도 나며"에서 의태어의 의미 환원성(의태어·의성어는 언어 본래의 기호성으로부터 형상 그 자체를 표출하려 한다)과 '소리도 나며'가 생성하는 시간적 여

10) 백석, 『정본 백석 시집』, 고형진 엮음, 문학동네, 2008, p. 169.

유가 바로 그 죽음의 시련을 삶의 숨결로 변환시키는 장치다. 다른 하나는 화자 자신의 모습으로서 추위, 즉 불우를 견디기 위해 화로를 끌어안는 모습이다. 거기서 시인은 굳이 "무릎을 꿇"는 동작을 묘사하여 갈매나무의 모습과 대비시킴으로써 화자를 각별한 반성적 공간으로 밀어 넣는다. 그럼으로써 '나'가 불행의 상태로부터 벗어날 가능성과 그 방법적 태도를 환기시킨다. 이 환기는 궁극적으로 독자들의 심성으로 전이될 것이다.

백석의 '갈매나무'는 따라서 일종의 '자아의 이상'으로서, 최소한 '자아의 참조점'으로서 기능한다. 갈매나무의 정당한 모습의 '타자성'은 섬세한 언어적 절차를 통해 화자 자신에게로 옮겨 올 문을 연다. 그 문을 통해 나는 불우를 이겨내는 생의 호흡을 터득하는 것이니, 그 호흡은 자연스러운 것이 아니라 윤리적 자긍심에 근거하는 것이다.

이 '자아의 이상'이 '자아' 그 자체의 운동으로 진화하기 위해 한국시는 무려 30년 이상을 기다린다. 정현종은 겨울-나무의 헐벗음에서 오히려 생의 약동을 읽고 그 약동에 자신의 리듬을 싣는다.

겨울나무에 보인다 말도 없이
불꽃 모양의 뿌리
헐벗은 가지의
에로티시즘[11]

11) 정현종, 「헐벗은 가지의 에로티시즘」, 『떨어져도 튀는 공처럼』(1984), 『정현종 시전집 1』, 문학과지성사, 1999.

이 에로티시즘의 발견은 무엇보다도 저 헐벗은 겨울나무가 봄을 준비하고 있다는 자연적 사실에 기대었기 때문이다. 이 시에는 따라서 자연과 인간 사이의 자유자재한 교통이 있다. 백석에게 각성의 근거였던 것이 정현종에게는 호흡처럼 자연스러운 것이 된다. 첫 행의 "말도 없이"는 그 자연스러움의 여유를 적절히 환기시킨다. 그런데 이 자연스러운 만남의 장소로서의 자연은 후배 시인들에 의해서 인간의 은유로 더 조밀해진다. 그럼으로써 겨울→봄으로의 이행을, 의지의 실행과 그 성취로 모은다. 황지우의 「겨울-나무로부터 봄-나무에로」(1985)가 그것이다.[12] 비슷한 모형이 박용철의 「절망에서」(1939)에 있었다. 그러나 일제하의 시인은 절망으로부터 희망으로 솟아오르는 데 시적 논리를 구축하지 못하고 감상의 요동에 실려 허망한 섬망처럼 감정을 뱉어낸다. 황지우 시의 독창적 수월성은 절망으로부터 희망으로 전화하는 역전에 정확한 논리적 구조를 부여했다는 데에 있다. 나는 이미 이 시에 대해 충분히 말하였다.[13] 간단히 말하면 황지우의 「겨울-나무로부터 봄-나무에로」에서 '겨울나무'의 이미지는 겨울과 가장 상응하는 모습을 형상하면서 동시에 겨울에 가장 대척적인 형상을 환기한다. 겨울-나무는 계절 안으로 깊이 진입할수록 계절에 포박되면서 동시에 계절을 터뜨릴 강력한 에너지를 충전한다. 바로 그러한 모습이 세계의 질곡을 뚫고 나가는 인간, 오로지 의지로만 만들어진 주체적 인간의 형상이다.

하지만 나는 시인이 시의 성취뿐만 아니라 시의 한계를 자각하고 근

12) 황지우, 『겨울-나무로부터 봄-나무에로』, 민음사, 1985.

13) 정과리, 「추상적 민중에서 일상적 타자로 넘어가는 고단함—『나는 너다』를 되풀이해 읽어야 할 까닭」, 『1980년대의 북극꽃들아, 뿔고둥을 불어라—내가 사랑한 시인들 · 두번째』, 문학과지성사, 2014.

본적인 방향 전환을 시도한 사연도 적었다. 그에 대해서는 더 말하지 않고, 그 후일담을 전하고자 한다. 물론 이 후일담에 대해서도 나는 몇 가지 이미 언급하였다. 우선 황지우가 「겨울-나무로부터 봄-나무에로」의 세계를 떠난 반면, 이 시의 형식은 차후 민중시의 상투적인 형식을 만드는 데 표본이 되었다는 것을 말하였다. 그 가장 뚜렷한 예는 한 정당의 당가에 가사로 쓰인 도종환의 「담쟁이」이다. 다음, 내가 이미 언급하긴 했지만 충분히 풀어놓지 않은 것은, 황지우 자신이 그 세계를 떠난 것과 거의 비슷한 시기에, 그 시에 대한 패러디가 다른 시인들에 의해 수행되었다는 것이다. 그것은 무엇보다도 그 시가 한국인의 집단무의식에 끼친 영향이 컸기 때문이었다고 할 수 있지만, 무엇보다도 그러한 집단무의식의 '문제성'을 시인들이 직감적으로 알아차렸기 때문이었다고 할 수 있다.

유하는 『바람부는 날이면 압구정동에 가야 한다』에서 황지우의 시를 두 번이나 다룬다. 우선, 연작 표제시의 첫번째 시편, 「바람부는 날이면 압구정동에 가야 한다 1」[14]의 첫 행에서 "압구정동에 겨울-나무로부터 봄-나무에로라는 카페가 생겼다"는 시행을 배치하였다. 이 배치는 매우 암시적이다. 그것은 "욕망의 하수구"는 문화의 표장을 다는 것으로 저의 생장을 시작한다는 것을 은밀히 암시하고 있다. 그 표장을 다는 순간부터 압구정동은 "체제가 만들어낸 욕망의 통조림 공장"[15]으로 진화한다. 그리고 곧이어 제3편에 와서, 「겨울-나무로부터 봄-나무에로」의 드라마가 압구정동에 이식된 풍경이 펼쳐진다. 단 황지우의 시

14) 유하, 『바람부는 날이면 압구정동에 가야 한다』, 문학과지성사, 1991, pp. 60~61.
15) 「바람부는 날이면 압구정동에 가야 한다 2」, 같은 책, p. 63.

에서 그 풍경이 굴종으로부터 저항으로,라는 반전의 드라마를 짰다면, 유하의 '압구정동'에서는 열락이 굴종을 삼켜버린다.

> 온갖 젖과 꿀과 분비물 넘쳐 질퍽대는 그 약속의 땅 밑에서
> 고문받는 몸으로, 고문받는 목숨으로, 허리 잘린
> 한강철교 자세로 이게 아닌데 이게 아닌데 이게 아닌데
> [……]
> 아아, 마침내, 끝끝내, 꽃피는 나무는
> 자기 몸으로 꽃필 수 없는 나무다.[16]

황지우의 시에서 겨울나무는 "이게 아닌데"를 단 두 번 외치고 역전에 성공한다. 그러나 유하의 배나무는 세 번 이상 외쳐도 결코 "미동도 않는 보도블록의 견고한 절망"을 뚫고 올라갈 수가 없다. 유하의 패러디는 상황적 패러디이다. 즉 황지우 시 자체를 문제 삼는 게 아니라 그 시가 설정한 현실이 불가능해져버린 1990년대의 한국 상황을 문제 삼는다. 그것은 유하 역시 「겨울-나무로부터 봄-나무에로」가 강렬하게 현상한 '주체성의 철학'에 기꺼이 동의하고 있다는 것을 가리킨다. 그에게 문제는 이 주체적 나무가 가짜 꽃들에 둘러싸여 "자기 몸으로 꽃필 수 없는" 상황이다.

반면 이 주체성의 철학 자체에 대한 패러디로 나아간 시들이 있었다. 황인숙은 「처녀처럼」[17]에서

16) 「바람부는 날이면 압구정동에 가야 한다 3」, 같은 책, pp. 66~67.
17) 황인숙, 『슬픔이 나를 깨운다』, 문학과지성사, 1990, p. 28.

꽃들은 긴장 때문에 시들어요.
싱싱한 장미꽃은
얼마나 관자놀이가 욱신거릴까요?

라는 재담을 통해 '주의주의' 혹은 의지의 현상학이 내포하고 있는 집념의 우스꽝스러움을 조롱하였다. 그것은 내가 황지우의 그 시를 평하며 쓴 말을 다시 옮기면, "현실 극복의 욕망이 환상을 통해 성취되"는 것에 대한 반발의 표현으로 읽힌다. 한편 박용하는 「나무 앞에서」에서 나무가 현실 극복이 아니라 인고의 생 그 자체를 드러낸다고 말한다.

> 나무들 그들만이 그들의 生의 저 홀로 흔들려 바로 서는 절대의 자세를 안다. 절대의 슬픔을, 그 슬픔의 끝인 피눈물을, 절대의 생로병사에서서, 오로지 초지일관, 곧 죽어도 서서, 이 텅텅 말라 비틀어지는 육신에 피닉스를 잎 게워낸다.[18]

박용하는 나무가 인간의 은유가 되는 것을 단호히 거부한다. 이 거부는 삶의 태도일 뿐만 아니라 시의 태도이기도 하다. 왜냐하면 '은유'는 시의 기본적인 존재 양식이기 때문이다. 신생의 발명, 그것이 은유가 하는 일이라면, 박용하는 그 은유를 밑받침하고 있는 환상, 세상을 통째로 바꾸고 싶은 갈망이, 세상이 통째로 바뀔 수 있다는 확신으로 치닫는 그 욕망의 길을 부정한다. 그의 나무는 있는 그대로의 나무이다. 그

18) 박용하, 『나무들은 폭포처럼 타오른다』, 중앙일보사, 1991, p. 11.

나무의 헐벗음은 삶에 무한히 의미 부여하고자 우리의 욕망이 유발하는 "생의 무거움"을 '쿨하게' 비웃는다. 그의 나무는 "저 홀로 흔들려 저 홀로 꿈 불타는 절대의 독립을" 산다.

그러나 이 있는 그대로의 인고가 "절대의 가능으로 불가능의 삶을 확확 살아"내는 것은 의미를 향한 무한 욕망의 가지에 매달려서일 뿐이다. 인용된 시구는 그 사정을 언뜻 비쳐 보인다. 시인은 "텅텅 말라 비틀어지는 육신에 피닉스를 잎 게워낸다"고 썼다. 잎은 우선 욕망의 전달체이다. 잎은 가능한 한 멀리 뻗어 나가려는 가지 끝에서 핀다. 다시 말해 불사의 욕망이 가장 멀리 나아간 지점에 있는 게 잎이다. 그러나 그것은 떨어지면서 그 메마른 모습으로 욕망의 종말과 욕망의 허망함을 동시에 '발각'한다. 이제 잎은 욕망을 최대한도로 건조된 모습으로 현상한다. 은유의 박탈을 은유한다. 이 잎을 떨굼으로써 나무는 욕망을 "게워"내고 시원적 양태의 제 삶으로 돌아간다.

그러나 나무가 제 본래의 삶을 회복하는 것은 저 주체성의 욕망을 끌어안을 때만 가능하다. 그것이 "오로지 초지일관, 곧 죽어도 서" 있을 수 있는 것은, 거기에, '서려고 하는' 다시 말해 솟아오르려는, 솟아올라 무한대까지 제 삶을 확장하고자 하는 욕망이 배접되기 때문이다. '피닉스'의 욕망이 그를 '피닉스'처럼 거듭 회복시키는 것이다. 은유의 거부가 세계의 지배자로까지 발전한 인류의 진화사를 정면으로 직시케 하고, 그 주체성의 철학 뒤에 숨어 있는 조잡함과 쪼잔함과 추악함을 각성케 한다고 해서, 세 'ㅈ'을 비웃는 것에 만족할 수는 없는 것이다. 은유의 욕망은 생의 충동을 신생의 요구에 결합시킨 것으로서, 그 충동이 없는 어떤 생명도 살 수가 없고, 그 욕망이 없는 지적 생명은 태어나질 못하는 것이다.

김혜순의 「겨울나무」는 이런 사연들을 무의식적으로 지각하는 가운데 씌어진 것이라고 할 수 있다. 그는 이미 「눈동자」에서 '겨울나무'가 헐벗었다고 해서 "모두 빼앗긴 게 아니"라고 말했다.

눈 내리고 바람 부는 겨울 산에
올라보라
저기 저
수천 수만 개 싯퍼런
눈동자들이
보이지 않는
겨울나무 이맛빡 아래
푸른 불!
환히 켠 거
보리라.[19)]

시인이 본 '푸른 불'은 분명 봄의 푸릇푸릇한 새싹을 미리 본 데서 온다. 그 점에서 이 시는 앞에서 본 정현종 시의 연장이라고 할 수 있다. 정현종에게 자연스러운 게 김혜순에게는 소망스러운 걸로 바뀌었다는 것이 차이이다. 그런데 「겨울나무」에 오면 나무에 대한 시각의 뚜렷한 변화를 볼 수 있다.

나뭇잎들 떨어진 자리마다

---

19) 김혜순, 『어느 별의 지옥』, 청하, 1988, p. 89.

바람 이파리들 매달렸다

사랑해 사랑해
나무를 나무에 가두는
등 굽은 길밖에 없는
나무들이
떨어진 이파리들 아직도
매달려 있는 줄 알고
몸을 흔들어보았다

나는 정말로 슬펐다. 내 몸이 다 흩어져버릴 것만 같았다. 나는 이 흩어져버리는 몸을 감당 못 해 몸을 묶고 싶었다. 그래서, 내 몸속의 갈비뼈들이 날마다 둥글게 둥글게 제자리를 맴돌았다. 어쨌든 나는 너를 사랑해. 너는 내 몸 전체에 박혔어. 그리고 이건 너와 상관없는 일일 거야, 아마.

나는 편지를 썼다
바람도 안 부는데
굽은 길들이 툭툭
몸 안에서
몸 밖으로
부러져 나갔다[20]

20) 김혜순, 『불쌍한 사랑 기계』, 문학과지성사, 1997, pp. 64~65.

「겨울-나무로부터 봄-나무에로」의 문제의식은 이제 근본적인 차원 이동 속으로 접어든다. 언뜻 보면 '주체성의 철학'으로부터의 환원이 일어나는 듯하다. 여기에서의 나무는 솟아오르는 게 아니라 "나무를 나무에 가두는/등 굽은 길"만을 가기 때문이다. 그것은 박용하의 시에서와 같은 자발적 선택이 아니라 지상에 묶인 존재의 운명적 질곡에 대한 불가피한 인식에 의한다. 따라서 이 시는 우리 인생의 끝없는 좌절과 도로(徒勞)에 대한 정직한 직면으로 비칠 듯도 하다. 그러나 "바람 이파리들"에 주목해야 할 것이다. 그도 나무에서 동체와 이파리들을 구분한다. 이파리들은 역시 신생의 충동이 최대한도로 멀리 나간 자리에서 돋아난다. 그러나 박용하에게 그것이 자기 의미화의 욕망이라면, 김혜순에게 그것은 다른 생의 가능성이다. 그렇기 때문에 그 이파리는 나무 안의 다른 나무, 내 안의 너가 된다.

이 시에 와서 달라진 점이 바로 그것이다. 동체와 잎의 분리가 일어난 것은 현생의 직시와 내생에의 소망을 동시에 구출하기 위해서라는 것. 현생의 직시는 분명 주체성의 환상으로부터 물러난다는 것을 가리킨다. 그러나 다른 생에의 소망에 대한 감각적 상응물을 찾음으로써, 환상은 버리되 주체의 의지는 보존한다. 그것을 통해서 다른 생은 다른 '나', 즉 나의 타자가 된다. 이 둘을 연결하려면 '사랑'의 통로밖에 없다. 두번째 연부터 '사랑해'의 속삭임이 아무리 작은 목소리로서라도 '터져' 나오는 것은 그 때문이다. 그러나 이 시에서 '사랑'은 사실 소망의 양태로 표출된다기보다는 아주 논리적으로 구축되어 있으며, 이 논리적 구축이 시적 아름다움의 근간을 이룬다. 그 핵심이 고딕체로 씌어진 세번째 연에 뭉쳐져 있다. 이 시 안의 나무의 "등 굽은" 모양처럼, 제3연이

이 시의 '등'이다. 그 등이 어떻게 굽었는가?

동체가 그대로 신생의 통로가 된 게 「겨울-나무로부터 봄-나무에로」의 경우이다. 그게 일종의 환상이라고 누누이 말했다. 그렇기 때문에 신생의 가능성을 열기 위해 이파리가 태어났다. 그러나 그 이파리는 동체로부터 분리되는 순간, 허약하게 흩날린다. 그것들은 바다로 가는 새끼 거북들보다도 더 큰 비율로 태어나자마자 다 죽어버린다. 동체의 슬픔은 거기에서 나온다. 나로부터 나 아닌 존재가 태어나서 나를 변신시키길 기원했으나 그가 나가 아닌 한 내가 힘쓸 길이 없는 것이다. 그것이 슬퍼서 이파리들을 동체 안으로 끌어안으려는 동작이 동체를 굽게 만든다. 나무의 등 굽음은 그러니까 운명적 질곡이라기보다 신생의 가능성을 보존하고자 하는 몸짓이다. 그러나 그 몸짓은 신생을 낡은 생 안에 가두고자 하는 제스처가 된다. 하지만 또한 거꾸로 읽으면 그것은 신생을 향한 몸부림이 낡은 생의 몸체에 박히는 일이다. 그것이 상처가 되어 낡은 생은 피를 흘리고 굳은 몸이나마 제 밖으로 떨어져 나간다. "바람도 안 부는데/굽은 길들이/툭툭/[……]/부러져 나"가는 것은 그 움직임을 가리킨다. 내 안에 떨어져 나간 그 굽은 길들은 때로 "몸 안에서/몸 밖으로" 나갈 것이다. 왜냐하면 저 부러져 나간 길들은 8할의 낡은 생을 유지하고 있으나, 제 안에 박힌 이파리들에 의해 2할은 신생으로 바뀌었기 때문이다. 그것은 내 안의 너, 낡은 생 안의 신생, 굳은 몸 안의 물고기일 것이다. 여기에서 사랑은 소망이 아니라 실행이 된다. 삶 그 자체가 된다.

겨울나무는 인류의 자기 부정과 자기 확인이 하나로 통일되는 장소이다. 그 장소에서 인류는 생의 의지를 북돋았고 그로부터 자기 발견과 세계 발명을 하나로 일치시킬 수 있었으며, 더 나아가 그 확장을 반성적으로 곱씹어 더욱 정직하면서도 공정한 길을 찾아가는 노력을 하게 되었다. 그래서 겨울-나무라는 한결같은 이미지를 통해서 수만 갈래의 다른 길들이 열렸을 것이다. 지금까지 나는 한국 시문학사에서 중요하다고 판단된 몇 개의 길을 되짚어보았다. 그것이 전부는 아닐 것이다. 그러나 이렇게나마 보느라고 고생을 한 것도 사실이다. 엄연한 사실은 내 능력과 관계없이 저 길은 거듭 다시 열릴 것이라는 점이다. 세상이 유토피아가 아니라는 걸 깨닫는 존재가 존속하는 한, 그러니까 세상을 바꾸어야 한다고 생각하는 존재가 출몰하는 한, 겨울-나무는 끊임없이 씌어질 것이다. 당연히 겨울-나무의 이미지도 끝없이 변주되어나갈 것이다. 두말할 것도 없이 그건 독자에게 잠 설치는 일이다.

한국 현대시를 통해서 본 우울과 의지의 현상학

1. "참 오래 서러웠어라"

한국인은 오랫동안 역사적 고난에 시달려왔다. 그러다 보니 부정적 감정의 비율이 긍정적 감정보다 훨씬 높았다. 집단적인 차원에서 그 부정적 감정은 동시에 수동적이었다. 그래서 '희로애락'에서 '애(哀)'의 감정이 특별히 두드러졌다. 음성적 차원에서는 부정적 감정이 능동적으로 표출된 경우가 많았다. 1980년대까지만 해도 가정과 학교, 조직 내부 공간에서는 폭력이 상시적이었고, 지금도 그러한 감정 표출이 무작위적으로 터져 한국인들을 난처하게 만드는 꼴을 자주 보고 있다.

그러나 공개적 차원에서는 부정적-수동적 감정이 적극적 감정으로 변모할 통로가 좀처럼 열리지 않았다. 즉 슬픔이 분노로 이동해 현실에 항거할 에너지로 화하는 정당한 길이 차단되어 있었던 것이다. 대신 부정적-수동적 감정은 자기 재구성을 통해서 극복 가능한 것으로 변모해

갔다. 가장 기본적인 알고리즘은 슬픔을 설움으로 만드는 데서 나왔다. 슬픔이 감정 그 자체라면 설움은 그 원인을 품고 있는 감정이다. 그리고 그 원인이 슬픈 존재 바깥에 있을 때 생기는 감정이다. 그 원인을 바깥으로 둠으로써 슬픈 사람은 자신의 감정을 정당화할 수 있게 되었다. 그렇게 해서 설움의 감정은 20세기 내내 한반도 사람들 모두에게 퍼져 나갔다. 한국 문학작품을 읽다 보면 사방에서 '서럽다'라는 말과 마주치게 된다.

> '하나님, 이 죄인을 건져 주시옵소서.'
> 하는 말을 반복하는 나는 마침내 소리를 내어서 엉엉 울었다. 하늘을 우러러보던 고개는 수그러져서 내 이마는 눈 덮인 바위 위에 닿았다. 나는 왜 우는지도 잊어버리고 몸을 들먹거리며 울었다. 나라를 잃은 설움인 것도 같고, 제가 몹시 외로운 설움인 것도 같고, 동포를 건지려는 뜻은 있으나 힘이 없는 설움인 것도 같았으나, 결국은 형언할 수 없는 설움이다.
> 〔……〕
> 나는 하느님께 무엇을 빌 것도 잊어버렸다. 내 혼이 온통 슬픔으로 녹아버린 것이었다.[1]

이광수의 자전적 소설인 『나』의 한 대목이다. '나'는 "전도여행" 중인데 "민중을 교화"하는 일의 어려움에 봉착하였다가 문득 산봉우리에서 눈을 만나 자신의 "미미"함을 절감하고는 하느님께 처음으로 참회

1) 이광수, 「나」, 『이광수 전집』 제11권, 삼중당, 1962, pp. 556~57.

를 하는데, 그 참회의 내용은 자신의 "교만함"에 대한 것이다. 산만하기 짝이 없는 마음의 전개를 최대한 생략하고 정리를 해보면 민중 교화의 난관은 자신이 '교만'했던 데서 비롯되었다는 깨달음을 얻은 것이다. 그래서 하느님께 죄를 빈다. 그런데 곧이어서 그는 걷잡을 수 없는 눈물을 쏟아내게 된다. 그리고 이 눈물을 '설움'으로 해석한다. 생략된 문단에서 그는 어느 중의 입을 빌려, 그 설움이 "나의 전생 다생의 묵은 설움"이라고 확대하기까지 한다. 여하튼 그렇게 우는 도중에 '나'는 자신이 빌었던 내용마저도 잊어버린다.

우리는 설움의 발생학적 과정의 전형적인 사례를 여기서 본다. 기본 알고리즘은 이렇게 될 것이다.

(1) 근본적인 불가항력의 사태에 몰린다.

(2) 이 사태에 공간적 넓이와 시간적 길이를 부여하여, 내 안의 '다른 무엇'으로 만든다.

(3) 자신의 내면에 들어찬 다른 무엇을 자신의 무기력의 원인으로 지목한다. 이럼으로써 자기 존재의 정당성을 보존한다.

(4) 제 안에 들어 있기 때문에 버리거나 저항할 대상이 아니라, 운명처럼 이고 갈 슬픔으로 만든다.

(5) 이 운명이 압도적이어서 자기 방기(放棄)에 대한 구실이 된다(위 대목에서는 '교만'에 대해 참회하는 일의 망각). 그것은 심지어 자기 자신마저도 잊게 한다.

이 설움의 감정은 필자가 다른 글[2)]에서 이미 살펴보았던 것처럼 20세기 초엽부터 1980년대에 이르기까지 한국문학 내부에 미만한 감정이다. 이 감정이 왜 이렇게 강력했던 것일까? 무엇보다도 그것이 한국인을 지탱하는 버팀목이었기 때문이다. 아니 더 정확하게 말한다면, 한국인에게 생존의 이유를 부여했기 때문이다. 설움의 감정은 모든 것이 결핍된 상황에서도 그 상황을 이겨낼 힘을 스스로에게서 길어내고자 할 때 발생하는 감정이다. 타자를 불행의 원인으로 지목함으로써 자신에게 본래 있었다고 가정된 주체의 지위와 삶의 자원을 설정할 수 있게 되기 때문이다. 결핍은 그때 빼앗긴 것, 즉 박탈당한 것이 된다. 이상화의 "빼앗긴 들에도 봄은 오는가"라는 제목이 그대로 가리키듯이 말이다. 그리고 빼앗긴 것을 되찾아 오는 것은 당연한 의무이다. 그가 살아야 할 이유와 목적이 분명해지는 것이다.

그런데 이 설움의 감정, 자신에게 존재의 정당성을 제공하는 이 감정은 그 자체로서는 정당하지 못한 부분을 가지고 있다. 바로 자신의 슬픔을 초래한 원인이 슬픈 존재 자신에게도 있다는 걸 외면하고 있기 때문이다. 요컨대 '나'에게도 책임이 있다는 것이다. 이런 판정에 대해서 아마도 반발이 생겨날 수 있을 것이다. 일방적인 힘의 우열 관계 속에 힘없는 사람에게 책임을 묻는 것은 가해자가 상습적으로 사용하는 핑계이기 일쑤이기 때문이다. 그러나 이 점이 주목되어야 하는 까닭은 오히려 저 일방적 수난의식보다 훨씬 더 적극적인 것이다. 두 가지 이유가 있다. 하나는 피해자에게 속한 원인을 묻는 것은 책임을 따지는 일이라기보다는 오히려 그의 내부에서 저항과 극복의 가능성을 찾기 위해서라는 것이다. 그 가능성이 실체에 있든, 태도에 있든, 혹은 어떤 분위기

---

2) 정과리, 「서러움의 정치학」, 『1980년대의 북극꽃들아, 뿔고동을 불어라』, 문학과지성사, 2014.

에 있든 말이다. 그것이 없다면 피해자는 그저 억울한 자 외에는 어떤 다른 존재가 될 수가 없다. 다시 말해 사태를 제 나름으로 분석·해석하고 직접 경영해나갈 역량이 있는 존재의 잠재태가 될 수 없다. 그리고 여기에 덧붙여지는 두번째 이유는 그 역량이 입증되지 않는 한 세상의 어떤 구성자로부터도 자신의 존재 이유에 동의(동정이 아니라)를 얻을 수가 없다는 것이다. 그것이 세계라는 공간의 냉혹한 입장이다. 세계에는 정당성의 선험적 원리라는 게 작용하지 않기 때문이다. 언제나 정당성이 문제가 되지만 세계는 자신의 정당성을 주장하는 권력자들과 그 역시 자신의 정당성을 주장하는 피권력자들 사이의 끝없는 갈등과 협상과 공방으로 이루어져 있다. 그 갈등·협상·공방의 이상적인 귀결점은 대체로 공동의 이익을 최적으로 구하는 데에 있다. 그래서 어느 쪽의 것이든 그 정당성이 받아들여지기 위해서는 그쪽의 삶의 성분과 조직들이 세계의 개선에 작용한다는 것이 증명되어야만 하는 것이다.

하지만 한국인들은 오랫동안 피해자 의식에 젖어 있었다. 그렇게 될 수밖에 없었던 게 자신의 가능성을 발견하는 일이 쉽지 않았기 때문이다. 갑신정변에서부터 4·19에 이르기까지 국가적 규모의 변혁 운동이 온전히 성공한 적이 없었다. 잠깐 성공하고 무참히 진압되었다. 유일하게 성공한 정권 교체는 쿠데타로 발생하여 '독재'로 현상되었다. 4·19의 많은 지식인들이 그에 호응하고 동참하였다 하더라도, 그것은 '밑으로부터의 변혁'이라는 이름으로 흔히 일컬어지는 '노예의 변증법'에 속할 수가 없었다.

그러니 이 시간줄기하에서는 설움이 지배적 정서가 될 수밖에 없었다. 한 세기가 넘는 역사 속에서 한국인들은 한 번도 자신의 존재 이유를 확인할 수가 없었다. 그럴 기회가 있을 때마다 바깥에서 불어온 힘이 자신의 정체성을 확인하고자 하는 열망을 꺾어버렸다. 그래서 열망의 극단과 좌절의 극단 사이에서 방황할 수밖에 없었다. 그러나 예전에 하비 콕스가 '극단의 변증법'이라고 말했던 양극 사이의 격렬한 왕복만큼 에너지를 배가시키는 것도 없다. 그것은 언젠가는 터지고 말 것이었다.

2. 우울의 탄생

집단심리학의 시각에서 보자면 1987년 6월항쟁은 설움이 최고도로 응집됨으로써 엄청난 에너지를 적재한 데서 터져 나왔다. 그 에너지의 폭발은 독재의 장벽을 무너뜨렸다. 마침내 민주화의 문이 열린 것이다. 한국인은 4·19 때와 똑같이 제힘으로 세상을 바꿀 수 있다는 것을 확인하면서 동시에 그리고 4·19 때와 달리 '유사 사건'에 의해 대체되는 불행을 겪지 않았다. 1988년 이후 오늘까지 한국은 지속적인 민주화의 도정 속에 뻗어나갔다. 한국의 경제적 능력, 앞장선 정보화, 그리고 이러한 선진화를 바탕으로 한 국제적 위상의 강화가, 민주화의 길을 훼손될 수 없는 것으로 만들었다. 한국인들은 드디어 공화국의 민주시민이 되었다.

그리고 한국인의 심성에 아주 중요한 변화가 일어났다.

전통적인 한국인의 이미지는 '정적이고 수동적인 것'이었다. 야나기의 "애상미", 김용준의 "고아한 멋", 조윤제의 "은근과 끈기" 등이 한국에 붙는 수식이었다. 퍼시벌 로웰Percival Lowell이 1885년 출판한 저서, *Chosön: The Land of the Morning Calm*(Boston: Ticknor and Company)에서 따온 "조용한 아침의 나라"는 전 세계인이 한국을 말할 때 관습적으로 따라붙는 상용구가 되었다. 그런데 어느 순간부터 동적이고 적극적인 수식어들이 한국을 표현하기 시작했다. 1988년 서울올림픽은 한국을 신흥 경제성장국에서 문화 거점 국가로 격상시켰다. 그때의 모토는 '화합과 전진Harmony and Progress'이었다. 그 모토 자체는 비교적 평범했으나, '진보'가 국가기구의 이데올로기 안에 들어왔다는 건 눈여겨볼 만하다. 1972년 신중현이 만든 「아름다운 강산」은 1988년 이선희를 비롯해 최근까지 여러 뮤지션들에 의해 다양하게 리메이크되어 한국을 나타내는 '불후의 명곡'으로 애창되고 있다. 1999년경엔 주식시장에서 '파워 코리아'(한국투신)라는 펀드가 선을 보였다. 그리고 2002년 '한일월드컵'을 즈음해서 "다이나믹 코리아"라는 말이 유행하기 시작해 사방에서 이 말이 쓰이면서 한국을 대표하는 상징적인 기호로 자리 잡았다.

이러한 국가 이미지는 강요된 것이 아니라 자발적인 것이었다. 2002년 월드컵의 응원 사태는 그 자발성을 적나라하게 노출했다. 그것을 보고 유럽의 언론들은 한국 문화에 '역동적'이라는 수식어를 붙였다.[3] 그 응원문화에서 특이한 억양의 "대-한민국"이라는 구호는 한국인이 얼마나 국가를 '향유'하는가를 여실히 보여준 재현물이다. 태극기를 몸에 두른 오토바이족의 질주도 마찬가지다. 그러니까 한국인은 이제 슬픔이 아니라 기쁨의 민족으로 거듭난 것이다. 민주시민이 되면서 한국인은

3) 『르몽드*Le Monde*』의 2003년 5월 7일자 기사는 새로운 한국을 바라보는 유럽인의 시각을 전형적으로 보여준다. '한국에서 어른 숭배가 퇴화하고 있다'는 도발적인 제목의 기사에서 필립 퐁스Philippe Pons는 "월드컵이 보여주었던 역동적이고 콤플렉스 없는 젊은 한국의 이미지는 때마침 일어난 행사 덕택에 불붙은 한때의 짚불이 아니다. 1960년대에 태어나고 1980년대에 학교를 다녔으며 1990년대에 30대가 된 '민주화 세대' 뒤를, 축구 국가대표를 응원하는 붉은 티셔츠를 입고 서포터 부대를 형성하는 '인터넷 세대'가 바짝 뒤쫓고 있다"라고 썼다.

이제 인생을 긍정적으로 생각하고 자신이 속한 공동체에 합일을 느낄 수 있게 된 것일까?

그러나 이러한 해프닝은 한눈에도 과장되어 보인다. 정말 역동적인 사람들은 자신의 에너지를 사용하느라 '다이나믹'을 외쳐댈 시간이 없다. 집에서 텔레비전으로 보아도 될 걸 부러 거리로 뛰쳐나와 시가지를 가득 메우고 대형 스크린 앞에서 울고 웃는 사람들에게서 광기를 느끼는 외국인도 있었다. 저 '대-한민국'에서는 없는 에너지를 끌어모으느라고 용쓰는 꼴이 보이지 않는가? 실로 우리는 이 기쁨과 향락 옆에 재앙과 불안과 분노가 들끓고 있었다는 것을 잘 알고 있다.

성수대교(1993), 삼풍백화점 붕괴(1995)에서부터 최근의 세월호 참사(2014)에 이르기까지, 끊임없이 터져 나온 대재앙은 한국의 급성장이 엄청난 제도적 부실 위에서 이루어졌다는 것을 무참하게 폭로하였다. 제도적 부실만이 있는 게 아니었다. 급속 성장한 경제를 이끌어온 '개발독재'는 이 경제성장에 동참하였거나 그 과실을 누린 한국인들 일반에 천민자본주의의 심성을 관습화하게 하였다. 원칙과 순서를 지키는 것보다 조급히 달성하는 태도가 풍토화되었다. "부자되세요"라는 말이 덕담으로 오고 가는 나라가 되었다. 이 천민자본주의적 심성에서 자유로울 한국인은 아무도 없었다. 이 심성과 더불어 1997년 IMF 구제금융사태 이후 제3공화국이 그토록 견실하게 지켜왔던 중산층이 붕괴되어 양극화가 심화되어갔다. 그리고 청년들은 미래를 잃었다. 그것을 노력과 재능이 보장해주지 않는다는 걸 깨달았다. 삶을 보람있게 해줄 대의도 현실사회주의의 몰락 이후 보이지 않게 되었다. 전 시대에 사회주의적 비전이 한국의 젊은이들에게 했던 역할을 생각하면 그것은 엄청난 상실이었다.

막스 베버가 상정하였던 자본주의적 정신 안에서 작동하는 '청교도적 윤리'를 상당수의 한국인들은 체험한 바가 없었다. 반면 사회주의는 '자본주의'에 대한 대안으로서의 선진적 이미지를 확보하고 있었다. 적어도 '이론적'으로, 아니 차라리 '명제적'으로[4] 그것이 더 앞서 나간다고 가정할 수가 있었기 때문에, 그 실제를 경험하지 못한 상태에서, 다시 말해 스탈린식 독재나 동유럽과 북한의 실상에 무지하고 중국의 문화혁명을 이상적인 의식혁명으로 상상한 상태에서, 그 명제들만이 이정표의 기능을 할 수 있었다면, 베를린장벽의 붕괴와 소련의 해체 그리고 현실사회주의의 전반적 몰락은 그 푯말을 쓰레기장으로 내던져버리지 않을 수 없게 하였다. 따라서 1988년 6월항쟁의 승리와 더불어 찾아온 민주화의 흐름 속에서도 젊은이들은 막막한 전망 부재와 열기의 극단적인 모순에 시달리고 있었다. 필립 퐁스가 '청년주의jeunisme'라고까지 지칭한 한국의 청년문화의 역동성은 속절없이 김만 빼고 있는 꼴이었다.

따라서 세상에 대한 부정적 감정은 결코 줄어들지 않았다. 하지만 이 부정적 감정이 예전과 같은 형태로 나올 수는 없었다. 즉 '설움'이 계속될 수는 없었다. 왜냐하면 설움의 내적 근거, 즉 자신의 미약함으로부터 오는 억울함이 사라졌기 때문이다. 한국인은 제힘으로 세상을 바꾸었던 것이다. 따라서 설움은 다른 것에 의해 대체되기를 요구받고 있었다.

25년이 지난 지금 뒤돌아보면, 1990년대 이전의 한국인의 부정적 감정은 두 가지 방향으로 분화되어나간 것으로 보인다. 하나는 무차별적

---

4) 여기서 필자는 '명제적으로'라는 말을 "서너 개의 이상적 개념 혹은 비전들을 가지고"라는 뜻으로 썼다.

분노이다. 그것은 이전의 부정적-수동적 감정이 부정적-능동적 감정으로 변화했다는 걸 보여준다. 이 분노는 사방에서 피어올랐다. '일베'와 '우리 모두'로 갈라진 인터넷의 게시판, 인터넷에서 들끓는 댓글 문화, 학생들의 왕따 문화, 광우병 소동에서와 같은 집단적 시위, 감시가 보이지 않는 숨은 공간들(이를테면 어린이집) 등등. 1990년대 이후 20여 년간 한국인의 분노는 사방에서 시도 때도 없이 예측 불가능하게 터져 나왔다. 그런데 특기할 점은, 대부분의 분노 현상이 '익명성'의 베일에 숨어서 폭발하였다는 것이다. 즉 그것은 집단 속에 숨어 들어가 집단의 이름으로 행해졌다는 것이다.

반면 자신의 신원이 명확히 공개된 곳에서의 부정적 감정은 '우울'로 현상되고 있었다. 그것은 아주 새로운 감정이었으며 또한 문화적으로 압도적인 양으로 표출된 감정이다. 즉 문화적 형태로는 '분노'의 감정이 좀처럼 드러나지 않았다. 분노는 언어 바깥에, 문화적 형식들 바깥에 위치해 있었다. 그것은 그 분노가 통제 불가능한 정서적 혼란이라는 것을 가리킨다. 반면 문화적 형식하에서는 '우울'만이 제 표현을 얻었다.

우선 그 사정을 확인해보자. 우울은 1990년대 이전에는 좀처럼 드러나지 않았던 감정이었다. 필자가 일제강점기하에서 출판된 3백 권의 시집을 뒤졌으나 '우울'한 심사를 발견한 시집은 단 다섯 권뿐이었다.

(b1) 인생의 시절이란 길고 긴 추루(醜陋) (박종화, 「흑방비곡」[5])

(b2.1) 오오 나의 憂鬱은 고루(固陋)하야 두더쥐/어찌 이 표묘(漂渺)한

5) 박종화, 『흑방비곡(黑房秘曲)』, 경성: 조선도서주식회사, 1924.

계절을 등지고서/호올로 애꽃이 가시길을 가려는고 (유치환, 「복사꽃 피는 날」[6])

(b2.2) 아아 진실로 커다란 적요(寂寥)는/이 무명(無名)한 군중(群衆)의 여울에서 오나니/여울은 헛되이 길을 메우고/사욕(思慾)은 망연(茫然)히 기대(期待)에 화석(化石)되었거늘/이 어찌 우울(憂鬱)한 정경이리오. (유치환, 「군중」)

(b3) 우울(憂鬱)에 함빡 잠긴 오후 (이하윤, 「우울의 오후」[7])

(b4) 으슴프레한/내 마음의 골짝이로/연기(煙氣) 같은 암류(暗流)가/배암떼처럼, 근지럽게/휘감어 졸아드니 (박영희, 「우울」[8])

(b5) 지금 우수(憂愁)에 잠긴 현창(舷窓)에 기대어/살아 있는 자의 선택(選擇)과/죽어간 놈의 침묵(沈默)처럼 (박인환, 「눈을 뜨고도」[9])

반면, 1990년대 이후의 시집에서 '우울'은 "어깨 위의 비듬처럼" 쏟아진다. 아무 시집이나 들추어도 우울에 관한 다양한 표현을 볼 수 있다.

(a1) 사는 게 아닙니다/목을 쳐보세요/도도한 추물/우울한 짐승/하얗

6) 유치환, 『청마시초(靑馬詩抄)』, 경성: 청색지사, 1939.
7) 이하윤, 『물레방아』, 경성: 청색지사, 1939.
8) 박영희, 『회월시초(懷月詩抄)』, 경성: 중앙인서관, 1937.
9) 박인환, 『선시집(選詩集)』, 산호장, 1955.

게 질린 평화가/보일 거예요. (이상희, 「목을 치면」[10])

(a2) 뙤약볕의 개구리처럼/끔찍하게 마른 사지, 오그라든 젖퉁이/눈꺼풀은 돌비늘, 눈알을 덮고/나무옹이 같은 입. (황인숙, 「몽환극」[11])

(a3) 아, 이 몸도 푸른 기운이 다하면 저절로 떨어질/비의 숲, 이파리인 것을, 이미 삶의 많은 것을 함부로 흔들어/우수수 탕진해버린 시간들이여 곤두박질치는/비의 나무 잎사귀처럼 흔적도 없구나 (유하, 「비의 나무 숲속에서」[12])

(a4) 나는 간다 수척한 얼굴에 분을 바르고/흉흉한 건 나 자신일지도 모른다는/삼중 사중으로 화끈거리는 성장을 달고/블라인드 올려진 어둠 앞으로/질릴 새도 없었던 악취 속으로/나를 던지러 간다/이마 위로 쌓이는 칠흑같은 우울/조금이라도 웃겨 보려고/웃게 하려고 (김상미, 「빗나간 화합의 성찬식에서」[13])

(a5) 고양이 배가 고프다 고양이 춥다 고양이 무섭다 고양이 우울하다 쥐 또는 꼬리는 먹어본 적이 없다 (서정학, 「고양이, 쥐는 먹을 수 없다」[14])

(a6) 아빠는 매일 벽을 받치고 서 있느라 팔이 퉁퉁 붓는다네. 엄마는

---

10) 이상희, 『잘 가라 내 청춘』, 민음사, 1989.
11) 황인숙, 『슬픔이 나를 깨운다』, 문학과지성사, 1990.
12) 유하, 『바람부는 날이면 압구정동에 가야 한다』, 문학과지성사, 1991.
13) 김상미, 『모자는 인간을 만든다』, 세계사, 1993.
14) 서정학, 『모험의 왕과 코코넛의 귀족들』, 문학과지성사, 1998.

자주 우울증에 걸리고, 아빠는 집에 돌아와 잠만 자는 엄마를 두들겨 팬다네. 그러나 엄마는 집과 집 사이 낑기어 집 밖으로 도망갈 수도 없어, 부지런히 새끼나 친다네. (김혜순, 「나의 오아시스, 서울」[15])

인용은 같은 수로 했으나 앞부분의 인용은 그게 전부인 데 비해, 뒷부분의 인용은 아주 많은 사례에서 뽑은 극히 적은 일부의 예들이다.[16] 이런 양적인 차이 말고도 양편의 우울 사이에는 달라 보이는 게 하나 있다. 전의 우울은 미만한 정적인 상태로 느껴지는 데 비해, 후의 우울은 화자를 견딜 수 없게 하는 자극성이 두드러진다는 것이다. 즉 관조적 우울과 체감적 우울 혹은 '견딜 수 없게 만든다'는 의미에서 '알레르기적 우울'의 차이라고 말할 수 있을 것이다. 그러니까 이 체감적 우울은 그걸 겪는 자, 즉 자기 자신에게 강박적인 것이다. 그리고 이로부터 우리는 1990년대 이후 '우울'이 주된 감정 현상이 된 까닭에 대한 단서를 구할 수 있다.

즉 우울이라는 감정 현상은 자기의식의 발달 위에서 나타난다는 것이다. 다시 말해 그것은 그 증상을 겪는 자가 스스로 한 사람의 개인임

---

15) 김혜순, 『달력공장 공장장님 보세요』, 문학과지성사, 2000.

16) 1990년 이후 2014년까지 출간된 시집 중 무작위적으로 298권의 시집을 뽑아 조사했더니 '우울'이라는 단어를 포함하고 있는 시집은 129권이며, 어휘의 출현 수는 399번이었다. 반면, 같은 시집들을 대상으로 '설움' '섧(다, 게, 어)' '서럽(다, 게)' '서러워' 등의 어휘군을 포함한 시집은 128권이고, 그 어휘군의 출현 수는 304번이었다. 이는 우울 감정의 출현이 급증한 것은 사실이지만 그 여파로 '설움'이라는 감정이 완전히 사라진 것은 아님을 가리킨다. 아마도 이 감정은 '분노'로 옮겨간 듯하다. 설움의 내적 근거(자신의 힘없음)는 사라졌지만 외적 근거(외부 세계의 부당성)는 남아 있기 때문인 듯하다. 그러나 내적 근거가 사라지면 외적 근거가 축적되어 증상이 될 여지 역시 사라져버린다. 분노가 재생산되기 위해서는 설움이 허구적으로라도 남아 있어야 한다. 분노가 '익명성'의 장막 뒤에서 폭발한 소이가 여기에 있는 듯하다.

을 자각한 상태에서 발생한다는 것이다. 그리고 그 자각 위에서 자신의 무기력을 발견하곤, 그리하여 삶의 부정적 현상에 직면하여 자신이 아무것도 할 수 없다는 것을 강박적으로 의식하는 증상이 우울인 것이다. 이러한 증상이 어떻게 1990년대 이후의 한국시에서 주된 감정 현상으로 나타나게 되었을까? 좀더 넓혀 말하자면, 어쩌면 이러한 증상은 문학적 표현으로서만 드러나는 게 아니라 사실상 한국인 일반의 심리적 상황일 수가 있었다. 왜냐하면 이 감정이 1990년대 이후의 새로운 현상이라면 그것은 무엇보다도 1987년 6월항쟁의 승리가 가져다준, 세계 구성자로서의 자신에 대한 발견 및 확신에서 파생된 것이기 때문이다. 그러나 동시에 우울증은 이 확신의 붕괴로부터 실질적으로 발현된다. 이미 보았듯, 그렇게 된 사정은 나의 존재를 확신케 하는 사건들에 비례해, 그 확신을 무참하게 만드는 재앙들도 똑같이 터져 나왔기 때문이다. 그런데 세계 구성자로서의 몫이 자신에게 이미 떨어진 이상, 그 재앙들을 해결할 책임도 자신에게 떨어진다. 그런데 그게 안 되는 것이다. 그로부터 저 설움의 시대에서처럼 우울의 시대를 사는 사람들도 두 양극 사이에서 요동치게 된다. 단 서러운 자가 '세상'에 대한 열망과 좌절이라는 두 극단 사이에 놓여 있었다면 우울한 자는 '자기'에 대한 확신과 회의의 양극 사이를 헤맨다. 이제부터 부정성의 근원이 세상에서 자신에게로 옮겨지는 것이다. 그래서 앞의 인용문 김상미의 시(a4)가 적절히 보여주듯이 "흉흉한 건 나 자신일지도 모른다는" 의심에 짓눌리고 그에게 우울은 제 앞에서 닥치는 게 아니라 "이마 위로 쌓인"다. 나를 확신하는 자는 바로 나를 의심하는 자가 된다. 그것이 개인에게 자유와 주권이 있다는 것(있어야 한다는 것)을 찾아낸 현대인의 숙명이다. 그것을 두고 프로이트는 이렇게 말했다. "원시인은 쉽게 건강할 수 있지만,

문화인에게 그것은 힘든 과제이다."[17)]

그리고 '나'가 문제의 진앙이 되자, 전혀 새로운 생의 감각이 들이닥친다. 세상은 내 손아귀 안에 놓여 아무렇게나 다루어도 될 가벼운 것으로 돌변하는데, 그러나 똑같은 속도로 그 가벼운 세상을 구성하고 있는 존재가 바로 나라는 사실에 의해서 '나' 자신이 하찮은 세상 속의 하찮은 존재가 된다. 나는 세상을 조몰락거릴 수 있을 듯하지만, 실은 세상이 나를 주무르고 있는 꼴이다. 김언희의 다음 시를 보자.

요즘 우울하십니까?
돈 때문에 힘드십니까?
문제의 동영상을 보셨습니까?
그림의 떡이십니까?
원수가 부모로 보이십니까?
방화범이 될까봐 두려우십니까?
더 많은 죄의식에 시달리고 싶으십니까?
어디서 죽은 사람의 발등을 밟게 될지 불안하십니까?
혼자 있어도 혼자 있는 게 아니십니까?
개나 소나 당신을 우습게 봅니까?
눈 밑이 실룩거리고 잇몸에서
고름이 흘러내리십니까?

17) 프로이트, 『정신분석 개요*Abrégé de psychanalyse*』, traduit par A. Berman et revu par J. Laplanche, in Sigmund Freud, *Œuvres complètes XX—1937~1939*, Paris: P.U.F., 2010, p. 280. 이어서 그는 덧붙이고 있다. "우리는 강하고 꺾일 줄을 모르는 자아에 대한 열망을 충분히 이해할 수 있다. [그런데] 이런 자아야말로 문화의 가장 심각한 적이다."

밑구멍이나 귓구멍에서 연기가 흘러나오십니까?
말들이 상한 딸기처럼 문드러져 나오십니까?
양손에 떡이십니까, 건망증에 섬망증?
막막하고 갑갑하십니까? 답답하고
캄캄하십니까? 곧 미칠 것
같은데, 같기만
하십니까?

여기를 클릭
하십시오

—「요즘 우울하십니까?」[18)]

"참을 수 없는 존재의 가벼움"(밀란 쿤데라)은 순환적이다. "돈 때문에 힘들"다 해도 세상의 모든 광경들은 내 눈 아래에 있다. "문제의 동영상"처럼. 그러나 사실 그건 "그림의 떡"이다. 내가 마주치는 건 환영일 뿐이지 실물이 아니다. 그런데 환영은 넘치고 넘친다. 그 환영들은 현실의 모든 금기를 넘어선 듯이 보인다. 그래서 그 환영들에 갇혀 나는 죄의식에 사로잡히지만 금기를 위반하는 데서 오는 쾌락은 너무나 유혹적이다. 이 쾌락 때문에 발생한 은근한 죄의식은 '나'를 문득 진짜 죄를 범한 자로 만드는 환각을 순간적으로 일으키면서 세상의 법에 의해 마구잡이로 다루어질 '피학체'가 되는 상상 속으로 '나'를 이끌고 간다. 그쯤 되면 이제 나는 세상의 조롱거리로 전락한다. 내가 즐기면 나는 괴롭

18) 김언희, 『요즘 우울하십니까?』, 문학동네, 2011.

힘을 당하게 되고, 내가 참으면 나는 아무것도 할 수 없는 무기력한 존재가 된다. 그게 "양손에 떡"을 든 자의 꼴이다. '나'는 폭발하고 싶지만 내가 폭발하면 세상이 날아가지 않고 내가 산산조각이 난다. 이 모든 것이 '클릭' 한 번으로 해결될 수 있다? 마지막 연은 우울증을 고치려면 '여기를/클릭'하라는 건지, 아니면 그냥 화끈하게 미쳐버리고 싶으면 클릭하라는 건지 알쏭달쏭하다. 어쨌든 이 모든 괴로움의 결산이 겨우 '클릭 하나'에 달려 있다. 손가락 동작 하나로 내 목숨이 왔다 갔다 한다. 내 손가락만 보면 내가 위대한 것 같은데 내 몸 전체를 보면 나는 한없이 초라하기 짝이 없다. 그것이 우울증이다.

3. "우울이 차오른다, 가자" 혹은 자기도취로서의 우울

그런데 이 시에 특이한 점이 하나 있다. 제7행이다: "더 많은 죄의식에 시달리고 싶으십니까?"

만일 이 시가 우울증을 앓는 사람에 관한 객관적 묘사라고 가정하면, 이 행은 다음과 같이 씌어져야 했을 것 같다: "많은 죄의식에 시달리십니까?"

우울증이 자신의 무기력에 관한 증상이니만큼, '죄의식'을 흔히 동반한다는 것은 잘 알려져 있다. 그런데 이 행은 죄의식이 아니라 죄의식에 관한 욕망을 가리키고 있다. 이는 두 가지로 해석될 수 있다. 하나는 이것을 우울증에 대한 풍자로 읽는 것이다. 즉 우울증은 죄의식에 시달리게 하는 것이니, 우울증에 빠지는 것은 죄의식에 시달리고자 하는 어리석은 태도이므로 그로부터 서둘러 벗어나라고 충고하는 것으로 말이다. 그런데 이런 해석은 아주 어색하다. 우울증을 병증으로가 아니라 정상적인 태도의 하나로 취급하고 있기 때문이다. 아픈 사람에게 약도 주지 않고 그만 아프라고 야단치는 것과 같다.

다른 하나의 해석은 이 욕망 자체를 우울증으로 읽는 것이다. 우울증은 죄의식을 동반하는 게 아니라 죄의식에 시달리고자 하는 욕망이라고 말이다. 좀더 넓혀 말해, 우울증을 우울하고자 하는 욕망으로 해석하는 것이다. 왜? 우울증이 자기에 대한 발견에서 시작된다고 앞에서 말했다. 그 사실에 근거하면, 우울증을 앓는 것은 바로 자신을 확인시켜주는 '작업'이 될 수 있다. 그 작업을 가능케 하는 것은 자기 발견이 자신의 신비에 대한 놀라움을 동반하는 발견이기 때문이다. '내가 이런 존재라니!' 이런 놀라움이 없다면 어떤 발견도 가능하지 않다. 물론 우울증은 그 발견의 추락과 함께 발병한다. 그러나 우울증은 동시에 그 발견을 재확인시켜준다. '옛날의 금잔디'를 떠올려주는 것이다. 오늘의 상실 속에서 옛날의 환희를 찾는 것이다. 그러니까 우울증은 자신을 즐기는, 자신에게서 흡족함을 느끼는 한 가지 방법이다!

두번째 해석이 훨씬 자연스럽고 타당하다고 말할 수 있다. 그것을 분명히 가리켜 보여주는 게 첫번째 행이다: "요즘 우울하십니까?"

이 행에서 독자가 읽어야 하는 것은 우울한 현상이 아니라 '우울하십니까?'라고 묻는 질문이고, 그 질문이 유행이 된 사회적 분위기이다. 그리고 분위기는 욕망의 미립자들이 산포되어 있는 마음의 구름이다. 이 물음은 우울하고 싶어 하는 사회적 분위기를 지시한다. 그냥 우울한 게 아니라 우울하고 싶어 하는 데에는, 자기 발견/회의 사이의 진자 운동과는 다른 무엇에 대한 욕망이 작동하고 있다.

우울증dépression의 사회적 의미를 추적한 알랭 에랑베르Alain Ehrenberg

는 우울증이 현대 개인주의의 변모와 밀접히 연관되어 있다고 주장한다. 그에 의하면 1960년대의 프랑스 사회는 민주주의 사회에서도 통상적으로 인정되던 전통적인 규제들을 무너뜨림으로써 "말의 엄밀한 의미에서 '해방'되었다.[19] 인간을 왕족의 유순한 종복sujet이 아니라 그 자신의 소유자로 만들어야 한다는 근대 정치의 이상이 실존의 모든 양상들로 퍼져 나갔다. 주권자로서의 개인, 니체가 그 도래를 예고했던, 오직 그 자신하고만 닮은 이 개인이 이제부터 일상적 삶의 형식이 되었다".[20] 그러나 "이러한 새로운 주권의 획득이 우리를 전능한 존재로 만들어주지는 않았다". 그에 의하면 이 효과는 두 가지이다.

첫째, 민주적 모더니티는 점점 우리를 "안내자가 없는 존재"로 만들었고, "우리를 스스로 판단하고 참조점들을 스스로 구축해야만 하는 상황 속으로 몰아넣었다". 그 결과, 인간은 금지-허용의 구도가 아니라 "가능-불가능의 구도 안에" 들어서게 되었다. 이로부터 "개인성이 전반적으로 변화하였다".

둘째, "개인-사회 관계의 규제 양상에서 원칙이 작용하는 범위가 축소되었다는 것이다". 즉 이제 규제 양상들은 "원칙에 의해서가 아니라 개인의 결정과 주도에 의지하게 되었다".[21] 즉 각 개인들의 "내적 자원" "정신적 능력들"이 "기획, 동기부여, 소통" 등을 우리의 일상생활 속에 뿌리내리게 하였다.

그러니까 개인에게 주권이 넘겨진 대가로 문제를 감당할 책임 역시

---

19) 잘 알다시피 프랑스의 1960년대를 상징하는 '1968년 5월혁명'의 최고의 모토는 "금지를 금지하라"였다.

20) Alain Ehrenberg, 『자기가 된다는 것의 피로함—우울증과 사회*La fatigue d'être soi—Dépression et Société*』, Paris: Editions Odile Jacob, 1998, p. 13.

21) *ibid.*, p. 14.

개인에게 주어진 것이다. 우울증은 이때 "참조점의 쇠퇴"에 근거한다. 혼자 스스로 해결해야 하는 만큼 아무도 가르쳐주지 않는다는 것이다. 에랑베르의 관점은 여기서 기이하게 휜다. 이제 "욕망이 문제가 아니라 정체성의 만성적 불안정성 속에서 존재해야 할 필요가 문제가 되고, 증상은 신경증이라기보다 나르시시스적 병리학에 속하게 된다". 그리고 이제 사회적 원리보다도 개인들의 기능이 더 중요한 것이 된다. "자율성의 규칙은 제도들의 작동이 개인들에 근거한다는 것을 함의한다. 개인들은 저마다 제도들을 움직이도록 요청받는다. 달리 말하면 사회규칙은 이제 미셸 푸코가 묘사했던 것과 같은 방식으로 서로 닮은 유순한 육체들을 생산하는 것을 목표로 하지 않는다. 그게 아니라 스스로 행동하고 자신들의 내적 자원에 근거해 스스로 바뀌어나갈 수 있는 유연한 개인성들을 목표로 한다." 이때 "우울증은 슬픈 정념이라기보다 불충분한 행동이다".[22] 희한한 반전이다. 우울증은 그러니까 질병이라기보다 모든 개인들에게 주권이 돌아간 시대에서 평범한 개인들의 불충분성을 반영하면서 동시에 그들에게 더 강한 행동을 자극하는 정서적 충동이라는 것이다. 그래서 그는 이 우울증을 현대의학 혹은 현대사회가 발명한 "우울증의 성공Le succès médiacl et social de la dépression"이라고 본다. 우울증은 몸살이 아니라 기획이었던 것이다. 그 기획을 통해서 새로운 개인의 유형이 구성되는데, 이 개인은 "자기 본래의 육체의 주인으로서 자신의 전체적 실현을 목표로 하면서 동시에 행동의 주체로서 모든 개인들에게 사회를 이끄는 주도권이 주어진다"는 것이다. 그리고 이 개인

22) Alain Ehrenberg, 「욕망의 혼란으로부터 정체성의 질병으로」, 『마가진 리테레르*Le Magazine littéraire*』, No 411, 2002. 7-8, pp. 25~26.

들을 통해서 저마다 사소한 삶의, 저마다 다양한 자기 창조 행위가 분출하게 될 것이다.

우울증에 대한 조사는 대중사회에 대한 찬미로 끝난다. 이러한 논리의 타당성을 살펴보기 위해서는 두 가지 검토가 필요해 보인다.

첫째, 이론적인 차원에서 그는 현대사회에서의 우울증의 만연을 주체의 고민을 죄의식에서 책임감으로 이행한 데서 찾고 있는데, 이는 우울mélancolie을 통상 죄의식과 연관시켜온 일반적인 견해와 거리를 갖는다. 그가 생각하는 우울은 카를 아브라함Karl Abraham이 멜랑콜리와 대립되는 것으로 상정한 신경증적 우울dépression névrotique에 가깝다고 할 수 있다.[23] 아브라함에 의하면 신경증적 우울은 "무의식적 동기가 억압된 데에 따라 충동이 충족되지 못한 데서 야기된다"고 한다. 반면 멜랑콜리는 "외부 세계에 대한 적대적 성향이 강화된 데서[즉 내부 침잠이 강화된 데서—인용자] 오는 강박 신경증névrose obsessionnell에 속"한다는 것이다. 프로이트가 『애도와 멜랑콜리』에서 분석한 바에 의하면, 이 강박 신경증으로서의 멜랑콜리는 자신이 "누구를 잃어버린 줄 알고 있지만 무엇을 잃어버렸는지 모르는 상태가 되어버린" 경우인데, 그것은 그가 '무엇'을 "의식에서 제거"해버렸기 때문으로, 이 의식에서의 제거를 유도하는 것은 상실된 대상에 대한 자아의 '사랑'의 부당성이다. 즉 합당하지 못한 것에 충동을 느끼는 것을 두고 스스로에게 벌을 내리는 것이다. 그리하여 "멜랑콜리의 임상 그림 안에 제일 먼저 들어오는 것은 자기 본래의 자아에 대한 환자의 도덕적 혐오감"[24]이다.

---

23) *Dictionnaire International de la Psychanalyse (A-L)*(dirigé par Alain de Mijolla, Paris: Calmann-Levy, 2002, pp. 425~26)의 'dépression' 항목(Francisco Palacio Espasa 집필).

합당하지 못한 것을 지시하는 의식, 즉 "도덕적 의식"이 멜랑콜리의 필수적인 요소라면, 에랑베르의 우울증에서는 이 의식이 제거된다. 옳고 그름을 따지는 '죄의식'을 성공 가능성을 따지는 '책임'의 문제로 바꾸어버렸기 때문이다. 실로 에랑베르는 미국 사회학자 필립 리프Philip Rieff에게서 '프로이트 이후 시대ère postfreudien'라는 용어를 가져온다. 리프에 의하면 이 시대에는 "초자아의 문화적 실패"가 드러난다. 프로이트 이후 시대는 "공동체의 목표에 일치시킴으로써 자아의 안녕을 독려했던 전통적인 원리들에 반대하는 사적 인간의 저항으로 특징지어"[25] 지고, 사회가 거꾸로 "개인들의 목표를 추구하기 위한 도구"가 된다. 초자아의 검열을 제거해버리면 나의 존재가 외부적 규제로부터 해방됨과 동시에 '하찮은 존재'로서만 구성된다. 그는 자신에게 주어진 책임을 감당할 수 없어서(혹은 감당하기 싫어서) 무기력해지는 것이다. 그런데 에랑베르의 역설은 바로 이 우울 덕택에 현대인들은 자신의 사소성을 즐길 수 있게 된다는 것이다.

에랑베르의 이런 관점은 하나의 의문을 낳는다. 이러한 사소성의 실현 행동들은 만족을 줄 수 있는가? 이러한 의문은 곧바로 오늘날의 현장으로 눈길을 돌리게 한다. 이것이 두번째로 검토할 사항일 것이다. 과연 우울증을 앓고 있는 1990년대의 한국인은 사소한 것들에서 아주 다채로운 즐거움의 원천을 찾고 있는 듯하다. 우리는 지금 거의 매 순간을 스마트폰과 퍼스널 컴퓨터 등의 수단을 통해 트위터, 모바일 게임, 카카오톡 속에 깊이 몰입되어서 산다. 또한 「무한도전」「삼시세끼」「일박

---

24) Sigmund Freud, "Deuil et Mélancolie", in Sigmund Freud, *Œuvres complètes, Psychanalyse XIII — 1914~1915*, P.U.F., 1988, p. 266.

25) A. Ehrenberg, 『자기가 된다는 것의 피로함』, p. 130.

이일」「토토가」「만물상」 등 온갖 분야의, 온갖 아이디어의 도전·오락 프로그램들이 난무하고 있는 이 사회에서 저 연예인들의 도전은 나의 도전을 대신해주고 있기는 한가? 그것이 어떤 쾌락을 제공하든, 자살률과 이혼율이 세계 최고이고, 행복 지수가 OECD국가 중 최저인 상태를 바꾸진 못한다.

4. 우와 울의 싸움

그러니까 김언희의 저 시는 우울증의 욕망을 드러냄으로써 그것 자체를 희화화하고 있는 게 아닐까? 우울증에 대한 풍자가 아니라 우울증에 대한 욕망에 대한 풍자를. 다시 말해 에랑베르가 열렬히 지지하고 있는 저 사소성의 자기실현을 위한 분주하고도 번다하고 물리고도 질리는 몸짓, 손짓, 발짓들의 허망함에 대해서 꼬집고 있는 것은 아닌가? 에랑베르는 그것이 "욕망이 아니라 삶의 불안정성 속에서도 살아야 할 필요"라고 말했지만, 실은 그 필요의 이름으로 욕망이 비등하고 있는 것은 아닌가?

민주화된 사회, 그것을 개인에게 주권이 설정된 시대라고 할 수 있다면, 이때 그 주권의 개인 소재를 증명해주기 위한 두 가지 절차가 있다. 하나는 개인의 자기 존재의 존재론적 이유의 확인이다. 즉 각 개인이 살 만한 삶을 살고 있는가,라는 질문에 긍정적으로 답할 수 있어야 한다. 그것을 오늘날 한국인들은 '자존감(自尊感)'이라는 용어로 흔히 가리키고 있다. 자존감이란 한자 그대로의 뜻으로 보면 '자신을 존중하는 마음'일 수 있겠지만, 그것이 '느낌'이라는 점에 근거하면 오히려 '자신이 존중받는 데서 오는 기분'이 더 근접한 의미일 수도 있다. 여하튼 이 자존감에 대한 요구는 지난 한 세기 내내 바깥의 힘에 휘둘려왔다가 마침내 제힘으로 세상을 바꾸는 데 성공한 사람들에게 당연한 권리로 보인다. 그런데 이 자존감에 대한 요구는 과거의 치욕에 대한 보상의 대가로서만 주어질 수 있는 건 아니다. 저 '자존'을 자신의 자신에 대한 행위로 보듯 혹은 타자의 태도로 보든, 자존은 한번 결정되고 영원히 지속되는 건 아니기 때문이다. 때문에 주권이 개인에게 귀속되었음을 입증하기 위한 두번째 절차가 필요한데, 그것은 에랑베르도 지적했던 자신의 '책임'하에 세계를 구성해가는 실행이다. 그러나 이 세계의 구성이 순수한 가능성의 사안이 된다고 말할 수는 없다. 오히려 그보다도 저 구성될 세계의 수준과 질이 구성 실행을 시작 단계에서부터 '규제'하는 것이 아닌가? 왜냐하면 자아실현의 행위가 사회 구성 행위로 직결된다는 것은 그 사회가 '더 나아지는 방향'으로 구성의 청사진이 그려져야 한다는 것을 가리키기 때문이다. 이때 그 수준과 질을 판정하기 위해서 별도의 규제 원리가 개입할 수밖에 없는데, 그건 도덕적 의식이라기보다 세계의 바른 진화에 합당한 실천인가를 살피는 전망 의식일 것이며, 그 전망 의식은 미리 주어진다기보다 공동의 합의를 위해서 '토론'의 형식으로 제시되어야 할 것이다.

이 두 가지 절차에 비추어본다면 현대의 우울은 두 단계에서 발생할 수 있으며, 우울증의 치유 혹은 다스림 역시 두 단계에서 온전히 수행될 때만 가능하다고 말할 수 있을 것이다. 즉 우울의 두 단계란, 자존감이 충족되지 않는 데서 오는 우울과 자신의 행동이 참된 뜻(혹은 바람직한 세계 구성)과 이어지지 않는 데서 오는 우울을 가리키는 것으로서, 첫번째 단계의 우울은 에랑베르에 의해서 dépression이라고 명명된 것과 유사한 반면, 두번째 단계의 우울은 정신의학이 전통적으로 '멜랑콜리mélancolie'라고 불렀던 것과 유사하다고 할 수 있다. 그리고 두 단계가 동시에 충족되어야 한다는 것은 두 단계가 각기 개별화되어 분리될 수 있으며, 분리될 때 우울의 바람직한 극복은 오지 않으므로 그 두 단계를 상호반사를 통해서 함께 끌고 가야 한다는 것을 암시한다.

그 점에서 보면 '우울'을 노래한 1990년대 한국시들은 '자존'을 향한 한국인들의 몸부림들이 사소성의 늪에서 헤매고 있는 것이 아닌지의 문제를 성찰하고 있는 것으로 읽을 수 있다.

正覺 스님은 녹차 티백을 잔에서 건져내면서, 요즘 건강 좋아요, 묻는다.
의자 밑에서 지하철 공사 굴삭기 소리가 덜덜덜 났다.
新生代에서 올라온 은행나무 밑을 나는 맹인과 함께 걸어왔었다.
가톨릭센터 유리문이 열릴 때마다 구름 위 신호등이 따라 들어온다.
큰스님 휘호라며 眞光不輝를 펼쳐 보여주는데
수족관에서 지브라들이 떼 지어 정각의 옆얼굴을 지나갔다.
다방 레지가 찻쟁반을 보자기로 싸가지고 부리나케 나간다.
천하장사 씨름 선수가 천하장사 씨름 선수를 번쩍 들어올렸다.
어디선가 천장 물 떨어지는 소리가 나는 듯했다.
외환은행 앞 보도에 주차된 그랜저; "내 탓이오"는 샘물체였다.
전투경찰들이 도열하여 어디론가 가고 있었다.
나는 바라나시에서 온 애인 편지를 빨리 뜯어보고 싶어 가고 있는데
맹인이 지하도 입구에 한참 동안 서 있질 않는가. 난 승려에게 말했다.
나는, 어딘가 살 곳이 있어야 하므로 인도에는 여태껏 안 가고 있다고.

얼룩말들이 지나간 뒤 물속의 먼지; 정각은, 빛나지 않아야 할 텐데,
하고 혼잣말처럼 중얼거렸다. 씨름 선수가 씨름 선수를 아직까지 들고
있다,
나팔수처럼 얼굴을 붉히며. 나는 맹인 손을 잡고 계단을 내려왔다.
사실 모든 길이 낭떠러지 아닌가.
프랑스 왕립 천문학회는 새로 발견된 별에 랭보 이름을 붙이기로 했다
던가.
성기를 자른 어느 젊은 스님에 대해 정각은 얘기하기 시작한다.
번개에 의해 드러난 소나무를 본 적이 있겠죠, 내가 물었다.
지하도에는 꼭 광야의 설교자들이 있다.
나는 서울서 내려온 손님들 데리고 망월 묘역으로 갔다.
은행나무 밑에서 나는 맹인과 헤어졌다.
신호등 위 빙수처럼 쌓여지는 뭉게구름; 애완용 개가 혼자서
횡단보도를 쫄랑쫄랑 건너간다. 시청 뒷골목 카시오페아 座에 앉아
나는 또 다른 먼 별을 올려다봄시롱 밤새 술 마셨다.
요즘도 소리가 들려요, 하고 정각이 물었다.
맹인은 視覺障碍人協會가 가톨릭센터 지하에 있다고 말했었다.
나는 머리에 공기 같은 것이 빵빵하게 찬 것 같다고 말했다.
허공에 뜬 모래 무지개; 바닥에 누운 천하장사는 일어날 줄 모른다.
나는 眞光不輝를 돌돌 말았다.

—「진짜 빛은 빛나지 않는다」[26)]

26) 황지우, 『어느 날 나는 흐린 주점에 앉아 있을 거다』, 문학과지성사, 1998.

황지우의 시는 사실 그 이상이다. 이 시에는 세 차원에서 두 개의 힘이 팽팽히 긴장하고 있다. 한 차원에서는 '정각 스님'의 "正覺" "眞光不輝" "망월 묘역" 등의 어휘들이 구성하는 '삶의 뜻'을 질문하는 표상들과 "수족관에서 지브라들이 떼 지어 정각의 옆얼굴을 지나갔다"에서의 '지브라', "광야의 설교자들", "시청 뒷골목 카시오페아 좌"의 '카시오페아', 샘물체 '내 탓이오' '천하장사' 등 삶의 허망함을 채우는 장식, 어휘, 행동들이 대립한다. 다른 한 차원에는 생존의 엄혹성을 가리키는 '맹인'의 존재와 뜻을 찾지 못해 우울하기 짝이 없는 화자, '나' 사이의 대립이 있다. 그 바깥을 "전투경찰들" "바라나시에서 온 애인" "씨름 선수" "가톨릭 센터"가 어른거리고, 그 사이를 "랭보"와 "성기를 자른 어느 젊은 스님"이 출몰하고 사라지곤 한다. 마지막 차원에서는, "굴삭기 소리"와 "머리에 공기 같은 것이 빵빵하게 찬" 기분이 대립하고 있다. 첫번째 차원의 대립이 '자존감'과 '삶의 뜻'의 대립이라면, 두번째 차원에서는 맹인이 저 자존감을 생존의 절실성에 비추어 풍자하고, '나'의 방황이 삶의 뜻을 가리키는 각종 표상들을 허무하게 비춘다. 첫번째 차원이 오늘날 '순수 개인들'의 욕망을 양화한다면, 두번째 차원은 그 욕망의 끝없는 지연으로부터 오는 '우울'을 음화한다. 그리고 세번째 차원은 이 두 차원으로 갈라지는 대립의 기운들을 빵빵하게, 그러나 헛것으로 가득 채운 상태로 부풀어 오르게 한다.

황지우의 시가 반사와 보충의 방식으로 두 우울의 지평을 평행·팽창시키고 있다면, 김혜순의 다음 시는 분열과 어긋남의 형식으로 서로를 얽어 짠다.

11월에는 잠이 오지 않았고

11월에는 천장의 별이 모두 켜졌고
11월에는 가슴이 환해 눈을 감을 수 없었고
찬 우물이 머리보다 높아 쏟아질 듯 위태로웠고
우와 울은 주먹 쥐고 푸른 바케쓰 속에 누워 있었네
충치 앓는 피아노처럼 둘이 앙다물고 있었네

우는 구름을 덮고, 울은 그림자를 덮었네
우는 바람에 시달리고, 울은 바다에 매달렸네
우는 살냄새다 하고, 울은 물냄새다 했네
우는 햇빛을 싫어하고, 울은 발이 찼네
우는 먹지 않고, 울은 마시지 않았네
밥을 먹는데도 내가 없고, 물을 마시는데도 내가 없었네
우는 산산이고, 울은 조각이고
우는 풍비이고, 울은 박산이고
내 살갗은 겨우 맞춰놓은 직소퍼즐처럼 금이 갔네
우는 옛날에 하고, 울은 간날에 울었네
우는 비누를 먹고, 울은 빨래가 되었네
나는 젖은 빨래 목도리를 토성처럼 둘렀네
우는 얼음의 혀를 가졌고, 울은 얼음의 눈알을 가졌네
나는 얼음을 져 나르느라 어깨가 아팠네

왼쪽 어깨에 우를 오른쪽 어깨에 울을
물지게 가득 짊어진 여자가 나타났네
티베트 깡통 돌리는 할머니 염불처럼 천당 지옥

천당 지옥 계속 이진법이더니
우 다음에 울을 한 바케쓰 내 살갗 밑에 부었네 갔네

김수영은 김수영영영이고
김춘수는 김춘수수수이고
김종삼은 김종삼삼삼이고
왼발 다음엔 오른발
0 다음엔 1, 2 다음엔 3이고
우 다음엔 울이라고
세상에 가득 찬 수학이 출몰하는 밤
존경하는 시인님들은 아직 죽음의 탯줄에 매달려 계시고

콜리가 멜랑에게
12월이 11월에게

우는 빗줄기를 빗질하고, 울은 빗줄기를 써레질하고
우는 하얀색 운동화를 왼쪽에 신고
울은 하얀색 운동화를 오른쪽에 신고
나는 발잔등에 줄 끊어진 흰 새를 두 마리 덮고

그렇게 오도 가도 못했네

—「우가 울에게」[27]

---

27) 김혜순, 『슬픔치약 거울크림』, 문학과지성사, 2011.

이 시는 선뜻 그림이 들어오질 않는다. 무엇보다도 핵심 주제인 '우울'을 둘로 나눈 까닭이 이해되지 않기 때문이다. 이 시를 해독하기 위해서는 '우'와 '울'의 존재 양태를 넘어서 그것을 분리시킨 '나'의 상태에 주목하는 게 바람직할 듯하다. '나'의 상태는 여덟 번 기술된다.

1) 11월에는 잠이 오지 않았고/11월에는 천장의 별이 모두 켜졌고/11월에는 가슴이 환해 눈을 감을 수 없었고

2) 밥을 먹는데도 내가 없고, 물을 마시는데도 내가 없었네

3) 내 살갗은 겨우 맞춰놓은 직소퍼즐처럼 금이 갔네

4) 나는 젖은 빨래 목도리를 토성처럼 둘렀네

5) 나는 얼음을 져 나르느라 어깨가 아팠네

6) 〔깡통 돌리는 할머니가〕 우 다음에 울을 한 바케쓰 내 살갗 밑에 부었네 갔네

7) 나는 발잔등에 줄 끊어진 흰 새를 두 마리 덮고

8) 〔나는〕 그렇게 오도 가도 못했네

1)은 첫 연에, 8)은 마지막 연에 등장한다. 따라서 이 시는 다음과 같은 구성을 가지고 있음을 알 수 있다.

(1) '나'의 상태

(2) 상태의 주격화(우울의 등장)/'나'의 실종

(3) '나'의 간헐적 등장

(4) '나'의 상태

이때 첫 부분과 마지막 행의 '나'의 상태는 '나'의 전면적인 무기력을 가리키는 기능을 한다. 단 첫 부분이 세 행으로 이루어진 것은 '나'의 자기 통제력의 망실이 단박에 일어난 것이 아니라 증상의 진행을 통해 일정 기간 동안에 이루어진 것을 의미한다. 더 나아가 이 기간 동안 닥친 병증에 대한 '나'의 해석을 보여준다. 그 해석에 의하면 '나'에게는 의식의 각성적 상태가 병적으로 강화된 결과로서 우울증이 닥쳤다. 그것은 지금까지의 우리의 우울에 대한 해석을 뒷받침한다. 자존에 대한 욕망이건 진정한 삶의 뜻에 대한 강박이건, 우울은 자기의식의 첨예화를 동반한다. 이 자기의식의 첨예화의 결과로 자신의 무기력의 거듭되는 확인을 통해서 역설적이게도 '나'는 활동 정지의 상태에 이르고, 자신의 무기력을 참담하게 응시하는 순수 의식, 즉 모든 외부 연락망이 차단된 채 폐쇄되어버린 오직 '의식'인 것만이 치통처럼 요동한다. 나의 주체화의 극단에서 나의 극단적인 사물화가 야기된 것이다. 결국 '우울'이 '나'를 대신하게 된 셈인데, 시인은 바로 이 자리에서 '우'와 '울'을 분리시켜 나의 상태를 우울의 세부적 양상들만의 내재적 갈등으로 가득 채운다.

이러한 분리의 의도는 무엇일까? 언뜻 보아서는 우울증의 복잡한 심화를 가리키기 위해서인 듯이 보인다. 실로 '우'와 '울'이 "충치 앓는 피아노처럼 둘이 앙다물고 있"은 후, '우'와 '울'의 각 증상은 동일한 병증의 양상적 분화를 보여준다. 그것을 통어하는 언어적 장치는 동사의 동형성(同形性)이다. 즉 '우'와 '울'의 지향은 다르지만 그것들의 진행은 같은 방향이다. 쓰인 어사들에 미루어 유추컨대 '우'는 역동성에 대한 욕망에 시달리고 '울'은 삶의 전망 찾기에서 좌절한다. 앞서의 분류에 빗대자면 '우'는 자존감 쪽이고, '울'은 삶의 뜻 쪽이다. 그런데 그 둘은 '나'의 분쇄라는 동일한 효과 쪽으로 진행한다. 그래서 "우는 산산이고, 울은 조각이고/우는 풍비이고, 울은 박산이"어서 '나'는 산산이 금이 간 유리처럼 찢어진다. 그러나 시는 거기에서 그치지 않고 그로부터도 무려 스무행 이상의 시구가 더 씌어진다. 시인으로 하여금, 아니 시 그 자신으로 하여금 더 진행하게끔 한 동인은 어디에 있는가? 그 동인이 발견되지 않는다면 저 시구들은 그저 췌사이자 사족에 불과할 것이다.

그런데 그 동인은 바로 코앞에 있다. "직소퍼즐"이 그 자리다. 앞에서 산산조각 난 '나'를 사방으로 금이 간 유리판과도 같다고 했다. 그러나 시인은 그렇게 말하지 않고 "직소퍼즐"이라고 말했다. 모양은 비슷하지만 둘의 시간줄기는 상극이다. 금 간 유리는 쓰레기장으로 직행하겠지만 직소퍼즐은 그 자체로 수수께끼가 되어 아름다운 그림을 예상케 하고, 존재들로 하여금 그 산산조각들을 맞추고픈 욕망을 불러일으킨다. 그렇다면 이 산산조각, 풍비박산으로서의 우울증의 상태는 그 안에서 은밀히 재생의 꿈을, 그것도 아주 황홀한 재생의 꿈을 꾸고 있는 것이 아니겠는가?

요컨대 시인의 속셈은 독자가 처음 짐작한 것보다 훨씬 교묘하다. 그 알고리즘은 이렇다.

(1) 우울의 양상들을 늘린다.

(2) 동일한 양상들이 되풀이되는 가운데 변이들의 발생을 유도한다.

(3) 결정적으로 원 양상과 극단적으로 대립하는 돌연변이형을 출현시키는 데까지 간다.

(4) 그럼으로써 우울의 증상은 새로운 마음 상태로 진화하게 된다.

산산이 부서진 유리 조각에서 완미한 형상을 감추고 있는 직소퍼즐로! 놀라운 반전이다. 생각해보면 '우울'을 '우'와 '울'로 분리시킨 데서부터 이러한 반전이 준비되었다고 해야 할 것이다. 성의 분화가 진화를 촉진하는 것과 같은 이치로, 우울의 내부적 분리는 우울 안의 신진대사를 활발히 자극하여 다른 것으로 변화할 가능성을 촉성한다고 할 수 있다. 그렇다면 독자는 시를 접한 순간의 최초의 의문에 대한 답을 얻은 것이다.

이 재생의 가능성에 의하여, '나'의 상태는 유사 동사의 반복에 의한 양상의 변이적 복제와는 다른 활동을 드러내기 시작한다.

첫째, 동사들이 계열적으로 교체되기보다 통합적으로 이어지게 되고, 그럼으로써 문장 안의 사건을 움직이게 한다. "직소퍼즐"의 출현 이후 이어지는 시행은 바로 그 사정을 선명히 보여준다.

> 우는 옛날에 하고, 울은 간날에 울었네
> 우는 비누를 먹고, 울은 빨래가 되었네

인용의 첫 행은 '우'와 '울'이 동작을 교대하는 것이 아니라 옛소리에서 장단을 맞출 때처럼 받고 넘기는 동작을 형상화하고 있다. 두번째 행에서도 '우'의 동작과 '울'의 동작이 연속성을 가지면서 '우울'이 빨려 정화될 가능성을 준비한다.

둘째, 이러한 변화로서의 사건의 출현과 더불어 '나'의 회복이 시도된다. 이어지는 시행은

> 나는 젖은 빨래 목도리를 토성처럼 둘렀네

우는 얼음의 혀를 가졌고, 울은 얼음의 눈알을 가졌네
나는 얼음을 져 나르느라 어깨가 아팠네

우울이라는 감정 상태에 의해 삭제되었던 '나'가 이제 우울("젖은 빨래")을 "토성"이 고리를 두르듯 두르게 된다.

단 '나'의 온전한 회복이 달성되기까진 험난한 고투의 도정이 남아 있다는 것을 독자는 곧 읽게 된다. '나'의 주체화는 여전히 진행되지만 '우'와 '울'의 에너지 역시 압도적이다. 제1연에서 입을 "앙다"문 우울은 그 굳어짐의 양상으로 모습을 얼음으로 바꾸고, 그 굳어짐의 형상으로 과도한 무게를 갖게 된다. 빨래는 얼음 덩어리가 되어서 '나'는 "얼음을 져 나르느라 어깨가 아프"다. 이로부터 언어의 동작을 세계의 변화로 만들려 하는 '나'의 안간힘과 그것을 고정된 자리에서 한없는 계열적 되풀이로 종종거리게 하는 우울의 기운 사이의 팽팽한 겨룸이 진행된다. 그 겨룸의 균형은 쉽사리 깨어지지 않고 오래도록 지속된다. 그 과정에서 '나'는 의식과 노동으로 분리되어, 노동하는 '나'는 "물지게 가득 젊어"지고 "티베트 깡통 돌리는 할머니 염불처럼 천당 지옥/천당 지옥 계속 이진법"의 회로 안에 갇힌 '여자'로 외재화되고, 싸움에 지친 여자는 '우'와 '울'을 "한 바께스 내 살갗 밑에 부"어버린다. 그래서 우울은 다시 첫 연의 "푸른 바케쓰 속에 눕"듯이 '한 바케쓰'로 덩어리진다.

'나'의 의식은 그리하여 나의 노동이 "김수영은 김수영영영이고"에서처럼 결정적인 도약을 감행하지 못하고, 긴 여운을 끌고야 마는 것을 안타까이 지켜보는 것밖에는 달리 할 일이 없다.

세상에 가득 찬 수학이 출몰하는 밤

존경하는 시인님들은 아직 죽음의 탯줄에 매달려 계

신 것이다. 나는 우울에 압도된 상태에서 새처럼 탈출하는 데 가까스로 성공하는 듯했으나,

나는 발잔등에 줄 끊어진 흰 새를 두 마리 덮고

그렇게 오도 가도 못

한 채로 여전히 있게 된다. 지나가는 길에 덧붙이자면 "발잔등에 줄 끊어진 흰 새"를 '끈 끊어진'-'흰 털을 덮고 있는'-'슬리퍼'로 연상하면 "오도 가도 못"하는 그 모습을 실감할 수 있을 것이다.

이로써 「우가 울에게」라는 시 한 편의 사연과 모험이 대충 밝혀진 셈인데, 이 '나'와 '우울' 사이, 혹은 '우'와 '울' 사이의 싸움을 이리도 지루하게 끌고 갈 수밖에 없는 까닭은 무엇인가,라는 마지막 질문이 남는다. 이 시에서 그 문제는 상세히 기술되지 않는다. 다만 '나'의 회복의 과정이 우울의 '빠는' 행위와 연결되어 있다는 점에 주목하고, '우'와 '울'의 주고받음이 '한 바케쓰'로 쏟아부어지는 감정의 뒤엉킴으로 귀결된다는 점을 유념한다면, 전자의 동작을 '삶의 뜻'을 찾고자 하는 사색에, 후자의 광경을 '자존감'의 욕망에 휩싸인 감정 과잉의 사태에 대입하여 우리가 지금까지 개진한 한국 사회의 우울의 이중성에 조응시킬 수가 있어, 결국 이 싸움을 두 가지 우울 양상의 길항에 대한 날카로운 투시로 이해할 수 있다.

5. 우울 너머의 모험을 향하여

어느 형식이든 오늘날 한국시는 우리가 앞에서 본 더욱더 민주화되어가면서 순수 개인들로 정련되어가고 있는 한국인들의 욕망과 그로 인한 우울을 생의 근본적 형식 쪽으로 끌어당기기 위해 안간힘을 쓰고 있는 듯이 보인다. 이 안간힘은 우선 두 우울의 싸움처럼 보인다. 그러나 실은 이미 두 편의 시를 통해 암시 받았듯 이 갈등 너머 우울 그 자체의 질적 변화를 향한 모험을 향해 나아가고 있는 것이 아닌가? 그 모험이 가닿을 곳은 어디일까? 우리는 그에 대한 한 대답으로서 이성복의 '서러움의 정치학'을 본 바가 있다.[28] 이성복의 서러움은 옛날의 서러움처럼 자기 존재의 이유를 삶의 뜻과 직결시키되, 그 뜻을 자기 삶의 정당성으로부터 타자의 삶의 정당성으로 옮겨놓음으로써 옛날의 설움을 완전히 뒤집어놓는 새로운 시도를 보여준다. 그러나 그것이 전부는 아닐 것이다. 황지우의 중층 구성과 김혜순의 파열적 시는 그들만의 고유한 행로를 보여줄 것이다. 그리고 다른 시인들 역시 마찬가지의 행보들을. 그 모든 것을 살펴보는 일은 다음으로 미룰 수밖에 없을 것 같다.[29]

---

28) 정과리, 「서러움의 정치학」, 같은 책.

29) 덧붙여 우리는 알브레히트 뒤러의 판화 「우울Melencolia I」을 통해 '멜랑콜리'를 "인식을 넘어" "상징계 안에 위치한" "명령적 실재"의 조성에 관여하는 것으로 해석한 자크 라캉의 1959년 5월 20일의 세미나(Jacques Lacan, *Le Séminaire VI 1958~1959*, Le Seuil, 2013, pp. 450~53)와 우울을 통시적으로 고찰하면서, 죄의식을 넘어 "신성한 고지를 향해 가는 횡단traversée vers les hateurs sanctifées"으로 이해한 스타로벵스키의 해석(Jean Starobinski, *L'encre de la melancolie*, Paris: Seuil, 2012)들 역시 참조해야 할 것이다. 이들의 해석은 예술적 모험에 관한 것이라기보다는 삶 일반의 존재론을 가리키는 것으로 간주할 수 있으며, 좀더 깊이 들여다보면 새로운 깨달음으로 나아갈 수 있을 것이다.

시인이 귀향할 때는 뭔 일이 있다[1)]

나는 김기정 교수가 고등학생 시절 유명한 청년 문사라는 얘기만 간접적으로 들었을 뿐 그의 시에 대해 아는 바가 없었다. 그러나 직접 시를 읽으면서 그의 옛 명성이 헛된 것이 아닐뿐더러 그가 문청 시절 이후에도 시의 공력을 단련하기를 게을리하지 않았다는 것을 느낄 수 있었다. 가령,

다만 너를 위한
고운 양분이 되게 해다오.
여름 내내 불끈 솟았던 힘줄과
뚜렷했던 마디마디
모두 조각되고 진액되어

1) 이 글은 김기정, 『귀향—섬되고 나무되어』, 기린원, 2015의 해설로 씌어졌다.

너를 충분히 적시고 싶다

—「낙엽」 부분

같은 구절에서 드러나는, 사소한 대상에 대한 기발한 착상과 대상의 세목들을 완전히 장악하여 표현 속에 집어넣으려는 욕망은 어린 시절부터 시 쓰기 훈련을 해온 사람에게서 항용 발견되는 특징이지만, 그러한 표현 충동을

비록 하늘에서 뜻을 잃고
지상으로 내려앉게 된 연유를
알아차린다 하더라도
혹은 그 무슨 이유라 하더라도

와 같은 정신적 사색에 연결시킬 수 있는 건, 세상 경험을 오래 한 사람에게서나 가능한 일일 것이다. 「10월의 목련」 같은 시도 마찬가지다. 10월에 목련을 보는 일은 감수성을 벼리고 벼린 어린 학생의 눈이지만,

이제 곧 찬바람,
매서워진 눈발이 너를 휘몰아칠 것이니
내 발걸음도 빨라져야 할 것이니

—「10월의 목련」 부분

에서처럼 늦가을의 찬바람과 그것이 재촉할 잰 발걸음에 유한한 생 앞에서의 애틋한 마음을 새겨 넣을 수 있는 건 연륜이 쌓인 사람의 손끝

이다. 그러니 그가 비록 시인이란 호칭에 무관심하고 시인들만의 사회에 연이 닿지 않았다 하더라도 그가 한 아름의 시를 내장한 사람이라는 건 명백한 사실이리라. 다시 말해 그가 핏속의 시인이었고 뼛속까지 시인이라는 게.

시인은 이번 시집의 제목을 『귀향』이라고 정한 후, '섬되고 나무되어'라는 부제를 달아놓았다. 당장 세 가지 호기심이 일어난다. 첫째, 섬되고 나무된다는 것은 각각 무슨 뜻인가? 둘째, 왜 섬되는 일과 나무되는 일이 병치되었는가? 셋째, 섬되고 나무되는 일이 귀향이라면, 그 귀향은 무엇인가?

제1부의 수일한 시편들은 거의 대부분 '섬'을 대상으로 하고 있다. 시인의 고향이 남해 쪽이라는 점에 비추어보면 그가 섬과 친숙한 사람이라는 건 분명할 것이다. 그런데 그의 섬은 특별한 데가 있다. 무엇보다도 바다와의 연관에서다. 그는

바다는 비에 젖지 않고
오직 섬만이 젖는다

—「섬 위로 내리는 비」 부분

고 말한다. 비와 바다의 질료적 동일성에 근거한 이 재치 있는 표현은 그러나 재간에 그치지 않고, 단단한 윤리적 의미를 품는다. 젖는다는 것은 '궂은일'에 뛰어드는 일의 비유이기 때문이다. 바다와 비의 만남은 물의 수량적 증가이지만, 섬(흙)과 비(물)의 만남은 격렬한 부딪침이다. 삶의 갈등과 환희가 이 만남에서 피어오른다. "섬만이 젖는다"는 표현

은 이 삶의 현장에서 오연히 버티고 싸우겠다는 다짐을 포함한다. 게다가 이 다짐은 이미지의 확산으로 이어져 선명한 영상을 만들어낸다. 물과 흙이 부딪치면 불꽃이 피어오른다.

빗물만큼 뜨거우랴
내 살아 있는 동안
꽃처럼 타올랐던 연분이
이토록 뜨거우랴.

비는 어느새 화염이 된다. 물은 불이 된다. 그러나 거기에 그치지 않는다. 이 비가 화염이 될 수 있었던 것은 섬과 부딪쳐 싸웠기 때문이다. 물은 불로 전화하면서 타서 사라지지 않고, 흙이 섞여 들어가 달아나는 분자들을 끌어모음으로써, 무게와 부피를 가진 형상물질로 재탄생한다. 그것이 꽃이다. 거기에 살아 있는 동작의 움직임, 즉 물의 불로의 전화를 가속화하는 가쁜 호흡이라는 변수를 덧붙여야 하리라. 그러니까 꽃은 물, 불, 흙, 공기라는 네 원소의 결합으로 태어난 새로운 통합적 존재이다. 꽃이 아름다운 것은 그 때문이다.

또한 섬에 '존재'하겠다는 윤리적 결단은 그래서 아름답다. 도덕적인 것은 미적인 것이다. 단 그것이 살아 움직인다는 조건하에. 낡은 도덕, 죽은 도덕이 아니라는 조건하에. 현실 한복판에서 꿈틀거린다는 조건하에. 그렇기 때문에, 이 섬의 윤리학은 처음 바다와의 대립으로 태어났지만, 이제 바다에마저도 자신의 태도를 심는다.

흐린 날 바다를 보면

하늘과 바다를 구별할 수 있는 것은
섬뿐이다.

시간 위에 실려가는 것과
시간 속에 살아가는 것을
구별할 수 있는 것은
오로지 섬 같은 그대뿐이다.

—「외로운 섬」 부분

섬은 바다를 "시간 속에 살아가는 것"으로 재인지케 한다. 이때 '시간 속에 살아감'의 의미가 심장해진다. 처음 빗물에 겹쳐지는 것, 즉 시간 속에 휩쓸려가는 것이었던 바다는 이제 시간 속에서 싸우는, 즉 '살아내는' 움직임을 얻는다. "무뚝뚝"(「무뚝뚝한 밤바다」)했던 바다는 실상 "어둠에 싸여 노래를 하"고 있는 것이다. 그래서 "너의 가슴에 아름다운 섬을 만드"는 것이다. 바다는 섬의 모태였던 것이다. 왜 바다가 그렇게 보이지 않는 일을 했던 것인가? 시인에 의하면 "하늘을 사랑했던 기억"(「바다가 쓰는 글」) 때문이다. 다시 말해, "시간 위에 실려가는 것"의 그 아름다움 때문이다. 우리가 시간 속에서 살아가는 것은 바로 시간 너머로 가기 위해서이다.

바다의 은밀한 작업, 그것은 하늘에 가닿으려는 몸짓이다. 섬은 바로 그 바다의 작업의 산물이다. 다시 말해, 섬은 바다의 수직화이다. 하늘에 닿으려는 물의 솟구침이다. 이로써 바다로서의 삶은 의의를 획득한다.

그리움은 바다 위
섬으로 솟아난다.
섬이 없다면
그대 또한 이제 없는 것이다.

—「편리한 바다」

독자는 이 바다를 앞서의 읽기를 토대로 휩쓸려가는 삶, 즉 일상적인 삶으로 치환할 수 있다. 반면 섬은 비범한 삶의 결정으로 치환할 수 있다. 그러나 이제 여기에 오면 바다가 섬의 바탕임을 알게 되면서, 일상적 삶의 소중함을 깨닫게 된다. 시종 세파에 휩쓸려 다니기만 하는 듯 보였던 우리의 애처로운 삶은 실상 세파를 뚫고 나아가려는 조용하고도 끈질긴 몸부림이다. 그 몸부림이 없었다면 섬은, 다시 말해 비범한 삶은 존재하지 못했을 것이다. 또한 거꾸로 저 섬을 빚어내는 동작이 없었다면 바다는 무의미한 것이다. 그렇게 바다와 섬은 서로를 비추며 나아간다. 섬과 바다 너머 하늘을 향해.

이제 우리는 '섬'과 '나무'의 병치를 이해할 수 있다. 나무 역시 섬과 마찬가지로 육지의 수직화가 아닌가? 그 역시 나무는 땅으로부터 솟아났고, 땅은 나무로 인해 자신의 역사에 까닭을 부여한다.

과연 그렇기 때문에 제2부에 집중되어 있는 '나무' 시편들은 곧바로 나무에서 시작하지 않고 '숲'으로부터 시작해 나무로 나아간다. 왜냐하면 땅의 사소한 사건들을 주워 모아 밀도를 부여해야 하기 때문이다.

숲 안으로 시간의 잔가지들이 널찍이 퍼져 나면서
역사는 늘 하루의 무게만큼만 쌓인다.

—「새해의 숲」 부분

로 시작한 숲의 새해는 "가라앉을 것은 차례를 지키면서 가라앉고/황홀하게 가벼워진 것들만/사뿐히 떠오"르는 여과 과정을 거쳐, "은은하게 치솟는 새벽 기운"을 일렁이게 한다. 그러나 이때 중요한 것은 기운 그 자체라기보다, 그 기운을 "두 팔 모두에 감싸듯 쥐고/환희의 울음 훔쳐내는 새 날 새 빛"이다. 바로 이 은은하게 치솟는 것들을 두 팔 모두에 감싸듯 쥐는 것, 그것이 '나무'의 일이다. 그것을 시인은 나무와 잎의 사랑으로 표현함으로써, 숲으로부터 시작해 새소리의 비상으로 이어지는 수평적인 것의 수직적 일어섬이라는 드라마를 연출해낸다. 숲의 소박한 삶들은 "지난밤, 비바람이 숲을 때릴 때/연둣빛 향기 숲속 가득 피워 올렸던/그 이른 봄날부터/나무와 잎이 마주 잡았던 손"을 통해 집중되고, 나무와 잎의 "마주 쥔 손 놓지" 않는 사랑을 통해 "비 그친 다음 날의 이른 아침/숲속 대화는/새소리, 가녀린 바람소리"로 "울리고" "웃는다"(「숲속 대화 2」).

그렇게 해서 섬과 나무는 하나로 겹쳐진다.

> 숲속 섬이다.
> 숲의 섬은
> 나무와 나뭇잎들의 약속들이
> 뿌리내려 굳게 다져진 영토다.
> 서로를 잊지 않으려는
> 언어들이 숨어 있다.

—「숲속 대화 1」 부분

이제 마지막 호기심을 엿볼 때다. 이 섬과 나무의 노래를 시인은 귀향이라고 하였다. 그렇다면 귀향은 섬과 나무가 하는 일로 돌아간다는 뜻이다. 왜? 다음 시구에 그 답이 있다.

내가 이 세상의 언어로
더 이상 글을 쓰지 못할 때라도
바다는 검푸르게 앉아
늦도록 글을 쓴다.

—「바다가 쓰는 글」 부분

독자는 앞에서 바다가 섬에 비추어져 재인지되는 과정을 거쳤다. 바다는 평범한 물을 하늘을 향해 솟구치게 해 섬으로 빚는 작업을 쉼 없이 한다. 우리의 일상은 바로 그런 비상을 향한 평생 작업이다. 그러나 우리가 항상 그렇게 살지는 못한다. 때로는 지쳐서, 때로는 늙어서, 때로는 안이해서, 때로는 불가피하게 더 이상 그런 일을 멈추게 된다. 그러나 바다는 인간인 우리가 중단할 때에도 일을 그치지 않는다. 바다는 자연이고, 자연은 불변하기 때문이다. 이때 불변하는 대상으로서의 자연은 불변의 이치가 된다. 우리는 자연의 항상적인 작업에 비추어져 우리 삶을 다시 가다듬어야 한다. 애초에 자연으로부터 태어난 우리는 다시 자연으로 돌아가야 한다. 안식하기 위해서가 아니라 거듭나기 위해서. 거기는 종결의 자리가 아니라 신생의 자리다.

시인의 귀향은 그러니 다시 태어나는 모험이다. 시집을 통독한 후에 불현듯 스치는 이 깨달음은 아주 각별하고 소중한 것이다. 시인은 이제

환갑에 가까운 중년이다. 인생을 거의 한 바퀴 돌았다. 최초의 지점에 다시 섰다. 죽기 위해서가 아니다. 다시 살기 위해서다. 그렇다, 수구초심(首丘初心)이다. 아니, 수구초행(首丘初行)이다. 시인의 깨달음은 모든 독자의 깨달음이다. 우리도 그와 마찬가지로 평범한 보통 사람이다. 그러나 늘 진실되기 위해 애쓰는 보통 사람이다. 보통 사람의 자랑은 거기에 있다.

5부

한평생의 불길

주여! 내 노고를 축원해주세요. 이 늙은이가 추수한 알곡 다발을 받아주세요. 오 주여, 내 허옇게 센 노년이여, 회백질의 무덤만큼 허연, 내 가련한 비틀대는 노년은 당신을 사랑한다고 굳게 믿기엔 너무도 적막합니다. 결코 가라앉지 않을 사랑으로 나를 채워주세요.

—기욤 아폴리네르Guillaume Apollinaire, 『썩어가는 마법사』(1909) in *Œuvres en prose I*, Paris: Gallimard/Pléiade, 1977, p. 24

흐르는 시간 속에서 앞으로 나아갈수록, 노년의 지평선은 그만큼 멀어져간다네. 걷는 자가 풍경 안으로 진입할수록 풍경이 멀어지는 것과 같은 이치로니.

—루이 아라공Louis Aragon, 『하양 혹은 망각』, Gallimard, 1971(전자책)

자유의 모험으로서의 현대시조

1. 시조의 존재 이유: 구속은 자유를 내장할 수 있을까

왜 지금 시조를 쓰는가? 이런 물음은 오랫동안 사람들을 괴롭혀왔다. 이것은 단순히 시조에 관한 것만이 아니라, 이미 '시효를 상실한' 모든 시 형식들에 대해 던져지는 불가피한 질문일 것이다. 하지만 한국의 전통적 시 형식 중에서 오늘날까지 생존을 위한 여정에 놓여 있는 건 시조뿐이다. 물론 한국인의 광범위한 집단 무의식 안에서 보편적으로 살아 있는 리듬들은 더 저차원low level에서 존속하고 있다. 가령, 4·4조를 기본으로 하는 2음보 율격 같은 건, 오늘날에도 심심치 않게 '언어계'의 표층으로 부상하는 리듬이다. 그러나 그렇다고 해서 이에 근거해, '가사(歌辭)'가 지금 살아 있다고 할 수는 없다. 그것이 그 리듬을 독점적으로 사용한다고 해서, 그 율격이 '가사'만의 독점적 율격은 아니기 때문이다. 그 율격은 가사뿐만 아니라 민요에 광범위하게 활용된 것이며, 심지어 시조의 초·중장에 통상적으로 구현되는 리듬이다. 시조나 가사는 한국인의 집단 무의식으로서의 리듬이 특정한 방식으로 재구성되고 변형된 특별한 언어 형식의 장르이다. 그것들은 무의식적 차원에서 흘러가는 것이 아니라, 의식적 차원에서 제작되고 감상되는 것이다. 그것들은 여러 종류의 리듬 요소들을 동시에 포함하고 있으며, 그것들을 중첩적으로 혹은 다각도로 배합해놓은 복합체이다. 간단히 말해 그것들은 다세포이다.

가령 시조[1]는 기본적으로 4·4조[2]의 4음보 리듬을 한 행(장)으로 두고 있으며, 각 장마다 가운데에 '사이 쉼'이 있어 각 장은 2구로 나뉘고, 전부 3행(장)으로 이루어져 있어 3장 6구를 이루면서, 종장(終章)의 첫 음보는 3음절로 고정되며, 두번째 음보는 5음절 이상으로 한다…… 등

---

1) 시조 형식에 대한 정의는, 그에 대한 오랜 논의를 종합적으로 검토하고 있는, 윤영옥, 「21세기 시조문학과 지식 환경의 변화」, 『만해축전 (상)—광복 60주년·만해 출가 100주년 세계평화 시인대회』, 만해사상실천선양회, 2005에 근거한다.

2) 이에 대해서는 이의가 있을 수 있다. 음수만으로 보자면 2, 3, 4, 5 글자가 혼용되고 있기 때문이다. 그래서 윤영옥은, "각 음보는 3 또는 4개의 음절로 구성되는 것이 보통"이라고 적시한 다음, "이 기본 운율에서는 1음절 또는 2음절 정도를 더 보태거나 빼는 것은 무방하다"라고 덧붙이고 있는데, 3음절과 4음절을 모두 인정한다면 그 범위는 1~6까지 된다. 이것은 지나친 면이 있다. 우리의 일상적인 리듬 감각을 생각해보면, "지국총/지국총/어사화" 식의 세 음의 되풀이보다는, "사람 위에/사람 없고/사람 밑에/사람 없다"는 네 음의 되풀이가 훨씬 자연스럽다. 따라서 위의 세 음의 되풀이는 더 세련된(의식적인 가공을 거친) 리듬으로 읽힌다. 이런 점들을 고려할 때 한국 언어문화의 기본 율격은 '4·4조로 된 2음보'로 보는 게 타당하다고 생각한다. "셰익스피어의 운문을 우리의 4·4조 운율(및 그 변형)로" 옮기는 과감한 시도를 한 이상섭은 "한국인의 '생래적' 운문은 4·4조이다. 우리 민요, 판소리도 4·4조이며, 시조는 그 운율을 살린 전형적 장르"라고 단언하고 있다(「4·4조의 운율에 담는 셰익스피어의 로맨스극」, 『대산문화』 2007년 봄호, p. 139). "평생 영문학 교수였지만 문학평론가로서 몇 종의 국어사전을 낼 만큼 우리말의 뜻과 가락에 남달리 민감함을 자부"하는 원로의 말에 나 역시 동의하는 바이다. 단 이에 대한 탐구는 앞으로 정밀하게 이루어져야 할 것이다. 한국의 언어감식가들은, 거의 반세기 이상을 '운율실체주의'와 그것을 더욱 좁힌 '음보주의'의 독재에 짓눌려 지냄으로써, 한국 언어문화의 리듬을 이해하기 위한 기본적인 자원조차도 축적하지 못하고 있는 실정이다.

의 형식적 규칙을 가지고 있다.

시조를 장르로 만들어주는 것은 이 형식의 복합성이다. 아마도 '문학'을 구성하는 세 개의 층위를 고려해야 할 것이다. '단일 형식'은 모든 언어문화에 쓰일 수 있는 요소적 단위이다. 그것은 낱낱의 규약들이다. 반면, 언어문화가 미의 기운에 감싸여지면, '문학적인 것' '시적인 것' 등으로 명명될 수 있는 '미적 언어문화'의 가정적 층위가 형성된다. 이 가정적 층위를 움직이는 기제는 규약들이 아니라, 이 미적인 것들에 사람들이 품는 '기대들'이다. 그리고 이 규약(들)과 기대(들) 사이에서 장르들이 형성된다. 장르는 요소적 단위들, 즉 규약들의 특정한 선택과 배합으로 이뤄지는데, 그 선택과 배합을 이끄는 것은 그 장르가 '문학적'이기를, 혹은 '시적'이기를 바라는 사람들의 기대이다. 조너선 컬러 Jonathan Culler는 특별한 설명 없이 장르를 "규약들과 기대들의 총체"[3]라고 정의한 바가 있는데, 지금까지의 우리의 논지를 염글리는 명쾌한 진술이라고 할 수 있을 것이다.

정형의 장르는 규약들의 선택과 배합이 고정적이다. 시조에서 4음수를 기본으로 하는 2음보로서의 구, 이 구에 근거한 3장 6구의 형성, 그리고 종장 첫 두 음보의 이탈은 시조를 이루는 데 필수적인 규약들이다. 현대시조에서도 이 정형성은 존중되어야 할 것이다. 물론 현대의 시조 시인들은 위의 규약들 중, 마지막 규약만을 '필수적'인 것으로 설정하였다. 장르는 '규약들과 기대들의 총체'라는 앞의 명제를 상기한다면, 현대시조 시인들 및 그 이론가들은 다른 규약들을 기대의 선반 위로 올

3) Jonathan Culler, 『문학이론*Literary Theory*』, New York · Oxford: Oxford University Press, 1997, p. 72.

린 것이다. 그러나 하나의 규약이라도 그게 있다면 그것은 엄청난 중력을 행사한다. 그 중력 때문에 '기대'의 선반 위를 구르는 어떤 형태적 특질들도 완벽한 자유 속에 놓일 수가 없다. 그것들은 규약의 관제탑과 끝없는 교신을 가져야 한다. 그 점에서 "시조는 형식에 갇힌 시가 아니라 형식을 갖춘 시다"[4]라는 단순한 진술은 핵심을 찌르고 있다고 할 수 있다. 그런데 이 '정형'은 곧바로 시조의 존재 근거에 대한 의문을 제기한다. 이러한 정형의 시가 오늘날 사회에서 왜 필요한 것인가? 이 물음에 대해, "정형미학의 본질을 손상한다는 건 어리석은 짓이다. 압축과 생략이 격조의 여운을 거느린다면, 긴장과 탄력은 감동의 물꼬를 튼다"[5]라고 대답하는 것으로는 충분치 않다. 왜냐하면 그것은 정형으로부터의 해방이 갖는 인류사적 의미, 즉 자유의 열림이라는 사건과 겨룰 만한 내용을 담고 있지 못하기 때문이다. 정형시조가 갖는 '격조'와 '긴장과 탄력'이 자유를 유보하고도 얻을 만한 것인가? 혹은 "작금의 자유시가 지나치게 장황하고 생경하다"는 "이미 낡은 얘기"에 대한 대안으로 정형시를 생각하는 건 초점이 빗나간 것이다. 그것은 자유시 자체에서 해결해야 할 문제이기 때문이다. 간혹, 시조의 중요성에 대한 강조가 지나쳐 "시조는 한국인의 생체리듬"이라는 식으로 과장을 하는 경우가 있는데 그건 더욱 쓸데없는 짓이다. 한국인의 집단 무의식 안에 가라앉아 있는 생체리듬은 앞에서 '단일 형식'이라고 말한 요소적 단위들이지, 특정한 장르가 아니다. 이러한 무분별한 자기애보다는, 시조의 정형성에 관계하고 있는 정신적 지향에 주목하여, "조선조 시조의 예에서

4) 박기섭, 「21세기 시조의 지향과 모색」, 『서정과현실』 17호, 2011년 하반기, p. 222.
5) 같은 글.

도 볼 수 있듯이 유학의 심미적 가치는 강의목눌(剛毅木訥). 무기교, 기교 없음의 기교가 최대의 가치였다. 모든 정신적 활동의 중심에 도학이 있었고 기예는 아주 하찮게 여겼다"[6]라는 점에 착목하거나, "시조는 간결 적절한 한국시의 대표 양식으로, 사대부들의 자기 절제를 수용하고 있다. 은둔적인 것이라 흔히 비판되기도 하지만, 자연을 보는 간법의 환경생태학적 정관의 미학은 재평가될 수 있는 여지가 많다"[7]라고 이해하는 길은 한 걸음 더 진전된 태도이다. 그러한 눈길은 시조의 정형성이 단순히 형식의 완성에 관계한다기보다는 일종의 세계관으로 연결되고 있음에 유의하고, 현대사회에서의 그것의 유의미성을 측정하고 있기 때문이다. 하지만 이재선이 "환경생태학적 정관의 미학"이라고 지칭한 것을 문자 그대로 이해하기보다는, 저 '환경생태학적'이라는 말로 지칭된 환경을, '자신의 환경 자체를 절멸로 끌고 갈 수도 있을 만큼 준동하는 현대사회에 대한'으로 치환해서 이해할 때, '정관'의 기능적 의미가 더 부각될 수 있을 것이다.

그렇다면, 정형시조의 존재 이유를 현대사회에 대한 관조적 성찰, 즉 바깥으로부터의-바깥에 위치하는 성찰로 이해할 수 있을까? '바깥으로부터의'라는 말은 현대의 존재 상황에서는 도출될 수 없는 이질적인 세계관을 보여준다는 뜻이며, '바깥에 위치하는'이라는 말의 뜻은 그러한 세계관을 오늘날의 삶의 실제에 개입시키지 않고 오로지 반성적 성찰을 유도한다는 뜻을 담고 있다. 그래야만, 그러한 정형성이 자유를 침해하지 않을 것이기 때문이다.

---

6) 장옥관, 「갯벌의 말과 벼랑의 말」, 『21세기문학』 2005년 가을호, p. 219.
7) 이재선, 「우리에게 고전이란 무엇인가」, 『시학과 언어학』, 시학과언어학회, 2002년 6월, p. 13.

그러나 이러한 순수한 표지로서의 존재는 얼마나 가능한 것일까? 이것은 마치 저 하늘의 별빛처럼 사는 것과 같다. 저 옛날 "저 하늘의 별이 우리의 길을 인도하던 시대"(루카치)는 지나갔다. 별빛에서 의미가 몽땅 빠져나간 것이다. 남은 것은 의미의 허물뿐이다. 별은 그렇게 뜻 없이 빛난다. 아마 사람의 아들이라면 누구도 그런 천상에 살고 싶어 하지 않을 것이다. 그래서 시조를 지상에 끌고 내려온다면, 그것은 한순간 무게와 부피를 가진 존재로 실체화된다. 별빛은 이제 별똥이 되고 운석이 된다. 충돌하지 않을 수 없다. 그렇게 시조는 미약하게나마 현대사회의 언어문화와 정신세계에 개입하게 된다. 그것의 사회존재론을 볼라치면 그 개입은 도처에서 발견된다. 다양한 방식의 시조 시인 등단 방식으로부터, 방금 언급해본 각종 담론들을 거쳐 이런저런 지면을 통한 그것의 창작과 발표에 이르기까지. 더 나아가 오늘의 이 시집[8]과 그에 대한 이 해설에 이르기까지. 따라서 우리는 시조가 그 정형의 원리를 품고서 무슨 일을 하려 드는가를, 하고 있는가를 살피지 않을 수 없을 것이다.

만일 시조의 정형성이 현대사회가 방종으로 치닫는 것을 핑계로 자유를 속박하려 들면 그것은 퇴행의 안간힘이 될 것이다. 그건 불가능한 집념이다. 오히려 우리는 역설적인 상황을 가정해야 할 것이다. 시조는 그의 정형적 구속을 통해서 진정한 자유를 꿈꾼다고. 오늘의 사회가 맘껏 구가하고 있다고 전하는 자유보다 더한 자유를 꿈꾼다고. 마치 불치병에 걸린 시한부 인생의 환자가 누구보다도 풍요롭게 남은 생을 누리듯이.

---

8) 윤금초·박시교·이우걸·유재영, 『네 사람의 노래』, 문학과지성사, 2012.

2. 흩어진 명사성과 집중된 동사성

윤금초의 시조로 들어가보자.

그의 시조는 현대시조가 자신의 최후의 표지로 삼은, 종장 첫 구, 즉 앞 두 음보의 형식적 규칙[9]을 엄격하게 준수하고 있다. 그 대신 초장과 중장에서의 리듬은 시조의 전통적인 4·4조를 대부분 해체하고 있다. 그것이 해체인 것은, 4·4조의 왜곡이 분명하게 표지되어 있기 때문이다. 가령

> 가 이를까, 이를까 몰라
> 살도 뼈도 다 삭은 후엔
>
> —「천일염」 부분

에서, 첫 행의 비시조적 형태는, 두번째 행이 4·4조의 형식을 거의 완벽하게 지키고 있다는 점과 대비하여 이해할 수밖에 없다. 그리고 그렇게 이해할 때 첫 행의 기능이 온전히 감지되는데, 그것은 두번째 행의 자연적 진행에 불현듯 개입해 사색과 물음의 거즈를 넣으며, 소멸을 지연시키는 역할을 하는 데 있다. 왜 이런 지연이 필요한가? 소멸의 뜻이 분명치 않기 때문이다. 시의 주체는 아직 존재 차원(자연현상)으로부터 바로 의미 차원(지향성)으로 건너뛰질 못하고 있는 것이다. 이 초장[10]의

9) "종장은 음수율의 규제를 받아 제1구는 3음절로 고정되며 제2구는 반드시 5음절 이상이어야 한다"(윤영옥, 같은 글, p. 21).

10) 이 글은 시조를 다루고 있다는 전제에서 씌어지고 있다. 그러한 전제하에서, 시를 다룰 때와

1행과 2행의 길항은 중장과 종장의 길항으로 확대되는데,

우리 손깍지 끼었던 그 바닷가
물안개 저리 피어오르는데

어느 날
절명시 쓰듯
천일염이 될까 몰라.

그것은 소멸의 불가피성에 대한 인식과 소멸의 뜻을 얻고자 하는 의지 사이의 긴장이 더욱 심화된다는 것을 가리킨다. 그러나 이 심화는 최종의 결단(질적 도약)을 위한 일종의 '(양적) 농축'과 같은 것이다. 즉 갈등의 심화가 어떤 방식으로든 종결이 될 것을 요구함으로써, 종장의 전반구, "어느 날/절명시 쓰듯"에 와서, 한편으로 소멸의 진행에 마침내 극적인 가속도와 최후의 드라마를 부여하고, 다른 한편으로 동시에 해체시행들이 던지는 소멸의 뜻에 대한 질문에 답을 주게끔 유도해내고 있는 것이다. 이 소멸은 '절명시 쓰듯' 가장 독한 의지로 압축되어, 그동안의 모든 모호한 생존을 하나로 모아 가장 짜고 순수한 소금으로 응결시킨다는 것이다.

그러니까 「천일염」은 형태상으로 정형시행과 해체시행의 대립을 기본 구조로 하면서, 해체시행에 의문 발생의 기능을 이식한 후, 그렇게 해서

는 다른 용어를 사용한다. 행갈이를 어떻게 하든, 한 수(首)의 시조의 각 부분은 우선 3장 6구의 원리에 따라서 칭할 것이다. 그리고 여기에 수록된 시조들이 몇 수를 잇달아 붙여 연작을 구성하는 경우가 많은데, 이 연작의 편편을 '수'로 구분한다.

위기에 처한 정형시행을 스스로 동작하도록 하여 존재 차원을 의미 차원으로 도약시키는 것을 표층의 현상학으로 만들고 있다. 여기에서 정형성은 스스로의 위기를 해결하는 최종적인 답안이 된다.

독자는 이러한 시적 구조가 윤금초 시조의 전형적 양식이라고 읽는다. 모든 시를 일일이 다 분석할 수는 없으니, 몇 편만을 스치듯 일별해 보자. 가령, 「이어도 사나, 이어도 사나」에서 '이어도'의 모호한 고난은 "산호초 꽃덤불 넘어"나 "방어 빛 파도 헤치며 두둥실 뜨는 섬이어라" "섬 억새 굽은 산등성이 하얗게 물들였네" 등 각 수의 종장에서의 '넘어' '헤치며'와 같은 동사의 집중적 형식이나 또는 '섬 억새'의 기능적 확실성, '섬'의 형상적 드러냄을 통해 극복된다. 즉 '이어도'의 문제가 '이어도 사나'(주체의 동적 개진)를 거쳐 다시 재정립된 '이어도'에 의해서 극복되는 것이다. 이와 비슷하게, 「간찰」의 첫 수 종장인 "먼 왕조 흉흉한 물결이 옥판지에 배어 있다"에서는 먼 왕조 흉흉한 물결을 그렇게 규정하고 안에 담아 무늬화하는(다시 말해 탈에너지화하는) '옥판지'가, 「할미새야, 할미새야」에서는 두 수의 각 종장인 "갈바람 굴핏집 울리는 죽비 소리 남기고"와 "물안개 거두어 가는 애벌구이 해도 덩실 띄워 놓고……"의 '죽비 소리' '애벌구이 해'가 시가 제시하는 문제들을 최종적으로 통어하는 기제로서 작동하고 있다. "한물간 시러베짓을 냉큼 못 버리다니!"(「두 주정뱅이」)에서의 '냉큼', "지금은 목 쉰 풍경이 무심히, 무심히 운다"(「개오동 그림자」)의 '무심히'가 하는 기능도 마찬가지다. 이런 통어적 기능을 갖는 문법적 요소들은 항상 종장에서만 나온다. 심지어 혼란 그 자체만을 묘사한 것처럼 보이는 「난전」에서조차도 종장의 "코 째는, 아으! 코 째는, 꽃의 난전 이 봄날"에서 '코'가 혼란을 집약시킴으로써 그 혼란이 함축하고 있는 의미를 증류해내는 기능을 갖는다.

한 가지 흥미로운 점이 있다. 종장을 시조의 최종적 표지가 담긴 곳으로 보는 현대적 관점을 윤금초의 시조가 엄격하게 따르고 있다면, 그 시조 형태의 장소는 당연히 종장의 첫 구, 즉 앞 두 음보에 있다고 할 수 있다. 그런데 주제적 차원에서 그러한 정형성에 상응하는 게, 혼란으로부터 질서를 회복시키는 운동이나 주체일 터인데, 그것은 그의 대부분의 시조에서 종장의 두번째 구, 즉 마지막 두 음보에서 자주 나타난다는 것이다. 방금 독자가 읽어본 시조들에서도, "천일염" "옥판지" "죽비소리" "냉큼" 등, "섬 억새" "코"를 제외한 상당수의 집중성 핵자들이 마지막 두 음보에 배치되어 있는 것이다. 이러한 현상은 형태와 주제 사이에 간발의 어긋남을 발생시켜 시 읽기에 미묘한 긴장감을 부여한다. 그러나 대체로 종장 첫 구에서 묘사된 장면이 그 집중성 핵자들이 변화시켜야 할 상황의 최종판이거나 아니면 변화시킨 직후의 최초 버전임을 알아챌 수 있다면, 저 '미묘한' 긴장은 발견술적인 쾌감을 제공할 것이다. 그것은 행동의 앞뒤 상황을 보여줌으로써 도래할 행동을 기다리는 마음에 애달픈 마음 졸임을 발생시키는 유효한 기교로서 이해될 수 있으며, 그 기교를 이해하는 사람에게는 그러한 어긋남 자체가 유희의 장소가 될 수 있는 것이다.

물론 이 현상은 보편적인 것은 아니다. 독자가 읽은 바에 따르면 시인은 '집중성'에 대한 특별한 애착을 가졌다. 그 점을 유의하면, 형태와 주제가 한곳에 모이는 게 자연스럽다. 그리고 그런 시편들도 꽤 있다. 무엇보다도 방금 본 것처럼 이 어긋남 자체가 '기교적'인 일탈로 읽힌다는 게, 두 경향의 실제적인 일치를 암시한다. 집중성에 대한 애착이 긴장에 대한 취향으로 이어진다면, 저 어긋남 역시 긴장에 대한 취향의 한 실행이다.

독자의 관심이 최종적으로 가닿는 곳은 윤금초 시조의 정치적 상상력이다. 즉 정형성의 자기 교정이 그의 시조의 형태학이라면, 그가 자주 다루는 정치적 주제 속에서 그 형식은 어떻게 개입하는가? 도식적으로 번역하면, 어떤 폐쇄적인 질서에 대한 저항이 혼란을 발생시키는데, 그 혼란은 다시 질서화로 수렴된다는 드라마 비슷한 것이 만들어질 텐데, 그러나 한국의 문학비평이 자주 활용하는 이런 '상동성'에 대한 추정이 실제로 말해주는 건 별로 없다. 우리가 여기에서 주목해야 하는 건, 언뜻 보아 회귀로 보이는 이 절차가 기묘한 변화를 함축하고 있어서 실질적으로 회귀가 아니라 신생 쪽으로 선회하는 사태이다.

그런 걸 가장 명료하게 보여주는 시편을 보자.

1

겨우내
양지바른 쪽
배돌던 무명씨같이,

갈래머리 여고생의
발화(發火)하는 입매같이,

울금 빛
궐기(蹶起)를 한다.
온 산천이 꿈틀댄다.

2

무릎베개 괴어주던

마른 그

억새풀 사이

우리 살의 생땅 냄새

흠흠 맡는 민들레야.

척하니,

육탈하는 꽃받침

징소리로 쏟아진다.

—「춘투(春鬪)」 전문

이 시조의 두 수는 같은 구조로 이루어져 있다. 각 수의 초장은 "배돌던 무명씨"와 "마른 억새풀" 등 이름 없는 존재들의 정태적 세계를 제시한다. 중장은 모종의 화학물질이 살포되는 광경을 보여준다. 그 화학물질은 다른 데서 투입된 것이 아니라, 그 정태적 세계의 안에서 발효된 것들이다. "발화하는 입매" "생땅 냄새/흠흠 맡는 민들레"의 행위가 그것들이다. 종장은 초장과 중장의 배합의 결과이다. 그 결과는 그러나 독자가 예상한 것처럼 초장에서 등장한 주체의 강화가 아니다. 오히려 두드러진 것은 그 배합의 결과로 발생한 역동적 사태 그 자체의 광경이다. 그 광경 속에서 주어는 슬그머니 밑으로 혹은 옆으로 이동하며 지워진다. 이 시편이 보여주는 것은 존재로부터 사건으로의 이행이다. 명사로부터 동사로의 전환인 것이다. 그러나 이 시조의 형식적 구조가 정형성의 자기 교정이라면, 그 사건/동사가 존재/명사를 포함한다고, 아니 좀 더 정확하게 말해 존재의 형식, 명사의 형식으로 나타난다고 짐작할 수 있으며, 실제로 확인할 수 있다. 이 시조의 두 수가 각각 보여주는 사건은 묘사된 대로 일종의 폭발로 나타나지만, 그러나 그 폭발은 어떤 강력한 구심체 속에 응축될 때에만 그 말에 해당하는 에너지를 온축한다. 그 구심체는 "울금 빛" "징소리"이며, 그 각각의 어사는 '금'과 '징'으로 압축됨을 가정함으로써 확산력을 가질 수 있게 된다. '울금(鬱金)'이라는 어휘 자체가 그 활용의 희귀성 때문에 독립적인 명사성을 확보할 수도 있겠지만 그것이 '금'을 포함하기에, 금을 전제로 해서 더욱 그렇다고 해야 할 것이다. 가령 이 시편에서 "울금 빛"을 "심황 빛" 혹은 "누른빛"으로 바꿔서 읽어보라. 시 맛이 제대로 살아나지 않을 것이다. '울금'이라는 말이 '울'과 '금', 즉 확산성과 집중성의 합성으로 이루어진다는 사실이 시적 효과에 작용하고 있다고 보아야 하는 것이다. "징소리"의 '징'은 굳이 설명할 필요가 없을 것이다.

이러한 사건의 응집화는 다른 시조들에서도 쉽게 확인할 수 있는 것이다. 따라서 윤금초 시조의 최종 구조를, 흩어진 명사성을 집중된 동사성으로 변환하는 사건 그 자체라고 할 수 있을 것이다. 그 집중 속에 주어가 슬그머니 숨는다는 것은 그의 정치적 상상력이 집단주의적이지 않다는 것을 가리킨다. 그는 어느 편을 드는 데는 관심이 없는 것이다. 삶의 역동화에만 그의 시조는 집중하는 것이다.

3. '정형으로부터의 자유'에서 '시와 동시에 삶'으로

윤금초와 비슷이 정치적 상상력이 돋보이는 시인은 이우걸로 보인다. 그 역시 종장 첫 구의 형식적 규칙을 엄격하게 지키고 있다. 그런데 이우걸의 종장은 집중성을 가지기보다는 거꾸로 풀어지고 있으며 그것이 그만의 중요한 시적 특성을 이룬다. 몇 편의 예를 들어보자.

(1) 영혼의 거울과 같은/조그마한 비누 하나 (「비누」 첫째 수)

(2) 살아서 다졌던 생애의/뼈 하나 묻히고 있다. (「산인역」 둘째 수)

(3) 영악한 몇 사람만이/피 흘리며 뺏어 가진다. (「열쇠」 첫째 수)

(4) 노을이 마루 끝까지 조심조심 깔리고 있다. (「옷」 첫째 수)

(5) 언니가 보라는 듯이 싱긋 손을 흔든다. (「옷」 둘째 수)

(6) 김 씨는 어쩌면 자기가/부록 같은 생이라고? (「부록」 둘째 수)

독자는 이우걸 시조가 가진 흥미로운 특성을 직관적으로 알아챌 수 있다. 우선, (1), (2)에서 보이듯, 종장 첫 구의 규칙이 형식적으로만 지켜지고 있다는 것이다. 내용상으로는 그 규칙이 역전되어 있다. 즉 3+5(음절 이상)가 형식적 규칙이라면, 내용상으로는 5(음절 이상)+3(음절 이하)으로 읽어야 한다는 것이다. (1)은 "영혼의/거울과 같은"으로 끊어야겠지만, 읽는 사람의 마음속에서는 "영혼의 거울과/같은"으로 분절되어 읽힌다. (2) 역시 "살아서/다졌던 생애의"로 끊어지는 게 규칙이지만, "살아서 다졌던/생애의"로 읽히기가 더 쉬울 것이다. 형식과 내용의 이런 역진적 교차가 뜻하는 바는 무엇일까?

(3)~(6)의 종장이 단서를 제공할 수 있을 것이다. 이 종장들도 형식적 규칙을 충실히 따르고 있다. 게다가 여기에서는 내용상의 일치도 있다. 그런데 이러한 시조적 정형성의 완벽한 구현에는 무언가 이상한 데가 있다. 이 문장들이 너무나 자연스러운 것이다. 그래서 거의 산문 문장으로 읽힐 만큼 최소한의 문체적 맛도 죽이고 있다. 그런데 이것은 원래의 시조가 기대하는 종장의 효과를 저버리는 것이다. 왜냐하면 "종장의 제약은 시조 형태의 정형과 아울러 평면성을 탈피하는 시적 생동감을 깃들게"[11] 한다고 가정되기 때문이다.

그리고 방금 "평면성의 탈피"라고 언급된 것은 리듬의 장식 원리가 아니라 오히려 필수 원리이다. 리듬은 단순한 반복으로 이루어지는 게 아니라, 반복과 일탈 그리고 회귀로 이루어져 있다. 일탈이 필요한 것은, 가볍게는 단순한 반복이 지루함을 유발하기 때문이며, 진지하게는 인간이 자유를 갈망하기 때문이다. 현대시조가, 옛시조에서 종장의 규칙만을 필수적인 것으로 가져온 이유도 여기에 있을 것이다. 종장 첫 구의 기능은 일탈을 수행하는 것이다. 그런데 이우걸의 시조는 종장의 규칙을 일탈적으로가 아니라 '자연스럽게' 실행하고 있는 것이다.

독자는 그의 시조가 종장의 이데올로기를 근본적인 차원에서 배반하

11) 윤영옥, 같은 글.

고 있다고 해석한다. 다시 말해, 그 일탈 자체가 규칙이 되어, 일종의 시적인 특수성을 보장하는 근거가 될 때, 시조는 문득 세상으로부터 떨어져 나와 하나의 미학적 구현물이 된다. 거기에서 삶은 문득 실종되어 버린다. 거기에 삶을 되집어 넣으려면 시조를 살리되, 그냥 살려서는 안 된다. 시조를 살리는 것은 시조의 정형성에 자유를 집중시키는 것을 가리키지만, 그것이 일종의 장식적 취향이 아니라는 것을 적시하는 다른 표지를 안감처럼 댈 필요가 있었을 것이다. 여기에서, '정형으로부터의 자유'라는 형태적 변용은 '시와 동시에 삶'이라는 구조적 변용으로 옮겨간다. 그 결과가 (1), (2)에서처럼 형태/내용의 교차거나, (3)~(6)에서처럼 자연성/일탈성의 중첩이다. 형태/내용의 교차는 그것 자체가 시 읽기에 긴장을 주문하는 것인데, 자연성/일탈성의 중첩은 독자로 하여금 그 의도를 파악하고 읽기를 바라는 청원이 포함되어 있다. 자칫하면 독자는 두 면에서 한 면만을 읽을 수도 있을 것이다.

몇 수에 걸친 연작은 그런 문제를 보완해주는 듯이 보인다. 이우걸 시조의 특징은 연작 그 자체라기보다는 연작이 모두 하나의 삶의 이야기로 연결되어 있다는 것이다. 그것은 '자연성'의 연장이라고 할 만하며, 주제적 차원에서는 시의 측면(결정성)에 삶의 측면(연속성)을 배경처럼 댄다는 의미를 가지고 있다. 그런데 연작이 말 그대로 삶을 '자연스럽게' 잇고 있는 것은 아니다. 이음은 이음이되, 특별한 형태를 구축하면서 잇는다.

가령 (4), (5)의 대비는 그 양상의 일단을 읽게 해준다. 「옷」의 첫째 수의 종장인 (4)는 같은 시 둘째 수의 종장인 (5)와 달리 비유적이다. 다른 한편 (4)는 첫째 수의 초·중장과 비교해도 비유적이다. 반면 (5)는 (4)와 달리 매우 자연스러운 문장이다. 즉 산문적이다. 동시에 둘째 수의 초·중장을 자연스럽게 잇고 있다. 그러나 이 둘째 수 전체는 첫째 수와 극적으로 대비되고 있다. 첫째 수는 죽음을 준비하는 할머니에 관한 이야기이다. 그것은 삶의 자연적 진행에 대한 수락이며, 따라서 조용히 느리게 움직인다. 반면 둘째 수는 고아원 뜰 앞에 앉아 있는 두 소녀를 사진처럼 제시하고 있는 시다. 이 장면은 돌발적이지만 멈추어 있다. 이 멈춤이 첫째 수의 느린 진행에 비추어, 읽는 이를 순간적으로 충격한다. 왜냐하면 이 소녀들은 더 많이, 그리고 더 빨리 자라야 하는 나이이기 때문이다. 그런데 거기에 멈추어 있는 것이다. 그렇게 멈춘 상태에서 종장은 다시 찰나적인 움직임을 드러낸다. "언니가 보라는 듯이" "싱긋 손을 흔든다." 그건 마치 저 고아원에서 멈추어버린 삶이 다시 힘차게 가동될 것만 같은 느낌을 솟구치게 한다. 게다가 손을 흔드는 건 '언니'라고 명시되어 있다. 그런데 독자는 "두 소녀" 중 누가 언니인지 모른다. 갑자기 궁금해지는 것이다. 독자의 의식 속에서 두 소녀는 완전히 새로운 인생을 살기 시작한다.

즉 「옷」의 첫째 수는 자연성/일탈성의 중첩을 형식적 구조로 깔면서, 자연성 속에 감싸이고 있다. 그러나 둘째 수는 자연성 그 자체의 제시인 듯이 보이지만, 첫째 수와 마주해, 자연성/일탈성의 대립을 이루며, 평범하게 묘사된 장면을 강렬한 인상으로 부조하고 있다. 마치 죽음에서 삶을 이끌어내듯이.

(6)이 종장으로 실린 시조 「부록」은 또 다른 양상을 보여준다. 이 시조는 부록 같은 삶을 사는 서민의 불평을 옮겨놓고 있다. 그런데 이야기가 매우 자연스럽게 전개되는 듯하지만, 둘째 수의 초·중장에서 슬그머니 다음과 같은 이야기를 집어넣고 있다.

아내의 성화에 못 이겨 전셋집을 옮기고,
아들의 고집으로 전학을 시키면서,

그러니까, '부록' 같은 인생들이 입으로는 불평하면서 몸으로는 부록에서 벗어나고자 다른 일을 꾀하는데, 그런데 그것이 결국 '서언'과 '결론'이 지배하는 세상의 강화에 쓰이고 마는 것이다. 왜냐하면 세상의 구조를 바꾸는 방식을 통해서가 아니라, 그것을 용인하고 개인적으로 해결하는 방식을 통하기 때문이다. 그래서 초·중장의 내용이 자연스럽게 읽힐 수밖에 없는데, 그러나 거기에는 부록 인생 그 '자신의 행동'에 책임의 문제가 걸려 있는 것이다. 그래서 시인은 마지막에 묻는 것이다.

김 씨는 어쩌면 자기가
부록 같은 생이라고?

이 종장은 시편 전체의 사연을 압축하면서 동시에 그것에 의문을 던진다. 불평의 사연을 재현하면서, 그 불평 자체에 의문을 던지는 것이다. 그 압축과 의문의 착종 때문에 이 종장은 통사론적 생략을 발생시켜 매우 어색하게 읽힌다. 이 문장은 다음 두 문장을 중첩시켜 압축한 것이다.

김 씨는 어쩌면 자기가 부록 같은 생〔일지도 모른〕다고 생각한다
김 씨는 〔정말〕 자기가 부록 같은 생이라고 〔생각하고 있기는〕 한가?

압축을 통해서 첫 문장에서 '의혹'이 생략되었고, 둘째 문장에서 '반

성'이 생략되었다. 의혹을 품기 전에 단정이 일어났고, 그 단정이 곧바로 반성 없는 행동을 야기했다는 사태를 보여주기 위해서이다. 그러니까 이 어색함은 매우 의도적인 것이다. 독자를 '의혹'과 '반성'으로 끌고 가기 위한 것이다.

이 시에서 짐작할 수 있는 것이지만, 이우걸 시조의 종장의 자연성은 대체로 초·중장의 시적 특성과의 대비를 통해서 읽힌다. 가령 다음과 같은 시편도 그렇다.

> 시계가 눈을 비비며
> 열두 시를 친다
> 반쯤 남은 커피 잔은 화분 곁에서 졸고 있고
> 과장은 혀를 차면서 서류를 읽다 만다.
>
> 문은 굳게 닫혀 있고
> 의자들은 말이 없다
> 창밖엔 클랙슨 소리 목 쉰 확성기 소리
> 자세히 들여다보니
> 벽에도 금이 가 있다.
>
> —「사무실」 전문

이 시에서 가장 자연스러운 문장은 두 수의 종장(제4행, 8~9행)이다. 너무 자연스러워서 종장만 읽어서는 시를 느낄 수가 없다. 그러나 각 수의 초·중장은 매우 비유적이며, 이 비유체들과 대비해서 읽을 때 종장의 자연스러움은 아주 다른 느낌으로 바뀐다. 과연 초·중장에서는 사물이 주어가 되고 있고, 사물들의 모습이 의인화되어 있다. 그런데 통상적인 의인화가 노리는 것처럼 이 의인화된 사물들은 인간에게 친숙한 것, 인간의 부속물, 애완동물로 기능하지 않는다. 오히려 그것들은 인간화되면서 인간 세상을 부식시키고 있다. 사물들의 무기력과 사물들의 균열은 바로 인간의 그것들이 된다. 다만 인간이 모르는 채로. 즉 인간 삶의 무기력과 균열을 사물들은 다 보여주고 있는데, 인간만이 모르는 것이다. 그래서 사물들은 생동하는데 인간은 정체 속에 빠져 있다. 이건 자연스러운 게 아니라 그로테스크한 것이다. 무서운 것이다. 종장은 그 그로테스크함을 아주 무심한 듯이 드러낸다. 초·중장의 신기함(비유)/그로테스크의 중첩은, 종장의 자연스러움/그로테스크의 중첩으로 대체된다. 초·중장이 감각적 자극과 의미의 은폐로 이루어진다면, 종장은 감각의 무화와 의미의 각성으로 이루어진 것이다. 종장의 자연스러움의 기능은 바로 '각성'이다.

이우걸 시조의 정치성은 일상의 내적 재구성이라는 차원에서 움직이고 있다고 할 수 있을 것이다. 그는 한편으로 서민의 고난과 설움을 명제적으로 제시한다. 그러나 그 제시의 구체화 속에서 그는 그 고난과 설움의 주체가 서민 그 자신임을 강력하게 환기시킨다. 그들 삶의 내부에 그들이 바라 마지않는 삶이, 혹은 거꾸로 그들이 비판하는 삶이 깊숙이 심어져 있는 것이다. 이우걸 시조의 자연성/일탈성의 중첩이 궁극적으로 드러내는 주제가 바로 그것이다.

한마디 덧붙이자면, 자연성/일탈성의 중첩이 궁극적으로 현상하는 형태는 자연성 자체가 일탈성을 속으로, 따라서 은밀히 비가시적으로 품는 것이다. 그것이 그의 주제와 상응한다. 자연스럽게 보이는 것 안에 심각한 것, 혁신적인 것이 숨어 있는 것이다. 그러한 지향이 나아간 어떤 끝 지점에 「봄비」 같은 시편도 태어나는 것으로 보인다. 이 시편은 전체가 '종장'의 정형 규칙으로 이루어져 있다.

4. 의미의 중력 쪽으로 휘는 존재 현상

지금까지 살펴본, 두 시인의 시조가 정치적 상상력 속에서 움직인다면, 박시교의 시조는 인생론적 상상력이라고 이름 붙일 만한 그런 상상력을 통해서 피어난다고 할 수 있다. 그 상상력은

> 누구나 바라잖으리
>
> 그 삶이
>
> 꽃이기를,
>
> —「꽃 또는 절벽」 초장

이라는 바람을 꿰고 굽이친다. 그런데 마냥 기다리기만 해서, 저 김영랑처럼 "아직 기둘리고"만 있는다 해서 꽃이 피리라는 기대를 하던 시대는 지나갔다. 이제 꽃은 저만치에서 피지 않는다. 그것은 오직 "순간의 절벽"으로 "가슴을 때리는" 것이다. 다시 말해, 꽃은 내 바깥에 피는 게 아니다. 나의 결단 속에서 나의 부활을 통해서 피는 것이다.

따라서 여기에 정치성이 없는 게 아니다. 그는

가녀린

꽃 흔들림 본다

오, 죽창(竹槍)과

피리 사이

—「어머니」 종장

라고 말한다. 이 묘사는, "자유에는/피의 냄새가 섞여 있"다는 김수영의 진술(「푸른 하늘을」)만큼이나 정치적이다. 그러나 이 정치성 속에서 시인은 "그 아픈 상흔 뚫고 싹틔운 풀꽃"을 본다. 삶의 험난한 과정은 불현듯 최후의 결실로 이동한다. 존재는 의미로 바뀐다. '인생론적'이란 모든 세상의 사건과 자신의 경험을 삶의 뜻으로 모은다는 의미에서 쓰인 것이다.

이 인생론적 상상력은 말 그대로 인생론으로 수렴되는 게 아니다. 오히려 두드러진 것은 그 인생론이 달성되지 않는 사태이다. 방금 본 시편에서도, 그의 의식은 "죽창"과 "피리" 사이에서, "꽃 흔들림〔을〕 본다". 시인은 구체적 정황과 삶의 뜻 사이에, 존재와 의미 사이에 유배된 존재다. 그래서,

풍경 하나 멈춰 선 듯한 그 적막이 서러워서

억지로 눈물 삼켰던 어릴 적 죄 키웠음도

—「그리운 죄」 5, 6행

존재의 차원에서 의미를 보면 서러운 '적막'이 '붙박혀' 있고, 의미의 차원에서 존재를 보면 눈물 삼키고 살아온 삶은 어릴 적부터 '자책'을 '키워온' 삶이다.

이렇게 사이에 끼어 있다는 의식과 그의 시조의 형태적 특질이 어떤 어울림을 갖는 듯하다. 그 형태적 특질은, 여러 수로 이루어진 시편의 경우, 적어도 한 수의 중장은 그 형식이 종장의 중력에 사로잡혀, 마치 종장이 두 번 되풀이되는 듯이 보인다는 것이다. 「그리운 죄」 시 전문을 분절해보면 다음과 같다.

그립단 말 | 함부로 한 | 내 죄 | 늦게 알았네

외로움과 | 혼동하여 | 마구 썼던 | 것까지도

그러니 | 어쩌겠는가, | 사람이 | 그리운 걸

일부러 | 산 밑 먼 길 | 휘돌아 | 흐르는 강

풍경 하나 | 멈춰 선 듯한 | 그 적막이 | 서러워서

억지로 | 눈물 삼켰던 | 어릴 적 죄 | 키웠음도

이 시편은 그러니까 두 수로 이루어진 시조로 볼 수 있는데, 첫 수에

서 중장은 4·4조의 비교적 자유로운 변용인 데 비해, 두번째 수에서의 중장은 4·4조의 자유변용이기도 하지만 동시에 종장에 비추어보면 후자와 같은 리듬을 보여주는 것으로 읽을 수도 있다.

이러한 형식적 미묘함은 다른 시편들에서도 자주 확인된다. 가령 「나의 아나키스트여」 「수유리에 살면서」 「빈손을 위하여」 「사랑을 위하여」 「협객을 기다리며」 등은 세 수로 이루어졌는데, 이 중 마지막 수가 두 종장의 연속이라는 형식을 겹으로 가진 듯이 보이는 시편들이며, 「낙화 1」은 두 수의 시조로 볼 수 있는데, 첫 수의 중장은 사설시조화한 데 비해, 두번째 수의 중장은 종장과 유사해진다.

이 형식적 특질이 의미하는 바를 독자는 우선, 존재와 의미 사이에 끼인 존재의 충동, 즉 존재 차원과 의미 차원을 동시에 드러내고자 하는 충동의 현상으로 보았다. 이 동시성의 충동은 물론 존재 차원을 의미 차원으로 끌고 가고자 하는 의지 속에서 움직인다고 보아야 할 것이다.

> 나무가 나무에게 기대어/푸릅니다
> 사람이 사람에게 기대어/정겹습니다
> 눈물이/내게 기대어/따뜻했으면 합니다
>
> —「연리지 생각」 전문

초·중장의 서술문이 종장에 와서 소망문으로 바뀐 까닭이 아주 명료하게 드러나 있다. 존재에 의미가 결여되었음을 드러내고 동시에 의미의 충족 쪽으로 끌어당기기 위해서다. 종장이 중장스러워지지 않고 중장이 종장스러워지는 건 그 때문이다. 간단히 말해, 우리가 '연리지' 생각을 하는 건 연리지가 되고 싶기 때문인 것이다. 그런데 조금 전 기술했던 것처럼, 존재 차원과 의미 차원의 동시성은 말 그대로 두 차원을 동시에 드러내는 것이다. 그래서 중장과 종장의 일치는 사실 둘 사이의 분리로도 읽을 수 있다는 것을 전제로 한다.

바닥을 다 드러낸 영산벌은 끝이 없구나

가슴에 묻어야 할 말 '목포는 항구다'

—「목포의 눈물 1」 제2수, 중·종장

은

바닥을 | 다 드러낸 | 영산벌은 | 끝이 없구나

가슴에 | 묻어야 할 말 | '목포는 | 항구다'

로 읽을 수도 있고

바닥을 | 다 드러낸 영산벌은 | 끝이 | 없구나

가슴에 | 묻어야 할 말 | '목포는 항구다' | (   )

(※ 빈칸은 "가슴에 묻어야 할 말"로서의 '목포는 항구다'이다.)

로 읽을 수도 있다. 전자는 시조의 일반 형식에 맞추어서 읽은 것이고 후자는 중장의 종장화 현상으로 읽은 것이다. 그런데 두 가지 독법은 뚜렷한 의미의 차이를 보여준다. 일반 형식에 맞추어 읽으면, "바닥을 다 드러낸"과 "영산벌은 끝이 없구나"가 따로 떨어져, '영산벌'의 '끝없음'이 강조된다. 그러나 후자로 읽으면 '영산벌'은 무엇보다도 "바닥을 다 드러낸 영산벌"이다. "끝이 없"는 것도 그냥 영산벌이 아니라, 제 존재의 꼬락서니를 통째로 품은 영산벌이다. 이 독법은 당연히 영산벌을 다시 풍요한 개펄로 회복시키고 싶은 충동을 즉각적으로 불러일으킨다. 다음 시구도 마찬가지다.

> 고비마다 쏟아놓던 사설은 또 몇 편이던가
>
> 이쯤서 접어도 좋을 내 생의 한 필 두루마리
>
> —「옹이」 제3수, 중·종장

이 시구는

> 고비마다 | 쏟아놓던 | 사설은 또 | 몇 편이던가
>
> 이쯤서 | 접어도 좋을 내 생의 | 한 필 | 두루마리

로 읽을 수도 있고,

> 고비마다 | 쏟아놓던 사설은 | 또 | 몇 편이던가
>
> 이쯤서 | 접어도 좋을 내 생의 | 한 필 | 두루마리

로 읽을 수도 있다. 전자의 방식으로 읽으면, '사설'의 뜻 없음이 두드러진다. 반면 후자의 방식으로 읽으면, "고비마다 쏟아놓던 사설"이 되풀이되어야만 했던 사연을 상기하게 된다. 그래서 "내 생의 한 필 두루마리"가 얼마나 복잡한 여러 겹의 몸부림을 감추고 있었던가를 절감케 한다.

이제 박시교의 시조에 대해 이렇게 말할 수 있겠다. 현상과 의지의 동시성과, 의지의 중력을 통한 현상의 휨이라고. 그의 시조는 주제론적으로 현상의 고통을 직시하는 과정이 곧바로 현상의 극복의 운동이 되도록 하고자 하는 것이며, 형태론적으로는 시조의 정형성을 지키는 것이 동시에 시조의 형태를 해체하는 운동이 되게끔 하는 것이다. 시인이 그렇게 하는 이유를 굳이 풀이할 필요는 없으리라. 한 시구를 그대로 인용하는 것으로 충분할 것이다.

> 그 무게 견딜 수 없는 고통 참 아름다워라
>
> —「이별 노래」 마지막 행

5. 파동의 도래할 자취로서의 이미지

유재영의 시조는 존재의 현상보다 삶의 뜻 쪽에 더욱 가까이 있다. 따라서 네 사람의 시조 중에서 가장 인생론적이다.

> 이 나라 지극한 인심이며 햇빛이며

봉숭아 꽃물에다 우리 누님 울음까지

잘 구운 질흙 대장경 오디 빛 저 항아리

—「조선 옹기를 주제로 한 세 가지의 시적 변용」 첫째 수

같은 시편이 보여주듯, 초장부터 존재의 현상("인심이며 햇빛")이 이미 뜻("지극한")을 내장하고 있다. 그래서 그런지 그의 시는 시조의 형식적 규칙을 가장 충실히 따르고 있기도 하다.

그러나 이러한 자발적 구속 안에는 은근하고도 끈질긴 저항이 작동하고 있다. 그것을 이해하기 위해서는 현대시조의 일반적 특성 하나를 경유할 필요가 있어 보인다. 그 특성은 현대시조에 와서 사물의 주어화가 나타난다는 것이다. 옛시조에서 시적 사건의 주체는 철저하게 인간이며, 대체로 말하는 화자이다. 자연은 언뜻 보아서는 인간의 터전이자 인간이 최종적으로 귀의하는 곳으로 보이지만 실은 인간을 떠나서는 아무런 의미가 없는 인간 내적 존재이다. 그것은 대체로 인간의 사건이 의미 상실로 파열하는 것을 막아주는 울타리로 기능한다. 제사 지내며 둘러치는 '병풍'이 그러하듯이. 다음과 같은 김상헌의 시조는 가장 전형적인 경우이다.

가노라 삼각산아 다시 보자 한강수야

고국산천을 떠나고자 하랴마는

시절이 하 수상하니 올동말동하여라[12)]

12) 이광식 엮음, 『우리 옛시조 여행』, 가람기획, 2004, p. 295.

자연의 또 다른 기능은 인간의 알레고리이다. "가마귀 눈비 맞아 희는 듯 검노매라"라든가, "냇가의 해오랍아 무스 일 서 있는다/무심한 저 고기를 여어 무슴하려는다"에서의 '가마귀' '해오라기'가 하는 일이 그렇다. 인간이 자연에 귀의하는 일은 실제로 일어나지 않는다. 오히려 자연이 인간에 귀속되어 있을 뿐이다. 이러한 시조의 일반적 경향으로부터 비켜난 시가 아주 없는 건 아니다. 시조를 통틀어 가장 감성적인 시라 할 수 있는 이조년의 시조,

> 이화에 월백하고 은한이 삼경인 제
> 일지춘심을 자규야 알랴마는,
> 다정도 병인 양하여 잠 못 들어 하노라[13)]

에서의 '소쩍새(자규)'나, 홍랑의

> 묏버들 갈해 꺾어 보내노라 님의 손대
> 자시는 창밖에 심거두고 보쇼셔
> 밤비에 새잎곳 나거든 날인가도 너기쇼셔[14)]

에서의 '산버드나무 가지'는 인간 정서의 알레고리로서가 아니라 그것을 '환기'하는 독립물로 존재한다. 그러나 이런 예는 매우 드물뿐더러, 이조년의 시조에서 보이듯 자연은 인간의 정서에 뒤처지는 방식으로 존

13) 김천택 편, 『청구영언』, 권순희·이상원·신경숙 옮김, 국립한글박물관, 2017, p. 214.
14) 이광식 엮음, 같은 책, p. 239.

재한다. 현대시조가 일신한 것 중의 하나가 고시조의 인간중심주의이다.[15]

> 담머리 넘어드는 달빛은 은은하고,
> 한두 개 소리 없이 나려지는 오동꽃을
> 가랴다 발을 멈추고 다시 돌아보노라
>
> —「오동꽃」[16]

이 시조에서 "달빛"과 "오동꽃"은 인간화되어 있지도 않고, 인간에 귀속되지도 않는다. 비로소 자연과 사물이 '타자'로서 존재하기 시작한 것이다. 그리고 실은 그런 타자가 있을 때에 '비로소' 인간도 개별자로서 존재하는 것이다. 그 이전에 인간은 보편적 인간관의 그림자에 지나지 않았고, 인간중심주의는 보편적 이념이라고 인정된 이념의 대리인으로서 가정된 '규범적 인간중심주의'라 할 수 있을 것이다.

유재영의 시조는 인간중심주의로부터 벗어나 사물과 인간 모두에게 개별성을 부여하고자 하는 현대시조의 경향을 극단까지 몰고 간다. 시조의 정형적 규칙을 철저히 지키면서 그러하다는 것은 그의 시적 형태 자체가 특별한 모순을 안고 있으리라는 것을 암시한다.

그 모순은 정형성과 비유의 모순, 구문과 이미지의 모순이다.

> 미나리 새순 같은/4월도 상순 무렵//

---

15) 이는 명백히 보이는 현상으로 이미 지적한 글이 있을 줄로 안다. 이 자리에서 인용하지 못하는 것은 필자의 독서가 짧은 탓이다.

16) 이병기, 『가람 이병기 전집 1: 시조』, 전북대학교 출판문화원, 2017, p. 99.

초록빛 따옴표로/새 한 마리 울다 가면//
내 누이/말간 눈물엔/나이테가 돌았다

—「햇빛 시간」

자연은 개별적으로 존재할 뿐만 아니라, 시간적으로도 공간적으로도 특수화된다. 초장이 가리키는 바가 그러하다. 중장에 가면, 사물 자체의 존재적, 시·공간적 구체성은 그것들이 합동해 분비한 하나의 느낌으로 응축되고("초록빛 따옴표로") 소멸한다("울다 가면"). 그리고 종장에서, 그 소멸의 빈자리에 누이의 '눈물'이 대신 들어오는데, 그 눈물은 자연의 소멸의 내력을 현상하는 필름으로 존재한다. 소멸하는 것이, 막 생겨나는 물질의 자취로 남았다. 누이의 눈물은 바로 소멸을 생성으로 바꾸는 자리이다. 비유는 의인화로서 기능하지 않고 의물화로서 기능한다. 그러나 의인화냐 의물화냐가 중요한 게 아니다. 아니, 그런 기술이 정확한 게 아니다. 누이의 눈물이 나이테인 게 아니다. 누이의 눈물은 나이테가 떠오르는 자리이다. 이미지는 실체가 아니라 장소이다. 보석이 아니라 벽지이다. 사방무늬다. 그러니까 정형성과 이미지 사이의 모순이라는 유재영 시조의 모순은 인간중심주의와 사물의 개별성 사이의 모순이 아니다. 그의 모순은 이 정황을 넘어, 실체로서의 이미지와 파동으로서의 이미지의 모순으로 나아간다. 앞에서 환기했듯, 사물에게 독립성을 넘겨주는 게, 사물과 인간의 동시적 개별화를 생산한다면, 인간이냐 사물이냐가 중요한 게 아니다.

차 한 잔 따라놓고 누군가 기다리다

꽃씨가 날아가는 방향을 바라본다

어쩌면 우리 먼 그때, 약속 같은 햇빛이며

—「바람이 연잎 접듯」 제3수

이 시조에서는, '햇빛'이 '약속'의 비유로 쓰였다. 단, 이 비유는 확정적이지 않다. 햇빛의 가장자리에서 올이 풀리듯, 이 약속도 "우리 먼 그때"의 가능성으로만 나타난다. '햇빛'은 그 "우리 먼 그때"의 막연함을 밝음으로 바꾼다. 이미지의 기능은, 사물과 인간에게 개별성을 돌려주는 과정을 통과하여 그 개별성을 포자처럼 터뜨려 다른 존재, 다른 세계를 향해 퍼져 나가게 하는 것이다. 즉 개별성을 가능성으로 돌리되, 개별성의 에너지를 이용하여 가능성을 밝은 가능성으로 만드는 것이다. "꽃씨"로부터 "햇빛"으로 이미지가 이동하는 궤적이 그렇게 해서 그려진다.

그것이 파동으로서의 이미지다. 아니 좀더 정확하게 말해 파동의 도래할 자취로서의 이미지다. '도래할 자취'라는 것은, 그 파동이 현실화되지 않은 채로 그 가능성만을 미래 쪽으로 이끈다는 뜻으로 쓰인 것이다. 정형적 규칙은 이미지를 실체화하려 하고, 유재영 시조의 운동은 정형적 규칙을 위반하지 않으려 하다 보니, 이미지가 규칙 너머로 나아가서 동적으로 움직이는 과정으로 나아가지 못한다. 그러나 그 불가능성에 대한 수락이 화자가 꿈꾸는 새 삶의 가능성에 맑은 기운을 불어넣는 근거가 된다. 만일 동사화하려 했다면, 실체화에 쓰였던 에너지가 곧바로 동적 움직임 속으로 소진되었을 것이다. 그리고 그러한 움직임은 정형성의 규칙과 그로부터 자유로워지려는 운동 사이의 격렬한 투쟁을 낳았을 것이다. 그것이 실은 윤금초의 시가 보여주고 있는 세계라고 독자는 읽었다. 유재영의 시조는 그 투쟁으로 가지 않고 그 직전에 머무른다. 그것은 그가 운명의 수락 같은 한계를 인정하고 있다는 것을 뜻한다. 그러나 그 수락이 삶에 대한 관조를 가능케 하고, 그 관조가 새 삶의 가능성을, 특정한 내용을 가진 가능성이 아니라 삶이 열리는 형태의 가능성으로서, 햇빛을 오래 쬔 솜이불의 부푼 기운처럼 부풀어 오르게 한다. 그것이 유재영의 비유가 수행하는 최종적인 기능이라 할 수 있을 것이다.

6. 자유가 구속일 수 있고, 구속이 자유일 수 있다

지금까지 네 시인의 현대시조를 살펴보았다. 지금까지의 읽은 바에 의하면, 현대시조는 시조를 시조답게 하는 최후의 정형 하나를 지킨다. 그러나 그 정형을 지키는 일은 무조건 정형을 긍정하는 걸 뜻하지 않는다. 최후의 정형의 수락은 정형과의 투쟁으로 이어지기도 하며, 혹은 정형의 준수를 대가로 다른 차원의 자유를 향해 열어 나가기도 한다. 궁극적으로 현대시조가 보여주는 것은, 장르의 존재 이유로 작용하는 최소한의 규칙을 전제로 한 자유의 모험이라는 것이다.

아마도 누군가 물으리라. 왜 그렇게 하느냐고. 모든 규칙으로부터 해방되어 무한한 자유의 하늘로 뛰어오를 수는 없느냐고. 이런 질문에 대해서 대답할 수 있는 말은, 인류의 자유를 향한 모험은 다양할 수밖에 없다는 것밖에 없다. 자유를 향한 모험이 진정 자유로우려면 그 모험 또한 특정한 방향만을 주장할 수 없기 때문이다. 만해는 "남들은 자유를 사랑한다지마는, 나는 복종을 좋아하야요"(「복종」)라고 말하지 않았던가? 그가 보기에 그 '복종'이 '자유'였기 때문이었던 것이다.

한 가지 참조할 만한 이야기가 있다. 서양의 중세문학 연구자인 리흐너Rychner는 '아서왕 계열 소설'의 결정판이라 할 수 있는 13세기에 씌어진 『아서의 죽음*Mort Artu*』의 구조를 분석하면서 이 산문소설이 운문으로부터 해방되었지만 자질구레한 형식적 규칙들을 갖게 됨으로써 형식적으로뿐만 아니라 주제적으로도 닫힌 세계를 이루게 되었음을 밝힌다. 그리고 12세기에 운문으로 씌어진 크레티앵 드트루아Chrétien de Troyes의 '아서왕 계열' 소설이 운문을 취했다는 한 가지 형식의 수락을 대가로 형태나 주제에 있어서 아주 자유분방한 모험을 개진할 수 있었다는 것을 또한 분석해낸다.[17] 결론적으로 "자유는 운문 편에, 구속은 산문 편에 있었던 것이다".[18]

그러니 우리가 자유를 선택했다고 해서 진정 자유로운지, 우리가 구속을 선택했다고 해서 정말 감옥 속에 살고 있는지 어떻게 단정할 수 있으랴? 자유는 오직 자유롭고자 하는 그 의지의 개진 속에 생동할 뿐인 것을. 오늘의 시조가 최후의 정형을 수락한다는 것은 그 자체로서는 인류의 진화를 향한 다양한 실험 중의 하나가 실행되고 있다는 것을 뜻할 뿐이다. 이러한 특별한 방식의 실험이 어떤 자유의 문을 열어, 현대시가, 혹은 더 나아가 현대문학의 다양한 장르들이 저마다의 방식으로 여는 자유의 문들과 언제, 어디서 어떻게 합류하여, 싸우거나 융해되거나

17) Jean Rychner, 『「아서의 죽음」에서의 서술문장의 분절*L'articulation des phrases narratives dans la ≪Mort Artu≫*』, Genève: Droz, 1970, pp. 233~48 참조(특히 「결론」의 장).

18) 이 표현 자체는, 베르나르 세르키글리니Bernard Cerquiglini, 『중세의 말—담화, 통사, 텍스트*La parole médiéval—Discours; Syntaxe; Textes*』, Paris: Minuit, 1981, p. 17에서 빌려 왔다.

더 큰 분화를 일으키거나 할지는 그다음의 문제이다. 그리고 이'다음'이 실은 중요한 문제인 것인데, 이'다음'을 위해서는 '지금'을 소중히 대할 수밖에 없는 게, 그'다음'의 운명인 것이다. 그러니 현대시조가 펴놓은 오늘의 축제를 우선은 마음껏 즐기기로 하자. 네 시인 저마다의 개성이 풍기는 "용연향, 사향, 안식향, 훈향"[19]을. 그뿐이랴, 라벤더향도, 발삼향도, 앰버향, 구르망향도 흡입하면서, 아데닌향에는 티민향을, 시토신 향에는 구아민향을 곁들이기도 하면서, 그렇게 시편들 모두의 이질성들을 꼼꼼히 씹어 먹으면서. 시심과 자유의 의지로 충전되어 그'다음'으로 나아가기 위해서.

19) 샤를 보들레르Charles Baudelaire, 「교감Correspondances」, 『악의 꽃*Les fleurs du mal*』, 윤영애 옮김, 대산세계문학총서 18, 문학과지성사, 2003, p. 50.

세상의 풍요에 저항하는 이의 가난의 먼 행로

누가 내 동공에다 정을 대고 쪼아서 오래전에 먼 눈빛을 캐내고 있다

—「예감」[1)]

거울이라기보다는 떨림…… 휴지(休止)이면서 동시에 애무.

이끼들의 합주 위로 수궁(水弓)archet liquide 악절 하나.

—폴 클로델, 「떠오르는 태양 속의 검은 새」

1. 적빈성의 시

모든 것이 넘쳐나는 시대에 시라고 예외일 수는 없다. 그것이 꼭 풍요가 아닌데도 풍요에 대한 환상으로서 혹은 그에 대한 원한으로서 곳곳에서 과잉은 보편적 현상이 되어가고 있다. 오히려 풍요가 결여됨으로써, 아니 차라리 풍요의 관념이 결여로 설정됨으로써, 그 텅 빈 중심 바깥으로 광활한 욕망의 파문이 전방위로 퍼져 나간다. 21세기 들어 한국의 현대시가 사회의 음지로 쫓겨난 상태에서 그토록 요란한 이미지의 과격성 속에서 몸부림쳤던 것은 그 역시 그 보편적 경향의 네트워크에 사로잡히지 않을 수 없었기 때문일 것이다.

이런 문제를 의식적으로 자각한 시인은 그리 많지 않다. 그리고 그것

1) 위선환, 『수평을 가리키다』, 문학과지성사, 2014.

자체가 시적 수준의 척도로 작용하지는 않는다. 많은 시인들은 그런 문제를 무의식적으로 감지하면서 그 현상을 폭로하는 일과 반성하는 일을 동시에 수행한다. 때문에 중요한 것은 21세기 시인들의 이미지의 과격성이 아니라 그것의 내부에 도사린 정신적 긴장이다. 현실의 분위기를 체현하는 수용 작용과 그에 대해 저항하는 반발 작용 사이를 채우는 정신적 밀도이다. 이 움직임이 무의식적 차원에서, 즉 몸의 실행의 차원에서 일어난다는 점에서 이 밀도의 수준과 효과는 시인에게서 나온다기보다 시 쓰기로부터 나온다. 그리고 시 쓰기는 시인의 손을 빌려서 시대 전체가 쓰는 것이지, 시인 혼자서 쓰는 것이 아니다. 시인은 시대 전체가 특별하게 주조된 형상으로 자신을 드러내는 그 방식을 '주도'함으로써 자신의 창조성을 수행한다.

그러나 그렇다 해도 환경과 문학의 동형 관계라는 이 문제를 의식적으로 자각하는 건, 혹은 의식적이든 무의식적이든 시대의 경향과 다른 방향의 시의 분면을 열어 보이는 건, 그 나름으로 의미심장한 일이다. 무엇보다도 그것은 세계에 대한 비전의 상이한 버전들을 탐색케 하는 계기이다. 방금 전에 말한 시대 전체의 시 쓰기가 내연(內燃)의 작업이라면, 이러한 일들은 '바깥으로부터의 궁리'에 해당하는 것들이다. 다시 말해 지금·여기와는 다른 언젠가·저곳의 삶의 가능성에 기대거나 그것을 그리면서 전자의 현실에 개입하려 한다.

위선환의 시적 작업이 오늘의 시대적 환상/현상을 의식적으로 문제 삼고 있는지는 분명치 않다. 하지만 풍요와는 정반대의 풍경을 비추어 보여주고 있다는 것이 그의 시의 가장 두드러진 특성임은 틀림없다.

춥고, 내다보니 바깥이 비어 있다

오직

새가 퍼덕이며 할퀴어대며 우짖는다

—「허공은 날카롭다」 부분

에서 보이듯, 그의 시의 기온은 낮고 공간은 텅 비어 있으며(그리고 대체로 조용하다) 거기를 헤젓는 존재는 '혼자'이다. 이 광경을 바라보는 이는 물론 화자인데, 그러나 직접 시의 무대 속에 참여하는 인물들도 있다. 그 인물은 그런데,

누가 내 동공에다 정을 쪼아서 오래전에 먼 눈빛을 캐내고 있다.

—「예감」 부분

에서 읽을 수 있는 것처럼 눈이 먼 사람이기 일쑤이다. 그는 무명을 보고 있는 것이다. 게다가 이 맹인은,

나뭇잎이 지는 날씨와 하루가 수척한 것과 마지막에 빛나며 사라지는 것과, 나, 수평이다

—「수평을 가리키다」 부분

에서 보이듯, "마지막에 빛나며 사라지는 것과" 나란히 있다. '나란히 있다'는 아직 해독되지 않았지만 유사한 운명을 얼마간 암시한다. 여하튼 그가 바라보는 시의 무대 속에 등장한 존재들은 모두 사라진다.

천 마리씩 떨어지는 여러 무리 새떼들이 바싹 마른 가슴팍을 땅바닥

에 부딪치며 몸 부수는 저것

—「폭설」 부분

폭설을 묘사하고 있는 이 광경에서, 폭설은 우선 "여러 무리 새떼"로 나타났다가 "몸 부수"며 사라진다. 그때 저 새떼들이 "바짝 마른 가슴팍을 땅바닥에 부딪치"는 것은, '시야의 부재'를 암시한다. 즉 그들도 앞서의 맹인과 마찬가지로 무명에 갇혀 있는 것이다.

요컨대 위선환 시의 배경, 인물들은 두루 비었거나 비어가고 있고, 어둠 자체거나 어둠 속을 헤매고, 적요하거나 침묵 속으로 가라앉고 있다. 이러한 유별난 특성을 가리켜 오늘의 '풍요'에 대비하여 그의 '적빈성'이라고 부를 수 있을 것이다.

이러한 위선환 시의 '적빈성'이 어디로부터 연유하는가? 「폭설」의 수일한 이미지는 그것이 오로지 형상이기 때문에, 좀더 정확히 말해, 형상의 휘황한 확대이자(눈→새떼로의 전환), 곧바로 그것의 충격적인 산화(散華)의 형상적 과정 그 자체일 뿐 어떠한 해석도 배제되어 있기 때문에, 독자의 가슴을 더욱 놀라게 한다. 빛나는 캄캄함인 것이다. 왜 이렇게 뚜렷한데도 요령부득인가? 도대체 이것이 뜻하는 바가 무엇인가? 그것을 찾기 위해 독자는 두 방향으로 더듬이를 놀린다.

2. 최초의 시작

하나는 그의 시의 전사이다. 시인이 밝힌 경력에 의하면 그는 1960년에 등단하였고 9년 동안 시를 쓰다가 무슨 연유에선지 절필을 하였다.

그리고 2001년에 다시 시를 쓰기 시작한다. 사석에서 시인은 자신이 절필했던 배경에 그가 개척하려 한 새로운 시를 받아들이기 어려운 당시 시단의 분위기를 언급한 적이 있다. 그가 시도했던 새로운 시들을 시인은 이번 시집의 뒷부분에 수록하고 있다. 일별하면 그의 시가 외면당한 까닭을 어느 정도는 짐작할 수 있다. 1960년대의 그의 시들은 당시의 한국 시를 지배하고 있던 서정주·유치환, 그리고 청록파의 자연에 근거하는 인생파적 표현이나 그 경향의 반대편에 있던 김수영·신동엽의 사회비판적 진술의 어디와도 친연성을 갖고 있지 않다. 외부의 지시체를 거부하고 순수 내면의 형상에 몰두한다는 점에서 김춘수의 무의미시와 가장 친근하다고 할 수 있으나, 김춘수의 시가 감정을 은폐하는 객관화를 지향하는 데 비해 위선환의 시는 사유의 형상을 주관성의 운동 그 자체로서 드러내려 하고 있다. 가령

> 너도 아니고 그도 아니고, 아무것도 아니고 아무것도 아니라는데
> …… 꽃인 듯 눈물인 듯 어쩌면 이야기인 듯 누가 그런 얼굴을 하고
>
> —김춘수, 「서풍부」[2] 부분

같은 시구는 체험과 감정을 순수 사유로 증류해내는 태도를 보여주는데(김춘수 스스로 암시하고 있듯, 그의 시는 역사에 대한 거부와 상통한다) 비해,

> 문득 만난 가을에

2) 김춘수, 『김춘수 전집 1: 김춘수 시전집』, 현대문학, 2004, p. 67.

지평을 열고, 잎이 스스로를 해체하는

숲에 머물며

거죽과 속살을 벗고

한나절

消散하는 광망 속에서 하얗게 바래지는

골격으로 서서

다시

이 심한 바람 속에 갇혀, 내가

아직 있다는 것을

생각한다.

—「산책」 부분

같은 구절에서 잘 보이듯, 위선환의 시에서 체험과 감정은 사유의 밑바탕을 이룬다. 이러한 태도는 가령 "바람이 분다/살려고 애써야 한다"와 같은 유명한 시구에서 그대로 드러나듯 의식의 명료성이 곧 삶에 대한 각성과 직통하는 발레리적 사유와 닮은 데가 있다. 한국의 시인 중에서 비슷한 태도를 보여준 시인은 김기림이다. 그러나

밤과 함께 나의 침실의 천정으로부터

쇠줄을 붙잡고 나려오는 람푸여

꿈이 우리를 마중 올 때까지

우리는 서로 말을 피해 가며 이 孤獨의 잔을 마시고 또 마시자.

—김기림, 「람푸」[3] 전문

와 같은 시구에서 짐작할 수 있듯이, 김기림의 시적 태도는 그가 자주 타기해 마지않았던 '센티멘털리즘' '로맨티시즘'의 '감상성'이라는 시대적 정조에 스스로 침윤되어 있었음(이 의지로 충만한 시에서, 화자는 왜 "꿈이 마중" 오기를 기다리는가? 왜 "말을 피해 가"는가? 그냥 "말을 그치"면 안 되는가? 그리고 왜 "고독의 잔을" "마시고 또 마시자"고 하는가? 그냥 "마시자"거나 "거푸 마시자"고 하면 안 되는가? 말을 피해 가자는 사람이 왜 이리 말이 많은가?)을 보여준다. 그래서 그의 시에서 '나'의 주관성은 체험과 느낌의 현실성을 추월하여 스스로를 드러내게 되는데, 흥미롭게도 이 주관성의 초과는 바로 그의 태양에 대한 의지를 강화하는 동력이 된다(이 현상의 시적 성취와 한계는 이 자리에서 상론할 문제는 아니다).

그에 비하면 위선환의 초기 시에서 나의 주관성은 정확히 통제되고 있다. 그에게 삶에 대한 강렬한 의지가 없는 건 아니다. 그러나

내 시야를 일깨운
저 넘쳐나는
生成의
내 키만 한 신체의
透明을.

—「빛의 肉體造形」 부분

과 같은 시구가 그대로 보여주듯, 생성의 빛은 "내 키만 한" 규모에 엄격하게 제한된다. 이 진술은 얼핏 보면 나의 주관성의 작음이 생성의 크기

3) 김기림, 『김기림 전집 1: 시』, 심설당, 1988, p. 33.

에 제한을 가한다는 듯이 읽히지만, 그러나 실제로는 다른 이야기이다. 즉 나의 한계는 내가 겪고 느낀 체험과 감정의 한도에 달려 있다는 것이다. '키'가 암시하는 것이 그것이다. 그렇기 때문에, 세상의 모든 "죽은 이들"을 "잠재한 것들"로 치환한 후, "모든 潛在한 것들은/神이다"라고 규정하고는, "내가 내장한 것들을 일깨워/목숨을 줄 것이다"라고 선언하는 한편, "나는 많은 아이들을 여자 몸에 두었다"고 진술하여 부활의 양을 증폭시킨 시의 주체는 그러나,

> 모든 이웃에 두고 온 童貞을
> 염려한다. 內宿한
> 아이의 혼례를 위하여
> 내 남은 한 개 갈비뼈를 닦는다.
>
> —「孕胎期」 부분

라고 진술함으로써, 그 부활할 것들의 자발적 생장력을 "염려"하며, 오로지 "내 남은 한 개 갈비뼈"만을 믿게 되는 것이다. 오로지 나의 체험의 한계에 근거하고자 하는 이러한 태도는 시인의 정직성을 보여주는 것일 수도 있을 것이다. 그러나 정직성이 항상 바람직한 결과를 낳는 건 아니다. 다른 측면에서 보자면, 이러한 태도는 바깥과 내면 양쪽의 통로를 동시에 차단해 체험의 지평 자체를 극단적으로 위축시키는 결과를 낳을 수도 있다. 실로 그의 무명은 그로부터 비롯된다.

> 누이 죽었던 강 노을이다.
> 떠난 것들은 늦은 밤을 건너가고

삼동의
먼 불빛이 흔들리는 江心 깊이
虛妄은
수척한 몸을 누이었다.
보다 깊은 곳, 그 침하하는 언어의 주변에
언 손을 들고 내려온 너, 나, 친구여
서로의 이름을 잊은 지 오랜
만났으나, 우린 눈이 먼
無明이다.

—「작별」 부분

나는 너를 모르고 너는 나를 모른다. 그 무명 속에서 '나'의 움직임은 거의 대부분의 시에서 '뼈마디'로 축약된다. "육신이 소모된 뒤 살가죽 아래 비치는 가늘고 흰 뼈"(「病後」)로. 뼈로 존재하는 시의 주체는 모든 살을 거부한다.

아이의 혼례를 위하여
내 남은 한 개 갈비뼈를 닦는다.
자정에
어둠 속에서 여자의 흰 몸이
나를
통과한다.
시간을 잊은 여자가, 벗은
속살을 들고

문밖에

섰다.

—「孕胎期」 부분

이 시구에서 "벗은/속살을 들고"라는 표현을 보라. 일상적인 언어 사용에서 우리는 통상 "속살을 드러내다"라는 말을 자주 쓴다. 겉의 위장을 치우고 속의 진실을 보여준다는 뜻이다. 이런 말법은 "속살을 벗었다"라는 표현까지 만들어낼 수 있다. 의미론적으로는 부정확한 표현이지만 일종의 언어적 환유 효과에 의해서 원인적 사건을 결과적 사건으로까지 확대하는 것이다. 그런데 위 시구에서는 그런 조작이 통하지 않는다. 왜냐하면 속살이 실제로 벗겨져 여자의 손에 들려 있기 때문이다. 그런데 이 표현의 정확성을 통해서 시는 갈비뼈만을 남기고 속살마저 다 지워버리는 것이다.

그렇게 되면 시적 태도는 시 쓰기의 태도로 축소된다.

종일

낭비를 본다.

지천으로 흔한 햇빛과 바람,

하오의 창에서 消失되는

병을

본다.

그것은 먼 기억으로부터 돌아오는 목소리,

혹은 무수한 잎을 해체한 한 그루 과목이 땅속 뿌리를 깨우며

다시

치밀한 촉수를 세우는, 生成의
예감이다.
나의 손이 더듬는 신체 위에
잎이 피어나듯
짙은 빛깔과 향기를 불러오는
美意識의 싱싱한
坐定,
너와 나는 그만한 거리로 이웃하는
서로의
照應이다.

—「雅歌 2」 부분

와 같은 시구에서, 화자가 종일 보는 '낭비'는 미로 승화되지 못한 상념들, 이미지들의 더미일 뿐이다. 시 쓰기의 태도가 삶의 태도로 전환되기가 어려운 것이다. 그래서 가령 바로 앞에서 인용한 「작별」에서나 혹은 「빛의 肉體造形」에서 '누이'나 '어머니'의 사연이 암시되지만, 거기에까지 뚫고 들어갈 통로를 독자는 발견할 수가 없다. 그리고 여기까지 와서, 독자는 그가 젊은 시절 10년 동안의 독한 세공 끝에 절필하고 만 원인이 내재적일 수도 있다는 짐작을 갖는다.

3. 수직의 시

그러나 무엇보다도 독자를 놀라게 하는 건 그의 시 최초의 시적 현상이 오늘의 시에서 거의 똑같이 되풀이되고 있다는 사실이다. 그런 확인은 독자를 궁지에 처하게 한다. 왜냐하면 그가 무려 30년의 세월을 보낸 후 시 쓰기를 재개했다면 그것은 일단 그가 예전의 시 세계의 동굴에서 탈출했다는 뜻이어야 하기 때문이다. 이 궁지에서 탈출하기 위해서 독자는 두 가지 전제를 할 수밖에 없다. 첫째, 얼핏 보아 위선환의 오늘의 시는 1960년대의 시와 유사한 듯하지만 그러나 분명하게 다른 점이 있으며, 그 다른 점이야말로 위선환 시의 자가 진화의 포인트가 되리라는 것이다. 둘째, 그럼에도 불구하고 그가 예전 시적 태도의 특정 부면을 그대로 다시 가져왔다면 그것이 오늘의 시대와 시의 환경에서 아주 유의미한 대응기제라고 그가 판단했으리라는 것이다. 의식적이든 무의식적이든. 그리고 이제 독자의 시 읽기의 더듬이는 그의 시의 현재적 진행 쪽으로 선회한다.

이 두 가지 전제를 유의하며 그의 시를 다시 읽을 때 독자는 중요한 차이를 하나 발견한다. 그의 초기 시에서의 적빈성과 오늘의 시의 그것 사이에는 '수직'에 대한 비전이 상이하다는 것. 언젠가 바슐라르는 발자크의 『세라피타』에 대해 말하면서 겨울나무들의 헐벗음은 수직적 상승의 상상력을 증폭시킨다고 쓴 적이 있는데, 실로 헐벗음의 역동적인 이미지는 이승의 가난을 대가로 달구어진 더 높은 세상을 향한 수직적 비상에서 가장 열렬히 타오른다고 할 수 있다.

위선환 초기 시의 수직성은 그런데 시적 주체의 비상이 아니라 초월적 존재가 지상의 울타리를 벗어날 수 없는 주체에게 쬐어주는 빛과 같은 것으로 나타난다.

無垢한 모든 것은 따뜻하고

나의 손끝에 닿는

하늘은

찬가

—「雅歌」1 부분

오늘 하루, 피안에서 내리는 빛살이 의식의 안쪽에서 흔들리는 음영들을 낱낱이 밝히며, 일순에 한 식탁으로 획득되는 원숙한 과육을 본다.

—「빛의 肉體造形」 부분

물론 초월적인 것의 내리쬠에 상응하는 주체의 동작이 없는 것은 아니다. 시의 주체는 "그 두개골에 빛이 일어 내재한/千의 촉루"(「빛의 肉體造形」)를 보고,

별을 위하여 묘지는

모든 봉분을 열고

죽은 이들의 두개골에

낱낱이 불을

밝힐 것

—「孕胎期」 부분

임을 확신한다. 그래서 이 교응은 점차로 '비상'의 의지로까지 확대되어 절필하기 직전의 시에 오면, "바다의 침몰"을 "목젖"에 넣고 "금의 화살"이 되어 날아오르는 새의 이미지를 획득한다.

재빠르게, 종일 솟아오르는

새의 지혜를 아는가, 당신은,

새의 망막에도

바다의 침몰은 똑똑히 새겨져 있고

작은 부리에 쪼인 羽毛가

하늘 높이 새의 동체를 매달아두었음을

아는가, 어째서

한 마리 새의 목젖 안에 둥근 수평이 담기고

그 작은 가슴에 꽂힌

하늘은 金의

화살인 것을, 지금

나는 새의 날개 끝에서 털린 별들은

地殼 틈, 틈에 낱낱이 박혔고

깊이 침하하는 海丘를

빛의 그물코로 얽어 짠

언어가

비상하는 새의 조망 속에서

나래 친 일순의 섬광이

깨어난 이마빡에

돋아 있는, 두 눈의

번쩍이는 魂인 것을

아는가, 다만 퍼덕이는 기척만, 먼

당신의 고막에 남았고

하늘 끝에 滅入한 새는

이미 수평에 박히는 첫 별,

빛인 것을,

—「새의 滅入」 전문

그러나 이 시에서 "바다의 침몰" 혹은 "깊이 침하하는 해구"와 "빛의 그물코로 얽어 짠 언어"는 관계 형식을 얻지 못한 채로 모호하게 병렬된다. 때문에 새는 따라갈 수 없는 참조항으로 저 너머에 비상하는데 언어는 여전히 이승의 그물 안에서 비늘을 "퍼덕이는" 수인의 신세일 뿐이다. 새는 하늘 안으로 "멸입"하고, 비록 그것을 "수평에 박히는 첫 별,/빛"이라 정의한다 하더라도, 더 이상 시의 주체의 사안에서 벗어난다. 여기의 요점은 비상의 불가능성이 아니다. 가능의 문제와 관계없이 주체의 수행성이 핵심인 것이다.

이 시를 다음 시와 비교해보자.

東江의 자갈밭에 비비새가 누워 있다

주둥이가 묻혔다 자갈돌 몇 개가 바짝 틈새기를 좁혀서 비비새의 부리를 물고 있다

꽉 다문 틈새기, 의 저 힘이

비비새 아래로 강물을 흐르게 했을 것이다 비비새를 강물 위로 날게 했을 것이다

흐르는 힘과 나는 힘이 오래 스치었고 스미어서

강 밑바닥을 훤히 비치게 했고, 다음 날은 더 깊이 비비새를 비쳐서

강물 속으로 날아가는 비비새가 보였고 비비새가 씻기었고 비비비, 강물이 지저귀기 시작했고

비비새의 창자 속으로 강 울음소리 같은, 긴, 시푸른, 쓴, 죽음이 흘렀고

지저귀다 목이 쉰 강의, 더는 울지 못하는 비비새의, 혓바닥 끝에다 독을 적셔 말렸고

지금은 그 주검이 부리를 내밀어 완강하게 자갈 틈새기를 물고 있다

—「자갈밭」 전문

『새떼를 베끼다』(문학과지성사, 2007)에 두번째로 수록된 시이다. 이 시에서 새는 시적 주체를 담당하고 있다. 초기 시에서 나타나는 것처럼 먼 곳의 표상이 아니다. 그런데 그렇게 된 사정이, 새와 강의 뒤섞임으로부터 비롯된다는 것을 주목할 필요가 있다. 새는 우선 빛으로서 강 바닥을 훤히 비치게 했는데, 그 덕분에 강은 새를 바닥에 내장하게 되었고, 새의 울음을 노래로 지저귀게 되었다. 그러자 강물의 울음소리는 "비비새의 창자 속"에 내장되고, 그로 인해 새는 앙다문 부리로 치솟아 오르게 되는 한편, 동시에 강물의 운명에 사로잡혀서 죽을 수밖에 없게 된다. 새는 지상적 존재의 한계에 역행하면서, 동시에 그 한계를 떠안고, 비상하고 추락한다. 그 정반대의 이중적인 운동을, "완강하게" "바짝" 좁아진 새의 부리와 강의 자갈이 서로를 물고 있는 형상으로 동력을 전달함으로써 지속시킨다.

그러니까 위선환 시의 재개에는 그 특유의 적빈성을 생의 운동으로 변환시키는 시적 논리의 개발이 개재해 있었던 것이다. 초월적인 것을 지상적인 것 바탕에 내장시키고 지상적인 것을 초월적인 것의 목젖 안에 이식시켜 '초월적인 것의 지상으로부터의 비상'을 '시적 주체가 스스로 수행하는 사건'으로 만들어낸 것이다. 이 사건에서 비상의 성공 여부

는 중요한 것이 아니다. 오히려 실패는 필연적일 수밖에 없는데, 그것이 바깥으로부터 아무런 지원을 받지 못하는 시적 주체의 가난함을 정직하게 확인시키면서도, 그 몸에 거듭되는 비상의 의지와 행동을 점화할 것이기 때문이다.

과연 그의 시의 역사를 개체발생적으로 되풀이하고 있다고 할 수 있는 「폭설」은, 그런 사정을 요약적으로 보여주고 있다. 거기에서 시의 최초의 운동은 "몸속에 가시뼈를 키우는 물고기가 자라나는 가시뼈에 속살이 찔리는" 과정을 통해 시작된다. 이때 그의 시의 선사에서부터 시작된 '뼈'로의 축약은 하나의 의미를 얻게 되는데, 몸 안에 뼈를 키운다는 것은 빈한한 생일지라도 에너지의 집중을 가질 때에만 변화의 동력을 얻는다는 것이 그것이다. 그리고 더 나아가 이 집중된 에너지는 그의 본체에 상처를 내는 것으로 새 삶의 문을 연다는 것이다. 그럴 때 처음으로 유의미한 삶의 사건이 시작되며, 그것을 목격한 "누가 이름 지어 부"르게 된다. 명명은 역사에 대상을 기록하는 일이다. 그러니 그 최초의 명명에 가시뼈를 키운 물고기가 "대답하는 목소리가 떨"리지 않을 수가 없는 것이다. 독자는 이어서 이 물고기의 움직임을 새의 비상과 조응시켜 점차로 그 규모와 에너지를 증폭해가는 과정에 참여하게 되는데, 그것은 앞에서 이미 보았던 초월적인 것과 지상적인 것의 반죽의 또 다른 버전이라 할 수 있다. 이미 그것을 겪었던 독자가 여기서 새삼 확인하는 것은, 이 모든 과정이 시적 주체의 수행적 사건으로 나타난다는 것이며, 그럴 때에만 삶이 그 온전한 명명을 받게 된다는 것이다. 예전에 들뢰즈와 가타리는 "감각의 역사가 아닌 것은 거의 드물다. 또한 사람들이 역사로써 만드는 것은 또 다른 역사의 재료가 아니라 미래의 질료이다"[4]라고 말한 적이 있으니, 삶은 수행적으로만 역사(변화)를 일으키며, 그 변화는 미래를 구축하는 일이라는 뜻이다.

하지만 이 미래 구축으로서의 역사는 18세기의 계몽주의자들이 꿈꾸었던 것처럼 '행복의 약속promesse au bonheur'이 될 수가 없다. 그리되면 오죽 좋으련만 한갓된 주관적 의지는 그것을 결코 보장하지 못한다. 그 의지와 지혜가 하늘에 닿을 정도라 하더라도 세계의 비전은 이질적인 주관성들의 갈등과 합의와 예측 불가능한 조응을 통해서만 이루어지는 것이라, 결코 거기에 미칠 수 없기 때문이다. 세상은 제갈량도 못 구한다. 그럼에도 불구하고 주관적 의지가 순전히 무능력한 것만은 아니다. 역사 속의 한 개체가 할 수 있는 일은 행복의 약속이 아니라 삶에 대한 성찰과 도전의 확대이다. 그 확대가 복잡한 우회로를 거쳐 미래의 문을 여는 데까지 가려면, 질적이고도 집단적인 다중적 차원에서 전개되어야 하겠지만, 개체의 입장에서 당장 가능한 일은 질적인 확대이다. 「폭설」의 마지막 풍경은 그 확대가 어째서 변화인가를 극적으로 보여준다.

> 물굽이와 들판과 나를 덮고 묻는 눈발이 자욱하게 쏟아지는 마지막 풍경 속에서는
>
> 천 마리씩 떨어지는 여러 무리 새떼들이 바짝 마른 가슴팍을 땅바닥에 부딪치며 몸 부수는 저것이

---

4) 질 드뢰즈·펠릭스 가타리, 『천개의 고원*Mille Plateaux*』, Editions de Minuit, 1980, p. 428.

폭설인 것을

내리꽂고 혹은 치솟는 만 마리 물고기들은 물고기들끼리 부딪쳐서 산산조각 나는 것 또한

폭설인 것을

따로 이름 지어 부르지 않았다 깜깜하게 쏟아지는 눈발 속에서, 누구인가 그가!

내 이름을 불렀다 대답하는 목소리가 떨렸다

이 마지막 풍경은 전 단계의 풍경들과 구조적으로는 다른 게 없다. 최초의 풍경이 상처와 운동의 동시성을 보여주었다면, 마지막 풍경은 완성과 폭발의 동시성을 보여준다. 구조적으로는 같지만 양상적으로는 다른 점이 두 가지 있다. 하나는 규모와 현상의 정도이다. 아주 미미한 갈비뼈의 상처로 시작한 이 변화의 움직임이 단계적으로 증폭되어 마지막 풍경에 와서는 총체적인 폭발 현상으로 나타나고 있다. "천 마리씩" "몸 부수는" "산산조각 나는" 등의 형용어들이 그 규모의 총체성을 지시한다. 다른 하나는, 이 총체적 움직임에 대해 "따로 이름 지어 부르지 않았다"는 것이다. 그 전에는 별도의 명명 작업이 수반되었다. 그런데 이제 그 작업이 없다. 왜냐하면 여기에서는 이 광경 자체가 이름이기 때문이다. "저것이/폭설인 것을" "…… 것 또한/폭설인 것을", 이 두 진술이 가리키는 게 그 얘기다. 광경과 이름이 하나로 통일되는 것, 이 또

한 총체적인 규모의 사건임을 증명한다.

양상적 확대는 명명과 현상의 통일, 사유와 사건의 통일이라는 질적 변화로 귀결된다. 최초의 현상을 감지하고 그것에 의미를 부여하려 했던 명명 작업은 현상의 운동 안으로 감겨들어 그 스스로 현상의 수행 자체로 존재하게 되는 것이다.

그런데 독자가 이 사품에 각별히 관심을 갖는 것은 이 단계의 확장 과정 속에 아래에서 위로의 도약, 좌절로부터 성공으로의 출세기는 없다는 것이다. 오히려 양상의 확대를 통해서 독자가 분명히 감지하는 것은 상승과 추락의 절대적인 동시성이다. 폭설이 새의 폭발로 나타난다는 것은 그것이 상승의 임계치에서 작동된 파열임을 가리킨다. 시구는 "천 마리씩 떨어지는 여러 무리 새떼들이"라고 적고 있는데, 이때 복수형은 새의 실제 수를 가리키는 게 아니라 폭발의 강도와 예측 불가능한 양상을 환기시킨다. 우리가 폭설에서 눈의 구체적인 개수와 종류를 따지는 일은 없기 때문이다. 게다가 "천 마리씩"과 "여러 무리"는 의미에 봉사하기보다는 리듬에 기여하는 게 분명하다. "천 마리씩"이라는 수량 지시어가 이미 있는데, "여러 무리"라는 말을 부러 첨가할 이유가 없기 때문이다. 오히려 이 두 어사의 리듬적 조응 때문에 "천 마리씩 떨어지는 여러 무리 새떼들이"는 하나의 시행 안에 별도의 통일체를 형성하면서 부풀어 오른다. 그것이 폭설의 폭발 직전의 긴장에 대응한다는 것은 쉽게 느낄 수 있을 것이다. 그렇기 때문에 저 폭설의 추락은 비상하는 동작을 그대로 간직한 채로 현상된다. 상승과 추락의 절대적인 동시성이란 상승의 형상과 동력과 의지로써, 즉 비상의 총체적 운동으로 추락을 실현해낸다는 뜻을 갖는다.

4. 수평의 시: 마름에서 말음으로

그런데 이번 시집은 제목 자체가 '수평'을 일깨우고 있다. 시인에게 또 다른 변화가 필요했던 것일까? 우선 지금까지 살펴본 위선환의 수직성이 일종의 비극적 세계관(전체와 무의 동시성이라는 골드만적인 의미에서)에 의해 지탱되고 있음을 유념해야 할 것이다. 그것은 빈한한 자신의 자원을 최대한도로 짜내고 압축하여 폭발 가능한 에너지로 만드는 작업을 수반한다. 독자가 위선환의 시에서 맨 처음 느낀 것이 '적빈성'이라면, 이 작업은 적빈의 주체가 해낼 수 있는 가장 정직하고도 능동적인 선택임을 이어서 느껴야 할 것이다. 가난의 뜻은 '가진 게 적다'는 뜻이지만, 더 나아가 '가질 몫이 허용되지 않는다'는 뜻이기도 하다. 세계의 분배로부터 밀려난 자가 가난한 자이다. 그 가난한 존재가 어떻게 살 것인가? 바로 스스로를 자원으로 삼는 것밖에는 다른 도리가 없다. 그런데 그 자원이 가난함 그 자체이기 때문에 스스로를 자원으로 삼는 행위는 최소의 재료로 최량의 생산물을 얻기 위한 기술적 정교함이 가해질 때에만 실효성이 있다. 그리고 이 기술적 정련은 곧바로 주체의 단련과 개발의 과정과 동시적이다. 따라서 가난을 굴리는 경제는 주체의 역량을 최대치로 끌어올리는 연단(鍊鍛, 또한 練丹)이다.

독자는 여기에서 위선환 시의 적빈성의 현실적 효과를 깨닫는다. 그의 시는 가난으로도 삶의 생산이 가능하다는 것을 실연하는 가장 생생한 보기이다. 그러니 그가 최초의 시작의 형식을 그대로 가져온 까닭을 이제는 잘 알 수가 있다. 그는 처음 시를 쓸 때에도 시 경연대회라는 아주 우발적인 기회를 통했던 것이지만(그때 일반적인 등단 방식은 추천 제도였다), 30여 년이 지난 후에도 시인들의 터전에서 어떤 분배받을 땅도 없이 새 출발 해야만 했던 것이다.

다만 옛날의 형식을 다시 가져왔을 때, 그 형태소들의 작동 방식은 근본적으로 변화했다. 최초의 적빈성이 가난한 시 쓰기 그 자체를 가리켰다면, 나중의 적빈성은 어디에도 기대지 않는 주체의 독립성을 가리키게 되었다. 하향적이기만 했던 빛은 비상의 형상으로 돌변하였다. 옛날의 무명('눈멂')은 말 그대로 전망의 부재를 가리켰지만 이제 무명은 순수한 감각으로서의 삶의 실천, 즉 수행성의 절정의 분위기로 바뀌었다.

그러나 마지막 항목은 독자를 멈칫거리게 한다. 이 항목은 앞의 두 항목이 작동한 결과라고 할 만한데, 실제 시편들을 읽어보면 '무명'의 막막함은 끈질기게 지속되고 있는 듯이 보이기 때문이다. 그런데 독자는 조금 전에 살핀 「폭설」에 기대어, 새의 폭발로서의 폭설과 무명을 혼동하는 성급함을 보인 것이다. 무명은 자기의 망각으로 전치되었고, 자기의 망각은 수행성의 최대치에서 일어나는 현상으로 이해된 것이다. 실상 좀더 꼼꼼히 읽으면, 「폭설」 자신이 그러한 수행성의 블랙홀 앞에서 주저하고 있는 게 보인다. 앞에서 수행성의 최종적 의미를, "상승과 추락의 절대적인 동시성"이라고 적었다. 하지만 여기에 미세한 시간적 차이가 개입한다. 시는 상승과 추락의 통일을 '새떼'의 국면과 '물고기'의 국면으로 나누어서 묘사한다. 의미론적으로 보자면, '새떼'의 국면은 상승하는 동작으로서의 추락이고, '물고기'의 국면은 추락하는 동작으로서의 상승이라고 이해할 수 있을 것이다. 그런데 이 둘의 병렬에는 '연관'이 없다. 새떼는 새떼이고 물고기는 물고기이다. 독자는 새떼에서 물고기로 이동하면서 그 사이에 놓인 간극을 느끼고, 바로 그 느낌의 관성을 통해서 상승과 추락의 동시성이 달성되지 않는다는 걸 감지한다.

실로 여기에서 위선환 시의 새로운 궁지가 모습을 드러낸다. 그것은 저 동시성 자체로부터 연유하는 것이다. 왜냐하면 상승과 추락의 동시성은 상승의 완성도 추락의 결말도 거부하기 때문이다. 이 동시성에는 그러니까 장엄한 통일이 아니라 미세한 균열로 인해 발생하는 떨림이 있다. 상승과 추락 사이에 놓인 가파른 진동이 있다. 그 떨림을 주체의 태도로 옮기면 바로 이 사건으로의 완전한 몰입과 이 사건으로부터의 객관적 거리 사이의 진동이 될 것이다. 이제 독자는 앞에서 잠시 미뤄두었던 질문을 다시 꺼낸다. 위선환 시의 화자는 시 내부의 인물과 하나인가? 대답은 이렇다. 시의 의지는 화자와 인물을 합치시키려 한다. 그러나 시의 효과는 화자와 인물을 분리시켜 화자를 내내 묘사하는 자의 위치에 있게 한다. 그래서 그는 분명 시 안의 사건을 자신의 일인 것처럼 묘사하면서도 결국은 그로부터 멀어진다. 「폭설」의 마지막 두 행,

> 따로 이름 지어 부르지 않았다 깜깜하게 쏟아지는 눈발 속에서, 누구인가 그가!
>
> 내 이름을 불렀다 대답하는 목소리가 떨렸다

은 그 떨림을 여실히 느끼게 한다. "따로 이름 지어 부르지 않았다"고 화자, '나'는 적는다. 앞에서 보았듯, 관찰과 사건이 하나로 통일되었기 때문이다. 그 통일은 이름 짓는 자마저도 자신의 운동 속으로 흡수한다. 그래서 이름 붙이던 자가 이제 명명하는 대신 '부르는' 이름은 자신

의 이름이다. 그(나)는 "내 이름을 불렀다". 그러나 그렇게 부르면서도 시는 '나'의 객관성을 떠나지 않는다. 이름 붙이던 '나'가 '그'로 격리됨으로써 여전히 바깥에서 부르는 자로 존재하게 된다. 이 바깥의 존재와 안의 존재는 하나가 되는 순간 떨어진다. 그러니 목소리에 진동이 보태지지 않을 수가 없다.

또한 이 시도 보라. 시는 분명,

> 내 안에서 내가 야위더니 살은 말라붙었고 뼈들은 흔들린다 몇 개는 넘어졌다
>
> —「갈밭」 부분

라고 진술하였다. 그랬는데 마지막 세 행에 오면,

> 갈꽃 날아가는 하늘 아래를 걸어서 가며 밭은기침을 한다 새가 따라오며 운다
>
> 의식의 마른 자갈밭을 종일 걸은 者, 의 휑, 뚫린 눈구멍에서 바람 소리가 난다
>
> 새는 사라졌고, 어느새 저무는 하늘이 멀다 갈밭 너머에서 빛나는 물빛을 본다

'나'는 밭은기침을 하고, 따라오던 새가 무대의 전면에 등장하면서, '나'는 따로 떼어져 "휑, 뚫린 눈구멍"으로 형상과 자리를 바꾸고, 이 뚫린

눈구멍 앞에서 새는 사라진다. 쉼표는 단호히 글의 이랑을 파면서 "의식의 마른 자갈밭을 종일 걸은 자", '나'를 격리시키고 텅 빈 구멍으로 만든다. 왜 텅 빈 눈구멍인가? '나'가 행동하는 순간 나는 보지 못하고, 내가 보는 순간 사건은 사라지기 때문이다. 눈을 통과해 가는 것은 사건의 자취, "바람 소리"이다.

그러나 실은 이 궁지야말로 새로운 모험의 출발점이 될 것이다. 독자는 지금까지 위선환 시의 '수직성'이 주체를 주체로서 세우고 그의 동작을 세계 구성적이게끔 하는 과정을 살펴보았다. 그것이 본래 수직성의 기능이다. 어느 철학자의 말을 빌리면 "깊이는 이미 확정된 대상들 사이에서 작동하지 않는다. 오히려 깊이를 통해서, 사물들의 배치가 가능해지는 것이다. 깊이가 사물들로부터 나타나는 게 아니라 사물들을 받아들여 간종그리는 게 깊이이다".[5] 그러나 또한 보았듯, 이 수직성의 사업은, 수직 자체를 도달점으로 만들지 못한다. 주체가 매번 절감하는 것은 저 높이와 지상적인 것 사이에 놓인 떨림, 그 사이에 부는 바람이다. 만일 그 떨림을 견디지 못하고 오로지 수직의 완성에만 전념하려고 한다면, 자신이 가진 지상의 모든 자원을 거기에 투여해야 하리라. 그럼으로써 완전히 말라버려야 하리라. 그것은 니체가 말한 금욕주의의 "자기 모순", 즉 "삶에 반대하는 삶"[6] 속에 빠진다. 그것은 니체에 대한 해석들이 유사하게 설명하고 있듯이, "삶에 대한 원한"이고 "자기 자신에게로 돌려진 잔혹성"이다. 그러니 사실은 수직의 좌절을 간직하되, 저

---

5) 미클로시 베퇴Miklós Vetö, 「메를로-퐁티에게 있어서의 공간의 본질L'eidétique de l'espace chez Merleau-Ponty」, *Archives de Philosophie*, No 71, 2008, pp. 429~30.

6) 프리드리히 니체Friedrich Nitezsche, 『도덕의 계보학*La généalogie de la morale*』, Le livre de poche, p. 214.

떨림 속에서 영원히 운동하는 것, 그 영구 회귀가 인간이 할 일이다. 한 시는 "구름과 앵두나무와 강과 그늘의 떠는 틈새기에 꼼짝없이 끼인 나는/기껏 한없이 떨고만 있었다"(「떪」)고 진술하고 있는데, 그 떪이야말로 사라지는 것이 어떻게 사라지지 않는지, 사라지지 못하는지를, 다시 말해 사라지는 도중의 지평면으로 끊임없이 회귀하는 사정을 직접적으로 증명하는 사건이 아니라 할 수 없을 것이다.

사라지는 것들이 사라진 빈자리를 떠나지 못하고 떠도는

한 울림이 되었는지, 한 떪이 되었는지,

—「떪」 마지막 두 행

위선환의 '무명'은 그가 수직성의 자기모순을 정확히 꿰뚫어 보았다는 것을 보여준다. 주체의 운동으로서의 무명은 이제 전망의 부재가 아니라 운동으로 인한 육체의 소멸, 자기 자신을 말리는 행동이다. 그것을 가장 선명한 이미지로 치환한 게 '가락지'의 그것이다.

해오리는 마릅니다. 바짝 마릅니다. 그러고는 천천히 고개를 돌려서 나를 봅니다. 눈두덩 밑이 텅 비었습니다.

—「가락지」[7] 부분

해오리가 마른다는 표현을 느끼려면, 그 새를 보지 않은 사람은 그

7) 위선환, 『새떼를 베끼다』, 문학과지성사, 2007.

새가 황새목 왜가릿과에 속한다는 사실을 유념하는 게 좋을 것이다. 해오리가 마르는 것은 그가 목을 길게 빼는 것처럼 보이기 때문이다. 그가 가늘고 긴 다리로 못가에 앉아서 목을 길게 빼고 하늘 비친 못 안을 오래 들여다보는 모습은 그대로 상승의 자태로 하강하는 형상이다. 그는 상승에 자신의 몸이라는 연료를 다 태우기 때문에 점차 마른다. 그리고 남는 건 텅 빈 눈두덩 밑이다. 한데 시인은 그 해오리의 텅 빈 눈두덩에 가락지라는 이름을 붙여주었다. 혹은 거꾸로일 것이다. 가락지에 해오리의 운동을 입혔을 것이다. 이 명명 작업은 얼마간 작위적이지만 그 자체로서 말끔한 이미지를 제공하면서 참신한 착상임을 느끼게 한다. 그 이름에 의해서 해오리의 텅 빈 눈두덩 밑은 무언가가 들어왔다 빠져나가는 자리가 된다.

이제 독자는 저 가락지 사이로 무엇이 들락거리는지 안다. 바로 바람이다. 바람은 무의 질료가 유로 만들어진 물질이다. 바람은 채색한 공기이다. 다시 말해 그것은 주체의 수직성의 운동이 몸의 질료를 에너지로 만드는 과정에서 완전히 기화하기 직전의 육체로서의 공기이다. 그것은 증발하기 직전에 육체의 자취를 뿌린다. 만일 이 현상에 주목한다면, 주체의 몸은 내내 마르는 것이 아니라, 내내 바람으로 부는 것이 아닌가? 과연 시인은 어느 순간 "내 몸은 바람 아닌 것이 없다"(「바람의 기억」)는 것을 깨닫고, 바로 거기에서 새로운 시작의 기미를 본 것이다. 그 바람의 존재론으로부터 온통 위로만 향한 수직성의 운동이 아닌, 다른 방식의 수직성의 운동도 가능하지 않을까? 상승의 양태로 추락하거나 혹은 그 거꾸로인 것만은 아닌. 가령 '바람'의 현상학은 수직의 몸짓으로 수평을 향해 가거나 혹은 그 거꾸로인…… 것이 아닌가? 바람은 사방팔방으로 분다. 위에서 아래로 불기도 하고 아래에서 위로 불기도 하지만 '사방팔방으로'는 수평적으로 한계가 없다는 뜻이다. 바람을 통해서 위선환 시가 수평의 차원을 얻게 된 것은 아닌가? 실로 방금 전에 본 '떪'은 그대로 바람의 현상학이 아닌가? 시인은 언어적으로 너무 철두철미하여 그 수평의 현상학은 결코 마침표를 찍지 못한다는 것을 '표기'하고야 만다. 그의 시들이 쉼표로 끝나는 경우가 많은 까닭이다.

「갈밭」의 마지막 행은 '나'가 '물빛'을 "본다"고 말한다. 새는 안 보이지만, 바람이 들락거리는 빈 눈구멍으로 "빛나는 물빛을 본" 것이다. 그 물빛을 '봄'은 그 행위로써 무명으로부터 벗어날 계기가 된다. 그리고 '보게' 되니, 이제 "어느새 저무는 하늘이 멀다"는 것을 안다. 이 '멀다'는 아득히 있다는 뜻이지만 그러나 동시에 아직도 갈 길이 많이 남았다는 것을, 말을 바꾸어, 살날이 참 많다는 걸 암시한다.

그는 그러한 계기의 시작을 이렇게 적었다.

나무의 나이테를 베고 누워서 이리로 저리로 흩어지는 구름을 바라보는 나는

눈자위에 바람이 휘도는, 동공에는 바람의 회리가 새겨져 있는, 천년의 유적이다

누가 내 동공에다 정을 대고 쪼아서 오래전에 먼 눈빛을 캐내고 있다

—「예감」 부분

오래전에 먼 눈빛의 회복이 바람 덕분에 가능했다는 것이다. 그러나 이 바람은 소멸되는 육체의 자취이다. 그러니까 바람을 통해서 바람 이

전으로 돌아가서 다시 바람 부는 때로 돌아와야 한다. 하지만 정확하게 말해 사실적인 차원에서 바람 이전으로 돌아갈 수는 없다. 왜냐하면 이 바람은 그의 주체적 상승-추락의 동시성의 최종적 결과이기 때문이다. 바람 이전으로 돌아간다면 그것은 수행적 주체 됨을 포기해야 한다. 그러니까 주체가 하는 일은 바람 이전으로 정말 돌아가는 것이 아니라 수행적 주체로서의 자신이 태어나던 순간의 어떤 기운을 캐내 오는 것이다. 그것이 예감의 형식을 띠는 이유이다. 그런데 이 예감은 위 시구에서 순수하게 형식적이다. 눈빛(무명 이전이던 눈의 상태)에서 눈빛을 캐내니까 말이다. 「갈밭」에서는 그것이 '물빛'으로 바뀌었다. 그러니까 눈빛이 가져올 것은 '물'이 아니겠는가?

과연 「등피를 닦다」에서 '물'은 시원에 위치하고 동시에 시원에서 이미 동작하고 있다.

> 발원에서 갓 태어난 바람은 설레고, 처음 부는 바람이 뱃바닥을 밀고
> 가는 강에서는 물비늘들이 일어서고, 물바닥은 주름지고,

그러나 '물'은 처음 신선한 생명력의 근원이 아니다. 분명 바람의 탄생과 함께 물도 일어선다. 그러나 물비늘이 일어서는데 물바닥은 주름진다. 그리고 "물주름 아래에서(는) 물그늘이 깊어"진다. "더 아래 물 밑에서는 돌들이 씻기며 닳고 검버섯같이 거뭇한 돌무늬들이 돋는"다. 물은 진물처럼 흐른다. 놀라운 일이다. 위선환의 시는 수평성의 시각을 확보하자마자 주체의 행동을 벗어나 집단의 고난을 포착한다. 아무리 은유적으로 처리되었다 할지라도 이것은 달리 해석할 길이 없다. 그리고 주체는 그 집단의 고난을 두고 깊은 고뇌에 사로잡힌다.

생애에서 가장 긴 그림자를 밟고 선 사람이 세상의 끝에 피는 놀을 바라보는 거다 우우 바람이 불어오고 우우우 속울음 울고

이 시구는 위선환의 시적 방향이 수평성을 집단의 삶이라는 차원에서 포착했음을 정확히 가리킨다. 그러나 동시에 시의 일차적인 관심은 주체의 존재론이라는 것을 분명하게 보여준다. 세계의 실질로서의 집단의 삶과 세계에 대한 의식으로서의 개인의 삶이 어떻게 만날 것인가에 대한 의견은 다양하게 있을 수 있다. 위선환의 시는 그 의견들이 쟁론되는 마당은 아니다. 다만 수평적 차원의 확보는 곧바로 세계 내 존재들의 일반적 삶과의 만남으로 이어진다는 점을 포지한 시인의 민감한 촉수를 확인하기로 하자. 그 때문에 주체는 깊은 속울음을 안에 품게 된다. 위선환의 물은 고통으로부터, 힘든 고난으로부터 솟아오른다. 이 울음은 눈물, 땀, 진물, 타액, 즉 더럽혀진 물이다. 따라서 시원에 위치하지만 흔히 연상하는 시원의 샘이 아니다. 오히려 주체는 그 물로부터의 고뇌를 정화시키는 데서 생의 의미를 찾는다.

〔……〕 숙이고 집에 돌아와 해묵은 램프의 등피를 닦는 거다

그때에 이르러서야 손가락들은 야위며 맑아지고 닦이어 투명한 등피의 밝기만으로도 살 속에 묻힌 뼈들이 비쳐 보이는 거다

—「등피를 닦다」 부분

그러나 뼈들을 비쳐 보아 무엇을 할 것인가? 뼈들에 전념하면 곧바로

뼈들의 상호 훼손에 직면한다.

뼈와 뼈의 틈새기와, 틈새기가 들여다보이는 이 사이와, 저 사이에 보이는 야윈 뼈와

꺾인 팔꿈치와, 여기에 저기에 물려 있는 관절과, 낯짝 밖으로 튀어나온 광대뼈에다

[……]

해가 가면서 닳은 뼈마디들이 혹은 헐겁고 혹은 삐걱대고 혹은 뼈끼리 부딪치는

내 몸은 바람 아닌 것이 없다

—「바람의 기억」 부분

"아침볕이 들었고, 씻긴 살가죽에 흰 뼈와 검은 살이 비친다"(「誌銘」)라는 표현에서 짐작할 수 있듯이 수평의 차원에서 '뼈'는 고뇌의 정화이며, '뼈들'은 고뇌의 복수성이다. 그렇다는 것은 정화의 불가능성을 가리킨다. 이미 보았듯 수직의 차원에서 뼈는 육체의 소진일 뿐이기 때문이다. 뼈들은 진물을 닦지만 뼈들끼리 부딪쳐 고통의 소리만을 울릴 것이다. 그렇다면 '물빛'의 발견이 그의 수평의 차원에 무슨 보탬이 될 수 있을 것인가?

놀랍게도 시인은 정교한 언어적 세공을 통해 그 물음에 대답한다. 물

의 기능은 뼈의 방향에서가 아니라 더럽혀진 물 그 자체의 운동으로부터 나온다. 그는 물에 파동들이 실려 있음을 찾아낸다. 그 파동이 없다면 애초에 '떨림'이 없을 것이기 때문이다. 이 파동은 그런데 "모래톱에서 모래 알갱이를 둥글리고 강에서 강물의 입자를 동글"(「한 해가 지나다 1」)린다. 모래를 모래 알갱이들로 나누되, 모래 알갱이들을 둥글게 말고, 물을 물의 입자들로 나누되 또한 그 입자들을 둥글게 만다. 이 입자들은 파동의 당연한 결과로 발생하는 모래와 강의 자식들인데, 저의 내장된 운동을 통해서 부모의 운명을 넘어선다. 시인은

> 죽음과 어둠의 사잇골 아래, 슬픔이 비늘 되어 자라는 더 아래로 방울져서 듣는 독이 있다 손 디밀고, 손바닥 펴서, 찬 한 방울을 받아든다
>
> —「한로」 부분

와 같은 독한 의지가 그 운동 안에 작용하고 있음을 본다. 이 의지의 존재 여부에 대해서는 더 확인할 필요가 없으리라. 독자에게 실감 나는 것은 그보다도 입자들의 운동이다. 그 입자들의 운동에 대해 시인은 "둥글리고" "동글"린다고 적었다. 동글려서 알갱이를 만들고 방울을 만든다. 이 방울이 부모의 운명을 벗어날 주체라면, 동글리는 동작이 범상할 리가 없다. 그것은 다시 세밀히 묘사된다. 방울보다 더 선명하게 그 동작을 보여주는 생물이 있는데, 바로 자벌레다.

> 작대기가 넘어지듯 몸을 눕힌 자벌레가 전신의 길이로 몸을 뻗치더니,
>
> 뻗친 몸을 한 차례 접더니, 재고 접기를 반복하면서 달빛을 건너간다

—「달빛을 건너다」 부분

자벌레를 통해 유추하자면 방울 만들기의 동작은 뻗고-재고-접기를 반복하는 것이다. 그것을 반복함으로써 자벌레는 앞으로 나아간다. 그냥 나아가는 게 아니라 "달빛을 건너간다"고 시는 말한다. 다시 말해 운명을 건넌다는 것이다. 같은 동작이라면 방울도 무언가를 '발진'시킬 것이다. 그 무언가를 알기 위해서 다시 방울로 돌아오면, 방울의 뻗고-재고-접기는 물을 '마는' 동작이 된다. '말음'이다. 이 '말음'이 직접 어사로서 지시되는 경우는 한 번밖에 없다.

흙바람이 회오리를 말며 눈앞을 질러가고, 눈썹에 달라붙는 티끌 몇 점 떼어내고

여기는 물이 맑구나, 黃池를 또 때렸다 검은 돌을 집어서 물 밑에 가라앉은 흰 돌을 때렸다

—「폐광촌」 부분

흙바람이 회오리를 말면 티끌이 떨어진다. 최초의 물이 더럽혀진 물이었음을 기억하는 독자라면 '말음'이야말로 정화의 실행임을 짐작할 수 있을 것이다. 이 '말음'의 표현은 한 번밖에 없지만 많은 묘사들은 실질적으로 동일한 동작을 보여준다.

꾹 감고 견디는 깜깜한 눈구멍 속으로 나비 한 마리 팔락거리며 날아가는, 허공이다. 혼자 걸으며 호주머니 속에서 그러쥔 빈 주먹, 허공이

다. (「허공」)

풍속이므로, 바람을 끌어다 덮는다
손가락을 섞어서 깍지를 끼었고 깍지 낀 두 손을 가슴에 얹었고
발목뼈를 발목뼈에 얹는다

턱 아래가 파이고 가슴 안이 빈다 (「바람의 제의」)

먼 하늘로 나는 새들을 바라보며 몸이 휘는데, (「계절풍」)

'말음'은 허공을 말아 작은 허공을 그 안에 판다. '말음'은 나의 턱과 발목뼈 사이에 열린 가슴의 공간을 만든다. 새를 바라보는 내 몸은 둥그렇게 말린다. 말림으로써 새의 비상을 시늉하게 한다. 그러니까 '말음'은 순수한 수직성의 '마름'을 정지시키고 마른 자리에 작은 마른 것들을 만드는 행위이다. 작은 마른 것들을 만들어 무엇을 하려는가? 바로 새를 바라보는 내 몸이 휘는 것처럼 지상의 자리에서 공간의 이동으로 비상의 형상을 만들기 위해서이다. 간단히 말해 수평으로 수직을 만들기 위해서이다. 독자는 이런 몸짓의 원형적인 동작이 무용에 있다는 것을 쉽게 떠올릴 수 있다. 고전무용에서 무릎은 일종의 버팀축으로 작용하며, 몸의 높이를 수평으로 뻗어가게 하는데, 무릎을 굽혔다, 폈다 하는 동작을 통해 수직적 관계를 창출한다. "'운반자 무릎'은 닻의 역할을 하면서 육체의 높이가 수평 방향으로 들어가는 출발점이 된다. 무릎을 중심으로 장골 축은 뒤로 뻗고 가슴은 앞으로 뻗는다. 그러나 이 방향은 동시에 수직적인 것이기도 하다. 무용수는 무릎을 굽히면서 대지로

부터 솟아올라 빙글 돌거나 발끝으로 서서 몸을 주욱 세운다."[8]

굳이 인용한 것은 이런 사건이 희귀한 일이 아니라는 것을 가리키기 위해서이다. 생명의 육체는 이와 비슷이 도처에서 뻗고-개고-말고-솟는 동작을 무수히 만들어낼 수 있다. 위선환 시의 현상학은 이 동작을 창출함으로써 전혀 새로운 국면으로 들어선다. 이 동작의 생산물은 허공 속에 그 역시 허공인 작은 구멍들을 만드는 것이다.

> 정강이뼈 빼어 들고
>
> 절뚝거리며 하늘 아래로 간다 바람을 거슬러 날아가는 천 마리 새들은
>
> 뼈에 구멍이 뚫려 있다
>
> —「바람의 제의」 부분

위 시구에서는 앞에서 예시된 첫 연에서의 '말음' 동작이 '절뚝거림'으로 요약되었다. 이 말음의 끝자리에서 뼈에는 구멍이 뚫린다. 즉 말음의 결과는 뼈를 뼈와 구멍으로 나누는 것이다. 그렇게 뼈에 구멍을 만들었을 때 "천 마리 새들은" "바람을 거슬러 날아"간다. 무슨 뜻인가? 바람의 소진성을 넘어서 삶을 생산해내면서 날아간다는 뜻이다. 어떻게? 이 작은 구멍들은 원래의 허공이 바람과 함께 사라지는 것과는 달리 현재에 계류되고 그 계류의 위치에너지와 공기의 가벼움의 결합을 통해 허공에 뜬 채로 옆으로 구른다. 그것이 '말음' 동작의 최종적 효과

8) 나데즈 타르디외Nadège Tardieu, 「윌프리드 피올레Wilfride Piollet의 고전무용에서의 요동하는 육체: 육체의 상상하는 힘」, *Corps*, Dilecta, 2009/2(n° 7), p. 42.

이다.

마당을 쓸었다 한 접시이지만 햇볕은 모아서 거처의 중심에 둔다 겨울이 오고 나는 혼자 있을 것이다 살갗은 닳았고 살가죽은 종잇장 같다

얼비치는 뼈가 야위었다 너를 만나서 뼈를 내밀었고 네가 내민 뼈를 맨손으로 잡았다 너와 나의 뼈가 그리움 하나로 휘며 마르는 그동안에,

네 등에 파인 뼈와 뼈의 사잇골에다 몇 차례 손을 묻었다 그중에서 한 손이 비늘 돋은 슬픔에 닿은 것이다 비늘은 딱딱해서 손끝을 베었고,

그날, 길고 가는 초록 뱀이 독니 박힌 턱을 내밀고 재빠르게 질러가던 마당 한끝에 놀이 붉더니, 나는 어지럽더니, 그만, 네가 물렸다 했다

죽음과 어둠의 사잇골 아래, 슬픔이 비늘 되어 자라는 더 아래로 방울져서 듣는 독이 있다 손 디밀고, 손바닥 펴서, 찬 한 방울을 받아든다

—「한로」 전문

「한로」는 '마름'이 '말음'으로 변화되는 과정을 잘 보여주는 시다. 겨울을 '나'는 "혼자" 견딘다. "햇볕[을] 모아 거처의 중심에 [두]"면서. 그러나 그 행위는 나를 야위게 하고 점점 뼈만을 남긴다. 그런데 문득 '나'는 같은 방식으로 마른 또 하나의 뼈를 만난다. 그 뼈들 사이의 중력으로 뼈는 둥글게 휜다. 뼈는 거듭 말라가지만, 그 둥글게 휜 사이에 새로 빈 허공이 생긴다. 즉 가난한 두 존재 사이의 나눌 것 없는 나눔의 터전

이 형성되는 것이다. 그리고 그 터전이 형성되자 슬픔이 분비되고 슬픔의 교류가 일어난다. 다만 그 슬픔은 새로 생긴 허공의 안쪽 테두리 쪽의 뼈가 갈라지면서 분비된 것이기 때문에 가시를 포함하고 있다. 슬픔은 찌른다. 다시 말해 슬픔은 독을 품고 있다. 혹은 독한 것이다. 그러나 그 독이 '나'를 넘어온 세상을 슬픔에 물들게 할 것이다. "놀이 붉"어지는 건 그것을 가리킨다. 슬픔이 세상 속으로 전진하기 시작하는 것이다.

그러니까 뼈 안에, 혹은 뼈들 사이에 형성되는 허공은, 이 허공 속의 허공은 허공 속의 기포이고 물속의 물방울로서 허공에 무의 바람만을 불게 하지 않고 유의 공기 다발을 퍼트리면서 물을 그저 흘러가게 하지 않고 그의 내면을 예측 불가능한 변화의 장으로 만든다. 그래서 물은 노래하면서 흐른다. 다시 말해 스스로 저의 흐름에 다양한 탄력과 모양을 부여하면서 흐른다. 아주 사소한 듯이 보였던 '말음' 동작이 이룬 수평성의 지평은 천변만화의 광경을 약속할 것이다.

5. 수액성의 의미

그런데 말음은 물만의 현상은 아니다. 그건 육체의 동작일 수도 있고 바람이 숲속의 빈터에서 이루는 선회이기도 하며 달팽이가 기어가는 자취일 수도 있다. 그런데 왜 시인은 수평을 가리킨 최초의 시기에 '물빛'을 발견했던 것일까?

적어도 두 가지 까닭이 있다. 하나는 위선환의 시에서 천상적인 것과 지상적인 것의 대대(待對)는 거의 대부분 하늘과 바다의 상관형으로 나타났다는 것이다. 땅보다는 바다였다는 것이다. 그것은 그의 시집들을 일별하면 바로 확인할 수 있는 사실이다. 다른 하나는 「한로」에서 볼 수 있듯, 말음 동작은 수액의 분비를 수반한다는 것이다. 물은 뼈를 녹이는 것이다. 뼈에 점액질을 부여해, 말리고 접히고 동그란 구멍을 만든다. 그러니까 '물'은 마르는 뼈에서 전지액을 이끌어낸다. 그 점액질이 뼈를 유연하게 해, 개고 접고 말 수 있게 하는 것이다. 달팽이가 기어간 자리에 끈끈한 물이 비치는 것은 그 때문이다. 실로 수평의 지평에서 뼈에 생긴 구멍들은 대체로 눈물이 번지고 물빛을 띠는 게 대부분이다. 아무렇게나 보기를 들자.

바람이 통과하는 206개의 뼛구멍들은 휘이, 휘이, 운다 (「계절풍」)

안으로 불거진 뼈마디들은 둥글고 등골뼈 그늘에 깔린 살점들은 연하고 젖었다 (「정오」)

아침별이 들었고, 씻긴 살가죽에 흰 뼈와 검은 살이 비친다
젖었다가 마른 등가죽에 실금이 자라는 철이다 (「誌銘」)

집어서 쥐었더니 손바닥을 찌른다 손바닥뼈에 닿고 손가락뼈에 부딪친다
뼈가 운다 (「11월」) (이상, 밑줄은 인용자)

물이 구멍을 못 만들고 얼음으로 굳으면 빛은 죽는다.

별이 떨어져 죽은 땅에서는 얼음 바다이 빛났고 이마는 얼고 등짝에

마비가 왔다 (「발자국」)

반면, 구멍을 만든 물은, 다시 말해 '말음'의 형상을 취한 물은 신생과 잇닿아 있다.

손금에 흐르는 물소리와 움켜쥔 물의 결과 물고기들이 돌아오는 물의 길과, 나, 수평이다 (「수평을 가리키다」)

적어도 위선환의 시에서 물은 수평적 지평의 실질적 근원이다. 그리고 여기까지 오면 위선환의 물이 어디서 왔는지를 깨달을 수 있다. 그가 수평을 가리킨 시초에 물이 있었다. 그런데 그 물은 시원의 맑은 물이 아니라 더럽혀진 물, 진물이라는 것을 독자는 보았다. 이제 그걸 다시 생각하자면 말음에 윤활유를 제공한 게 바로 그 진물이었던 것이다. 시인은 더러운 물, 하수구에 버려야 할 물을 그대로 생명의 마중물로 변환하려 했다. 그 변환은 물의 재물질화에 성공했다. 그리고 그것에서 생명의 노 젓는 소리를 끌어냈기 때문이다.

그런데 왜 물인가? 독자는 그 물이 뼈에게 필수적이었다는 걸 깨달지만 그래도 묻고 싶다. 이 물의 상상력이 왜 시인에게 그토록 절실했던 것일까? 그것은 개인적인 것인가? 보편적인 것인가?

바슐라르는 『물과 꿈』에서 이렇게 말한다: "수액성은 언어의 욕망 자체이다. 언어는 흘러가고 싶어 한다. 그는 자연스럽게 흐른다. 그의 요동, 그의 굽이, 그의 딱딱함은 자연스럽게 흘러가기가 어려울 때 그가 인위적으로 행하는 시도들이다[즉 흘러가지 않으려는 욕망이 아니다—인용자]."[9] 이 상상력의 간달프의 말을 따르자. 물은 언어였던 것이다. 그리고 그것은 위선환의 시에 적의하다. 그의 적빈성의 행로는 오로지 언어에 기대어, 언어의 세공을 통해서 이루어졌던 것이다. 그의 시적 주체의 태도는 언어의 태도이다. 그러니까 그의 상상력의 원천에 물이 있다는 것은 특수한 것이기도 하고 보편적인 것이기도 하다. 그것은 그가 가진 재산이 오직 언어뿐이었다는 점에서 특수한 것이고, 시는 언어로만 이루어진다는 점에서 보편적이다. 그러나 모든 시들이 항상 물에서만 의존한다고 생각한다면 그건 생각하는 존재의 생각이 아니라 앵무새의 생각이다. 모든 생명의 삶은, 인간의 삶도 마찬가지인데, 아주 다양한 수행적 영역들을 복합적으로 나누고 포개고 교환하고 합성하면서 이루어진다. 수액성이 언어의 욕망 자체라 해도, 언어는 저 혼자 움직이는 게 아니라 온갖 다른 움직임들과 섞여 움직인다. 언어의 욕망은 직접적으로 나타나는 게 아니라 간접화되고 변용되어 나타난다. 모든 시인들의 특수성은 그 언어의 욕망이라는 보편성을 저마다의 방식으로 변용하는 데에서 나온다. 위선환 시의 특수성은 그 보편성을 그대로 자신의 것으로 삼았다는 점에 있다.

바슐라르는 방금 인용한 말을 쓴 장의 제사(題詞)에 이 글에서도 제사로 올린 폴 클로델의 시구를 인용하였다. 위선환의 시와 마찬가지로 바다와 하늘의 상관 공간 안에 구성된 그 시구에서 음악은 지극히 평화롭게 막힘없이 울려 퍼진다. 이끼들의 합주 위로 비껴 흐르는 물살의 악절 하나를 느껴보라. 그게 어떤 음악이든 그 진기함은 내 가슴을 관통해 환몽의 혈액을 퍼뜨린다. 위선환의 시는 그렇지 않다. 막막한 단절로

9) Gaston Bachelard, *L'eau et les Rêves — Essai sur l'imagination de la matière*, Le Livre de Poche, 1942, p. 210.

부터 주체를 세우고, 다시 영구 회귀하는 생의 활력의 수행태를 발견했는데도, 시인은 그의 역동적 생산 활동을 각별히 표 내지 않는다. 암시적으로, 혹은 아주 확대된 화면상에 독자가 오래 눈길을 집중하여 찾아내야 할 흔적들로 제시한다. 그 대신 시인은 그런 과정이 고통스럽게 종종거리는 지연의 장면에 더욱 몰두해왔다. 그 지연 속에서 시의 시선은 자연스럽게 생의 약동을 얻지 못한 채로 고난의 벌판을 방황하는 집단성의 문제 쪽으로 서서히 이동해 갔다. 제3부의 뒷부분의 시들, 그리고 4부의 시가 보여주는 세계이다. 그는 돌의 장소로, 폐광의 마을로 간다. 그것은 그가 처음 수평을 가리켰을 때 그의 민감한 촉수가 필연적으로 마주쳐야만 했던 것에 지속적으로 관심을 기울이고 있었다는 것을 알려준다. 본래 수평의 지평은 평등의 문제를 제기한다는 것을, 의미를 망실한 수열체의 삶과 맞닥뜨려야 한다는 것을 직관적으로 포착한 뒤로, 거의 무의식적으로 그쪽의 세계로 발이 옮겨간 것이라고도 할 수 있다. 의식 속에서는 수평적 지평에서의 주체적 모양이 무엇인가를 열심히 궁리하면서도 말이다. 이 이동은 어쩔 수 없었던 것일까? 어쩌면 「한로」에서 보는 것처럼 수평성으로서의 자세는 필연적으로 이웃을 요청한다고 생각할 수도 있다. 왜냐하면 휘려면 중력이 필요하기 때문이다. 그러나 독자가 보기에 위선환 시의 변증법은 이웃과의 연대 문제 이전에 그 태도 자체의 모양에 집중되어 있다. 그의 주체는 궁극적으로 언어적 주체였다는 말이다. 따라서 그에 대해 대답을 내놓기란 쉽지 않다. 다만 독자는 거기에서 시인의 생래적인 정직성을 꾸준히 확인할 뿐이다.

최초의 시적 형태를 간직한 채로 끊임없이 그 의미 구성을 바꾸어온 위선환 시의 시적 과정을 무어라 이름 붙일 것인가? 여정이란 이름은 너무 한가한 것이다. 모험이라 부를 수도 있겠지만, 그 주체성의 고유한 의지와 행동력에도 불구하고 그 과정 속에는 도전의 모양보다는 견딤의 모양이 더 많았다. 공격적이라기보다 방어적이었다. 아니 그 방어에 주체의 세움이 없는 게 아니니, 아니 세움 정도가 아니라 한계 돌파로서의 거듭된 변신의 과정이었으니, 저항적이었다,라고 말하는 게 더 나으리라. 그 저항은 한편으론 같은 악절이 매번 변주되어 새로운 세계를 창출하는 긴 노래 같았고, 다른 한편으론 계속 달라지는 길이었기 때문에 길의 끊임없는 이탈로서의 길, 즉 편류 같기도 했다. 그 선율을 탄 이탈의 행로를 통해서 위선환의 시는 가진 게 없는 가난한 존재가 어떻게 새 삶을 향한 항구적인 운동을 가동할 수 있는가를 선연히 보여주었다. 그가 시를 재개했을 때 한국에선 보드리야르적 의미에서의 소비사회(시뮬라크르의 범람이라는)가 본격적으로 작동하고 있었다. 그의 시는 그 소비사회에 대한 가장 강력한 저항체였다. 그 뜻을 이해하는 독자의 수가 더욱 늘어났으면 좋겠다. 왜냐하면 이 방향의 풍요는 타인의 부를 빼앗아 이루는 풍요가 아니라 오히려 타인의 정신의 재산마저도 살찌우는 풍요이기 때문이다. 그 풍요는 그러니까 시 읽기의 돌림노래 같은 것이다. 그 노래의 등에 올라 시인은 시간의 풍화를 물리치고 시의 길을 다시 개척해나갈 것이다. 정말 그럴 것이다.

수직의 윤리학과 반고의 상상력
—허만하의 『비는 수직으로 서서 죽는다』에 대해

허만하 시인은 1957년에 등단하였고 69년에 첫 시집(『海潮』)을 내었다. 그리고 1999년 10월에 상자한 『비는 수직으로 서서 죽는다』[1]가 두 번째 시집이다. 그러니까, 시인은 30년이 되도록 시를 쓰기만 했을 뿐 묶지 않았다. 시인의 의사가 무엇이었는지는 알 길이 없다. 다만, 문학 편집자들이 그의 시를 눈여겨보지 않았다는 것만은 분명하다. 그리고 그것은 그들이 그만큼 게을렀다는 뜻이다.

나도 그 게으른 편집쟁이 중의 한 사람이다. 내가 까먹은 것 하나. 육체는 나이를 먹어도 시에는 나이가 없다. 허만하의 시를 읽으면서 제일 먼저 놀라는 것은 그의 시가 방금 낚은 물고기처럼 펄떡거린다는 것이다. 「自序」에서 시인은 "언제나 싱싱한 에스프리를 지닌 신인으로 있고 싶"다고 고백하고 있거니와, "화약처럼 터지는 나의 언어/나는 불타는

1) 허만하, 『비는 수직으로 서서 죽는다』, 솔, 1999.

언어로 내 두 눈을 태웠다"(「사하라에서 띄우는 최후의 엽서」)와 같은 격정의 토로에서 이순을 훌쩍 넘긴 나이를 짐작이나 할 수 있겠는가? 내가 까먹은 것 둘. 시는 죽어서도 소리를 친다. "이곳에서 취락은 벌써 모래바람의 유적이다"(「강은 사막에서 죽는다」)라고 말하는 허만하의 시는 죽음으로 시종한다. 그러나, 그것은 그냥 죽음이 아니다. 죽음은 아예 시의 산소다. 보라. "네온의 불빛이 피곤하게 걸려 있는/현학적인 거리에서/그는 스스로의 소멸을 사랑했다/꿈의 시체 위에 다시 쓰러지는/투명한 꿈의 투신"(「드라이 마티니」)이라고 말하고 있지 않은가? 죽음 혹은 소멸은 운명이 아니라 꿈이다. 왜냐하면, 삶은 피곤한 현학이기 때문이다. "고독한 정신의 높은 수위"를 유지하는 시인에게는 차라리 죽음이 낫다. 죽음은 모든 것이 무너진 자리에서 처음부터 다시 시작할 "야생의 향기"를 퍼뜨리는 것이다. 그 향기에 취한 자의 소리, 그것이 시의 언어다.

그러나 죽음에 대한 사랑만으로, 꿈의 표현만으로 만사가 형통하는 것은 아니다. 차라리 만사는 불통이다. 시인은 "아무도 자기의 바다를 다 울지 못하고 만"다는 것을 안다. 야생의 꿈은 허공에 걸리고 죽음은 오로지 적멸을 향해 있을 뿐이다. 시인은 쓸쓸하고 외롭다. 그리고 현학의 삶처럼 피로하다. "나의 탄환은 피로하였다. 나의 질문은 납의 침묵처럼 피로하였다"(「잔열의 마음」). 하지만 허만하의 진짜 면모는 이다음에 있다. 이 쓸쓸함과 외로움을 그는 수직으로 세운다. 시집 제목이 그대로 전하듯이 시는 죽되 수직으로 서서 죽는 것이다. 수직으로 서서 어쩌자는 것인가? 우선, 수직으로 선 언어는 그때 허공과 땅 사이를 받치는 기둥이 된다. 그것은 쓸쓸함의 돌기둥이 된다. 죽음은 결코 지워지지 않는 사건이 되고, 동시에 생의 필수 조건이 된다. 다음, 그 돌기둥은 동시에 우주의 굴대이다. 왜냐하면 야생과 소멸 사이에서 징징 울기 때문이다. "나는 한 마리 야수처럼 소리 질러 운다/아픔은 슬픔처럼 내 몸의 일부다/나는 모래 위에서 배암처럼 뒹군다"(「사하라에서 띄우는 최후의 엽서」). 그 울음과 뒹굴음 속에서 "초겨울 하늘빛으로 돌고 있는/고독한 원심력"(「무희」)이 발생하고, 그 원심력은 땅과 하늘 사이를, 소멸과 야생 사이를 맹렬히 굴린다. 시는 죽음의 검은 구멍 둘레를 회오리치면서 그 구멍이 닫히고 마는 것을 끝끝내 막는다. 창공의 별빛들이 쏟아지도록 끝끝내 열어놓는다.

이렇게 말할 수 있겠다. 허만하의 시를 지탱하는 힘은 수직의 윤리학이다. 운명에 대한 단호한 거부와 도전이 그 윤리학의 뜻이다. 그러나, 허만하의 시를 운동케 하는 힘은 윤리학이 아니다. 그것은 수직의 자세를, 원심력을 일으키는 굴대로 변용시키는 그 특유의 상상력이다. 그 상상력의 원천은 수직의 상상력이 단지 자세일 뿐만 아니라 동시에 격정적인 감정의 울음이라는 것을 그가 통찰한 데에 있다. 수직의 자세는 지상에서의 삶을 거듭 부정하는 자세이기 때문에, 겨울 산처럼 끝없이 솟아오른다. 그것은 의지의 순수 형상이다. 그리고 의지의 순수 형상은 겨울나무처럼 거듭 메마르고 강팔라진다. 그런데 허만하의 시에서 그 의지는 동시에 쓸쓸함과 두려움과 분노와 살고 싶은 욕구로 몸부림친다. 거기에서 의지의 강파른 돌기둥은 초고온으로 압축되는 감정이다. 압축이 강할수록 그 돌기둥은 폭발의 임계점을 향해 시시각각 다가간다. 다시 말해 그것은 메마르고 강팔라지는 것이 아니라 오히려 안으로 부풀어 오른다. 이 충만하는 폭발의 가능성 혹은 예감으로 돌기둥은 사뭇 진동하고 마침내 그 힘으로 거대한 회전을 시작한다. 수직의 자세에 의해 굴대의 길이는 끝없이 늘어나기 때문에 그 회전은 생과 사, 지상과 영원 전체를 아우르는 우주적 규모로 확대된다. 이 상상력을 반고(盤古)의 상상력이라고 부르자. 반고는 하늘을 떠받쳐 천지간을 창세한 동양 신화 속의 아버지이다. 그처럼 시인도 운명을 떠받쳐 생사 간을 창세하였다.

내가 깨닫는 것 하나. 아무리 드높은 의지라 할지라도, 시에서는, 초인의 것이 아니라 범인의 몫이다. 의지는 억제된 공포와 슬픔이기 때문이다. 내가 깨닫는 것 둘. 시는 정서의 표백이 아니라 파스칼적 두 무한을 하나로 합치는 정신의 형식이다. 즉 그것은 파스칼의 '심정cœur'에 가깝다. 물론 여기에서의 파스칼은 반-데카르트, 즉 근대 합리주의에 대한 굳센 대결을 지시하는 기호이다.

현대시의 궁지를 어떻게 헤쳐 나가리
—발견과 구성 사이

나는 지금도 시가 생으로부터 솟아난다는 믿음을 버리지 못한다. 시는 삶의 고뇌이고 삶의 박동이며 삶의 변형이라는 것 말이다. 그런 생각 때문에 나는 미리 시적 정황을 가정하는 시들로부터 큰 감흥을 얻지 못해왔다.

시적 정황을 사전에 가정하는 시 쓰기는 점점 도드라지고 있는 경향이다. 최근에는 시적 정황을 가정하는 데에서 더 나아가, 시적 정황을 아예 처음부터 구축한 후에 언어를 그 주형 안에 배치하는 수준에까지 나아가고 있다. 간단히 설명하면 이렇다. 그런 시는 우선 머릿속에 '그럴듯하게' 그림이 그려지지 않는다. 형상 혹은 존재태들 그리고 배경이 실제적으로는 불가능한 방식으로 공존하고 있기 때문이다. 물론 그런 불가능성을 현실화하고자 하는 것은 시의 본래적 동경에 해당하는 것이라서 그것만으로 시적 정황을 미리 가정했다고 할 수는 없다. 또 하나의 조건이 필요한데, 그것이 (불)가능성의 천칭 위에서 제기되는 것이 아니라 (재)조립의 판 위에서 제기된다는 것이 두번째 조건이다. 삶의 사건들은, 문득 시의 판 위에 옮겨지는 순간, 그것들을 구속하고 있던 시공간의 무게로부터 해방되어, 상상하는 자의 필요에 따라 새롭게 기능과 의미를 부여받아 상상세계의 구성에 동원된다. 현실의 사건들은 각각 상상세계를 그리기 위한 소도구들 혹은 기호 그물의 코를 이룬다.

그런데 그게 나는 자꾸 꺼림칙한 것이다. 우리 눈앞에서 벌어지는 나날의 사건들, 혹은 펼쳐지는 권태롭거나 장관인 풍경들, 그리고 우리 스스로 겪는 그것들은 저마다 나름의 삶의 권리와 그 권리에 대한 그 자신의 책임을 가지고 있는 것들이다. 그런데 시는 상상세계의 창조라는 권능을 핑계로 그것들을 함부로 넣었다 뺐다, 잘랐다 붙였다 하는 것이 아닌가? 이것은 제재의 입장에서 보면 폭력이 아닐까?

물론 내 취향은 사사로운 것이며, 시의 성취는 공적인 것이다. 우러나왔든, 공작놀이를 했든 간에, 문제는 시의 궁극적인 효과, 즉 감동이다. 이가 썩으면 뽑고 의치를 심는 게 당연해진 현실이다. 인공 이가 더 저작 기능이 뛰어나다면 본래의 이를 아쉬워할 필요가 없다. 그런데도 지금은 얹어놓을 지붕도 없어서 그냥 쓰레기통에 들어가버린 옛날의 신체 발부를 그리워한다면, 그 심사는, 그게 사실 내 취향인데, 낡아도 한참 낡은 것이다.

이의 저작 기능에 해당하는 것이 시의 감동일 것이며, 감동의 입장에서 보면 어떤 방식으로 썼느냐는 하찮은 문제다. 그러나 이 감동이라는 것이 여간 까다로운 문제가 아니다. 내가 감동하는 시구에서 타인은 전혀 느낌을 받지 못하는 경우가 허다한 법이고, 그렇다고 해서 민주주의적 방식으로 다수의 감동을 시적 우월성의 표지로 삼을 수는 없다. 물론 우리는 통상 고급한 취향과 평범한 취향들의 차이를 전제함으로써 그런 문제를 해결하려고 하지만, 흔히 취향의 질은 문학 외적인 것들, 그러니까 인식의 수준, 윤리적 태도, 사유의 굴곡 등의 우회로를 거쳐 풀이되어왔을 뿐, 보편적 미적 원칙을 통해 해명된 적은 없다(아니다, 가령 아리스토텔레스는 내적 필연성에 의한 반전이 우연한 사건들에 의한 그것보다 더 뛰어나다고 하지 않았나? 그러나 그에 대한 상반되고 이질적인 수많은 주장들은 미학의 역사 속에서 얼마나 많이 제기되었고 또 상용되었는가? 게다가 '내적 필연성에 의한 반전'이란 사유의 굴곡과 얼마나 먼 거리에 있단 말인가?). 하긴, '모든 것은 그 아닌 것으로부터 온다'는 이제는 상식처럼 되어버린 명제를 염두에 둔다면, 그럴 수밖에 없는 것 같기는 하지만, 그러나, 그 타자들의 형성물로서의 '자아'도, 그 재료들의 취사선택과 선택과 조합의 방식과, 그리고 시간과 공간 등의 우연성의 개입이라는, 그 스스로가 되고 마는 나름의 사정(알고리즘)이 있을 것이다. 그런데, 그것은, 사안마다 너무 달라서, 일반화하기가 정말 어려운 것이다. 인류의 두뇌 진화사와 두뇌의 구조가 완전히 해명되는 날이 오면, 혹시 그에 대한 대답을 얻을 수 있을까? 글쎄…… 그날이 인류 종말의 날, 사과나무 한 그루가 외로움에 떠는 날이 되지나 않을까?

각설하고, 이향지의 『대해 속의 고깔모자』[1]도 얼마간은 그런 유형에 속한다. '얼마간'이라는 유보를 단 것은 이 시가 '섬은 고깔모자처럼 보인다'라는 순간적 직관에서 유래한 것이며 그 직관 자체는 사물에 대한 섬세한 시선(발견)에서 오는 것이지 인공적인 조작을 통해서 발명된 것이 아니라고 보았기 때문이다. 다만 시인은 그 직관의 비밀을 탐구하는 대신 이 가벼운 직관(왜 가볍냐 하면, 이 직관은 삶에 대한 통찰은 아니기

1) 이향지, 『대해 속의 고깔모자』(제4회 현대시 작품상 수상 시집), 고요아침, 2003.

때문이다)을 기정사실화하고 그 바깥으로 더욱 뻗어 나간다. 섬→모자→달걀→시계로 이어지는 연상의 흐름은 그러한 상상의 자유에 힘입고 있다. 그러나 이 연상의 흐름 속에서 시인은 아주 자연스럽게, 삶의 숙명적인 하찮음, 그 하찮은 것에 대한 사람들의, 그 또한 운명적인, 집착, 아니 차라리 안달복달이라는 수식어로 표현해야 할 마음의 번잡한 움직임(아, 그 고깔스러움), 그러나 그 번잡함이 아무 결론에도 이르지 못해 번잡함의 주위에 연기처럼 피워내는 무척 지루하다는 느낌들, 그리고 이 모든 마음의 움직임들의 숙명성에 대한 불기피한(그 역시 숙명적인) 수락과 그 수락 자체를 다시 삶의 에너지로 삼는 은근한 용기 등등의 마음의 내력, 아니 차라리 마음의 역사를 새겨 넣고 있다. 방법은 인공 조작이었으나 그것의 생산품은 장난감도 기형아도 아니라 자연인이었던 것이다. '돌리'가 아니라 '둘리'였던 것이다. 그것이 내가 이 작품을 특이하다고, 혹은 멋있다고 본 이유이다.

청마 시에 대한 친일 시비 유감

몇 가지 기준을 제시하면서 청마의 시를 검토하겠다.

첫째, 적극적 친일과 강요된 협력이 있을 수가 있다. 개인의 영달을 위해 일제의 정책과 논리에 가담했다면 적극적 친일이 되겠지만 생존을 위해 어쩔 수 없이 순응했다면 강요된 협력이라고 해야 한다. 그리고 이 강요된 협력은 집단의 운명과 연관된다. 일제강점기하에서 조선 사람들은 생존을 위해 어쩔 수 없이 일제의 지시와 명령에 따를 수밖에 없는 상황과 자주 마주쳐야 했다. 이 강요된 협력이 그 자체로서 꼭 올바른 행동은 아니다. 그러나 거기에는 불가피하다는 상황의 논리가 있으며, 그 상황 논리는 그 나름으로 소중한 가치를 담고 있다. 즉, '생존을 위해서'라고 했을 때, 그 말은 단순히 '죽지 않기 위해서'라는 뜻만 가진 것이 아니다. 오히려 '죽지 않고 살아남아서 일제가 물러난 이후의 미래 세계를 준비하기 위해서'라는 보다 적극적인 뜻도 포함할 수 있다. 조선인에게 '강요된 협력'이라는 집단의 운명은 적의 그늘 아래서 힘을 비축하는 힘겹고 지난한 과정으로 이해할 수도 있으며 나는 그게 더 바람직하다고 생각한다. 청마처럼 비교적 이름이 알려진 문인들에게는 강요된 협력이 일제의 정책에 대한 적극적인 선전 활동으로서 나타난다. 이 외면상의 '적극적인 선전 활동'을 그대로 자발적인 친일 행위라고 단정하기는 어렵다. 그러한 활동 자체가 '강요된' 것이기 때문이다.

둘째, '강요된 협력'의 가장 의미 있는 행위는, 겉으로 순응하는 체하면서 속으로 저항의 힘과 논리를 키우는 일이라고 할 수 있다. 이러한 태도는 시작(詩作)에 있어서 미묘한 흔적을 남긴다. 즉 겉으로는 일제에 협력하는 내용을 담은 시이지만 거기에 알게 모르게 저항의 흔적을 남겨, 일제에 대한 협력 자체를 무화하는 효과를 의도한다는 것이다. 그래서 통치 세력의 눈에는 자신들을 위한 시로 비치겠으나 그 반대편의 사람들에게는 아예 비정치적인 시 혹은 통치 세력의 독법으로 읽은 것과는 정반대의 정치적 내용을 담은 시로 읽힐 수도 있다. 소위 '친일시'라고 지목된 청마의 네 편의 시에 대해서도 그 점을 감안하여 읽을 필요가 있다고 본다.

「들녘」은 그러한 저항의 흔적이 소극적인 방식으로 배어 있는 경우라고 할 수 있다. 농촌 일을 찬양하고 있는 이 시를 뚝 떼내어 어느 농민적 상황에 붙여도 이 시는 자연스럽게 읽힌다. 즉, 새마을운동에 갖다 붙여도 되고, 그냥 평범한 농민의 일상에 붙여도 읽히는 시다. 이런 시를 친일시라고 할 수는 없다. 정치시도 아니다. 시대나 상황과 무관한 보편적인 내용을 담고 있는 시이기 때문이다. 따라서 누군가 이 시를 굳이 정치시로 읽고자 한다면, 이 시는 정치에 부합하는 척하면서 독자의 눈길을 농민 삶의 지극히 일상적인 풍경으로 돌리고 있는 시라고 할 수 있다. 이렇게 시선을 비정치적인 곳으로 돌리는 시적 태도의 효과는 긍정적이기도 하고 부정적이기도 하다. 그것이 당시의 정치 상황을 '망각'하게 하기 때문이다. 그 망각의 효과 때문에 독자는 이 시와 더불어 일제 만주개척이념도 망각한다. 그리고 그 망각은 이념의 진행을 그대로 방치하는 일일 수도 있고, 그 이념을 무시하는 일일 수도 있다.

「前夜」는 박태일 교수에 의하면, "'대동아전쟁 제2주년기념대회'를 기리고, '학병출진' '문화결의앙양대회'를 화보로 내세우면서, 지원병에 대한 추김글로 메운 『춘추』 특집호에 올린 시"라고 한다. 때문에 일제의 이념을 선양하는 데 협력한 시일 수 있다. 마지막 연에 표현된 "정복의 명곡" "승리의 비곡"은 그러한 협력을 드러내는 시어로 읽힐 수도 있다. 그러나 이 시는 '강요'에 의해서 씌어졌을 가능성이 높다. 그리고 그 점을 감안해 읽으면 우리는 여기에서 청마가 나름으로 일제에 저항하고자 했음을 가리키는 흔적을 찾을 수도 있다. 우선, 이 시가 '대동아전쟁'과 '학병출진'을 명시적으로 찬양하고 권유한 내용을 담고 있지는 않다. 추상적으로 처리되었고, 따라서 전쟁의 구체적인 양상에 대한 실감 있는 보고나 학병출진에 대한 권유가 두드러지기보다는 새날에 대한 기대만을 잔뜩 힘주어 강조하고 있다. 그런데 그 시에 표현된 '새 세기'가 일제가 준비한 새날일까? 일제의 통치자들은 당연히 그렇게 읽었으리라. 그러나 다른 새날로 읽을 수도 있다. 우선 1연의 '뿔뿔이'와 '제가끔'은 대동아전쟁 제2주년에 대한 열광이 아주 이질적인 생각들과 전혀 상이한 감성들의 덩어리임을 암시한다. 다음, 제3연의 "聖像 아래 魔笛은 소리를 거두다"에서의 '마적'은 다양하게 해석될 수 있다. 어떻게 해석하느냐에 따라 아주 다양한 정치적 표현으로 읽을 수 있다. 제5연의 "樂屋 싸늘한 壁面 넘어로"에서의 '싸늘한 벽면'이란 무엇을 뜻하는가? 다양하고 이질적인 생각의 덩어리로서의 음악은 끓어넘치는데 그것이 활짝 열리는 걸 차단하고 있는 일제의 '울타리'로 읽을 수는 없을까? 이 시를 일제에 협력한 시로 읽게 한 "정복의 명곡" "승리의 비곡"도 그런 의심을 가능케 한다. '정복의 명곡'은 알겠는데, 왜 '승리의 秘曲'인가? 왜 숨은 노래인가 말이다. '정복의 명곡'과 '승리의 비곡'을 모순어법으로 읽을 가능성은 충분히 있다.

화려한 수사로 장식되어 있지만 「북두성」의 내용은 비교적 간단하다. 시의 화자는 현실을 암흑으로 보고 있고 그 자신에 대해서는 그 암흑을 떨치고 빛나는 "새벽"을 준비해야 할 젊은 청년 중의 한 사람("한낱의 푸른 별")으로 이해하고 있다. "斗柄을 재촉"한다는 표현은 시간의 흐름을 촉진하려는 마음의 표현으로 읽는 게 타당하다. '斗柄'이란 북두칠성의 일곱번째 별로서 24절기를 정하게 하는 기준별이기 때문이다. 그런데 왜 이 시가 친일시로 읽히는가? 마지막 연의 "亞細亞의 山脈 넘에서/東方의 새벽을 일으키다"라는 구절 때문이다. "아세아"와 "동방의 새벽"이 대동아공영논리의 표현이라고 보기 때문이다. 이런 확대해석은 이 시가 1944년 3월에 발표되었기 때문에 일어난 것으로 보인다. 그러나 그렇게 읽지 않고 달리 읽을 가능성도 무한하다. "아세아"를 시인이 디디고 있는 어둠에 갇힌 땅의 은유로 읽고 "동방의 새벽"을 '曙光에 빛나는 아침'으로 읽어도 된다. "아세아의 산맥"을 '대동아공영권'의 은유로 읽을 수도 있다. 그렇게 해서 이 시를 대동아공영논리를 정면으로 넘어서고자 한 의지의 표현으로 읽을 수도 있다. 여하튼 이 시가 특별히 어떤 구체적 현실 상황 속에서 어떤 친일적 효과를 거두었는지 알 길은 없다고 생각한다.

마지막으로 「首」를 보자. 초점은 이 시에 나온 목 잘린 두 명의 '비적'을 어떻게 이해할 것인가,라는 점에 몰렸다. 이 시가 씌어진 건 1942년이다. 만주 전공의 역사학자에게 물으니, 1939년이면 항일독립군이 거의 쇠멸하고 가장 강력했던 공산주의 무장 단체들도 소련으로 도피하였다고 한다. 그러면서 역사학자는 「首」에 나오는 비적들이 항일독립군일 가능성은 많지 않다고 하였다. 그 지역에서 자생한 토비일 가능성이 더 높을 것이다. 그런데 이 토비를 '반만항일' 세력으로 보는 해석이 있는 듯하다. 그 가능성도 완전히 배제하기는 어려우나 단순히 강도일 가능성도 배제할 수 없다. 독재정권 시대에 출몰한 강도와 도둑들은 반독재 세력인가? 그 강도와 도적이 의미 있는 강도나 도적이래도 그렇다. 대도 조세형을 반5공세력이라고 말할 수 있을까? 물론 사람들은 대도를 의적으로 착각하고 싶어 했고 그런 점에서 그를 동정했다. 여기에서 세계관의 문제가 나온다. 비적은 세상을 어지럽히는 존재 중의 하나이다. 현 세계가 부당한 세계일 때 비적은 부당한 세계의 질서를 어지럽히는 존재가 된다. 그래서 비적은 그 자신의 의지와 관계없이 지금의 세계에 저항한 존재가 된다. 그리고 그 비적을 단죄한 시인은 부당한 세계의 질서를 옹호한 부당한 시인으로 지목된다. 그러나 이런 어휘 연상에 근거한 단순주의적 세계관과는 달리, 어쨌든 질서가 제대로 확립되어야 새로운 세계에 대한 기대와 준비도 있을 수 있다는 세계관도 가능하다. 그런 세계관에서 보면 질서를 어지럽히는 비적은 오히려 부당한 세계를 자극해 그 세계를 더 가혹하게 강요하게끔 하는 원인이 될 수도 있다. 율의 법칙을 옹호하는가, 자유의 개방을 원하는가는 세계에 대한 일반적인 태도의 문제이다. 거기에 친일이냐 아니냐라는 문제가 개입되어야 할 이유는 없다고 생각한다.

셋째(마지막 기준을 제시한다), 기념은 무조건적으로 찬양하는 행위가 아니라는 것이다. 청마의 친일에 대한 논란 중에 왜 청마만 문제 삼느냐는 지적이 있었다. 그러자 청마를 기념하는 사업을 하려고 하는 게 문제라는 대응이 나왔다. 그런데 홍정선 교수가 적절히 지적했듯이 청마를 기념하는 것은 그가 훌륭한 시들을 남겼기 때문이지, 그의 정치적 행적 때문이 아니다. 그런데 여기에도 반론이 있는 듯하다. 훌륭한 시들을 남겼다는 이유로 그의 친일 행적이 은폐되면, 역사를 이해하는 우리의 시각에 왜곡이 일어난다는 것이다. 그런데 어떤 오해가 있는 듯하다. 기념이란 정확하게 말하면 모든 것을 기억하는 것이다. 즉 공과를 모두 기억해야 하는 것이다. 한 사람이 살아가면서 항상 올바르게 살 수는 없다. 그는 훌륭한 일도 했고 잘못도 많이 범했다. 그러나 공이든 과이든 그의 행적의 크기가 커서 후대 사람들이 두고두고 반추하며 교훈으로 삼을 내용이 많다면, 그때 후대의 사람들은 기념 행위를 통해서 그가 한 훌륭한 일만 기억하는 게 아니라 그가 범한 잘못도 같이 기억해서 그러한 잘못을 피할 수 있는 길을 성찰할 시간을 갖는 것이다. 선인을 기념하는 행위는 선인을 위해서가 아니라 후대 사람을 위해서다. 즉, 후대인 스스로 긍지를 가지는 동시에 선인을 따르면서 그보다 더 나은 삶을 살기 위해서인 것이다. 따라서 무엇을 기념(기억)할 것이냐를 따질 것이지, 기념 행위 자체를 없애려는 시도는 옳다고 할 수 없다고 생각한다. 앞에서 강요된 협력이라는 운명이 꼭 올바른 건 아니라고 말했다. 불가피했다는 상황 논리가 있지만 어쨌든 협력했다는 사실 자체는 없어지지 않는다. 우리는 그것을 기억해야 하며, 그것이 왜 일어났는지 어떻게 하면 피할 수 있었는지를 물어야 한다. 그리고 그 시각에서 강요된 협력의 잘못된 점들을 짚어보고 성찰할 수 있어야 한다. 그러나 동시에 그 협력 속에 숨겨진 은밀한 반항과 극복 의지를 불 지피고자 한 노력 역시 챙길 줄 알아야 한다. 그래서 아무리 어려운 상황 속에서도 새로운 세계를 준비할 수 있는 지혜를 얻을 줄도 알아야 한다. 청마의 행적 속에 그런 강요된 협력의 자취가 없다고 할 수 없을 것이다. 청마를 기념한다면, 그것도 기억해야 하며, 그 행위의 의미를 반추해야 한다. 그를 위해서도 아니며, 우리의 심리적 만족을 위해서도 아니고, 오직 우리가 조금이라도 더 나은 사람이 되기 위해서 말이다.

나선상(螺旋狀) 문자의 세계
— 이재복 문학전집에 부쳐

이는 진실로 생명의 있음보다
생명의 연소가 얼마나 더한 영광임을 증거함이니라.
—「靜思錄抄」[1)]

도입부의 제사는 이재복 선생의 시를 맞춤하게 요약하고 있는 구절이다. 그의 생애를 두고 한 말이 아니라 시를 두고 한 말이다. 나는 이재복 선생의 삶을 모른다. 그러나 시는 읽고서 좋았다. 언어의 결에 생의 땀이 촘촘히 배어 있음을 느끼고 맛보았기 때문이다. 언어와 생의 일치는 그저 태도의 표명으로 성취될 수 있는 것이 아니다. 또한 아무리 절실하다 하더라도 열망만으로 이루어질 수 있는 것도 아니다. 그것에는 존재를 던지는 결단이 필요하고 그 결단을 이끌고 갈 방법론이 필요하다.

이재복 선생의 시는 그 결단과 방법론을 한꺼번에 한 몸으로 던진다. 그것의 핵심 명제는 있음과 함의 분리, 즉 존재와 활동의 분리이다. 이 분리는 바로 존재의 정태성을 버리고 실존의 끊임없는 거듭남으로 몰입

1) 이재복, 『침묵 속의 끝없는 길이여: 문학집』(이재복 전집 7), 용봉 대종사 금당 이재복 선생 전집 간행위원회, 2009.

하고자 하는 실천적 결단이자, 동시에 존재/운동의 방법론적 분리를 생의 원리로서 세우는 이론적 모색이다. 그런데 거기에서 그치는 것이 아니다. 선생은 생명의 있음보다 생명의 '연소'가 더한 영광이라고 말했다. 활동은 곧 무화, 즉 존재를 태우는 일임을 밝히고 있는 것이다.

존재의 태움은 당연히 존재자를 위험에 빠뜨린다. 연소의 속도와 시간이 배가할수록 존재자는, 그 스스로 활동이므로 엄격히 말해 실존으로서의 존재인 그는, 축소된다. 그는 자신의 몸을 활동과 맞바꾸기 때문이다. 그 활동이 시 쓰기라면, 연소로서의 시 쓰기는 시 쓰기의 토대를 앗아가버린다.

그런데, 그럼에도 불구하고 시는 줄기차게 씌어졌다. 언제까지? 선생은 "사람의 사람다운 참모습은 끊임없이 전진하는 데 있다. 끊임없이 향상하는 데 있다"라고 적었다. 그러니까, 시간의 경계가 없다. 현상적으로는 선생의 육체적 생명이 다했을 때 선생의 시 쓰기는 끝이 났겠지만, 논리적으로 보자면 그의 시 쓰기는 끝나지 않는다. 그리고 그 논리적인 맥락이 사실에 더 가깝다. 왜냐하면 선생의 시는 실로 방대한 양을 이루었을 뿐만 아니라 그 양으로서가 아니라 시의 질로서 독자를 지금도 충격하기 때문이다. 육체적 수명이 다한 존재의 시는, 그 자리에서 멈추는 것이 아니라 독자에게 전이되어 쓰기를 계속한다. 어떻게 그럴 수 있는가?

이 사실을 인정한다면 우리는 그의 존재/운동의 분리라는 방법론이 어떤 생성의 원리를 속에 감추고 있는 것으로 짐작할 수밖에 없다. 그것이 무엇인가?

그것을 찾아내기 전에 잠시 우회하기로 하자. 아직 우리는 그의 방식의 까닭을 알지 못하고 있다. 왜, 어떻게 해서, 존재/운동의 방법적 분리에 대한 인식에 다다르게 되었는가?

아
햇볕은 뉘엿이
기우는데

너는
의지하고 설
배경이 없구나

—「정사록초 43」 부분

이 시구는 의미심장하다. 해가 저물며 해가 기운다(그런데 시인은 '햇볕'이라고 적었다). 해는 기울면서 땅에 혹은 바다에 자신의 몸을 내맡긴다. 그러나 해와 달리 나는 "의지하고 설 배경이 없"다. 이 차이는 기본적으로 두 가지 차이이다. 첫째, 해는 눕는 데 비해, 나는 선다. 둘째, 해는 누울 데가 있는 데 비해, 나는 기대설 데가 없다. 첫번째 차이는 '나'가 휴면을 거부하는 태도를 취한다는 것을 보여주며, 두번째 차이는 그러나 그 휴면의 거부가 불가능하다는 것을 보여준다(나는 설 수가 없는 것이다). 그렇다면 '나'는 시방 강제적인 휴면 상태에 묶여 있다는 것을 뜻하는 것이 아닐까? 해가 눕는다는 것은 해가 휴식을 향해 간다는 것이며, 그것은 태양이 지금까지는 힘찬 운동을 하고 있었다는 것을 가리키는 것은 아닐까? 해가 기울지 않고 '햇볕'이 기운다고 표현한 것의 일차적인 기능이 여기에 있다. 하지만 '햇볕'의 2차적인 기능은 햇볕의 운동성이 '나'의 부동성에 붉은 자국을 남긴다는 것이다. 그것은 강제로 휴면에 유폐된 '나'에게 쉼 없이 운동에 대한 열정을 일으키는 것이다. 이 점을 유념할 때 인용문 앞에 놓인 시구들을 이해할 수가 있다.

가장 중심의 자리에
희고 차운 석탑은
소솔히
서 있다마는

층층으로
맑고 어진 聖衆은
새겨져 있다마는

'나'의 궁극적인 꿈을 보여주는 대목이다. '나'는 중심의 자리에 소솔히 서 있으며, 맑고 어진 '성중'이 층층이 새겨져 있는 석탑의 자태를 꿈꾼다. 그러나 그 자태는 뉘엿이 기우는 햇볕을 받을 때에만, 다시 말해, 힘차고 긴 운동의 덕분으로 주어지는 것이다. 햇볕은 영광스런 피로의 빛으로 석탑을 따뜻이 감싼다. 그러나 나는 아예 처음부터 그 운동을 시작하지 못하는 것이다. 그러나 바로 그렇기 때문에, 그 햇볕을 '보았다'는 것 때문에, 더욱이 그 햇볕의 긴 운동의 시간을 알고 느끼고 있기 때문에, '나'는 햇볕이 둥근 반원을 그리는 시간 내내 운동에 대한 갈망으로 "사무치게" 달아올랐던 것이다. 이어지는 시행은 이렇다.

길은
수많은 아우성을 다문 채 오만스레 누워버린 끝없는 침묵이다

실로 이미 '나'의 마음속에는 어느새 길이 깊이 내장된 것이다. 다만 시방은 "끝없는 침묵"에 갇혀 있을 뿐이다.

안으로 향한 바깥의 통로, 그것이 이재복 선생의 길이다. 그래서 선생은 "마침내 떨어져가는 가을의 빈곤 속에/안으로 익어가는 너의 기원만이 빛나는구나"(「가을 3」)라고 말한다.

내장된 길, 그것이 바로 존재와 운동의 분리를 낳은 동인일 것이다. 과연,

> 길들일 수 없는 산맥에 단층이 있다.
>
> 침식된 화강암이 노을에 비치어 벌겋게 닳아 욱신거린다.
>
> 그 옆에는 산악을 기어오르던 殘骸가 고요히 풍화작용을 받고 있다.
>
> 높고 아늑한 하늘로 채색한 구름장이 한량없이 넘어가고……
>
> 언제 끝날지 모르는 雪溪를 바라다보면 상극의 분화구에서 풍기쳐 나온 혼의 파편인 듯
>
> 아침에만 하얀 꽃이 핀다는 고산식물이 떨고 있어 그 꽃더미 속에 나의 조용한 얼이 새알처럼 묻혀 있으리라.
>
> —「산」

"벌겋게 닳아 욱신거"리는 침식된 화강암, 그것이 길이다. 그 길옆에는 "산악을 기어오르던 잔해가" "풍화작용을 받고 있"고, 길 위에는 "채색한 구름장이 한량없이 넘어가고" 있다. 내부의 길은 길 없이(방법론 없이) 산악을 기어오르던 잔해도 아니고, 저 위에서 초월적으로 넘어가는 구름장도 아니다. 길은 산맥의 내부로부터 패어 나는 것이다. 그것은 아

직 움직임을 시작하지 않았지만 이미 길의 모양을 갖추고 있다. 그것은 산맥에서 침식되어 산맥을 꿰뚫는다. 그것은 산을 파묻는 '눈계곡'이 그 자체로서 하얀 길로 변한 것이며, 또한 그것은 유폐로서의 정지로부터 솟아난 운동이기 때문에 "상극의 분화구에서 풍기쳐 나온 혼의 파편"과도 같다. 그리고 "새알"이 바로 환기하듯, 그것은 신생의 시작이다.

이렇게 해서 존재와 운동의 분리의 방법론이 세워졌다. 운동은 존재를 부인하는 데서 온 것이 아니라 존재의 부동성을 오래 삭이는 데서 가만히, 조용히 생겨났다. 다시 말해, 정말 운동하려면 오래 정지해야 한다. 오래 정지해 오래 앓고 오래 달아올라야만 저절로 내부에 "한 올 실오라기 같은 보람"이 솟아나고 그 실오라기를 통해 세상이 열린다. 그래서 선생의 인생은 "窓은 어둠과 밝음을 번갈아 다스려가는 宿命을 지닌 채 외롭고 아쉬운 位置에서 스스로 沈黙을 어루만지고 있다"의 창과도 같이 "그 거리를 두고 [……] 참꽃처럼 취해 있"었던 것이다.

이로부터 우리가 제기했던 의문이 풀리기 시작한다. 우선, 왜 운동은 '생명의 연소'인가? 그것은 존재의 견딤을 통한 존재의 마멸이기 때문이다. "이 부정의 극점은 바로 나의 필연한 과실"(「주검」)이라는 말의 정확한 뜻이 바로 여기에 있다. 그러나 이뿐만이 아니다. 그 운동은 그저 소진되는 것이 아니다. 무언가가 있다. 다음을 보자.

> 해가 잠기어가는 저쪽에, 무한을 필적하는 수평이 熱慕의 빛으로 물들고, 그 수평을 바라보는 나의 가슴에는 소금에 젖은 해일이 가득해지는 것을 느낀다.
>
> —「바다」 부분

저 까마득한 수평선에 열렬한 그리움의 빛이 물든다. 여기에서의 해는 이미 부동의 존재자로 가득 차 있다. 다시 말해 움직이지 못하는 주체의 운동에 대한 염원의 표상이다. 이 운동에 대한 그리움이 가득 달아오르는 동안, 다시 말해, 운동하는 동안은, 주체의 가슴에 소금에 젖은 해일이 가득해지는 시간이다. 왜 소금에 젖은 해일인가? 바다가 짠물임은 모두 아는 사실이지만 왜 하필이면 그 사실이 지적되었을까? 주체의 그리움의 운동이 진한 땀을 흘리고 있기 때문이다. 바로 그 땀이 남는 것이다. 그것뿐만이 아니다. 앞에서 존재의 운동은 존재의 연소, 즉 마멸이라고 말했다. 그리고 방금 이 마멸의 과정 속에서 땀이 분비되고 있음을 말했다. 그런데 이 땀의 양이 무한한 것이다. 그래서 땀이, 다시 말해, 저 짠물이 존재가 비워내는 자리를 가득 채우고 있는 것이다. 바로 그것이 "소금에 젖은 해일"이다.

그러니까, 땀을 분비하는 운동의 시간은 존재의 연소의 시간과 그대로 일치한다. 이 시간은 바다를 바라보며 열모에 젖은 사람을 그대로 또 하나의 희디흰 바다로 만든다. 그렇다면, 누군가가 다시 그 희디흰 바다를 바라보며 열모에 젖으리라. 그렇게 해서 저 연소의 운동은 그칠 날이 없으리라.

이재복 선생의 존재/운동의 분리는 한 개인의 삶의 방법론을 넘어서서 상징적 연대의 층위로 넘어간다. 그리워할 줄 아는 자는 모두가 별빛인 것이다. 그러니, "무한무량 일렁이는 마음의 어두운 창문을 열고 은혜로운 내 안에서 바라보아 주며는 가까이 멀리 아스라이 있는 것, 森羅의 머리 낱낱 별빛 아닌가". 그 별빛들의 영원한 이어짐, 그것이 바로 보통 사람들은 모르는, 그러나 보통 사람들 사이에서 은밀히 이어지는 숨은 역사의 전통이다.

태초로부터 자자손손이
물려받은 슬픈 구도는
남은 몰라도
차라리 위대한 전통이었다

—「거미의 노래」 부분

또한 이 삶의 방법론은 마침내 하나의 시학을 창출한다. 그 시학은 달팽이의 시학, 풀이를 하자면, "그늘에서 그늘로 옮기는" "螺旋狀文字"(「달팽이」)의 시학이다. 이 나선상 문자의 시학이 이재복 선생의 시 그 자체이며, 아마도 그이의 삶 그 자체였을 것이다. 그 시학의 육체인 시들을 읽으며 감동하지 않기란 불가능하다.

가난을 구제할 소명을 사랑으로 이끈 시

앞에 보이는 것은 길뿐이고,
들리는 것은 나의 심장이 뛰는 고동 소리뿐이다.
—『아프리카, 아프리카』[1)]

한상기 선생은 고결한 행적으로 널리 알려져 있는 분이다. 40여 년 전에 나이지리아에 투신해 그곳의 식량난을 해결한 농학자이다. 우리는 이런 행적 앞에서 옷깃을 여미지 않을 수 없다. '사람이 사람답다'라는 말은 바로 이런 삶들에 비추어져서 성립한다. 사람들은 항상 사람다우려 하지만 그에 못 미친다. 그것이 짐승과 다른 인간의 조건이다. 그러나 그 사람다움에 가장 가까이 다가간 이들이 없었더라면 인간 조건 자체가 인지되지 못했을 것이며, 하물며 그 조건을 채우려는 노력 또한 없었을 것이다. 한상기 선생은 그런 키잡이 역할을 한 분 중의 하나이다.

그런 분에게 시가 왜 필요했을까? 그이가 아프리카로 갈 때 남다른 각오가 있었을 것이다. 시편[2)]들을 읽어보면 그 각오는 신앙과 깊이 관련

1) 한상기, 『아프리카, 아프리카』, 생활성서사, 1999.

되어 있는 것으로 보인다. 수직의 높이에서 진리의 이름으로 그에게 내려온 말씀이 있었을 것이다. 그리고 그는 그것을 이행하고자 세속의 자잘한 이익들을 버릴 결심을 했을 것이다. 그이에게 주어진 소명이 무엇보다도 소중했을 것이다.

그러나 시편들을 다시 읽어보면 그는 무엇보다도 보통 사람의 어려움을 그곳에서 만난 것으로 보인다. 맨 마지막 시의 한 구절은 이렇게 적고 있다.

> 홍시 같았던 것.
> 이젠 호박꼬지같이 된
> 손등
>
> —「샹그릴라로 가는 길」

보통 사람들에게서 가장 흔히 발성되곤 하는 생생한 인간적인 고백이다. 그는 극기와 인내력으로 무장한 '위인'이기에 앞서 하나의 여린 영혼이었다. 그는 아프리카의 사막에서부터 그 느낌에 사로잡혔다고 모두(冒頭)에서부터 말한다.

> 이 넓은 사하라 사막에서
> 홀로 서 있는 나는 아무것도 아니었고
> 내가 쥘 수 있는 모래는 아무리 쥐어봤자
> 겨우 한 줌밖에 안 되는 것이었으며 또

2) 한상기, 『아프리카, 광야에서』, 따뜻한손, 2014.

내가 들이킬 수 있는 공기는 한 숨밖에 되지 않았습니다.
이로써 나는 참으로 미약한 존재라는 것을
불모의 아프리카 사하라 사막 연변에서
절실히 체험하게 되었습니다.

두번째 시, 「사하라 사막의 작은 발자국」의 '보충설명'으로 적어놓은 글의 앞부분이다. 이 대목을 바로 직전의 시, 즉 '서시' 역할을 하는 「광야로 꾀어 내어」와 연결시키면 처음 아프리카에 도착한 이의 당황이 선명히 윤곽을 드러낸다. 즉, 그는

나는 이제 너를
아프리카 광야로
꾀어 내어
사랑을 속삭이게 하여 주리라.

라는 "주님의 꾐에 말려"들어 사랑을 전파하러 아프리카로 왔는데, 그가 소명의 실행에 앞서 마주친 것은 자신의 한없는 미약함이었다. 그리고 그것은 자신의 신념을 행하려는 사람이라면 누구나 부딪쳐야만 하는 정직한 자기 대면이다. 스스로 소명의 능력을 자신에게 입증해야만 하는 것이다. 그 입증이 없는 한 하늘은 침묵하고 앞에 놓인 건 사막뿐이다. "저 우주의 한없는 침묵이 나를 두렵게 한다"고 고백했던 파스칼의 공포가 가리키는 것이 바로 그것이다.

믿음에 대한 절대적인 의지와 세계에 대한 무지를 동시에 품고 있는 영혼을 두고 우리는 흔히 '비극적 세계관'을 가지고 있다고 말한다. 비극

적이라는 것은 단순히 세상에 절망하고 비관하는 태도를 가리키는 것이 아니다. 세계에 대한 절망이 극심한 만큼 동시에 세계에 대한 믿음이 강렬한 자세, 믿음의 세기가 크기 때문에 세계의 사소한 부정성에도 격렬한 고통을 느끼는 상태가 비극적이다. 그래서 뤼시앵 골드만Lucien Goldmann은 비극적 세계관은 "전부이면서 동시에 전무All and Nothing"의 세계관이라고 정의했다. 이 비극적 세계관의 영혼은 자신을 신(진리)의 도구이면서 동시에 가장 자유로운 인간으로 생각한다. 그래서 주어진 진리를 무조건적으로 집행하는 것만을 능사로 여기지 않는다. 오히려 그는 그 진리를 자신의 지성과 의지와 능력 속에서 온전히 소화할 수 있어야 하는 것으로 받아들인다. 자신의 자유의지가 그 진리를 감당할 수 있는가를 측정해야 하는 것이다.

그러한 자세는 그를 극심한 고뇌 속에 빠뜨린다. 왜냐하면 그는 한갓 인간이기에 신의 뜻을 모두 안다고 감히 자처할 수 없기 때문이다. 그는 끝없이 회의하고 질문하고 탐색한다. 그 과정은 결코 끝나지 않는다. 그것이 그를 거듭 전락시키지만, 그러나 그 질문과 탐색의 자세로 그는 동시에 쉼 없이 상승한다. 추락할수록 그것을 감당하는 자의 오연함을 보이며, 상승할수록 자신이 한갓 미물과 다름없음에 탄식한다.

시는 바로 이 자리에 위치한다. 시는 교리문답서도 신앙고백서도 아니다. 그것은 무엇보다도 광야에서 홀로 세상의 광포함과 맞서야 하는 가녀린 영혼의 외침이다. 그러나 동시에 시는 일기나 수필이 아니며 하물며 그저 한탄은 더욱 아니다. 시는 인간의 비루한 삶을 본질과 연결시키고자 하는 의지의 산물이자 그 연결의 교량이다. 즉 시는 비극적 인간의 '전부 그리고 무'라는 양극단을 하나로 이으려 한다. 그렇게 하려면 '그리고'에 풍부한 내용을 담아야 한다. 그 풍부한 내용은 그가 수행할 삶을 통해서만 채워진다. 진리의 맹목적인 수행이 아닌, 진리와 자신의 불일치에 대한 회오와 그 둘을 일치시키려는 의지가 서로를 부추기며 불태우는 삶을 향한 열정이 그 삶을 연단하는 것이다.

한상기 선생의 시편들이 전개되는 과정은 바로 그 열정의 전개 그 자체이다. 시는 우선 진리의 부름과 세속의 하찮은 일상을 연결할 고리를 찾는다. 그 고리는 진리를 등불 삼아 일상의 삶 하나하나를 깨달음의 모루 위에 놓는 것이다.

내 맥박을 장단 삼고
저 북극성을 나침반 삼아
드넓은 사하라 사막에
아주 작은 발자국을 남기면서
한 발짝 한 발짝 걸어봅니다.

—「사하라 사막의 작은 발자국」

시는 정확히 그 연결을 가리키고 있다. 저 북극성이 진리의 환기체라면 나는 그것을 나침반 삼아 "드넓은 사하라 사막에/아주 작은 발자국을 남기면서" 걸어야 한다. 그런데 저 나침반이 이 작은 발자국에 저절로 의미를 주는 게 아니다. 그것에 의미가 부여되려면, "내 맥박을 장단 삼"아야 한다. 북극성과 사막이라는 양극단을 하나로 연결하기 위한 의지가 작동해야 하는 것이다. 그 의지는 나의 내면으로부터 자발적으로 솟아오른 것이어야 한다. 그것만이 그 의지의 정직성을 보장하므로. 그래서 "내 맥박"이다.

그때 시는 단순한 "미어(美語)"의 상태를 벗어나,

시(詩)는 캄캄한 밤에
밝은 달.
햇빛 받아 전해 주듯이
침묵(沈默)의 말씀 받아
전해 주는 것.
만인에 전해 주는 것.
영원히 전해 주는 것.

—「시(詩)는」

으로 존재하게 된다. 시는 그러니까 매 순간을 깨달음의 계기로 변환시킨다. 그러나 그것으로 그치는 게 아니다. 진리의 말과 일상의 말은 다르기 때문이다. 천상의 언어와 지상의 언어는 근본적으로 호환될 수 없다. 그것을 절실하게 느껴 알았기에 시인은 햇빛으로부터 오는 전언이 "침묵의 말씀"이라고 적는다. 침묵을 어떻게 말로 바꿀 수 있을 것인가?

한상기 선생의 시는 여기에서 한 단계의 도약을 요구받는다. 진리와 일상의 교통이 첫 단계의 방법적 설정이라면, 이제 그 교통의 실제적인 운행자와 운용 방식이 세워져야 하는 것이다. 그것이 만들어져야만 침묵이 신호로 바뀌어 메시지로 번역될 수 있을 것이다. 시인이 마침내 발견한 그 운행자는 다름 아니라 '자연'이었다. '강'을 비롯하여 '비' '물' '엉겅퀴' '돌' '잡초' 등이었다. 왜 자연인가? 자연은 한편으로 그가 아프리카에서 사람들과 더불어 항상 마주치는 대상이다. 그것이 자연과 사람(일상)의 근접성을 보장해준다. 그런데 다른 한편 자연은 사람들과 달리 언어로 말하지 않는다. 그것은 형상으로만 보여준다. 따라서 자연은 사람들(일상)과 동떨어져 있다. 그 거리는 자연을 진리 쪽으로 근접시킨다. 신의 말씀이 침묵의 언어이듯이 자연의 말도 침묵의 언어인 것이다.

침묵 없이는
자연은 벙어리다
침묵 없이는
자연은 귀머거리다

자연의 말을 들으려면
귀머거리가 되고
벙어리가 되어
침묵하는 길밖엔 없다
〔……〕

침묵 없이는
침묵의 자연을
알 길이 없다
침묵의 하느님을
알 길이 없다

—「자연은 벙어리」

자연의 말을 들으려면 자연과 닮아야 한다. 다시 말해 침묵의 언어를 들으려면 침묵하는 습관을 들이고 침묵하는 법을 알아야 한다. 이 침묵하는 습관을 인간의 동작으로 옮기면 '명상'이 될 것이다. 고요한 명상만이 침묵 속의 전언을 헤아리도록 만든다. 아마도 그것이 한상기 선생의 삶을 지탱해주는 가장 중요한 방법적 자세였을 것이다. 명상을 통해 일상의 사건들을 진리의 현현으로 이해하는 것. 독자는 그것을 이 시집에 포함된 '보충설명' 성격의 글들 곳곳에서 확인할 수 있다.

그런데 그렇다고 해서 아직 침묵의 언어가 그대로 신호로 바뀔 수 있는 것은 아니다. 침묵하는 법, 더 정확하게 말해 침묵으로써 말하는 방법을 찾아내야 하는 것이다. 바로 그 방법의 모색에 한상기 선생의 시는 오래 몰두했던 것으로 보인다. 그가 자연의 두 가지 측면, 일상과 진리에 동시에 근접해 있다는 모순적인 성격을 끌고 가는 일을 멈추지 않았기 때문이다. 그것을 가장 선명히 보여주는 부분이, '강'과 '강물'을 구분하는 대목이다.

물이 흘러 강이 되었건만
강은 물을 무심코 보내기만 하고
강물은 자꾸만 늙어 사라지는데
강은 공연히 바라만 보네

—「강 건너 저쪽에」

강은 물로 이루어진다. 그러나 강은 침묵하고 있고 물은 "늙어 사라진"다. 그에게 '강'은 무조건 "내게 강 같은 평화"이기만 한 것이 아니다. 그 안에 세속의 온갖 유한한 것, 잡스러운 것이 섞여 있는 것이다.

그런데 바로 모순을 끌고 간 시인의 이 억척 자체로부터 해답이 솟아오른다. 여기서 한상기 선생의 시는 세번째 도약을 이룬다. 어떻게? 다음 시를 보자.

민들레가
우리 집 뜰에서
자라 꽃을 피우니
잡초가 되었다

민들레가
우리 집 뜰에서
매년 뽑고 뽑았어도
또 나오고 또 나온다

민들레가
들에서 또 옆집에서
자라 꽃피고 열매 맺어
날아오기 때문이다

—「민들레」

민들레가 잡초가 된 사연을 말하는 시다. 여기에 기묘한 역설이 숨어 있다는 것을 알아차리기가 쉬운 일은 아니다. 앞에서 우리는 시인이 자연의 일상성과 진리성을 동시에 끌고 간다고 말했다. 만일 이 모순을 모순 그 자체로만 이해한다면, 자연은 한편으로 위대하며 다른 한편으로 비천하다. 그리고 만일 자연의 내부에서 그 위대함과 비천함을 구별하려 한다면, 자연 안에 등급이 매겨질 것이다. 가령 장미는 위대하고 잡초는 비천하다는 식으로 말이다. 그런데 위 시는 민들레가 잡초 되었다는 사실을 우선 지적한다. "우리 집 뜰에서" 그렇게 되었다는 것이다. 이 말은 마치 자연이 인간에게 가까이 다가오더니 비천한 것으로 변했다는 것처럼 읽힐 수 있다. 그런데 바로 그 순간에 시는 슬그머니 언어의 방향을 돌려 다른 점을 강조한다. 바로 그 민들레가 잡초로서 '꽃을 피웠다'는 것을. 그것도 잡초로서 꽃을 피우니, 때와 장소를 가리지 않고 매 순간 사방에서 핀다는 것을. 그러니, 민들레가 잡초 됨으로써 잡초가 진정한 민들레가 된 것이다. 이 놀라운 역설은 우리에게 완전히 새로운 두 가지 각성을 제공한다.

우선 '침묵'의 처소. 우리는 지금까지 침묵하는 게 진리의 말씀이라고 생각해왔다. 그런데 실제로 우리가 이해하지 못했던 것은 진리의 '침묵'이 아니라 오히려 이웃(일상)의 삶이었다. 그것도 이웃을 진리로부터 떼어냄으로써 자발적으로 그에 대해 무지하려고 했던 것이다. 다음, '진리'가 드러나는 장소. 그런데 생각해보니, 우리가 무시했던 바로 그 잡초가 꽃을 피우고 있었던 것이다. 다시 말해 일상(이웃)이 바로 진리가 드러나는 장소였던 것이다. 그러니 진리와 일상은 서로 비각을 세우고 있는 게 아니라 오히려 상대방을 비추어주는 거울이었던 것이다. 침묵하는 진리가 의미하는 바를 이해하려면 바로 이웃에 대해 침묵하던 습관을 버려야 한다. 이웃의 말을 제대로 알아들어야 하는 것이다. 요컨대, 하나님의 말씀은 '착한 사마리아인의 사건'으로 나타남으로써 우리를 각성시키는 것이다. 인간의 보잘것없는 행동 하나가 곧 진리의 빛을 쬐고 환히 빛나는 것이다. 빛은 저 먼 데에 있는 게 아닌 것이다.

바로 이 각성을 통해서 시인은 그의 본래의 소명을 다시 생각게 된다. 그가 행할 것은 그가 위임받았다고 생각한 진리를 불쌍한 인간들에게 가르쳐주는 게 아니다. 오히려 사람들 사이에서 진리가 드러나는 것을 깨닫는 것이다. 그것을 시인은 자연의 은유를 통해 다음과 같이 표현한다.

이끼를 살게 하고
물고기를 불러다가
그 속에 품어 번창케 하니
생명이 있다.
그래서 강은 살아 있다.
이 세상은 강물처럼 자비를 안고 흐른다.
그래서 살아 있다.
사람도 강물처럼 그렇게 흘러서 살아 있다.
사랑을 향하여 세월 속에 흘러서 살아 있다.

—「태초(太初)의 강(江)」

신앙의 근본이 '사랑'이라는 말의 뜻이 이러하리라. 그리고 이것이 나이지리아의 기근을 해결한 농학자가 40년의 세월을 거쳐 마침내 해결한 자신의 문제였던 것이다. 진리와 세속을 서로의 거울로 이해함으로써 신의 말씀과 이웃의 말을 동시에 경청하는 것이 그 대답이었던 것이다. 그러한 일을 제대로 해내기 위해서는 자신은 항상 겸손한 주변인이 되어야 한다. 그는 시혜자가 아니라 말 그대로 배우는 자, 깨닫는 자가 되어야 하는 것이다. 그것을 시인은 '수직의 힘'이라고 부른다.

거울과 거울이 닿는 모설기에

나를 비친다.

내가 왼쪽으로 가도

바른쪽으로 가도

언제나 나를 이 모설기에

비추어 갖다 놓는다.

이것이 수직의 힘이다.

—「수직(垂直)의 힘」

수직의 힘은 '나'를 모퉁이에 놓는다. 모퉁이에 놓임으로써 나는 수직과 수평을 동시에 본다. 수직과 수평의 말을 동시에 듣는다. 모퉁이에서 보면, 수직과 수평은 언제나 각도를 반전할 수가 있기 때문이다. 수직이 수평되고 수평이 수직되는 것이다.

필자의 감동은 한상기 선생이 아프리카의 기근을 해결했다는 사실 그 자체보다 바로 이 모퉁이의 자리를 발견하고 거기에 서슴없이 위치했다는 데에서 훨씬 크게 울린다. 그것이 바로 시의 힘이다. 가장 가녀린 영혼이 자신의 고통에서 평화를 이끌어내기 위해 자신을 낮추어가며 이웃을 끌어안는 그 과정이 시 쓰는 삶인 것이다.

수록 글 발표 지면

1부 시의 그루터기로 모이는 잔가지들

한국 현대시에서 서정성의 확대가 일어나기까지 『한국시학연구』 2006. 9.

「진달래꽃」이 근대시인 까닭 혹은 몰이해의 늪에서 꺼낸 한국시의 특이점 『문학관』 2012 가을, 겨울

'서정'을 규정하는 이 땅의 희극에 대해서: '한국적 문학 장르' 규정 재고—'세계의 자아화'라는 허구 혹은 '보편적 자아'의 끈질김 〈문과대/UIC 공동 세미나〉 연세대 문과대학 외솔관 526호, 2016. 12. 14.

이른바 '순수 서정시'가 출현한 사태의 문화사적 의미 「시문학파기념관 개관 기념 학술대회 자료집」 2012. 3. 5.

한국적 서정시를 태동시킨 김영랑의 시와 박용철의 시론 『다산과 현대』 2017. 12.

한국적 서정의 정신적 작업—박재삼의 시 한 편을 예로 들어 『시와정신』 2003. 3.

2부 최초의 인간들

독자들이 뜨겁게 태우는 시인, 이상 『문학과지성사 한국문학선집 1900~2000: 시』, 2007.

1930년대 황순원 시의 선진성 〈제12회 황순원문학제 세미나〉 2015. 9. 11.

조국 건설의 과제 앞에 선 한 해방기 지식인의 특별한 선택과 그 시적 투영—설정식 시에 나타난 민족의 형상 『동방학지』 2016. 3.

윤동주의 시는 어떻게 이해되어왔는가 〈제6회 윤동주 시문학상 시상식 및 기념강좌〉 2006. 5. 24.

윤동주가 우리 마음속에 생생히 살아 있다는 사실의 의미 「윤동주 시인 유고·유품 특별 기증전 도록」 2013. 2. 27.

일본인들의 윤동주 사랑은 어디에서 오는 것일까 『현대시학』 2018. 3/4.

3부 폐허 위의 존재 껍질

존재의 열림을 살다—김수영 『문학과지성사 한국문학선집 1900~2000: 시』, 2007.

김수영의 마지막 회심—김수영과 프랑스 문학, 그리고 자코메티적 변모 『한국시학연구』 2008. 8.

교과서에 갇힌 김수영 『현대시』 2018. 7.

삶의 상상적 치환—김춘수 『문학과지성사 한국문학선집 1900~2000: 시』, 2007.

그는 강변에서 '사의 찬가'를 불렀다—하길종 시집, 『태를 위한 과거분사』를 읽고 『하길종 전집 1: 태를 위한 과거분사/백마 타고 온 또또』, 한국영상자료원, 2009.

어느 시인의 아주 오래된 과거의 깜박임—최하림 시인의 영전에서 『문학과사회』 2010년 여름호.

4부 내 심장에 점화되는 이미지

통으로 움직이는 풍경—김명인 시의 독보적인 우화론 김명인, 『이 가지에서 저 그늘로』, 문학과지성사, 2018.

한국문학사에서 가장 돌출적인 사건—이성복 『문학과지성사 한국문학선집 1900~2000: 시』, 2007.

순수한 자기의 시—박남철 『문학과지성사 한국문학선집 1900~2000: 시』, 2007.

여성적인 것이 실재한다는 말의 의미—김혜순 『문학과지성사 한국문학선집 1900~2000: 시』, 2007.

'겨울나무' 이미지의 변천사—백석의 「남신의주 유동 박시봉방」에서 김혜순의 「겨울나무」까지 『현대시학』 2016. 5.

한국 현대시를 통해서 본 우울과 의지의 현상학 〈서울대학교 'Brain Fusion Program'의 '우울사회의 도래: 실태와 전망' 연구팀 심포지엄〉 2015. 2. 25. / 『현대시』 2019. 6.

시인이 귀향할 때는 뭔 일이 있다 김기정, 『귀향』, 기린원, 2015.

5부 한평생의 불길

자유의 모험으로서의 현대시조 박시교·윤금초·이우걸·유재영, 『네 사람의 노래』, 문학과지성사, 2012.

세상의 풍요에 저항하는 이의 가난의 먼 행로 위선환, 『수평을 가리키다』, 문학과지성사, 2014.

수직의 윤리학과 반고의 상상력—허만하의 『비는 수직으로 서서 죽는다』에 대해 『교수신문』 1999. 12. 27.

현대시의 궁지를 어떻게 헤쳐 나가리—발견과 구성 사이 『현대시』 2003. 4.

청마 시에 대한 친일 시비 유감 『경남도민일보』 2008. 8. 12.~14.

나선상(螺旋狀) 문자의 세계—이재복 문학전집에 부쳐 『문학시대』 2009. 12.

가난을 구제할 소명을 사랑으로 이끈 시 한상기, 『아프리카, 광야에서』, 따뜻한손, 2014.